에베레스트 상상
Everest Imaginaire

정 림

에베레스트 상상

Copyright ⓒ 정 림. 2025

초판 1쇄 발행 2025년 3월 3일

지은이   정 림
펴낸이   이기봉
편집   좋은땅 편집팀
펴낸곳   도서출판 좋은땅
주소   서울특별시 마포구 양화로12길 26 지월드빌딩 (서교동 395-7)
전화   02)374-8616~7
팩스   02)374-8614
이메일   gworldbook@naver.com
홈페이지   www.g-world.co.kr

ⓒ 정 림, 2025
이메일   goghgaudi@gmail.com
홈페이지   www.romandelacreation.com

ISBN   979-11-388-4042-2 (03810)

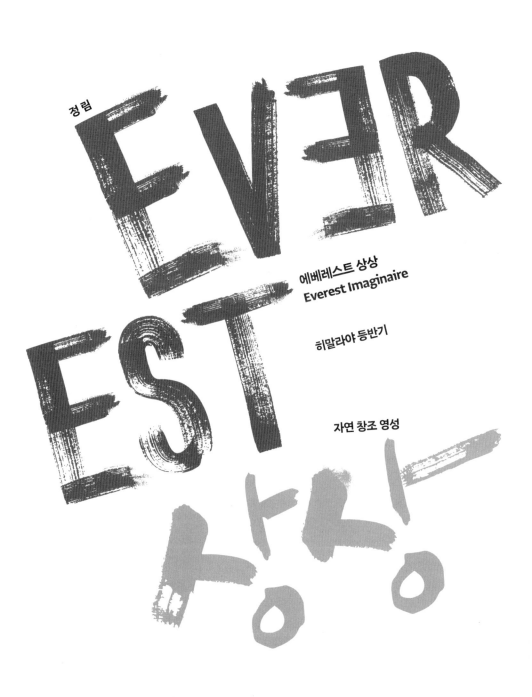

정 림

EVEREST

상상

에베레스트 상상
Everest Imaginaire

히말라야 등반기

자연 창조 영성

좋은땅

성빈에게

Ⅰ. 안나푸르나

여행을 떠날 때 우리는 단지 집을 떠나는 것이 아니라, 세상이라는 울타리를 떠나는 것이다. '자연의 나'란 내 존재의 본연에 접근하기 위하여, 내 안에 숨겨진 무의식과 직감과 상상의 나를 드러내기 위하여.

일상의 나를 완전히 뒤집어 엎는 놀이, 가능하면, 나조차도 알아보지 못하는 내 영혼의 기미를 찾아 떠나는 것이다.

Ⅱ. 티벳

머나먼 지평선으로 뚫린 여행길의 미로 속에서 나 자신이라는 틀을 벗어나, 외부 세상을 향해 활짝 열어제친 그 개방성으로, 우주의 에너지를 제감하는 일이 보다 쉽지 않았을까. 하늘과 호수가 맞닿은 그 초월적 풍경이 육체와 영혼, 상상과 실제 사이에 작용하는 자연의 섭리를 보다 가까이 느끼게 하지 않았을까.

Ⅲ. 에베레스트

혼자 길을 떠나는 여행자는 '창조'하는 자와 같다. 그가 어디서 발걸음을 멈추게 될지는 아무도 모른다. 운명적인 사건과 그 사람을 어디에서 만나게 될지 모르니까 말이다. 이 예기치 않은 여정에서 그는 자신의 가장 비밀스런 지형을 발견하게 된다. 영혼의 지리.

Ⅳ. 에베레스트 세 고갯길

《창조 소설》이 삶의 주변을 돌고 있었다. 내 등반길을 축으로 움직이며 자연의 창조적 에너지와 교감하고 있었다. 내가 가로지르고 있는 풍경이 내 마음을 통하여 거울처럼 반사되며 그 책의 욕망에 화답하고 있었다. 내 등반길은 '자연'과 '창조'와 '영성'을 연결하는 매개체가 되고 있었다.

Ⅴ. 아마다블람

아마도 너와 나는 이 세상에 존재하지 않을지도 모른다. 그래서 언제나 어디서나 존재하는지도 모른다. 내가 너를 만날 때 시간이 멈추고 공간이 흔들린다. 과거와 미래는 현재로 스며들고, 꿈과 실제의 경계가 허물어진다. '상상의 나'는 '불가능한 나'란 고지를 향한 등반이다. '나'라는 가능성으로부터의 자유다.

프롤로그

자연, 창조, 영성

불가에서는 십 년간 학문을 하고, 십 년간 참선을 한 후 비로소 여행을 떠난다 하던가?

18살, 우연인 듯 절에 머물렀던 나는 나도 모르게 그 인연의 길을 따라갔다. 오래전 프랑스로 와 소르본에서 십 년간 불문학을 공부하고, 파리와 노르망디를 오가며 《청소년과 창조》를 주제로 한 소설을 쓰느라 십 년을 보낸 후 비로소 긴 여행을 떠나게 되었으니 말이다.

"Roman de la création", 《창조 소설》의 첫 권이었던 "Ullung-do", 《울릉도》가 2014년 파리의 Galilée 출판사에서 나오자, 나는 왼종일 책상 앞에 앉아 있는 그런 삶을 더는 계속할 수가 없었다. 무의식과 언어, 상상의 틀에서 벗어나, 그저 맨발로 대자연 속으로 뛰어들고 싶었다. 산과 바다로, 진리가 아닌 자유로, 예술이 아닌 야성으로, 바람 부는 들판으로 달려 가고 싶었다.

책 속에서 전개했던 '상상의 나'를 찬란한 햇살 아래 드러내리라!

2015년 인도 라자스탄을 시작으로 여행길은 시작되었다. 2016년 산티아고 북부 순례길을 걸은 뒤 2017년 유라시아 대륙을 횡단했다. 페테스부르크에서 시베리아 횡단열차로 몽골을 거쳐 블라디보스토크까지 갔다가 다시 중앙 아시아와 파미르 고원을 가로지르며 파리에 도착했던 9개월간의 여정이었다.

2018년 요르단갈릴레 순례길을 걸은 후 2019년에는 히말라야를 여행하게 되었다. 네팔의 안나푸르나를 오르고, 티벳을 동서로 횡단하며 카일라쉬 순례길을 걷는 두 달간의 일정이었다.

그런데 막상 안나푸르나의 해발 5450m 토롱라 고갯길과 카일라쉬 순례길의 5636m 돌마라 고갯길을 넘는 고산 등반을 별 무리없이 소화하고 보니 뜬금없는 야심이 생겨났다.

이번엔 에베레스트를! 가이드나 포터 없이!

에베레스트 베이스캠프까지만 오르려 했던 애초의 소박한 답사 계획은 쿰부의 창자길이라고 일컬어지는 콩마라, 초라, 그리고 고꾜리 호수를 거쳐 렌조라 고갯길을 넘는 에베레스트 세 고갯길로 뻗어 있었다. 결국 나는 홀로, 해발 5500m에 이르는 5개의 에베레스트산들을 오르게 될 것이다. 파리 뱅센느 숲 산책이 고작이었던 사람이 말이다.

한편, 이 책의 붉은 선인 에베레스트와의 인연은 티벳의 카일라쉬 순례길에서 시작되었다. 돌마라 고갯길을 오르고 난 후 한 사원을 방문했을 때였다. 작은 동굴의 은은한 촛불 아래 한 청소년 불상이 내게 말을 걸고 있었다! 그곳은 옛 시인들이 말한 대로 풍경이 나를 위해 준비했거나, 혹은 내가 그 풍경을 미리 알고 찾아갔다고 할 만한 장소였다. 마치 우연히 펼친 책의 한 시행이 사물에 힘을 행사하는 듯, 평범하고 진부한 그림의 선들이 살아 꿈틀거리는 듯했다. 무자비할 정도로 단순하면서도 지극한 동화감정으로 나는 그 자리에 못 박혀 있었다. 내가 결코 가닿을 수 없을 영원의 한 조각과 접선된 느낌이랄까, 내 의식의 내부와 외부 사이의 장막이 허물어지며 한순간, 나와 세상의 어떤 경계선이 지워지고 있었다.

그 불상의 미소는 내가《울릉도》의 한 동굴에서 묘사했던 엑스타즈의 기쁨을 발하고 있었다. 나는 내 소설에서 표현되었던 창조적 에너지가 여행길 한가운데 나타나는 것을 보고 있었다. 내 작품과 실제 사이에서 발생한 그 유사성은 곧 현실의 경계에서 창조성의 정점을, 상상이란 가능성의 변방에서 물리적 필연성을 느끼게 한 사건이었다.

내가 에베레스트산으로 가게 된 것은 그 불상이 발하는 창조성의 빛을 쫓아가는 것과 같았다. 내 여행길을 일종의 실험의 장으로 삼으며 나는 이제까지 지각했던 현실과 다른 결로 걸어가기 시작했다. 내 발걸음은 단지 지리적 공간이 아닌, 자연 풍경과 나의 초월적 의식 사이에 존재하는 '상상의 현실'이란 고지를 향해 나아갔다.

에베레스트가 그 깊고 무한한 구조를 드러내기 위하여 우주적 에너지를 충동질하여《울릉도》의 동굴을 내 눈앞에 나타나게 했던 것일까?

하긴 사실 별 이상할 것도 없었다. 글쓰기가 나 자신과 '창조' 사이의 여행이라 한다면, 내가 오랫동안 몰입했었던 소설이 여행길에 나타나는 것은 어찌 보면 아주 자연스러운 일이었다. 산길을 따라가다 보면 저절로 고갯길의 정상에 도달하듯이 나의 기억과 경험, 상상의 산물인 작품이 그 정점에서 어떤 종류의 '현시'를 드러냈을 수도 있다. 혹은 카일라쉬 순례길을 걸으며 느꼈던 영적 감흥이 그 불상 앞에서 니르바나적 영감을 느끼게 했을 수도 있다. 세상이 우리에게 보여주는 것들은 우리가 내면의 경험을 통해 준비된 만큼 나타나는 법이니까. 야생의 자연 한가운데서 내 의식이 무한히 열리고 직감은 날이 뾰족해져 내가 책에 묘사한 바로 그런 동굴이 있는 곳으로 내 발걸음이 알고 찾아갔을 수도 있고, 내 의식의 열림에 따라 거기 있던 풍경이 저절로 달라졌을 수도 있다.

그런 기이한 일들이 일어나기 시작한 것은 5년 전 꽁포스텔 순례길에서부터였다. 스페인 북부 바닷가 길을 따라 내륙으로 깊숙이 들어갈수록 내가 《창조 소설》에서 다루었던 '상상의 현실'의 통로가 열리고 있었다. 내가 쓴 글이 작가를 따라잡았다 해야 하나, 내 소설적 픽션이 내 삶 안으로 끼어들고 있었다. 마치 나의 상상의 세계가 머릿속의 추상적 환영이 아니라 물질 세계에 구체적 현실로 생생하게 되살아나는 것 같았다.

하지만 내 합리적 이성은 그런 현상을 우연이라 여겼다. 신물나던 10년간의 칩거를 벗어나 자유롭게 떠돌다 보니 그런 착각이 생기는 거라고, 여행 중의 피치 못할 자기 방임에 육체적 피곤이 겹치다 보니 그런 엉뚱한 환영들이 출몰하는 거라고. 그런데 유라시아 횡단길에서 이런 경향이 더욱 심화되는 거였다. 《창조 소설》의 내용이 직접적 은유와 우화적 상징성을 띠며 여행길에서 만나는 사람들과 사건들에 작용하고 있었다. 급기야 파미르 고원에서는 소설 속의 주인공으로 유추되는 인물이 출현하기까지 하자 나는 내 작품 세계와 현실 세계 간의 밀접한 상관고리를 인정하지 않을 수 없었다.

마치 책이라는 내면 의식이 종이 바깥으로 튀어나오기라도 하듯 나의 픽션이 자연 풍경 속에 반사되며 또 다른 현실을 만들어 내고 있었다. 글쓰기와 실제 사이에서 일어나는 이런 상호 작용에 대해 처음엔 호기심 반 부인 반으로 일관하던 나는 점점 창조와 세상 사이에 흐르는 어떤 연결점을 발견하고 있었다. 꽁포스텔 순례길이 유라시아 횡단길과 요르단 갈릴레 여행을 거치며 《창조 소설》의 예언과 계시, 이적이라는 내적 체험으로 거듭나기 시작한 것도 이즈음이었다.

그래선가, 에베레스트산의 초입에서 처음 한 소년을 만났을 때, 《울릉도》가 책이란 활자 세계에서 빠져나온 것 같았다. 그 아이가 사다리를 타고 다람쥐처럼 재빨리 한 나무에 오르는 순간, 나는 깨달았다.
나는 내 소설 안으로 들어왔다!

카일라쉬 불상의 영감을 따라왔던 에베레스트 산등성이에서 그 책의 역사가 펼쳐지려 하고 있었다. 산을 오를수록 내 존재의 고도도 높아지나, '*상상의 현실*'은 점점 그 수위를 높이고 있었다. 고산 준봉을 넘어갈수록 자연과의 동화감정이 깊어졌달까, 내 소설은 마치 제 스스로의 욕망을 가진 생명체처럼 살아 움직이기 시작했다.
내 발걸음이 야생의 땅과 맞부딪치는 뜨겁고 즉흥적인 불꽃 속에서 에베레스트산은 어느덧 내 존재와 하모니를 이룬 생물적 지리로 변모하고 있었다. '*세상에 존재하는 모든 것은 내 안에서 직접 살아지지 않는 한 아무것도 존재하지 않는다*'라는 명제를 증명이나 하듯 그 땅의 창조적 에너지가 내 온몸을 가로지르고 있었다.

에베레스트 쿰부, 그 눈덮힌 설산의 심장부에서 바라본 호수와 산봉우리, 빙하 계곡 너머 펼쳐진 검푸른 지평선은 빛과 어둠으로 열린 소실점이 되어 나 자신에 대해 무한히 개방적인 우주적 관점을 제공해 주었다. 나라는 가능성으로부터의 자유 말이다. 내가 이 책에서 '자연'과 '창조'와 '영성'을 실현하는 '*상상의 나*'를 과감하게 전개할 수 있었던 데는 이런 초월적 풍경과의 깊고 내밀한 교감의 덕이 컸다. 고산 등반이라는 육체적 피로와 고통, 추위와 허기, 때로는 돌아버릴 것 같던 극한적인 조건들이 미처 있는 줄도 몰랐던 내 순수의식을 화들짝 깨어나게 한 게 아니라면 말이다.

한편, 이 책의 창조 이야기에 대한 이런 자질구레한 장광설을 빼고 나면 이 여행기는 먼저 안나푸르나의 토롱라 고갯길을 넘는 이야기로 시작된다. 다음은 티벳을 동서로 3000km 횡단하며 카일라쉬 순례길을 걸었던 여정이 펼쳐진다. 사원들의 뒷방에서 보석처럼 빛을 발하던 티벳 불화의 창조성과 탄트라 불교 수행승들의 시적 일화를 중심으로 티벳인들이 오체투복하던 땅에 새겨진 영성을 다루었다.

이 책의 본론은 가이드나 포터없이 올랐던 에베레스트 Three Passes Trek이다. 5kg 배낭에 온 존재의 무게를 얹고 인적 없는 설산준봉을 나홀로 올랐던 등반길은 나 자신의 최상성의 고지를 향해 나아가는 도정과도 같았다. 그 불가능의 끝에서 카일라쉬 동굴에서 보았던 '니르바나의 빛'이 반짝이고 있을 줄이야!

에베레스트 엘프와 아마다블람으로 향하게 된 대단원은, 내가 무위한 섭리라고 이름할 수 밖에 없을 '영적 현실'이었다는 점에서 에베레스트에 대한 나의 창조적 화답이라 할 수 있다. 그 아이와 아마다블람으로 동행하게 된 것도 좀 담대하게 표현한다면 에베레스트 산의 욕망이라고 해야 하나, 지극한 아름다움의 끝에서 기꺼이 죽음을 예감한달까, 에베레스트의 높이가 그 무궁한 깊이를 드러내던 고꼬리 호수 위로 떠올랐던 《에베레스트 상상》이 이끌어갔던 미래 현실이었다.

글쓰기와 여행이 새로운 세계를 발견하기 위해 — 자기 자신을 떠나기 — 라는 공통점이 있다면, 실제로 에베레스트 등반길은 예술가의 창조 과정을 닮았다. 눈 덮인 바윗돌 위에 내딛는 발걸음 하나 하나에 집중해야 했던 몰입의 순간은 매순간 호흡에 집중하는 무용가나 혹은 의식의 항상성에 깨어있는 선사들의 수행에 비유할 수 있다. 특히 자연과 나 사이에 내밀한 소통이 일어날 때의 시적 감흥은 조각 과정에서 경험했던 창조적 엑스타즈를 경험하게 했는데, 야생의 땅에서 느낀 원초적인 본연의 상태가 세상과 나 사이에 놓인 장애물을 치웠다 할까, 생각이 비워진 자리에 우주의 영혼이 들어왔다고 할까, 내가 걷는 산길은 어느덧 장소와 언어, 인간을 잇는 창조 섭리가 작용하고 있었다.

그렇지 않고는 어떻게 안나푸르나의 카그베니 스님의 승복에서 시작된 작은 인연이 티벳의 카일라쉬 동굴을 거쳐 에베레스트 세 고갯길로 이어지게 되었을까? 어떻게 에베레스트 엘프를 다시 만나 이 책을 쓰게 되었을까?

나는 내 등반길이 하나의 창조 과정이 된 것이 무척 마음에 들고, 여행기라는 방식으로 서술함으로써 무엇보다 에베레스트산과의 관능적인 교감에 대해 말하고 싶었다. 세상의 깊은 골짜기를 타고 흐르는 창조적 에너지, 우리들의 의식 구조와 맥락에 영향을 끼치는 자연과의 사적인 교감이야말로 작가로서 어떤 아름다운 풍경보다도 가장 흥미로운 발견이었기 때문이다.

그러나 '창조'란 시작할 때 어떻게 끝날지 아무도 모르고, 작품은 작가의 의도와 상관없이 스스로의 길을 가는 독립된 개체이므로, 진정한 창조성의 불꽃이 일어나는 결정적 순간엔 내 손이 아니라 우주의 손이 한다는 것을 나는 알고 있다. 《에베레스트 상상》이 단순한 등반길의 경험을 벗어나 보다 확장된 가능성의 지평선으로 열리기 위해 그래서 내가 한 일은 아주 미미하다.

나는 지금 독자가 작은 배낭을 메고 집을 나서는 모습을 보고 있다. 일상의 나를 떠나 '*상상의 나*'가 되기 위해선 그걸로 족하다.

두려워하지 말라.

왜냐하면 그대가 한 발자국 땅 위에 발을 내딛는 순간, 그대의 일부가 땅에 섞여들고, 그 땅도 자신의 일부를 당신에게 내어줄 테니까.

우리는 자연이 우리를 위해 준비하고 있는 그 선물을 온전히 받아들이기만 하면 된다. 삶이 그대를 위해 준비하고 있는 창조적 에너지를 느껴 보라.

그 여행에서 돌아왔을 때 당신은 이미 예전의 당신이 아니다. 결코 상상하지 못했던 자유와 충만함으로 돌아오리라.

'떠나라!'

그대가 누구든, 어떤 일을 하건 상관없다.

'혼자 떠나라'

온전한 나가 되기 위하여 혼자가 되어야 한다.

'사랑을 넘어 가라'

사랑을 초월한 창조성이 우리를 구원으로 이끈다.

"영원한 사랑은 시간으로부터의 초월이며, 절대적인 사랑은 상대로부터의 해방이고, 진정한 사랑은 사랑으로부터의 자유다."

'창조하라!'

이 세상과 평행한 하나의 세계를 설립하라.

'내 안의 우주를 발견하라'

자신만의 고유한 세계를 구축하는 일은 스스로의 영혼과 대면할 때 가능하다. 고독과 고요한 침잠 속에서 우리는 더 많이 자신을 발견할 수 있다.

'낯선 나를 경험하라'

나 자신으로부터 자유가 되어, 전혀 새로운 나의 가능성을 느낄 때 우리는 비로소 진정한 존재가 된다.

'창조성으로 신성으로 나아가라'

자연 속에서 우주의 창조적 에너지와 교감할 때 우리는 근원적 순수의식으로 돌아간다. 그것이 그대의 본연이다.

— 외롭고 혼자인가?
　멀리 떠나라.

— 행복하지 못하고 보람이 없는가?
　그냥 떠나라.

— 진정한 사랑을 만나고 싶은가?
　혼자 떠나라.

— 삶의 절정을 맛보고 싶은가?
　목적 없이 떠나라.

— 전혀 새로운 존재가 되고 싶은가?
　낯선 곳으로 떠나라.

— 다른 운명을 맞고 싶은가?
　그대로 떠나라.

— 영원을 느끼고 싶은가?
　지금 떠나라.

Ⅰ. 안나푸르나

여행을 떠날 때

우리는 단지 집을 떠나는 것이 아니라,
세상이라는 울타리를 떠나는 것이다

'자연의 나'란 내 존재의 본연에 접근하기 위하여,
내 안에 숨겨진 무의식과 직감과 상상의 나를 드러내기 위하여

일상의 나를 완전히 뒤집어 엎는 놀이,
가능하면, 나조차도 알아보지 못하는

내 영혼의 기미를 찾아 떠나는 것이다

토롱라

— 토롱라 고갯길을 넘고 말고는 나중 일이고, 일단, 출발하고 보자.

이 마법의 한마디를 외치며, 2019년 9월 3일, 나는 카트만두로 향했다. 산티아고 순례길과 유라시아 횡단길, 그리고 요르단 갈릴레여행을 거쳐 드디어 히말라야로 떠나게 된 것이다. 먼저 파리에서 네팔로 가서 안나푸르나를 등반한 후, 10월에는 티벳의 라싸로 가서 카일라쉬 순례길과 구게 왕국에 이르는 3000km를 횡단할 예정이었다.

— 그나저나 내가 과연 5500m에 이르는 안나푸르나 토롱라 고갯길과 카일라쉬 돌마라 고갯길을 오를 수 있을까?

평소 운동을 많이 하는 편도 아니고 한창 에너지가 팔팔 솟아날 때도 아니다. 무엇보다 유라시아 여행 도중 파미르 고원에서 겪었던 고산증이 걱정되기도 했다. 키르키지스탄의 카리큘라 호수로 가기 위해 짚차로 지역민들과 동행했다가 멋모르고 하루 만에 1500m 고도를 주파하는 바람에 사흘간 드러누웠던 적이 있었다. 다음 날 타지키스탄의 카라쿨에서 엉금엉금 기다시피 갔던 변소간에서 생애 처음 보았던 하얀 태양이라니! 죽음의 목전에서 본다는 빛의 통로같았다.

하지만 44일간의 산티아고 순례길이 유라시아 횡단길을 부추겼듯이, 9개월간의 이 중앙 아시아 여행이 히말라야 등반이라는 도전을 감행하게 했다. 물론 아직은 내가 안나푸르나와 티벳 여정을 마친 후, 이 책의 소재가 된 에베레스트 쓰리 패스 트랙을 오르게 되리란 건 상상도 하지 못할 때다.

네팔 카트만두에 도착했을 때는 몬순 기간이 끝나가고 있었다. 여행 초기에 간간히 가랑비가 뿌리는 날이 있었을 뿐 비교적 맑은 가을 날씨가 계속되었다. 토롱라Thorung La 고갯길을 포함한 안나푸르나 써킷은 이름 그대로 안나푸르나를 원을 그리듯 한 바퀴 도는 코스였다. 카트만두에서 출발한 지프가 도착하는 참지Chamje를 깃점으로 차메Chame를 거쳐 3500m 고도의 마낭Manang에 이르고, 고갯길 정상인 토롱라를 넘은 후 묵티나트Muktinath 마을로 내려오는 산행이었다. 나는 그 코스를 답사한 후 마르파Marpha와 타토파니Tatopani를 거쳐 포카라Pokhara까지 내려갈 작정이었다.

산티아고 순례길을 도보로 걷긴 했지만, 알프스나 피레네 언저리를 가끔 기웃거린 걸 빼곤 고산 등반은 처음이라 일단 유튜브를 보면서 지리를 익혔다. 사실 고도가 좀 높긴 했어도 숙소만 용이하게 구할 수 있다면 마낭까진 별로 문제될 게 없어 보였다. 안나푸르나 길은 토롱라 산길을 제외하곤 거의 찻길이 나 있어 마을이 많았고, 도중에 정 힘들면 쉬어 갈 수도 있었다. 일단 참지에서 등반을 시작한 다음 전진기지인 마낭에 도착해서 포터 문제를 해결하기로 했다. 고산증 적응을 위해 머물게 될 그 마을까지 시험삼아 혼자 걸어 보고 슬슬 상황을 파악할 작정이었다. 일단 카트만두에서 지도를 구입해 내가 걷게 될 참지에서부터 차메, 강마을 탈tal,

고갯마루 우퍼 피상Upper Pisang, 마낭까지의 지리를 눈으로 익혔다. 풍경이 아름답기로 유명한 틸리초Tilicho 호수를 둘러보고 야카르카Yak Kharka와 토롱 페디Thorung Phedi를 지나 토롱라 정상에 이르기까지 내가 오르게 될 산길들을 마음으로 먼저 걸어 보았다.

오토바이와 자전거가 뒤얽힌 카트만두 골목길을 사흘간 돌아다니며 유명 사원들을 둘러본 후 안나푸르나로 향하는 날은 가랑비가 내렸다. 이른 새벽 시외 버스 주차장에서 등반객들을 실어나르는 합승 지프를 섭외했다. 도시를 벗어나자 세찬 강줄기가 구비구비 흐르는 험준한 벼랑길을 낡은 차바퀴들이 아슬아슬 비켜 지나갔다. 저 멀리 절벽길 아래로 굴러 떨어진 차들이 젖은 가랑잎처럼 뒹구는 흔치 않은 광경을 목도하며 13시간의 주행 끝에 베시 샤르Besi Sahar라는 마을에 도착했다. 어느덧 산봉우리 너머 하루해가 저물고 있었다. 드넓은 강물 위로 연기처럼 피어오르는 안개가 노을빛 구름장에 스며들고, 야생화가 흐드러진 강가엔 검은 바윗돌과 어우러진 갈대밭이 강변길을 하얗게 수놓고 있었다. 사진을 찍는 일행들의 머리 위로 한무리 물새 떼가 외마디 소리를 지르며 터질 듯 맹렬하게 흘러가는 황톳물 강줄기를 거슬러 올라갔다.

와! 이게 말로만 듣던 야생의 히말라야구나!

다음 날 도보 여행이 시작되는 참지는 장마 기간이 마악 끝나는 참이라 한껏 불어난 강줄기가 거센 물살을 일으키며 산골짜기로 흘러가고 있었다. 열대기후처럼 습하지만 온화한 날씨에 이제 막 가을꽃들이 피기 시작한 산길은 산중턱마다 쏟아지는 폭포의 우렁찬 물소리로 천지가 진동하고 있었다. 강마을 탈을 돌아들어 다라파니Dharapani에 이르는 길은 홍수로 길과 다리가 끊어지거나 산이 반쯤 무너져 내린 곳이 많았다. 덕분에 차들의 통행이 끊긴 길은 찻소리가 들리지 않아 호젓한 등반길이 되었다. 아트막한 산구릉 사이로 살구빛 메밀꽃이 흐드러진 평원이 펼쳐졌던 챠메와 피상 나루를 거쳐 사과 나무밭이 많았던 브라냐Bragha 가는 길은 계곡을 따라 맑은 시냇물이 흐르고 있었다. 청년들이 모래를 끌어올리고 있던 강변의 드넓은 모래밭, 강물 위에 구름장처럼 낮게 펼쳐 있다 갑자기 솟아오르던 새떼들, 허공에 나비처럼 흩날리는 가을 꽃씨를 따며 걷는 길은 힘든 산행이라기보다 한 폭의 산수화 속을 헤쳐나가는 듯 가볍고 유쾌했다.

아직 여행 성수기 전이라 등반객들은 별로 없었다. 덕분에 마음대로 골라잡을 수 있었던 숙소에서 밤이면 산짐승들이 포효하는 듯한 물소리를 들으며 잠들거나, 보석처럼 반짝이는 밤하늘의 별들이 저 멀리 푸르스름 빛나는 설산에 가 박히는 소리를 듣기도 했다. 3200m 고도에 위치했던 피상 마을을 오를 때는 가파른 오르막길이 한 시간도 넘게 계속되는 바람에 무척 힘들기도 했지만, 안나푸르나 제2 정상이 보이는 통나무방에서 말로만 듣던 깍아지른 듯한 8000m 설산 준봉의 위용을 대하게 되자 콧노래가 절로 나왔다. 손님이 별로 없어선가 저녁 식사를 하는 조건으로 방은 거의 무료였는데, 가는 곳마다 깨끗하고 전망 좋은 방들을 구할 수 있었던 건 다행이었다. 만일 여행객들로 붐비는 때였다면, 무거운 배낭을 메고 하루 8시간 이상을 걸은 뒤 휴식을 취할 숙소를 쉽게 구할 수 없어 이런 고된 산행을 계속하기 어려웠으리라.

지난 꽁포스텔 북부 순례길에서도 성수기엔 숙소 전쟁을 치른다는 정보에 따라 시월 중순에서 십일월 말까지 기간을 정한 탓에 비교적 수월하게 일정을 소화할 수 있었다. 비록 여행 막바지엔 겨울철로 접어들어 문을 닫은 알베르그가 몇 군데 있긴 했어도, 나의 산티아고 길이 별 어려움 없이 마무리될 수 있었던 건 순전히 잠자리 문제로 스트레스를 받지 않았던 덕분이었다.

등반을 시작한 지 일주일이 지날 무렵 마낭에 도착했다. 보통 고산 적응을 위해 3500m에 위치한 이 마을에서 하루를 쉬며 장비를 챙기거나 포터를 구하기도 했다. 여행 사무소에 있던 의사가 혈압과 맥박 등 건강 상태를 체크하고는 토롱라를 넘는 데 문제가 없을 거라고 안심시켜 주었다. 마을의 과수원에서 사과를 따먹으며 4600m 강가푸르나Ganggapurna 호수 전망대에도 오르는 등 느긋한 하루를 보냈다. 이대로라면 포터 없이 계속할 수 있겠다는 자신감이 살짝 들었다. 그래선가 길가에 흐드러진 가을꽃들과 야생 야크 떼들과 길동무를 하면서 걸어왔던 여유로움으로 이대로 틸리초Tilicho 호수를 다녀오고 싶었다.

— 여기까지 무사히 왔으니 안나푸르나에서 가장 아름다운 풍경이라는 그곳까지 그냥 가 보자.

실제로 마낭을 떠나 쉬리 카르카Shree Kharka라는 마을에서 하루를 묵은 후 출발했던 틸리초 가는 길은 배낭을 숙소에 맡기고 다녀올 수 있어 4919m 고도치고는 그리 어렵지 않았다. 산비탈 윗쪽에서 연방 돌들이 떨어져 내릴 듯한 45도 긴 벼랑길을 아슬아슬 춤추듯 걸어가긴 했어도, 도중에 누군가 찍어 준 사진에는 바랑을 지고 표표히 걸어가는 김삿갓의 뒷모습이 엿보이기도 한다. 그런데 막상 꾸불꾸불한 오르막길을 한참 올라가 호수에 다다르자 가랑비가 내리기 시작했다. 산등성이를 뿌옇게 가린 안개비에다 휘몰아치는 바람으로 춥기도 해, 그곳에 하루 정도 묵으면서 호수를 빙 둘러 걸어보겠다는 애초의 꿈은 접어야 했다. 그곳에 머물 수 있는 유일한 가능성이었던 가게마저 문이 잠겨 있어 차 한잔 마실 곳도 없었기 때문이다.

이 호숫가에서 텐트를 치고 묵으며 보았다는 밤하늘의 오묘하고 신비로운 빛을 이야기하던 갈릴레 순례길의 그 신부님을 생각하면 감회가 깊었지만, 별 도리가 없었다. 내게 히말라야 산행을 권했던 인연은 물가로 내려가 마신 한 모금 소금기 어린 성수로 대신했다.

벼르던 틸리초도 다녀왔겠다, 토롱라 고지도 그리 멀지 않겠다, 길가에 핀 가을꽃들로 모자 장식을 하며 4000m 고지에 있는 야카르카Yak karka 산길을 느긋하게 올랐다. 그런데 거기서 좀 더 높은 4250m 레다르Ledar 마을로 들어가는 산비탈에서였다. 몇 년 전 지진에 무너진 듯한 산사태길을 내려가, 물이 불어난 개울을 마악 건너 언덕길을 오르려던 참이었다. 갑자기 목이 마르며 느닷없이 마낭에서 맛본 사과맛이 간절해지는 거였다. 물을 마셨지만 소용이 없었다. 목구멍이 타는 듯한 갈증이었다. 피로회복제로 챙긴 비타민 씨야 있었지만 그런 가루부스러기는 아예 목구멍으로 넘어갈 것 같지도 않았다. 그리곤 기운이 완전히 빠지면서 그 자리에 주저앉고 말았다. 오르막은 둘째치고, 더는 한 걸음도 내딛지 못할 것 같았다. 지난 며칠 무리를 한 탓에 말초 신경이 변덕을 부리는 걸까, 몸의 극단적 상태가 일으키는 본능적 반응이었을까, 하여간 나는 산기슭 한가운데 주저앉은 채 오도가도 못 하고 있었다.

산티아고 길을 걸을 때도 이런 종류의 난감한 일이 있긴 했었다. 칸타베리 지역의 빌바오를 지나 산탄더로 가던 도중이었다. 흙길이라면 하루 12시간을 걸어도 문제가 없던 내 발이 마비라도 된 듯 갑자기 발 뒤꿈치가 땡겨 왔다. 도로 공사로 돌아가야 했던 아스팔트 길 위에서 단 십 미터도 걷기가 힘들어졌다. 어찌어찌 길 옆으로 난 풀밭길을 걸어 찻길로 나왔다. 지나가던 차를 세워 간 약국에서 그 이름도 처음 듣는 탕디니트라고 했다. 근처 바닷가 숙소에 머물며 한 사흘 모래 사장을 걷고 짠물 찜질을 한 다음에야 겨우 다시 걸을 수 있었다. 마사지와 의사의 처방약 등 어떤 방법으로도 차도가 없었던 내 발은 바닷물 걷기라는 자연요법으로 기능을 회복했던 것이다. 보통 때라면 별로 차이를 느끼지 못했던 땅의 재질이 극도로 피

26

곤한 상태에서는 하늘과 땅만큼이나 다르다는 것을 그때 처음으로 알았다. 발바닥에 와닿는 흙과 콘크리트의 질감은 구름과 쇠붙이만큼이나 달랐다. 미묘하지만 극명한 그 차이는 그때 이후 내 도보 여행의 바로미터가 되었는데, 내 몸의 주성분이 흙이라는 것을, 내 육신이 자연에 속한다는 이치를 몸소 깨달았던 사건이었다.

그런데 아스팔트 길도 아닌 바윗길이나 흙길이 대부분인 안나푸르나 산길에서 내 몸은 또다시 탈이 나고 있었다. 이번엔 더 이상 걸을 기운이 없을 뿐만 아니라, 물을 마셔도 자꾸만 목이 타는 바람에 1000m 이상이 남은 토롱라는커녕 몇십 미터 앞 레다르 마을에도 못갈 것 같았다. 그제서야 나는 포터가 필요하다는 것을 깨달았다. 짐을 숙소에 두고 가긴 했어도 어쨌든 5000m에 이르는 틸리초 호수에 혼자 갈 수 있었던 자신감에 마낭에서 포터를 구하지 않고 출발했던 것이다. 하지만 지금 내 발은 토롱라 정상에 훨씬 못 미친 4000m 고도에서 더 이상 앞으로 나아가길 거부하고 있었다. 그리곤 뜬금없이 엊그제 먹었던 풋풋한 사과맛을 요구하고 있었다! 이 것도 일종의 고산병 증세인가?

하여튼 이쯤에서 포기하든가, 아니면 당장 그 사과 보따리를 들고 동행할 포터를 구해야 했다. 하루 10시간 이상 걸어야 하는 상황에서 사과 몇 알은 내게 바윗돌 무게와 맞먹었기 때문이다. 그런데 지금 돌이켜 봐도 야릇한 것은 나중에 티벳의 카일라쉬 순례길이나 그보다 훨씬 더 힘들었던 에베레스트 세 고갯길에서도 굳이 그 사과맛이 그리웠던 적은 없었다는 것이다. 이때만 해도 고산 등반이 처음이라 내 몸은 강력한 항산화제가 필요했던 걸까, 아니면 나도 모를 뭔 꼼수라도 있었나?

그 무너진 산비탈을 기다시피 어찌어찌 레다르 마을에 도착했다. 그리고 숙소에서 그 푸른 사과란 물건이 엊그제 지나온 마낭에서나 구할 수 있다는 것을 알게 되었다. 하루나 이틀길을 되돌아 갔다 와야 하는 것이다. 하지만 코앞에 토롱라 정상이라는 가장 어려운 관문을 두고 있었던 나로선 어떻게든 그 사과를 구해 올 방법을 찾아야 했다. 토롱라 고갯길의 마지막 일정은, 토롱라 페디에서 새벽 네 시경에 출발해 5430m 정상에 도달한 후, 묵티나트 마을까지 1600m 내리막길을 내려가야 하는 길고 험난한 길이었다. 배낭은 고사하고 손에 쥔 물 한 병도 집어 던지고 싶었다는 한 독일 여자 친구 말마따나 가늠할 수 없는 상황이 나를 기다리고 있었다. 그런데 목적지를 사흘이나 앞두고 이 정도 기진맥진이라면 젊은이들도 6시간 이상을 걸어야 한다는 그 고갯길을 내가 10kg 배낭을 메고 과연 무사히 넘을 수 있을까? 게다가 정상에 오른 후 3800m에 위치한 묵티나트Muktinath 숙소에 해지기 전에 도착해야 하는 것이다. 답은 뻔했다. 더욱이 고산증이라는 만약의 경우도 염려해야 했던 나로서는 무리수를 둘 수는 없었다. 이 안나푸르나 등반이 끝이 아니라 그 다음 여정인 티벳 카일라쉬 순례길이 남아 있었기 때문이다. 그렇다고 기껏 4000여 m를 올라온 이 산을 도로 내려갈 수도 없었다. 이대로는 더 걸을 기운도 없었다. 나는 이쯤에서 포터 없이 안나푸르나를 오르겠다는 야심찬 꿈을 접기로 했다.

— 우선 사과부터 먹고 보자.

마을에 수소문하여 한 젊은이를 만났다. 그를 마낭으로 보내 사과를 사오게 했더니 걸음 빠른 그가 하루 만에 커다란 사과 보따리를 들고 나타났다. 저녁으로 사과를 넣은 닭요리를 먹고 디저트로 사과파이를 먹을 정도로 온몸에 사과 범벅을 한 탓인가 이틀 후 나는 그 포터와 함께 길을 떠날 수가 있었다. 레다르를 지나 하이 캠프, 그리고 토롱라 정상까지 문제의 사흘간은 배낭을 그에게 맡긴 데다 가끔씩 그가 원숭이한테 바나나 던지듯 던져 준 사과 덕분인지, 하여간 생각보다 별 어려움 없이 산을 오를 수 있었다. 이제까지 호젓하게 보냈던 산행과 달리 누군가와 동행한다는 사실이 좀 신경 쓰이긴 했어도, — 어차피 토롱라를 넘는 길은 높은 산악지대라 산이나 길이 허물어진 곳도 많았고, 촉박한 일정에 쫓겨 고적한 풍경 속에 나 홀로 어쩌고저쩌고 신선놀음을 할 처지도 아니었다 — 그럭저럭 무사히 잘 지나갔다. 실제로 산중턱에서 굴러내린 바윗돌로 길이 막혀 돌아가야 하는 곳도 있었고, 고갯길 정상을 얼마 앞두곤 몇 년 전 산사태로 수십 명이 목숨을 잃기도 했다는 좁고 가파른 절벽길을 지나갈 땐 몸이 움츠러들기도 했지만 말이다.

어쨌거나 산정 부근의 길은 그리 험난하지 않았던 데다 포터라는 짐꾼뿐만 아니라 심리적 안정감을 주는 주는 존재 덕분에 예상보다 쉽게 정상을 마주할 수 있었다. 두 달 후 에베레스트산을 오를 때만 해도 산행에 이력이 붙어선가 단단해진 허벅지로 가파른 오르막길도 제법 잘 탔던 것에 비해 이때만 해도 난생처음 해 보는 고산 등반이라 육체적으로 더 힘들었던 건 사실이다.

11시 경, 젖먹던 힘까지 다 짜내어 토롱라 꼭대기에 도달했다. 울긋불긋 타르초 무더기들 한가운데 한참 널부러져 있는데 한 남자가 다가왔다.

— 나랑 사진 한장 찍지 않을래요? 빨간 비옷이 잘 어울려요.

이 판국에 웬 빨강? 기진맥진한 몸을 제대로 가눌 기운도 없었던 나는 무참한 몰골은 둘째치고, 낯선 사람이랑 사진찍는 건 영 취미가 아니어서, 여기가 뭐 처음 보는 사람한테 사진 찍자고 달려드는 인도도 아니고, 친절히 거절을 하는데 그런 광경을 보고 파안대소를 하는 일행들이 한국말을 하는 거였다. 동포여서였나, 그의 서글서글한 태도 때문이었나 하여간 우리가 포즈를 취하자 다들 우르르 몰려와 단체 사진을 찍었다. 그런데 그들이 떠나고 나서야 우리가 서로 한국말을 하지 않았다는 걸 깨달았다. 뭐 그럴려고 한 게 아니라 그냥 그렇게 된 것이다. 여행을 다니다 보면 가끔 한국인들을 마주치기도 하지만 보통은 그냥 스쳐 지나간다. 다양한 사람들을 많이 접하는 여행길에서 상대방이 한국인이라는 사실이 별 신통한 일도 아닐뿐더러 뭐 특별한 계기로 나라니 문화니 하는 개인적 옵션이 나오기 전엔 그냥 동양인인가 할 뿐이다.

한국은 어느덧 내 의식에서 지리산 암자, 화개 벚꽃, 고향 들녘의 쑥뿌쟁이, 기찻길, 용수강 등의 시적 풍경으로만 자리잡고 있다. 세상과의 첫 만남이어선가, 이상하게도 그 땅은 어린 시절의 기억으로 남아 있다. 지나온 길보다 앞으로 걸어야 할 길이 먼 여행자가 느끼는 향수랄까, 모국어에 대한 친밀감을 빼곤 한국은 그저 오래전 내가 떠났던 여행지 중의 하나가 되고 있다. 세상을 떠돌아 다니다 보니 이젠 내가 태어난 한국도, 내가 생활하는 프랑스도 아닌, 어디건 내게 창조적 영감을 주는 곳이 고향이라는 생각이 든다. 내게 진정한 아름다움을 느끼게 하는 곳, 지상에서 몇 안 되는 그런 장소를 여행길에서 만날 수 있었던 것은 축복이었다. 나는 언제나 그곳에 있다. 아침에 눈뜰 때 그곳을 떠올리고, 저녁에 잠들 때 그곳으로 간다. 그래서 나는 늘 떠나는 것일까? 내 존재의 순수한 기쁨과 평화를 느꼈던 그 섬, 그 바다, 그 고원들을 찾아 떠돌고 있는 것일까.

토롱라 하산길은 정말이지 무지막지한 내리막길이었다.

가까스로 정상에 도달했던 오르막길은 차라리 아무것도 아니었다. 언제 끝날지 감도 잡히지 않는 길고 막막한 하산길이 이어졌다. 새벽 5시경 토롱라 페디를 출발해 정상에 오른 후 잠시 휴식을 취하다가 우리가 산을 내려가기 시작했을 때는 거의 정오경이었다. 실제로 묵타나트 마을까지의 하산길은 보통 젊은이들의 걸음으로도

5시간이 걸리는 거리였으니 내 보행 속도로는 족히 6시간은 넘게 걸릴 거리였다. 그 격차를 줄이기 위해 평소 남들보다 한두 시간 더 일찍 출발하는 전략도 여기선 소용이 없었다. 정상을 앞두곤 누구나 할 것 없이 새벽 일찍 출발했기 때문이다. 만약 그 마을에 도착하기 전 해가 저물기라도 한다면 영하 10도의 기온에, 산짐승들이 출몰할지도 모를 산기슭에서 밤을 지새는 수밖에 없었다.

배낭 무게를 줄이기 위해 텐트도 없었던 나로서는 기를 쓰고 걸어야 했다. 어느덧 해가 기울고 있었다. 마을이 보일 기미조차 없는 산중턱에서였다. 만약 배낭을 맨 채 혼자 내려와야 했다면 벌써 해가 지고도 남았을 거리였다. 자신이 옮겨 딛는 발걸음조차 느낄 수 없을 정도로 기진맥진하게 되어서야 비로소 나는 깨달았다. 야카르카에서 왜 그리 간절히 사과맛이 땡겼는지, 왜 느닷없이 포터를 구해야 할 절대절명의 필요성을 느꼈는지! 그때만 해도 이 내리막길에 대한 변수는 생각지도 못했던 터였다. 산행의 아마추어답게, 토롱라 정상에 이르는 오르막길의 어려움만을 생각했을 뿐, 정작 산에서 밤을 보낼 수도 있을, 이 끝없는 하산길에 대해서는 상상도 하지 못하고 있었다. 그 뜬금없던 풋사과에의 욕망은, 내 안전 불감증으로부터 자신을 지키려는 보호 본능이었을까? 결국 그 잘난 사과 몇 알이 문제가 아니었던 거다.

―만약 그때 포터를 구하지 않았더라면?

지금 생각해도 등골이 오싹해진다. 그 길고 긴 내리막길을 다 내려와 발을 질질 끌다시피 우리가 묵티나트 마을로 들어섰을 때는 이미 날이 어두워지고 있었다. 마을 입구에 있는 개울물이 안 보여 물소리로 긴가민가 분별을 했을 정도니까. 나는 거의 탈진한 상태였다. 배낭을 포터에게 맡긴 채 맨몸으로 내려왔는데도 그 정도라면, 만약 등짐을 지고 내려와야 했다면 어땠을까?

— 헬리콥터를 불렀을까? 그 지역은 전화 불통이었다!

결국, 내가 토롱라길을 오를 수 있었던 기운을 준 것이 그 포터가 짬짬이 던져 주었던 사과 덕분이었다면, 다리 감각을 거의 느끼지 못했던 그 지옥길을 빠져나와 어두워지기 전에 숙소에 도착할 수 있었던 것은 순전히 그 포터 덕분이었다. 도중에 그대로 주저앉아 밤을 보내야 할지도 모른다는 공포로부터 내 여린 신경을 보호해 주었던 것도, 완벽히 그 동행 덕분이었다. 히말라야 산중, 나무 한 그루 없는 바위산 한가운데서, 영하 십 도에, 헐벗은 산짐승처럼 밤을 보내야 한다는 가정은 아무리 간땡이 큰 나로서도 감당이 안 되는 거였으니까.

카그베니 사원

다음 날 아침, 짐삯뿐만 아니라 신변 보호비까지 덤으로 받아든 포터가 흐뭇하게 돌아가고 난 후 나는 하루를 더 그 마을에서 보냈다. 인도 참배객들로 북적이는 힌두 사원을 구경하고 거대한 검은 불상이 앉아 있던 산자락을 산책하며 휴식을 취했다. 원래는 다음 날 차를 타고 좀솜Jomsom으로 나가서 강을 따라 마르파Marpha 마을로 걸어갈까 했지만, 토롱라 주변의 산세를 좀 더 둘러보고 싶었다. 그 고생을 하고 넘은 산인데 그냥 훌쩍 떠나자니 어째 좀 섭섭했던 것이다. 마을 어귀에 버스와 지프들이 호객을 하고 있었지만 산골짝 경치도 구경할 겸 다음 마을인 카그베니Kagbeni까지 걸어가기로 했다. 그 지역은 티벳과의 경계인 무스탕Mustang으로 통하는 관문이기도 했다.

키 작은 관목들이 잡풀들 사이로 듬성듬성 서 있는 평원의 오솔길을 가로질러, 아스팔트 도로를 걸어, 강마을이 보이는 계곡의 입구에 도착했다. 노을이 깔릴 무렵이었다. 산모퉁이를 돌아들자, 높고 험준한 절벽 가운데 붉고 검푸른 바윗결이 지그재그 모양으로 돌출된 거대한 암석층이 찌르듯 나타났다. 첫눈에도 사뭇 역동적인 광경이었다. 가느다란 샛강이 흐르는 들판을 금빛으로 물들이고 있던 석양 빛이 마악 사라지더니 가파른 경사를 이룬 협곡을 돌아나온 푸른빛이 산허리를 은은하게 감쌌다. 오른편 언덕 너머 지상의 것이 아닌 듯한 신비스러운 보랏빛이 스며들더니 무스탕 계곡으로 향하는 먼 하늘가가 곧 새벽이라도 밝아올 듯 은빛으로 투명하게 빛났다. 아! 환성을 지르며 나는 일찌기 본 적이 없는 이 오묘한 빛의 스펙타클에 넋을 잃고 있었다. 허공을 떠돌며 시시각각 변모하는 빛너울을 젖히고 저세상의 환영이 금방이라도 눈앞에 나타날 듯했다.

산허리를 감돌던 노을빛이 점점 옅어지며 강물 위로 피어오르는 안개와 뒤섞이더니 이내 강철빛 수면 속으로 잠겨 들었다. 어두워지는 사위도 잊고 그 추상적 빛의 조화를 따라가고 있던 내 곁을 클랙션을 울리며 차들이 지나갔다. 그 요란한 소리에 천상의 색조는 빛을 잃고 언덕길을 내려와 내가 마을 입구에 들어섰을 때는 이미 어둑해지고 있었다. 미로처럼 얽힌 좁은 계단길을 내려가 강물 가까이 다가갔다. 길가에 불이 켜져 있던 한 집은 티벳인 가족이 운영하는 숙소였는데, 이 층 방의 창문을 열자 조금 전 강렬한 인상을 주었던 지그재그 바위산이 바로 코앞에 위치해 있었다. 수백만 년을 두고 축적된 암석의 섬세한 물무늬가 내비치는 암벽 밑으로 길다란 강줄기가 벌판 끝까지 뻗어 있었다.

다음 날 찾아간 사원은 툽텐이라는 티벳 절이었다.

그 대문의 문지방을 넘어서며 나는 그 자리에 우뚝 멈춰 서고 말았다. 마치 천 년 고목에 핀 꽃 한 송이를 본 것 같았다. 600년 넘은 아담한 크기의 고색창연한 법당이 현대식 사원과 학교 건물 사이에 수줍게 서 있었다. 군데군데 흙이 떨어져 나가고 색은 바랬지만 원래의 아름다움을 잃지 않고 있는 소박한 절간의 붉으스럼한 흙벽 틈으로 창문틀에서 흘러내린 빗물 자국이 흥건하게 배어 있었다. 어떤 남루한 차림새도 형형한 눈빛을 가리지 못하는, 다 해진 붉은 장삼을 걸친 노승을 보는 것 같기도 하고, 혹은 자신의 타고난 미모를 알지 못한 채 누추한 소매자락으로 얼굴을 가리는 산골 소녀를 보는 것 같기도 했다. 그동안 여행길에서 보았던 수많은 교회들, 성당들, 사원들, 절간들, 그 어떤 장엄하고 화려한 건축물 앞에서도 느끼지 못했던 감동으로 저릿한 가슴팍을 누르며 그 법당 앞으로 천천히 다가갔다. 마당 한 켠에서 뛰어놀던 동자승들이, 때묻은 장삼을 얼기설기 걸친 채 낡은 쓰레빠를 끄는 맨발의 까까머리 아이들이 합창하듯 외쳤다.

— 나마스떼!

어느 이름없는 미술관에서 우연히 마주친 그림 앞에서 생애 최고의 명작을 보듯 잔뜩 얼이 빠져 있는 이 관람객 앞에 한 안내인이 나타났다. 아랫도리는 승복을 걸치고 위엔 흰 티셔츠를 입은 젊은이였다. 그는 내게 절간의 내부를 구경시켜 주겠노라고 했다. 무너질 듯 삐걱거리는 나무계단과 뭉개진 파스텔화처럼 거의 형체를 알아볼 수 없는 벽그림들을 지나 들어선 이 층 법당엔 한 좌불상을 중심으로 낡은 부처상들이 진열되어 있었고, 먼지 낀 유리관 속엔 오래된 성물들이 켜켜이 쌓인 고서 뭉치들 사이에 놓여 있었다. 한 천 년쯤 묵은 공기란 이런 것인가, 수북한 먼지에서 세월에 풍화된 곰삭은 냄새가 피어올랐다. 15세기에 세워진 근방에서 유일한 티벳 사원이라는 이 절의 연혁에 대한 설명을 들으며 히말라야 야생풀들로, 다양한 색돌을 갈아만든 물감으로 그려진 탕가들을 둘러보았다. 퇴색된 천장 무늬 아래 칠이 벗겨진 낡은 기둥들이 흐릿한 불상들을 감싸고 있는 법당을 한 바퀴 돌아본 후 다시 마당으로 나왔다.

햇살이 따뜻하게 비치는 양지 쪽에 조금전 나를 에워쌌던 까까머리 아이들이 옹기종기 줄지어 서 있고, 툇마루 한 켠에는 한 스님이 얼굴을 잔뜩 찡그린 아이들 머리를 밀어주고 있었다. 그 풍경이 문득 내 어린 시절 까까중 머리 친구들을 보는 것 같아 미소를 금할 수가 없었다. 허물어져 가는 법당의 처연한 아름다움 때문이었나, 아이들의 해맑은 미소 때문이었나, 얼른 발길을 돌리지 못하다가 입구에 적힌 건물 보수 계획을 보고 얼마간의 헌금을 안내인에게 건넸다. 솔직히 그리 큰 금액도 아니었다. 그런데 그가 그 옆에 위치한 최근에 지어진 법당도 구경시켜 주겠다는 거였다.

그를 따라 들어간 현대식 법당은 울긋불긋한 벽걸이와 현란한 금빛 탱화들로 장식된, 중국이나 몽골에서 흔히 보았던 새로 보수된 사원들을 연상시켰다. 승려들의 법회가 열리는 회랑에 놓인 북들과 의식 집전에 사용하는 도구들을 둘러보고 그만 나오려는데 잠시 밖으로 나갔다 온 그가 나더러 좀 기다리라고 했다. 그리곤 아까 툇마루에서 아이들 머리를 깎아 주던 스님이 힐끗 나를 곁눈질하며 위층으로 올라가더니 잠시 후 내려와 내게 한 뭉치의 옷을 건넸다. 스님들이 입는 자줏빛 바지와 몸에 두르는 커다란 카프였는데 우연히도 내가 다음 달 티벳에 가면 꼭 사 오리라 벼르던 것들이었다. 예기치 않은 선사품을 받아든 나는 놀랍고 감사하는 마음에 그 스님과 사진까지 함께 찍었다. 고색창연한 붉은 절을 배경으로 미소를 짓는 스님과 핏빛 카프를 두르고 선 내 모습이 정말로 그럴듯해 보인다. 중앙 아시아에서 만났던 여느 사람들처럼 그 스님 역시 영어가 통하지 않아 대화는 나눌 수 없었지만, 그의 담백하고 온화한 표정만으로도 충분히 그의 선적 풍모를 느낄 수 있었다.
안내인의 설명에 따르면, 그분은 근방의 네팔 사람들에게도 가장 존경받는 티벳 라마승인데, 몇 년 전 이 절 주변에 관광 호텔들을 지으려는 사업자들의 계획을 토굴에 들어가 이 년 동안 수도함으로써 무산시키기도 했다고. 이 사원이 그나마 안나푸르나 지역에서 유일한 티벳절로 건재하며, 아이들을 가르키는 불교 학교로서의 명맥을 이어가고 있는 것도 순전히 이 스님의 불력 탓이라고.

― *아, 그런데 승복이라니, 토굴이라니! 행여 이 스님이 나의 티벳 행을 알고 있었던 것이나 아닐까?*

이 붉은 까프는 다음 여정인 티벳에서 내가 즐겨 입게 된다. 그리고 실제로 카일라쉬 순례길에서 한 동굴을 만나게 될 것이다. 토롱라 고갯길을 등반한 후 우연히 들렀던 티벳 절에서 멋모르고 받아든 승복 한 벌이, 나중에 에베레스트 세 고갯길의 마지막 마을에서 한 라마승과의 만남으로 이어지기까지, 이 소소한 인연의 끈이란 얼마나 기이하게 뻗어 있는가!

카그베니 사원의 남루한 법당, 그 스님이 주었던 승복이 아니었어도 내가 티벳 순례길에서 그토록 특별한 감상을 느꼈을까? 에베레스트로 갈 생각을 하게 되었을까? 결국 그 모든 것이 이 금가고 허물어질 것 같았던 작은 법당에서 비롯되었다고 해야 하나…

이 스님과의 인연은 내 여행길에 불가해한 신비를 드리운다. 노르망디의 한 브로깡뜨에서 발견했던 책 한 권이 나를 꽁포스텔 순례길로 인도했듯이, 안나푸르나 계곡의 스님이 선사한 승복 한 벌이, 어찌 보면 별것 아닌 사건이 《에베레스트 상상》의 시발점이었다면 지나친 유추일까? 이 글을 쓰는 지금도, 내 여행길의 모든 만남들이 그 핏빛 천의 촘촘히 짜여진 무늬결처럼 여겨진다.

어쨌든 그 모든 일들이 어김없이 일어나기 위해서는, 태초의 무의식과 우주적 욕망이 얽히고설킨 다부진 상상력이 필요하다.

Ⅱ. 티벳

머나먼 지평선으로 뚫린 여행길의 미로 속에서

나 자신이라는 틀에서 벗어나

외부 세상을 향해 활짝 열어제친 그 개방성으로

우주의 에너지를 체감하는 일이 보다 쉽지 않았을까

하늘과 호수가 맞닿은 그 초월적 풍경이

육체와 영혼, 상상과 실제 사이에 작용하는 자연의 섭리를

보다 가까이 느끼게 하지 않았을까

라싸

여행길에서 누군가 너 어디서 왔니? 몇 살이니? 하고 물으면 내 대답은 언제나 한결같다.

— 티벳, 33살.

이유는 없다. 그냥 그렇다.

티벳은 2015년 인도의 라자스탄에 갔을 때, 그리고 2017년 유라시아 횡단 여행 때 중국의 청두에서 기차로 갈 기회가 있었다. 하지만, 개인 여행은 불가능하다는 이유 때문에 포기했던 터였다. 정작 오래전부터 여행지라면 첫손을 꼽을 정도였지만 그 나라의 정치적 상황 때문에 여태 미루고 있었다. 그러나 중국의 압제를 겪고 있는 티벳 상황이 조만간 달라질 것 같지도 않고, 민주다 인권이다 목소리를 높이던 서구의 언론들도 중국의 막강한 경제력 앞에 입을 꾹 다물고 있는 판이니 나 홀로 여행을 기다리다간 영영 못 갈지도 몰랐다. 모처럼 히말라야에 오른다고 카트만두까지 가게 된 마당에 그 징한 땅의 바람이나 좀 쐬고 오자, 침략이니 인권이니 그딴 시시비비 따지지 말고 그냥 두 눈 질끈 감고 그 산천의 풍경이나 몇 장 담아 오자.

그렇게 마음을 먹은 뒤 인터넷을 뒤져 한 티벳 여행사에서 일정에 맞는 프로그램을 발견했다. 티벳인 가이드가 이끄는 일행 5명과 함께 라싸에서 출발해 여러 불교사원들을 답사한 후 카일라쉬 순례길을 걷는 한 달간의 여정이었다. 남초Namtso, 암드록초Yamdrok-Tso 호수들을 거치며 구게Guge 왕국까지 동서로 3000km를 횡단하는 그룹 여행이 끝난 후에는, 라싸에서 며칠간 개인 일정을 보낼 수도 있다고 했다.

내가 일찌기 꿈꾸었던 티벳 여행에서 수백 마리의 야생 노루 떼가 몰려 다닌다는 창탕Chang Tang 고원이나 유명 학승들을 배출했다는 쉐첸Shéchen 승원이 있는 캄Kham 지역, 그리고 수많은 은자들의 명상지로 이름난 암도Amdo 지방을 찾아가는 것은 아마도 내생에서나 가능할 듯하다. 여행객은 라싸와 허가받은 여행지를 제외하곤 그 어디에도 마음대로 갈 수가 없다니까 말이다.

맑은 가을 날씨가 계속되는 10월 초였다. 카트만두에서 비행기를 타고 라싸Lhassa 공항에 도착하니 가이드가 기다리고 있었다. 토롱 라 고갯길을 내려와 포카라를 거쳐 왔던 터라 좀 피곤하긴 했지만 티벳 여행은 차로 이동하는 일정이라 일단 육체적인 어려움은 별로 없을 것이다.

공항에서 라싸 시내로 들어오는 길, 저 멀리 보이는 민둥산을 배경으로 키 낮은 건물들의 지붕 위로 붉은 별이 그려진 오성기가 휘날리고 있었다. 거리의 간판들도 거의 중국어로 쓰여 있어 네팔에서도 흔히 보았던 나뭇가지에 꽂힌 타르초 깃발만 아니라면 중국의 여느 소도시와 별반 다를 게 없어 보였다. 일행의 숙소였던 대로변에 위치한 현대식 호텔의 창문 밖으로도 그 붉은 깃발들이 어김없이 나부끼고 있었다. 새파란 하늘을 이고 선 검은 산등성이 위로 하얀 구름이 무심히 흘러가고 있었다.

라싸의 호텔에서 합류한 우리 일행은 미국, 아르헨티나, 네델란드에서 온 세 남자와 벨기에 여자, 나까지 다섯 명이었는데 사십 대에서 오십 대에 걸친 중년층이었다. 가이드의 설명으로는 라싸에서 조캉Jokhang 사원을 비롯한 세라Sera, 드라펑Drepung 사원 등을 방문한 후 지프로 강체Gyanzé와 시가체Shigatsé, 사까sakya를 거쳐 구게Guge 왕국에 이를 예정이라고 했다. 카일라쉬Kailash 순례길로는 먼저 마나사로바Manasarovar 호수를 구경하고 5630m 돌마라Dolma-la 고갯길을 넘는 사흘간의 일정이 포함되어 있었다.

첫날은 자유 일정이었다. 먼저 조캉 사원을 찾아 나섰다. 번화한 대로 대신 호텔의 뒤쪽으로 난 좁은 길을 따라가자니 식당들과 옷가게들, 식료품점들이 밀집되어 있었는데, 아이들이 놀고 있는 골목길 대문마다 슈퍼마켓의 바코드 같은 표식이 붙어 있었다. 집주인의 사진과 약력이 쓰인 종이가 붙어 있기도 했는데 그 집안 사람에 대한 정보가 모든 이들에게 공유되고 있는 것 같았다.

온갖 기념품 상점들로 넘쳐나는 바코르Barkhor 중앙로에는 오체투복으로 코라를 도는 사람들이 많았다. 마니차를 흔들며 지나가는 티벳인들과 관광객들 사이로 한 마리 미물처럼 기어가고 있는 그들의 모습이 언뜻 생경하면서도 가장 티벳적인 풍경을 보여 주고 있었다. 나도 그들을 따라 사원 주변의 길을 한 바퀴 돌았다.

불교 설화에 따르면 티벳 땅은 악마의 몸체를 하고 있는데, 고대로부터 그들은 악마의 기운을 정화하기 위해 그 몸의 각 주요 부분마다 사원을 지었다고 한다. 그 몸의 심장이 라싸이며 조캉 사원과 그 주변의 바코르 길은 이 땅의 신성한 기운이 집결하는 중심지라는 것이다. 그러니까 이 사원의 코라를 도는 순례객들은 자신의 몸을 이 땅과 일치시키며 마음을 정화시키는 동시에 악마의 기운을 달래고 있는 것이다. 그들 중에는 몇 달 혹은 몇 년에 걸쳐 이곳에 도착한 사람도 있다고 한다. 그래선가 땅바닥을 쓸고 다니는 이들의 초라한 행색을 눈여겨 보는 사람은 아무도 없었다. 티벳의 관습에 의하면 순례객이 거지꼴로 구걸을 하거나 찻집에서 어릿광대 노릇을 하며 밥벌이를 하는 것은 전혀 이상한 일이 아니라고 한다. 오히려 길에서 겪은 고통이 클수록 수행의 가치가 더욱 커진다는 믿음 때문인지 찬조금을 보태듯 그들에게 돈을 내미는 사람들도 있었다. 이런 순례객들은 한 해 농사를 끝마친 늦가을부터 시작해 한겨울 음력 설날 즈음 피크에 이른다고.

라싸의 중앙 광장에 면해 있는 조캉 사원은 수많은 사람들로 북적였다. 동물 형상이 그려진 흰 목면 천으로 장식된 대문 앞에는 몇십 명의 사람들이 팔꿈치와 무릎, 손과 발, 이마를 땅에 대며 수백 번씩 절을 반복하고 있었다. 남녀노소 할 것 없이 두꺼운 앞치마와 장갑으로 무장한 사람들의 삼천 배가 일상의 스펙타클처럼 행해지고 있다. 오체투복은 증오, 욕망, 무지, 오만, 질투라는 다섯 가지 마음의 독을 몸의 다섯 부분을 통해 고갈시키며, 그 행위를 통해 모든 존재들의 고통을 수용하며 다섯 가지 지혜로 변모시키는 의식이라고 한다.
사람들의 물결에 밀려 들어간 건물 내부는 티벳의 중심 사원답게 거대한 금빛 불상들의 장엄한 위용 아래 순례자들의 행렬로 인산인해를 이루고 있었다. 그들이 봉헌하는 버터 기름으로 타오르는 등잔불로 밝혀진 좁은 방마다 양초 타는 냄새와 진한 향내음이 흥얼거리는 염불 소리에 뒤섞여 걸음을 옮기자니 비릿하게 달아오른 바닷물을 헤쳐나가는 기분이었다. 형형색색의 불상들 앞마다 꽃과 지폐가 넘쳐나고 있었고, 사람들의 물결에 밀려나온 정원 마당 어디에도 빈자리가 없을 정도로 불심의 열기가 뜨겁게 타오르고 있었다.

그런데 이 낯설고도 경이로운 풍경은 길가에 총을 들고 서 있는 중국 공안의 행렬과 대조를 이루고 있었다. 조캉 사원의 광장으로 통하는 골목길 모퉁이마다 길을 막고 설치된 부스에서 그들은 모든 행인들의 신분증과 통행 서류를 검열하고 있었다. 작년 예루살렘의 골목길마다 설치되어 있던 검열대와 이슬람 사원들 입구마다 서 있던 무장한 이스라엘 군인들이 떠올랐다. 어느 정도 예상했던 일이었으나 막상 손가방까지 열어 보여야 하는 수위의 검열을 당하다 보니 여행 기분이 싹 가셨다. 유라시아 여행 때 중국의 우루무치에서 위구르족을 핍박하는 중국 경찰을 본 적도 있었고, 라싸에서 최근에 일어났던 승려들의 분신 사태에 대해서도 알고 있었지만 정말이지 이 정도일 줄은 몰랐다.

이 조캉 사원 광장만 해도 1980년대와 중국에 올림픽이 열렸던 2008년에 수천 명의 학살과 방화가 일어났던 곳이다. 사원과 내가 묵었던 호텔로 통하는 좁은 골목길에는 지금도 옛 가옥의 담벼락이나 문간에 불탄 흔적들이 선연하게 남아 있었다. 하지만 검열대에서 느껴지는 티벳인들의 표정에는 국외자인 나만큼도 저항감이 느껴지지 않았다. 그들은 어떤 절망도 분노도 슬픔도 내비치지 않았다. 모든 것은 지나가고, 흘러가기 마련이며, 그 어떤 것도 남지 않는다는 부처의 일체무상을 실천하고 있어선가, 실제로 다수의 티벳인들은 문화 혁명 때 파괴된 수많은 사원들과 수없이 살해당한 사람들에 대해 잊어버리기를 원한다고 한다. 희생자의 가족들도 그 악업을 되새기며 다음 세대들에게 물려주기보다 기꺼이 침묵을 선택한다고. 그 참상을 기억하고 되새길수록 고통의 양을 확장시키며 업을 가중시킨다는 것이다. 그래서 망각의 강으로 카르마를 흘려보내는 것이다.

하지만 오체투복을 하며 내 곁을 지나가는 티벳인들을 바라보며 드는 속인의 방만한 생각인즉슨,

세상사에 아랑곳없이 오로지 일편단심, 성불을 향한 저 극단적인

자기 방임이 이 나라의 정치적 현실에 영향을 미치지 않았을까?

오체투복으로 속세의 모든 고통과 번뇌를 잊고, 오로지 중생의 해탈을 바라는 보리심과 이타성이 어쩌면 이런 비극적 상황을 초래하지 않았을까?

이런저런 생각들을 하며 내 발걸음은 어느덧 티벳의 옛 풍물을 전시하고 있는 한 카페에 당도했다. 고풍스런 유물들로 벽면이 장식된 실내의 바 앞에서 전통 복장을 걸친 한 젊은이가 관객들에게 이야기를 구술하고 있었다. 큰 통창 밖으로 조캉 광장이 내려다보이는 자리에 앉아 점심을 들며 그의 연기를 감상했다. 검은 전통 의상 위로 길게 땋아내린 머리 끝에 장식한 새빨간 비단 술이 독특한 연극적 제스츄어와 아주 잘 어울렸다. 팸플릿에 요기이자 시인이었던 밀라레파Milarépa의 푸른 몸이 그려져 있는 걸 보니 아마도 그 선승에 대한 일화를 소개하나 보다. 모르긴 몰라도 연기자의 풍부한 몸짓과 표정으로 보아 티벳 설화의 구전 전통을 잇고 있는 듯했다. 그의 유머러스한 연출이 재미있어 알아듣지도 못하는 티벳말을 고개를 끄덕이며 따라 웃고 있자니 나도 덩달아 유쾌해졌다. 그의 유려한 말소리와 억양을 통해 티벳어의 음율과 리듬을 느끼게 되자, 어쩐지 그 문화에 조금이나마 다가가는 기분이 들었다. 표지엔 Gur-Bum의 〈십만 개의 노래들〉 중 한 구절이 인용되어 있었다.

《 나는 그 유명한 밀라레파,
전통과 지혜의 아들,
고독하고 헐벗은 늙은이.
노래가 내 입에서 솟아나오고,
자연은 내게 한 권의 책이다.
쇠막대기를 한 손에 들고,

삶의 노도와 같은 바다를 가로지른다.

정신 Esprit과 빛 Lumière의 장인 Maître ;

나의 모험과 기적들은,

지상의 신들에게 의존하지 않는다.》

　이 시는 파리의 소르본 대학 앞에 위치한 한 연륜 있는 출판사에서 나왔던 《Milarepa ou Jetson-kahbum》이란 책의 첫 페이지에 수록되었던 바로 그 시였다. 오래된 희귀본들을 많이 갖추고 있던 그 서점에는 티벳에 관련된 책들이 많았는데 붉은 표지의 이 책에는 밀라레파의 삶과 시들이 잘 소개되어 있었다. 니르바나에 도달하기 위해서는 눈으로 지혜Sagesse를 보고 발로 직접 방법Méthode을 실행해야 한다는 수행승의 실천적 철학이 담겨 있었는데 돌이켜 보면 티벳 여행길에서 처음 마주친 이 시가 그저 우연 같지만은 않다.

　라싸에 온 첫날, 조캉사원에서 오체투복하는 사람들과 함께 코라를 돌고, 동굴에서 풀뿌리로 연명하며 니르바나Nirvana를 설파했던 고승의 시를 발견하게 된 것이 마치 잃어버린 전설을 발견한 듯 뿌뜻해 왔다.

　구원은 신의 선물이 아니라, 순수한 의식Conscience pure에 이르기까지 자신의 육체와 영혼을 정화하는 수련에 의해 이루어진다는 이 수행승의 금욕적 삶이 바로 티벳인들의 오체투복 전통에 스며들지 않았을까?

　카페를 나와 스쳐 지나가는 수많은 순례객들 속에 문득 나도 모르게 눈바람 날리는 히말라야 고원을 걸어가는 한 요기의 형형한 눈빛을 찾고 있었다.

　오늘 나는 내 발걸음을 동반할 요기를 만났던 것일까?

포탈라Potala궁으로 가는 길은 조캉 광장을 벗어나 왼쪽 방향으로 나 있었다. 호텔들과 대형 건물들이 들어선 차도는 궁궐에 가까워질수록 현대화되고 있었는데 사진으로 보았던 흰 벽으로 된 전통적인 집들은 사라지고 그 자리엔 전면이 대형 유리창으로 장식된 상점들이 줄을 이었다. 문화 혁명 때부터 전통적 가옥의 재료였던 토쉬나 돌, 벽돌 등으로 집을 짓거나 천정을 떠받치기 위해 나무를 사용하는 것이 금지되었다고 한다. 하지만 콘크리트 벽으로 건축된 집들은 지붕이 평평하지 않아 그들의 전통 양식인 깃발 달린 막대기를 꽂을 수 있는 기둥들도 사라졌으며, 이 지역에 빈번한 지진에도 더 취약해졌다고 한다. 중국의 여느 도시 풍경을 방불케 하는 패스트 푸드점, 옷가게들, 전자용품 매장들이 즐비한 길을 지나 길모퉁이를 돌아드니 저 멀리 포탈라궁이 나타났다. 붉은 선이 그어진 성곽의 우윳빛 벽이 어쩐지 공중에 붕 뜬 상처입은 환영처럼 처연해 보였다. 그 자주빛의 붉은 기운이, 내 기분 때문이었나, 어쩐지 오래 묵은 핏빛처럼 보였다. 달라이라마가 쫓겨가던 1959년 한겨울, 하얀 눈 위에 찍힌 승려들의 핏자국을 연상했다면 너무 멀리 간 건가.

지금은 공공 박물관으로 변모한 궁의 계단길을 올라가니 주인없는 방들이 쓸쓸하게 관광객을 맞고 있었다. 달라이라마가 떠난 지도 벌써 반세기가 넘었다. 어떤 손때 묻은 물건인들 남아 있을까. 좁은 들창을 가린 노란 커텐만이 그가 입고 있던 승복의 노란빛을 연상시켰을 뿐, 영혼이 빠져나간 육신처럼 껍데기만 남은 그 장소의 에스프리는 이미 그곳을 떠난 지 오래였다. 사람들로 붐비는 언덕길을 내려오니 오솔길로 이어진 호수가 보이고 입구 쪽의 정자 근처에 수십 명의 티벳인들이 원을 그리며 노래를 부르고 있었다. 해는 뉘엿뉘엿 저무는데 구석에 놓인 사과궤짝만한 구식 스피커에서 흘러나오는 음악에 맞추어 손에 손을 잡고 춤을 추고 있었다. 어찌 보면 한가로운 사람들의 여흥같기도 하고, 대수롭지 않은 동네 모임 같기도 한 이 광경을 오랫동안 지켜보며 이곳에 와 처음으로 나는 마음의 평정을 되찾고 있었다. 무엇보다 주변에 무장한 공안이 보이지 않는다는 사실 하나만으로도 숨통이 트이는 듯했다. 이곳이 라싸에서 그들이 보이지 않았던 유일한 장소였기 때문이다.

다음 날 일행은 라싸의 북쪽에 있는 세라Sera 사원으로 갔다.
서쪽의 드라펑Drepung과 간덴Ganden 사원과 함께 승가 대학이 있는 3대 사원 중의 하나다. 라싸 중심가를 빠져나와 5km 떨어진 널찍한 아스팔트 광장에 진입했다. 차에서 내리자 높다란 산등성이에 기대 지어진 사각의 하얀 담장 너머로 붉은 사원이 금빛 지붕을 이고 있었다. 화려하게 복원된 성문을 들어서자 삼삼오오 짝을 지어 승려들이 지나갔다. 15세기에 창건된 후 한때는 9천 명 정도의 학승들이 거주했던 겔룩파Gelugpa의 주요 사원답게 수많은 살륙과 파괴의 역사에도 불구하고 현재 라싸에서 가장 대표적인 관광지로 자리잡고 있다고 한다. 약 12ha에 이르는 사원의 여러 부속 건물들 사이로 긴 가로수길이 나 있는 분위기가 대학가의 풍모를 여실히 풍기고 있었다.
가이드의 안내로 들어선 법당의 한쪽 벽에는 새의 머리를 하고 갈라진 짐승의 발을 한 악마들이, 또 다른 쪽엔 톱으로 사람을 자르는 괴물들이 늘어서 있었다. 나무에 목매달려 있는 사람들의 발 아래 늑대가 떨어지는 피를 마시며 고깃점을 기다리고 있기도 했고, 인간들의 배를 가르고 내장을 불에 굽고 있는 온갖 기괴한 형상들의 집합체가 이어지고 있었다. 갈고리 모양의 발과 긴 발톱을 하고 눈알이 공처럼 튀어나온 마왕들은 분노한 Dakini다. 그 옆에 소 대가리를 한 죽음의 재판관 Shindje가 무뚝뚝하게 이 광경을 지켜보고 있는데, 인간들은 죽고 나면 각자의 카르마에 따라 다시 태어나는데 지옥에서 태어나면 이렇게 고통받는다는 것을 상징한다고 한다.

유럽의 미술관에서 보았던 기독교의 지옥 풍경도 그럴듯한 게 많지만, 티벳의 지옥은 아주 발칙하면서도 더욱 유머러스한 것 같다. 폭력과 광기의 미학을 토착 신앙에 잘 조화시켰달까, 선악을 초월한 시적 초연함이 느껴진다.

또 다른 방에서 본 탕가Thanka에는 배가 불뚝 나온 검거나 초록 혹은 파란 몸을 한 Mahakala가 여러 개의 머리와 팔과 손을 휘젓고 있었다. 가이드의 설명으로는 이 사원의 벽에 걸린 그림들은 옛날 마을과 마을을 돌아다니던 설화자들이 부처가 그려진 만다라와 함께 이용하던 것이라고 한다. 다양한 채색으로 그려진 불화들의 서사적인 구성도 독특했지만 악마들의 기괴한 모습이 티벳인들의 불심에 면면이 내려오는 다이나믹한 활력을 보여 주고 있었다.

오후 3시경에 열리는 승려들의 대론 장면을 보기 위해 사원의 한 광장으로 갔다. 건물의 입구에 줄지어 선 관광객들이 이 행사에 대한 대중적 관심을 반영하고 있었다. 정원의 큰 마당에는 수십 명의 젊은 승려들이 둘씩 짝을 지어 토론을 하고 있었다. 손뼉을 치며 묻고 대답하는 쭤바라는 문답 양식이었다. 설법과 저술과 논증을 통해 기존의 진리를 분석하고 탐구해 나가는 티벳 불교의 학풍을 실연하고 있는 것이다. 도대체 어떤 질문과 응답이 오가는지, 단지 암기식으로 외운 경전에 대한 질문과 답인지, 주어진 진리에 대한 개인적인 탐구에 따른 반론이 펼쳐지는지 궁금했지만 티벳어도 모르는 데다 어디 물어볼 데도 없어 그냥 구경꾼으로 머물러 있었다.

이 토론장이 관광객을 위한 전시용이란 느낌이 물씬 풍기긴 했어도, 2008년의 티벳 소요 때 이 사원에서 승려들의 분신이 가장 극렬하게 일어났었고, 그 때문에 한동안 문이 닫혔던 걸 생각하면 속사정이야 어떻든, 이십 대 승려들의 웃음 소리를 듣는 것만으로도 모처럼 청량감이 들었다. 그래선가 우리 일행을 포함한 백여 명의 외국인 관광객들이 대론 장면을 에워싼 채 사진을 찍거나 대화를 나누며 이 희귀한 스펙타클을 감상하고 있었다.

같은 승가 대학으로서 한때는 7000명의 학승들이 거주하기도 했다는 드라펑 사원이 문화 혁명 때 처참하게 도륙당해 그 학풍을 잃은 대신 이 세라 강원이 그나마 학문과 사유와 수행의 일치를 강조하는 티벳 불교의 명맥을 잇고 있다고 한다. 하지만 티벳어마저 금기시되고 있는 현 실정 아래 그 전통이 실제로 어떻게 전승되고 있는지는 짐작하기가 어렵다. 그나마 학승으로서 이 사원에 거주하기 위해서는 달라이 라마를 부정하는 선언서를 써야 한다는 조건을 생각하니 어쩐지 좀 찜찜하게 여겨지기도 했다. 이 대론장이 관광객을 의식한 작위적인 놀이마당일 수도 있다.

오래전 티벳 땅을 떠나 인도의 다람살라에 거주하는 달라이 라마는 중국 당국이 지정할 다음 달라이라마가 정치적으로 이용당할 것을 염려해 자신은 더 이상 환생하지 않을 것이라 못 박은 터다. 대신 그는 인도나 네팔, 미국에 세워진 불교 대학에 철학과 문학은 물론 천문학과 의학 등 자연 과학에 대한 수업을 강화하며 학승들의 교육의 현대화에 힘쓰고 있다고 한다.

라싸에서 삽십 분 정도 걸린 드라펑Drepung 승원은 '쌀무더기'라는 뜻의 이름에 걸맞게 하얀 건물들이 분산되어 있는 대학촌 같았다. 15세기에 건설된 이후 한때는 1만 명 정도까지 승려들을 수용했다는 이 사원은 주로 정치적 행정적 사무를 맡고 있었던 탓에 가장 큰 핍박을 받았다고 한다. 한꺼번에 7천 명을 수용할 수 있다는 대법당엔 노란 모자들과 붉은 장삼들이 주인을 기다리며 거대한 기둥들 사이에 헛헛하게 늘어서 있었다. 그들 사이로 울려퍼졌을 북과 징 소리, 독경과 염불 소리를 들으며 황금 미래불을 돌아보았다.

파리의 소르본 대학길을 연상시키는 좁고 긴 골목길, 문득 한 학승이 옆구리에 책을 끼고 돌아나올 듯한 기숙사 건물들을 돌아다녔다. 그러나 20ha에 이르는 정원을 둘러보았지만 승려라곤 한 다리 위에서 잠깐 스친 노승 한 사람뿐 사원은 휑하니 비어 있었다. 외국 관광객들이 많아선가 말끔하게 단장되었던 세라 사원과 달리, 승려들도 관람객들도 별로 보이지 않는 이곳의 남루한 방들은 대부분 문이 잠겨 있었고, 붉은 벽을 따라 길게 조성된 마니차 행렬은 한산하기만 했다.

어쨌거나 이 고적한 승원의 분위기와 매끈한 바위산등성이로 둘러 싸인 자연 환경이 한 철 머무르며 공부하고 명상하기 좋은 곳이란 생각을 하며 사원 뒤쪽으로 난 산길을 올라갔다. 울긋불긋한 불상들이 늘어선 언덕배기에서 내려다본 사원의 지붕 위엔 날개가 부러진 납빛 짐승들이 처연히 엎드려 있었다. 곧 비라도 내릴 듯 검은 구름장이 빛바랜 조각들 위로 몇 방울 가랑비를 뿌리며 지나갔다. 이곳에서 공부하고 토론하던 그 젊은 영혼들은 지금 어디에서 무엇이 되어 있을까?

불교 교리가 설파하는 완전한 수용과 무분별의 대긍정이 현실 안주에 빠져들게 하지 않았을까, 지금 이대로가 극락이라는 현상에의 복종과 체념을 낳게 하지 않았을까?
라는 나의 첫날의 의구심은 강원을 나오며 다음 질문으로 이어지고 있었다.

티벳 불교가 무한한 연민과 관용의 정신을 충실히 계승한 나머지 이대로 중국 문화에 복속되어 소멸되고 말까?

사원들

　라싸에서 사흘을 머문 우리 일행은 카일라쉬 순례길을 향해 서쪽으로 출발했다. 가이드와 운전사를 동반한 미니버스를 타고 3주간의 대장정이 시작된 것이다. 라싸에서 200km 정도 떨어진 강체로 가는 길은 잘 닦인 아스팔트 도로였다. 고속도로처럼 훤하게 뚫린 망망대로엔 오성기가 붉은 가로수처럼 줄지어 휘날리고 있었다. 중국의 통합과 안정을 외치는 구호가 적힌 전광판들이 일사불란하게 늘어선 도로변의 풍경이 화면에서 보았던 북한의 군대행렬을 연상시켰다. 이 정도의 치열하고 전투적인 프로파간다는 독일 나치즘의 선전구호에서나 있을 법했다. 수십 km에 걸쳐 계속되는 풍경은 무서울 정도로 획일적이고 결사적이며 총체적이었다.

　이런 길을 한두 시간쯤 통과하자 고비 사막에서 불어온 바람인지 모래인지 모를 강풍이 차창을 때리고 지나갔다. 시골 마을을 지나갈 때마다 처마밑에 흔들리는 낡고 빛바랜 천조각들이 바람의 세기를 알게 해 주었는데, 서너 집에 한 집 꼴로 지붕 위엔 붉은 깃발들이 펄럭이고 있었다. 비가 많이 오지 않는 기후 탓인가 낮으막한 상자곽 모양을 한 회백색의 흙집들 위로 돌출된 오성기의 선명한 별들이 뜬금없는 낮별들 같았다. 저 멀리 보이는 흙먼지 날리는 산비탈엔 간간이 파괴된 사원들이 서 있고 무너진 돌무더기들 사이로 찢겨진 타르초가 애잔하게 손을 흔들고 있었다.

티벳이라면 내 고향같은 곳이었다. 어쩐지 오래전부터 이 메마르고 광활한 평원, 험준한 바위산, 길고 꾸불꾸불한 강줄기들이 그저 친밀하게 느껴졌다. 그리스의 섬들이나 파미르의 고원처럼 배낭 하나 짊어지고 그냥 자유롭게 이 땅을 돌아다니고 싶었다. 하지만 현실은 이런 그룹 여행밖에는 방도가 없었다. 정해진 프로그램을 따라야 하는 일정이 좀 따분하긴 했어도 비용이 적게 든다는 이점은 있었다. 마음 같아서는 우리 일행이 방문할 예정인 유명 사원들보다 어디 이름 없는 허름한 절에서 스님들과 공양이라도 들며 몇 마디 대화라도 나누고 싶었지만 작금의 이 나라 상황에서는 있을 수 없는 일이었다. 대신 파리에서 배낭을 꾸릴 때 챙겨넣었던 밀라레파Milarépa의 시집과 내가 좋아하는 방랑승 파트룰Patrul 린포체Rinpoché의 '깨달음의 방랑자'《le Vagabond de l'Eveil》를 시간이 날 때마다 꺼내 읽었다. 행여 멀찌감치서라도 온몸이 빛나는 요기들을 스칠 수 있을지도 몰라.

암드록초Yamdrok tso 호수 주변에는 중국 관광 버스들이 줄지어 도열해 있었다. 강바닥이 깊어선가 잔물결도 일지 않는 물가에는 털이 긴 야크가 현란한 방울장식을 하고 여행객들과 사진을 찍고 있었다. 저 짐승은 웬 엉뚱한 수난인가. 어디서건 중국인들로 꽉 찬 식당에서 점심을 먹었는데 호수를 바라보는 전망을 가진 곳은 그 식당뿐이었다. 하지만 주변이 소란스러워선가 유달리 짙어 보이는 청남색 물빛도 스콜피온 형태를 하고 있다는 호수 풍경도 별로 눈에 들어오지 않았다. 가이드의 설명으로는 2000년부터 시작된 중국의 '위대한 서쪽 번영'이란 구호 아래 중국의 한족들이 일자리를 찾아 티벳으로 몰려들고 있다고 했다. 정부가 정책적으로 장려하는 주거와 조세적 이점으로 2055년경에는 한족들의 숫자가 토착민인 티벳인들을 초과할 거라고 했다. 훤하게 뚫린 아스팔트 길로 접근이 용이해진 산간 마을들은 이제 전통과 고요를 잃고 속도와 숫자를 앞세운 중국의 현대문명에 흡수되고 있는 듯했다.

라싸를 벗어나자 공안들이 좀 줄어들긴 했지만 그래도 도로의 요지마다 검열이 철저히 행해지고 있어 이 정도면 민중궐기는커녕 옆동네도 마음대로 오가기 힘들 거란 생각이 들었다. 통행이 거의 없는 시골길에서조차 여행자의 신분을 일일이 확인했고 여차하면 차에서 내려 개인 인터뷰를 해야 했다. 강체와 시가체에 이르기까지 이런 분위기가 계속 이어졌다. 그나마 방문했던 사원들에서도 중국 관광객을 빼곤 티벳인들을 제대로 보기도 힘들어 가끔 차창 밖으로 경운기를 몰고 가는 토착 여인들을 보노라면 우리 일행들은 진풍경을 만난 듯 창밖으로 목을 길게 빼내기도 했다. 햇볕에 그을은 까무잡잡한 얼굴에 수건을 머리에 질끈 동여매고 경운기에 가마니나 풀을 싣고 가는 그녀들의 모습이 전통적으로 독립성이 강하다는 티벳 여성의 일면을 보여 주는 듯했다. 그러고 보면 라싸에서 조캉 사원의 코라를 오체투복으로 돌던 사람들도 주로 여인들이었다.
저 여인도 올가을 농사가 끝나면 긴 순례길을 떠날까?

강체Gyantzé로 들어서는 입구에는 천막촌이 많았다. 길가엔 남루한 옷을 걸친 아이들이 뛰어놀고 있었는데 중국 정부의 정책으로 오래 전부터 자유로운 이동이 불가능해진 유목민들이 도시 변두리에 모여 산다고 했다. 양 떼와 야크 떼를 거느리고 깊은 계곡과 맑은 호수, 광활한 초원의 풀을 찾아 유랑하던 티벳인들의 노마드 풍속이 금지되자, 이제 그들은 도시 교외의 빈민으로 전락하고 있었다. 그들이 만든 치즈와 고기, 물물교환의 전통은 사라지고, 아이들은 거센 바람을 가르며 말달리는 야생의 기상을 잃고 유명 사원 근처를 배회하며 관광객들에게 손을 내밀고 있었다.

3800m 고지에 위치한 강체는 현대적 건물이 많았던 라싸에 비해 비교적 고풍스러운 분위기를 간직하고 있었다. 이 도시를 대표하는 중세기 시대의 건축물의 흔적이 남아 있는 쿤붐Kunbum 사원을 방문했다. 말 그대로 10만 개의 불상의 이미지를 포함한 거대한 불탑은 거의 100개 정도의 방을 갖추고 있었는데 나선형 계단을 따라 올라간 방마다 고유한 개성을 자랑하는 만다라Mandala 그림들이 걸려 있었다. 마치 거대한 초르텐Chorten의 건축적 구조를 탐험하는 듯한 이 성채의 샤펠같은 작은 방들에는 오래된 탕가Thangka들이 옛 모습을 온전하게 간직하고 있었다.

불빛도 없는 창고방 구석에는 쪼개지고 금간 불상들이 어둠 속에 방치되어 있었다. 낯선 침입자의 시선에 놀란 듯 몸을 일으키는 600년 전 불화 속의 이름모를 얼굴들이 언젠가 한번 스친 적이 있는 이웃처럼 친밀하게 느껴졌다. 먼지 낀 골방의 책더미들 사이에 폐품처럼 나뒹굴고 있는 불상들 사이로 언뜻언뜻 희귀한 보석처럼 빛을 발하던 불화들의 찬연한 독창성이 내 발걸음을 붙들었다. 방 문턱을 넘나들 때마다 내 머리 위에서 도끼를 내리찍고 있는 듯한 악마불들의 해학도 좋았지만, 특히 온통 검은 색으로 뒤덮인 벽면 가득 촛불처럼 떠오른 하얀 부처상의 모습은 마치 천 년 미술관에나 온 듯한 감탄을 자아냈다. 검은 기둥들 사이로 보이는 하얀 나신이 검은 나무숲 사이로 떠오르는 달빛 같아 몇 번을 돌아보았다.

티벳 불교 전통에 따르면 초르텐의 형상이 부처의 몸을 상징한다면 그 안에 든 경전이나 성물등은 부처의 말을 상징하고, 불자들은 그 탑을 돌며 우주 태양계의 순환 원리를 이행하듯 부처의 축복을 기린다고 한다. 일반 대중이 일종의 축약적인 방식으로 경전과 불법과 수행을 생활화한다고 볼 수 있다. 그러니까 오늘 나는 이 쿤붐 사원을 돌며 미니 수행을 한 셈인가, 수백 년 전의 모습을 그대로 간직한 유물들이 발산하는 독특한 아름다움이 그동안 여행길의 잦은 검열때문에 씁쓸하고 서글펐던 마음을 적잖이 달래 주었다.

한 시간쯤 방들을 돌아다니다 보니 어느덧 일행들이 보이지 않았다. 가이드와 약속한 시간이 생각났지만 언제 또 볼까 싶은 이 걸작들을 내버려 두고 갈 수 없어 계속 계단을 올라갔다. 5층에선가 위층으로 올라가는 입구가 보이지 않아 두리번거리는데 어디선가 나타난 한 스님이 큰 불상 뒤를 손짓으로 가리켰다. 그 역시 나처럼 각 방들을 둘러보고 있었는데 한 손에 염주알을 손에 들고 만트라Mantra를 읊조리며 휑하니 나를 앞질러 갔다. 문득 어디선가 낮지만 육중한 염불 소리가 들려왔다. 끊어질 듯 말 듯 한 그 소리를 따라 9층에 올라갔을 때였다. 좁은 창으로 들어오는 빛으로 어슴프레한 방구석에 한 늙은 노인이 앉아 있었다. 낡은 건물의 흙벽을 감도는 바람 소리 같은 음을 입으로 토하고 있는 그 모습이 마치 어둠을 배경으로 앉아 있는 활불 같았다. 이 희안한 장면을 좀 더 오래 지켜보고 싶었지만 시간 제약상 서둘러 그 방을 빠져나와야 했다. 개인 여행이었다면 한 사흘쯤 체류하며 돌아보고 싶었던 이 역사적인 문화재에 점심시간보다 짧은 두 시간을 할애한 가이드의 일정이 불만스럽긴 했지만 달리 묘책이 없었다.

집합 장소로 내려오니 일행들은 맞은편 건물에 전시된 만다라 그림판들을 둘러보고 있었다. 색색의 모래를 손이나 뾰족한 도구를 이용해 데셍 위에 그린, 지극히 세밀한 공이 요구되는 작품들이 유리 상자 안에 보관되어 있었다. 보통은 다른 승려들이 드리는 봉헌 기도와 함께 제작된 후 곧장 보시하듯이 흩어 버리는 게 관행이지만, 관광객들을 위해선가 이렇게 미술관에서처럼 전시를 하고 있었

다. 양쪽 벽면에는 네 사람의 라마승들이 사각 모서리의 한 부분씩
을 맡아 작품을 그리는 창작 과정이 사진으로 상세하게 설명되어
있었다.

티벳 불교에서 만다라를 그리는 과정은 실행자의 의식의 집중과
사물의 무상함을 동시에 가리키는 영적 수행의 방편이기도 하다.
행위의 결과보다 경험 과정을 더 중시하는 고도의 예술적 차원이
어찌 보면 아메리카 인디언들의 샤머니즘적 의식을 떠올리게 한다.
인디언들이 병에 걸린 사람들을 모래나 꽃가루 혹은 밀가루로 만들
어진 그림 한가운데 세우고 그것들로 몸을 비비며 치유하는 주술적
행위처럼, 온갖 색상의 가루로 몇시간 동안 정성들여 만든 만다라
그림이 완성된 후 이내 손으로 뭉개버린 후 불자들에게 나누어 주
는 이 제식은 자연이 품고 있는 오묘한 창조와 덧없는 소멸의 섭리
를 보여 주는 것일까.

다음 날 강체에서 그리 멀지 않은 시가체Shigatsé로 갔다.

티벳에서 라싸 다음으로 큰 이 도시는 타쉬룽포Ta shi Lhum po 사원
이 있는 곳이다. 판첸라마Panchen Lama의 거주지이기도 한 이곳은 라
싸의 세라, 드라펭, 간덴 사원과 함께 교학과 수행의 일치를 중시하
는 겔룩파 사원이다. 즉, 8세기경 Padmasambhava가 Samye에 첫
사원을 지으며 티벳에 전래된 간다라 불교가 13세기부터 여러 불교
종파로 나뉘어 헤게모니를 다투다가 17세기 들어 달라이라마가 권
력의 중추가 된 것이 겔룩파인 것이다.

세계 최대라는 금동불이 안치된 미륵불전 앞마당엔 수십 미터에
달하는 룽다Lungda가 날리고 있었는데, 울긋불긋한 타르초와 달리
검은 색과 흰색의 제식적 분위기를 풍기는 깃대가 반짝이는 금빛
지붕 위로 우뚝 솟아 있었다. 어제 들렀던 강체의 한산한 분위기와
달리 역대 판첸 라마들의 사리가 봉안된 영탑 주변에는 관광 나온

티벳 가족들이 눈에 많이 뜨였다. 줄무늬 앞치마 형식의 전통의상을 걸치고 아이의 손을 잡고 나온 전형적인 티벳 여인들의 모습을 따라 골목길을 오가는데 거대한 뿔피리를 맨 승려들이 스쳐 지나갔다. 그들이 향한 한 건물 마당엔 마치 음악회를 준비하듯 젊은 승려들이 모여 북을 치거나 기둥피리를 불고 있었다. 나이 든 승려들이 다루는 악기 근처에 삼삼오오 모여 설명을 듣고 있는 걸 보니 아마도 음악시간인가 보다. 천지를 진동하는 듯한 저 나팔 소리를 몽골의 한 사원에서도 들은 적이 있다.

유라시아 여행 중 울란바토르에서 겔뤽파의 유명 승려이자 시인이었던 Danzanravjaa가 살았던 샹발라shambala 지역을 찾아갔을 때였다. 시와 음악과 연극, 오페라와 건축에 이르는 다양한 예술 장르를 실현했던 그 고승의 풍류적 삶에 호기심이 동해, 볼 거라곤 전봇대밖에 없는 광막한 벌판을 하루 종일 달려갔었다. 하지만 울란바토르에서 450km가 떨어진 Seinshand 마을에 당도하고 보니 허허벌판 고비 사막 한가운데 작은 종이 하나 애처롭게 매달려 있을 뿐이었다. 19세기, 그 선승이 대중을 위해 세웠던 학교와 연극 무대이기도 했던 Khamar 사원은 러시아 치하에 철저히 파괴되어 이제는 그 자취조차 찾아보기 힘들었다. 몽골 사원 양식인 사각 담장 안에 휑뎅그레 서 있는 초르텐들 사이로 하얀 봉분 같은 두 탑에 감긴 쪽빛 천무더기들이 노을빛에 더욱 새파랗게 짙어 가고 있었다. 그의 시에서 느꼈던 낭만적 서정은 사막 한가운데 세워진 유르트에서 한밤중 오줌 누러 나왔다가 시린 엉덩이로 잠깐 올려다보았던 밤하늘의 영롱한 별빛에서 빛나고 있었던가.

이튿날 찾아갔던 근처의 한 사원에서였다. 수도승들이 기거하는 절간이라면 보통 나즈막한 염불 소리가 고작이다. 그런데 그 절간 문턱에 발을 내딛자마자 흡사 록메탈 음악을 방불케 하는 찢어질 듯한 음악 소리가 들려왔다. 깨질 듯 부술 듯 시끄럽고 요란한, 음악 공연장에서나 들을 듯한 다이나믹한 음색이었다. 그 웅대하고 현란한 북소리, 나팔 소리, 심벌즈 소리에서 한때 유라시아 대륙을 말달리던 드높은 기상이 느껴졌다 해야 하나, 그 활달한 제식 음악에서 말로만 듣던 몽골 불교의 제 목소리를 들은 기분이었다. 하여간 샹발라란 이름에 걸맞는 놀라운 역동성, 오페라를 작곡하기도 했다는 Danzanravjaa 고승의 특출한 에스프리를 화들짝 일깨워 주었던 청량감이었다.

룽다가 휘날리는 타쉬룽포 사원의 마당가에 옹기종기 모여 앉아 있는 까까머리 십 대 승려들을 보며 기억을 더듬고 있자니 안나푸르나의 카그베니 튭텐 사원이 떠올랐다. 고색창연한 법당이 있던 마당가에서 따뜻한 햇살을 받으며 어린 승려들이 머리를 깎고 있던 정겨운 풍경 말이다. 네팔의 사원들만 해도 흔히 절마당에서 뛰어노는 동자승들의 천진난만한 모습을 볼 수 있었다. 하지만 우리가 방문했던 티벳의 어떤 사원에서도 어린 동자승들을 만날 수 없었다. 가이드에게 물어보니 성인이 되기 전에는 승려로서 절에 입문할 수 없다는 특별법이 발효된 지 오래란다.

실제로 동자승으로 이 사원의 수장이 되었던 티벳 불교의 제2 서열이라 할 판첸라마의 운명도 기구한데, 티벳이 정한 판첸라마는 어린 나이에 피랍되어 생사를 알 수가 없고, 중국 정부가 정한 판첸라마는 주로 북경에 체류하고 있다고 한다.

다음 날 일정은 시가체에서 150km 떨어진 사꺄Sakya 사원이었다.

사원은 강을 끼고 크게 두 부분으로 나누어져 있는데 거의 천 년 전 건립되어 13세기 쿠빌라이칸 시대에 사꺄파로 확립되었다가 문화 혁명 때 많이 훼손되었고 최근에 거의 복원되었다고 한다. 사꺄

파는 붉은 모자를 쓰는 종파로서 결혼할 수 있는데 몽골의 지배 때 가장 번성하였다. 그래서인지 남부 사원은 라싸의 사원들과 달리 몽골의 울란바토르나 샹발라 평원에서 보았던 몽골 사원들처럼 사각의 하얀색 담장으로 둘러싸인 낮고 단촐한 건축 양식이었다. 회색을 주조로 붉은색과 흰색이 교차한 성채의 벽을 지나 들어선 대법당에는 수십 개에 이르는 우람한 나무 기둥들이 천장을 받히고 있었는데 마치 그리스 신전을 연상케 하는 규모였다. 법당을 지나 긴 통로에는 길이 60m, 높이 10m에 달하는 서가가 진열되어 있었는데, 천장까지 빼꼭히 책들이 차 있는 거대한 도서관이었다. 건조한 기후가 중국 돈황의 벽화들을 보호했듯이 수 세기를 면면히 내려온 이 수만 권의 산스크리스트어 필사본과 장서들이 오늘날 티벳 불교의 불법을 확립하는 근간이 되었다고 한다.

사원 마당에 위치한 티벳에서 가장 높고 오래되었다는 거대한 초르텐들은 부처의 몸을 상징하는 하얀 몸체에 황금빛 머리가 빛나는 6개의 탑으로 이루어져 있었다. 티벳의 사원이나 마을에 산재한 초르텐은 네팔의 스투파Stupa와 비슷하다. 그 탑을 도는 일은 법륜이니 마니차 돌리기와 함께 티벳인들의 생활 불교라 할 수 있다. 소승과 대승, 금강승으로 나누어진 수행 방식에서 금강의 뜻을 쉽게 접하지 못하는 일반 대중들은 만트라를 외며 부처의 설법을 듣고, 만다라를 통해 부처의 이미지를 보며, 법륜이나 마니차를 돌리는 미니 수행으로 대신하는 것이다.

작은 마을을 연상시킬 정도의 산재한 건물들을 가로질러 문화 혁명 때 파괴를 면했다는 남쪽 사원의 골방들을 돌아보고 있었다. 내 발걸음이 한 탄트라Tantra 탱화 앞에 이르렀다. 양쪽으로 여섯 개씩 팔이 달리고, 머리는 넷이며, 각 얼굴마다 세 개의 눈이 달려 있는 몸체였다. 붉고 초록이며 희고 파란색을 띤 얼굴은 아마도 물, 불,

흙, 바람 4 원소를 상징하지 않나 나름대로 짐작을 해 본다.

그림 속에는 한 작은 여자가 다리를 벌린 채 그 몸을 완벽하게 끌어안고 있었다. 몽골의 울란바토르에서 가장 인상 깊었던 초진라마 Choijin Lama 사원에서도 보았던 탄트라 불상의 모습인데 남녀의 합일을 통해 인간 의식과 신적 의식의 결합을 상징하고 있는 작품이었다. 지극한 교접 행위를 통해 일상의 니르바나 경지를 나타낸 탄트라 요가의 형상은 가히 육체와 영혼이 합일하는 듯한 관능적 아름다움을 발하고 있었다. 예술 행위가 인간의 창조성을 표현하는 자연스러운 행동 양식이라고 한다면, 탕가 그림이나 불상 조각 같은 종교적 테두리 안에서 행해지는 성적 표현은 수행자들의 영적 해방과 관련이 있어 보인다. 깊은 사유와 직관과 체험이 깃든 담대한 상상이 표출된 이 불화들이 수행자의 초월적 변모를 자유롭게 표현하고 있는 게 아닐까.

또 다른 탱화의 한 손에는 꼬끼리, 도끼, 물고기, 해골, 채찍 등이 매달려 있었는데 그 독창적 발상이 절로 미소짓게 했다. 자연에서 추출한 물감들이 주는 천연 발색이 마치 살아 있는 사람이라 여겨질 만큼 생생한 표정을 띠고 있었는데 그 기법이 하도 정묘해서 이 작품의 작자들은 단순히 불상의 얼굴을 복제한 것이 아니라, 자신이 잘 아는 사람의 얼굴을 그린 것이라 여겨질 정도였다. 이상적인 부처의 모습에 평범한 사람들을 대입하거나 때로는 그들 자신이 실제로 부처로 현현했을 모습을 상상하며 데생을 하고 색채를 입히지 않았을까? 개인의 독창성이 권면되는 현대 예술가의 작업과는 다르지만, 그에 못지 않게 수행자들의 내면에 숨겨진 고유한 개성을 발현하고 있는 듯한 이 작업들이 무척 흥미로웠다.

그들은 탕가 그리기를 하면서 자아와 부처가 합일되는 고도의 명상 수행을 하고 있었던 것이 아닐까?

사꺄파의 본원인 이곳은 탄트라 경전을 가르치는 곳이다. 근과 도와 과가 다르지 않다는 금강승의 존재론과 수행론과 결과론의 교리에 따라 생사와 열반은 동일하고 번뇌와 보리는 다르지 않다는 것이다. 또한 밀교 전통으로 내려오는 본존 요가의 진원지기도 하다. 수행자의 본인 얼굴을 본존으로, 주변의 거주 환경을 만다라로, 도반들을 성스러운 존재로, 자신의 행동을 본존의 신성한 행동으로 심상화하는 이 금강승의 요가 방식은 인간성의 극단의 미묘한 의식으로 나가가는 '공'의 과정이기도 하다. 불교 수행의 일차적 단계가 인간 번뇌의 초탈에 맞추어져 있다면, 이 밀교 수행은 상상력을 매개로 인간 정신의 가장 심오하고도 복잡다난한 차원에 접근하고 있는 듯하다.

일반 승려들도 먼저 자비심과 보리심을 수행하는 현교의 과정을 거친 후 스승의 내락을 받은 자들만이 행할 수 있는 이 밀교 전통은 성불은 무상요가 탄트라를 성취해야 한다는 즉신성불의 공의 원리를 따르고 있다. 자신의 번뇌를 없애는 소승과 일체 중생을 위한 보리심을 내는 대승의 경지를 넘어 보다 높은 차원의 깨달음으로 가는 금강승의 경지는 번뇌의 독을 약으로 삼는다는 변모의 수행과정이라 할 수 있다. 인간성의 온갖 욕망과 집착으로부터 벗어나는 지상의 삶으로부터의 포기와 해방을 넘어, 인간성의 모든 부정적인 측면을 오히려 절대자라는 우주적 힘을 획득하는 방편으로 삼는 것이다.

생명이 없는 경전과 교리가 아니라 살아 있는 불성이 지닌 창조성을 발현하므로써 우주 만물의 영원한 생명력을 되찾게 하는 것이 이 금강승 수행의 본질이라 할까.

그런데 지혜와 방편을 구분하지 않고 선과 악, 옳고 그름, 미와 추를 구분하지 않는 포용성의 도는 예술가들에게 필연적 조건이다. 부처라는 깨달음의 경지에 도달하려는 승려들의 영적 도야 과정이 예술가들의 창조 과정을 닮아 있는 점이 흥미롭다.

탄트라 불화들이 걸린 방들을 돌아다니며 어제 떠올렸던 몽골의 선승이 생각났다. 탄트라 명상의 전수자이기도 했던 Danzanravja는 승려이면서도 지극한 사랑을 노래했던 시인이기도 했다. 승려로서 예술성과 영성의 조화를 도모했던 다원적 세계, 그 선승의 깊고 무한한 불법의 차원을 되새기게 했다.

폐허가 된 그의 사원터를 거쳐 샹발라 광야로 그의 무덤을 찾아 갔을 때였다. 사막의 태양빛에 달구어진 뜨거운 돌멩이들만 흩어져 있는 황톳빛의 야트막한 산등성이엔 군데군데 토굴들이 보였고 마른 풀 하나 보이지 않는 평원 한가운데 비석 하나가 조촐히 서 있었다. 학교와 도서관과 미술관과 연극 무대를 설립했던 그의 이상의 땅 위엔 그의 시가 적힌 돌덩이 하나만 덩그러니 놓여 있었다. 운전사를 숙소로 보내고 나는 그가 제자들과 함께 명상했다는 언덕길을 오르내리며 돌 던지기 놀이를 하며 오후를 보냈다. 얼마나 시간이 흘렀을까, 내가 던진 자갈돌들로 붉은 흙더미 동산이 하얀 돌무더기로 변해갔다. 한 수행 승려에게 바치는 공양, 찾는 이 없는 시인의 삶에 보내는 한 여행자의 막막한 언사… 나름 어렵사리 그의 사원까지 찾아갔던 나의 덧없는 헌사였다. 그런데 사실 정말이지 그거 말고는 할 게 없었다. 그 황량한 땅에서, 그의 기념비 위에 적힌 몇 줄의 시, 한 여인을 향한 절절한 사랑의 엑스타즈를 곱씹는 거 말고는 말이다.

그런데 이 시가 바로 그의 탄트라 수행을 노래하고 있지 않는가?

《… 이 인간적 삶에서 우리가 원하는 것을 행하는 것은
천상을 향하기 위한 것이다.

나는 너의 빛나는 얼굴을 바라본다.
진실로 너는 나의 온전한 마음과 몸을 사로잡았다.

여기, 신은 네 눈 안에 있고, 너는 내 마음 안에 있다.

깊은 환희의 바다가 우리 안에서 물결친다
우리 함께 이 지극한 기쁨을 노래하자.
우리는 거룩한 자연 속에서 하나다.》

사꺄를 떠나자 거의 산도 마을도 보이지 않는 끝없는 들판이 이어
졌다. 집도 사람도 보이지 않는 모래 바람만 날리는 350km를 달려
우리는 Tsonpa 마을에 도착했다. 점심 시간에 둘러본 마을은 길가
에 고깃간을 펼쳐놓거나 야채 따위를 늘어놓은 재래시장이 있기도
했고 철물상 같은 상점들도 눈에 뜨였는데 그저 가난하기만 했던
한국의 칠십 년대 시골 풍경을 보는 듯했다. 점심 시간에 들렀던 티
벳 식당은 거의 네팔에서와 같은 기름기 많은 고산 음식이 주종이
었다. 어른 주먹만한 만두를 맛보았던 식사 후 일행은 작은 시장에
들러 과일이나 야채를 사거나 기념품 가게들을 둘러보기도 했다.
시가체를 지나면서부터 점점 숙소 사정이 나빠졌다. 대부분 티벳인
들이 운영하는 가난한 숙박소에 들렀기 때문인지, 중국 관광객조차
드문 외진 곳이기 때문인지 뭐 숙박시설이랄 것도 없었다. 물이 제
대로 나오는 화장실만 있어도 다행이었다.

지프 여행을 하는 동안 가이드와 대화를 나눌 기회가 좀 있었다.
그는 삼십 대 초반의 티벳인이었는데 중학교 시절부터 영어를 잘해
북경에 있는 대학에 장학금으로 가게 되었으며 고향으로 돌아와 학
교 선생을 하다가 결혼 후 가이드로 직업을 전환했다고 했다. 서글
서글한 성격의 그는 빈 시간엔 주로 청두에 있는 아이들과 화상 통
화를 하곤 했는데 그가 그곳에 사는 이유는 그의 아내가 중국인이
기 때문이라고. 아내랑은 북경에서 대학에 다닐 때 만났으며, 그녀

가 티벳의 약초에 관심이 많은 계기로 만나게 되었다고 했다.

— 아내는 청두에서 약초 가게를 열고 있어요.

그러니까 라싸의 티벳 여행사에서 일하면서 청두에 기반을 두고 있다는 말이다. 그는 아이들에게 티벳어를 가리킬까?

— 어차피 초등학교 지나면 학교에서도 중국어를 써야 돼요.

별 딜레마 없는 선선한 대답이 돌아온다. 하긴 그는 주로 외국인들을 상대하는 직업을 갖고 있다. 그의 나이엔 문화 혁명도 겪지 않았을 것이다.

— 2008년에 나는 북경에서 대학에 다닐 때였어요. 라싸 일은 잘 모르죠.

대화 도중에 북경 올림픽 즈음에 일어났던 라싸의 살륙사건이 나오자 그의 시선은 창밖으로 향한다. 최근에 일어났던 분신이다 뭐다 하는 가파른 질문은 그냥 쑥 들어가고 만다. 그 역시 자신의 가족 이야기는 스스럼없이 들려주는 데 반해 이 나라의 민감한 문제에 대해서는 말을 아낀다. 모르긴 몰라도 티벳인으로서 청두에 산다는 걸 보면 중국 쪽이건 티벳 쪽이건 나름 마음 고생이 많지 않았을까. 현재 이 나라 상황에 대한 그의 견해가 궁금하긴 했지만 그가 먼저 말을 꺼내지 않는 한 묻지 못한다. 이번 여행길에서 내가 만났던 티벳인으로는 네팔의 카트만두에서 티벳 여행 허가서를 얻기 위해 만났던 사람, 그리고 라싸에 도착한 날 환전하느라 만났던 여행사 직원이 전부였다. 그들은 한결같이 지금의 티벳 상황을 이렇게 표현하곤 했다.

— 그래도 예전보다는 훨씬 나아지고 있어요. 지금도 언제 갑자기 여행객의 입국이 금지될지는 모르지만요.

실제로 나도 그 여행사로부터 그런 통보를 한 번 받긴 했었다. 한창 안나푸르나 등반길을 오르고 있을 때였는데, 갑작스런 정부 시행령으로 예약된 티벳 여행이 불가능할 것 같다는 메일을 받았던 것이다. 다행히 보름 후엔가 다시 긍정적인 대답을 받아 이렇게 이 나라를 돌고 있는 중이다. 우리들의 대화는 자연스럽게 한국 음식보다 더 맵고 맛깔겼던 청두의 음식 문화로 방향을 튼다.

— 앞으로 청두에 여행사를 차려 티벳 관광을 활성화하고 싶어요.

그의 장래 목표는 구체적이고 실질적이다. 중국의 티벳 융합 정책이 적절하게 실현되고 있는 것일까,

티벳과 네팔을 연결하는 '우정의 도로' 근처를 지나자 저 멀리 눈 덮인 히말라야 산맥이 한눈에 들어왔다. 높고 가파른 바위산들이 눈가루를 뒤집어쓴 채 조용히 엎드려 있었다. 하얀 초르텐들 사이로 만장이 깃발처럼 휘날리고 있는 평원에는 야크들과 양들이 한가로이 풀을 뜯고 있었고 하얀 천막들이 군데군데 흩어져 있었다. 거기서 다시 250km를 달려 바량Baryang을 지나자 창포Tsangpo라는 강물이 나타났다. 카일라쉬산에 수원을 두고 인도를 거쳐 벵갈만으로 흘러들어가는 강줄기라고 한다. Mayuntso라는 4900m 고갯길을 지날 때는 야생 나귀인 키앙Kiang 수십 마리가 떼를 지어 산등성이를 달려가기도 했다. 검붉은 산빛깔을 닮은 짙은 갈색과 흰색이 섞인 몸뚱아리가 새처럼 가볍게 달리는 모습을 가까이서 보게 되자 새삼 야생짐승들이 찬란하게 아름답다는 걸 느꼈다.

티벳 북부 지역인 창탕Changtang에는 이 키앙들이 떼지어 산다고 한다. 수천 마리의 새들이 날고 있는 하늘 아래 지상의 것이 아닌 듯 높고 푸른 산등성이에서 뛰어놀고 있는 야생 짐승들의 생기발랄한 기운을 상상만 해도 심장이 뛴다. 저 안개 피어오르는 산바위 계곡을 내달리는 기분은 어떨까. 붉은 황토 먼지가 날리는 고원을 달려 저 눈 덮인 바위산을 기어오르고 싶다. 저 산짐승들의 야생의 불꽃을 갖고 싶다. 지상의 마지막 유목민인 창카족들이 야크로 옷과 카펫을 짜며 살고 있다는 그 고립무원의 계곡에 가서 한번 살아 보고

싶다. 만약 전생이란 게 있다면 아마도 나는 저 황량한 땅을 달리는 산짐승이었으리라.

마나사로바 호수를 앞둔 한 간선 도로에서 우리 일행은 경찰서 안으로 들어가 개인 인터뷰를 해야 했다. 한 나이 든 여자 경찰이 이름과 직업은 물론 여행 목적을 일일이 묻고 체크하며 기록했다. 그런데 비교적 빨리 일을 마친 우리들 뒤에서 초조하게 차례를 기다리는 한 티벳인이 있었다. 그는 이 산천의 골격 같은 큰 몸집을 가진 사람이었는데 튀어나온 광대뼈에 맑고 형형한 눈빛을 하고 있었다. 체념과 순종이 묻어나는 얼굴이었다면 차라리 마음이 편했을까, 그의 눈빛이 어쩐지 내 마음을 아릿하게 했다. 그는 어떤 일로 경찰서 안까지 들어와야 했을까. 가이드의 설명으로는 서양의 미디어를 통해 분신 자살이 알려진 이후 개인의 통행에 대한 감시가 더욱 철두철미하게 이루어지고 있다고 했다. 티벳인이 다른 지역으로 이동할 때에는 관공서가 발급한 여러 종류의 허가서가 필요하며, 승려들의 경우도 이제는 자신이 태어난 지역의 사원에만 승적을 등록할 수 있다고 했다. 삼 년 전 중국의 우루무치역에서 한 위구르 부부가 중국 공안에 의해 심한 고초를 당하고 있는 것을 목격했던 나로서는 그러한 통제가 무엇을 의미하는지 능히 짐작할 수 있었다.

유라시아 횡단 때 돌아보았던 중국 여행의 막바지쯤이었다. 카자흐스탄 국경으로 가는 기차를 타기 위해 갔던 우루무치역의 입구엔 좁고 길다란 임시 통로가 설치되어 있었다. 한참 동안 줄을 섰다가 경찰의 보안검색대를 통과하고 나서야 역사로 접근할 수 있었는데 때는 늦은 밤이었다. 역 광장에 아이를 안은 한 젊은 커플이 어떤 남자 앞에 고개를 푹 숙이고 있었다. 경찰복장을 한 몇 사람과 동반한 그는 사복 형사쯤 되는 것 같았다. 그 남자는 곧 여자의 멱살을 움켜

쥐더니 뭔가를 캐묻고 윽박지르다가, 대답이 없자 가차 없이 그 여자를 때리는 거였다. 얼굴이고 머리고 닥치는 대로였다. 그 부부는 외모와 복장으로 보아 이슬람 사람들이었고, 나는 우루무치에서 사흘을 머물면서도 알지 못했던 위구르인들의 현실을 느닷없이 목격하고 있었다. 그런데 아이를 안고 서 있던 남편은 말리기는커녕 감히 한마디도 못 하고 그저 벌벌 떨고만 있었다. 더욱 놀라운 것은 지나가는 사람 그 누구도 그 광경을 보러 발걸음을 멈추지 않았다는 사실이다. 아니 시선조차 주지 않았다. 21세기 번화한 도시 한복판에서, 한 남자가 여자를 막무가내로 때리고 있는 그런 야만적인 일이, 정말이지 영화에서나 나올 법한 광경이 벌어지고 있는데도 누구 한 사람 거들떠보지도 않았다. 그 정도 폭력쯤이야 마치 일상이기라도 하듯이 말이다! 실로 말로만 들었던 중국의 위구르 이슬람 사람들에 대한 통치 수준을 가늠케 한 사건이었다.

　나는 그 젊은 부부가 무슨 잘못을 저질렀기에 그런 수모를 당하고 있었는지 모른다. 하지만 어린아이를 품에 안고서, 아내를 사정없이 때리는 그 형사에게 저항은커녕 그저 끔찍한 고문을 당하면서도 소리조차 지르지 못하는 죄수처럼 떨고만 있던 그 남자의 눈빛을 잊을 수가 없다. 역사와 문화와 언어가 다른 한 민족이 과연 다른 민족을 이런 식으로 지배할 수 있을까? 미국이 인디언을 이렇게 통치했으리라, 프랑스가 알제리를, 일본이 한국을 이렇게 억압했으리라, 쿠르드족의 비극이, 팔레스타인 민족의 고통과 분노가 이러하리라….

　우루무치역에서의 그 사건은 라싸에서 중국 공안의 검열에 순순히 응하고 있던 티벳인들의 체념과 슬픔을 짐작할 수 있게 했다. 신문 지상에 오르내렸던 라마승들의 분신처럼 몸에 불을 지르는 방법 외에는, 달리, 그들의 분노와 절망을 표현할 길이 없는 것이다. 그런데 막상 현장에 와 보니, 몇 년 전만 해도 잊을 만하면 미디어를 장식했던 그 끔찍한 분신 장면들이 요즘은 왜 사라졌는지 이유를 알 만했다. 인적이 드문 시골길까지 가로막는 이 정도의 철저한 감시와 검열이라면 몸에 불을 붙일 기름통조차 옮길 수 없을 테니까.

그렇다고 내가 뭐 각별히 소수민족의 자유에 관심이 있다거나, 특별히 중국에 반발심을 갖고 있어서는 아니었다. 오히려 나는 평소에 중국어의 심오한 뜻뿐만 아니라 역사적으로 주변국에 많은 영향을 주었던 그 문화에 깊은 경의감을 품고 있었다. 유라시아 여행 때 서안에서 출발해 남부 위난 지방을 거쳐 달팽이 모양으로 그 나라의 내륙 지역을 돌아다닐 때도 옛 전통을 잘 간직하고 있는 자연 환경과 친절한 사람들에게 깊은 인상을 받았었다. 여러 가지 문제가 좀 있다 한들 한 나라의 역사도 여느 한 인간의 삶처럼 복합적인 사연이 응축된 것이라 섣부른 판단을 미루었다. 그런데 이 여행길에서 억압과 통제를 당하는 티벳인들을 볼 때마다 자꾸만 부끄럽고 서글픈 마음이 들었다. 배고픈 사람들이 잔뜩 에워싸고 있는데 나 혼자 진수성찬을 즐기는 기분이랄까, 관광이나 하며 남의 불행을 멀찌감치 바라보고만 있는 자괴감이었다. 구경이고 뭐고 어디 조용히 숨고만 싶었다. 가능하면 하루라도 빨리 이 나라를 떠나고만 싶었다. 뭐 대단한 박애주의자가 아니라도 아예 눈에 안 보이면 모를까, 일상적으로 부딪치는 그런 꼴을 옆에서 보고 있자니 그들의 고통과 무력감이 전이라도 된 듯 자꾸만 기운이 빠지는 거였다.

하지만 다른 곳으로 일정을 바꿀 수도, 마음대로 이 나라를 떠날 수도 없었다. 관광객은 여행 허가서에 적힌 출국 날짜에만 비행기를 탈 수 있었고, 개인이 마음대로 라싸를 빠져나가거나 차를 타고 여행을 할 수도 없었다. 내 고향이라고 느꼈던 이 나라는 집단 수용소를 방불케 했고, 문자 그대로 창살 없는 감옥이었다.

카일라쉬 순례길

라싸를 떠난 지 10여 일이 지나 드디어 카일라쉬Kailash 순례길의
초입인 다르첸Darchen이 가까워졌다. 차창 밖으로 하얀 피라미드 모
양의 카일라쉬 봉우리가 보이자 일행은 일제히 환호성을 터뜨렸
다. 마침내 라싸로부터 거의 1600km 떨어진 순례길의 입구에 도착
한 것이다. 비로소 무겁게 가라앉았던 마음이 좀 들뜨기 시작했다.
며칠 전부터 마을도 차들도 없는 망망한 평원이 이어지다 보니 공
안들의 검열이 뜸해지기도 했지만, 어쨌거나 이번 여행의 목적지라
할 카일라쉬의 문턱에 이르고 보니 이런저런 세상적 갈등에서 좀
벗어나고 싶었다. 이 나라의 정치적 상황 때문에 계속 우울한 기분
에 젖어 보내기엔 어느덧 티벳 여행도 막바지로 접어들고 있었다.

기분 전환도 할 겸 마나사로바Manasarovar 호수에 이르렀을 때는
안나푸르나의 카그베니 스님이 준 붉은 까프를 꺼내서 걸쳤다. 나
름 순례객 행색을 한 것이다. 드넓은 호수 주변엔 우리 일행 말고
도 인도인 가족인 듯한 예닐곱 명이 사각의 돌구덩이에 불을 피우
고 있었다. 호숫가엔 물새들이 끼룩끼룩 날아다니고 있었는데 여
느 관광지마다 흔하던 중국인들도 여기까진 오지 않는지, 관광버
스는 보이지 않았다. 예로부터 이 지역은 티벳인들뿐만 아니라 인
도인들, 멀리로는 페르시아인들의 성지로 불리운다. 힌두교와 불

교 설화에 따르면 카일라쉬와 마나사로바 호수 주변에는 업의 바퀴인 삼사라Samsara에서 해방된 Mahatmas들을 만날 수 있으며, 전설적 에덴인 Shambhala를 발견할 수 있다고 한다.

한 젊은이가 양손에 물통을 들고 호수 안으로 들어갔다. 물이 아주 찰텐데 그는 수영이라도 하려는 듯 웃통을 벗은 채였다. 하지만 몸이 반쯤 잠기자 소스라치며 이내 물통에 물만 담아 나왔다. 가족들이 웃음을 터트리며 몸을 닦아 주는데 그중 몇 사람은 비닐 봉지에 물가의 모래를 담고 있었다. 쨍한 태양빛에 반짝거리는 이 모래알들은 카일라쉬 순례객들이 몸에 상처가 나면 치료하기도 한다는 성스러운 흙이다. 이 지역에서만 발견되는 이 무지개 빛깔의 모래알들로 5대 판첸 라마는 타쉬룽포 사원의 지붕을 칠했다고도 한다.

해발 4600m에 위치한 마나사로바 호수 근처의 마을에서 묵은 날 아침, 나는 혼자서 물가로 나갔다. 카일라쉬 봉우리가 비친다는 성스러운 호수에서 해가 떠오르는 모습을 지켜보고 싶었다. 고요한 아침, 땅과 빛과 물이 충만한 이 장소의 에스프리Esprit를 느껴 보려 했지만 바람이 많이 불었고 추웠다. 삼사라에서 해방된 위대한 영혼들이 자주 얼씬거린다는 물에 발이라도 담가 보려고 신발을 벗고 들어갔지만 물이 무르팍까지 차오르기도 전에 엄청 발이 시려워 이름 그대로 'Lac de l'Eternelle fraîcheur'를 실감하며 재빨리 뛰어나왔다.

힌두인들은 목욕재계를 하고 티벳인들은 마시기도 한다는 성스러운 호수를 거닐며 이 물가에서 세상의 모든 개념으로부터 벗어난 자유를 노래했던 19세기 티벳 요기 Sabkar의 시를 떠올렸다. 카일라쉬 산 봉우리가 비치는 이 장소에서 그 수행승은 자연과 존재, 인간성과 신성의 경계를 허무는 우주적 만다라의 완벽한 조화를 느꼈던 것일까. Dzogchen 수행방식을 계승한 그가 쓴《Grande Perfection》에 나오는 구절은 그의 높고 맑은, 열린 자유를 노래하고 있다.

《 내가 이 광활함에 녹아내릴 때
청명하고도 빈,
가없는, 한계가 없는,
정신과 하늘은 하나가 된다.

이 빛의 차원에서
노력은 불필요하다.
모든 것은 자기 자신에서 나온다,
자연스럽게 평온한
이 절대적 기쁨!》

　오후에 일행은 근처 온천으로 갔다. 야외 샤워장의 독립된 방에서 수도꼭지에서 졸졸 흘러나오는 따뜻한 물에 몸을 씻으니 그동안 쌓였던 찌질했던 마음까지 씻겨 내려가는 듯했다. 돌아오는 길, 조그만 산정에 새집처럼 올라앉은 Chyu 곰파를 방문했다. 빛을 상징한다는 Manasarovar 호수와 어둠을 상징한다는 Rakshastal 호수가 한눈에 내려다보이는 시야로 저 멀리 오른쪽으로 눈 덮인 Gurlar Mandhata 산맥과 왼쪽으로 카일라쉬 봉우리가 들어왔다. 이 지역은 네팔 인도 파키스탄 등을 관통하는 4개 강의 근원지이며 불교와 힌두교, 지나교와 본교 등 토착 종교의 신들이 거주하는 세상의 중심지로 여겨지는 곳이다. 카일라쉬산은 힌두교도들에게 Shiva와 그의 아내 Parvat, 티벳 전통에서는 Samvara와 그의 동반자 Vajravarahi의 거소라고 여겨진다고 한다.
　그러니까 카일라쉬산 봉우리 자체가 거대한 자연 초르텐이며 마법의 사원인 셈이다. 순례자들은 카일라쉬산의 주변을 도는 코라로

서 바위산의 신적 형상과 자신의 몸을 일치시키며 태양계 순환의 법칙을 따르는 윤회의 바퀴를 굴리고 있는 것이다. 카일라쉬산의 심장부에 부처와 500명의 보티사트바들이 살고 있다는 이 지역이야말로 실로 신의 의식과 인간의식의 격렬한 포옹이 이루어지는 영적 에너지의 땅이라 할 수 있다.

실제로 불교의 상징인 두 갈고리 십자가인 Swastika 표식도 카일라쉬산에 새겨진 형상과 마나사로바 호수 뒷편의 Gurlar Mandhata 산맥 모양의 합체에서 유래한다고 한다. 네 개의 갈고리는 탄생과 삶, 죽음과 불멸을 상징하는데, 삶의 순환 고리를 끝내는 마지막 순간, 인간은 이 네 가지 불성의 근본 요소로 회귀한다고 한다.

그런데 왜 하필 이곳인가?

마나사로바 호수의 깊고 푸른 물빛, 이 평원의 청명한 하늘과 맑은 바람, 저 피라미드형의 설산에 정말로 어떤 특별한 기운이라도 담겨 있는 것일까? 흔히 티벳의 은자들은 이곳에서의 한 달은 다른 평이한 곳에서 보낸 일 년과 맞먹는다며 이 근처에서 명상과 은거의 장소를 찾아 방랑했다고 한다.

수많은 은자들이 수행했던 동굴들이 산재해 있다는 이 산자락에 어떤 신비하고 오묘한 영적 에너지가 깃들어 있는 것일까?

이 땅에선 자연도 인간처럼 제각기 고유한 개성을 갖고 사람들의 삶에 직접적으로 영향을 끼치는 것일까?

바위와 물, 바람과 태양빛이 어우러져 마치 생명을 가진 것처럼 서로 소통하는 것일까?

다르첸에서 카일라쉬 순례길로 향하는 날이 왔다. 나무 한 그루 보이지 않는 바위산으로 둘러싸인 계곡길이 어쩐지 타지키스탄의 파미르 고원을 연상시켰다. 광활한 평원을 감싸고 있는 산등성이는 미네랄 성분이 함유된 보랏빛을 띠고 있었는데, 산허리엔 색색의 타르초가 감긴 바윗돌들이 군데군데 솟아 있기도 했다. 순례길의 초입엔 아직 성불하기 전의 Bodhisattva였던 부처가 가르침을 받기 위해 이곳에 왔으며, 그 후 성불했다는 설화가 전해지는 Amitabha 계곡길이 길게 펼쳐졌다. 야트막한 붉은 구릉이 이어지는 드넓은 계곡 사이로 하얀 천막과 텐트가 가끔씩 난데없는 무대 장치처럼 불쑥 튀어나오는 메마른 풍경 안으로 걸어 들어갔다. 초록빛이 두드러진 맑은 시냇물가로 노랗게 말라붙은 마른 풀들이 바람에 흩날리고 있는 평원엔 순례객들의 발길로 닳고 닳은 황톳길이 뻗어 있었고, 그 위로 오체투복을 하는 사람들이 간간이 이어지고 있었다.

가까이서 본 카일라쉬산의 하얀 피라미드 돔 모양이 어쩐지 그리스 델프Delphe에서 보았던 옴팔로스Omphalos를 떠올리게 했다. Pleistos 산맥의 한 산골짜기, 세월에 풍화된 대리석 좌대들이 놓인 언덕길에 놓여 있던 계란 모양의 작은 바윗돌과 달리 이 카일라쉬산의 형상은 마치 하늘을 떠받히는 듯한 장엄한 바위산이다. 그때처럼 먼 산을 울리는 뇌성벽력 메아리도 없이 사방은 조용하기만 한데 왜 뜬금없이 에게해가 바라보이던 그리스의 산꼴짝이 떠올랐던 걸까. 6개의 돌기둥으로 남아 있던 그 델프의 풍경이 이 카일라쉬의 풍경처럼 내 영적 감수성을 자극했기 때문이었을까? 무너져 가는 돌무더기만 쌓인 별것도 없는 그 유적지의 암피떼아트르 계단이 마치 신들의 연극무대이기라도 한 양 나는 보슬비를 맞으며 오랫동안 앉아 있었었다. 그 산세가 품고 있던 초월적 에너지, 그걸 풍수지리에서 우주적 에너지라고 하나, 하여간 무수히 많은 작가들과 예술가들이 그 폐허에 대해 언급했듯이, 나 역시 그 장소에서 설명하기 힘든 신비스런 감정을 느꼈었던 걸 보면 실로 지리적 환경과 인간의 영혼 사이엔 밀접한 관계가 있다고 해야 하나.

델프 또한 그리스 신화에서 Sibylle의 오라클이 전수되는 세상의 중심지로, 신의 배꼽으로 불리며 우주적 몸체에 비유되고 있다는 점에서 이 카일라쉬의 전설적 명성에 비유될 수 있을 것이다. 그런데 원래 그리스어에 에덴을 상징하는 Parnasse란 말이 히말라야 지역의 은자들이 기거했던 수많은 동굴들에 산재한 낙엽과 나뭇가지 덤불을 지칭하는 Parnasa에서 유래되었다는 학설이 있는 걸 보면 이 두 장소의 역사적 관련성을 유추할 수도 있겠다.

카일라쉬산을 중심으로 55km 주변 길을 오체투복을 하며 도는 순례객들은 주로 여자들이었고 젊은 청년들도 더러 있었다. 가이드의 설명으로는 그렇게 한 바퀴를 도는 데 짧게는 한 달, 길게는 석 달이 걸리기도 한단다. 보통 마나사로바 호수에서부터 시작하지만 어떤 이들은 아예 자신의 집에서부터 출발하기도 한다고. 티벳인들의 소원 중의 하나가 평생에 한 번 카일라쉬산을 도는 것인데 한 번을 돌면 이 생에서 지은 죄가 씻기고, 10번을 돌면 모든 전생의 업보가 해소되며, 108번을 돌면 나르바나에 도달해 영원히 죽지 않고 불멸에 이른다고 한다. 자신뿐만 아니라 가족이나 사랑하는 사람의 업보조차 영원히 면제받기 위해 아예 작정하고 순례길을 몇 년에 걸쳐 도는 사람도 흔하다고. 어떤 성질 급한 사람들은 새벽 세 시에 다르첸을 출발해 돌마라에 오른 후 저녁 8시에 다르첸에 도착하고, 다음 날 하루를 쉰 후 다시 시작하는 식으로 108번을 채우기도 한단다. 놀라는 기색의 우리들에게 가이드가 은근히 불멸에의 자신감을 내비친다.

— 나도 벌써 수십 번은 돌았을걸요? 하하하

오체투복을 하는 순례객들을 라싸의 조캉 사원에서도 본 적이 있지만 이런 황토 먼지 날리는 산비탈에서 만나게 되니 더욱 감회가 깊다. 만트라를 읊조리며 세 발자국마다 합장하며 땅바닥에 엎드리고, 그 자리에서 일어나 또다시 같은 동작을 무한 반복하는 사람들을 스쳐 지나가며 여기가 바로 내가 찾아온 티벳이란 생각이 든다. 햇빛에 그을린 검붉은 얼굴, 산발한 머리카락, 땀과 먼지로 뒤범벅된 너덜거리는 옷을 걸치고 한 마리 미물처럼 땅바닥을 기어가는 저들의 몸짓이 티벳인들의 정수를 담고 있는 듯하다. 고통과 기쁨, 행과 불행, 육체와 영혼을 하나로 여기는 정신 문화를 온몸으로 보여 주는 것일까. 추위와 배고픔, 아픔과 외로움 등 온갖 악조건들을 경험하며 몇달 혹은 몇 년을 길에서 보내는 저들보다 더 절절히 인간의 욕망과 번뇌를 보여 주는 풍경이 또 있을까.

도대체 이 땅에 어떤 한이, 어떤 업이 그리도 쌓여 저리도 진진한 고행을 하는 것일까?

내 앞에 한 젊은 여인이 스쳐 지나가고 있었다. 그녀는 라마승의 복장을 하고 있었다. 손바닥과 팔굽과 무르팍에 가죽을 대고 두꺼운 천으로 된 앞치마를 두르고 땅을 기어가고 있었다. 연신 뭔가를 중얼거리며 자갈밭에 몸을 구부리고 있는 몸짓이 마치 이 거대한 산등성이를 자신의 몸으로 재고 있는 듯하다. 땅바닥에 무릎과 배와 이마를 대며 앞으로 나아가는 그녀가 전심전력을 다해 이 땅과 하나 되려는 의지의 화신으로 여겨진다. 자연의 몸과 합치되기 위해 모든 것을 내려놓고 있는 수행승의 선적 경지를 떠올리게 한다.

티벳 불교에서 말하는 최상의 명상이란 명상하는 자와 명상하는 대상과 명상하는 행위가 불가분 하나가 되는 것을 말한다. 애오라지 순수한 불성을 향해 타오르는 그녀의 열망이 육체적 에너지와 하나 되어 길 위에 봉헌되고 있다. 그 누구의 시선도 아랑곳 없이 오직 세 걸음을 옮긴 후 온몸을 땅에 부착시키고 있는 낮은 자세가 공간을 가로지른다기보다, 차라리 자기 극복이란 눈에 보이지 않는 고지를 넘고 있는 퍼포먼스처럼 보인다. 불생불멸이라는 결코 정복할 수 없을 세계를 욕망한다는 점에서 그녀는 불가능한 길을 가고 있다. 몸과 영혼을 아우르는, 이보다 더한 열망과 체념이 하나된 기도를 어디서 볼 수 있을까? 문득 내 앞에 펼쳐진 카일라쉬 순례길이 성불하려는 티벳인들의 고도의 수련장이 된다.

그녀는 경전과 명상과 수행이 줄 수 없는 그 어떤 경지를 향하고 있는 것일까? 저 가녀린 어깨 위에 세상사의 번뇌를 지고, 세상의 업보를 참회하고 있는 것일까?

그런데 그녀의 몰골이 하도 처절하게 보여 얄궂게도 육체를 학대할수록 영혼이 정화된다고 믿는 기독교의 십자가 고난이나 이슬람의 자기태형, 오랫동안 태양을 바라보다 눈이 멀기도 한다는 힌두교 수행승들이 떠오른다. 신에 대한 복종과 천국의 도래를 기원하는 고행 의식은 동양이나 서양을 막론하고 역사적 뿌리가 깊다. 그들의 행위에는 어쩐지 육체적 고통과 슬픔을 끊임없이 확인하고 재생산하려는 강렬한 죽음에의 의지가 느껴진다. 마치 육체라는 인간적 경계를 넘어서고 나서야 비로소 그들의 영혼이 빛을 발한다고 믿는 것처럼 말이다. 그리스의 티노스섬에서도 이런 풍습을 본 적이 있었다. 마리아 성전의 입구에서부터 교회당 건물에 이르기까지 몇 킬로미터가 되는 길을 무릎으로 걷는 사람들이 줄을 이었었다. 한국의 절에서 참회나 소원 성취를 위해 삼천 배를 드리는 것도 이같은 육체적 고행을 통해 심성이 정화되어 해탈하려는 극락왕생에의 염원에서 전래되었으리라.

그러나 모든 종교적 구원의 약속에는 인간성의 부정이라는 대가가 따른다. 기독교가 '십자가'를 통해 원죄를 환기시킴으로써 인간성이 가진 권력에의 의지를 거세하듯이, 불교 역시 육체와 감정을 배제함으로써 욕망의 소멸을 강조하고 있다. 기독교의 '사랑의 십자가'가 상징하는 속죄와 구원의 배후에 인간을 신의 종속물로 만드는 원죄의식의 도그마가 숨어 있듯이, 불교적 니르바나의 '공'과 '무', '허'의 원리에는 희로애락의 절멸을 통한 절대 진리에의 순응이 도사리고 있다. 종교 역시 인간 의식의 진보에 따라 언제나 진행 중이라면, 기독교는 '사랑'을, 불교는 '무상'을 넘어가야 하지 않을까?

이런저런 생각에 잠겨 돌마라 고갯길을 올랐다. 순례자들과 앞서거니 뒷서거니 하며 몇 개의 산등성이를 넘어 5200m에 위치한 Drira phouk에 이르렀다. 폭이 1m, 길이가 20m는 됨직한 거대한 룽따들이 나부끼는 이곳은 카일라쉬 순례길의 전통을 수립했다는 Gotsangpa 은자가 13세기경 수도했던 장소라고 한다. 젊은 시절 음악과 춤과 노래를 공연하는 유랑단의 예술가였다가 범상한 삶의 활동에 염증을 느끼고 수행자가 되었던 그는 '모든 세상적 야망을 버리고 산들의 고독 속에 머물라'는 스승의 유훈을 받들어 이곳의 동굴들에서 명상하며 살았다고 전해진다.

산등성이에 지어진 병영같은 숙소에서 카일라쉬 순례길의 첫날 밤을 보냈다. 창문이 많은 큰 방에서 추위로 뒤척이다 배낭에 넣어 온 책을 꺼냈다. 역시 이 산에서 은거하며 수행했던 밀라레파Milarepa의 시들이다. 영하 십 도가 족히 내려가는 한밤중의 싸늘한 방안에서 따뜻하게 와닿는 그의 목소리,

《 두려움 때문에 나는 성을 지었다. 그러나 그것은 허무의
성, 지극한 현실의 성이었다. 나는 그 파괴를 두려워하지 않
는다.
    추위 때문에 옷을 찾았다. 그러나 그것은 영적 열기였다.
나는 추위를 겁내지 않는다.
    궁핍을 두려워하여 재산을 구했다. 그러나 그것은 마르지

않는 진정한 풍요였다. 나는 가난을 두려워하지 않는다.

　배고픔을 두려워하여 양식을 찾았다, 그러나 그것은 간절한 현실에의 응시였다. 나는 배고픔을 두려워하지 않는다.

　불안과 지루함에서 친구를 찾았다. 그러나 그것은 공허의 연속된 흐름에서의 축복이었다. 나는 슬픔을 두려워하지 않는다.

　실수에 대한 걱정으로 나는 한 가지 길을 찾았다. 그러나 그것은 통합된 길들의 펼쳐짐이었다. 나는 방황을 두려워하지 않는다.》

　새벽녘, 해 뜨기 전에 일행은 돌마라 고지를 향해 출발했다. 안나푸르나 등반의 경험이 있는 데다 공기가 맑아선가 다행히 고산증 증세는 없었다. 하지만 5630m 정상이 가까워지자 몇 발자국마다 숨을 몰아쉬며 쉬어 가야 했다. 그렇다고 뭐 죽을 지경이라고 하소연을 할 처지도 아니었다. 내 곁에 오체투복을 하는 사람들이 지나가고 있었기 때문이다. 단 사흘, 그것도 두 발로 멀쩡하게 서서 걸으면서도 이렇게 힘든데, 이 주일 걸린다는 산을 온몸으로 기면서 오르고 있는 저들을 보고 있자니 엄살이란 생각이 들 수밖에 없었다. 하긴 저 티벳인들이나 나나 다소 방법적 차이는 있을망정, 내면적 열망으로 육신을 혹사하고 있기는 마찬가지다. 비록 저들처럼 몇 달간 야외 텐트에서 자며 최소한의 음식으로 버티는 경우는 아니라 하더라도 나 역시 나름 젖먹던 힘까지 다 짜내고 있으니까 말이다. 어쨌든 돌마라 고지는 그래도 안나푸르나 토롱라를 오르던 때에 비해서는 수월했다고 할 수 있다. 이 정도 고도를 한 번 올라 보았다는 경험 때문이었나, 온몸으로 극한 투쟁을 하고 있는 티벳인들의 살벌한 기운이 내게도 뻗쳤나, 하여간 가쁜 숨을 몰아쉬며 씩씩거리긴 했어도 그때처럼 정상에 도달하자마자 댓자로 뻗어 누울 정도는 아니었다.

도중에 반반하고 널찍한 바위가 있었는데 그 위엔 옷가지와 물건들이 뼈다귀들 사이로 내버려져 있었다. '죽음의 거울'이라고 불린다는 이 바위 표면엔 생전의 모든 행위들이 비치며, 그곳에 무언가를 버리는 일은 지상의 삶에 대한 포기를 상징한다고 한다. 또한 조장의 풍습이 행해지는 장소이기도 한데 요즘에도 가끔 새들의 먹이가 되도록 죽은 자의 시신을 가져다 놓는 일이 있다고. 가이드가 자신의 사지를 잘라 바위 위에 던지는 연기를 해 보이며 일행을 웃겼다.

언젠가 티벳의 조장 풍습을 화면으로 본 적이 있었다. 실제로 칼과 망치로 죽은 자의 뼈를 으깨고 부수어 그걸 새들이 쪼아먹도록 부리에 대어주고 있었다. 이 땅의 영적 분위기 탓인가, 천상의 장례식이라 불리는 그런 죽음의 의식이 별로 이상하게 여겨지지 않았다. 역시 조장터로 활용되었던 이란의 조로아스트르교의 침묵의 탑에서 맡았던 비릿한 냄새, 인도의 바라나쉬 강가나 카트만두의 화장터에서 피어오르던 살타는 냄새가 그 토양에서 낯설지 않았던 것처럼 말이다. 어쩌면 조장의 풍습이 뼈는 흙으로, 피는 물로, 체온은 불로, 숨결은 바람으로 환원되는 지극히 범상한 자연회귀적 방법일 수 있다. 관점의 차이일 뿐 불로 화장을 하거나 땅에 묻는 방식보다 생태계에 더 적합한 방식인지도 모른다. 땅속에서 벌레나 구더기로 화하나 까마귀나 매 떼들의 배로 들어가 소화되나 모두 생명의 순환 법칙을 따르는 거니까.

근데 망치질과 칼질이라면 내 전공인데, 저 바윗돌에 흩어진 뼈들로 뭘 조각할 수 있을까? 잘하면 팔찌나 목걸이 하나를 만들 수 있을지 모르겠다.

드디어 돌마라Dolma La 정상!

이제 막 올라와 숨을 고르는 소리, 한숨 소리, 웃음 소리, 합장하며 절하는 사람들의 기도 소리, 만트라를 읊조리는 소리 등이 어우러져 자못 열띤 축제의 현장 같았다. 먼 계곡이 내려다보이는 절벽가에는 순례길의 티벳인들이 삼삼오오 모여 앉아 요기를 하며 휴식을 취하고 있었다. 몇 달 혹은 몇 년에 걸쳐 이곳까지 쉼 없이 오체투지를 해 왔던 사람들의 극적 긴장이 풀어지는 순간이어선가, 산정의 분위기는 자못 들떠 있었다. 돌마Dolma를 의미하는 타라Tara 바위 주변에는 향을 피우며 사진이나 종이를 태우는 사람들이 있었는데 이 생의 업을 끝내고 거듭나는 제식을 치르는 거라고.

산스크리스트어인 Tara는 이 생을 떠나 또 다른 강가로 나아간다는 뜻이다. 또한 별을 뜻하기도 하는데 진실에 대한 직감을 얻게 하는 세 번째 눈의 개안을 의미한다고 한다. 티벳 순례객들에게 Shi-vachal Tuthup라고 불리는 이 장소는,

"이제는 이 생에서 더 이상 잃을 것도 얻을 것도 없다는 것을 깨닫는 자리다. 진정한 자신이 아닌 것으로부터 해방되어 자신의 본성인 신적 본성과 하나가 되는 자리, 삶과 죽음의 싸이클로부터 해방되는 장소다."

그들이 여기에다 자신이 애착하는 물건이나 피, 혹은 머리카락 등을 여한의 상징으로 내버리는 것도 그래서라고 한다.

온갖 타르초 물결과 사람들이 쌓은 돌무더기들을 비껴난 곳에서 조용히 먼 계곡을 응시하며 가부좌를 틀고 있는 순례객들도 더러 있었다. 카일라쉬 코라의 정상에서 명상하고 있는 저들 중에는 아마도 자신의 업뿐만이 아니라 이 땅의 업보를 사하려는 염원을 가진 수행자들도 있으리라. 추위와 궁핍, 고통과 절망, 슬픔과 방황을 피하지 않는 저들은 이미 이 땅에서 영원을 살고 있지 않을까. 오체투복이란 관습으로 돌마라를 오르며 신적 정체성을 경험하는 티벳

인들의 삶은 보다 쉽게 초월적 직관의 세계에 열릴 듯하다. 이 생을 하나의 순례길로 보고 세상의 법과 질서에 거리를 두고 바라볼 수 있을 것 같다. 이 땅의 신성한 에너지와 온몸으로 합일되어 마침내 빛으로 화하고 있을 미친 요기라도 있을 듯싶어 그들의 등을 뚫어져라 주시했다. 그 옆으로 가서 나도 명상 비슷한 걸 해 볼까나.

아서라, 거긴 아직 네 자리가 아니다.

우리 일행 중 벨기에 여인 루이즈가 Tara 바윗돌 근처에서 사진들을 불태우고 있었다. 이 여행을 위해 몇 년을 기다려 왔다는 그녀는 티벳으로 떠나오기 앞서 친지들로부터 돌아가신 분들의 사진을 받아 왔다고 했다. 그 광경을 보고 있자니 산티아고 순례길의 종착지였던 피니스테르 바닷가에서 사람들이 입었던 옷가지나 종이들을 불태우던 일이 떠올랐다. 유럽의 끝 이베리아반도 바닷가에서나 중앙아시아 히말라야 산자락에서나 순례길을 마친 이들이 뭔가를 태우며 영혼의 정화식을 올리는 방식은 비슷하다. 기독교적 영성이나 티벳인의 불성이나 한결같이 영원한 삶의 안식처를 찾고 있는 듯하다.

비록 지금은 스포츠 삼아 꽁포스텔 길을 걷는 사람들이 많다고는 하지만, 그들 역시 고행의 성향이 없다고 하기는 어렵다. 아침부터 저녁까지 매일 30km 정도를 한 달 이상 걸어야 했던 그 의지에는 어떤 영적 각성을 위해 육체적 시련을 기꺼이 감당하고자 하는 뜻이 있었으리라. 어쩌면 인간적 숙명에 대한 저항정신의 표현일 수도 있고, 행복을 추구하고 쾌락을 좇는 현대인들의 감각적 성향에 반한 고뇌와 포섭의 의지라 볼 수도 있을 것이다.

카일라쉬산을 돌며 전신 투복을 하고 있는 이 티벳인들과 산티아고 순례길을 걷는 사람들은 문화적 종교적 차이점에도 불구하고 자연 속에서 온몸으로 뜨거운 영성을 표현하고 있다는 점에서 같은 길을 걷고 있다. 유한한 삶의 도정에서 영혼의 성장과 진보를 믿고 있다는 점에서 우리는 같은 신을 믿고 있다. 육체적 고행이 영혼의 우월성을 상징하는 신앙심의 한 표현이기도 하다면, 존재의 깊은 열망 속에서 고통을 보다 높은 존재의 차원으로 가는 지렛대로 여기고 있다는 점에서 우리는 모두 순례자들이다.

삼십 년 전, 프랑스에 왔던 시절, 나는 해마다 1월의 마지막 날이면 루흐드Lourdes라는 남쪽의 한 시골 마을로 갔었다. 내가 처음 프랑스에 도착했었던 그날이 오면, 파리의 오스탈리츠역에서 기차를 타고 보르도를 지나 가브강을 건너 피레네 산맥 아래 웅크린 한 바위 산등성이를 찾아갔었다. 한겨울, 나혼자 내리는 조그만 시골역, 여름철 성수기엔 전 세계에서 수백만 명이 찾아온다는 그 마을은 그저 조용하고 한적하기만 했다. 겨울철엔 불타는 영성도 얼어 붙는가, 기적의 동굴로 내려가는 길가엔 상점들과 호텔들도 모두 철시하고 사람의 발길이 끊긴 골목길은 시냇물 소리만 졸졸거렸다. 그 물길 끄트머리에 셍 장이라는 호텔이 있었는데 이 시즌에 문을 여는 유일한 숙소였다. 그곳에서 낮에는 동네를 돌며 일 없이 보내다 자정 넘어서야 눈덮힌 산등성이 아래에 있는 그 동굴로 갔다. 아무도 없는 시간이었다.

캄캄한 한밤중 성당 울타리를 넘어 그 장소에 다가가노라면 맨 먼저 조용히 흐르는 강물 소리가 들려왔다. 민둥산 위에 거대한 성당이 서 있고, 그 뒷편으로 돌아가면 큰 촛대의 불빛들이 수많은 영혼의 꿈처럼 어둠 위로 떠다니고 있었다. 이 땅의 모든 고통받는 영령들이 모인 듯한 그 작은 동굴 안에서 이 세상의 온갖 소망이 고인 빛 우물 같은 샘물 소리를 들으며, 촛불의 흔들림을 보고 있노라면 왠지 마음이 편안해졌다. 기독교적 설화가 빚어낸 성지이건, 대중들의 어리석은 환상이 만든 미신이건, 그런 건 아무래도 상관없었다. 그 동굴은 아는 사람 하나 없는 프랑스라는 낯선 나라에서 내가 가장 친밀감을 느꼈던 장소였다. 허공에 떠도는 이름 모를 이들의 기도 소리가 강물 소리에 섞여드는 강가를 돌며 새벽을 맞았다. 얼마 후 노르망디 시골집에 아뜰리에를 마련하게 될 때까지 거의 해마다 겨울이면 나는 그 바위산 기슭을 찾아들었다. 아마도 내 소설《울릉도》에 한 동굴이 창조되었던 건 어쩌면 그래서였는지도 모르겠다.

피레네 산맥의 눈 덮힌 산등성이, 어둠 속에 서 있던 우듬지 뭉툭한 플라타너스, 조용히 타오르는 촛불들…, 오로지 강물 소리와 촛농 떨어지는 소리만 정적을 깨던 그 강가에서 나는 무엇을 찾고 있었을까. 한밤중, 손이 쩍쩍 달라붙을 정도로 차거운 바윗돌 제대 위에 손을 얹고 무엇을 위해 기도했을까. 어떤 슬픔이, 어떤 간절한 소망이 있었기에, 한겨울 밤의 추위도 잊은 채, 새벽 먼동이 터오도록 거기, 그렇게 홀로 서 있었던 것일까?

바위 절벽 틈으로 흘러내리는 샘물 소리가 지하에서 울리는 호곡 같던, 그 바위산은 내 안의 폭풍우를 잠재우는 섬이었으리라. 내 영혼을 마주했던 어둠이었으리라. 그 동굴은 지상의 영혼들을 위로하고 축복했던 나의 성소였으리라. 상처받은 마음을 치유했던 세례소였으리라. 나의 거룩한 신이 거했던 자연이었으리라. 새해 정월마다 그 작은 동굴을 찾아들며 나는 해마다 새로 태어나지 않았을까.

나의 순례길은 그때부터 시작되지 않았을까.

파리 5구에 있는 셍 세브렝St Sévrin 성당 역시 언어와 문화가 다른 프랑스에서 내 마음이 편하게 느껴지는 장소 중 하나였다. 중세 시절의 고딕 건축미를 간직하고 있는 세느강 좌안의 가장 오래된 교회인 그 곳의 작은 샤펠, 조개 형상으로 조각된 천장 아래 앉아 있노라면 도시 한가운데서 깊은 바닷속에 잠수한 듯한 고요함이 느껴졌다. 뒤틀린 나무 형상을 한 우람한 기둥을 배경으로 불꽃이 점화한 듯한 교회 유리창은 내 서늘한 마음에 한 줄기 창조성의 불길을 피워 올리는 듯했다. 루오의 투박한 흑백 판화와 오르간 음악이 잘 어울렸던 이 인간적 크기의 아담한 교회는 소르본 강의실을 오갈 때나 지베르 조셉Gibert Joshep 서점에 들를 때, 철지난 영화들을 상영하는 생 미셸 주변의 작은 영화관에 갈 때 자주 들르는 쉼터였다.

그 외에도 세느 강변 가는 길에 있던 석조 기둥 숲이 독특한 베르나르뎅Bernardins 사원과 모베르 광장의 시장 가는 길에 있는 생 빅터 St Victor 성당, 오르간 연주회가 자주 열렸던 팡테온 언덕길의 셍 뜨 쥐느비에브Ste Geneviève 성당이 있다. 집 앞의 파리 식물 정원이나 광물 박물관처럼 그런 다정한 장소들을 가까이 두고 살았던 것은 행운이었다. 내 나라인 한국에서조차 마음 가는 곳이라곤 울릉도나 선운사처럼 외딴 섬이나 고적한 산사가 고작이었던 내게, 파리 한가운데 나의 섬, 나의 절간을 지척에 두고 살았던 것은 일상에 큰 힘이 되었다. 이런 장소들은 종교적 이유가 아니라, 그 침묵에 잠긴 오래된 건축적 아름다움으로 영혼의 피난처가 되었는데, 한낮에도 사람이 없는 텅빈 성당들의 고요 속에 정좌하고 앉으면 이 공간에서 해묵은 천 년의 역사가 내 안에서 새롭게 열리는 듯했다. 영혼을 들어올리는 듯한 드높은 궁륭 아래 떠도는 먼지들을 비추는 장미창의 햇살이 내 존재의 쪼개진 틈을 밝히고 있었다.

붉은빛이 도드라진 산기슭을 타고 돌마라를 내려오는 길, 한 조그만 호수가 있었다. 힌두인들이 Gauri Kund라고 부르는 이 물가에서 순례객들은 두 번째로 태어난다고 한다. 돌마라 고갯길을 넘으며 자기 자신이라는 에고를 내려놓고 비로소 카르마로부터 해방된다는 것이다. 살얼음이 낀 호수 주변엔 순례객 몇몇이 서성거리고 있었지만 우리 일행은 아무도 거기까지 내려가지 않았다. 이 계곡 주변에 부처가 발자국을 남겼다는 설화가 전해내려오는 유명한 동굴이 있다는 걸 알긴 했지만 그 누구도 관심을 갖지 않았던 것과 마찬가지였다. 돌마라 고갯길을 오르는 것만으로도 이 순례길의 지대한 고통과 기쁨을 충분히 맛본 터였으므로 더 이상 무엇을 바랄 것인가.

마지막 날의 숙소는 이름을 알 수 없는 작은 절간 옆이었다.

말로만 사원에 딸린 숙소였지 화장실도, 물도 없는, 더럽고 냄새나는 오두막이었다. 산등성이 아래쪽에 비교적 깨끗해 보이는 현대식 숙소가 있었지만 돈을 아끼려는 가이드의 호구책 때문인지 하여간 여행 막바지가 되어 가니 아침 식사가 부실한 것쯤은 그렇다 치더라도 숙소가 여기밖에 없다는 핑계로, 음식물을 구할 수 없다는 구실로 상황은 점점 한계점에 도달하고 있었다. 나는 혼자 쓰는 방값을 따로 낸 터라 일인용 방을 확보하기 위해 가이드와 신경전을 벌여야 했다.

다음 날 아침 불도 피우지 않은 식당에서 겨우 차 한 잔과 비스킷으로 아침을 때운 일행들이 일치킴치 자리를 떠난 후 나는 절 구경도 할 겸, 여간 추운 게 아니라서, 숙소 위편에 있는 절간으로 올라갔다. 행여 따뜻한 불이라도 피워져 있을까. 법당 안은 불기는 없었지만 대신 조그만 창으로 환하게 비쳐드는 아침 햇살이 실내를 훈훈하게 만들고 있었다. 안내인이 혼자 지키고 있는 작은 법당은 이곳의 여느 절방들처럼 그저 그렇고 그런 색바랜 인조꽃과 휴지조각 같은 지폐들로 장식된 불상들이 놓여 있었다.

내부를 한 바퀴 둘러본 후 막 나오려는 참인데 안내인이 내게 손짓을 했다. 자신이 직접 짜고 있던 울긋불긋한 자수로 된 장식품들을 사라는 것이었다. 뭐 카일라쉬에 온 기념이다 싶어 몇 푼 안 되는 그 공예품을 고르고 있는데 문득 법당 한 구석의 우묵한 자리가 눈에 들어왔다. 들창에서 쏟아지는 밝은 햇살에 허공을 떠다니는 먼지 부스러기들이 빗금을 그으며 그곳으로 모여들고 있었다. 가까이

다가가 보니 안으로 움푹 파인 조그만 동굴이었다. 촛불들이 환하게 켜져 있는 내부로 등을 구부리며 들어서니 긴 유리관 안에 여러 불상들이 나란히 진열되어 있었다. 무심코 그 모습들을 훑어보다 얼핏 티벳 전통 의상을 걸친 한 좌불상을 보게 되었다. 그런데 그 얼굴을 보자마자 나는 그 자리에 우뚝 멈춰 서고 말았다.

— 할!

한 청소년의 얼굴이, 가히 있을 법도 하지 않은 미소를 짓고 나를 바라보고 있었다. 살아 있는 사람의 생생한 표정이었다. 불상이라면, 이곳에 오기 전에도 질릴 만큼 많이 보아 왔었다. 라싸를 비롯해 강체와 시가체, 사카 등 유명 사원들에서, 그리고 네팔, 중국, 인도 등 지난 여행길에서 얼마나 다양한 부처상들을 보아 왔던가. 그런데 이렇게 정신이 화들짝 들 정도로 시선을 끈 적은 처음이었다. 나는 그저 멍하니 그 좌불상을, 아니 그 생불을 바라보고 있었다. 한순간, 영원의 콩깍지가 열리는 듯했다. 이런 누추한 절간 한구석에서, 시공을 뚫고 나온 듯한 한 줄기 빛이 나를 비추고 있었다. 그가 내게 말을 건네려는 것 같았다.

— 니르바나!

그 찰나, 내 의식은 소스라치며 깨어났다. 단번에, 내 안에 얼어붙은 무의식의 바다를 깨는 도끼날이었다. 섬찟한 허공이었다!

그 낯선 얼굴이 마치 언제나 내 안에 살아 있었던 것처럼 느껴졌다. 아니 내 안에 있던 누군가가 돌연 바깥으로 뛰쳐나가 거기 있는 것 같았다.

무자비할 정도로, 아주 단순하면서도 지극한 동화감정으로 나는 그 자리에 못 박혀 있었다. 그 느낌이 하도 각별해서 그 불상이 내 의식이 불러온 환영이란 생각이 들 정도였다. 내가 결코 가닿을 수 없을 영원의 한 조각과 접선된 느낌, 내 의식의 내부와 외부 사이의 장막이 허물어지며 한 순간, 나와 세상의 어떤 경계선이 지워지고 있었다.

나는 내가 상상할 수 있는 또 다른 나의 모습을 바라보고 있었다!

이 남루한 법당 한 켠, 우연히 마주친 한 불상 앞에서, 나는 놀라움과 경탄으로 그 얼굴을 보고 또 보았다. 보면 볼수록 빨려 들어가는 어떤 강력한 영적 암시가 담긴 눈빛이었다. 수만 권의 경전, 세상의 모든 이콘의 상징이 담긴 듯한…, 내가 그동안 은밀히 추구해 왔던 모든 질문의 총합이 그 표정에 드러난 것 같았다. 성과 속, 남과 여, 어린이와 노인을 초월한 듯한 그 모습은 말로 표현할 수 없을 어떤 불가사의한 빛을 발하고 있었다. 신성이 인간성과 분리되지 않은, 그렇다고 하나이지도 않은, 제삼의 실체가 내 눈앞에 현시되고 있었다.

문득 그 얼굴에서 한 미소가 떠올랐다. 내 가장 깊고 오래된 무의식의 밑바닥에서 떠오른 기억이었다. 나는 한 아이와 바닷길을 달리고 있었다. 성인봉 절벽길, 파도 소리가 울리는 한 동굴, 한 아이의 미소가 생생하게 떠오르는 순간, 나는 부지불식간에 소리를 지르고 말았다.

— 울릉도!

어떤 생경하고도 지고한 창조의 질서를 엿본 것 같았다.

내 가슴은 기쁨으로 벅차올랐다. 자신의 진정한 본성으로 깨어나면서 존재의 절정을 느끼는 '니르바나의 빛', 그 투명한 새벽 여명이 한순간 그 동굴의 어둠을 밝히고 있었다.

법열의 기쁨은 한동안 지속되었다.

나는 이 장소와 내 존재 사이에 어떤 강력한 힘을 느끼고 있었다. 지난 오 년간 나를 이끌어 왔던 여행의 목적지에 도달한 느낌이었다. 산티아고 순례길부터 유라시아 횡단길, 갈릴레 여행에 이르기까지 경이로운 사건들이 많이 일어났지만 솔직히 마음 한구석에는 항상 우연의 일치라고 생각했었다. 여행길은 일상에서 벗어난 해방감으로 색다른 풍물을 발견하게 할뿐만 아니라 자연 한가운데 새겨진 영혼의 그림자를 보여 주기도 할 테니까, 낯선 곳에서 새로운 경험들을 하다 보니 믿기지 않는 일들이 생기는 거라고. 그런데 이 동굴에서 갑자기 그 모든 것들이 필연적 귀결이라고 믿어졌다. 내가 이곳에 오기 전에 이 장소를 알고 있었던 게 아닐까, 이 공간이 나를 기다리고 있었던 게 아닐까? 하는 생각이 절로 들었다. 지극히 주관적인 감흥일지라도 이보다 더 명백할 수는 없었다. 이 땅의 강력한 영적 기운이 내 무의식에 작용하기라도 한 것일까.

《울릉도》,《창조 소설》의 '무의식의 현실'이 내 여행길 가운데 나타나고 있었다.

그 동굴의 어둠을 뚫고 떠오른 한 아이의 미소, 그 사랑의 엑스타즈가 창조적 엑스타즈로 승화되기까지 나는 얼마나 많은 질곡과 우회로를 거쳐야 했던가. 사랑과 창조라는 그 어둠과 빛의 행로, 아, 그런데 이 불상의 얼굴이 단번에! 그 화답을 하고 있었다. 울릉도의 동굴은 내 존재의 가장 깊은 곳에 파인 심연이었다. 보이지도, 잡을 수도 없는, 내 '창조성'의 근원이었다. 그런데 이 카일라쉬 순례길의 한 불상이 느닷없이 지금, 그 실체를 밝히고 있었다.

우주의 영기가 서려 있다는 마나사로바 호수도, 세상의 신들이 모여 산다는 카일라쉬산의 풍경도, 돌마라의 의식도 별 눈에 들어오지 않았던 나는, 이 동굴의 구석진 어둠 속에 떠오른 그 얼굴을 보고 또 보았다. 내 영혼은 이 장소를 이미 알고 있었음이 분명했다. 내 발걸음은 끊임없이 이 빛을 찾아 헤매고 있었다.《창조 소설》을 통해 다가가려 했던 바로 그 '창조성의 빛'이었다. 시간과 공간, 현실을 초월한 진정한 존재의 모습, 영원한 《청소년》의 '현시'였다.

내 소설 속 아이의 미소가 카일라쉬 불상의 미소로 나타나기까지 내 삶에 어떤 우주적 공명이 일어나야 했던 것일까? 그 동굴의 새벽 여명이 저 니르바나의 빛으로 변모하기까지 어떤 창조적 에너지가 필요했을까?

티벳 속담에 동부 지역인 Kham은 영적 스승들 때문에, 중앙 지역은 불법 때문에, 그리고 티벳 서쪽은 성스러운 장소들 때문에 '깨달음'에 이른다는 말이 전해 내려온다. 붉은 산골짜기의 이름없는 동굴마다 수많은 승려들의 명상과 수행의 설화가 전해지는 이 카일라쉬 지역만 해도 부처가 깨달음에 이르기 전 이곳에 와서 도를 깨달았다는 전설이 전해지는 곳이다. 즉신성불의 밀교 전통이 전승되고 있는 이 티벳의 서쪽 산야가 내게 깨달음의 빛자락을 늘인 것일까? 혹은 이곳의 토굴에서 수행하며 야생 짐승들에게도 설법을 행했다는 샤브카Shabkar의 마법이, 이 근처의 동굴에서 일루미나시옹을 실현했다는 밀라레파Millarepa의 에스프리가 내게 임한 것일까. 이도저도 아니면 샤브카 요기가 '카일라쉬산의 말들'을 남겼던 신화적인 장소의 창조적 에너지가, 정말로, 내게 영향을 끼친 것일까?

《 타고난 통괄의 공간은 누구나에게 존재한다.
안도, 바깥도 없는 그것은 앎의 공간,
밝음도 어둠도 없는 절대적 지혜의 공간이다.
스스로 발산하며 모든 것을 빨아들이는
모든 지각의 현상이 일어나는 공간,
흐르지 않고, 변모되지 않는 창조적 힘의 공간이다.
멈춤 없이 계속되는 경험의 공간이다.》

그 불상을 보는 순간, 실제로 나는 눈에 보이지 않는 어떤 힘에 의해 빨려들고 있었다. 내가 사는 차원의 삶을 살짝 비켜나 순식간에, 다른 질서에 노출되어 있었다. 촛불로 밝혀진 작은 동굴의 희미한 어둠 속에 어떤 신성한 광휘가 '창조'의 비밀을 밝히며 눈앞에 질서 정연하게 줄지어 섰다. 마치 컴퓨터 화면에 무한한 가능성의 확률들이 조합되어 한순간 결정적 해답이 나타나는 것 같았다. 절체절명의 뭔가를 발견한 듯, 나는 초월적 공간에 멈춰 서 있었다. 아주 오래된 성당의 무너진 담벼락이나 중세 수도사들이 살던 동굴에 쓰인 시를 읽을 때처럼 뭔가 거룩하고 신성한 장소에 거한 느낌이었다.

저 '니르바나의 빛'을 따라가 보리라!

그 동굴을 떠나며 내린 결정이었다.

그 불상이 드러낸 '현시'를 따라가 보고 싶다는 욕망은 말하자면 내 글쓰기가 여행길에 영향을 끼치고 있다는 믿기 어려운 현실을 긍정하는 것과 같았다. 소설이란 창조적 현실이 실제 현실에 구현된다는, 엉뚱한 작가적 호기심이기도 했다. 그런데 이런 발상이 갑작스러운 것은 아니었다. 나는 《창조 소설》에서 조각이라는 매개체를 통해 정신과 물질의 상관관계를 다루고 있었다. 나무를 다루는 직접 조각의 작업 과정을 통해 우주의 창조적 에너지가 발현되는 의식과 현상의 연관성을 탐구했었다. 나무둥치들을 다루었던 나의 작업이 이번에는 이 순례길을 재료 삼아 또 다른 창조를 실행하는지도 몰랐다. 예술 작품이 아니라 삶 안에 작용하는 그 창조적 에너지를 느껴보고 싶었다.

생각의 실타래를 늘이며 산을 내려갔다. 멀리 보이는 검붉은 사암으로 된 산중턱엔 구멍이 숭숭 뚫린 토굴들이 보였고 근처에 타르초들이 휘날리고 있었다. 사흘간의 돌마라 고갯길은 무엇보다 뱃살을 확실하게 빠지게 한 강행군이었다. 숙소의 아침 식사라 해 봤자 정말이지 보잘것없는 수준이었고 점심도 도중에 간이 천막집에서 국수로 간단한 요기를 한 게 전부였다. 고갯길을 다 내려오자 시냇물이 흐르는 평원이 나타났다. 카일라쉬 얼음 빙벽이 녹은 물일까, 물빛이 은어 떼가 비늘을 반짝이며 곧 튀어오를 듯 맑고 투명했다. 잡목 한그루 보이지 않는 바위산들로 둘러싸인 언덕길을 내려가 출발지였던 다르첸으로 향하는데 일행 중 아르헨티나인 마티아스가 사진을 찍고 있었다. 그는 인터넷에 여행 풍경 싸이트를 운영하고 있는 사진작가라고 했다. 마나사로바 호숫가에서 까프를 걸치고 걷는 내 모습을 멋지게 찍어 주는 바람에 그에게 기회가 되는 대로 내 모습을 임의로 찍어달라고 부탁한 터였다. 사실 그동안 사원이나 불화 사진들은 많았지만 정작 내 사진은 없었던 것이다.

전문가라 그런가 그가 찍은 내 사진들은 어쩐지 좀 다른 데가 있었다. 뭐랄까, 딱히 내 얼굴이 드러나지 않는데도 존재감이 느껴졌달까, 그냥 간단한 스냅 사진인데도 마치 어떤 특별한 배경이나 시나리오가 있는 것처럼 드라마틱해졌던 것이다. 모계가 유럽쪽이라 불어를 이해하는 그와 대화를 나누었다.

— 평범한 체스나 동작들인데 어딘가 이야기가 있는 것처럼 느껴져요.

— 난 사진을 찍을 때 언제나 빛으로 글을 쓴다고 생각해요. 작품엔 언제나 나의 꿈과 욕망이 드러나게 마련이니까요.

— 사진도 문학처럼 하나의 생각이나 비전, 감정을 드러내는 도구일까요?

— 작품을 통해 자신의 내면 세계를 새롭게 발견한다는 점에서 그렇긴 하죠. 사진은 단순한 현실의 복제가 아니라, 작가가 자신이 품고 있는 '다른 빛'을 드러내는 일이니까요.

— 그러니까 흔히 생각하는 대로 시간의 자취나 기억의 흔적을 남기는 것만은 아니라는 말이네요.

— 오히려 그 반대라 할 수 있어요. 그러니까 말하자면 사진에 고정된 과거Passé fixé는 일종의 정지된 시간Temps suspendu인데, 보는 이에겐 연속되는 현재Présent continu가 되기도 하니까요.

— 아, 기억에 남는 사진을 벽에 붙여 두는 이유를 알 것 같네요. 마치 그 화면에 담긴 순간이 '지금, 이 일이 일어나고 있고, 언제나 그럴 것이다'라는 확신을 주니까요.

— 그래요, 어떤 다른 차원에서 이 순간을 영원히 확장시킨다고 할 수 있어요. 그래서 사진이 꼭 미학적일 필요가 없기도 해요. 솔직히 어떤 땐 내가 보이지 않는 것을 보이게 하는 샤만이라 여겨질 때도 있어요, 하하하.

그는 지난 몇 년간 안나푸르나의 푼힐과 무스탕, 에베레스트의 랑탕 계곡을 훑고 다녔던 일화를 들려주었다. 잠시 토롱라 이야기를 나누다가 그가 티벳 여행을 마친 후 에베레스트로 간다는 것을 알게 되었다. 우리 일행과 함께 라싸로 가지 않고 네팔로 향하는 '우정의 길' 근처에서 카트만두로 곧장 들어갈 예정이라고. 에베레스트 베이스캠프에 가느냐는 내 질문에,

— 거긴 예전에 다녀온 적이 있고, 이번엔 고꾜리에 갈려고 해요.

— 거기가 어디에요?

— 아, 에베레스트에서 가장 아름다운 마을이죠, 호수로도 유명해요.

조금 전 카일라쉬 동굴에서 받은 영감 때문인가 그의 에베레스트 행에 귀가 솔깃해졌다. 이번 여행은 카일라쉬 순례길이 마지막 여정이 될 터였다. 하지만 이 티벳 여행은 뭔가 아쉬움이 많았다. 라싸에 도착하면서부터 공안 분위기 때문에 줄곧 우울한 기분으로 보냈던 데다 그룹이다 보니 활동에 제한이 많았다. 이 카일라쉬 순례길

만 해도 사흘간 일정으로 이렇게 바삐 산을 내려가고 있는 중이다. 티벳인들의 영성이 깊이 아로새겨진 이 산야 어디쯤에서 한 며칠 머물며 명상이라도 해보고 싶었지만, 그 니르바나 동굴에서조차 쫓기듯 자리를 떠야 했었다.

시야에서 멀어져가는 카일라쉬 산봉우리를 뒤돌아보며 안나푸르나에서 먼 발치로 바라보며 꿈꾸었던 장엄한 설산준봉들이 떠올랐다. 엊그제 황량한 고갯길에서 바위산을 기어오르던 키앙 떼들이 눈에 선했다. 태양빛에 빛나는 푸르스름한 산등성이를 새처럼 가볍게 내달리던 야생짐승들의 생기발랄한 기운이 뜨겁게 내 안에서 솟아올랐다. 눈덮힌 바위산들, 가파른 절벽들, 얼어붙은 빙하들, 호수들, 그 에베레스트 산꼴짜기를 산짐승처럼 나 홀로 쏘다니고 싶었다.

그 '니르바나의 빛'을 에베레스트 대자연 속에서 한껏 쐴 수 있다면!

구게 왕국

　티벳 여행의 마지막 행선지인 구게 왕국으로 향했다. 그 제국의 수도였던 Tsaparang까지는 거의 온종일이 걸렸다. 일행의 분위기는 돌마라 고갯길을 오르는 힘든 과정을 함께 겪은 뒤 한결 느긋해졌다. 서로 소소한 일상사를 나누기도 하고 그동안 우리를 합법적으로 굶겼다며 가이드에게 뼈 있는 농담을 던지기도 했다. 천 년 전, 성곽을 에워싼 튀르키예인들에게 저항하다 결국 식량 부족으로 항복했다는 이 왕국에 얽힌 역사를 가이드에게 듣다가 티벳의 문학에 대해 궁금해졌다. 방랑승들의 기이한 행각들, 선적인 시들, 야담들, 온갖 대담한 상상력으로 넘쳐나는 사원의 탱화에서 보듯이 이 민족은 상상과 현실을 넘나드는 문학에서도 자유로운 감성을 표현할 것 같다. 요정이나 엘프들의 신화로 넘쳐나는 북구 아이슬란드의 문학처럼 토착 신앙에 연결된 민중 설화가 다채롭고 풍부한 서사적 토양을 제공하지 않았을까. 수많은 요기와 수행승들의 전설과 마법과 이적이 무궁무진한 이 땅에서 민중문학은 어떻게 발달해 왔을까?

　— 티벳어가 중세 유럽의 라틴어에 견줄 정도로 깊고 풍부하다는 말을 들은 적이 있어요. 현대 문학은 어떤가요?

　— 요즘은 문학적 주제도 정치적 프로파간다에 의해 선택되어야 해요. 옛 제도에 대한 비판이나 사회적 변화 같은 거요.

— 옛날 봉건적 농노 제도나 결혼 제도가 모두 노예적 억압이었다, 뭐 그런 거요?

— 그건 이미 빼먹을 대로 다 빼 먹었고, 요샌 중국과의 통합을 위해 티벳을 현대화시켜야 한다는 게 기조가 되어야 해요. 검열 때문에 다른 건 쓸 수도 없어요.

여행 막바지가 가까워 오자 그동안 비판을 자제해 왔던 그의 말에도 날이 돋기 시작한다.

— 문화 혁명 때 승려들뿐만 아니라 티벳의 가치를 전승할 수 있는 학자들이나 예술가들, 장인들도 모두 뿌리뽑혔다는 말을 들었어요.

— 그래도 내가 대학 다닐 때까지만 해도 프랑스 문학을 읽기도 했어요. 플로베르의《마담 보봐리》도 읽은 적이 있어요! 물론 중국어로지만요.

내가 라싸의 카페에서 보았던 밀라레파의 시와 연극 장면을 언급하자, 네팔에서 그리 멀지 않은 Sikkim 출신이라는 그는 어린 시절 축제의 기억을 되새겼다.

— 그때만 해도 축제 땐 승려들이 탈을 쓰고 춤을 추곤 했었어요. 근처 산에 사는 요기들도 춤추러 마을로 내려오곤 했죠. 요샌 어림도 없어요.

— 좋아하는 작가는 누구예요?

— Thondrupgyal이라고요. 유명한 작가였는데 오래전 자살했어요. 불교 때문에 나라가 요 모양 요 꼴이 되었단 비판을 많이 했었죠.

사꺄 사원의 어머어마한 서가에 보관되어 있는 부처의 어록인 108권의 Kangyur와 그에 대한 해석과 주해를 담은 224권의 Tangyur는 인도와 티벳의 석학들에 의해 천 년에 걸쳐 쓰여진 경서들이다. 이 종교적 경전에 동양과 서양의 지혜를 겸비한 지리, 의학, 약학, 천문학 등 전통적인 과학서들을 합한 그 풍부한 자료들이 이 민족의 정체성을 발전시키는 보고의 역할을 했으리라. 이러한 경전을 바탕으로 한 종교 문학이 사원의 울타리를 벗어난 서사문학에서 상상력의 힘을 받아 무궁하게 뻗어나갈 수 있었으리라. 역사적 문물을 간직한 박물관이 시간을 통해 그 문화를 만들어 가듯이 말이다. 그런데 문화 혁명에서 살아남은 사원들의 불상들과 탱화들처럼 이 땅의 죽지 않은 문학의 혼은 어디에 숨어 있을까?

먼지빛 고원을 가로지르는 회백색 절벽과 낮은 산등성이를 달려 Sutlej강이 흐르는 평원에 도착했다. 수천 년의 태양빛과 비바람에 풍화된 듯한 톱니바퀴 같은 모래빛 계곡이 끝없이 펼쳐져 있다. 황토질의 거친 풍경이 색바랜 화성 같기도 하고, 파다가 내버려둔 고고학 발굴처 같기도 하다. 9세기경 번성했던 왕국의 성채였던 Tsaparang은 약 200m에 이르는 천연 요새 위에 건설되어 있었는데 그 장대한 폐허는 문자 그대로 불교적 무상함의 실체를 보여 주고 있었다.

정상에 있는 여름 왕국으로 올라가는 길은 황량한 야산의 배 속을 통과하는 듯 구불구불하고 좁은 터널로 이어졌다. 개미집처럼 자연적으로 발생한 집터들을 거슬러 올라가, 토굴 같은 구멍들을 통과해 도달한 정상에서 바라본 산천은 360도로 펼쳐진 사막의 고원 같은 풍경이었다. 10세기경 튀르키예군에게 함락된 이 난공불락의 성채가 어쩐지 이란의 폐허들을 떠올리게 했다. 펠로포네즈 유적지 주변이나 조로아스트교의 진원지였던 야즈드 사막에도 세월에 풍화된 옛 왕궁의 흔적들이 남아 있었다. 이제는 더 이상 형체를 알아볼 수 없는 것들이 그 무상함으로 오히려 사라진 것들의 존재감을 더욱 되살리고 있었다. 언덕 위에 붉게, 오롯이, 서 있는 전각을 한 바퀴 돌아보고 내려와 관광객들에게 개방된 사원을 방문했다. 법당의 한구석에는 부서지고 깨어진 진흙 불상들이 흙더미처럼 쌓여 있었는데 중국의 문화 혁명 때 홍위병들이 도끼와 망치로 파괴한 상처를 몸에 그대로 간직한 불상들이었다. 한때의 이데올로기가 천년의 역사를 한순간에 지우는 이러한 만행을 분노와 회한 없이 바라보기엔 난 너무나 범상하다.

사진 찍는 것이 허락되지 않았던 높은 천장의 법당을 장식하고 있는 11세기 벽화들은 현란한 색채들로 복원되었던 사원들의 불화에서는 느낄 수 없던 단아한 고귀함이 묻어났다. 본래의 아름다움이 지닌 진정성에 수행자들의 영적 경지가 고스란히 드러났달까, 세상의 어떤 미술관에서도 보지 못했던 고유한 색채와 구도를 가진 작품들이 희미한 불빛 아래 은은한 빛을 발하고 있었다. 자연물에서 추출된 주황과 초록, 파랑, 노랑, 검은 물감으로 그려진 탕가들이 인간의 손으로 만들어진 작품이라기보다 바위산에 자연스럽게 형성된 천연불처럼 원래부터 스스로 존재하는 것 같았다. 인위와 자연의 경계가 지워진 듯한, 원형의 우아함과 세련미를 간직한 이 그림들을 보게 된 것은 실로 티벳 여행길의 백미라 할 만했다. 그리스 로마 문화로부터 페르시아, 힌두이즘 등 다양한 문화의 영향을 받은 티벳 불교 예술이 토착적 성향과 결합하여 그 어떤 동서양의 문화에서도 볼 수 없는 특이성을 보여 주고 있었다. 미학적 아름다움을 넘어 어떤 외경심을 느끼게 하는 그 불화들을 그날 하루에 보았던 감흥만으로도 3000km라는 먼길을 달리는 피로를 상쇄하고도 남았다. 천 년 세월도, 붉은 용병들의 참화도 사라지게 하지 못한 그 예술품들에 대한 한 라마승 Govinda의 말이 이 버려진 땅에 대한 감상을 잘 표현하고 있다.

《 권력은 사라져도,
아름다움은,

그 권력의 어둠에서
겸허하게, 끈질기게
창조된 예술 작품 위에서,
그 권력의 페허 위에서,
여전히 살아 있다.》

　여러 다양한 모습의 부처상들이 그려진 통로를 지나가다 한 불화 앞에서 발걸음을 멈추었다. 검은 색의 부처였는데 타쉬룽포에서도 온 벽면을 채운 검은 먹물 속에 한 줄기 달빛처럼 떠올랐던 부처상을 본 적이 있었다. 빛과 어둠을 동시에 아우르고 있는 듯한 이 불상은 길고 날카로운 발톱에 사람의 해골로 엮은 목걸이를 하고 있었다. 천상의 신성과 지하의 악마성을 상호 보완된 세계로 받아들이고 있는 듯한 이 불화 앞에서 나도 모르게 그 그림을 그리고 있는 작가를 떠올렸다. 붓과 도구를 손에 쥐고 만트라를 읊조리고 있는 한 승려를 상상했다. 그는 지혜의 성자에 스스로를 일치시키며 자기 자신 안에 있는 불성을 활성화시키는 탄트라 명상을 하고 있었다. 단지 전통적인 부처의 형상을 모방하며 그리고 있는 게 아니라 자신의 내부에 살아 있는 불성을 표현하고 있었다. 그림 속 불상과 완벽히 일체가 된 듯한 작가의 창조적 기운이었다.

　이 수행자야말로 진정한 아름다움은 언제나 자신 안에 현존하는 신성으로 열려 있음을 아는 예술가가 아니었을까.

　특히 이 불화들에선 인간 세상과의 거리 두기에서 오는 우주적 차원의 농담이랄까, 역설적 해학과 풍자가 넘쳐나는 초월적 자유로움에서 인간성과 신성이라는 이원성의 경계를 넘나드는 탁월한 개방성이 느껴졌다. 중국이나 일본, 한국 등 불교화에서 흔히 보았던 정

형화된, 말하자면 판에 박힌 듯한 종교적 울타리를 벗어나 어떤 종류의 영적 해방을 엿볼 수 있었다. 오체투복으로 카일라쉬 순례길을 몇 바퀴씩 돌 정도의 무지막지한 고행의 풍습 이면에 이토록 담대하고 호쾌한 예술성을 품고 있다니! 티벳 불화의 독창성은 곧 그들의 무한한 영성의 크기에서 비롯된 것이 아닐까?

내가 티벳 여행길에서 보았던 옛 탕가와 불화들에 특별한 친화력을 느끼는 것은 그 다이나믹한 상상력도 탁월하지만 무엇보다 죽음과 삶을 아우르는 통찰력이 담긴 다양한 모티브와 문양들이 20세기 예술에 버금가는 독창성을 보여주고 있었기 때문이다. 어쩌면 유럽의 회화 전통에서 초기 기독교 종교화로 시작되어 르네상스의 발화기를 거쳐 현재에 이르기까지 획득한 현대성이, 천 년이 넘게 걸렸던 그 변천사가 고스란히 이 불화들 속에 녹아 있는 것 같았다. 12, 13세기의 프리미티브 종교화부터 15세기의 보쉬Bosch의 괴기로우면서도 해학적인 그림, 16세기의 꽃과 과일로 인간의 몸을 형상화한 아르침볼도Arcimboldo, 17세기의 풍자적 사실화로서의 브뤼겔Brueghel, 사람의 몸을 손아귀에 쳐들고 먹고 있는 18세기 고야Goya 등 근대 미술을 거쳐 20세기에 이르러 살바도르 달리Salvador Dali의 세밀하면서도 초현실적인 묘사, 폴 끌레Paul Klee의 기하학적 무늬, 오토 딕스Otto Dix의 파괴적 혼란, 이브 클라인Yves Klein의 유명한 블루, 잭슨 폴록Jackson Pollock의 물감 뿌리기에 이르기까지 마치 고전과 근대, 현대에 이르는 예술 작품들의 원전을 보고 있는 듯했다. 최근의 작가로는 피에르 술라즈Pierre Soulage의 검은색의 미묘한 농담, 그림을 거꾸로 전시하는 게오르그 바젤리츠Georg Baselitz의 전복적인 기법 또한 마찬가지였다. 단순한 확대 해석이 아니라, 티벳 불화가 근현대 서양 예술에 끼친 영향에 대해 논문을 한 편 쓸 수 있을 정도로 깊고도 방대한 차원을 발견했다는 말이다.

저 멀리 산등성이 위에 우뚝 선 구게 왕국의 성채 위로 하얀 구름이 흘러가고 있었다. 먼지로 화하고 있는 모래빛 산구릉 위로 홀로 선 붉은 성곽이 화산재를 뒤집어쓴 폐허 같기도 하고, 망망 바다 위에 이제 막 솟아나는 작은 섬같아 보이기도 했다. 낮으막한 산구릉으로 변하며 성이 건설되기 이전의 옛 산야로 되돌아가고 있는 듯한 이 장소가 마치 만물이 생기기 전의 '공'의 상태가 왕국으로 한껏 발화한 후 긴 세월의 흔적을 거치며 또다시 '무'로 화하고 있는 자연의 순환 원리를 보여 주는 듯하다.

시간과 공간, 현실을 넘어가는 초월적 장소란 이런 곳이 아닐까? 티벳 불교 예술의 정화를 간직하고 있는 구게 왕국의 자취야말로 있음과 없음, 실체와 현상을 넘어 '세상 어느 것 하나 변하지 않는 것은 없다'라는 무상함의 정수를 보여 주고 있었다. 완전함을 품고 있는 불완전함의 상징처럼 느껴지는 이 풍경의 어디엔가 눈에 보이지 않는 영원한 것들의 정화가 떠다니고 있는 것 같다.

사라진 이후에도 남아 있는 그것들은 무엇일까?

수많은 수행인들, 예술가들, 장인들이 그들의 지혜와 영성에 최상의 미감을 쏟아부은 작품들을 한순간 먼지로 화하게 할 수 있는 이데올로기는 지금도 이 땅을 지배하고 있다. 그리고 그 파괴력은 이제 복구와 보수란 이름으로 도처에서 행해지고 있다. 실제로 티벳에서 방문했던 대부분의 사원들은 중국의 지원으로 복원 공사가 한창이었고, 고아한 운치를 간직한 자연발색의 옛 벽화들은 번질거리는 인공 물감들로 덧칠되고 있었다. 원본을 능가하는 복사품을 만드는 중국의 모방 실력은 돈황의 사막도시에 복제 미술관이 있을 정도로 정평이 나 있다. 실제로 우루무치 가는 길에 방문했던 돈황의 벽화들은, 원래의 그림들이 있는 동굴은 대부분 자물쇠로 채워져 있는 반면, 모방작이 오히려 더 원화 같아 보이는 복제품들이 미술관에 진열되어 관광객들을 맞고 있었다.

이곳의 벽화들도 얼마 안 가 교묘하게 복원될 것이다. 하지만 세월의 흔적이 새겨진 그 작품들에는 수천 년간 이어져 내려온 티벳인들의 예술혼이 묻어 있고, 우리들이 보는 것은 단순한 형상과 채색이 아닌 그 민족의 얼이다. 우리가 감동을 받는 것은 작품의 어떤 물리적 아름다움이 아니라, 그들이 불성과 합일했던 창조성이 주는 영적 에너지다. 그것들이 곧 우리들의 내부에 살아 있는 창조성의 불씨를 일으키기 때문이다. 카일라쉬 불상이 내게 준 감흥처럼, 나와 작품, 그 접합점에서 일어나는 영혼의 불꽃은 모방할 수도, 복제할 수도, 결코 다시 할 수도 없다.

구게 사원을 떠나며 내가 다시는 이 오묘하고 신비한 작품들을 볼 수 없으리란 생각이 들었다. 가장 아름다운 것들은, 그것이 사랑이든 아름다움이든, 언제나 처음이자 마지막이었으므로.

구게 왕국을 끝으로 라싸로 돌아오는 길, 에베레스트산 봉우리를 조망할 수 있다는 북쪽 베이스캠프로 갔다. 주차장 일대는 중국인들을 실은 수십 대의 관광 버스들로 초만원이었고, 천막촌 주변은 온통 야외 화장실인 듯 냄새가 코를 찔렀다. 이곳은 네팔 내륙에 있는 쿰부 에베레스트를 직접 등반하지 않고도 차를 타고 와서 산봉우리를 조망할 수 있는 도로변에 위치하기에 수많은 관광객들이 몰린다고 했다. 두꺼운 마포로 칸칸이 막은 숙소는 물도 화장실도 없는 간이 텐트장 같았다. 좁은 방에서 일행과 함께 자야 하는 운명을 피해 나 혼자 머물게 된 방은 정말이지 춥고 더러웠다. 하지만 이제 여행은 끝나 가고 있었고, 길고 힘들었던 여정이 무사히 끝난 것만으로도 다행이었다. 네팔로 곧장 들어갈 사람들은 카트만두행 지프를 타고 '우정의 도로' 쪽으로 떠났다.

— 에베레스트 길에서 봐요!

마티아스의 작별인사를 뒤로하고 일행은 해가 질 무렵 근처의 한 사원으로 갔다. 절 앞 광장에서 말로만 듣던 에베레스트산 꼭대기가 노을빛에 물드는 광경을 지켜보았다. 평원에 서 있는 초르텐의 하얀 빛깔이 좀 불그스럼해지는 듯하더니 불현듯 계곡의 한 귀퉁이에 불씨 하나가 떨어졌다. 불이 번지듯 산꼭대기로 옮겨 붙더니 곧 금싸라기라도 뿌린 듯 하얀 설산이 반짝거리기 시작했다. 하지만 그것도 잠시, 이내 하얀 구름장이 산허리를 감도는가 하더니 황금빛이 사라진 것도 금방이었다. 어쩐지 환영 같은 에베레스트와의 첫 만남이었다.

드라펑 사원

라싸에 도착한 후 드디어 혼자가 되었다. 일행이 체류했던 대형 호텔을 떠나 전통적인 티벳 숙소에 머물어 볼까 몇 군데 돌아다녀 보았지만 모두들 고개를 흔들었다. 그들은 외국인 숙박을 위한 허가증이 없다고 했다. 그러니까 라싸에서 나 같은 이방인이 머물 수 있는 곳은 관광객 전용 호텔뿐이었고, 티벳인이 운영하는 고풍스런 양식의 정원이 있는 집들은 그림의 떡이었다. 아예 이렇게 원천부터 티벳인들과의 접근이 차단되다 보니 사실상 라싸에 혼자 머물기로 한 일주일도 길었다. 오전엔 호텔에서 뒹굴다가 오후엔 조캉 사원 근처의 카페나 상점들을 기웃거리다 해질 무렵 포탈라궁에 들르는 게 전부였다. 호텔의 뒷골목에 있는 가게에서 흰 야크털 모자를 사기도 하고 앤티크 상점에서 이 지역 특산품이라는 은으로 된 장신구를 구경하기도 했다. 하지만 전통 공예품에 대한 여행객들의 애호가 높다는 반증인가, 유라시아 여행을 할 때 우즈베키스탄의 부카라Boukhara나 키바Khiva에서 그랬던 것처럼, 품귀현상 때문인지 값만 비쌀 뿐 정작 오리지널은 찾아보기도 어려웠다.

하루는 그동안 방문하지 못했던 천불애를 방문하고 호텔로 돌아오는 길이었다. 좁은 골목길을 이리저리 돌아다니다 천가게들이 연달아 늘어서 있는 시장통으로 들어섰다. 한 식료품점에는 이름을 알 수 없는 풀무더기가 담긴 보따리들 옆에 때묻은 골동품 뭉치들이 쌓여 있고, 그 사이로 피가 뚝뚝 흐르는 고깃점들이 널려 있었다. 갓 잡은 짐승의 내장 냄새가 향과 차, 버터와 쇠붙이 냄새와 어울려 좁은 공간에 진동했다. 생생하면서도 비릿한, 조캉 사원의 열기가 떠올랐다. 길 모퉁이에서 한 서점을 발견했다. 오래된 고서적들이 꽂힌 서가에는 중국어로 번역된 책들이 대부분이었는데, 중국이 티벳 문화를 자신의 것으로 소화하고 있다고 할까, 거의 중국인들을 위한 책방이라는 느낌이었다. 하긴 지금 중국 본토에는 작금의 세태에서 삶의 의미를 발견하지 못한 젊은이들 사이에 티벳 불교에 대한 관심이 고조되고 있다고 한다. 수많은 승려들이 사라졌던 문화 혁명 후 중국 시슈안 지방의 4000m 산언덕에 자생적으로 생겨난 Larong Gar 티벳 사원의 수만 명 승려들 중 많은 수가 한족 출신이라고.

너무 멀리 갔었나, 호텔로 가는 길을 찾아 골목길을 헤매다 긴 자줏빛 망토를 걸치고 가는 한 노인을 만났다. 먹빛으로 물들인 장삼에 하얀 머리가 허리까지 치렁치렁한 그는 주변 풍경이 아니라면 흡사 5백 년 전의 인물로 보였다. 목에 건 터키석 장신구들이며 바랑을 지고 마니차를 돌리며 걷고 있는 폼이 조캉 사원으로 가는 순례객 같았다. 수세기의 전설과 풍습을 온몸에 그대로 품고 있는 듯한 그를 따라 걷노라니 13대 달라이라마가 이 민족을 '이 세상 사람들과 전혀 다른 사람들'이라고 평가했다는 말이 생각났다. 그는 어느 지역에서 왔을까, 뭘 하는 사람일까, 졸래졸래 그의 뒤를 따라가노라니 과연 얼마 가지 않아 바코르 광장이 나타났다. 사원 안으로 사라지는 그의 건장한 뒷 모습을 허전하게 바라보았다. 그는 내가 이 나라에서 미처 못 만났던 요기가 아니었을까?

밤에는 좀 무료하기도 해서 호텔 근처에 있는 바나 나이트 클럽에 가 보기도 했다. 현대식 건물의 비슷비슷한 인테리어에다 요란한 음악에 취한 젊은이들이 휴대폰을 보며 깔깔거리고 있는 건 세상 어디나 마찬가지였다. 대부분의 손님이 중국인이라 중국 여행 중 들렀던 서안이나 곤명 등 여느 도시의 바와 딱히 다를 바가 없었다. 최근 라싸 인구의 거의 절반이 중국인이라는 통계가 있는 걸 보면 아마도 얼마 안 가 이 도시에서 티벳 문물을 접하기도 어려워질 거라는 생각이 들었다.

낮에 일없이 빈둥거리며 호텔방에 갇혀 있을 땐 글을 썼다. 처음엔 두서없이 지나온 여행 일정을 끄적이기 시작했는데 카일라쉬 순례길에 이르자 글은 나름 진지해지고 있었다. 내 무의식을 밝히던 그 불상의 살아있는 미소가, 영원을 바라보는 듯한 그 니르바나의 눈빛이 자꾸만 떠올랐다. 카일라쉬 불상의 '현시'에 대한 감흥이 이 나라의 산천에 대한 내적 교감과 자유롭게 어우러지고 있었다. 살아있는 불성이 지닌 창조성을 발현하므로써 우주 만물의 영원한 생명력을 되찾게 한다는 금강승의 수행의 본질이 여러 사원들에서 보았던 불화에 대한 예술적 감상을 거치며 자연과 창조와 영성에 대한 의식의 지평을 끌어올리고 있었다.

"시가체와 사꺄 사원들에서도 보았듯이 탕가는 사람들에게 불성을 가르키는 역할도 하지만 무엇보다 그림을 그리는 수행승들의 불성을 상징한다. 불법을 적은 경전들이 부처의 언사를 기록하고, 스투파들이 그 정신을 보존하는 공간이라면, 부처의 몸을 그리는 탕가의 목적은 수행의 체험이라 할 수 있다. 그런데 이 작품을 보는 사람 또한 그림에 표현된 색과 형상을 보며 내적 시각화에 몰입함으로써 불상을 그린 작가의 의식에 자기 자신의 불성을 대입시키게 된다. 탕가는 작가나 관람자에게 모두 만트라 읊기나 불법 수행과 같은 영성을 체화하는 명상 요법이 되는 것이다."

그런데 티벳 불화에 대해 내가 느꼈던 감상을 글로 전개하다 보니 조각 과정을 통해 우주적 에너지를 다루었던 나의《창조 소설》과 연결되고 있었다. 나의 창조 세계가 티벳 불교의 고유성이라 여겨지는 일체적 수행 방식과 닮아 있었던 것이다. 나는 조각과 음악, 춤과 건축 등 여러 예술 장르의 작업과정에서 경험되는 창조성을 완전한 자아에 이르는 매개체로 삼고 있었다. 티벳인들이 단순한 좌선 명상을 통해서가 아니라 온몸을 땅에 부복시키며 걷는 오체투복이나, 부처와 자신을 일치시키며 탕가를 그리는 수행방식은, 바로 조각하는 대상과 나 자신, 우주의 에너지와의 일체성에 주목하는 나의 창조방식과 맥락이 닿아 있었다.

" 인간의 기본적 본성이 자비심compassion과 보리심altruisme을 통해 무한히 열린다는 Dzogchen 불교철학의 존재론과 수행론, 그리고 결과론은 나의 직접조각의 과정에 비유할 수 있다. 나무라는 재료와 나의 창조성이 우주적 에너지와 연결되는 작업 과정은 작품의 결과물fruit이 아니라 그 과정chemin에 주목하며 새로운 에너지를 발산하는 그릇receptacle이 되는 수행의 이치와 같다. 이 세상이 어떤 궁극적 실체의 표상이라면, 그 절대적 존재에 내재하는 창조적 힘이 밖으로 발현된 것이 실제현실이고, 그런 관점에서 내가 조각을 창조하는 과정은, 자연 속에 끊임없이 변모하는 에너지를 외부로 드러냄으로써 정신과 물질의 원리를 매개하는 중간 과정을 표현하는 것이다. 불교 수행 과정으로서 예술성과 불성이 조화된 티벳 불화들에서 나는 창조성으로 영성에 이르는 '도'의 한 사잇길을 본다. "

수행 방식으로서의 불화에 대한 감상은 또한 시가체 사원에서 들었던 음악적 감상으로도 이어졌다.

" 티벳 불화가 가진 특이성은 상상력의 다원성을 적극 활용한 데 있다. 절간이나 사원의 문턱을 넘을 때마다 내 몸을 움찔거리게 하던 기괴하고 험상궂은 표정을 한 악마적 형상들은 기실 인간성이 가진 폭력과 광기의 화신들이다. 그것들은 인간성이 극복하고 자유로워져야 할 어두운 심연이며 동시에 영혼을 정화시키는 구원의 힘이기도 하다. 인간적 조건이 가진 부정적 요소들을 선악의 이원적 관념에서 제거하는 것이 아니라 한껏 포용하는 감각적 해방은 정적인 수행 과정에 음악과 춤과 연극이라는 동적 요소를 끌어들이고 있는 데서도 나타난다. 사원의 제식에 사용되고 있는 북과 심벌즈와 기둥피리를 사용한 요란한 음악 소리는 한순간 청각을 해방시키고, 기괴한 가면을 쓰고 행해지는 춤과 연극적 요소는 사물의 고정된 형태와 반복적인 동작으로부터의 해방이라는 표출로 나타나고 있다.

탕가를 그리는 사람이 주어진 부처의 형상을 모방하는 것이 아니라 자기 자신 안에 있는 부처의 모습을 표현하듯이, 그림과 음악과 춤으로 표현된 다양한 예술성은 각자의 개인성 안에 내재한 불성의 표상이라 할 수 있다. 한국이나 일본 중국의 절간에서 행하는 조용한 염불 소리와 달리 몽골과 티벳 사원에서 울려나오는 흡사 록뮤직을 연상시키는 타악기와 관악기 소리는 마치 우주적 열림을 향한 격렬한 쇠망치 소리로 들렸다. 학문과 사유와 수행이라는 정신의 평정 이면에 육체에 숨겨진 야성의 리듬이 자유롭게 표출되고 있는 이러한 일체적 수행방식은 세상의 모든 소리가 모두 만트라이며, 세상의 현상이 모두 만다라임을 나타낸다. 그 궁극의 본성이 '공', '허', '무'라는 보편적 불성을 나타내고 있으면서도 한편, 새소리가 들리고 꽃향기가 느껴지며 물소리가 들리는 탱화처럼 각자 안에 살아 있는 개체적 완전성을 표현하고 있었다. "

　내 글은 티벳이라는 지리적 공간과 내면 의식의 연계 작용을 느끼게 하는 세상과 창조의 상관관계를 추적하며 존재의 보다 깊은 차원에 가닿고 있었다. 파미르 고원을 닮은 메마르고 황량한 땅, 티벳인들의 불성이 넘쳐나던 카일라쉬 순례길을 떠올리기만 하면 미지의 땅에 배를 맞닿은 느낌이었다. 아뜰리에 바닥에 엎드려 나무둥치를 쪼던 내 조각작업은 일종의 오체부복이 아니었을까? 이 여행길과 나의 창조 세계는 서로 긴밀히 맞물려 들고 있었다. 내가 조각 아뜰리에에서 우주의 창조적 에너지를 느꼈다면, 티벳 순례길에서 나는 그 영적 에너지와 소통하고 있었다.

　티벳 불교 예술이 보여 주는 다이나믹한 창조성은 인간성을 신성에 이르게 하는 매개체가 아닐까?

　" 이 나라의 파괴된 사원들에서 살아 숨쉬고 있는 불상과 불화들의 모습은 우주의 창조적 에너지와 교감하고 있는 수행자들의 얼굴이기도 하다. 다르마의 보편성을 담고 있는 이 예술품은 상상력이야말로 영성을 표현할 수 있는 인간 의식의 가장 독보적인 영역이라는 점을 잘 보여 주고 있다. 티벳 불교의 탄트라 수행과 불화의 예술성은 창조성으로 신성에 접근하는 하나의 길을 제시하고 있다. 티벳 불교가 고통과 슬픔의 업장 소멸이라는 불교적 도그마에서 벗어나 인간성의 진보에 기여하는 것은 티벳 예술의 창의성이 낳은 우주적 개방성에 주목하는 것이다. 직접 대자연의 몸과 일체가되는 오체투복으로, 절과 사원이라는 종교적 울타리를 벗어나 스스로의 체험으로 불성에 접근하듯이, 티벳 불화는 관념적 한계를 넘어 초월적 상상력과 담대한 개방성으로 불성과 일체가 된 수행인의 길을 보여 주고 있다."

이런 글들을 매일 두서없이 풀어 쓰면서 《창조 소설》을 통해 탐색했던 창조성과 영성을 연결하는 '진정한 존재' Etre에 대한 실마리가 풀리는 듯했다. 자연과 창조와 영성으로 굴곡진 사색의 끄트머리에서 나는 어느덧 에베레스트 바위산을 기어오르고 있었다. 그산의 꼭대기엔 니르바나가 깃발처럼 나부끼고 있었다. 어쩌다 카일라쉬 동굴에서 보았던 불상의 미소가 떠오르기라도 할라치면 마치 내의식에 결정적 한 획을 긋듯 우주적 직감과 개방과 집중이 한꺼번에 일어났다.

에베레스트로 가리라!

하지만 나는 망설이고 있었다. 굳이 예정에도 없던 곳으로 가기위해 이 여행을 연장해야 할까? 무엇보다 내가 에베레스트산을 혼자 오를 수 있을지도 의문이었다. 토롱라 때의 경험에 비추어 보아만약 또다시 포터를 동반해야 한다면 우주적 에너지와의 교감이니어쩌니 하는 것은 헛된 꿈이 될 것이다. 등반 일정을 누군가와 함께조율해야 한다면 그룹 여행과 뭐가 다르겠는가. 게다가 체력도 딸렸다. 그동안 안나푸르나에서 틸리초와 토롱라, 티벳에서도 돌마라고갯길 등 5000m가 넘는 고지들을 세 개나 넘은 데다, 두 달간 불편한 잠자리와 부실한 음식을 견디다 보니 파리로 돌아갈 기운도 부족할 것 같았다. 그런 내가 과연 새로운 고산 등반을 할 수 있을까? 게다가 한 번쯤 보고 싶었던 에베레스트산 꼭대기도 엊그제 북쪽 캠프에서 잠깐이나마 조망할 수 있었기에 그리 간절한 맘도 아니었다. 때는 벌써 십일월, 곧 눈이 내릴 것이다. 이번 여행은 안나푸르나와 티벳 여행만을 준비했기에 겨울철 등반을 위해선 옷도 장비도 허술했다.

그러나 라싸에 머무는 동안 마음이 변했다. 끊임없이 오가는 티벳인들의 오체투복 행렬을 보면서, 골목길마다 행해지고 있는 공안의 검열을 지켜보면서 처음 이 나라에 왔을 때 느꼈던 슬픔과 분노의 감정이 되살아났다. 어쩐지 이대로 돌아갈 수 없다는 생각이 들었다. 이 나라의 상황에 대한 체념과 무관심으로 이 여행을 끝내기엔 뭔가 미련이 남았다. 내 영혼을 환히 밝히던 카일라쉬 순례길의 니르바나의 빛이, 내 발길을 붙들었던 이름없는 순례객들의 그림자가 나를 채근하는 듯했다. 그들의 불심이 내게 옮겨 붙기라도 한 듯 카일라쉬 동굴이 준 영감을 따라가야 한다는 생각이 자꾸만 들었다. 단순한 각오가 아니라 놓쳐서는 안 되는 약속의 장소에 가야 한다는 책임과 의무를 함께 섞어놓은 명백함이었다. 오래된 불화들이 발하던 '창조성의 빛'인가, 중생을 구원하기 위해 성불을 미루었다는 이 땅의 보티사바들의 영력인가, 하여간 그러지 않고는 내 삶의 큰 기회를 잃을 것 같은 위기감마저 들었다.

결국 그 영감을 따라가기로 했다. 내 지난 여행길의 예언과 계시와 이적을 환기시켰던 카일라쉬 순례길의 '현시'에 화답하기로 한 것이다. 이 나라의 예술에서 느꼈던 담대한 야성, 기발한 독창성, 불가사의한 영성을 에베레스트의 찬란한 태양빛 아래 풀어놓고 싶었다. 부끄럽고 우울한 기분으로 보냈던 이 나라를 벗어나, 장엄한 설산 준봉을 마주하며, 에베레스트 야생의 자연을 마음껏 쏘다니는 기쁨을 누리고 싶었다.

나의 잃어버린 전설과 모험의 신들을 찾아가리라!

이 결심을 굳히게 한 것은 드라펑 사원이었다. 한때는 25000명이 머물렀다는 티벳 불교의 학문적 중심지는 수천 명이 학살당하는 비극적 역사를 거쳐 지금은 한적한 관광지로 변모해 있었다. 내가 찾아간 날은 늦가을비가 부슬부슬 내리고 있었다. 붉은색과 노란색으로 칠해진 사원의 벽면을 타고 내벽의 흰 페인트 칠이 잭슨 폴록의 추상화처럼 흘러내리고 있었고, 군데군데 무너진 계단길을 따라 올라간 법당 마당에서 바라본 지붕에는 황금칠이 벗겨진 동물 조각들이 불에 그을린 짐승들마냥 웅크리고 있었다.

대부분의 법당들은 문이 잠겨 있었고, 유일하게 열린 사원의 부엌에는 남루한 옷차림을 한 대여섯 명의 노인들이 차를 마시고 있었다. 불기 없는 음습한 구석자리에 모여 앉은 노스님들은 피곤과 궁핍에 찌든 초췌한 모습들이었다. 옛 전성기 시대의 영화를 말해 주는 집채만 한 굴뚝은 벽돌이 허물어져 내리고, 한꺼번에 몇천 명의 밥을 지었다는 거대한 가마솥엔 칙칙하게 눌어붙은 그을음이 검게 드리워 있었다. 조캉 사원이나 세라 사원 등 정부가 정책적으로 관리하는 관광지를 빼곤 여느 사원에서 보았던 대로 터진 흙벽이 드러난 법당들, 뒷방에 버려져 있던 성물들, 먼지 쌓인 고서들, 자취를 보기 힘들었던 스님들의 실상이 이 부엌방에서 여실히 드러나고 있었다.

몇몇 관광객들이 자리를 둘러보다 추운듯 어깨를 움추리며 문을 빠져나갔다. 나는 얼른 자리를 뜨지 못하고 부뚜막의 시커먼 식기들 주변을 얼쩡거리고 있는데 한 벽면에 반쯤 그을린 몇 장의 사진이 눈에 들어왔다. 사원을 배경으로 수백 명의 스님들이 마당에 도열해 있는 사진이었는데, 퇴색된 빛 속에서 젊은 승려들의 밝은 웃음 소리가 연방이라도 들려올 듯했다. 내가 손짓을 하며 언제적 사진이냐고 물어보자 그들은 당혹한 표정을 짓더니 손사래를 쳤다. 그 절의 과거에 대해 말하는 것조차 금기인 듯했다. 그런데 내가 사진 속의 사람들이 다 어딜 갔냐는 시늉을 해 보이자 한 스님이 머뭇거리며 지금은 약 50명 정도가 이곳에 상주하고 있다고 눈치껏 손가락을 펴 알려 주었다. 이 나라의 절과 사원에서 일어났던 승려들에 대한 도륙을 증거하는 마지막 숫자, 아마도 그들이 티벳 불교의 마지막 생명줄이리라. 그 사진 속의 해맑고 청신한 얼굴의 대부분은 이 사원에서 그리 멀지 않은 Drapchi 감옥에서 늙어 가고 있거나 이미 이 지상의 카르마를 떠났을 것이다.

북경 올림픽을 앞둔 2008년, 조캉 사원 앞에서 일어났던 시위 때 이 사원에서도 처참한 살륙이 벌어졌다고 한다. 수천 명이 희생당한 후 폐교 조치가 내려졌다고. 한때 티벳의 나란다Naranda 대학으로 불리며 수많은 청년 승려들의 지성과 활력으로 넘쳐나던 학문의 전당이 지금은 주인을 잃고 오갈 데 없는 병약한 스님들의 노인정이 되어 버린 것이다. 티벳 불교의 본산지를 빠져나오며 내 영혼을 들어 올렸던 카일라쉬 불상의 미소가 눈앞에 어른거렸다. 이 사원을 떠나기 전 어딘가에서 명상의 시간을 좀 보내고 싶었다.

드라펑 사원의 산등성이에는 불상이 새겨진 바위들이 많았다. 눈에 잘 뜨이는 반반한 바윗돌이면 어디에나 그림과 글씨들이 그려져 있었다. "옴마니 밧메훔!"

암벽을 화폭으로 삼아 그리는 이곳엔 시가체의 타쉬룽포 사원에 있는 거대한 괘불벽이 따로 필요가 없었다. 그냥 바윗돌이면 모두 캔버스가 되고 빈 페이지가 되는지 어디에나 사다리 모양이나 화려한 연꽃무더기들이 그려져 있었다. 엊그제 세라 사원 계곡에 있던 샘물가에서 시간을 보냈던 것처럼, 여기서도 주변의 전망이 잘보이는 장소로 산비탈을 올라갔다. 관광객들이 간혹 보였던 세라 사원의 산책로와 달리 보슬비가 오락가락하는 흐린 날씨 때문인지 인적이 거의 없었다.

사원의 하얀 돌담이 내려다보이는 산중턱에 도달하자 한 거대한 바윗돌에 그려진 푸른 몸의 밀라레파가 나타났다. 동굴에서 홀로 수행하며 가시풀로만 연명한 나머지 온몸이 푸른빛을 띠었다는 그가 귀에 손을 대고 세상의 묘음을 듣고 있었다. 자신을 'Eternelle Béatitude', 영원한 지복이라는 끝없는 산길을 오르는 요기로 표현했던 그를 이 나라에 왔었던 첫날 조캉 사원 앞에서 만났었다. 한 전통 카페에서 그의 설화를 연극적 몸짓으로 풀어주던 한 젊은이는 '자연은 내게 한 권의 책이다… 나의 모험과 기적들은 지상의 신들에게 의존하지 않는다'는 밀라레파의 시를 읊고 있었다. 이 나라를 떠나려는 즈음 만나는 이도 역시 그다. 니르바나에 도달하기 위해서는 눈으로 지혜를 보고 발로 직접 방법을 실행해야 한다고 했던 '정신과 빛의 장인'이 나를 지긋이 바라보고 있었다.

그러고 보니 카일라쉬 순례길에서 내가 영감을 받았던 그 동굴도 그의 토굴이 있다는 전설이 내려오는 근방이었다. 그가 수도했다는 장소까지 찾아가 보진 않았지만 산천의 지리가 인간 영혼에 직접 영향을 끼친다는 풍수지리설을 다시 한번 떠올리게 한다. 내 마음을 울리는 그 초월적 은자 시인을 티벳 여행의 마지막 날 다시 만나게 된 것이 더없이 기쁘다.

《… 나는 헐벗은 방랑자,
여기 살지만 머물지 않는다.
나는 광인이다, 죽음으로 행복한.
아무것도 소유하지 않으며,
아무것도 필요하지 않다.》

히말라야의 광대하고 장엄한 공간을 배경으로 인간 정신의 가장 기이하고 전광석화 같은 깨달음을 표현했던 그의 시들을 읊조리며 산길을 계속 올라갔다. 어느덧 부슬비가 그치고 구름 사이로 틈을 벌리며 하늘 한 귀퉁이가 새파랗게 밝아지고 있었다. 울긋불긋한 불화들이 꽃무더기를 이루고 있는 바윗돌 한군데 자리를 잡고 앉았다. 바야흐로 이 나라와 작별을 하려는 참이었다. 심원한 마음으로 눈을 감았다. 이 나라의 어느 산기슭 한 귀퉁이에서라도 해 보려 했던 명상이었다. 내 무의식의 바닥에 뚫린 그 어둠의 공간에 가닿아 보려 했다. 천천히 숨을 내쉬며 카일라쉬 동굴의 불상을 떠올렸다. 처음 그 얼굴을 보던 순간의 아찔했던 감동, 그 니르바나의 미소를 기억하려 했다. 하지만 내 의식은 산만하게 흩어져만 갔다. 조금 전 사원에서 보았던 노스님들의 피폐한 얼굴들이 자꾸만 떠오르며 그 위로 구겨진 사진 속에서 활짝 웃고 있던 젊은 스님들의 얼굴이 겹쳐 들었다. 지금은 이 세상에 없을 그들의 찢겨진 영혼이 사원의 지붕 위로, 산등성이 위로 희뿌연 안개처럼 떠다니고 있었다. 그들이 가기를 원하는 곳에 길은 없었다. 그들이 들어가길 원하는 곳에 문은 없었다.

지상의 어떤 것도 그들에게 주어지지 않았듯이, 지상의 어떤 것도 그들을 가지지 않았으리라.

그 영혼들은 지금 무엇이 되어, 어디에서 떠돌고 있을까?

바람이 되어, 구름이 되어 이 땅을 맴돌고 있을까, 문득 어디선가 우뢰처럼 포효하는 징과 북소리가 들려왔다. 찢어질 듯 귀청을 울린 것도 잠시, 문득 내 눈앞에 악몽 같은 끔찍한 일들이 벌어지고 있었다. 몇 년 전 이 사원 마당에서 일어났던 피어린 살륙이 불꽃 화염과 함께 치솟고 있었다. 도살자들의 몽둥이와 칼을 피해 달아나려는 승려들의 찢겨진 핏빛 장삼 자락, 벗겨진 쓰레빠, 몸에 불을 붙이

116

는 승려들, 난간에서 밀려 떨어지는 동자승들의 아비규환 아우성이 아수라장의 비명과 함께 생생하게 들려왔다. 나는 그들의 영혼을 위해 기도하며 정신을 추스렸다.

이 땅의 신성한 에너지가 이 어둡고 침울한 장소에 한 줌 빛을, 그 슬픈 영혼들에게 니르바나의 빛을 던져 주기를!

얼마나 앉아 있었을까, 누군가 나를 부르는 소리에 눈을 떴다. 전통 옷을 걸친 두 여인이 내게로 다가왔다. 나도 예전에 갖고 있던 줄무늬 앞치마를 두르고 폭이 좁은 연갈색 긴치마에 앞섶을 단정히 여민 우아한 품새를 한 여인들이었다. 그녀들의 손짓으로 알고본즉 내가 얼기설기 대충 걸치고 있는 승복을 바로 입혀 주겠다는 거였다. 그리곤 나를 일으켜 세우더니 긴 장삼 자락을 풀곤 한쪽 끝을 잡아 어깨 뒤로 넘기고 소맷부리를 가지런히 하며 내 옷차림을 매만져 주었다. 사실 카그베니 스님에게서 선사받았던 이 옷을 입는 법이고 뭐고 그냥 걸치고 다녔던 참이었다. 카일라쉬 순례길에서 처음 꺼내 입었던 이래 들여놓았다가 오늘 라싸에서의 마지막 날이라 다시 꺼내 입었던 거였다.

막상 그녀들의 시선을 끌고 보니 좀 부끄럽기도 했지만 뭐 할 수 없는 노릇이었다. 어쨌든 이 나라에 온 이래 티벳 사람들을 직접 접촉한 드문 경험이었다. 물론 호텔이나 식당, 상점들의 직원들은 있었지만 이렇게 내게 개인적으로 말을 걸어온 일반인은 처음이었다. 태양빛에 그을린 까무스름한 얼굴에 해맑은 미소, 땋아내린 긴 머리채가 나이를 가늠하기 어려웠던 두 여인은 한결 정돈된 내 옷매무시를 확인한 후 만족한 듯 미소를 띠며 떠나갔다. 조캉 사원에 순례길을 나섰다가 드라펑 사원을 구경 나온 참이었을까. 그녀들이 떠나간 빈자리에 그날의 미소처럼 햇살이 쨍하게 비추어 들었다. 저 멀리 빗물에 젖어 반짝이는 사원의 붉은 지붕 위로 황금빛 짐승들이 살아 꼬물락거렸다.

내 마음의 고향이라 느꼈던 이 나라와 작별의 시간이 다가오고 있
었다. 이 땅의 길들이 끝나고 있었다. 그러나 이 나라의 광활한 산천
이, 사원들이, 수행승들의 시와 예술품들이 자꾸만 눈앞에 되살아났
다. 소유와 쾌락과 성공에의 집착으로 물든 세상에서, 힘과 이기와
확장을 조장하는 현실에서, 결핍과 고통과 죽음을 거부하는 현대
사회에서, 여전히 근원적 순수함과 야생의 아름다움, 그리고 고유한
창조성으로 영적 자유를 실현하고 있는 듯한 이 나라가 내 발길을
붙들었다.

개인이 고통과 불행을 겪을 때는 곧 우주 법계의 원리에 따라 아
상을 떠나 불성으로 나아갈 때임을 시사하듯이, 중국에게 받는 이
핍박의 때는 티벳이라는 지역적 차원을 떠나 인류의 보편적 수행의
장으로 변모할 때가 아닐까.

희망하지 않고, 행동하지 않는 수용의 고귀한 덕성은 거대한 포용
성과 개방성으로 우주적 창조성을 향해 열려 있지 않을까.

이 땅의 고통은 인간성의 절대적 자유를 지향하고 있다. 진정한
해방은 결국 해방되어야 할 것이 아무것도 없다는 깨달음에서 오지
않는가. 어쩌면 그것이 진정한 불성을 세상에 구현하려 했던 부처
의 뜻이 아닐까.

삶과 죽음, 자연과 인위를 초월해 일체 중생을 해탈로 이끄는
Bottissatva의 발원이 아닐까?

마치 이 여행길이 끝나지 않았다는 듯이 내 마음속 깊은 곳에서
어떤 저항의 목소리가 들려왔다.

*이 나라가 겪는 불행을 보다 깊고 높은 차원으로 승화시킬 수는
없을까?*

1300년간에 걸친 불법과 명상, 수행의 일치와 조화를 통해 보다 완전한 형태의 불교 철학을 확립한 티벳 불교가 이 나라가 처한 고난의 역사로 말미암아 오히려 더욱 깊어지고 새로워지는 전기를 맞게 될 수는 없을까?

가난한 야생의 땅에서 그토록 깊고 풍부한 예술성을 이끌어낸 힘으로, 이 땅이 새로운 인간성이 싹트는 창조적 발판이 되게 할 수는 없을까?

중국이란 한 나라의 속국이니 마니로 고통을 받을 게 아니라, 이 시련을 이 땅이 거듭나는 기회로 만들 수 없을까?

티벳을 한 이웃나라의 압제에 시달리는 희생양으로 볼 게 아니라, 차라리 금강경에 나오는 법문처럼 '너와 나'의 한계를 벗어난 어떤 초월적 이상향으로 만들 수는 없을까?

승려들의 분신 자살로 점철된 비극적 역사를 지닌 이 땅을 온 인류가 배우고 깨닫는 수행의 장으로 자리매김할 수는 없을까?

온몸으로 순례길을 걷는 오체투복의 지극한 불심은 개인의 업장뿐만이 아니라, 이 땅의 모든 희생자들과 나아가 온 지구인들의 업장을 해소하는 보리심이 아닐까?

보리심과 이타심을 근간으로, 우주 만물이 곧 하나라는 만다라 의식이 이 세상의 정치적, 경제적, 종교적 경계선을 허무는 상징이 되게 할 수는 없을까?

티벳은 아직도 걸어야 할 길이 많이 남아 있다.

옴 마니 밧메 훔! Om Mani Padme Hum!

산등성이에 앉아 호텔방에서 쓰던 노트를 꺼내 마저 채우기 시작했다. 내 마음 속에 담겨있던 질문들이 막상 글로 표현되자 저절로 화답이 이어졌다. 내 손은 나의 의지를 떠나 스스로의 동력을 갖고 움직이기 시작했다. 조각을 할 때 돌이나 나무에 이미 들어있는 형상을 드러내듯이 내 안에 들어 있는 생각을 그저 따라갔다. 수행 승들이 탕가를 그리며 스스로의 모습이 담긴 부처상을 화폭에 옮기듯, 이곳에서 내가 쓰는 글에도 가능하면 내 안의 불성이 담기길!

세상사의 온갖 번뇌에서 해방되는 해탈의 경지를 이기가 아닌 이타에서, 결과가 아닌 과정에서, 풍요가 아닌 결핍과 나눔에서 발견한 티벳 문화는 세상의 이분법을 넘어 오늘날 인류가 봉착한 딜레마에 하나의 길이 될 수 있지 않을까?

"종교는 지난 2000년 동안 인간성을 신에 종속시키는 신과 인간이란 이분법 속에서 강자와 약자, 부자와 빈자, 행과 불행, 성공과 실패라는 양분법의 개념을 고착시켰다. 역사를 통해 권력과 정치와 경제와 사회를 지배했던 이러한 이원론적 제도에서 경쟁과 억압과 갈등은 끊임없이 재생산되고 있다. 육체와 영혼, 죄와 구원, 빛과 어둠을 논하는 기독교는 물론이거니와 세상 만물이 하나이며, 타에의 연민Compassion을 강조하는 불교에서조차 승과 속, 업과 해방, 집착과 해탈이라는 경계는 뚜렷해 보인다. 인간성의 보편적 특성인 욕망과 불안과 두려움은 획기적인 기술문명의 발전에도 불구하고 여전히 삶과 죽음, 선과 악, 정신과 물질이라는 경계에서 맴돌고 있다. 결국 우리들은 불완전한 인간성의 조건 속에서 한평생 무엇이 되기 위해, 무엇을 소유하기 위해, 무엇을 성취하기 위해 살아가고 있다. 남보다 더 나은 자신이 되기 위해, 보다 많이 누리기 위해, 어제보다 나은 세상을 만들기 위해 고군분투하고 있다. 하지만 자신이 원하는 그것이 이미 자기 자신 안에 온전히 존재하고 있는 것을 모르고 있다. 내 안에 있는 우주를 의식하기 전에는 결국 아무것도 알지 못하는 것이다. 이것이 곧 기독교가 말하는 '원죄'의 깊은 의미이며, 불교가 말하는 '무지'요 '미망'이 아닐까."

보티사트바의 불성으로 세상의 온갖 갈등의 시원인 안과 밖, 위와 아래, 나와 너의 이분법을 넘어 이 땅이 '도'의 구심점이 되게 할 수는 없을까?

"부처가 천명했던 천상천하 유아독존은 영원하고 절대적 존재가 인간의 내면에 깃들어 있다는 것이다. 만고불변의 실체가 이미 현상에 내재해 있으므로, 경전과 명상과 수행으로 삼사라의 업장을 극복하고 스스로의 힘으로 우주적 깨달음, 곧 니르바나에 이를 수 있다는 것이다. 부처가 죽음을 앞두고 말했듯이, 자아가 곧 불성임을 깨닫는 지혜는, 나와 우주, 있음과 없음, 앎과 모름이 하나인 일체성과 개방적 의식에서 비롯된다. 성서적으로 말하면 각자가 곧 Christ이며, 각자의 삶이 하나의 교회인 개체적 완전성을 자각해야 한다는 말이다.

니르바나란 고통과 업장의 단순한 소멸이 아니라 근원의 순수 의식에 도달하는 과정이며, 천국은 신이 내리는 내세의 구원이 아니라 신이 창조주가 되기 이전의 태초의 심연을 의미하는 것이다. 이 침묵과 부동의 상태는 곧 인간의 근원적 자유와 신적 창조가 만나는 시작점이라 할 수 있다."

카일라쉬산이 우주적 성소가 된 것처럼, 이 나라를 국경과 종교, 문화를 초월하는 인간성의 축으로 삼을 수는 없을까?

"멀리는 그리스 페르시아 문화, 가까이는 힌두교와 도교의 영향을 간직한 티벳 문화의 심층적이며 다원적 특성은 지역적 울타리를 벗어나 인간성의 해방에 대한 가능성의 문을 열어 준다. 율법과 수행 뿐만 아니라, '상상력'이란 독자적인 길을 통해 그들의 깨달음을 보여 주고 있는 티벳 예술은 그 다이나믹한 독창성과 개방성으로 '신성'에 이르는 다리 역할을 하고 있다.

3 Millénium의 세기에서는 인간성이 곧 신성을 내포하고 있다는 의식의 진보가 일어날 것이다. 이 지상의 삶이 인간성에 내재한 완전하고 영원한 실체를 발견하는 과정이라는 것을 깨닫게 될 것이다. 인류의 미래가 개인의 독립적 자아 의식에 달려 있다면, 각자의 테두리를 벗어난 이질성에의 포용성과 자유로운 창조성이 인류 의식의 화두가 될 것이다. 국가, 사회, 종교라는 집단 의식에서 벗어나 각자가 개인의 독자성으로 우주와 평행한 하나의 세계를 설립할 수 있을 때 인간성의 진보가 실현될 것이다. 궁극의 '도'는 존재 너머, 신 너머, 우주 너머로 열린다."

쓰기를 마친 후 드라펑 사원을 떠나 포탈라궁으로 갔다. 높은 언덕에 위치한 하얀 궁궐을 중심으로 인공 호수를 따라 난 이 오솔길 정원이 라싸에서 중국 공안의 검열이 없는 유일한 장소였다. 오늘도 여느 때처럼 입구 쪽의 정자 근처에는 수십 명의 티벳인들이 원을 그리며 노래를 부르고 있었다. 라싸에서 내가 유일하게 기쁨을 느끼던 이곳이 티벳에서 보내는 나의 마지막 시간이 될 것이다. 해가 뉘엿뉘엿 저무는 노을빛을 배경으로 사과 궤짝 위에 놓인 구식 스피커에서 음악이 흘러나왔다. 노래 가락에 맞추어 남녀노소 티벳인들이 손에 손을 맞잡고 발걸음을 옮기고 있었다. 관광객들 사이에서 그저 구경꾼으로 바라만 보던 나도 오늘은 그 틈새에 끼어들어 함께 노래를 불렀다. 손을 맞잡고 발을 맞추며 함께 춤을 추었다. 해질녘이면 찾아와 이 정다운 풍경을 보는 것도 오늘이 마지막이었다. 우리들의 노래와 춤은 해가 저물도록 계속되었다.

그저 무심해 보이는 그 노래와 몸짓이 어떤 비장한 울음 소리보다 더 크고 강렬한 외침으로 들려왔다. 다 같이 합창하는 노래는 티벳인들이 목청껏 소리쳐 부르는 애국가였으며, 분노와 설움을 풀어내는 숭고한 시였다. 저항의 시위였고 평화의 춤이었다. 그들, 아니 우리 모두의 희망과 약속이 담긴 니르바나의 춤이었다.

***

카트만두로 돌아와 파리행 비행기표를 바꾸러 갔다. 에베레스트 베이스캠프를 오르는 코스라면 2주일 정도면 충분할 것 같았다. 숙소에서 나올 때마다 언제나 나를 붙들어 세우던 인력거를 타고 오토바이와 차와 먼지가 뒤범벅이 된 도심을 통과해 찾아간 여행사에는 내가 원하는 날짜에 표가 없었다. 여행 성수기인 10월 말이라 빈자리가 없단다. 내친 김에 에라 모르겠다, 한 달을 더 연장했다.

Ⅲ. 에베레스트

혼자 길을 떠나는 여행자는 '창조'하는 자와 같다

그가 어디서 발걸음을 멈추게 될지 아무도 모른다

운명적인 사건과 그 사람을 어디에서 만나게 될지 모르니까
말이다

이 예기치 않은 여정에서 그는

자신의 가장 비밀스런 지형을 발견하게 된다

영혼의 지리

파플루Phaplu

카트만두에서 에베레스트산으로 가는 방법은 두 가지가 있다.

현지인들이 쿰부라고 부르는 이 산의 등반 깃점인 루크라Lukla까지 경비행기로 가는 것과, 공항이 없던 시절 에베레스트 등반의 시작점이었던 지리Jiri나 파플루까지 지프로 간 후, 거기서부터 사나흘 걸리는 루크라까지 걸어가는 것이다. 그런데 몇 해 전부터 경비행기는 카트만두 도심에서 대여섯 시간 거리에 위치한 라메샵Ramechhap에서 출발하고 있었다. 어차피 에베레스트 등반을 마친 후 비행기로 되돌아올 거라면, 가는 길은 걸어가고 싶었다. 이른 새벽 택시를 타고 파플루로 가는 짚차들이 있는 시외버스 정류장에 도착하니 마침 곧 출발하려는 차의 운전사 옆자석이 남아 있었다. 유라시아 여행 때 지프 합승을 해 본 경험에 의하면 돈을 두배 더 주고라도 운전사 옆자리를 확보해야 한다는 걸 알고 있다. 보통 하루 종일 걸리는 장거리 여행에서 다른 사람들과 끼어 앉는다는 건 정말이지 진빠지는 일인 데다, 바깥 풍경을 감상하기 위해서라도 더욱 그렇다.

지프의 뒷자석에 탄 젊은이들은 주로 루크라에서 등반객들의 짐을 지고 갈 포터들이었는데, 노랗게 염색한 꽁지머리와 구멍 뚫린 청바지로 거의 비슷한 패션을 한 그들을 나중에 산길에서 다시 만나게 될 것이다. 혼잡한 이차선 아스팔트길을 벗어나 비포장 도로

와 좁고 구불구불한 절벽길을 달려 한 마을에 도착했을 때는 느즈막한 오후였다. 그런데 운전수가 모두들 내리라는 것이었다. 목적지였던 파플루에 도착하려면 아직도 두세 시간은 더 가야 하는데 남은 길은 다른 차를 이용하라고 했다. 출발 때의 약속과는 다르지만 뭐 장거리 여행에선 흔히 일어나는 일이다. 두 달 전 안나푸르나에 갔을 때도 마찬가지였다. 카트만두에서 베시샤르Besi sahar까지 가는 지프를 탔지만 중간 경유지에서 다른 차로 갈아타야 했었다. 운전사 옆좌석이었던 첫 번째와 달리 짐을 잔뜩 싣는 바람에 거의 엉덩이를 제대로 댈 자리도 없는 뒷좌석이었지만, 불평을 해 봐야 소용이 없다. 네팔 같은 험악한 도로 사정에서 열두 시간 넘게 차를 타다 보면, 그 위험한 절벽길들을 무사통과시켜 준 것만으로도 고맙게 느껴지니까. 그날 안으로 내 피곤한 육신을 의탁할 숙소가 있는 마을까지 실어다 줄 차라도 있다면 그나마 다행인 거다.

　유라시아 여행을 할 때 장거리 여행이 많았던 우즈베키스탄Ouzbékistan이나 투르크메니스탄Turkménistan에서 적잖이 그런 일을 경험했었다. 도로 사정이 나쁜 나라들에선 보통 몇 시간씩 늦게 도착하는 건 예사였고, 한밤중에 교외 변두리에 차를 세운 운전사가 목적지까지 못 데려다준다고 말을 바꾸어도 어쩔 수가 없었다. 아예 도시에서 한참 떨어진 외곽에서 내려야 했던 적도 있었다. 우즈베키스탄의 국경지역에서 투르크메니스탄의 수도인 아슈하밧Achgabat까지 가는 지프에 현지인들과 합승을 했었다. 꽤 괜찮은 금액으로 앞자리를 흥정한 데다 사막 가운데 있는 '지옥의 불'이라는 명소에 들렀다 가려는 나를 위해 기꺼이 우회로를 받아들인 일행들의 아량에 흐뭇했던 참이었다. 그런데 그들도 난생 처음이라는 그 불꽃 풍경을 함께 본 후 왼종일 사막도로를 횡단한 자동차는 자정무렵 그 도시에 훨씬 못 미친 한 주유소에 정차하더니 남은 길은 알아서들 가라는 거였다.

영어 한마디 통하지 않는 그 수상쩍은 나라에서 누군가 어렵사리 통역해 준 바에 의하면 오늘 밤 이 수도에 출입 통제령이 내렸다는 거였다. 하긴 북한 다음으로 폐쇄적인 국가이긴 했다. 비자를 받기 위해 우즈베키스탄에서 이 주일 넘게 기다려야 했고, 그것도 단 오 일밖에 체류가 허락되지 않았던 이 나라에서 아닌 밤중에 오도가도 못 할 일을 당했던 것이다. 일행들은 그런 일에 익숙한 듯 제각기 알아서 뿔뿔히 흩어져 갔고, 외국인이라고는 나밖에 없는, 팻말 하나 없는 중앙아시아의 한 교외 주차장에 덩그러니 혼자 남아, 우연히 지나가는 택시 운전사와 몸짓 발짓으로 흥정한 가격은, 배보다 배꼽이 더 컸었다.

다행히 파플루까지 가는 차가 있어 안개 낀 산길을 오르게 되자 그제야 차가 바뀐 이유를 이해하게 되었다. 이제까지 보다 훨씬 좁고 가파른 고갯길은 거의 트럭 같은 마력이 필요한 비포장길이었는데다, 뱀 같은 꼬부랑 산길을 몇 시간 동안 달려 가까스로 목적지에 도착했을 때는 거의 이슥한 밤이었기 때문이다. 만약 첫 번째 지프가 이 높은 고도까지 올라와야 했다면 마력이 딸려 고갯길을 넘을 수 있었을까도 문제였지만, 그 차는 오늘 다시 카트만두로 되돌아갈 수 없었을 것이다. 그러니까 그 지프는 카트만두에서 파플루행 손님을 싣고 와서 이 마을에서 다른 차에 바톤을 넘긴 후 다시 카트만두행 손님을 싣고 되돌아간 것이다. 나름 경제적이고도 실질적인 이유였다.

카트만두에서 시작된 포장도로가 끝나는 지점에 위치한 파플루는 가옥이 십여 채밖에 되지 않는 작은 마을이었다. 스위트라 불리는 화장실 딸린 방이 있는 숙소는 하나뿐이었고, 허름한 방값은 그저 비싸기만 했다. 호텔 식당에는 몇몇 나이 든 그룹들이 있었는데 옷차림과 분위기가 어쩐지 안나푸르나에서 만났던 사람들과는 많

이 달라 보였다. 무거운 배낭을 짊어진 젊은 등반객이 주류였던 그
곳에 비해 가을 단풍 구경 나온 행락객들이라 해야 하나. 나중에 알
게된 바지만 에베레스트는 여행 코스가 다양해 꼭 베이스캠프가 아
니라도 남체 바자나 쿰정까지만 가는 여행객들도 많았고 여차하면
몇 군데 헬리콥터장이 있어 맘만 먹으면 힘 안 들이고 높은 고지에
도 오를 수 있었다. 그래선가, 웬 헬리콥터는 그리 자주 뜨던지!

　　다음 날 랭무Ringmu를 향해 걷기 시작했다. 안나푸르나 이후 거의
한 달 만의 등반길이었다. 토롱라 고갯길을 향해 걸었던 그때의 설
레임과 약간의 불안 대신 이번엔 한번 해 본 가락이라 그런지 한결
여유로운 마음이었다. 이곳은 기후와 지형이 전혀 달랐다. 내가 안
나푸르나에 도착했던 9월, 막 몬순기가 벗어난 마낭Manang 가는 길
은 열대림처럼 무성한 초목이 우거졌었고 습도가 아주 높았었다.
카트만두에서 출발한 지프가 도착한 베시샤르는 마을의 초입부터
장마비로 넘쳐난 계곡물이 거대한 강줄기를 이루며 흘러가고 있었
다. 우렁차게 쏟아지는 흙탕물 소리가 골짜기를 흔들고, 거센 폭포
가 쏟아졌던 산허리 곳곳엔 길이 무너지고 다리가 끊어진 곳도 많
았다. 그런데 이곳 에베레스트는 파플루부터 해발 2500m가 넘는
고지대여선가 키 큰 나무도, 세찬 강물 소리도 없이 잡목들이 듬성
듬성한 평퍼짐한 산등성이가 이어졌다. 안나푸르나가 토롱라로 가
는 등반길을 제외하곤 거의 도로가 산길과 나란히 나 있던 것과 달
리, 이곳은 바위투성이 자연 그대로의 길이었다. 에베레스트 관광객
대부분이 카트만두에서 루크라까지 경비행기를 타고 가느니만큼
통행이 별로 없는 이 길은 옛 산악로 그대로 남아 있는 듯하다.
　　길이든 마을이든 어디나 공사 중이었던 안나푸르나와 달리, 루
크라로 향하는 등산로엔 짐을 져나르는 말들과 포터들만 가끔 스
칠 뿐 한적했다. 산 모퉁이를 돌 때마다 심심찮게 나타나는 마을에

서 마주치는 사람들과 '나마스떼'를 주고받았다. '당신의 있는 그대로를 존경한다'는 뜻의 이 인삿말은 이곳에선 사람이나 짐승, 나무들뿐만 아니라 길이나 바위들에게도 골고루 통용되는 듯하다. 지난 여행길과 달리 찻소리가 전혀 들리지 않는 이 야생의 산골짝에서 오롯이 자연을 마주하는 기쁨을 누린다. 마침내 문명의 이기가 닿지 않은 에베레스트에 왔음을 실감한다. 단촐한 배낭 하나와 지팡이가 유일한 동행이다. 대나무 막대기를 들고 걸었던 안나푸르나와 달리 에베레스트를 위해선 카트만두에서 스틱을 마련했었다. 오 년 전 꽁포스텔부터 메고 다닌 배낭은, 탈없이 내 발을 지켜 주는 낡은 등산화와 함께 든든한 파트너다. 동네 아이들이 문 밖으로 빠꼼히 고개를 내미는 한 마을의 입구에 서 있는 팻말이 내게 말을 건다.

"친절하라, 자연이 하는 것처럼 하라."

해가 저물 무렵 도착한 탁신두taksindou에서 여자아이들을 데리고 걷고 있는 한 프랑스 여인을 만났다. 네팔 아이들은 열 살쯤 되어 보이는 자매라고 했다. 몇 년 전 랑탕 지진에 부모를 잃은 두 아이를 입양했는데 휴가 때라 아이들을 보러 왔다고. 아이들이 엄마라고 부르는 걸 들으며 말로만 듣던 박애 정신을 가깝게 보게 되어 한참 뭉클해 있는 판인데, 아이들 부양에 한계가 있어 곧 입양을 그만둘 거란다.

— 이젠 아이들도 많이 컸고, 학교에서 공부도 안 하고….

나름 고충이 많은 것 같았다. 그런데 그런 문제는 다른 나라 아이들의 부모가 되려 했을 때 이미 고려했을 법한 사항이 아닌가 좀 의아하기도 했다. 기한이 만료된 집계약도 아니고, 유효기간이 지난 식품도 아니고, 때가 돼서 부모 되길 그만둔다는 말이 어째 좀 걸린다.

— 프랑스로 데려갈 생각은 없나요?

— 그 정도까지 책임지고 싶진 않아요.

그녀의 대답은 자못 단호했다. 뭔 정 떨어질 일이 있었나, 그냥 몇 년 고아 신세를 면하게 해 준 걸로 고맙다 해야 하나. 그러니까 그들은 오늘 마지막 가족여행을 하고 있는 셈이다. 어쩐지 그리 밝지 않은 두 아이의 얼굴이 처연해 보인다. 이제 막 어린 시절을 벗어난 저 소녀들은 지금 무슨 생각을 하고 있을까. 오래 가지 않는 이런 종류의 사랑은 그들에게 어떤 의미가 있을까.

주브잉Ju bhing으로 가는 길은 말과 야크 똥이 이리저리 널린 가파른 산등성이가 연이었다. 바윗돌이 불안정하게 흔들리는 오르막길과 내리막길이 한참 반복되었다. 나무가 울창한 계곡 사이로 난 좁은 길이라 이렇다 할 전망도 없었고, 그저 축축한 바윗돌에 미끄러지거나 벼랑 쪽으로 발을 헛딛지 않으려 조심하며 몇 개의 언덕길을 넘었다. 나중에 알게된 바로는 등반객들의 왕래가 잦은 루크라부터 남체 바자, 베이스캠프로 이어지는 에베레스트 중심로는 길이 잘 정비되어 있지만, 내가 걷고 있는 탁신두에서 루크라 사이의 길은 손대지 않은 자연길이라 어찌 보면 가장 위험한 길이라고 했다. 간혹 장마비로 파인 길바닥이 절벽쪽으로 무너져 있기도 해, 자칫 미끄러지기라도 하면, 나 홀로 여행자일 경우 아차 쥐도 새도 모르게 사라질 만한 곳도 더러 있었다. 실제로 벼랑 아래로 사람이나 짐승이 추락한 듯한, 통째로 뿌리뽑힌 잡목들이 거꾸로 드러누워 있기도 했다. 그런데 그런 벼랑길들이 가끔 수풀 더미에 가려져 있기도 해, 간혹 멋모르고 근처에 발을 내딛다 나도 모르게 가슴을 쓸어내린 적도 많았다.

그런데 한 이틀 그렇고 그런 밋밋한 산등성이를 오르내리락하다 보니 좀 심드렁해졌다. 에베레스트 하면 곧 깍아지른 듯 험준한 산봉우리를 떠올렸기 때문이었을까, 이 정도라면 지리산 골짜기가 훨 낫다, 루크라까지 그냥 비행기를 탈 걸 그랬나 싶기도 했다.

요즘처럼 한국에 아스팔트 도로가 거미줄처럼 연결되지 않았던 시절, 내 고향 하동 청암 묵계 골짜기는, 그 서리서리 깊고 울창한 지리 계곡의 높은 고갯 마루에서 먼 산골짜기를 굽어보노라면, 구비구비 섬진강 강물이 유유히 흘러가던 심산유곡이었다. 산신령들이 살았다는 풍수지리 선경답게 선암사다, 쌍계사다, 다솔사다, 산자락마다 절들, 암자들이 푸른 바윗돌에 박힌 보석처럼 빛나고 있었다.

　그 얼마나 맑고 향기로웠던가!

　휑한 절간 사립문, 댓돌에 가지런하게 놓인 스님들의 흰 고무신이 얼마나 내 마음을 서늘하게 했던가!

　결국 내 삶의 가장 빛나는 시간을 노르망디 시골집에 칩거해 보내게 된 것도, 몇 년 전부터 안거를 끝낸 중처럼 이렇게 산길을 떠돌고 있는 것도 어쩌면 그 산자락들이 남긴 청아한 여운 때문이 아닐까.

　에베레스트 산길은 도로가 없다 보니 좁은 길에 가스통이나 물, 음식물등을 잔뜩 실은 말이나 야크 떼들이 줄을 이었다. 산 윗쪽에 위치한 식당과 숙소에 필요한 물품들을 배달하는 행렬들이 지나갈 때마다 비켜설 자리는 비좁기만 했다. 간혹, 수십 마리를 모는 청년들이, ─아이들도 많았다!─, 소리를 지르며 막대기로 난폭하게 다루는 바람에 애꿏은 짐승들이 사람을 밀어젖히며 내달리기도 했다. 그때마다 절벽길 쪽이 아니라 산 쪽으로 몸을 밀착하느라 주의를 기울여야 했는데, 언제 어느 쪽에서 나타날지 몰라 늘 신경을 써야 했다. 한번은 산길도 아니고 널찍한 마을길에서 나를 거세게 치고 간 가스통에 크게 놀란 적도 있었다. 한 가게 앞에서 과일을 고르고 있는데 갑자기 수십 마리의 야크 떼가 우르르 한꺼번에 몰려가면서 느닷없이 내 팔을 치고 간 것이다. 깜짝 놀라 한마디 하려고 몰이꾼을 쫓아갔더니 열 살이나 될까 말까 한 웬 꼬마 녀석이 뭐 그 정도 갖고 그러냐는 듯 헤실거리며 도망치기 바빴다.

온갖 물건들을 진 짐승들을 비키느라, 길 위에 철벅거리는 똥을 피하느라, 이래저래 한 사흘 꽤 힘든 등반로를 걷고 있었다. 그런데 이 길이 그나마 혼자 걷기 좋았던, 고즈넉한 산길이었음을 얼마 안 가 알게 될 것이다. 며칠 후 루크라를 지나자마자 전 세계에서 몰려든 여행객들로 산골짜기가 시장통처럼 웅성거리기 시작하더니, 에베레스트 중심 마을인 남체 바자로 통하는 길은 그야말로 난리 북새통이었다. 비행기에서 갓내린 등반객들, 짐승들, 포터들이 발디딜 틈이 없이 얽힌 그 좁은 골목길은 한 번화한 소도시의 골목길을 방불케 했다. 내가 기대했던 야생의 에베레스트 쿰부, 태양빛에 빛나는 눈덮힌 기암절벽, 그 높고 장엄한 설산준봉들 사이로 나 홀로 걷게 되기까지는 아직 가야 할 길이 멀다.

그런데 비행기를 타지 않고 그냥저냥 지루했던 이 길을 택했던 이유가 사흘째 되는 날, 길 끄트머리에서 나를 기다리고 있었다.

늦은 오후 땀을 뻘뻘 흘리며 쥐블링 얼마 못 미친 곳에 도착했다. 계곡물이 졸졸 흐르고 있었고 그 옆으로 두어 채 집이 있었다. 여행객들을 위한 숙소는 윗마을에 모여 있었고 여긴 주로 포터들이 머무는 장소였는데, 오랜만에 세찬 폭포 같은 물소리를 들으니 거기서 하루쯤 머물고 싶었다. 건물 한 켠에 건축 자재들이 널려 있는 걸로 보아 숙소를 증축하는 모양이었다. 숙소장은 자신이 직접 근처의 나무를 이용해 집을 짓고 있으며 공사에 필요한 무거운 재료는 헬리콥터를 이용한다고 했다. 그의 어린 딸이 차려준 간소한 저녁 식사를 들고 칸막이 방에서 잠자리에 들었는데, 밤중 내내 들려온 물소리가 얇은 나무판을 가로질러 벽에서 흘러내리는 듯 가까이 들렸다. 모처럼 계곡을 흔드는 물소리를 들으니 비로소 에베레스트 깊은 산중에 들어온 기분이 들었다.

다음 날 아침 일찍, 카리 콜라Kharikhola를 지나 윗 마을로 향했다. 시월 말의 화창한 날씨에 가파른 계단길을 한참 오르자니 숨이 턱턱 막혀 왔다. 계곡이 깊어지는가 오르막길에 올라서면 곧 내리막길이 시작되고 또다시 오르막길이 이어지는 산길이 계속되다 보니 모퉁이마다 쉬어 가야 할 정도였다. 에베레스트 등반길의 시작이라 할 루크라에 이르기도 전에 이렇게 힘든데 과연 내가 베이스캠프까지 갈 수 있을까, 한숨이 절로 나왔다. 배낭 무게도 그렇지만 카메라와 노트가 든 보조 가방이 문제였다. 카트만두에서 출발할 때 일단 루크라까지 가 보고 거기서 포터 문제를 해결한 다음, 최종적으로 짐을 간추릴 생각이었던지라 여분의 짐이 많았다. 물이다 비상용 식품이다 모두 합하면 족히 10kg도 넘을 것 같았다. 맨몸으로 오르기도 힘든 판에 그런 무거운 배낭을 메고 고산 등반을 할 작정을 하다니! 하여튼 행여라도 등반을 계속할 작정이라면, 우선 짐부터 줄여야 했다. 카메라는 물론, 여분의 티셔츠도!

길고 가파른 오르내리막길이 반복되는 몇 개의 산등성이를 가까스로 넘어, 어렵사리 한 동네에 도착했을 때는 이미 점심시간이 지나 있었다. 이러다간 루크라까지 한 닷새쯤 걸릴 것 같았다. 맵미를 살펴보니 퓌야Paiya까지 오늘 예정된 길은 아직 반도 채 못 왔고, 게다가 앞으로 고도가 1000m가 넘는 길이 나를 기다리고 있었다. 루크라에서 시작되는 본격적인 베이스캠프 등반길이 시작되기도 전인데 뭐 좀 쉽겠지 했던 지레짐작은 완전 착각이었다. 내가 지금 걷고 있는 루크라 이전의 길들은 험한 지형이 계속되는 데다 정비되지 않은 자연길이라 오히려 가장 걷기가 힘든 코스였던 것이다. 엊그제 출발했던 파플루부터 오늘까지 오르내리락거린 고도를 다 계산해 보니 루크라에 도착하기도 전에 나는 에베레스트 산꼭대기에

해당하는 8800m 고도를 다 채울 판이었다. 점점 더 무겁게 느껴지는 배낭에 오늘 목적지였던 퓌야에 도착하긴 글렀다는 생각이 들었다. 등짐이라도 없다면야 어떻게 해 본다 하지만 이대로 무리하다간 에베레스트 등반을 시작도 하기 전에 진을 다 뺄 것 같았다.

하여간 배가 무척 고프기도 해 일단 점심이나 먹고 보자 두리번거리는데 웬 정갈한 채소밭이 눈에 들어왔다. 이 계곡에서 보기 힘든 푸른 채소들이 마당 한켠에 소담스럽게 돋아나 있는 식당이었다. 사립문을 밀고 들어서는데 문득 집 뒤쪽 언덕에서 한 소년이 내려 오고 있었다. 집으로 들어가는가 하더니 이내 쪼르르 마당 나무 위에 기대어 놓은 사다리를 타고 올라갔다. 그러더니 나뭇가지에 터억 걸터앉아 나를 빤히 내려다보는 거였다. 잠깐 사이에 일어난 일이었는데 다람쥐같이 가볍고 재빠른 아이의 몸놀림이 내 눈길을 끌었다.

아무도 없는 식당에 자릴 잡으니 주인인 듯한 여인이 다가와 메뉴판을 내밀었다. 히말라야 지역의 식당 메뉴는 거의 비슷하다. 그나마 식당이 많았던 카트만두나 라싸를 빼곤 안나푸르나든 티벳이든 에베레스트든 단순하고 기름진 고산 음식이 주종을 이룬다. 달밭이란 밥 종류와 야채라고 해 봤자 감자와 양파, 당근 양배추가 고작이다. 가끔 집에서 기른 오이나 과일을 길가에 내놓고 파는 경우가 있긴 했는데 그것도 산을 올라갈수록 보기 힘들어졌다. 겨울철 기온이 낮아선가 우리나라 산골에 지천인 그 흔한 산채나물도 없었다. 야채나 과일, 생선이 주식인 내가 그 기름기 흐르는 음식들을 벌써 두 달 넘게 먹고 있자니 정말이지 신물이 날 지경이었다. 실제로 내 히말라야 여행에서의 가장 큰 고충은 숙소도 추위도 체력도 아닌 음식이었다. 그래서 안나푸르나에선 길을 걷다가 눈에 뜨이는 대로 밭에서 아직 채 익지도 않은 옥수수를 삶아달라고 한 적도 있었고, 햇빛에 말리고 있던 버섯이나 콩 종류를 부탁해 점심으로 때운 적

136

도 있었다. 이 식당에서도 채소밭을 가리키며 저 야채들을 넣은 국수를 좀 해 줄 수 있냐고 물었다.

잠시 후 오랜만에 푸성귀가 잔뜩 들어간 맛깔진 국수를 먹고 있는데 그 아이가 식당 안으로 들어왔다. 중학교에서 배웠다는 영어를 제법 잘했다. 이런저런 이야기 끝에 나는 그들이 티벳 출신인 것을 알게 되었다. 그래선가 식당의 한쪽 벽에는 만다라와 달라이 라마의 사진이 걸려 있었고 향로엔 불이 피워져 있었다. 내가 지난 달 티벳을 여행했다는 말에 여주인은 자신도 몇 년 전 한국에 일하러 갔었다며 반가워했다. 그녀의 아들은 한국 케이팝을 좋아하며 한국어도 좀 안다고. 그 말에 스마트폰에 열중하던 아이가 나를 돌아보며 고개를 까딱였다. 안나푸르나에서도 한국에 일하러 갔다 왔다는 사람들을 꽤 만났다. 대부분 한국에서 번 돈으로 고향에 돌아와 게스트 하우스를 지었다는 숙소장들이었다. 아마 이 식당도 그런가 보다.

식사가 끝난 후 그들에게 퓨야까지 걸리는 시간을 물어보았다. 이곳 사람들이야 해지기 전에 도착할 거리지만 내 경우는 잘 모르겠다고 고개를 갸우뚱거렸다. 이미 오후로 접어들고 있는데다 고도가 1000m에 이르는 높은 산세가 놓여 있기 때문이다. 중간에 마을도 없으니 좀 이르긴 하지만 이 동네에서 하루를 머물든지, 아니면 오늘 안으로 퓨야에 도착할 다른 방법을 찾아야 했다. 어쩔까 하다가 배낭만 없어도 뭔 수가 날 것 같아 혹시 아는 포터가 없냐고 물어보았다. 여주인이 고개를 가로젓자, 기다렸다는 듯이

― 내가 갈 수 있어요!

그의 아들이 나섰다.

― 넌 너무 어려!

나도 모르게 피식 웃고 말았다. 내 배낭을 매기엔 아주 여려 보이는 체격이었기 때문이다. 그런데 그 아이가 내 배낭을 가볍게 휙 들

어 올리며

　— 이 정도는 아무것도 아니에요. 내 친구들은 수십 킬로도 지고 다녀요!

　— 몇 살인데?

　— 열 다섯, 아니 이제 곧 열여섯! 근데 퓨야는 눈 감고도 갈 수 있어요. 엊그제도 갔다 온 걸요!

　그리곤 엄마를 설득하려는 듯 네팔어로 뭐라뭐라 몇 마디 귓속말을 했다. 아들에 대한 신뢰 때문인가, 한국에 대한 우호감 때문인가 그의 엄마가 미소를 지으며 고개를 끄떡였다.

　— 뭐 잘 아는 길이니까 가 보든지. 거기 숙소에 아는 사람도 있고.

　어쨌든 나로선 더 머뭇거릴 시간이 없었다. 숙소가 있는 퓨야에 해지기 전에 도착하려면 바로 출발을 해야 했고, 누구라도 짐을 들어 줄 사람이 있으면 다행인 거였다. 잠깐 안으로 들어간 아이가 운동화를 하나 들고 나와 신고 있던 낡은 신발과 갈아 신었다. 하얀 새 운동화였다. 곧 흙길과 진흙탕에 더럽혀질 텐데 새 신발로 갈아 신다니, 신선하네! 하는 생각을 하며 그 아이가 신발끈 매는 걸 지켜보고 있었다. 그런데 어디서 많이 보던 신발이었다. 내 눈앞에서 야무지게 끈이 매어지고 있는 이 운동화는 요즘 아이들 사이에 유행하는 목이 긴 테니스화였는데 얄궂게도 내가 책에서 길게 묘사한 적이 있다. 내 소설의 주인공이 젊은 연인에게 차이고 홧김에 떠난 사막에서 만난 애가 꿰차고 있던 운동화였기 때문이다. 뭐 요즘 아이들이 누구나 좋아하는 흔한 스타일이니까. 근데 왜 느닷없이 그 상황에서 소소한 내 소설 모티브가 끼어들었는지 모르겠다. 하여튼 그렇다.

　우리는 곧 길을 떠났다. 검정 진에 빨간색 티셔츠를 입은 그 아이가 큰 곰인형이 그려진 노란 천가방을 한쪽 어깨에 걸치더니 내 배낭을 얄팍한 등짝에 매었다. 내 키보다 좀 클까 말까 한 그 아이에게 내 짐보따리를 맡긴 후 나는 보조 가방 하나만을 달랑 매었다. 그런 내 꼴이 좀 우습기도 했지만, 오늘 퓌야에 도착할 수만 있다면야, 그래서 하루라도 빨리, 내 상상 속에 빛을 발하고 있는 눈덮힌 에베레스트 기암절벽을 만날 수만 있다면야, 질끈 눈 감을 수 있었다.

마악 대문을 나서다가 그 아이가 잊은 듯 엄마에게 외쳤다.

— 코카콜라!

에버레스트 엘프

동네를 빠져나오자 밭두렁에서 놀던 동네 꼬마들이 우루루 우리 주변으로 모여들었다. 나마스떼를 외치며 몰려드는 아이들이 귀여워 사진을 한 방 박고 싶었지만, 히말라야 산길에서 흔히 관광객들이 마을 아이들에게 스스럼없이 카메라를 들이대는 걸 마뜩찮게 여겼던 나로선, 막상 그러지도 못했다. 내가 사진 찍히기를 싫어해선가, 어쩐지 그들이 현지 아이들을 쉽게 다룬다는 느낌이 들었었다. 그러다 보니 풍경 사진은 많은데 정작 히말라야 사람들의 사진은 없었다. 아이들이 우릴 에워싸며 따라왔다. 어딜 가냐, 어디서 왔냐, 아이들의 시시껄렁한 질문에 그가 통역을 해 주었다. 카트만두에 있는 불교 학교에 다닐 때 외국인 선생한테 배웠다는 그의 영어는 몇 년의 실전 경험이 있는 나보다 낫다.

마을을 벗어나는 언덕길은 도처에 공사 중이었다. 굴삭기와 기중기, 불도저가 산허리를 자르며 도로를 내고 있었다. 젖은 흙더미를 들어올리며 땅을 파헤치고 있는 무게차 밑으로 허연 나무뿌리들이 흙덩이를 떨구며 부르르 떨고 있었다. 부러지고 찢겨진 나무 둥치들이 흰 속살을 드러내고 있는 산비탈에서 시큼하면서도 비릿한 냄새가 났다. 수백 년, 아니 수천 년간 땅속에 묻혀 있던 야생의 산뿌리가 통째로 뽑히는 소리였다. 도로 공사로 한껏 넓혀진 산길을 오르며 아이가 의젓하게 말했다.

— 몇 년 후엔 이 길이 아스팔트가 될 거예요. 자전거나 오토바이도 탈 수 있을 거예요!

카트만두에서 시작된 도로가 이곳까지 연장되고 있다. 내가 출발했던 파플루 마을에서 끝났던 아스팔트길이 루크라까지 연결되는 것이다. 앞으로 관광객들은 카트만두에서 경비행기를 타지 않고도 루크라까지, 나아가 에베레스트산의 중심부인 남체 바자까지 차로 접근할 수 있게 될 것이다. 안나푸르나처럼 에베레스트도 언젠가 차 소리를 들으며 걷게 될 날이 멀지 않았다. 개발이라는 미명하에 이루어지는 자연 파괴는 이곳에서도 어김없이 진행되고 있다.

한때 중국 자본이 에베레스트 베이스캠프까지 케이블카를 설치하려다 전 세계 환경 보호자들의 반대로 무산된 적이 있다고 한다. 실제로 티벳 쪽에 위치한 북쪽 베이스캠프 쪽으로는 이미 도로가 나 있다. 티벳에 갔을 때 쿰부 에베레스트를 조망할 수 있던 그곳에는 수많은 중국인들의 관광 차가 도열해 있었고, 야외 화장실로 변한 천막 숙소 주변은 온갖 악취가 진동했었다. 어쩌면 나는 내 생애 처음이자 마지막으로 자연 그대로의 에베레스트길을 걷고 있는지도 모른다.

지상에서 가장 높고 험준한 에베레스트산만이라도 아스팔트니 케이블카니 하는 기계 문명으로부터 훼손되지 않은 본래 모습을 간직하게 할 수는 없을까?

자연과 인간이 교감할 수 있는 몇 안 되는 야생의 안식처로 남겨둘 수는 없을까?

불가능이 숨쉬는 미지의 처녀지, 시와 꿈과 환상, 전설이 사는 상상의 보고로 남겨둘 수 없을까?

지상의 모든 불필요한 것들이, 그러나 가장 본질적인 것들이 지극한 아름다움으로 빛나는 신들의 성소로 남겨둘 수 없을까?

유라시아 여행 때 갔었던 중국의 장자제산은 거의 수 킬로미터에 이르는 케이블카가 그 산의 꼭대기까지 설치되어 있었다. 〈아바타〉라는 영화의 배경이 되었다는, 전설에나 나올 법한 기기묘묘한 바위산과 아찔한 절벽길에는 '거울 바닥'이다 '마법의 난간'이다 온갖 희안한 이름이 붙은 시설물들이 설치되어 있었다. 기계 문명의 이기 덕에 며칠 걸릴 산길을 단 몇 분 만에 올라온 관광객들은 발디딜 틈이 없이 빼꼭히 찬 전망대에서 그저 사진 찍기에 여념이 없었다. 한 폭의 동양화에 나오는 무릉도원에 에펠탑을 보러온 군중들을 뒤섞어 놓은 듯한 이 전위적인 풍경 속에서 나 역시 끝없이 이어지는 줄을 섰다가 내 차례가 되자 재빨리 사진 몇 장을 박고는 물러나야 했었다. 달랑 사진 몇 장으로 남은 그 비경의 시적 정취라니! 그나마 안개라도 낄라치면 희뿌연 장막이 온 산을 가로막아 아무것도 보지 못한 채 무진장 밀려오는 구름같은 인파에 떠밀려 케이블카를 타고 내려와야 했던, 숨막히는 디즈니랜드 관광이었다.

— 저기 보이는 게 요즘 짓고 있는 우리 집이에요!
언덕길을 올라가 마을이 한눈에 내려다보이는 고갯길에 이르자 아이가 한곳을 가리키며 소리쳤다. 마을 윗쪽에 반쯤 지어진 한 건물이 보였다.
— 조금씩 짓는 거라 언제 완성될지는 몰라요. 내 음악실도 있어요!
— 뭔 악기를 다루는데?
— 드럼!
— 아, 그래? 장래 꿈은?
— 래퍼!
또 한번 신선하네! 첩첩 산골 마을에 래퍼라니. 안나푸르나건 어디건 네팔의 산길에서 내가 만난 젊은이들은 대부분 포터나 세르파였다. 그리고 거의 모두가 외국으로 일하러 나가길 바랐다.

— 이 깊은 산중에 래퍼라, 청중은 나무들인가, 토끼들인가?

길 위로 한 마리 산토끼가 튀어나와 깡총깡총 맞은편 숲속으로 사라지는 걸 보고 다람쥐 같던 그의 첫인상을 떠올리며 킥킥거리자 진지한 설명이 돌아왔다.

— 몽크가 될려다 그만둔 건 음악을 하고 싶어서였어요. 언젠가 에베레스트에 올라가 내가 만든 랩을 부를 거예요!

한 소년이 발아래 구름을 드리우고 드럼을 치는 장면이 스쳐 지나갔다. 이런 험준한 산세에 본능적이고 충동적인 리듬을 표현하는 그 악기가 잘 어울릴 것 같다.

— 근데 음악은 어디서 배웠니?

— 카트만두에 있는 Schéchen 학교에 다닐 때요. 거기선 음악과 춤도 가르치거든요, 물론 종교적인 거지만.

— 아, 좋은 학교 나왔네! Dilgo Kyenché 린포체가 카트만두에 세웠다는 학교 아닌가?

— 네, 맞아요. 엄마가 한국에 가 있는 동안 거길 다녔어요. 영어도 학교 외국인 선생들한테 배웠고요. 근데 솔직히 난 북 치는 거 말곤 별로였어요. 주말에 친구들과 카트만두 랩그룹들을 쫓아다닐 때가 젤 좋았어요.

그 학교는 티벳에 있는 같은 이름의 학교를 뜻있는 라마승들이 네팔에 세운 것이다. 티벳에 관한 책들에서 자주 언급되는 바람에 그렇잖아도 카트만두에 가면 그 학교를 한번 둘러볼 참이었다. 그런데 안나푸르나 카그베니에서 우연히 티벳절에 들어갔던 것처럼 에베레스트 초입에서 만난 이 아이도 티벳 학교를 다녔단다. 그 나라와 나랑은 뭔 인연이 닿긴 닿나 보다. 문득 라싸의 마지막 날, 포탈라궁의 정원에서 함께 했던 티벳인들의 노래와 춤이 떠올랐다. 내가 이파드를 꺼내 그 사진들을 보여 주자 곧장 내 손에서 잽싸게 채 갔다. 손가락 끝으로 화면을 흘려 보더니 세라 사원에서 오래 시선이 머물렀다. 젊은 스님들의 대론 장면을 가리키며 어디냐고 물었다. 조캉 사원에서 오체투복하는 사람들을 보더니 빙그레 미소짓고는 한 사진에 시선이 꽂혔다. 어린 중들이 길쭉한 나팔관을 불고 있는 시가체 사원이다. 한참 들여다보더니 배낭을 내리고 한 바윗돌에 자리를 잡고 앉았다.

— 이거 나도 불 줄 아는데….

그의 중얼거림에 내 티벳 여행의 썰을 풀 적임자를 만난 듯 카일라쉬 순례길을 한참 떠들어대기 시작했다. 그런데 잠시 듣다 만 그가 내 푼수끼를 자르며 왈,

— 난 거기 못 가요. 먼 사촌 뻘에 분신한 사람이 있어요, 암살라에서요.

갑자기 대화는 끊어지고 좀 머쓱해진 기분으로 긴 쇠다리로 들어섰다. 산과 산을 잇는 철다리 양편에 묶인 하얀 천들이 북북 천이 찢어지는 소리를 내며 펄럭이고 있었다. 길게 찢어진 넝마조각들이 나부끼는 모습이 바람의 미친 손들이 허공을 향해 맹렬히 손을 내젓는 것 같다. 이곳 사람들은 산골짜기를 스쳐가는 바람을 산의 혼을 담은 정령으로 여긴다고 한다. 바윗돌, 나뭇가지, 쇠다리, 처마 끝, 끈을 걸칠 만한 곳이면 어디건 천을 묶으며 자신들의 염원을 바람결에 띄워 보낸다. 그래선가 계곡이건 평원이건 산정이건 깃발과 만장들이 환영처럼 휘날리고 있다. 모든 만물이 눈에 보이지 않는 기운 속에서 서로 소통하고 있는 듯하다.

나를 앞서가던 아이가 막대기로 난간을 두드리기 시작했다. 쇠다리 드럼인가, 날카로운 쇳소리가 귓가에 윙윙거린다. 중간쯤 이르자

다리가 몹시 흔들렸다. 이제 막 야크 떼가 들어서고 있었다. 몸을 기우뚱거리며 가까스로 난간을 붙들었다. 다리 위에서 바라보는 계곡 물이 아찔하도록 맑다. 물빛 초록이란 바로 저런 빛깔인가. 그 위로 추락해도 하나도 아프지 않을 것 같다.

다리 건너 한 동네 구멍가게에서 간식거리를 샀다. 마을 입구에 버티고 선 커다란 바위에 기대 주전부리를 하고 있는데, 바윗돌 위에 검은 글자가 뚜렷하게 새겨져 있었다. '스톤 북'이라 내가 이름한 돌에 새겨진 어구는 안나푸르나에서나 티벳에서도 자주 눈에 띄던 것이다. 몇 세기 동안 꿈쩍 않고 자리를 지키며 대중들에게 진리를 설파하고 있는 말이다.

— "옴마니 밧메훔."

콜라를 홀짝거리며 그가 큰 목소리로 읽어 주었다.

— '온 우주[옴Om]에 충만해 있는 지혜[마니Mani]와 자비[밧메Padme]가 지상의 모든 존재[훔Hum]에게 그대로 실현될지라.'

내가 나름대로 해석을 하자 그가 빙긋거린다.

— 그 뜻이었어요? 학교에서 수천 번도 입에 달고 살았는데.

— 나도 티벳에서 알게 된 거야.

그 글자 위에 걸터앉아 그가 집을 나설 때 들고 왔던 코카 콜라가 바닥이 났다.

산길이 익숙해선가, 귀에 꽂고 있는 음악의 리듬에 젖어선가, 이 아마추어 래퍼는 내 무거운 배낭이 별로 무거워 보이지도 않는다. 오르막 길이 힘들어 보이기는커녕 마치 화창한 가을날 소풍이나 나온 듯 가벼운 걸음걸이다. 연신 아이폰을 들여다보며 노래를 흥얼거리길래 슬쩍 뭘 듣나 물어봤더니 요새 한창 잘나가는 네팔 래퍼들 노래란다. 영국의 한 유명한 드럼 주자 연주를 보고 있기도 했고 한번은 길거리에서 페인트 통들을 엎어놓고 두드리는 장면을 보여 주며 킬킬대기도 했다. 에베레스트 한복판에서 런던의 공연장이나 호주의 길거리에서 일어나고 있는 연주를 볼 수 있다니, 유튜브의 막강한 영향력을 실감한다.

어쩌다 짐을 지고 가는 아는 형이나 친구들을 만날 때도 있었다. 덩치가 두 배쯤 되는 형들과 여유 만만하게 대화를 나누는 그는 카리스마가 좀 있다 해야 하나, 스스럼없으면서도 일정 거리를 두는 듯한 말투와 태도에 군더더기가 없다. 불교 학교를 다녀선가, 그의 스타일은 산길에서 만나는 여느 네팔 아이들과 좀 다르다. 노랗게 물들이지 않은 검은 생머리칼이 그렇고, 구멍난 청바지가 아닌 말끔한 옷차림도 그렇고, 흙길을 걷는데도 이상하게 흙 한 점 안 묻은 신발이 그렇다. 얘는 발을 땅에 안 딛고 다니나?

나를 앞서가는 그의 뒷모습을 바라보다가 걸음걸이가 좀 특이하다고 느낀다. 음악을 들으며 걸어선가, 깨끗한 바위만 골라 디디느라 그런가 거의 춤추듯 걷는다. 내가 잘 따라오나 확인하려는 듯 가끔씩 돌아보곤 이내 모퉁이를 돌아 휙 사라졌다가 어디로 갔나 하면 쪼르르 나무 그늘 아래 고개를 삐죽히 내민다. 그가 나와의 간격을 맞추는 솜씨는 보통이 아니었는데, 안나푸르나 토롱라를 오를 때 동행했던 포터와는 많이 다르다. 말하자면 나와 포터 간의 거리 문제인데 모르는 사람과 온종일 산길을 동행하다 보니 상호 보행 속도가 중요해졌다. 포터가 너무 빨리 걸어도 내가 그 속도에 맞추기가 힘들었지만, 포터가 너무 느리게 걸어도 나와의 거리가 너무 가까워 혼자 걷는 기분을 느낄 수 없었던 것이다. 내 경험으로는 포터와 나 사이가 한 100m쯤 유지되는 것이 딱 좋았다.

한번은 안나푸르나에서 포터가 앞서 간 후 길이 두 갈래로 나눠진 마을이 나타났다. 도대체 어느 쪽으로 가야 할지 몰라 보이지 않는 그를 소리쳐 불렀지만 한동안 대답이 없었다. 그가 나를 찾아 다시 길을 되돌아올 때까지 한참을 기다려야 했는데 몸이 극도로 피곤할 때는 그런 사소한 불일치도 짜증나는 일이었다. 그 이후로 포터는 자꾸만 나를 되돌아보며 내 위치를 확인한다거나, 얼마 앞서간 후 나를 지켜보며 기다리기도 했는데 그 상황 또한 유쾌하지 않긴 마찬가지였다. 힘든 오르막길을 오르느라 젖먹던 힘까지 다 짜내고 있는 내 꼬라지를 누군가 줄곧 지켜보고 있는 사실이 부담스러웠기 때문이었다.

그런데 이 아이는 정말이지 뭐라 할 건덕지가 없을 정도였다. 있는 듯 없는 듯 잘도 보조를 맞추었다. 내 까탈스런 취향을 진즉에 알았을 것도 아니고, 포터를 해 본 적도 없다면서 나와의 거리를 기가 막히게 잘 유지했다. 내 앞에 아무도 없는 듯 사라졌다가 언덕을 올랐을 때나 모퉁이를 돌아들며 얘 어디 갔지? 하면 주문 걸린 듯 딱 저만치서 내 배낭의 노란 커버가 나타나는 거였다. 아, 좀 쉬었다 갔음! 하면 마치 기다렸다는 듯이 어딘가 배낭을 내리고 앉아 아이폰에 고개를 박고 있었다. 타고난 리듬 감각이었다.

— 근데 직업이 뭐예요?
한 오르막길을 헉헉거리며 올라, 땀 한 방울 없이 가뿐하게 오른 그 원숭이 옆에 철퍼덕 주저앉는데 그가 물었다. 책을 쓰고 출판했으니 뭐 작가라고 할 수도 있겠지만 딱히 그런 생각을 한 적이 없어 대답이 안 나왔다. 여행을 다니고 에베레스트 산을 오르는 것이 내 직업이 아니듯 글쓰기 또한 직업이라 여긴 적이 없으니까. 솔직히 나는 이제껏 직업이란 것 자체를 가지려 했던 적이 없다. 어릴적 부모님이 원했던 선생이란 일은 전혀 내가 원하는 일이 아니었고, 프랑스에 와서 불문학 공부를 하면서도 그 학위로 강단에 설 계획은 없었으며, 몇 년간 하루 종일 나무 둥치를 파며 조각에 몰두했어도 예술가가 되고자 했던 것은 아니었다. 그저 10년에 한 번씩 몰입하는 일을 바꾸어 왔을 뿐이다. 그러니 오랫동안 내 시간과 정력을 쏟아부으며 《창조 소설》을 썼어도 작가가 되려 했다는 생각이 들지 않는다는 말이다. 한마디로 나는 직업 개념이 없다. 그냥 그게 내가 사는 방식인 거다.

— 그럼 보통 집에 있을 때 뭘 하고 보내요?

우물쭈물 내가 대답을 망설이고 있자 야무진 질문이 이어졌다. 아까 샀던 콜라병의 마개를 따며 나를 물끄러미 바라본다.

— 응, 책을 읽어, 글을 쓰기도 하고….

— 이야기가 뭔데요? 출판했어요? 한글로 읽어 볼 수 있어요?

연거푸 질문이 쏟아진다. 책의 제목을 묻더니 아이폰으로 정보를 찾는다. 하지만 불어를 읽을 수 없는 그에게 내 책 싸이트는 별 도움이 되지 못한다.

— 조각을 하는 이야기야. 나무와 돌로….

— 아, 그래요? 우리 윗마을에도 나무를 조각하는 사람이 있어요. 바위에 글을 새기기도 하고요.

— 나도 이 동네 살았으면 그랬을 거야 아마.

— 난 랩을 작곡하고 싶어요! 카트만두에 꽤 유명한 랩가수 형들도 많이 알아요.

— 학교 생활은 어때?

— 아, 쉐첸 그만두고 요샌 집에서 놀고 있어요. 계속하면 몽크가 되는 건데 난 그럴 생각이 없으니까요.

그의 음악에 대한 꿈으로 보아 공부는 어떤가 찔러본 말이었는데 학교를 그만두었단다. 그런데 그 말을 친구 집 가는 걸 그만뒀다는 만큼이나 쉽게 내뱉는다. 부모가 자유 방임형인가?

— 아빤 무슨 일을 하시는데?

— 돌아가신 지 오래됐어요. 세르파셨대요. 에베레스트 봉우리도 몇 번 올랐다던데… 근데 내가 어릴 때 일이에요.

심드렁한 대답이 돌아온다. 아까 식당에서 그의 아빠의 부재를 감

148

지하긴 했어도 여느 네팔 사람들처럼 일하러 나갔나 했었다. 보통 히말라야 산골의 남자들은 요즘 같은 성수기 땐 대부분 가이드나 세르파 일을 위해 출타 중이기 때문이다. 남의 일인 듯 다소 무감동하게 말을 마치더니 곧 자리에서 일어섰다. 배낭을 챙겨 매더니 에미넴의 노래 한 소절을 흥얼거리며 앞서갔다. 불과 반나절 동안 그에 대해 많은 것을 알게 된 기분이다. 아빠가 티벳 사람이며, 어려서 아버지를 잃었고, 카트만두에서 불교 학교를 다녔다는 아이. 래퍼가 되어 에베레스트산에 올라 드럼을 치며 노래를 부르겠다는 꿈을 가진 15세 소년이다.

끝날 것 같지 않던 오르막 내리막길을 반복하다 한 모퉁이를 돌아들자 주변에 밭이 있는 꽤 널찍한 길이 나타났다. 산허리에 노란 깃발들이 줄지어 선 바위산 위에 조그만 절이 하나 있었다. 절벽 가운데 돌출된 절간이 밧줄에 매달린 듯 아슬아슬해 보였다. 청소년 시절 머물렀던 산사에 대한 기억 때문인가, 저렇게 벼랑에 걸쳐진 암자를 보면 한 일 년쯤 거기 살고 싶다는 생각이 절로 든다. 그때처럼 봄, 여름, 가을, 겨울, 진득하게 늘어붙어 철마다 달라지는 나무 냄새를 맡고, 골짜기를 흔들며 지나가는 바람소리를 듣고 싶다. 산마루로 기어 올라가 아침 태양을 맞고, 화창한 봄날 오후, 진달래 꽃덤불 속에서 잠들고 싶다. 그런데 이런 작고 소박한 암자는 유라시아 여행 때 들렀던 테살로니끼의 수도원이나 중국 돈황의 사막에 있던 암자, 몽골 평원에서 보았던 사원들과는 또 다른 정취를 풍긴다. 높은 바위산 꼭대기에 앉아 신성불가침을 느끼게 하던 메떼오라 수도원, 세상과 동떨어진 사막 한가운데 유배된 섬처럼 흔들리던 사원들과 달리, 이 산사는 비록 절벽 가운데 위치했어도 친숙한 절집 같다. 언제나 한 수행자의 이름을 부르며 그 문지방을 넘나들 수 있을 것 같다. 메떼오라 수도원이 나무 꼭대기에 지어진 새집 같았다면,

몽골의 사원들이 사막에 파인 깊고 요원한 우물 같았다면, 이 곳은 토굴 속에 파고든 여우나 뱀, 짐승들의 우리라고나 할까?

— 저기 가 본 적이 있어요!

바위산 아래 늘어선 노란 깃발들의 행렬을 한참 카메라에 담고 있는데 그가 아는 척하며 다가왔다.

— 지난 여름에 친구들과 절 근처에 있는 폭포에서 수영도 했어요.

— 저런 곳에 한번 머물러 봤으면!

— 제가 밥을 날라 드릴게요! 집에서 얼마 안 멀어요.

예의 싹싹한 대답이 돌아왔다. 지나가던 포터 몇 명이 그에게 인사를 하며 지나갔다. 친구들과 몇 마디 말을 나누다가 그중 한 명이 내가 한국인이란 걸 알고 내년에 서울에 갈 예정이라고 말했다. 그러자 다른 한 명이 '두바이!'라고 외쳤다. 머리카락이 거의 하얀색으로 탈색된 아이다. 그들이 떠나고 난 후 그에게 어느 외국으로 나가고 싶은지 물어보았다.

— 난 외국 별로예요. 여기가 좋아요!

역시 이 아이는 좀 다른 데가 있다. 내가 만난 대부분의 네팔 청소년들은 중동이나 유럽에 가는 것이 꿈이었으니까. 하긴, 안나푸르나 계곡에서 포터 일로 평생을 보낸 후 나이 들어 후유증으로 고통받는 사람들을 많이 보았다. 약으로 근근히 버틴다는 그들의 노후를 생각하면 천혜의 아름다운 자연 경관을 무색케 하는 그 열망이 이해가 된다. 실제로 이 산골 마을에서 노인층을 만난 적은 거의 없었다. 가끔 열 살도 채 안 되어 보이는 아이가 짐꾼 노릇을 하는 것을 본 적도 있는데, 아직 등뼈가 채 여물지도 않았을 나이에 제 몸무게보다 무거운 짐에 눌려 하체가 제대로 자라지도 못할 것 같았다.

— 하긴 이만한 곳도 없지! 온 세상 사람들이 여길 찾아오니까.

— 그래요. 여기서 다양한 사람들을 더 많이 만날 수 있어요. 하여간 난 안 떠날 거예요.

― 근데 산은 좀 올라가 봤니?

― 아뇨. 아직은 베이스캠프도 안 가 봤어요.

― 파리에 살아도 에펠탑에 안 올라가 본 나랑 비슷하네.

― 하지만 곧 아마다블람Ama Dablam에는 가 볼까 해요.

그 산이 에베레스트에서 제일 아름다운 봉우리란 걸 들은 적이 있었다.

왜 하필 그 산이냐고 묻자 날 힐끗 바라보더니 대답 대신,

― 우리 셀카나 한 장 찍죠!

순식간에 아이폰을 내 얼굴 앞에 들이댔다. 티벳 여행에서도 그룹 사진을 안 찍는 바람에 좀 서먹한 분위기가 됐을 정도로 난 사진 찍히는 걸 좋아하지 않는데, 내가 뭐라 할 새도 없이 그 녀석이 찍 셀카를 누른다. 그리곤 으쓱대며 코앞에 화면을 내민다. 웬 일본 연극 〈노〉에 나오는 듯한 여자가 붉은 천을 머리에 두르고 있다. 눈밑에 칠한 붉은색이 곧 시뻘겋게 흘러내릴 것 같다. 짓궂은 녀석의 손가락 장난으로 이내 그녀의 코와 귀에 귀여운 강아지 마크가 달린다. 이번엔 철없는 누나와 소년, 오누이 모습이 된다. 내 화장기 없이 피곤에 절은 꼬라지가 영락없이 파리의 떠돌이 상자브리Sans abris 여인을 닮았다. 아니다, 흐트러진 머리카락에 푹 눌러쓴 모자하며 남루한 옷매무새에 흙투성이 등산화, 물병을 든 몰골이 영락없이 이 산자락에 버섯 캐러 다니는 아낙네다. 뭐 근데 생긴 그대로네! 좀 밋밋하고 지루하긴 하지만, 이 숲의 나무들이나 바윗돌, 짐승들처럼 나의 자연이다.

그래도 가끔 두고 온 도시가 그리운가, 카트만두의 한 사원에서 힌두 여인들이 연지곤지처럼 찍어 바르는 진홍빛 가루를 사기도 했다. 기분이 그저 그렇거나 변덕이 날 때면 그 물감들을 이마가 아니라 눈밑에 찍어 발랐는데 그 핏빛이 내 여행길을 보호해 줄 거라는 심사였다. 하지만 그건 사실 핑계였고, 뭐 간단하게나마 흉한 몰골

을 좀 가리고 싶다는 거겠지. 오늘 내 얄궂은 눈매도 그런 거였다. 초록이다 노랑이다 보라다 그 쨍한 원색들을 기분 내키는 대로 쓱쓱 문지르다 보면, 어째 에베레스트 산중이 파리 뒷골목 같았으니까. 그곳에서 전시회다 콘서트다 쏘다니기라도 하듯 내 초췌한 몰골이 좀 판타스틱해지는 것 같았으니까.

우리는 다시 길을 재촉하며 걷기 시작했다. 막상 고도가 1000m가 넘는 길을 오르다 보니 이 아이와 오지 않았으면 어림도 없었을 거리였다. 안나푸르나에서도 돌마라 고갯길에서도 이렇게 가파르고 힘든 길은 별로 없을 정도였다. 등반길에 가장 문제가 되는 것은 정상이 얼마나 높은 산이냐, 며칠이 걸리느냐가 아니라, 그날 하루에 오를 산의 고도가 얼마인가에 따라 난이도가 정해진다. 오르막과 내리막의 반복이 아주 심한 퓌야 가는 길은 파플루에서 루크라까지 오르내린 고도의 합이 에베레스트 정상 높이와 맞먹는다는 가이드북의 설명을 여실히 증명하고 있었다.

아이가 저만치 앞서가고 혼자 산길을 걷다 보니 옛 통학 시절이 생각났다. 초등학교 오학년 때부터 하루 두 시간을 걸어서 학교에 다녔었다. 어쩌면 내가 문학을 하게 된 것도 어린 시절부터 습관이 된 이 걷기에서 비롯된 게 아닐까? 혼자 보내는 시간이 많다 보니 상상을 자주 하게 되었고, 책을 좋아하게 되었고 그러다 보니 프랑스에 와 문학 공부를 하게 되었고, 〈청소년과 창조〉라는 논문을 쓰게 되었고, '창조'를 경험하기 위해 조각을 하게 되었고, 뭐 그런 식이다. 그러니까 글쓰기는 내 의도나 문학적 자질에 근거한 것이 아니라, 내 통학길이 자연스럽게 이끌어갔던 삶의 연장이었던 셈이다. 마치 피아니스트가 한 곡을 잘 연주하기 위해 그 음악의 창조과정을 이해해야 하듯이, 작곡가의 입장에서 그 곡을 해체하고 다시 재구성할 수 있을 때 그 음악성을 깊이 음미할 수 있듯이, 아마도 나는 '청소년과 창조'라는 본질에 더 깊이 다가가기 위해《창조 소설》을 쓰게 되었다고나 할까. 하지만 오랫동안 내 삶의 에너지와 시간을 이 일에 바치고 있으니 그렇다고 취미라 할 수도 없다. 그렇다면 도대체 뭔가?

9살 때쯤인가, 어느 여름날이었다. 강에서 멱을 감고 집으로 돌아오는 길이었다. 포플러 나무가 길게 늘어선 신작로 길, 끝없이 뻗어 있는 황톳길 위로 뜨거운 햇살이 이글거리고 있었다. 그 길을 따라 무작정 걸어가고 싶었다. 저 강물을 따라, 저 산들을 넘어 내가 모르는 곳으로 가고 싶었다. 그런데 어릴적 그 꿈은 아직도 유효하다. 무엇을 하건, 언제나, 어디서나 나는 그저 멀리 떠나고 싶다.

그런 내가 어떻게 오랫동안 프랑스라는 한곳에 머물러 있을 수 있었을까? 어떻게 글쓰기란 일에 빠져 세월을 잊고 살 수 있었을까? 물론 그 창조과정을 통해 경험한 우주적 에너지가 내 안에 숨겨진 창조성을 드러나게 한 것은 사실이다. 그 내재적 힘이 진리와 아름다움의 본질에 가까이 다가서게 하며 내 삶을 확장시켰다고 할 수도 있다. 그러나 아무리 좋아서 해도 그렇지 글을 쓰는 일은 정말이지 힘들고 지긋지긋할 때가 많았다. 비록 하루 8시간씩 땅바닥에 엎드려 돌이나 나무를 쪼는 중노동이었어도 조각은 거기에 비하면 유쾌한 놀이 마당이었다.

그리고 보면 문학이건 조각이건 그 일을 마치고 떠날 수 있기에 깊이 몰입할 수 있었던 것 같다. 그 일이 전부였다면 나는 결코 전력을 다할 수 없었으리라. 내 앞에 열려 있는 새로운 길, 미지의 지평선을 향해 떠날 수 있기에 그 일들에 애착을 가졌던 것 같다. 학문이건 예술이건 그때그때 욕망에 따라 생겨났다가 사라지는 그 여정을 끝내고 나면 마치 죽었다 살아난 것 같았다. 심해 깊은 바다 물 속에 잠겨있다 수면으로 떠오른 기분이었다. 드디어 또 다른 길을 향할 준비가 되었다. 이제 떠날 일만 났았다! 그게 전부였다.

그런데 도대체 이 아이는 어디로 사라진 걸까?

어느덧 해가 산등성이 뒤로 기울고 있었다. 가끔씩 스쳐 지나가던 포터들도 보이지 않고 계곡 밑에서 희뿌연 안개가 스멀스멀 피어올라왔다. 우리들의 발걸음도 빨라지고 있었다. 내 불안감을 읽은 그가 이제 한 시간 정도만 가면 된다고 안심을 시켜 주었다.

달음박질을 하며 뛰어내려온 넓고 긴 철교 다리 앞에서 잠시 숨을 고르고 있는데 커다란 안내판이 눈에 들어왔다. 에베레스트 길들이 붉은 선으로 그어져 있고 호수와 빙하들은 푸른색과 흰색으로 칠해져 있는 등반 지도였다. 에베레스트산의 중심길이라 할 베이스캠프 가는 길 좌우로 여러 갈래 선들이 이리저리 뻗어 있었다. 마치 한 그루 나무처럼, 베이스캠프에 이르는 붉은 세로선이 중간쯤에서 줄기를 뻗은 가로선들을 만나고 있었다. 그 노란 선들은 이름하여 세 고갯길이다. 가이드북에 따르면 에베레스트의 심장부를 관통한다는 쿰부Khumbu의 창자길이다.

나도 모르게 꿈꾸듯 손가락으로 그 선들을 따라가 보았다. 출발점인 남체 바자Namche bazar에서 오른쪽으로 난 길을 따라 척컹Chukung 쪽으로 갔다가, 콩마라Kongma La 고갯길을 넘는다. 빙하 호수를 건너 베이스캠프에 도달하자 근처에 칼라파타Kala pattar산이 보인다. 거기서 다시 하얀색 빙하 표시를 따라 초라Cho La 고갯길을 넘어 고꾜리 Gokyo Ri 마을에 이른다. 고꾜리 호수를 보자 티벳 여행의 일행이었던 아르헨티나인 마타아스가 그곳으로 간다고 했던 기억이 났다. 구게 왕국과 마나사로바 호수에서 붉은 카프를 두른 내 모습을 그럴듯하게 찍어 주었던 사진 작가 말이다.

— 포터 하는 친구들이 저 고꾜리 길을 자주 다녀요. 별 어렵지 않대요.

내 손가락이 고꾜리 근처에서 빙글뱅글 맴도는 걸 보고 그 아이가 하는 말이었다.

— 하지만 이 고갯길들은 거의 5500m에 이르는 곳들이야. 눈길도 있고, 빙하도 건너야 하고….

물론 가능하면 근방에서 가장 아름답다는 저 고꾜리 마을에 가 보고 싶다. 하지만 지금으로선 일단 베이스캠프까지만이라도 혼자 힘으로 오를 수 있다면 다행이다. 안나푸르나의 토롱라 고갯길도 힘에 부쳐 마지막 사흘은 사과보따리를 든 포터의 힘을 빌려야 했었고, 이곳 에베레스트에선 한술 더 떠 초반부터 이 꼬마 녀석의 힘을 빌리고 있는 판이니, 언감생심 꿈일 뿐이다. 어쩐지 나를 향해 활짝 팔 벌리고 있는 듯한 고꾜리 호수의 푸른 점과 세 고갯길을 넘는 노란 선들에서 시선을 거두지 못한다. 내 손끝은 머뭇거리며 고꾜리 호수를 맴돌다 렌조라Renjo La 고갯길을 거쳐 타메Thame로 내려온다.

— 저 길들을 나 홀로 걸어 볼 수만 있다면!

— 그만하면 잘 오르는데요 뭐. 짐만 좀 줄이면 베이스캠프는 문제없을 것 같아요!

철교 건너 얼마 안 가 특이한 모양의 바위가 나타났다. 높고 길쭉한 비석 같은 돌이 좁은 길 가운데 우뚝 솟아 있었다. 그 양편으로 오가는 길이 나뉘어 있었는데 그가 콜라 병을 홀짝거리며 돌에 새겨진 글자의 뜻을 풀어주었다.

— '한 사람의 작은 친절이 온 세상을 구한다'는 말이에요.

언뜻 세상 한쪽의 날갯짓이 세상 저쪽에 폭풍우를 만든다는 말이 떠오른다.

— '내가 한 영혼과 공명할 수 있다면 곧 우주와 통하는 것이다'라는 말이 생각나네.

— 아, 쉐첸 다닐 때 선생들이 자주 하던 말이 있어요. '꿀 한 숟가

락의 맛은 통 전체의 맛과 같다'.

— 응, '일음성불'이란 말도 있어.

— 무슨 뜻이에요?

— '음' 하나만 제대로 통달해도 성불한다는….

그가 인용한 말에서 좀 비약한 거였는데, 막상 화엄경에 나오는 그 말을 설명하려니 어렵다.

— '무엇이든 잘 '관'하면 그 안에 불성을 볼 수 있다'라는 말과 비슷하네요. 학교에서 명상 시간 때 화두였어요.

— 맞아, 근데 '일음성불'은 내 '공'이란 조각의 주제이기도 했어.

— 공? 축구공처럼요? 학교에서 공도 꽤 많이 찼는데!

'공'이란 한국말을 아는 그가 키득거렸다.

— 그러고 보니 축구공도 공은 '공'이네!

실제로 그 조각은 티벳절에서 쓰는 악기 '공'을 소재로 한 것이었는데, 외적으로는 시작과 끝이 만나는 둥근 원으로서 '공'이면서, 동시에 불교적 무를 의미하는 내적인 '공'이기도 했다.

— 색즉시공 공즉시새액!

거창하게 한마디를 내던진 그가 낄낄거리며 내리막길을 달려갔다. 얼마 안 가 마을이 가까워지는지 산길은 두 사람이 나란히 걸을 만큼 넓어지고 앞서 걷던 아이가 이젠 나랑 보폭을 맞추고 있었다.

— 우린 오늘 함께 '공'놀이를 한 거예요!

그의 선적인 외침을 들은 곳은 퓌야 마을이 내려다보이는 언덕 위에서였다. 저녁 안개 위로 연기가 피어오르는 마을이 마치 바닷물 위에 뜬 한 척의 돛단배 같았다. 에베레스트 대양 위로 노을이 지고 있었다. 그 풍경을 바라보며 오늘 정말로 이 아이와 유쾌한 게임을 했다는 생각이 들었다. 혼자서는 결코 오르지 못할 산을 그의 동행으로 오를 수 있었다. 음악을 듣기도 하고 사진을 찍기도 하고 달음박질도 해가며 이 산과 즐거운 유희를 했었다. 이 축구공을 굴리며 나는 에베레스트 골문을 향하고 있는 중이다.

— 지금 짓고 있는 내 음악실 앞에 큰 바위가 있어요. 거기다 '일음성불'이라고 새길까 봐요!

우리가 동네 입구에 도착했을 때는 밤이 거의 이슥해 있었다. 마을엔 두 군데 숙소가 있었는데 그가 잘 안다는 곳으로 갔다. 늙은 어머니와 한 아들이 운영하는 그곳에서 그는 주인장과 같은 방을 쓰고 나는 그 옆방에 들었다. 거실 가운데 난로가 있어 실내는 그런대로 훈훈했지만 나무 판자로 칸막이가 된 작은 방은 불기라곤 없이 냉장고 안처럼 추웠다. 부엌 아궁이에서 노인네가 저녁을 준비하는 동안 장작불이 타는 난롯가에서 가이드북을 뒤적거렸다. 아까 보았던 쓰리 패스길Three Passes Trek을 좀 살펴보기 위해서였다. '에베레스트산의 심장부를 가로지르는 창자길'이라는 표현이 다시 한번 눈길을 끌었다. 세 고갯길로 가기 위해 거쳐야 할 초라 쪽의 빙하길을 살펴보는데 왠지 자꾸만 노란 선으로 이어진 고꾜리 호수로 시선이 갔다. 언제 다시 올지 모르는 에베레스트산인데, 가는 데까지 한번 가보는 게 낫지 않을까.

— 그런데 왜 조각을 했어요?

가이드북에 한참 빠져 있는데 뜬금없이 그가 물어왔다. 코카콜라 다음으로 좋아한다는 인스턴트 커피를 홀짝거리면서다. 음악을 좋아해선가 예술 방면에 관심이 많나 보다. 이제 우리에게 남은 시간은 얼마 없기에 나름 진지하게 대답해 보려 한다. 하지만 이 춥고 피곤한 저녁에, 양철 난롯가에서, 배는 무지 고픈데, 웬 조각?

— 그냥 나무에 관련된 건 다 좋아, 나무를 파고 있노라면 내 자리에 있는 것 같거던.

— 난 북을 칠 때 모든 걸 잊어요, 완전히 빠져들어요.

— 나도 그래, 작업할 땐 시간이 사라지지.

— 혹시 페이스 북에 작품 사진 있어요? 아, 근데 페이스 북 주소가 뭐예요? 왓삽 있어요?

그의 관심사는 전혀 내 조각이 아니었다!

그날 저녁, 우리는 야크 똥으로 불을 지핀 난로가에서 야채 스프 비슷한 국수를 먹었다. 그리곤 바깥에 있는 변소 겸 세면대에서, 자칫 얼어붙은 바닥에 미끄러져 똥통에 빠질 뻔했다! 고양이 세수를 한 후 그대로 쓰러져 잠이 들었다. 아침에 일어나니 춥긴 했지만 작은 들창문으로 밝은 햇살이 쨍하니 비쳐들고 있었다. 성에가 끼인 한겹 유리창 너머로 보이는 이웃집 마당에는 한 외국인 그룹이 텐트를 걷고 있었다. 얼마나 추웠을까. 하지만 이 방도 불기가 없고 보니 바깥이나 안이나 별 차이가 없을 것이다. 이 산의 거의 모든 숙소에선 저녁 식사 시간에만 난로를 피운다. 아침엔 불을 때지 않아 무척 춥다가도 밝은 아침 햇살이 온누리에 퍼지노라면 그래도 견딜 만해진다. 11월의 햇살 쨍쨍한 산등성이를 오르노라면 옷을 벗어야 할 정도로 덥기까지 하다. 세숫간을 다녀온 후 우리는 마주 앉아 아침 식사로 오믈렛을 먹었다. 어제 온종일 티셔츠 차림이었던 그는 오늘 아침엔 후드 달린 면점퍼를 입고 있었지만, 모자와 장갑, 목도리로 중무장한 나와 달리 그리 추워하는 기색은 아니었다.

자못 쾌활하던 엊저녁과 달리 말없이 고개를 숙인 채 접시를 비우더니 바쁜 듯 일어섰다. 그리곤 손을 흔들고 떠나갔다. 재빠른 걸음으로 길 모퉁이를 돌아들더니 뒤도 안 돌아보고 사라졌다. 헤어질 때 잘 가라며 그의 뺨에 짝짝 비쥬를 하자 '공'이 튕겨나오듯 생생한 기운이 볼에서 뻗쳐 나오긴 했지만, 이내 바람소리 나게 획하고 돌아섰다. 얼굴이 좀 빨개지긴 했어도 시원하다는 표정이었다. 엊저녁에 내 페이스 북 주소를 물었다가 없다는 말에 혹시 모른다며 내 전화기에 메신저 주소를 하나 만들어 주었었다. 하지만 무슨 소용? 이제 산을 올라가노라면 와이파이도 잘 안 터진다는데.

그가 떠나고 나자 그제사 정신이 번쩍 들었다. 이제 나는 다시 혼자가 되었다. 저 무거운 배낭과 덩그러니 남은 나. 그 앞에 에베레스트가 턱허니 버티고 서 있었다.

나는 더 이상 어린애라면 사족을 못 쓰는 소설 속의 주인공이 아니다.

쵸리카르카 가는 길은 비교적 평탄한 길이었다. 가파른 오르막길도 별로 없었고, 어제 한나절 배낭을 메지 않아서였나 몸도 한결 가뿐했다. 이 정도 난이도라면 포터 없이 계속 가 볼 만하다는 생각이 들었다. 그 아이와 걸어 본 경험에 의하면 짐만 가벼우면 별 어려움은 없으리란 것이었다. 저녁 무렵 마을의 한 숙소에 들어서니 포터와 가이드를 대동한 한 중년 커플이 식당에서 카드 놀이를 하고 있었다. 그 네덜란드인들도 나처럼 비행기를 타지 않고 지리Jiri 마을에서부터 걸어왔으며 베이스캠프까지 간다고 했다. 내 상황을 알게 된 그들의 가이드가 포터 없이 베이스캠프나 고꾜리에 가는 것은 무리라며 루크라에서 믿을 만한 사람을 소개시켜 주겠다고 했다. 내 딴에는 짐을 좀 줄이고 가는 데까지 가 보려 했는데, 그런 말을 듣고 보니 내게 포터가 꼭 필요하다면 그 아이 같은 사람이면 좋을 텐데 하는 생각이 들었다. 어쨌든 일단 홀로 등반을 시도해 보고, 정 안 되면 그때 사람을 구하겠다는 결정을 이제 와서 바꿀 생각은 없었다.

우선 벼르던 짐정리를 시작했다. 내가 포터 없이 5500m 고도의 산을 오르냐 마느냐는 배낭 무게에 달렸다. 비슷한 고도였던 안나푸르나길과 티벳의 카일라쉬 순례길의 경험에 비추어 보면, 토롱라 고갯길은 막바지에 포터를 썼었지만, 돌마라의 경우, 사흘간의 짐만 챙겼었기에 무리가 없었다. 하여간 누군가를 의지했던 그때와 달리 이번엔 혼자 힘으로 고산 등반을 하겠다는 참이다. 일단 가이드북과 책, 카메라를 덜어냈다. 음악에 관련한 기기들도 모두 덜어냈다. 앞으로 험난한 고갯길을 몇 개나 넘어야 할지 모를 판이다. 생존에 필수불가결한 것만을 남겨야 한다. 베이스캠프 가는 길이야 중간에 숙소들이 많아 여차하면 쉬었다 갈 수도 있지만, 행여 내가 꿈꾸고 있는 고쬬리라도 가게 된다면 마을이 없는 노맨스 랜드를 거쳐야 한다. 내 걸음 걸이로 거의 12시간을 걸어 어둡기 전에 숙소에 도착해야 하는 것이다. 인적이 없는 산길에선 만약의 경우, 등반 준비물이 내 생존에 영향을 줄 수도 있다. 나는 지금 마음을 정해야 했다.

내겐 그 '만약'이란 절대로 없을 것이라는 결정!

짐을 덜어내며 왠지 큰 기쁨을 느꼈다. 내 힘만으로 에베레스트를 오르게 되었다는 사실이 즐겁기까지 했다. 중요하다 여겼던 물건들을 하나하나 버리면서 내 자신조차 비워지는 기분이었다. 이것저것 추위에 대비한 옷들, 만약을 위해 준비했던 비상 식품과 약품들까지 다 덜어냈다. 나는 배고프지 않을 것이다, 추위 따위는 상관도 하지 않을 것이다, 무엇보다 절대로 아프지 않을 것이다…, 옷은 쉽게 입고 벗을 수 있도록 세 겹으로 껴입고 영하 10도에도 버틸 수 있을 무릎 보호대와 목 가리개를 제외한 물건들, '혹시나'는 모두 포기했다. 실제로 숙소마다 이불이 구비되어 있어 잠자리는 얇은 침낭 하나로 충분했다. 속옷과 티셔츠 한 장, 양말 두 켤레, 램프, 작은 칼 등 그야말로 생존에 필요한 최소한만 챙겨 넣었다. 존재적 결핍. 이제 나는 내 몸이 감당할 수 있는 것만을 누리게 될 것이다. 마지막엔 노트 한 권과 연필 한 자루가 남았다. 내 손이 곧 뇌이며 발이 오장육부라고 생각하는 나로선 이 도구만은 포기할 수가 없다.

내 여행 원칙은 의식주는 현지인처럼 하는 것이다. 음식은 좋든 궂든 그 지역의 풍토음식을 먹고, 옷이든 뭐건 필요한 것도 현지에서 구입하며, 숙소도 되도록 도착해서 구한다. 물론 만남도 토착민을 선호한다. 러시아에서는 러시아 사람들을 사귀고, 파미르에서는 타지키스탄 남자를 만났으며, 라싸에서는 티벳인들과 어울려 춤을 추었다. 이 산에서 나는 네팔 아낙네가 되리라.

김삿갓 바랑처럼 훨 가벼워진 배낭을 매어 보니 족히 삼사 킬로그램은 빠진 듯하다. 약 5kg으로 축약된 내 생존의 무게! 이 정도면 해 볼 만하다. 진작 이 정도였다면 아마 그 아이도 필요하지 않았으리라.

남체 바자Namche Bazar

덜어낸 짐을 숙소에 맡기고, 한결 몸에 착 달라붙는 배낭을 매고 활기차게 길을 떠났다. 이제 본격적인 나의 에베레스트 등반길이 시작된다. 순례길 어디서나 찻길과 마을을 만날 수 있었던 스페인의 산티아고 길이나, 영하 10도 밤기온에, 인적도 숙소도 없을 에베레스트 등반길이나 배낭의 무게가 비슷하다는 사실이 살짝 불안하긴 했지만, 여차하면 남체 바자에서 포터를 구하면 되니까, 아직 걱정할 필요는 없다. 갈 데까지 가보기로 한다.

경비행기장이 있는 언덕배기의 루크라 마을에 들를 필요도 없이 곧바로 직진하고 있는데, 어디선가 갑자기 우루루 사람들이 몰려들었다. 여행객 행렬과 포터들, 말과 야크 떼들이 뒤섞여 이제까지 고즈넉하던 산길과는 분위기가 확 달라졌다. 이게 말로만 듣던 에베레스트 시장통이란 건가? Sagarmatha 국립공원의 체크 포인트를 거쳐 팍딩Phakding을 지나갔다. 보통 베이스캠프를 위한 사전 준비와 고산 적응을 위해 남체 바자에서 한 이틀 머무는 게 관행이었지만, 나는 그 관광객들이 밀집한 동네를 가능한 피하고 싶었다. 몬조Monjo 마을은 그런 내 일정을 위해 안성마춤이었다. 계단길을 따라 숙소들이 촘촘히 들어선 언덕길을 올라서는데 저 멀리 눈 덮인 산봉우리 하나가 눈에 쏙 들어왔다. 에베레스트에 와서 처음 보는 그

162

럴듯한 설산 준봉이었다. 저거다! 그 산을 볼 수 있을 만한 숙소를 찾아 언덕길 끝으로 올라갔다. 그 풍경을 바라보며 잠들 만한 이 층 방 하나가 비어 있었다. 작은 유리창 너머로 어찌어찌 각도를 잘 잡고 누우면 그 산자락이 한눈에 들어왔다. 그래 봤자 곧 어두워질 테고, 다음 날 아침 서둘러 떠나야 하는데 나는 왜 그놈의 전망이라는 것에 늘 신경을 쓰는지 모르겠다. 호텔이건 게스트 하우스건 하다 못해 깜깜한 한밤중에 도착한 오두막에서도 언제나 창밖 경치를 따졌다. 깨끗하다 식사가 좋다 편안하다는 그다음이었다. 하긴 그 덕분에 한밤중 휘영청 떠오른 달빛에 홀리기도 하고, 새벽 여명에 물드는 연분홍빛 산들을 바라보며 넋을 잃기도 했지만 말이다. 내가 머문 이 층 방은 좀 춥긴 했어도 넓고 깨끗했다. 이곳의 게스트 하우스의 방들은 대부분 이인용 침대 하나가 전부다. 모든 물품을 사람이나 동물을 이용해서 져다 날라야 하기에 벽에 옷을 걸 못 하나만 박혀 있어도 훌륭한 시설이다. 그런데 이 마을부터는 와이파이는 물론 배터리 충전도 비용을 지불해야 했다. 본격적인 등반로가 시작되는 모양이다.

저녁 식사 시간에 식당으로 내려가니 큰 화롯불이 활활 타오르는 실내에는 불어 억양으로 보아 캐나다에서 온 듯한 중년 커플과 한 젊은 커플이 식사를 하고 있었다. 육십 대로 보이는 건장한 체격의 주인장은 스코틀랜드에서 왔다는 커플과 이야기를 나누고 있었다. 식당의 벽면에는 주인장의 이력을 보여 주는 사진들이 진열되어 있었는데 외국인 원정대들과 함께 에베레스트 정상에서 깃발을 흔들고 있는 모습 옆에는 학사모를 쓴 자녀들의 사진도 걸려 있었다. 한때 수많은 외국인들의 히말라야 정복을 도운 세르파의 열기 띤 삶이 방 안 공기를 훈훈하게 데우고 있었다. 말로만 듣던 에베레스트다 케이 투다 하는 산들을 오른 세르파를 직접 대하고 보니 그와 대화를 좀 나누고 싶었지만, 내 차례가 오려면 한참 기다려야 할 것 같았다. 혼자 좀 심심하기도 해 옆좌석의 캐나다인들에게 불어로 말을 건넸더니 좀 의외라는 표정이었다. 하긴 이곳에서 동양인이 불어를 하는 경우가 드물긴 하다. 베이스캠프까지 갔다가 하산 중이라는 퀘벡 출신의 그들과 사투리 억양으로 오랜만에 킬킬거리며 수다를 떨었다. 주인장은 내 식사가 끝나도록 에코세 양반들과의 대화가 끝나지 않았고 좀 피곤하기도 해서 그냥 방으로 올라왔다.

다음 날 아침 식당으로 내려갔더니 다른 손님들은 이미 다 떠난 듯 홀엔 아무도 없었다. 혼자 차를 마시고 있는데 주인장이 들어오길래 벽에 걸린 사진을 가리키며 호기심을 표했다. 미국과 호주 원정대와 여러 번 에베레스트 정상에 올랐으며 그 활약 덕분으로 미국 시민권을 얻어 거기서 한동안 사업을 벌이기도 했다는 그는, 지금도 아이들이 있는 샌프란시스코에서 일 년의 반을 보낸다고 했다. 그의 원정대 시절에 대한 이야기를 듣다가 그의 알파인 기상에 신뢰감이 생겨 베이스캠프에 가려는데 포터 없이 갈 수 있을지 모르겠다고 말문을 열었다. 고산 등반이 처음이냐는 그의 질문에 안나푸르나와 티벳에 갔었다고 말했다.

— 토롱라와 틸리초 그리고 돌마라를 넘었다고? 그럼 고산증 걱정은 없네. 그 정도면 베이스캠프는 충분히 갈 수 있어!

그의 긍정적인 말에 반짝 고무되어 그에게 바짝 다가 앉았다.

— 정말요? 그런데 만약 베이스캠프까지 갈 수 있다면, 거기서 고꾜리 마을에 한번 가 보고 싶어요. 하지만 도중에 초라 패스길은 빙하가 있던데 이 시즌에 위험하지 않을까요?

간도 큰 여자! 이미 그녀는 고꾜리 호수에 가는 걸 전제로 깔고 있다.

— 기상 이변이 없다면 갈 수 있을 거야. 아직 눈이 많이 쌓일 때

164

가 아니니까. 정 어려우면 숙소에서 출발하는 다른 사람들과 어울려 가도록 해 봐.

듬직한 체구만큼이나 걸직한 그의 목소리가 멋모르는 아마츄어를 안도시켰다. 다른 사람도 아니고 전문 산악인에게서 그런 격려의 말을 듣고 보니 갑자기 없던 용기가 생겨났다. 처음으로 뭔가 될 성부른 감이 왔다. 그런데 그가 한술 더 뜨면서 왈,

— 근데 기왕 고꼬리까지 갈 거면 쓰리 패스 트렉을 한번 해 보지 그래?

이건 또 웬 말인가? 좀 어리둥절해진 촌뜨기 아낙네가 더듬거리며 되물었다.

— 쓰리 패스? 쓰리 패스 트랙?

엊그제 퓨야 가는 길의 팻말에서 보았던 바로 그 세 고갯길이다! 에베레스트의 중심부를 관통한다는 그 쿰부 창자길 말이다! 귀가 솔깃해졌다.

— 그러면 오죽 좋겠어요?! 하지만 지금으로선 솔직히 베이스캠프까지라도 포터 없이 갈 수 있을지 의문이에요.

— 뭐 어차피 초라길을 넘어 고꼬리까지 갈 생각이라며? 그렇다면 세 고갯길을 못 갈 것도 없어. 콩마라 길이 좀 어렵긴 해도 나머진 할 만할 거야. 정 어려울 것 같으면 콩마라길의 입구 처컹Chhukung에서 포터를 구하면 되고.

역시 베테랑은 다르다. 고개를 갸우뚱거리는 초짜의 어깨를 툭 치며 별거 아니라는 듯 부추겼다.

— 그래도 그 세 고갯길을 넘고 나면 후회는 안 할 거야. 쿰부 에베레스트Khumbu Everest를 제대로 보게 될 테니까.

과연 목숨을 건 도전정신으로 젊은 시절을 보낸 산사나이답다. 비범한 일을 성취해 낸 자의 기개가 흘러 넘친다. 막상 그의 말을 듣고

보니 마치 그 세르파의 긍정적 에너지가 내 몸에 옮겨 붙은 듯 활력이 생겨났다. 그렇잖아도 루크라부터 끊임없이 이어지는 등반객들과 짐승들의 행렬에 부대끼다 보니 정말로 이렇게 많은 사람들 틈에 끼어 베이스캠프까지 가야 하나 하던 참이었다. 그런데 내가 산길에서 만나는 사람들은 대부분 그룹이거나 개인들도 거의 가이드와 포터를 대동하고 있었다. 물론 나 홀로 등반을 하는 이삼십 대의 젊은이들을 보긴 했지만, 내 개나리 봇짐하고는 비교가 안 될 산더미만 한 배낭을 진 팔팔한 장정들이었다. 텐트는 물론 태양열 설비까지 온갖 등반 장비를 갖추고 있었다.

— 하지만 이렇게 최소한의 짐만으로 쓰리 패스길은 좀 무모하지 않을까요?

묻고 나서도 좀 쑥스러워 웃음이 났다. 하루 전만 해도 혼자 베이스캠프라도 갈 수 있으면 했다가, 불과 몇 분 전만 해도 고꾜리라도 갈 수 있으면 최상이다 했다가, 이제 언감생심 쓰리 패스 트랙을 염두에 두고 있다니! 그러나 에베레스트 베테랑이란 분이 부추기자 이제 고꾜리 호수에 가는 것은 이미 기정사실이 되어 버린 것 같았다. 갑자기 가슴이 콩당거리기 시작했다.

— 일단 남체 지나서 척컹쪽으로 가 봐. 풍경도 아름다우니까. 거기까지 가 보고 갈 만하면 가고 아니면 되돌아와서 쿰정Khumjung에서 베이스캠프 쪽으로 다시 올라가면 되니까.

마치 내 안에 들어갔다 나온 듯한 그의 말을 듣는 순간, 바로 이거다! 싶었다. 모든 것들이 완벽하게 딱 꿰어질 때의 적확성! 뭔가 제대로 일이 풀리고 있다는 징조였다.

— 아, 그래서 내 비행기표가 보름이나 더 연장되었구나!

내가 원하는 날짜에 파리행 비행기표가 없어 생겨난 여분의 날들이 세 고갯길을 넘는 일정을 위해 짜맞춘 듯 맞아 들어가고 있었다. 베이스캠프 가는 길, 어디 풍광 좋은 곳에서 한 며칠 빈둥거리며 보내리라 했던 한가한 일정이 우연찮게 지금, 쓰리 패스 트랙이라는 등반길로 둔갑하고 있었다.

나도 모르게 덜컹 정해진 이 환상적인 계획에 놀라움과 설레임을 느끼며 배낭 깊이 간직했던 지도를 꺼내 들었다. 만약을 위해 카트만두에서 샀던 대형 지도였다. 모든 것이 순조롭게 흘러간다면, 행여 고꾜리에 가게 될지도 모른다는 꿈을 갖고 있을 때였다. 고꾜리 호수로 갈려면 초라 패스길을 넘어야 했기에 빙하길을 위해 준비했던 것이다. 지금 그보다 더한 세 고갯길을 계획하고 있는 내겐 콩마라 길이나 렌조라 길에 대한 상세한 정보도 필요했다.

그의 앞에 대형 지도를 활짝 펼치자 그 에너지 넘치는 칠순 세르파는, 수십 번도 더 다녔다는, 손바닥 보듯 훤한 그 길들을 일일이 표시해 가며 설명하기 시작했다. 세 고갯길이 지나는 마을마다 아침 몇 시에 출발하고, 어떻게 시간을 배분해야 할지, 특히 각 고갯길마다 무엇을 유념해야 할지를 자세히 지시해 주었다. 나는 그것들을 노트에 꼼꼼하게 메모했다. 마치 육상 초보자가 올림픽 메달리스트에게 듣는 충고처럼 진지하게 새겨 들었다. 젊은 시절, 각국의 원정대와 8800m 에베레스트 정상을 일곱 번이나 올랐다는 그 하얀 백발의 산사람은 만약 내가 어려움에 부딪히면 언제든지 연락하라며 전화번호도 적어 주었다.

― 뭐 잘할 거 같네. 요새 날씨도 좋고, 걱정 마!

잠시 후 나는 남체 바자의 한 전망 좋은 테라스에서 늘어지게 가을 햇살을 쬐고 있었다. 어젯밤 숙소 창문 밖으로 비스듬히 바라보았던 눈 덮인 산등성이가 눈앞에 보란듯이 펼쳐진 한 이태리 식당이었다. 어제까지 하늘을 덮고 있던 구름장이 걷히고 태양빛이 쨍하게 온누리를 비추고 있었다. 모처럼 맛깔스런 파스타와 야채샐러드로 점심을 들며 골목길을 오가는 등반객들을 느긋하게 바라보았다. 어제까지만 해도 자못 짜증스러웠던 광경이었지만 오늘은 한껏 미소지으며 부드러운 눈길을 보내고 있었다.

— 이제 나는 저 사람들과 다른 길을 갈 것이다. 베이스캠프, 고꾜리뿐만이 아니라 콩마라, 초라, 렌조라길을 오를 것이다, 가이드도 포터도 없이, 에베레스트 심장부를 관통할 것이다. 오롯이 나 혼자!

간뎅이가 부어도 한참 부풀었는지, 내 특유의 상상력은 벌써 그 세 고갯길을 주파하고 있는 내 모습을 보고 있었다. 무엇보다 내가 티벳 여행길에서 꿈꾸었던 대로 흰눈 덮인 설산준봉을 산짐승처럼 내달리게 되었다는 사실이 한없이 기뻤다.

— 니르바나!

갑자기 잊고 있었던 카일라쉬 순례길의 불상이 저멀리 산봉우리 위로 얼굴을 내밀었다. 에베레스트로 날 초대했던 그가 환하게 미소지었다. 대책 없는 나르시시즘이 슬슬 고개를 들며 무대포의 도전욕이 솟아올랐다.

그렇다! 나는 이미 토롱라와 틸리초, 돌마라 고갯길을 넘었다. 이제 짐도 가벼워졌겠다, 일단 시도나 한번 해 보자. 뭐 까짓거 8800m 에베레스트 정상을 정복하겠다는 것도 아니잖냐. 그래 봤자 기껏 남들도 다 오르는 고갯길인데!

— 우리는 이 삶에서 경험해야 할 일은 다 경험하게 된다.

뜬금없이 갈릴레 여행길에서 만났던 한 수녀님의 말이 떠올랐다. 나자렛에서 가이드북에도 없던 '청소년 교회'를 말해 주었던 그 마을의 원장 수녀님 말이다. 목동 차림의 예수가 높은 궁륭 아래 지팡이를 짚고 서 있던 교회였다. 또한 내게 안나푸르나의 틸리초 호수 여행을 권했던 독일 신부도 떠올랐다. 요르단에서 나자렛으로 넘어오던 버스에 동승했던 그 신부 지망생을 우연히 그곳에서 만났었다. 갈릴레 호숫가에서 그가 말했던 히말라야 여행을 계획하면서 그 참에 티벳 여행을 하게 되지 않았던가. 결국 카일라쉬 순례길에서 보게 된 불상으로 말미암아 여기 에베레스트까지 오게 되었으니, 지난 여행길의 만남들이 촘촘하게 연결된 이 산의 등반로처럼 느껴진다. 그래선가 몬조 마을에서 만난 숙소장 덕분에 가게 된 세 고갯길이 우연 같지만은 않다. 내 여정이 원래 이렇게 작정되었던 것 같다. 그러니 이 길이 내가 가야 할 길이라면 어떻게든 방법이 생겨날 것이다. 그 루터파 신부님의 독특한 손짓을 떠올리며 나도 모르게 웃음이 났다.

— 네 믿음대로 될지어다!

이제 나의 에베레스트 등반길은 세 고갯길로 결정되었다. 그러니까 이 산을 나무로 치자면 중심기둥을 따라 베이스캠프만 갔다가 내려오는 것이 아니라, 은행잎처럼 활짝 펼쳐진 나뭇가지의 오른쪽 가지를 타고 올라갔다가 한 가지씩 차례로 가로질러 중심부에 이른 다음, 왼쪽 가지를 타고 뿌리 쪽으로 내려오는 식이었다. 먼저 콩마라 고갯길을 거쳐 베이스캠프까지 갔다가, 거기서 다시 초라 패스 길을 가로질러 고꼬리로 간 다음, 마지막으로 렌조라 길을 타고 남체로 내려온다는 말하자면, 에베레스트 나무를 한 바퀴 빙 도는 우회로를 택하게 된 것이다. 나는 이 구불구불한 등반 코스가 정말이지 마음에 들었다.

원래 내가 우회로 전문이 아니던가!

이태리에서 요리를 배웠다는 주방장의 맛깔진 파스타를 소스 한 방울까지 깨끗이 딱아치운 뒤, 그의 특별 후식이라는 과일 소바에다 파리보다 더 맛깔나는 프렌치 원두커피를 아껴 마시며 저 멀리 빛나는 산봉우리를 바라보았다. 또 언제 누리게 될지 모를 산뜻하고 정겨운 시간이었다. 잠깐 졸았나, 반쯤 감긴 나른한 눈꺼풀 사이로 뭔가 휙 스쳐 지나갔다. 앗! 하는 찰나, 한마리 짐승이 벼랑에서 굴러 떨어지고 있었다. 천길 낭떠러지였다! 정신이 번쩍 들어 눈을 떴다. 꿈결인가?

실제로, 멋모르고 시도한 이 세 고갯길이, 정말이지 황천길이 될 뻔하기까진, 아직 며칠간의 황홀한 시간이 남아 있다.

탐세쿠 Thamserku

눈길 보호장비를 고른다 어쩐다 남체 바자 골목길을 얼쩡거리다 쿰정 가는 길로 들어섰다. 아직 해가 중천에 떠 있는 이른 오후, 다음 숙소가 있는 쿰정까지는 그리 멀지 않았다. 좁은 계단길이 길게 이어진 오르막길을 올라 산고개에 이르자 남체 마을은 물론 내가 묵었던 몬조 마을이 훤하게 한눈에 다 들어왔다. 잡목들이 우거진 오솔길을 지나고 있는데 느닷없이 짙은 안개가 에워쌌다. 고도가 높아선가 이내 1m 앞이 안 보일 정도로 순식간에 앞이 막막해지는 거였다. 주위를 둘러보니 이상하게도 루크라에서 남체 바자까지 꼬리에 꼬리를 물었던 여행객들, 그 많은 포터들은 어디로 갔는지 아무도 보이지 않았다. 희뿌연 장막에 가린 듯 사방으로 얽킨 길들은 종잡을 수가 없었고, 어느 방향으로 가야 할지 감이 잡히지 않았다. 쿰정까지는 아직 4km 정도가 남았는데 이런 막막한 안개길이라니. 남체로 되돌아가야 하나 어쩌나 오락가락하고 있는데 갑자기 발뒤꿈치가 땡겨 왔다. 지난 두 달간 없었던 일이었다. 안나푸르나 레타르에서 주저앉긴 했어도 발뒤꿈치 때문은 아니었다.

그런데 발뒤꿈치 통증이라면 두려운 기억이 있다. 몇 년 전 콩포스텔 순례길을 걸을 때 빌바오 근교의 아스팔트 길에서였다. 갑자기 한쪽 발꿈치가 땡겨 도저히 걸을 수가 없었다. 하루 평균 30km

이상을 걸어야 했던 그때, 사전 징후 없이 갑작스럽게 닥친 일이었다. 다행히 산탄데 바닷가에서 모래밭을 걸으며 바닷물 찜질을 하고 약을 바르는 등 온갖 치료를 하자 며칠 후 다시 걸을 수 있었다. 물론 찻길이 없는 에베레스트에서 그런 증상을 겪을 위험은 없었다. 대신 위기 상황에선 어디서나 오토스톱을 할 수 있었던 도로변과 달리, 여기선 헬리콥터를 불러야 한다. 그래선가 이 산에선 종종 헬리콥터가 오가곤 했는데, 보통 높은 곳으로 오르는 여행객들의 짐을 나르거나 고산증 등 여러 가지 이유로 급하게 산을 내려가야 하는 경우였다. 만약 이번에도 예전처럼 탕디니트가 발병한다면 도리없이 나도 헬리콥터로 하산하는 수밖에 없었다.

조금 전까지만 해도 세 고갯길을 오른다는 꿈에 한참 부풀어 있었던지라 은근히 낭패스러웠다. 본격적인 등반길이 시작되는 남체 바자를 출발해 첫 동네에 이르기도 전에 이런 일을 당했으니 말이다. 혹시 그때처럼 같은 증세가 도진 걸까? 하지만 이 상태로는 조금 전 올라왔던 계단길을 도로 내려가는 것도 쉬운 일이 아니었다. 이곳에서 제일 가까운 숙소가 어디쯤인지 물어보려고 주위를 두리번거렸지만 아무도 눈에 뜨이지 않았다. 우선 급한 김에 발을 바위에 올려놓고 굽혔다 폈다를 반복하며 그 많은 사람들은 다 어디로 갔나 하는데 잠시 후 한 구원자가 나타났다.

안개 너머에서 불쑥 나타난 그는 키가 무척 큰 사람이었는데 배낭이 없는 걸로 봐 이 근처에 머물고 있는 것 같았다. 내가 불편해 하고 있는 걸 보더니 다가와 뭘 도와줄까 하고 물었다. 내 설명에 마침 의사라는 그는 일단 뒷다리를 뻗는 동작을 보여 주며 어떻게 다리의 긴장을 풀어야 하는지를 가르쳐 주었다. 그가 마사지를 해 주어선가 좀 나아지자 그가 남체 바자로 함께 내려가겠냐고 물었다. 기껏 힘들게 올라온 그 오르막길을 다시 내려가야 하나 망설이는데 나뭇단을 진 현지인이 나타났다. 그의 말로는 이 오솔길만 지나면 헬기장이 있고, 그 앞에 숙소가 한 군데 있다고 했다. 이 길에 사람들이 보이지 않는 이유는, 이길로 올라오는 등반객들은 보통 남체에서 이른 아침 출발해 이곳을 지나기 때문이며, 반대쪽에서 남체로 내려가는 사람들은 이 길이 아닌 지름길이 있다고 했다. 그러니까 나처럼 전날 밤을 몬조에서 묵은 후 남체에서 한가한 점심을 걸치고, 오후에 이 산을 넘을 사람은 별로 없다는 이야기였다. 어쨌든 그 친절한 의사 덕분에 걸을 만해졌고, 다음 숙소까지는 1km 정도라기에 안개에도 불구하고 전진했다. 과연 얼마 가지 않아 불빛이 나타났다. 문 위에 붙은 화살표를 따라가니 한 건물이 보였다. 다음 날 헬기로 도착할 그룹의 짐들을 현관에 부려 놓아 입구부터 발디딜 틈이 없었지만, 그날 밤은 아직 손님들이 오기 전이라 전망좋다는 방을 내 맘대로 골라잡을 수 있었다. 어차피 안개로 하얀 커튼이 쳐진 바깥은 아무것도 보이지 않았지만 말이다.

이튿 날 아침, 무심코 커텐을 열었을 때, 아, 그 짙은 안개는 온데간데 없고 장대한 설산이 코앞에 우뚝 솟아 있었다! 은은한 분홍빛 아침 여명이 비치는 평원엔, 하늘을 찌를 듯한 하얀 산봉우리가 깎아지른 듯 날카로운 빙벽을 자랑하며 버티고 서 있었다. 오래전부터 꿈꾸어 왔던 눈 덮인 얼음산의 장려한 모습을, 그토록 가까이서 보게 되자 넋을 잃을 지경이었다. 그것도 새벽 빛이 채 가시지 않는, 맑고 투명한 살빛으로!
— 드디어 에베레스트에 왔다!
한껏 흥분한 나는 바깥으로 뛰쳐나갔다. 산봉우리 끝자락에 마악 붉은 점이 찍히더니 서서히 연한 장미빛 획으로 번지면서 온 산이 밝으레 물들고 있었다. 이 세상에 갓 태어난 아이의 피부빛같은 여린 빛이 점점 옅어지는가 하더니 푸르스름한 하늘빛에 섞여 들고 있었다. 불과 오분이었다.

— 탐세쿠!

나는 첫눈에 사랑에 빠지고 말았다. 에베레스트에 와서 처음 내 눈길을 사로잡았던 산봉우리, 몬조 마을에서 산꼭대기를 보며 잠들었던 바로 그 산이었다. 안나푸르나에서 먼 발치로 일봉 이봉하는 높은 산들을 보긴 했어도, 거리가 멀어선가 산수화 병풍을 보듯 현장감은 덜했었다. 토롱라 고갯길에서도 조금씩 고도가 높아져선가 이렇게 한눈에 웅장한 설산을 마주했던 적은 없었다. 그런데 오늘 쿰정 가는 길, 이 위풍당당한 에베레스트산의 위용을, 그것도 하룻날의 첫 숨결이 마악 피어오르는 찰나, 손 닿을 듯 가까이서 대하게 되다니!

어제 오후, 나를 이곳에 머물게 하느라 이 산은 그렇게 무진장 안개를 피웠나 보다.

앞으로 쿰부 산골짜기를 오르는 내내, 나는 이 탐세쿠의 모습을 보게 될 것이다. 처컹 가는 길에서, 콩마라 길을 오르면서, 고꾜리에서, 여러 높이에서, 여러 각도에서 이 탐세쿠를 바라보게 될 것이다. 하지만 같은 산이라도 거리에 따라, 경사면에 따라 얼마나 달라보이던가! 마치 절대로 같은 모습은 없다는 듯 그는 내 시선에 따라 수없이 많은 얼굴을 보여 주며 내 마음을 사로잡았다. 만약 내가 어제 그 산마루에서 안개에 발목이 잡혀 이 숙소에 머물지 않았더라면, 오늘 이 바위산의 신비한 새벽 빛을 보지 못했더라면, 아마도 나는 탐세쿠에 대해 다른 감상을 가지게 되었으리라. 나중에 세 고갯길을 오르며 또 다른 설산준봉들을, 탐세쿠 못지 않은, 아니 그보다 훨씬 더 아름답고 특출한 풍광을 가진 산봉우리들을 수없이 만나게 될 것이다. 하지만 내 기억 속에 에베레스트 하면, 가장 먼저 탐세쿠가 떠오른다. 생애 처음 만난 첫사랑의 기억처럼 요지부동이다. 나

174

중에 에베레스트 엘프와 이 산을 다시 찾게 된 것도, 어쩌면 이날, 해뜰 무렵 보았던 그 새벽 여명 때문인지도 모르겠다.

바위산 뒤로 서서히 태양이 떠올랐다. 아침 햇살로 환하게 빛나며 탐세쿠가 나를 내려다보고 있었다. 잠시 후 태양빛이 온누리에 비치기 시작하자 바위산도 평원도 어느새 여느 때의 빛깔을 되찾았다. 산너머 어딘가에서 부르릉 소리가 들려왔다. 이제 막 헬기장에 내려앉는 헬리콥터에서 사람들이 쏟아져 나왔다.

쿰정 Kumjung

  비교적 평탄한 산길이 이어졌다. 남체를 지나고부터 등반객들의 수가 줄어 산길은 한결 조용했다. 여전히 좀 마뜩찮은 발 뒤꿈치에 신경을 쓰며 산모퉁이를 돌아드니 연초록 지붕들로 덮인 큰 마을이 나타났다. 넓은 계단길을 내려간 동네 초입에는 하얀 스투파 탑들이 정렬해 있고 일본 여행객들이 사진을 찍고 있었다. 폭포가 흐르는 높은 산을 배경으로 동네는 앞쪽으로 야트막한 산등성이를 끼고 있었다. 가게와 숙소들이 줄지어 선 마을길을 내려가는데 빵가게를 겸한 원두 커피숍이 눈에 띄었다. 히말라야 산간 마을에서 이런 카페는 파리에서 티벳 식당을 보는 것만큼이나 희귀한 일이라, 뭔가 색다른 역사가 있을 법하다란 생각이 들었다. 골목길의 끄트머리쯤에 이르자 앞이 툭 트인 계곡이 펼쳐졌다. 그런데 오른편으로 오늘 아침 내가 그리도 연연했던 탐세쿠가 우뚝 서 있는 게 아닌가! 그 산의 다른 쪽 경사면이었다. 이 산자락과 인연이 계속되는 기쁨으로 그 풍경을 잘 조망할 수 있을 법한 숙소를 찾아갔다. 여주인을 따라 이 층으로 올라가니 커다란 창문 너머 보이는 전망도 좋았지만 반갑게도 샤워도 가스식이었다. 그동안 그놈의 태양열 방식이라는 미적지건한 물세례 때문에 거의 머리를 제대로 감아 본 적이 없는 터에 드디어 뜨거운 물로 몸을 씻을 수 있게 된 것이다.

저녁 식사 때 주인장과 그의 중학생 아들을 만났는데 그 역시 에베레스트산 정상을 여러번 올랐던 세르파 출신이라고 했다. 원정대의 식사를 도맡아 했었던 요리장이었다고. 그래선가 웬만한 요리사 저리 가라 할 맛깔난 저녁상을 차려내 주었다. 그의 아들이 직접 부친 감자전과 그의 아내가 하우스 텃밭에서 재배한다는 토마토를 후식으로 들며 가족적인 분위기에서 식사를 했다. 그는 영국인 원정대팀이 그의 환갑을 기념해 보내 준 앨범을 보여 주었는데, 그들 중 자신이 목숨을 구해 주었던 한 사람과는 수십 년이 지난 지금까지도 서로 연락을 하고 있다고. 젊은 시절 외국 산악인들을 도왔던 세르파로서 그때 번 돈으로 이 숙소를 짓고 지금은 비교적 편안한 은퇴 생활을 하고 있다고 했다. 창문 밖으로 탐세쿠가 훤히 바라보이는 풍광에다, 뜨거운 샤워와 맛있는 식사가 제공되는 이 집에서 내 발꿈치도 돌볼 겸 한 이틀 머물다 가기로 했다. 성수기치곤 손님이 없어 혼자 세내다시피 한 이 층에서 실컷 뜨거운 물로 굳은 몸을 풀고, 원정대 요리로 몸을 보하며 세 고갯길을 오를 기운을 북돋울 참이었다.

샤워를 한다 어쩐다 아침부터 수선을 피운 후 브런치를 먹으러 어제 본 카페에 들렀다. 아주 오랜만에 본 크롸상과 함께 원두 커피를 마시고 있자니 외국인 두어 명이 들어와 빵을 사 갔다. 탁자 위엔 이 마을에 관한 잡지들이 펼쳐져 있었는데 1953년 에베레스트를 정복했던 Edmund Hillary가 이 마을에 건립한 학교 이야기가 실려 있었다. 교실 칠판을 배경으로 아이들의 해맑은 얼굴이 옛 흑백 사진 속에서 웃고 있었다. 세계 최초의 에베레스트 등정이라는 위업을 이룬 뉴질랜드 출신의 이 사업가가 자신의 꿈을 이루도록 도와준 세르파 Tensing Norgay에게 사례하기 위해 무엇을 해 줄 수 있을까 물었더니 그 세르파는 자신들의 후손들을 위하여 학교를 지어달라고 했다고 한다. Tensing Norgay는 티벳인이었다. 카트만두에 세워진 쉐첸 학교처럼 물질보다 배움과 탐구를 우선하는 티벳인들의 향학열을 짐작하게 하는 일화였다. 그 후 그 등반가는 평생을 네팔 아이들을 위해 공헌했으며 이곳으로 오는 헬리콥터 사고로 부인을 잃기도 했지만, 그의 자식들이 그의 유지를 계속 받들고 있다고 한다. 이곳의 산간 마을들을 지나노라면 동네 입구에 유명한 세르파들이 태어난 마을의 역사를 소개하는 팻말을 보곤 했는데 쿰정도 그중 하나였다. 내가 만났던 대부분의 네팔인들의 성이 세르파였던 걸 보면 히말라야 안내인으로서 그들의 자부심을 알 만하다.

— 이 인근에 외국인들이 꽤 많이 살아요. 집을 짓고 정착한 사람들도 있고요. 예술가들도 많아요.

마을에 관한 글들을 읽고 있는 내게 카페 주인장이 말을 건넸다.

그러고 보니 한 철 머물며 책이라도 한 권 썼으면 하는 생각이 드는 곳이었다. 이 마을만 해도 와이파이가 들어와 히말라야 산중에서도 도시 못지 않은 문명의 이기를 누릴 수 있다고 한다. 불쑥 도지는 한가한 도시인의 환상!

— 봄 가을엔 이곳에서 에베레스트산을 타고, 한겨울엔 집으로 돌아가면 참 좋겠네요.

스피커에서 만트라 송이 흘러나오고 있었다. 중이 염불하는 것같은 소리만 계속 되풀이되어 나오길래 같은 곡을 변주한 Deva Premal의 만트라 노래가 생각나 그걸 좀 틀어 볼 수 있냐고 했더니 주인장은 선선히 오케를 했다. 뭐 손님도 없으니 내가 원하는 곡들을 틀어도 된다는 거였다.

주인장이 그 변주곡을 좋아하길래 내친 김에 다른 곡들도 들어 보았다. 분위기로 보아 그래도 좀 아쿠스틱한 걸로 Metalica의 〈Nothing Else matters〉나 재즈풍으로 볼리비아의 광활한 소금바다에서 연주

한 〈FkJ〉를 틀었는데 영 별로였다. 클래식은 어떤가 하고 몇 곡 시도해 보았지만 마찬가지였다. Bach나 Scriabine이 마치 바위산에 얹힌 돛단배를 보는 것처럼 생뚱맞기만 하고, 사색의 빈 공간을 연출했던 Bartok이나 Webern의 무음조 역시 어색한 침묵만 흘렀다. 아까 들었던 만트라 변주곡은 그래도 그럴듯했던 걸 보면 스피커 음질 때문만은 아니다. 한 줄의 시가 환경에 따라 다르게 느껴지듯이 음악 역시 장소에 따라 전혀 다른 감흥을 주는가, 파리에서 듣던 곡들이 이 산에선 덜 떨어진 소음처럼 들린다.

독서를 하거나 책을 쓸 때 음악소리가 방해가 되듯이, 난 지금 무엇엔가 깊이 몰두하고 있는 걸까? 아니면 본질적으로 인간의 감정을 표현하는 그 음악들에 사뭇 거리감을 느낄 정도로 나는 아주 멀리 떠나온 것일까?

에전에 모로코 사막을 여행하거나 그리스 시클라드섬을 돌아다닐 때도 그랬었다. 아름다운 자연 풍광 속에서 들으면 얼마나 좋을까, 꼼꼼히 챙겨 넣은 디스크들을 사막 한가운데서, 혹은 대양의 배위에서 들으며 놀랐다. 끝없이 펼쳐진 모래 언덕과 밤하늘의 신비로운 별빛 아래서 그 음악들은 얼마나 다르게 들리던가. 정말이지 내 거실에서 나를 삶의 다른 지층으로 데리고 가던 그 곡이었나 할 정도로, 그 음악들은 대자연의 살아 있는 빛과 소리 앞에서 존재감을 잃었다. 진홍색 물감으로 그린 노을이었고, 달빛 아래 형광등 불빛이었으며, 빗소리에 흩어지는 찻소리였고, 안개와 하얀 비단의 차이였다. 책들도 마찬가지였다. 도시에서 내게 깊은 사색과 영감을 불러 일으키던 글들은 대자연의 침묵 앞에서 혀짧은 헛소리들에 불과했다.

하긴 노을보다 더 아름다운 색조가 있던가, 절벽에 와 부딪히는 파도 소리보다 더 심오한 음색이, 산골짜기에서 불어오는 바람보다 더 자유로운 화음이 있던가. 사랑의 절정보다 더 환한 영혼의 솟구침이 있던가!

골목길의 한 가게에서 무지개빛 털장갑을 하나 사고 마을 앞 야산으로 올라갔다. 야트막한 산등성이를 넘어가니 탐세쿠 산줄기가 먼 계곡으로 뻗어 있었다. 산비탈을 올라가니 이끼 긴 바윗돌 사이로 군데군데 키작은 초목들이 늘어선, 놀랍도록 생생한 기운이 펼쳐졌다. 붉은 단풍잎 사이로 청명한 가을빛이 비치는, 온화하고 고즈넉한 분위기 탓인가, 이곳의 풀들과 나무들은 생각을 하고 바위들은 은밀한 꿈을 꾸며, 벌레들은 서로 소곤거리는 것 같다. 밝은 햇살이 부채살처럼 퍼지고 있는 오솔길을 따라가자니 두 개의 거대한 바위가 성문처럼 버티고 있었다. 좁다란 사잇길을 지나 관목들을 헤치고 숲의 끝으로 나아갔다. 평평한 산구릉 아래 검은 바위들이 흩어져 있었는데 자갈돌들 사이로 야생 풀꽃이 흐드러진 그 장소를 바라보고 있노라니 파리 5구의 식물 공원 안에 있던 야생화 정원이 생각났다. 지구상의 온갖 야생초들이 크고 작은 바윗돌들과 유쾌하게 어울려 있는 그 산책로를 걷노라면, 팻말에 적힌 '에베레스트', '히말라야', '안데스' 등의 고원들을 미니아츄어로 가로지르는 것 같았다. 그 야생 정원을 내 시골집에 통째로 옮기고 싶다는 열망으로 자주 그곳을 드나들었다. 그런데 지금 나는 그 꽃들이 흐드러진 에베레스트 산비탈을 실제로 걷고 있다. 온갖 이름모를 꽃덤불이 깔린 초목들 사이에서 탐세쿠를 마주하며 파리의 그 정원을 떠올리고 있자니 값을 매길 수 없는 희귀한 보석을 걸치고 있는 기분이 든다. 이 장소의 무한한 색채와 따뜻한 햇살, 그 부드럽고 미묘한 빛의 열기 속에서 한껏 부풀어 오른 가슴으로 산등성이를 이리저리 쏘다닌다.

그동안 나는 야성의 혼을 잃고 있었던 것이 아닐까. 현실의 나에 매달려 본연의 나를 잃고 있었던 것이 아닐까. 나의 야생성을 찾아 에베레스트에 온 것이 아닐까? 이 세상의 어떤 일도, 어떤 사랑도, 어떤 예술도 허락하지 않았던 내 생명의 빛을 찾아 온 것이 아니었을까. 카일라쉬 동굴에서 본 불상의 미소는 그 자연스러운 흘러넘침이 아니었을까?

파리에서 듣던 음악을 에베레스트의 한 카페에서 들으며 내가 얼마나 이 세상에 현혹되어 있었나, 얼마나 본질적인 것으로부터 멀어져 있었나를 느꼈다. 내가 천착하고 있었던 그 인위적 '창조'라는 것의 한계를 실감했다. 예술 작품이란 결국, 인간적인 너무도 인간적인 내 생각과 감정을 증폭시키고 감각을 단련하려 했던 도구가 아니었을까. 그래서 이 자연 한가운데서 어떤 음악에도 별 감흥을 느끼지 못하는 것이 아닐까. 이곳에선 내 의식을 들어올리는 창조적 영감을 위해 어떤 매개체도 필요하지 않다. 마치 바다 위에 나체로 누워 물결에 몸을 내맡기고 있는 듯 이 이유 없는 충족감은 어디에서 오는 것일까.

카일라쉬 순례길에서 느꼈던 그런 지극한 충만감을 나는 어떤 '창조'에서도 경험하지 못했다. 작품을 거듭할수록 언제나 미진한 무엇이 저 멀리서 손짓하고 있었다. 미완성의 고지가 끊임없이 내 욕망을 부추기고 있었다. 그러나 나는 지금 어떤 예술도 필요하지 않다. 오직 이 계곡의 내밀한 움직임을 감지하며 그 소리 없는 파동을 몸속 깊이 느끼고 있을 뿐이다. 이 자연이 내게 충만감을 주는 것은 아마도 눈에 보이지 않는 것을 보게 하며, 귀에 들리지 않는 것을 듣게 하기 때문이 아닐까. 그림과 조각에서 색과 형상이 문제가 아니듯이, 소설에서 이야기가 문제가 아니듯이, 음악에서 멜로디나 화음이 문제가 아닌 것이다.

내가 진정으로 '창조'하길 원한다면 먼저 이 자연의 음을 들어야 하리라. 어떤 형태도 소리도 없는 야생의 에너지가 내 안에 스며들 도록 해야 하리라.

내가 세상에서 배우고 즐겼던 학문과 예술, 음악 등은 도시적 삶에 필요한 일종의 방편이 아니었을까. 구태의연하고 권태로운 일상을 벗어나기 위해 서점을 미술관을 콘서트장을 들락거렸던 게 아닐까. 나 자신의 창조적 힘을 내면에서 퍼올리기보다 외부의 자극에서 얻으려 했던 게 아닐까. 하지만 그것들에 친숙해질수록 한편으론 나 자신을 잃고 단순하고 평이해진다고 느낄 때가 많았다. 그래서 파리라는 도시 한가운데 머물수록, 본연의 나에 대한 그리움이 간절해져 글쓰기란 도피처로 빠져들었던 것일까. 하지만 그 일은 언어라는 논리를 바탕으로 한 고도의 몰입을 요구하는 행위였다. 나 자신의 한계를 벗어나야 하는 기괴한 모험이었다. 그래서 한 작품이 끝날 때마다 나는 황급히 어디론가 떠나야 했을까? '창조'라는 그 무지막지한 욕망의 소용돌이로부터 놓여나 심신이 자유로워져야 했을까?

내 발걸음은 멀리 계곡이 보이는 산자락에 이르렀다. 이따금 불어오는 바람결에 숲의 상큼한 공기가 가볍게 코 끝을 스쳤다. 산등성이 가득 부어지고 있던 햇살 한 줄기가 내 몸을 가로질러 갔다. 내 안에 가라앉은 어떤 어둠이 깊은 잠에서 깨어나듯 몸을 일으켰다. 소리 없는 침묵이 내 살 속에서 틈을 벌렸다. 나뭇잎들, 자갈돌들, 벌레들이 내는 소란스런 화음에 눈을 뜬다. 모두가 잘 훈련된 악기처럼 제각기 음을 낸다. 바위산 암벽을 가로지르고 산꼭대기를 타오른다. 산뿌리로 뻗으며 지층 깊은 물길에 가닿는다. 산골짝에 흐르는 계곡물도 따라 소리친다. 나는 이 거대한 오케스트라의 지휘자가 된 것처럼 두 손을 내젓는다. 돌들이 벌어지고 눈들이 녹고 풀꽃들이 흩어진다. 저 하얀 빙벽 뒤에는 무엇이 있을까?

젖은 손가락으로 저 탐세쿠를 뻥 찔러 보고 싶다.

　다음 날, 느즈막히 동네 카페에서 아점을 한 뒤 마을을 한 바퀴 돌아보러 나갔다. 윗마을에 있는 작은 미술관을 구경하고 어제와 다른 산등성이로 올라갔다. 언덕 위에 스투파가 서 있었는데 모든 사물들엔 눈이 박혀 있다는 사실을 일깨우듯 선명한 노란 눈이 지그시 날 째려보고 있었다. 독한 눈빛이다. 저만치 한 소녀가 허리를 굽힌 채 나뭇가지를 긁어모으고 있었다. 어린 시절 마을 뒷산에서 솔잎을 긁어모았던 그 모습을 향해 느릿느릿 다가가는데 어느 결에 큼지막한 나뭇단을 만들어 머리에 인 그녀는 눈길 한번 주지 않은 채 횡하니 계곡을 내려갔다. 치렁치렁 많은 머리 위에 얹힌 나뭇단에서 엉겅퀴같은 보라빛 꽃줄기가 하늘거리고 있었다. 그 소녀가 내려간 쪽을 바라보다가 언뜻 붉은 색 지붕이 눈에 띄었다. 이 산중에 웬 집? 가까이 다가가 보니 통나무로 된 방갈로가 몇 채 있었고 대문엔 쇠사슬이 걸려 있었다. 울타리 너머 기웃거려 보니 산골짜기 저 멀리까지 굽어보이는 보기 드문 전망이었다. 한 번쯤 묵고 싶은 장소였다. 뭐 언젠가 다시 오게 된다면 말이다.

　오솔길이 희미하게 사라지고 잡목숲이 나타났다. 산모퉁이를 돌아들자 홀연 거대한 바위 절벽이 앞을 막아섰다. 탐세쿠의 깎아지른 벼랑이 한낮의 밝은 햇살 아래 선명한 모습을 드러냈다. 환한 빛살을 따라 암벽 무늬가 흑백 데생의 미묘한 명암을 그리며 여러 층을 이루고 있었다. 살아 꿈틀거리는 듯한, 그 굴곡의 파동을 좀 더 가까이 느끼려 한 발자국 바짝 다가섰다.

　한 바윗돌에 걸터앉아 눈앞에 보이는 암벽을 스케치하기 시작했다. 눈길 가는 대로, 마음이 내키는 대로 선을 긋기 시작했다. 산뿌리가 땅을 파고들듯 가느다란 선들이 묵직한 돌덩이를 만들기도 하고, 날카롭게 날선 단면이 생기기도 한다. 그 무정형의 선들이 서서히 어떤 움직임을 갖기 시작한다. 움푹 파인 암벽에 굵고 진한 지그재그 선을 긋는 순간, 어떤 감각의 흥분 속에서 이름 모를 힘이 느껴진다. 내 손은 무의식의 심층을 파고 들어가 눈에 보이지 않는 세계를 붙잡으며 자기 세계의 주권을 표명한다. 내가 데생을 하는 것이 아니라 데생이 나에게 부과된다. 선들은 내 욕망의 미로를 따라간다. 내 존재 깊은 곳에 내가 모르는 세계로 간다.

어느덧 데생 속에 한 형태가 생겨났다. 숲그늘에 어렴풋이 비친 해그림자 같기도 하고, 곧 스러질 듯한 사람의 그림자 같기도 하다. 신화 속에 나오는 숲의 요정이나 탐세쿠의 정령을 상상하며 경계선에 검은 덧칠을 했다. 한순간, 손바닥 아래 물컹한 감각이 전해져 왔다. 움찔하는 사이,

— 너는 무엇을 그리고 있니?

— 상상의 나!

나도 모르게 불쑥 그런 대답이 나왔다.

내 마음의 충동처럼 튀어나온 그 열띤 목소리는 어떤 마법의 성문에 꼭 맞는 열쇠를 찾은 듯 주저 없이 그 문을 열었다.

그림 속에 떠오른 환영이 바람에 흩날리는 풀씨처럼 어지럽게 허공을 떠다닌다. 그것들을 붙잡으려 쫓아다니지만 이리저리 흩어지고 만다. 문득 내 의식 속에 한 동굴이 파인다. 내 무의식의 빛우물, 그 안으로 두레박을 늘인다. 이 초록 물빛을 길어야 한다. 나 자신과 세상 사이에 거리가 없는 모국어가 그 환영에 생물적 기능을 부여한다. 생각과 감정 사이에 거리가 없는 글들이 데생 옆에 저절로 쓰여진다.

한 아이가 성인봉 산자락에서 뛰놀고 있다
색색의 천들이 휘날리는 푸른 산꼭대기를 넘어,
눈 덮인 능선을 가로질러, 은빛 구름장을 손아귀에 쥐고,
먼 동해 바다를 건너 오고 있다.

　바윗돌 움푹한 터에 몸을 눕혔다. 산 꼭대기에서 불어온 서늘한 바람결이 얼굴을 스쳤다. 이 바람은 그 섬에서 불어오는 것이다. 눈을 감고 투명한 햇살에 몸을 내맡긴다. 나뭇잎을 물들이던 가을빛이 천천히 내 핏속으로 스며든다. 먼 하늘에 한가롭게 떠가는 구름과 계곡에 흐르는 물이 뼈동굴 사이로 흘러다닌다. 노랗고 붉은 꽃망울들이 허파꽈리에서 피어나고, 갈색 이파리들이 심장에 바삭거리고, 발많은 곤충들들이 창자 위로 기어다닌다. 해골 바가지 속에 설렁이던 햇살이 관자놀이를 돌아나온다. 쌓인 눈을 녹이던 햇바람 한 줌이 저 멀리 계곡으로 달아나자 터진 바위틈을 따라 내 몸도 한껏 열린다.
　온몸의 감각이 뾰족하게 날이 선다. 우람한 탐세쿠가 나를 품에 안는다. 생생한 자극이 살갗에 전해진다. 관목이 뿌리박듯 에베레스트 깊숙히 뻗어내린 탐세쿠가, 그의 단단한 그라니트가 내 몸을 파고든다. 마치 짝사랑하는 아이의 가슴팍, 단단한 허벅지를 더듬는 것 같다. 입을 벌리고 살냄새를 맡는다. 비릿한 땀냄새가 혓바닥으로 번져와 목구멍을 뒤덮고 배꼽 근처를 지나 온몸의 장기로 퍼진다. 산뿌리가 내 속살에 하얀 빗금을 새긴다. 산자락의 파동이 아프게 옆구리를 흔든다. 깎아지른 벼랑, 설산 모서리가 바스라진다. 차가운 눈보라에 온몸이 떨린다. 산허리에 걸린 분홍빛 구름장이 산산히 허공에 흩어진다. 여린 가슴팍에 맺힌 안개 방울들이 놀란 듯 몸을 움추린다. 오후의 마지막 햇살이 내리쬐는 산비탈에 몇방울 소낙비를 뿌린다. 후두둑 얼굴에 떨어지는 빗방울에 섬찟 눈을 뜬다.

다음 날 아침 일찍 디보체Dibuche로 향했다. 세 고갯길을 가기 위해 척컹Chukung으로 가려는 것이다. 세 고갯길 중 처음인 콩마라로 가려면 디보체와 팡보체pangboche를 지나 딩보체Dingboche로 가서 하루를 묵은 후 척컹 마을로 가야 한다. 보통 여행객들이 많이 택하는 베이스캠프 가는 길은 디보체에서 숙박을 하고 곧장 로부체Lobuche로 올라가거나, 혹은 거기서 고꼬리로 직접 올라가는 길을 택할 수도 있다. 그러니까 나는 쿰정에서 딩보체까지 아직도 여정을 바꿀 수 있는 하루 정도의 시간이 남아 있는 셈이다. 내가 새삼 망서리는 까닭은 엊저녁에 쿰정의 숙소 주인장이 한 충고 때문이었다. 세 고갯길을 포터 없이 넘으려는 내 계획을 알게 된 그는 나 혼자 콩마라 고갯길을 넘는 건 무리이며, 그곳으로 가는 그룹과 함께 동행을 하든지, 최선책은 척컹에서 포터를 구하라는 것이었다.

— 몇 년 전 콩마라에서 로부체에 도달하기 전 빙하길에서 세 사람이 시체로 발견된 거 알아요?

산에서 맞는 위험에 대해서는 일가견이 있는 그는 세르파로 일할 때 눈사태로 자신의 눈앞에서 묻혔던 동료 원정대의 이야기들을 해주기도 하며 내 주의를 환기시켰다. 네덜란드에서 온 젊은 청년들이었는데 자신이 설붕을 감지하고 만류했는데도 출발했다가 불과 몇 분 후 사고를 당했었다고.

— 정상 등반에 성공하고 내려오는 길이었는데, 날씨가 갑자기 급변하는 바람에 눈사태 기미가 느껴졌어요. 예감이 안 좋아 말렸는데 한 사람이 한사코 출발하자 다들 따라갔어요.

한순간의 불운이 불러올 위험에 대한 베테랑 산악인의 경고도 실감났지만 불과 얼마 전에 일어났다는 콩마라길 사건은 그저 무시무시하기만 했다. 빙하 근처에서 길을 잃고 실종되었다가 사흘 후 발견되었다고. 세 고갯길을 격려했던 몬조 숙소장의 긍정적인 의견과 상반되어선가 오늘은 아침부터 줄곧 그 이야기가 뇌리에 맴돌았다.

그냥 처음 예정했던 대로 베이스캠프나 갔다가 고꼬리까지만 갈까? 포터 없이 그 두 곳만 갈 수 있어도 사실 대단한 거 아닌가. 다수의 의견을 무시한 채 한 사람 말만 듣고 무리를 하는 게 아닐까. 하지만 며칠간 산에서 혼자만의 자유로운 시간을 만끽했던 나로서는 정말이지 이대로 산행을 계속하고 싶었다. 만약 포터가 있었다면 어제와 같은 탐세쿠 정원에서의 내밀한 시간도 결코 누릴 수 없었으리라.

그런데 이런 갈등을 말끔히 해소시켜 주는 이가 나타났다. 팡보체를 지나 점심을 먹게 된 쇼마르라는 마을에서였다. 베이스캠프로 오가는 그룹들로 붐비는 식당들을 지나쳐 한 가게 앞마당에서 음식을 기다리고 있는데 한 여자가 내 옆자리에 앉았다. 혼자 여행하는 중이며 뮌헨에 사는 심리학자라고 했다. 나처럼 가이드도 포터도 없이 산행을 하는 동지를 만난 게 반가워 이것저것 물어보는데 마침 그녀는 콩마라길을 통해 베이스캠프까지 갔다가 남체 바자로 내려가는 길이라는 거였다. 그이는 척컹에서 새벽 네 시에 출발했던 이야기를 들려주며 일찍 출발하기만 하면 고갯길 오르는 것은 그리 걱정 안 해도 될 거라고, 안심시켜 주었다. 대신 산정을 내려와 로부체 마을에 도착하기 전에 가로질러야 하는 빙하길이 있는데 최근의 산사태로 길이 없어지는 바람에 좀 어려울 거라면서, 어떻게 호숫길로 접근해야 할지 설명을 해 주었다. 자신의 경우 도중에 만난 사람들과 로부체까지 동행했었는데, 그리 어렵지 않았었다고. 그러면서 척컹까지 가는 길도 볼만하지만 콩마라길은 에베레스트의 여러 봉우리들을 조망하기에 제일 좋은 길이니 꼭 가 보라고 추천하는 거였다.

— 나도 출발 전에 사람들이 겁을 주어 많이 긴장했었는데, 실제로는 별 문제가 없었어요!

딩보체에 유명한 티벳절이 있다는 말을 듣고 다음 날 아침 일찍 들러 보았지만 인근에서 가장 크다는 사원치곤 법당문은 닫혀 있었고, 마당엔 사진을 찍는 등반객들만 몇 명 오가고 있었다. 내 발걸음은 곧 4300m 고지에 위치한 척컹 마을로 향했다. 드디어 대망의 콩마라길로 접어든 것이다. 딩보체 마을을 벗어나자 가을빛이 붉게 타오르는 관목 덤불들 사이로 널따란 평원이 펼쳐졌다. 맑은 계곡물이 흐르는 강기슭엔 이름 모를 풀꽃들이 연록빛 적갈색을 띤 비단폭처럼 화려하게 수놓아져 있었고, 히말라야의 봄빛깔을 보러 다시 와야겠다는 생각이 절로 들게끔 하는 야생꽃들이 지천으로 깔려 있었다. 투명한 시냇물이 흐르는 계곡 사이로 아마다블람에서 흘러내린 얼음물이 구비구비 평원을 돌며 흘러가고 있었다. 옥빛 같은 물살에 깎여 흐르는 강바닥으로 하얀 자갈돌들이 푸르스름 손등을 적셨다. 여기저기 산사태 난 산들이 허연 속살을 드러내며 강줄기로 부서져 내리고, 산허리에서 쏟아져 내린 흙더미가 찢어진 가랑이로 물길에 휩쓸리고 있었다. 11월의 청명한 햇살이 쏟아지는 허공에 흩날리는 꽃씨들을 따모으며 걷는 길은 자연의 온갖 형상과 색채와 소리들이 다양한 질감과 음색으로 한데 어우러져 한창 떠들썩한 감각잔치를 벌이는 중이었다.

붉은 관목 숲이 끝나고 검은 바윗돌이 흩어진 계곡으로 들어서자 아마다블람이 아주 가까이 다가섰다. 하얀 송곳처럼 날카롭게 치솟은 산봉우리는 하루해의 빛 그림자에 따라 시시각각 모습이 변하고 있었는데, 한눈에도 에베레스트 최고의 미봉이라는 이름에 걸맞는 장엄하면서도 신비한 면모였다. 산중턱에는 마치 손으로 조각이라도 한 듯 선명한 요철 무늬가 박혀 있었는데, 반은 추상이고 반은 구상인 어떤 신화적 인물들을 보는 듯 내 상상력을 자극했다. 대자연의 빛과 소리의 향연이 펼쳐진 물길을 따라 올라가는 척컹길은 에베레스트 계곡의 칼레이도스코프를 보는 것 같았다.

아마다블람을 오른쪽으로, 저 멀리 눕체Nuptse 봉우리를 마주하며 장체Changtse와 로체Lhotse 등 에베레스트의 내로라하는 준봉들이 겹겹이 둘러싸인 고원을 향해 나는 마치 수상한 냄새를 맡은 산짐승처럼 천천히 거슬러 올라갔다. 아마다블람의 특징은 고도가 바뀔 때마다, 각도가 바뀔 때마다 전혀 다른 형상으로 변모한다는 것이었다. 아래쪽 마을인 텡보체Tengboche에서 바라보았을 때는 한 개의 뾰족한 봉우리인가 했는데, 딩보체에서 바라보니 비슷한 크기의 두 개의 봉우리가 되어 나타났고, 척컹에 가까워질 즈음엔 처음 보는 산봉우리처럼 또다시 낯선 모습으로 변해 갔다.

그때마다 바위산 기슭에 새겨진 인물들의 형상도 바뀌어 갔는데, 한번은 거대한 꽃받침 위에 걸터 앉은 길다란 장의를 걸친 선승인 듯하다가 어느새 헐떡이며 벼랑을 기어오르는 산짐승이 되는가 하면, 또 어쩌다 보면 아이를 안은 어머니 같은 모습으로 나타나기도 했다. 마치 살아 움직이는 듯 자유자재로 변모하는 그 바위산에서 눈을 떼지 못한 채 나는 에베레스트의 심장부로 서서히 진입하고 있었다.

오전 열한 시경이 되자 온누리에 내리쬐는 태양빛의 열기로 슬슬 더워지기 시작했다. 아침에 일어나면 창문이 얼어붙을 정도로 추워 털모자와 목도리, 장갑으로 중무장을 하고 길을 나서지만, 얼마 안 가 따뜻한 햇살이 퍼지면 한겨울 옷차림을 풀고 어느덧 여름날 행락객의 차림새가 된다. 평원 가운데 배낭을 내려놓고 겉옷을 벗고 있는데 저만치 누군가 안면 있는 사람이 지나가고 있었다. 한쪽 어깨를 드러낸 티벳풍 장삼을 걸치고 휘적휘적 댓자 걸음으로 걷고 있는 그는 다름아닌 몬조 숙소의 주인장이었다. 내가 며칠 걸렸던 이 길이 그 산사나이에게는 하룻길인가 보다. 처컹에 볼일을 보러

간다는 그는 그렇찮아도 궁금했다며 안부를 물어왔다. 그리곤 자신이 아는 한 가이드의 그룹이 마침 내일 콩마라로 출발하는데 내가 원하면 같이 갈 수 있도록 주선을 해 주겠다고 했다. 하지만 내일은 고산 적응도 할 겸 처컹산 근처에서 하루를 보낼 예정이었던 터라 그의 친절을 고사했다. 여기까지 혼자 오다 보니 간이 좀 커지기도 했지만, 나는 이미 콩마라 고갯길을 혼자 오를 작정을 하고 있었다.

거긴 그럴 만한 이유가 하나 있었다.

IV. 에베레스트 세 고갯길

"창조 소설"이 삶의 주변을 돌고 있었다

내 등반길을 축으로 움직이며

자연의 창조적 에너지와 교감하고 있었다

내가 가로지르고 있는 풍경이 내 마음을 통하여 거울처럼 반사되며

그 책의 욕망에 화답하고 있었다 내 등반길은

'자연'과 '창조'와 '영성'을 연결하는 매개체가 되고 있었다

콩마라Kongma La

척컹의 숙소에는 생각보다 많은 사람들이 머물고 있었다. 주로 이삼십 대의 젊은이들이거나 은퇴 연령층이었는데 안나푸르나의 토롱라 고갯길과 마찬가지로 장년층은 별로 보이지 않았다. 아마도 한여름 휴가철이 아닌 시기엔 삼 주가 넘는 시간을 할애하기가 어렵거나, 아이들과 함께 오를 수 있는 코스도 아니어서 가족들과 함께 오기가 힘든 것 같았다. 젊은층은 주로 커플이거나 친구들로 보이는 소그룹이었고, 대부분 가이드와 몇 명의 짐꾼들을 대동하고 있었다. 숙소가 흔했던 아랫 마을들과 달리 고도가 높아지자 갯수는 드물어지는 반면 규모는 커졌다. 이곳 역시 병영 같아 보이는 대규모 건물이었는데 이삼십여 명 정도의 사람들이 모인 식당에는 전기가 작동되지 않아 촛불 아래서 다들 웅숭거리며 식사를 했다. 음식이래야 기껏 야채를 무척 아껴서 넣은 볶음밥이나 국수에 양념을 버무린 것들이다. 이름은 다양해도 그게 다 그거다. 방값은 별 변화가 없는 데 비해 음식값은 산을 올라갈수록 운반비 때문인지 값이 올랐다. 내가 좋아했던 꿀생강차도 값이 두 배로 뛰었다.

히말라야 여행이 석 달째 접어드니 산행은 이력이 붙어 버틸 만한데, 음식은 날이 갈수록 견디기가 힘들어졌다. 거의 한 끼도 같은 걸 먹기 싫어하던 내가 두 달 넘게 기름에 절은 음식들을 먹고 있자니 진력이 날 지경이었다. 넘어야 할 고지는 산이 아니라 밥이었다. 그래선가 에베레스트 풍경이 아무리 장관이어도 나는 이곳에서 살지는 못할 것 같다. 야채와 생선이 주식인 바다 짐승이 이 산중에서 얼마나 버틸 수 있을까.

촛불 밝힌 식당의 내 옆자리엔 네 명의 러시아 남자들이 식사를 하고 있었다. 유라시아 여행 때 우랄 산맥에서 말타기를 함께 했던 그 나라 사람들에 대한 친화감으로 이야기를 나누게 되었다. 사업을 함께 하는 친구들이란 그들은 특유의 말없음과 무뚝뚝함이 유럽인들과는 좀 다르다. 하지만 한국에서 자란 나로서는 그런 종류의 남성성을 잘 알고 있고 무엇보다 이런 곳에서 내가 좋아하는 러시아 말을 듣게 된 것이 반가웠다. 이르쿠츠크 근방에서 살고 있다는 그들에게 내가 들렀던 바이칼 호수 이야기를 하자 한 사람이 최근 두바이에서 찍었다며 바다에서 모토 보트를 타고 있는 모습을 보여주었다. 여름이면 가족끼리 자주 시간을 보내곤 한다는 올콘섬과 좀 더 야생적이라는 건너편 바쿠진에서 보냈던 그들의 바캉스 이야기를 들으며 그 호수에서의 야영이 떠올랐다.

8월, 이르쿠츠크에서 바이칼로 가는 버스에서 한 리투아니아 청년을 만났다. 숙소가 같은 바람에 의기 투합한 우리는 네바퀴 모토로 올콘섬을 종횡무진하며 한여름의 무더위를 바람에 날려 보냈다. 하루는 호숫가 야영지에서 우리가 빌렸던 그 모토를 잠시 타 보면 안 되겠냐던 러시아 청소년들을 만났는데 어쩌다 언덕 너머로 사라지더니 해가 지도록 감감 무소식이었다. 그들을 기다리다가 보이스카웃처럼 그룹 활동을 하던 그 동료들의 초대로 모닥불가에서 바베큐를 하며 우리도 덩달아 야영을 하게 되었다. 오색천이 매달린 나뭇가지 사이로 달빛이 휘영청 빛나던 호숫가 바위섬, 그 은빛 물살을 가르며 수영을 하던 때의 신선함이라니! 사십 도에 가까운 한낮의 열기 탓인가, 밤에도 그리 차지 않던 바이칼은 얼마나 부드럽게 출렁이던가! 그 호숫물에 잠겨 들었던 노래들, 우리가 빌려주었던 모토에 대한 대가로 러시아 아이들이 기타를 치며 합창해 주었던 곡들은, 그 나라의 오소독스 정교회에서 들었던 어떤 성가들보다 더욱 영적이었다. 하여간 올콘 섬의 밤은 무척 러시아적이었다.

거칠게 야생적이면서도 판타스틱한!

척컹산 기슭을 어슬렁거리던 다음 날 오후엔 밀린 빨래를 했다. 마당 한 켠에 있는 빨래줄에 옷을 널다가 카트만두에서 오는 차에 동승했던 포터들을 만났다. 루크라에서 합류한 그룹들과 함께 콩마라를 넘어 베이스캠프로 가는 길이라고 했다. 그들과 대화를 나누다가 그중 두 사람이 내년 겨울철 등반을 계획하고 있다는 걸 알게 되었다.

— 네팔인들끼리 아직까지 시도되지 않은 구르자히말Gurja Himal 루트에 나서는 거예요.

내가 만났던 숙소장들의 에너지와 기상을 느끼게 하는 이 젊은 세르파들이 역사에 자신들의 정당한 자리매김을 할 때도 멀지 않았다는 생각이 들었다. 사실 이제까지 외국 원정대들의 에베레스트 정복은 세르파들의 협력으로 가능했었고 어쩌면 그 업적도 정작 세르파들의 몫이었다. 등정 루트부터 정상 공격 시간까지 조언할뿐더러, 쿰정 숙소장의 경우처럼 고산 태생 특유의 직감으로 눈사태가 일어날 지대와 붕괴 시간까지 알아낼 수 있는 그들은, 원정대들의 짐을 운반할 뿐만 아니라 캠프 설치와 요리까지 도맡아 한다. 그러니까 이 세르파들이 수십 킬로의 짐을 지고 수십 번도 더 오른 길들을 외국 원정대들은 맨몸으로 고작 한 번 오르고는 세계 첫 번째니 뭐니 자기들끼리 떠들어대고 있는 것이다.

— 에드문드 힐러리를 도운 쿰정의 유명한 세르파 텐진 노르가가 사실은 에베레스트 첫 등정가예요!

— 우린 그걸 알아요. 뭐 진작에 우리 몫이었던 걸 이제라도 인정받고 있어 다행이죠.

— 그런데 우리 훈련 그룹 중에 여자도 많아요! 함께 갈래요?

누군가 농담을 던지며 내민 아이폰엔 남성적인 기개가 넘쳐 보이는 아줌마 부대들이 완전무장을 한 채 활짝 웃고 있었다. 햇볕에 탄 시커먼 얼굴과 우람한 덩치들이 웬만한 남자 알파인들 저리 가라다. 뭐 나야 그런 거한 분들과는 거리가 멀지만, 이 발랄한 청소년들의 부추김에 덩달아 유쾌해진다.

— 아, 정말 내 개나리 봇짐으로도 가능할래나?

— 요즘은 정상 정복보다 최소한의 장비로 하는 새로운 등반로 개척이 대세예요. 테크놀로지의 힘을 빌리지 않고 주로 무산소 등정을 하죠. 그래서 개인적으로 산을 찾는 이들이 늘고 있어요.

— 가이드나 포터없이 나홀로 산을 오르려는 난, 그럼 대세를 타는 거네요 하하.

내가 만났던 숙소장들의 세대 때 등반은 세계 첫 번째니, 14좌의 몇 개를 올랐느니 하면서 산은 위험한 사투를 벌여야 했던 정복의 대상이었지만, 이 새로운 세대에서는 보다 자연 친화적으로 변해 가고 있는 듯하다.

결국 산행은 산과 나와의 관계, 산이란 절대적 존재에 대한 인간적 답을 찾아가는 과정이 아닐까.

새벽 4시 반, 식당에는 예상과 달리 사람들이 별로 없었다.

다들 이미 출발을 했든가, 다른 곳으로 갈 예정이든가, 하여튼 어젯밤 저녁 식사를 함께 했던 사람들이 모두 콩마로로 갈 사람들은 아니었던가 보다. 느긋하게 아침 식사를 하는 사람들은 보아하니 근처 척컹산을 오르거나 다시 팡보체 쪽으로 도로 내려갈 사람들 같았다. 토롱라 고갯길을 앞둔 안나푸르나 하이 캠프에서 새벽 5시경 수십 명이 헤드 라이트를 켜고 무슨 축제 행렬처럼 떠났던 상황하고는 달라도 많이 달랐다. 젊은이들보다 걸음이 느린 나로선 함께 출발한다 쳐도 어차피 뒤처지긴 하겠지만, 시작부터 이렇게 그룹은커녕 등반객이 전혀 없다는 건 오늘, 마을도 없는 산길에서 나를 스쳐가는 사람들이 거의 없으리란 뜻이렸다. 콩마라길은 로부체로 가는 우회로 노선이라 짐을 운반하는 짐승들과 포터들의 통행이 전혀 없는 길이기 때문이다. 물론 여느 때 같으면 이런 상황은 산행의 고적함을 보장해 주는 최상의 환경이겠지만, 솔직히 오늘은 저으기 불안한 일이었다. 대망의 세 고갯길 첫날, 그것도 제일 어렵다는 콩마라 길에서 왼종일 사람 그림자 하나 볼 일이 없을 거라니!

하지만 내친 걸음이었다. 담대한 심장을 허릿춤에 꿰차고, 매몰찬 용기를 겨드랑이에 끼고, 이마에 킨 헤드라이트와 동시에, 눈에도 반짝 불을 켰다. 식당에 미리 말해 두었던 삶은 감자와 계란을 챙기고, 보무도 당당하게, 어두컴컴한 길을 나섰다. 아직 새벽 여명도 비치기 전이었다. 유일하게 나를 지탱해 줄 애꿎은 스틱으로 땅바닥을 짚는데 괜히 코허리가 시큰해왔다. 이건 좀 너무한 거 아닌가? 그때였다. 한 목소리가 들려왔다.

— 걱정 마세요! 내가 함께 할게요.

에베레스트 정령의 목소리였나?

엊저녁이었다. 카트만두에서 가입했던 인터넷이 남체 바자를 지나서부터 불통이라 거의 쓸모가 없었다. 숙소에 확인하니 이 고도에선 베이스캠프 가까운 고락셉에서나 잠깐 신호가 터진다며 따로 지역 전용카드를 사야 한다고 했다. 혼자 다니는 형편이니 여러 가지 정보뿐만 아니라 비상 전화도 필요했다. 그 카드를 사서 인터넷 검색을 하고 있는데 메신저가 떴다. 나를 퓨야까지 데려다주었던 그 아이였다.

— 어디쯤 도착했어요? 별일 없나요?

뜻밖의 일이었다. 이름도 거의 잊고 있었던 아이가 내 안부를 묻고 있었다. 하지만 홀홀단신 대책 없는 길을 떠나는 마당에, 어디 가상의 연인이라도 하나 만들어 내야 할 판에, 문득 떠오른 그 목소리가 에베레스트 한복판 거친 눈발을 뚫고 쩽하게 비치는 햇살 같았다.

그렇잖아도 딩보체를 지나고부터 슬슬 지치고 있었다. 세 고갯길을 오른다는 꿈은 당차고 야무졌지만, 실상은 하루하루가 고달프기만 했다. 포터 없이 배낭을 매고 온종일 산을 오르는 일이 힘에 부치기도 했지만, 고도가 높아지다 보니 새벽에 눈뜨면 영하 10도의 고드름이 창가에 매달려 있기 일쑤였다. 숙소의 잠자리도 춥고 불편한데다, 먹거리까지 변변치 않다 보니, 몸이 고달파선가 슬슬 외로움이 불거지고 있었다. 지난 유라시아 횡단길도 몇 달간 혼자 다녔지만 다른 건 몰라도 외롭다는 감정을 느낀 적은 없었다. 자고로 여행길은 나 홀로이기를 고집했던 터라 꽁포스텔 순례길을 비롯해 갈릴레 요르단, 티벳 또한 달리 방법이 없어 그룹여행을 했을 뿐, 언제나 나 홀로 여행을 택했었다. 물질이든 관계든 풍요를 추구하는 도시의 삶과 달리 결핍과 고독을 느끼는 여행길에서 오히려 자족감을 느꼈다.

물론 왜 아니겠는가? 가끔은 쓸쓸하기도 하고, 혼자 보기 아까운 절경 앞에서 누군가를 그리워할 때도 있고, 혼자 밥을 먹다 보면 심심하달까, 무료하달까 싶기도 했다. 하지만 여행길에서 느끼는 고독감은 도시의 그것과는 무척 다르다. 특히 대자연 속에서 느끼는 외로움은 혼자 내버려진 듯한 허전한 감정과는 질이 다르다. 뭔가 무겁고 짓누르는 듯한 느낌이 아니라 차라리 가볍고 영롱한, 그래서 떨쳐 버리거나 벗어나고 싶다기보다 되도록 오래 누리고 싶은, 맑은 그늘에 가깝다. 마치 나무 한 그루, 풀 한 포기 없는 사막이 휑하니 비어 있지만 빛으로 가득 차 있듯이, 헛헛하면서도 충만하달까,

사물들은 있는 그대로의 모습으로 더 정겹게 다가온다. 그래선가 길 위에 서 있는 전봇대 하나, 발길에 채이는 자갈돌, 흘러가는 구름 한 조각과도 쉽게 동무가 된다. 함께 이야기하고 놀기도 하며 몇 시간, 며칠, 아니 몇 달이라도 심심찮게 보낼 수 있다. 내가 평소 여행길에서 딱히 새로운 관계를 만들지 않는 것도 그래서다. 누구도, 아무것도 필요하지 않은 이 오롯한 자유를 가능한 오래 누리고 싶으니까.

정 외롭고 힘들 땐 유랑 중인 고행승이라 여길 때도 있다. 수행 중이라 치면 무슨 일이건 좀 더 단순하게 받아들여진다. 영원을 산다 치면 보이는 것도 달라 보이고 세상에 대한 가치도 변하지 않는가.

그런데 새삼, 외롭다니! 내가?!

실제로 나는 시골집에서 혼자의 시간을 보내는데 익숙해 있다. 이십여 년 전부터 수도원이라고 여기고 있는 노르망디 집에선 세상과 거리를 둔다 할까, 자신을 비운다 할까, 되도록 생각도 줄이고, 말도 줄이고 관심사도 줄인다. 그곳에서의 고독은 나의 창조를 위한 필연적 조건이기도 했지만, 한편 혼자 있어도 전혀 지루하지 않은 일상의 수련장이 된 셈이다.

마당가엔 누가 심었는지 모를 장미꽃이 있었다. 언젠가 아이슬란드 바닷가에서 보았던 석양빛에 바다빛이 섞인 듯한 그 진보랏빛 꽃은 봄부터 늦가을까지 줄기차게 피고지는 끈기로 나를 즐겁게 했는데, 정원의 다른 꽃나무들이 숲에서 넘어온 짐승들이 줄기를 갉아 먹는 바람에 몇 년 버티지 못한 데 비해 이 장미꽃은 무성하게 넝쿨을 뻗어 나갔다. 소금기 배인 듯한 그 알싸한 향기를 맡노라면 중세의 한 수도승 실레지우스의 시가 생각났다.

《 장미는 이유 없이 핀다.

피니까 그냥 핀다.

스스로를 위해 어떤 보살핌도 하지 않는다.

'누가 날 바라보나?'

묻지도 않는다.》

끈기 있는 수도자다운 소박하고 오래가는 향을 지닌 이 꽃은 돌보지 않아도 홀로 아름답다는 점에서 내 여행길을 닮았다.

그런데, 그런데 말이다, 이 에베레스트에서는 사정이 좀 달랐다. 두 달간의 안나푸르나와 티벳 여행 후 원래 예정에 없던 고산 등반을 하다 보니 몸에 무리가 왔나, 호르몬에 이상이 생겼나, 하여간 몸이 지쳐 가는 것과 때를 같이해 외로움이 툭툭 불거지고 있었다. 탐세쿠가, 처컹길이 아무리 아름다우면 뭐 하나, 거의 매일 8시간 이상 산을 타야 하는 강행군이 이 주일째 계속되다 보니 몸이 피폐해지고 있었다. 밤이면 영하 20도까지 내려가는 야영촌같은 숙소에서 얼음 같은 찬물에 잘 씻지도 못하고 있으니 더욱 그렇다. 불과 두 달 전만 해도 생전 처음 해 본 고산 등반이었는데, 이젠 아예 에베레스트 쓰리 패스 트렉이라니! 너 미쳤니? 중질은 아무나 하는 줄 아나!

슬슬 불평이 터져나올 법도 했다. 아무리 산이 좋고 물이 좋아도 그렇지, 파리 한복판에서 빈둥거리던 여자가, 시골집에서조차 나름 안락함에 젖어 살던 호사가, 이건 해도 너무하지 않은가? 꿈꾸기도 작작해야지. 이리 봐도 저리 봐도 온통 거친 바위산밖에 없는 푸르뎅뎅한 산꼴짝에 광물질의 거무칙칙한 자연 말고 부드럽고 살가운 것들이 슬슬 그리워지기 시작했다. 별수 없는 도시 짐승이란 걸 증명이라도 하듯이 예술적 영감이랄까, 정확하게 표현하면 자꾸만 수그러드는 생체 리듬을 끌어올릴 화들짝한 '껀'수가 필요했다는 말이다.

스페인 바닷길을 걸으며 마을과 도시에 산재한 수많은 건축물과 교회들을 방문했던 꿍포스텔 순례길이나, 중앙 아시아와 페르시아의 다양한 문화와 예술을 접할 수 있었던 유라시아 횡단길, 역사적 유적으로 넘쳐났던 갈릴레 요르단 여행길과 달리, 나무 한 그루 없이 오로지 바위산과 풀뿌리뿐인 이 에베레스트 한복판에서, 1000% 야생으로, 난데없이, 나는 외로움이란 기이한 짐승을 막딱뜨리고 있었던 것이다.

이런 와중이었으니 어젯밤 그 아이의 메시지를 받았을 때 나는 뙤약빛 황톳길을 걷다가 차디찬 샘물에 고개를 쳐박은 것 같았다. 잘 알지도 못하는 한 아이의 관심이 그저 당차고 신선하기만 했다. 당장 소식을 전했다.

— 콩마라로 가고 있어.

— 근데 포터는요?

— 혼자 가기로 했어!

내 기분 탓인가, 혼자라는 말에 그는 오히려 안도하는 눈치였다.

— 너무 걱정 마세요. 제가 자주 연락할게요!

그 말투에서 새파란 생선 비늘이 튀어올랐다. 갑자기 다음 날 예정된 콩마라길이 재미있는 놀이동산으로 여겨졌다. 안나푸르나 토롱라를 넘게 해 주었던 사과 보따리가 통째로 굴러들어온 것 같았다. 그것도 푸른 사과다! 이제 힘들 때마다 이 상큼한 풋사과를 한입 베어 물어야지! 당장 입안에 푸른 물이 고여 왔다. 문득 그 아이와 헤어지던 순간, 사과처럼 발갛게 물든 그의 볼에서 공처럼 튕겨나던 팽팽한 기운이 되살아났다. 아찔하도록 생생했다.

15살! 생각하고 자시고 할 것도 없었다.

길잃은 새 한 마리 보기 어려운 판인데, 이 얼어붙은 고원 한복판에 이것저것 가릴 판도 아니었는데, 팔순 할배도 아이고 할 판인데,

풋풋하기 짝이 없는 이팔 청춘이라니!

— 이젠 춥고 외로운 밤마다 이 아이와 실컷 수다를 떨어야지!

들뜬 마음으로 이빨을 닦으러 밖으로 나왔다. 때마침 아마다블람 봉우리 사이로 초생달이 봉긋 솟아오르고 있었다. 며칠간 내 눈길을 사로잡았던 두 산봉우리가 오늘따라 흰눈을 소복히 뒤집어 쓴 연인들 같았다.

콩마라 가는 길은 구름 한 점 없는 푸른 하늘이었다. 맑고 투명한 공기가 시린 하늘을 팽팽하게 받치고 있었다. 처컹 마을을 벗어나 산모퉁이를 돌아드는데 봄날 같은 아지랭이가 야트막한 검은 산등성이에서 피어올랐다. 엷은 먹물을 묻힌 붓끝이 살짝 스치고 간듯 한 부드러운 열기가 감도는 산세였다. 일 년 중 가장 청명하다는 하늘에서 내리쬐는 가을 햇살이 온누리에 아낌 없이 퍼지고 있었다. 에베레스트의 순수한 맨살을 접한 듯 나 자신도 그 빛살에 말갛게 씻기는 기분이었다.

멀리 보이는 이름모를 산들을 바라보며, 내 뒤를 졸졸 따라오는 아마다블람을 곁눈질하며 느긋하게 걸었다. 4300m 고지에 있는 처컹에서 1200m 정도가 더 높은 콩마라 산정으로 가는 길은 중간중간 바윗길들이 있긴 했어도 관목 하나 없는 비교적 매끈한 언덕길이 이어졌다. 루크라를 떠나 거의 일주일 만에 처음으로 사람이 안 보이는 길을 걷고 있었다. 여행객들은 물론이고 그 많던 짐승들도 보이지 않았다. 루크라와 남체 바자를 거쳐 베이스캠프를 잇는 에베레스트 종단길과 달리 이 길은 척컹에서 로부체로 가는 등반객들만 이용하는 길이기 때문이다. 길 어디에나 철버덕거리던 짐승들의 똥도 고약한 냄새도 없는 데다, 잡목도 풀도 없는 민둥산에 나 말고는 통행자가 없다 보니 다른 행성에라도 온듯 한갓지다.

얼마 안 가 내 뒤를 따라오던 몇몇 젊은이들도 앞질러 가고 어느덧 나는 마지막 주자가 되었다. 더 이상 나를 따라오는 사람들이 없음을 확인하곤 이 거대한 고원이 마치 내 정원이나 된 양 콧노래가 절로 나왔다. 스틱을 요술 지팡이처럼 휘두르며, 발걸음도 가볍게 산등성이를 올랐다. 한때 모험이라 여겨졌던 이 길이 어젯밤 그 아이의 목소리를 들은 후 자못 즐거운 놀이터로 변했다. 그리스 신화 속에 나오는 요정이 말을 걸었나, 북구 오로라 하늘 아래, 한 짓궂은 꼬마 엘프가 마법을 걸었나, 날듯이 유쾌하게 산허리를 넘었다.

검고 미끈한 그라니트 암석들이 깔린 널찍한 평원으로 나아갔다. 하늘에 떠가는 흰구름이 땅 위에 드리운 거무스름한 그림자가 형체가 풀린 검은 짐승들 같다. 무리진 짐승 떼가 산구릉을 넘어 끊임없이 어디론가 달려가고 있었다. 저 언덕 너머에는 또 어떤 풍광이 펼쳐질까, 엷은 구름장들을 쫓아가자 내가 이끌어 온 길들이 산수화의 경이로운 획이 되어 단숨에 나를 앞질렀다.

갈색 이끼풀로 뒤덮인 민둥산을 넘어 시냇물이 풀어헤친 내 머리카락처럼 흐르고 있는 한 고원에 다다랐다. 큰 바윗돌 아래 고인 샘물을 물병에 담아 산허리를 돌아서는데 문득 앞이 확 트인 광활한 풍경이 나타났다. 푸른 하늘에 맞붙어 있는 듯한 큰 호수가 눈앞에 붕 떠 있었다. 360도 막힘없는 웅장한 고원 한 가운데 나 홀로 호수를 대면한 것이다.

한 바퀴 쓰윽 둘러보았다.

제각기 이름모를 신화들을 간직한 장대한 얼음벽들이 병풍처럼 나를 에워쌌다. 호수의 가장자리엔 바늘귀만 한 빛들이 발광체처럼 떠다니고 있었다. 이제까지 보지 못했던 이 초월적 풍경에 가슴이 연신 벅차올랐다. 그 어떤 금은 보화로 둘러 싸인 궁궐에 있다 한들 이보다 더 호화로운 느낌을 가질 수 있을까.

선 자리에서 빙 돌아본다.

훌쩍 뛰어도 본다.

소리를 질러도 본다.

어디선가 메아리 소리가 들려왔다. 난생처음 바다를 본 아이의 흥분으로 소리나는 쪽으로 달려갔다. 물가에 얼핏 살얼음이 비치는 호숫가에 이르렀다. 수면이 돌을 던지면 쨍 소리를 낼 듯 투명하다. 땅의 숨소리 같은 미풍을 제외하곤 천지에 빛나는 태양만이 거울 같은 호수를 비추고 있었다. 어떤 낯선 별나라에, 모든 사물들이 제가기 자신의 빛을 발하고 있는 태초의 땅에 도달한 듯하다. 이토록 경이로운 공간에, 이토록 완벽한 고요 가운데 혼자 있다는 사실이 거의 믿기지 않는다.

침묵의 소리, 상상으로만 가능했던 소리 없는 소리가 내 몸을 가득 채운다. 호수의 고요, 하늘의 고요, 땅의 고요가 내 마음을 텅 비우며 사라진다. 비로소 내가 오고자 했던 에베레스트에 왔다는 생각이 든다. 문명의 그림자가 없는 곳, 사람과 사물의 분별이 없는 곳, 생명이 있는 것과 없는 것, 눈에 보이는 것과 보이지 않는 것이 구별되지 않는 그런 땅에 나는 서 있다.

나도 없고 너도 없는 공간!

안과 밖, 위 아래가 사라진, 오로지 근원의 빛이 떠다니는 허공! 여기, 이 순간, 이 지리만이 불러일으킬 수 있는 유일한 감흥에 젖는다. 한없는 축복을 느낀다. 그저 이 땅에 엎드리고 싶다. 나의 가장 사랑스러운 모습으로 무릎을 꿇고 싶다. 바위틈에 흐르는 물, 호숫가에 얼어붙은 이끼, 죽은 곤충, 혹은 어디 길 잃은 눈먼 산신령이어도 좋고, 그도 저도 아니면 산자락에 휘날리는 천조각들, 그 끝에 매달린 무당신 끄나풀이어도 좋다. 한없이 내 몸을 낮추어 이 산등성이와 배를 맞대고 싶다. 온몸으로 산길을 기어다니던 티벳인들처럼 나도 그렇게 이 땅과 하나가 되고 싶다!

점심 무렵, 드디어 저 멀리 울긋불긋 타르초가 휘날리는 콩마라 산정이 보였다. 저곳만 넘으면 절반의 성공인 셈이다. 길이 위험하다는 평판에 비해 이제까진 생각보다 비교적 수월한 편이었다. 아직 정오가 되기도 전인데 멀리서나마 산정이 보이는 곳에 이르렀으니 말이다. 이 템포로 가면 산 아래 빙하 지역을 둘러가야 하는 변수를 제외하곤 해지기 전에 로부체 숙소에 도착할 것 같다. 빙하강 얼음 위로 떠가는 노을빛을 마음껏 감상해야지!

이제 내 걸음걸이는 적당히 안정되었다. 안나푸르나 토롱라와 틸리초, 티벳의 돌마라를 넘은 이력이 서서히 나타나는 것 같다. 빠르지도 느리지도 않게 걷는 템포는 먼 길을 걷는 자의 유연함을 닮아가고 있다. 이제는 시계를 보지 않고도 이 보조로 걸으면 몇 시쯤 어디에 도착하게 될지 가늠이 된다. 얼마간 걷다 배낭이 무겁게 느껴지면 쉬었다 다시 출발하는 리듬도 몸의 탄성에 따라 저절로 맞추어진다. 좀 뒤쳐지게 되어도 서둘거나 초조하지 않고 느긋하게 걷는다. 빨리 숙소에 도착해 봤자 별 할 일이 없기도 하지만, 정상에 오르는 일보다 천천히 산길을 걸으며 나누는 풍경과의 교감이 더 소중하기 때문이다. 아마도 산과의 이런 내밀한 친화감으로 기운을 충전받지 못했더라면 진작에 벌써 지쳐 나가떨어졌으리라.

터질 듯 부풀어 오른 가슴으로 산정 바로 아래에 있는 작은 호숫가에 도착했다. 눈싸라기가 표면을 하얗게 덮은 물가에는 다양한 모티브의 살얼음이 끼어 있고 그 위로 안개 구름들이 낮게 흩어지고 있었다. 늪지의 물웅덩이들이 현대화가가 그린 그래픽 추상화처럼 늘어선 호수 언저리엔 축축한 바윗돌들이 널려 있었다. 고도 5000m가 넘는 곳에 위치한 이곳엔 싯누른 이끼풀도 간혹 허공을 날아오르던 검은 매 떼들도 보이지 않는다. 낮게 내려앉은 회색 빛 하늘 아래 오로지 얼어붙은 호수가 대지의 흰 눈을 부릅뜨고 있을 뿐이다. 지상의 장식을 벗어난 이런 헐벗은 풍경에선 나 역시 나체가 된 듯 감각은 뾰족하게 날이 서고, 오감은 더욱 생생해진다. 이 춥고 삭막한 공간에 생명 있는 것들이 사라지자 돌연, 눈에 보이지 않는 것들이 감지되기 시작한다. 절벽에서 작은 돌들이 굴러 떨어지는 소리, 얼음이 갈라지는 듯한 소리가 미세하게 들려온다. 벌어진 절벽 틈에서 바람이 새어 나온다.

허공의 냄새란 이런 것인가?

문득 못 보던 새 한마리가 까악 외마디 소리를 지르며 머리 위로 날아갔다. 이곳에선 새들의 지저귐 소리도 나무가 무성한 숲에서 들어왔던 것과 사뭇 다르다. 사람의 언어가 지역에 따라 톤과 액센트가 다르듯 이곳 가파른 바위산에 사는 새들은 더욱 메마르고 날카로운 소리를 낸다. 푸른 잎사귀가 살랑이는 나뭇가지에 앉아 본 적이 없는 새들이 바윗돌을 움켜쥐는 날카로운 발톱을 곤두세우며 절벽으로 솟구친다. 비명을 지르듯 높고 뾰족한 음이 계곡의 침묵을 깨뜨리며 눈 깜짝할 사이에 산정을 넘어 사라진다.

　　　콩마라
　　빈 허공
　　　　새 날개 터는 소리,
　　　　　외마디 음

　　푸른 발톱으로
　　　　산허리를 채간다.

　　　곤장

산꼭대기로
태양의 부리
　최후의 빛 한 모금까지
정상으로

　머리 위로
추락하는 바윗돌

순간
벼랑으로
　곤두박질하는
　한 줄의 시!

　바람이 세게 불어선가 고도가 높은 곳 치고는 공기가 희박하게 느껴지지 않는다. 저 높이 보이는 산정에 나부끼는 타르초 깃발들이 가까이 다가선다. 마지막 산비탈을 오르기 전, 잠시 바윗돌에 앉아 숨을 고른다. 길도 없는 자갈돌 투성이의 오르막을 가까스로 기어오르자 큰 바위가 막아선다. 정상에 도달하기 위해선 이 암벽을 타넘어야 한다. 아무 생각도 없이 그저 그 위에 다리를 걸친다. 거대한 바윗돌을 가슴팍에 껴안는다. 안간힘을 쓰며 매달린다. 그저 윗쪽으로 몸을 움직인다. 내가 도달해야 할 저 고지를 향해 필사적으로 팔다리를 뻗는다. 의지도, 욕망도 없이 오직 날개에 맺힐 한 방울의 물을 얻기 위해 사막의 산등성이를 기어오르는 한 마리 곤충의 본능이다. 위로 위로 향한다. 온몸의 에너지를 다 쏟아붓고 있는 지극히 육체적인 일이지만 그래서 더욱 정신적 몰입이 필요하다. 목적도 방향도 없이, 그저 텅빈 채, 무작정 정상을 향해 기어오른다. 이런 무념무상 속에 행해지는 등반은 차라리 어떤 영적 경지에 도달하려는 선사의 수행에 비견할 만하다. 나는 절대 존재가 머물고 있는 비밀의 성채를 기어오르는 전사다.

집채만 한 돌이 머리 위로 곧 굴러떨어질 것만 같은, 절벽 중간에 아슬아슬하게 매달려 있는 바윗덩어리 밑을 마악 지나가는데, 갑자기 한 무리 매 떼가 비명 소릴 지르며 날아갔다. 그 소리에 바윗돌이 곧 떨어질 것 같다. 지들도 점심시간인지 내 머리 위를 연신 빙빙 돌고 있었다. 태양빛에 반짝이는 얼음산 위로 사선을 지으며 날아다니는 저 새떼들이 오늘 내가 이곳에서 보는 유일한 짐승이다. 에베레스트에 산다는 호랑이나 눈표범, 하얀 뱀은 아직 못 보았으니 말이다. 이래저래 좀 헷갈리는 그 절벽길을 어찌어찌 헤치고 나아가 이제 다 왔나 하는데 도저히 혼자서는 기어오를 수 없을 듯한 가파른 암벽이 또다시 앞을 가로막았다. 다행히 쇠줄이 매어 있었다. 이번에는 배낭과 지팡이를 위로 집어던지고 가랭이가 찢어져라 그 줄을 타고 곡예하듯이 바윗돌 위로 올라섰다. 경사가 조금만 더 급했어도 나 혼자서는 절대로 넘지 못할 높이였다.

드디어 콩마라 꼭대기!

온몸이 날아갈 듯 세찬 바람이 불어왔다. 히말라야의 여느 산 꼭대기와 다름없이 돌무더기 탑들 사이로 오색천들이 나부끼고 있었다. 눈비에 찢기고 햇빛에 바랜 헝겊 뭉치들이 희끄무레 구름인지 안개인지 분간이 안 될 머플러를 목에 두른 낯선 군상들처럼 다가섰다. 그 뒤로 바람의 칼날로 조각한 듯한 산봉우리들이 구름 바다 위에 떠 있고, 흩날리는 눈싸라기들이 태양 위를 떠다니는 물거품처럼 발아래 흩어지고 있었다. 내 겨드랑이 밑으로 슬금슬금 몽글거리던 안개방울이 대기 중에 떠다니는 깃털 구름과 뒤섞여 건너편 산꼭대기로 휘몰아쳐 갔다.

저 멀리 눕체Nuptse 봉우리들과 로체Lhotse, 마칼루Makalu 등 수많은 설산준봉들이 나를 호위하듯 늘어섰다. 내 키와 맞닿을 듯한 그 산봉우리들을 바라보며 나는 마치 에베레스트 정상에라도 오른 양 감회에 젖어 들었다. 몇천 년, 몇만 년 전이나 변함없는, 그 장대한 아름다움의 역사가 눈 앞에 파노라마처럼 펼쳐졌다. 시간이 존재하지 않는 것들의 아름다움! 태초의 아름다움, 야생의 아름다움, 고독의 아름다움, 꿈이 곧 현실이 되고 말듯한 풍경이었다.

문득 온몸이 흔들릴 정도로 거센 눈보라가 불어오더니 순식간에 내 시선을 앗아갔다. 저 멀리 회색빛 하늘과 맞닿은 허공, 그 한가운데, 사람 형상의 한 바윗돌이 우뚝 서 맞은편 설봉들을 응시하고 있었다. 이 지상에 오직 홀로, 장엄한 에베레스트산들을 마주하고 있는 그!

아, 나도 그처럼 에베레스트와 직접 대면하고 싶었다! 하늘과 땅의 경계가 없는 이런 곳에서 저 설산들을 부처로 여기며 면벽좌선하고 싶었다. 내 발걸음이 고도의 명상이 되길 원했다. 살아서 온몸으로 영원을 호흡하고 싶었다. 적연 부동! 내 안에서 야생의 함성이 솟구쳤다.

상상의 나!

바람이 몰고온 눈싸라기들이 아래쪽 호수로 휘몰아쳐 가더니 곧장 위로 솟구치며 구름장 사이로 파아란 틈새를 열었다. 지상에서 다시 볼 법하지 않은 이 경이로운 풍광을 마주하자 불현듯 파미르고원이 떠올랐다. 중앙아시아 타지키스탄 한 귀퉁이, 나무 한 그루 없는 바위산, 소금끼 덮인 호숫가, 마른 풀들만 흩어진 허허로운 고원, 거기도 여기처럼 초월적 풍경이었다. 어느 이름 없는 별을 연상시키던 무지갯빛 암석들, 얼어붙은 은빛 호수, 그리고 바람처럼 내 앞에 나타났던 말 탄 전사!

정말이지 혼자 보기 아까운, 뜬금없이 잊고 있었던 기억까지 떠올릴 정도로 아득한 절경 앞에서 비로소 내가 왜 이 콩마라 길을 택했 는지를 깨닫고 있었다. 만약 베이스캠프 가는 길로 직행했더라면, 수많은 여행자들과 짐승들 틈에서 이런 심원한 순간을 결코 만나지 못했으리라. 이 신묵의 무게를 결코 느끼지 못했으리라!

이런 태초의 풍광 속에서 눈바람을 맞고 선 저 바위사람을 보지 못했더라면, 저 광활한 지평선을 마주하지 못했더라면…

아, 어쩔 뻔했던가! 파미르, 그 남자를 만나지 못했더라면!

내가 우연히 찾아갔던 그 고원은 내 영혼이 알고 찾아갔던 곳이었 다. 지상의 장식이 거세된 황야에서, 내 자신의 가장 깊고 순수한 욕 망을 충족시키기 위해 내 발길이 저절로 향했던 곳이었다. 그를 내 앞으로 이끌어 왔던 것은, 바로 나 자신이 아니었을까?

내 가장 높고 내밀한 영혼의 관능이 아니었을까?

'내가 지상에서 눈을 감는 마지막 순간에 거기 가리라' 아는 장소, 그곳은 이 에베레스트처럼 광막한 바위산들로 둘러 싸인 고원이었 다. 나무 한 그루, 새 한 마리, 풀 한 포기 없는 땅이었다. 오로지 맑 고 밝은 빛만이 넘쳐흐르던, 부드럽고 향기로운 바람이 불던 그 공 간은, 땅에도 하늘에도 그 어디에도 속하지 않는, 단지 응시를 위한 환영같은 곳이었다.

그는 여전히 그곳에서 나를 기다리고 있을까?

옛 노스탈지어에 젖어, 한 승리의 바윗돌에 걸터앉아 추운 줄도 모르고 점심을 먹었다. 마침내 콩마라를 정복했다는 흥에 겨워 마 냥 하하거리고 있는데 반대편 로부체 쪽에서 한 무리의 젊은이들 이 넘어왔다. 배낭을 내리며 숨을 몰아쉬고 있는 그들과 인사를 나 누며 서로의 인증 샷을 찍어 주었다. 구름장 사이로 언뜻 드러난 새 파란 하늘을 배경으로 팔벌린 내 모습이 마치 공중에서 줄타기하다

헛발질하는 곡예사처럼 기우뚱거린다. 그들이 내 목적지인 로부체에서 이른 아침 출발했다는 걸 보면 이 고갯길 정상이 딱 가운데쯤인가 보다. 그 일행이 떠나고 나서도 언제 또 보게 될까 싶은 스펙타클에서 발걸음을 떼기가 쉽지 않아 얼마간 더 얼쩡거렸다.

하산길로 향하는데 검은 매 한 마리가 산정을 맴돌더니 끝없이 아래로 하강하고 있었다. 그 날갯짓을 따라 내리막길로 다가가보니 어째 분위기가 심상치 않았다. 산 꼭대기에서부터 온통 바윗돌 투성이인 황당한 산사태길이 이어지고 있었다. 이제까지 내가 올라왔던 산등성이와는 비교가 안 될 가파르고 급한 경사였다. 그뿐만이 아니었다. 북쪽 사면이라 그런지 흰눈이 덮인 바윗돌들은 금방이라도 허물어질 듯 불안정해 보였다. 끝이 보이지 않는 산비탈엔 오르막길과 마찬가지로 아무도 올라오는 사람이 보이지 않았다. 방금 떠난 그 젊은이들이 내가 오늘 마지막으로 볼 사람들이었던 것이다. 하지만 뭐 그런 건 새삼스런 일도 아니라 배낭을 고쳐 메고 산을 내려가기 시작했다. 그런데 막상 첫발을 내딛고 보니 발밑이 무척 흔들거렸다. 한 발짝 발을 내딛을 때마다 곧 얼어붙은 바윗돌 위로 미끄러져 넘어질 것 같았다. 머리끝이 쭈뼛 서며 그제사 정신이 번쩍 들었다. 이제까진 아무것도 아니었구나!

이게 콩마라구나!

등반은 오르막길보다 내리막길이 더 어렵다는 걸 알긴 했지만, 이제까지 이렇게 산사태가 난 길을 타고 내려가야 했던 적은 없었다. 안나푸르나 틸리초에서 45도가 넘는 좁고 경사진 산비탈 길을 가로지른 적도 있었고, 토롱라 고갯길에서 눈사태로 사고가 났다는 위험한 길을 지나간 적이 있긴 했어도 횡단길이었기에 적어도 미끄러질 염려는 없었다. 그런데 이곳은 얼어붙은 바윗돌들이 깔린 수직 경사면이었다. 이제까지 고산 등반길의 어려움이란 높은 산정을 오르는 문제라고 생각했을 뿐, 정작 내리막길에 이런 위험이 도사리고 있으리라곤 상상도 하지 못한 터라 아차 싶었다.

엊그제 처컹 가는 길에 산줄기가 통째로 무너져 내린 풍경을 멀리서 감상한 적은 있었지만, 오늘 내가 그 산꼭대기 위에 서게 될 줄이야! 이 산사태가 최근에 났기에 아무도 내게 이 사실을 알려 주지 않았는지, 혹은 어젯밤 때아니게 함박눈이라도 쏟아져 이렇게 바윗돌이 얼어붙은 것인지 하여간 예기치 못한 상황이 황당하기만 했다. 그렇다고 고갯길 정상을 다 넘은 마당에 처컹으로 되돌아갈 수도 없었다. 이제와서 산정 위에서 동행할 누군가를 찾을 수도, 누군가 산을 넘어올 시간도 아니었다. 이 거대한 산에 나 말고는 아무도 없었다. 앞에도 뒤에도, 위에도 아래도, 완벽히 나는 혼자였다!

일단은 정오가 지난 지 얼마 되지 않아 시간적 여유는 있었다. 마음을 가다듬고 맵미로 로부체까지 남은 거리를 계산해 보니 큰 변수가 없는 한 해지기 전에는 도착할 것 같았다. 내리막길이 아무리 길다 한들 설마 안나푸르나 토롱라에서 묵티나트 가는 길 같기야 하겠어? 배낭끈을 다시 한번 꽉 조이며 심호흡을 한 뒤 한 걸음 한 걸음 천천히 발걸음을 떼기 시작했다. 이런 바윗길에서 배낭을 맨 채 미끄러지기라도 하면 곧바로 사고로 이어질 것이 분명하다. 그런데 몸의 중심을 잡으며 살얼음판을 걷듯 온갖 주의를 기울이며 내려가는데도 이놈의 길은 끝이 없는 거였다. 하마 다왔나 하면 또 하나의 내리막길이 나타났고, 그 밑에 당도해 이젠 다 왔겠지 하면 또 하나의 산등성이가 시작되는 거였다.

한두 시간이 지나자 배낭 무게가 쏠린 무릎과 허벅지에 쥐가 날 것 같았다. 발뿌리가 흔들려 섬찟했던 적이 한두 번이 아니었다! 쿰정 가는 언덕길에서 탕디나트 비슷한 증세가 도졌던 기억이 났다. 여기서 그런 일이라도 당하면 정말이지 오도가도 못 할 것이다. 발뒤꿈치에 힘이 쏠리지 않도록 애쓰며 몸의 균형을 잡느라 그야말로 내딛는 걸음마다 절대절명의 몰입을 하고 있었다. 양 어깨와 배와 등, 온몸에 부과된 배낭의 무게를 밀리그램까지 느끼며, 문자 그대로 매 순간을 의식하는 실존의 시간이 흘러갔다.

정말로 내 모험의 길이 제대로 시작된 걸까?

이 무너진 산비탈을 비켜갈 다른 길은 없었다. 이길 외엔 어디에도 나를 세상과 이어 줄 선은 없었다. 아무도 가지 않은 길, 사람의 흔적이 없는 길, 이런, 길 아닌 길이야말로 내가 가려고 했던 길이 아니었던가? 이 예기치 않은 길은 차라리 에베레스트가 날 위해 배려한 속깊은 뜻인가?

얼마나 시간이 흘렀을까? 하마 산고개를 몇 개는 내려온 것 같은데 나타나야 할 빙하는 보이지 않고 점점 더 급경사가 이어졌다. 긴장과 초조함으로 시간을 확인하려는데 아차 전화기가 켜지지 않았다. 추위 때문에 전기가 빨리 닳았나, 아니다, 밧데리는 남아 있는데 기계가 오작동이었다. 그나마 아직 머리 위에 쨍하고 빛나고 있는 태양빛에 안도하며 계속 끝없는 길을 내려갔다. 얼마 안 가 다리가 후들거리며 힘이 쏠린 발가락이 빠질 듯 아파 왔다. 아마 이번 여행에서도 발톱이 한두 개쯤은 빠질 모양이다. 콩포스텔 여행처럼 오래 걷는 여행을 하고 나면 언제나 발톱이 빠졌고 도보 여행의 전리품인 양 새 발톱이 돋아나곤 했었다.

이윽고 해가 산너머로 기울고 있을 무렵 드디어 저 멀리 은빛 빙하가 떠올랐다. 안개 더미가 깔린 산등성이 아래 보라빛 구름장이 비껴가는 연록빛 호수들이 얼음 계곡 사이로 환영처럼 떠 있었다. 그 와중에도 그 기이한 녹색 물빛깔을 놓칠새라 사진을 좀 찍었다. 어떻게 빙하에 접근해 언제 저 호수를 가로지르게 될지 아직은 감도 잡히지 않았지만, 어쨌든 저 빙하길만 지나면 로부체 마을이다.

일단 이 끔찍한 지옥길은 빠져나온 것이다!

그러다, 그러다, 일이 벌어졌다.

그야말로 그 살벌한 내리막길을 마악 벗어난 참이었다. 드디어 흙
길이 나타났다. 어찌 되었건 일단은 바윗돌 위로 넘어질 염려는 없
는 길이었다. 빙하 파노라마를 보다 긴장이 풀렸나, 다리에 힘이 빠
졌나, 아뿔싸 하는 사이 그냥 앞으로 주욱 미끄러졌다! 순식간의 일
이었다. 그런데 산길에서 이 정도 미끄러지는 일이야 보통이다. 그
동안 얼마나 많은 사람들이 넘어지는 걸 보았던가, 나 역시 여러 번
그랬었다. 그런데 배낭 무게 때문인가 몸의 중심을 잃고 사정없이
엎어진 그 자리에 하필 길고 날카로운 돌부리가 솟아 있었다면 이
야기가 달라진다.

송곳처럼 뾰족한 모서리가 정확히 내 정수리에 가 박히는 순간,
휙 머리를 스친 생각은 '아, 이렇게 죽는구나!'였다. 본능적으로 돌
부리에 찧은 곳을 손으로 만졌다. 부딪치는 순간 잠깐 정신을 놓았
을 정도니 머리빡에 금이라도 갔을 것이다. 그런데 하도 놀래선가
아프지도 않았다. 정수리에 혹시 구멍이라도 난 게 아닌가 이리저
리 만져 보았지만 혹이 부풀고 끈적끈적한 피가 좀 났을 뿐 달리 큰
상처는 없었다.

그런데 살았다! 안도하고 나니 왈칵 눈물이 솟구쳤다. 몇 시간 동
안 그 위험한 바윗길을 용케 무사히 내려온 마당인데, 눈 감고도 걸
을 흙길에서 죽을 뻔하다니! 하필 그 많고 많은 자리 중 고르고 골
라 어쩌면 칼끝 같은 모서리에 머리통을 가박았더란 말인가! 마치
나를 겨냥하고 솟아 있었던 듯한 그 돌부리가 섬뜩한 무기처럼 느
껴졌다.

저게 1cm만 더 나와 있었더라면….

그 돌모서리를 어루만지는데, 하도 기가 막혀선가 내 죽음을 살짝 비켜간 그 바윗돌이 고맙기까지 했다. 위험은 전혀 예상치 못했던 곳에 도사리고 있었다. 살아있다는 사실이 기적처럼 느껴지며, 그 제서야 얼마나 이 길이 무모했는지, 내가 얼마나 행운이었지를 깨달으며 이 콩마라 길이 혼자는 위험하다고 충고했던 사람들이 떠올랐다. 포터를 구하라고 했던 카리쿨라 숙소의 한 가이드가, 탐세쿠의 숙소장이, 그리고 엊그제 처컹길에서 다시 만났던 몬조의 숙소장도 함께 갈 사람을 찾아보라고 충고했었다. 하긴 이 사건만 아니었다면, 뭐 이 정도 길을 고난도라 할 것까진 없었다. 8800m 에베레스트 정상의 갈라터진 빙벽을 오르는 것도 아니었고, 천길 낭떠러지 크레바스 협곡을 가로지르는 길도 아니었다. 이름 그대로 그냥 고갯길이었다. 오랫동안 긴장했던 것도 눈으로 미끄러운 바윗돌 위로 넘어질까 불안했기 때문이었지, 다른 위험이 있었던 것은 아니었다. 문제는 혼자였다는 사실이었다. 추위 때문에 전화기 바테리도 닳았고, 아마도 무선도 불통이었을 그 산중에서, 만약 내게 무슨 일이 일어나도 도움을 구할 방도가 없었다. 만약 내가 머리통에 큰 부상이라도 입었더라면 어땠을까? 이미 늦은 오후였으니 누군가 날 발견할 수도 없었을 것이다. 처컹 쪽에서 누군가 내 뒤를 따라올 리도, 반대편 로부체 쪽에서 산을 올라올 사람도 없었으니까.

— 아, 죽음이 얼마나 가까이 있었던가!

얼굴에 흐르는 피를 닦을 생각도 않고 멍하니 그 자리에 앉아 있었다. 삶과 죽음이 1cm로 좁혀진 간극을 방금 겪었다. 조금 전 황홀경에 빠져들었던 에베레스트 한복판에서 느닷없이 황천길 갈 뻔했던 것이다. 내 삶에서 한두 번 겪을까 말까 한 등골 서늘한 일을 당하고 보니 그토록 반가웠던 눈앞의 빙하니, 세 고갯길이니 하는 따위가 너무도 허무맹랑했다. 내가 이다지도 몸과 마음을 다해 살고 있는 삶의 실체가 고작 이거란 말인가!

내 생명은 한 돌발적인 찰나에 걸려 있었다.

그토록 아름다운 풍광에 혼을 앗겼던 산정은 바로 죽음의 계곡과 맞닿아 있었다.

살아서 영원을 살고 싶었던 적연부동이 곧 열반이 될 뻔했다!

에베레스트로 날 불렀던 카일라쉬의 '니르바나'가 문자 그대로 오늘 '극락'이 될 뻔했다!

그래선가 저 멀리 빙하에 떠 있는 두 호수가 나를 시퍼렇게 노려보고 있는 저승사자 같았다.

이 땅 어디서나 부릅뜨고 있는 초르텐의 노오란 눈!

피냄새를 맡았나, 기척이 없던 매 한 마리가 내 머리 위를 빙빙 돌고 있었다.

어쨌든 이왕 살아난 거, 이 재수 없는 산비탈에서 밤을 보낼 수는 없다 하고 정신을 추스렸다. 산길을 마저 내려가 빙하 언저리에 이르니 강 너머 길고 높다란 언덕이 보였다. 지도 상에 빙하강 건너편에 로부체 마을이 있는 걸로 보아 아마도 그 언덕 너머 위치한 모양이었다. 빙하를 가로지르는 길을 찾아 산기슭 쪽으로 다가갔다. 어제 만난 여자 여행객이 일러 준 대로 두 호수를 건너갈 길을 찾았다. 산사태로 예전의 길이 없어지는 바람에 산기슭을 삥 둘러 가야 한다고 했었다. 금방이라도 흙더미가 무너질 듯한 경사면을 가로질러 가는데 내 발길에 채인 돌들이 호수 위로 떨어지는 소리가 요란하게 울렸다. 그 소리와 함께 건너편 기슭 쪽에서도 호수로 굴러떨어지는 바위소리가 빙하벽을 울리며 천둥소리처럼 메아리쳤다. 내 발밑에서 떨어지는 돌들과 함께 나도 아래로 굴러떨어질 것 같은 굉음이었다.

하지만 좀 전에 겪은 충격으로 머리가 좀 이상해지기라도 했는지, 별로 떨리거나 무섭지도 않았다. 죽다가 살아난 판에 될 대로 되라지! 워낙 엉겁결에 큰일을 당해서였는지, 섬찟하도록 허무맹랑한 삶의 무상함을 흘낏 엿본 탓이었는지, 곧 해가 질 거라든가, 저 호수를 어떻게 가로지를까 따위, 조금 전까지만 해도 머릿속을 꽉 채웠던 일들이 전혀 대수롭지도 않았다. 그저 무작정 빙하길을 건너갔다. 조금 전, 불현듯 죽음을 막닥뜨린 찰나, 그 와중에 스쳐간 '이대로 죽어도 여한은 없다' 싶었던, 그런 자신의 진실을 알게된 것이 그나마 위안이라면 위안이었다. 그래선가 막상 그런 식겁한 일을 겪었는데도 이상하게도 평정심이 들었다. 앞으로 다가올 일들이 걱정스럽다기보다 오히려 현실 바깥으로 한 발짝 다리를 걸친 듯, 마치 내생만큼이나 멀고 추상적으로 느껴졌다.

끊어진 길들을 어찌어찌 이어가며 빙하길을 가로질러 가니 거대한 바윗덩어리들이 징검다리 역할을 하는 두 호수가 나타났다. 큰 호수 쪽으로 접근하자 주위의 공기가 서늘하게 변하더니 내가 방금 내려온 산 위에서 커다란 안개 더미가 호수쪽으로 내려오고 있었다. 하얀 너울처럼 강바닥을 감싸며 초록빛 수면 위에서 오렌지빛 광채를 발하고 있었다. 어디선가 얼음이 갈라지는 소리가 호수의 시퍼런 물구멍을 흔들었다. 해가 저무는지 먼 하늘가에 보랏빛 구름장이 흘러갔다. 안개 파편을 뚫고 쏟아지는 빛서리 사이로 빙산들이 땅에서 솟구친 거대한 성채를 이루고 있었다. 마치 광활한 야외 조각장에 건축적 구조의 얼음 조각들을 전시해 놓은 것 같았다. 이 전설적 풍광을 그냥 스치는 것도 가까스로 살아남은 생명에 대한 예의가 아니라 해가 저물고 있는 것도 아랑곳 않고 사진을 좀 찍었다. 아무리 위급한 상황도 놓칠 수 없게 하는 아름다움이었기에.
발로 걷는지 머리로 걷는지 분간이 안 될 지경으로 두 호수를 잇는 바윗돌들을 엉금엉금 기다시피 빙하강을 빠져나왔을 때는 어느덧 주위의 아스라한 빛들이 사그라들고 있었다. 내가 내려왔던 콩마라 산을 바라보니 산등성이는 완전히 짙은 안개에 휩싸여 거기 그토록 길었던 고갯길이 있었나 싶을 정도로 아무것도 보이지 않았다. 넓은 평원을 달리듯 가로질러 마을이 있음직한 방향으로 언덕길을 올라갔다. 그런데 마을은 보이지도 않고 주위는 이제 앞이 잘 보이지 않을 만큼 깜깜해지고 있었다. 그때였다. 문득 검정 개 한 마리가 나타났다. 그날 하룻날의 그림자처럼 온몸이 새까만 털로 덮힌 그 짐승은 나를 보자 꼬리를 치며 앞장 서 갔다. 어디로 가는지 묻고 자시고도 없었다. 무조건 그 뒤를 따라갔다. 밤의 어둠과 분간이 안 가는 그 물체를 따라가자 과연 불빛이 어렴풋이 보였다. 내가 로부체 마을에 들어섰을 때는 거의 발뿌리도 보이지 않는 때였다.

풀어헤친 옷매무새, 땀에 절은 흐뜨러진 머리카락, 이마에 피맺힌 혹이 불거진 한 여자가 배낭을 맨 채 홀로 숙소에 들어서자 사람들이 일제히 시선을 집중했다. 그 눈빛은 놀라움을 넘어 경악에 가까웠다. 놀랄 것도 없었다. 그녀는 이제 막 저승길을 거쳐왔으므로.

한 삼십 분만 늦었어도 빙하강을 채 빠져나오지 못하고 거기서 밤을 맞았으리라. 여차하면 쿰정 숙소 주인장이 들려준 일화처럼 그 호숫가에서 밤을 지새야 할 수도 있었다. 그 빙하 가운데서 오도가도 못 한 채, 작년에 길을 잃고 얼어 죽었다는 세 사람의 혼령을 만났을지도 모르겠다.

에베레스트 베이스캠프

로부체에서 하루를 푹 쉬었다. 동네 앞에 흐르는 시냇물에서 밀린 빨래를 하며 시간을 보냈다. 어제 일을 생각하면 좀 심란하긴 했어도 장애물 경주에서 가장 어려운 고비를 넘긴 듯 기분은 한결 가벼웠다. 돌이켜 보면 혼자였다는 사실이 문제였을 뿐, 만약 여러 사람과 함께였다면 그 산사태길도 서로 의지하며 무난히 통과할 수 있었으리라. 도중에 사고로 시간을 지체하지 않았더라면, 어둡기 전에 숙소에 도착했을 것이고. 어쨌거나 일단 세 고갯길 중 가장 힘들다는 콩마라길을 통과하고 보니 남은 등반길에 대한 불안이 많이 수그러들었다. 에베레스트 주요 봉우리들로 둘러싸인 산세를 가로지르고 보니 막연했던 에베레스트 지리에 대해 감이 좀 잡혔고, 위험한 고비를 넘기며 첫 고갯길을 통과하고 나선가 전에 없던 등반에 대한 자신감도 생겨났다. 남아 있는 초라, 렌조라 패스길들에 대한 기대감이 차오르며, 대담한 모험을 즐기는 사람들이 어떻게 그런 시도들을 계속하는지 새삼 이해가 되기도 했다. 정신력도 근육처럼 훈련이 될수록 강해지나 몇 번의 위기를 극복하노라면 그다음 도전이 힘을 받기도 할거라는, 어려움도 반복되면 일종의 습관처럼 익숙해질 거라는.

그러고 보면 내 경우에도 산티아고 순례길이 유라시아 횡단길을 시도하게 된 밑바탕이 되었다. 1000km쯤 되는 스페인의 북부 순례 길을 혼자 걸었던 경험이 더 긴 여행길을 떠날 수 있는 용기를 주지 않았을까. 사실 꽤 다양한 지리적 문화적 질곡을 거쳤던 9개월간의 유라시아 여행 이후엔 웬만한 여행에 대한 두려움이 없어졌다. 낯선 상황에 수없이 노출되었던 자신의 여러 모습을 파악할 수 있었던 경험이 스스로에게 믿음을 주었기 때문일까, 실제로 이번 히말라야 등반을 시도할 수 있었던 것도 그 비단길 여행이 주었던 자신감 덕분이었다. 여러 민족의 다양한 언어와 관습으로 구성된 중앙 아시아 지역의 오지를 통과하며 내 몸과 정신에 탄성이 생겨났달까, 미지로의 여행이 모험이라기보다 새로운 현실을 맞딱뜨릴 수 있는 기회로 여겨졌다.

다음 날, 로부체에서 고락셉Gorak Shep으로 향했다. 5150m 고도에 있는 이 마을은 베이스캠프에 이르기 전의 마지막 숙소였다. 저 멀리 우후죽순처럼 솟아난 산봉우리들 사이로 가끔씩 구름에 가린 쿰부 에베레스트가 언뜻언뜻 모서리를 드러내는 산길은, 오른편으로 로부체를 끼고 흘렀던 빙하강이 긴 골짜기를 이루고 있었다. 투명한 가을빛에 말끔히 씻긴 내로라한 기암절벽들이 차례로 모습을 나타내는 산비탈을 지나 고락셉으로 뻗은 길로 접어들자 갑자기 사람들로 붐비기 시작했다. 남체 바자 쪽에서 베이스캠프로 직접 올라오는 중심 통로에 들어서자 등반 그룹들이 줄을 잇는 것이다. 포터들에게 배낭을 맡긴 그들의 발걸음이 가벼워 보였던 예전의 감상과 달리 나도 모르게 얼굴에 미소가 번졌다. 의기양양한 기분이었다. 내 짐을 남에게 맡기지 않고 스스로 건사할 수 있다는, 어찌 보면 평범하고 당연한 사실이 이렇게 기쁠 줄이야! 그래선가 베이스캠프 가는 길에서 찍은 내 사진은 유난히 웃음이 넘친다. 그런 여유로움이 사람을 끌었나, 고락셉 조금 못 미쳐 빙하 계곡을 배경으로 사진을 찍고 있는데 누군가 말을 걸어왔다.

— 신발 마크가 나랑 같아요!

보통 산길에서 나마스떼라는 인사말 빼곤 특별히 말을 걸어오는 경우는 거의 없다. 다들 지치고 힘들다 보니 제 앞가림도 하기 어려운 판이라 남에게 관심이 갈 틈이 없는 것이다. 이 산중에 참 일없는 사람이네 하고 돌아보니 아차 드물게 잘생겼다! 다니엘 데이 루이스가 '아름다운 나의 세탁소' 화면을 마악 박차고 나온 신선함이었다! 그것도 혼자! 만남의 삼박자가 이렇게 딱 맞아 떨어지기도 차암 드물다. 보통 여행길에서 내 눈길을 끌 만한 남자는 언제나 커플이거나, 어쩌다 혼자라 쳐도, 호모인가, 내게 별 관심이 없는 눈치였다. 그런데 이렇게 내 마음을 호리게 생긴 남자가, 먼저 말을 걸어오다니, 그것도 혈혈단신으로! 이거 딱 베이스캠프 인연이네, 하며 서로의 사진을 공들여 찍어 주며 이 우연한 재수를 즐기고 있는데, 아씨, 그는 이제 막 베이스캠프에서 내려오는 참이란다. 그럴 거면 엊그제 콩마라 지옥길에서 구원의 전사로 나타나든지, 며칠 더 기다렸다 남체에서나 출현하든가 할 것이지!

어쨌든 말이 났으니 말인데 내 신발로 말할 것 같으면 좀 할 말이 있다. 사실 산행에서 제일 중요한 것은 신발이다. 짐 무게상 여분의 신발도 포기한 나로서는 유일한 등산 장비이기도 했다. 에베레스트산을 오르기 위해선 등산화가 낫다는 충고가 있었지만 나는 굳이 이번 여행에서도 산티아고 순례길 때 신었던 보행용 신발을 신기로 했다. 물론 첫 등반길에서 새 신발을 신는 게 바람직하지 않기도 하지만, 이 신발은 44일간의 여정 동안 한 번도 내 발에 물집이 생기게 하지 않았던 기특한 친구였기 때문이다. 첫 도보 여행을 준비하며 파리 5구의 'Au vieux campeur'에서 공들여 골랐던 이 신발과 특수 양말은 이번 산행에서도 그 진가를 발휘했다. 콩마라 길에서 한번 미끄러진 걸 빼곤, 그건 그의 탓이 아니었고, 아무 탈 없이 내 등반길을 지탱해 준 일등공신이었다. 파리로 돌아가면 거실 한가운데 가보로 곱게 모셔 놓을 작정이었다.

그런데 그 공신은 지금 내 에베레스트 인연까지 만들어 주려는 참이었다. 그 사람도 나와 같은 마음이었던가, 내가 언제쯤 이 별 볼일 없는 산행을 마치고 카트만두로 되돌아갈지를 물어왔다. 그렇잖아도 이 등반 후 방문하겠다고 남겨 두었던 카트만두 관광지들이 달착지근한 모습으로 눈앞을 스쳐 갔다. 카트만두의 원숭이 사원과 교외의 췌첸 사원, 화장터까지 갈 곳도 많았다. 하지만 나는 아직 세 고갯길 종주라는 위대한 과업을 치룰 이 주일하고도 며칠을 남겨 두고 있었다. 이럴 줄 알았으면 처음 계획대로 베이스캠프나 오를 걸 그랬나? 내 사랑의 '신'은 신발의 '신'과는 그리 인연이 닿지 않나 보다.

베이스캠프 가는 길은 여행객들도 많았지만 포터들도 많았다. 주로 숙소나 식당 등으로 식료품을 배달하는 네팔 청소년들이었는데 '청소년'이라면 내 평소의 독특한 취향에도, 여행길에서 주로 현지인을 만나고자 했던 내 선택 사항에도 딱 맞아떨어지는 대상이었다. 그들은 흔히 염색한 꽁지머리에 찢어진 청바지를 걸치고 몇십 킬로는 족히 나갈 듯한 등짐 위에 유행가가 흘러나오는 스피커를 매달고 다녔다. 안나푸르나 베시샤르 가는 길이나 에베레스트 파플루로 오는 지프에서 듣던 바로 그 뽕짝풍 노래들이다. 이미자풍의 고음과 나훈아풍의 저음이 교차하는 반복적인 리듬이 무척 구성졌지만, 조용한 산길에서 깨질 듯한 음향으로 시도 때도 없이 들어야 하는 건 정말이지 고역이었다. 요즘처럼 인터넷이 발달한 세상에 어쩌면 한결같이 저런 음악만을 듣고 있을까 싶기도 했지만, 한편으론 그 경쾌한 리듬이 어마무시한 등짐의 무게를 조금이라도 덜어줄 수 있다면야. 실제로 자신의 몸무게보다 훨씬 무거운 짐을 지고,

평지도 아닌 4000m 이상의 오르막길을 오르는, 그것도 여행객들과 짐승들 사이를 곡예하듯이 빠져나가는 포터들을 산길에서 수없이 만났었다. 이마빡에 동여맨 수건 쪼가리에 그 살벌한 무게를 지탱하며 자칫 잘못하다간 목뼈가 부러지고 말 듯한 그 광경을 볼 때마다 내 심장이 철렁해지곤 했다. 매초마다 자신의 극한 상황을 시험하는 듯한 이들은 차라리 보호줄 없이 암벽타기를 하거나, 산과 산 사이에서 줄타기를 하는 고난도의 장애물 선수들 같았다. 매순간 치명적 위험을 직시하며 죽음의 공포를 극복하고 있는 현장 예술가들이랄까.

티벳 여행에서 가장 인상 깊었던 사람들이 오체투복을 하던 순례객들이었다면 에베레스트 등반길에선 단연 이 포터들이었다. 이들은 내가 외경심으로 바라보았던, 내 정신력을 고양시켰던 말없는 동행인들이었다. 그 곁을 지나노라면 내 육체적 고통에 불평이나 한숨이 나오기보다 어째 좀 미안하달지 황송하달지, 그런 기분이 들었다. 뭐 이런 엄청난 일을 감내하는 이들도 있는데, 난 그저 내 한 몸 옮기면서 죽느냐 사느냐를 뇌까리고 있으니 말이다.

그 포터들 중에는 어린아이도 있었다. 어느 날, 딩보체 산고개를 넘다가 열 살이 채 될까 말까 한 소년을 만났다. 짐이 무겁다 보니 아무래도 걸음이 나만큼이나 느릴 수밖에 없는 그 아이와 쉼터에서 몇 번 마주치다가 몇 살이냐고 물어보았더니 씩 웃고만 있었다. 낯선 사람의 관심에 고개를 푹 수그리며 겸연쩍어 하는 낯가림이 영락없는 철부지 어린애다. 짐이 얼마나 무겁나 한번 들어 봤더니 바위덩어리처럼 꿈쩍도 않았다. 물이다 뭐다 자연히 늘어난 내 8kg 배낭 무게가 문제였던 나는 할 말을 잃었다. 성장기가 채 시작되기도 전에 제 몸무게보다 훨씬 더 나가는 짐을 지고 가는 그 아이의 뒷모습은 윗몸에 비해 비정상적일 정도로 다리가 짧다. 이 비슷한 체형을 네팔 포터들에게서 흔히 볼 수 있는데 어릴 때부터 모든 물건을 몸으로 져 날라야 하는 현지인들의 산역사를 보여 주는 듯했다. 얼마 후 갔던 길을 되돌아 계단을 폴짝거리며 내려오는 그 아이를 다시 만났다. 짐 없이 날듯이 가볍게 뛰어내려 오는 그 아이를 보자 괜히 눈시울이 시큰해져 붙들어 앉히고는 간식을 함께 먹었다. 학교는 언제 가냐 했더니 고개를 흔든다. 왜 이 어린 소년이 학교에 가는 대신 포터일을 해야 하는지 모르지만, 만약 부모가 아프거나 가족을 부양할 능력이 없다면 이 깊은 산골짝에서 이 아이가 살아갈 방편이 어디 달리 있으랴.

내가 찬탄해 마지않는 이 장대하고 아름다운 풍경이란 저들에게 과연 어떤 의미가 있을까? 그저 편치만은 않은 또 하나의 에베레스트 풍경이었다. 실제로 안나푸르나의 한 식당에서 만났던 60대 노인은 약으로 버티며 죽지 못해 살고 있다고 했다. 젊은 날의 과도한 육체 노동으로 골병이 들어 정작 이 천국을 오래 누리지는 못하는 것이다. 빈 몸으로 가볍게 산을 오르는 여행객들의 뒤안길에는 어려서부터 늙으막까지 고통 속에서 그 대가를 치르고 있는 토착민들이 있다.

한번은 70kg이 넘게 나간다는 짐을 지고 가는 청년을 만난 적도 있었다. 이마빡에 동여맨 끈에 모든 힘이 실려 있어 고개를 잘 들지도 못하는 그를 보고 있자니 내 심장이 조마조마해졌다. 게다가 짐의 부피까지 크다 보니 사람들이 넘쳐나는 좁은 계단길을 통과할 때 행여 실수로 부딪치기라도 하면 큰일이 날 수도 있을 것 같았다. 그를 차마 앞서지 못하고 졸래졸래 뒤따라간 쉼터에서 그가 짐을 내리기에 나도 그 옆에 짐을 부렸다. 그 역발산이 뭔가를 꺼내 열심히 먹고 있길래 그게 뭐냐고 물어보았다. 대답 대신 그가 건네준 건 튀긴 쌀을 납작하게 누른 것에 생라면을 섞은 것이었다. 그게 유일한 간식거린데 원기를 준다나. 그가 감당해야 하는 그 어마무시한 중량에 너무나 대비되는 이 소소한 먹거리가 하도 희안해 다음 동네에서 나도 한 봉지를 샀다. 라면 한봉지와 섞어넣은 그 기적의 먹거리는, 믿거나 말거나, 내가 세 고갯길을 무난히 넘는데 큰 힘을 주었다. 가쁜 숨을 몰아쉬며 오르막길을 가까스로 오른 후 잠깐 쉴 때마다 우적우적 그 쌀알을 씹으며 그 포터를 생각하면, 내가 겪는 어려움은 아무것도 아니었으니까. 그깟 고통쯤은 싸가지 없는 엄살이었으니까. 안나푸르나의 토롱라를 넘게 해 준 것이 푸른 사과였다면, 에베레스트산을 넘게 해 준 건 그러니까 그 푸석푸석한 쌀알이었던 셈이다.

처컹가는 길, 저녁무렵 한 마을에는 군데군데 포터들이 모여 돈따먹기 게임을 벌이고 있었다. 마을 귀퉁이에 수십 명이 무리를 지어 화투판을 벌리고 있었는데, 한순간에 그날 번 돈을 다 꼬나박고 마는, 그럴려고 그 초인적인 노력을 했단 말인가! 그런 투기판이 흥청거리고 있는 걸 보니 마음이 좀 착잡하기도 했지만, 지극한 노력을 기울인 후엔 자신을 완전히 비워내야 하는 그 이율배반을 조금은 이해할 것도 같다. 그 놀이판에 하루를 다 털어넣고 또 하루를 시작할 수 있는 힘을 얻는다면야!

간식 이야기가 나왔으니 말인데 처음 여행 배낭을 꾸리면서 가이드북에서 추천하는 에너지 비스킷 종류를 몇 가지 준비했었다. 마치 산에서 굶어죽을까 염려하는 사람처럼, 파리에서, 카트만두에서, 눈에 뜨이는 대로 골고루 사서 챙겨 넣었다. 그런데 안나푸르나에서 한 번 먹어 보니 달고 느끼해 영 입맛엔 맞지 않았다. 짐만 되다가 결국 루크라에서 배낭 무게를 줄일 때 다 버리고 말았다. 그러다 이 포터가 먹는 것이 내 에너지원이 되어 준 것이다. 그리고 또 하나 더. 여행 막바지에 세 번째 고갯길인 렌조라길을 넘을 때였다. 한 숙소에서 우연히 팝콘을 시킨 적이 있었는데 양철 냄비에서 톡톡 튀어오른 옥수수에서 풍기는 고소한 냄새가, 대나무 바구니에 듬뿍 담긴 갓 튀긴 팝콘의 따뜻하고 바삭한 감촉이 좋아 자주 디저트로 시켜 먹었다.

렌조라 길을 넘어 남체 바자로 내려오던 날은 내 쓰리 패스길의 종지부를 찍던 날이었다. 타메 마을의 숙소장이 작별인사로 싸준 그 팝콘을 우물우물 씹으며 거대한 브이 자 형상이 뚜렷한 에베레스트 산문을 나서노라니, 마치 그동안의 등반길이, 팝콘 냄새 때문인가, 파리의 시네마에서 보았던 한 편의 영화처럼 느껴졌다. 내 발걸음이 그대로 땅바닥에 섞여들며 길인 듯, 산인 듯, 내가 지어낸 한 편의 이야기인 듯, 정말이지 그 산길의 끝에서 사라지고 말 것 같았다.

그런데 특이한 것은, 그 쌀먹거리에 하도 입맛이 꽂혀 먹다 남은 걸 파리까지 들고 왔다. 하지만 몇 달을 그냥 묵혀두고 있다 결국 쓰레기 통에 버리고 말았다. 팝콘 역시 마찬가지였다. 그 산을 내려온 후 한 번도 구미가 당긴 적도, 다시 먹어 본 적도 없었다. 그 산에서만 통했던 마법이었나, 그러니까 예나 지금이나 내 입맛을 돋구는 푸른 사과를 빼곤 모두 에베레스트 변덕이었던 것이다.

아, 포터라면 젤 생각나는 이가 있다. 안나푸르나의 틸리초 가는 길에서였다. 마낭에서부터 그 호수 근처의 마을까지 약 10km는 족히 넘을 듯한 가파른 비탈길을 목재를 지고 가는 사람이었다. 건물의 골조가 될 그 나무 기둥들은 5m 정도의 길이에 50kg은 너끈히 넘을 만한 무게였는데, 이마에 두른 끈에 무게 중심을 얹고 벼랑길을 걸어가던 그의 모습이 마치 역도 선수가 역기를 등에 지고 버팀대 위를 걷는 것처럼 보였다. 가끔씩 돌들이 굴러내리기도 하는 경사길은 짐이 없어도 아슬아슬하게 느껴지는 45도가 넘는 벼랑길이었는데, 그는 장애물이 나타날 때마다 옆걸음으로 몸을 비켜세우며 묵묵히 전진하고 있었다. 어쩌다 쉬는 장소에서 마주친 그에게 허구많은 일 중에 왜 그 일을 택했냐고 물어보았다. 그의 대답은 간단했다. 하루 20달러를 버는 그 일이 두바이로 가는 비행기표를 살 수 있는 가장 빠른 길이라고. 그는 여행 경비를 마련하기 위해 두 달째 하루도 쉬지 않고 이 일을 하고 있는데, 비행기표에다 약간의 필요한 생활비를 위해선 아직도 몇 달 정도는 더 일을 해야 한다고 했다.

그러고 보니 예전에 두바이와 아부다비에 갔을 때 국립박물관에서 일하던 직원들은 대부분 네팔인들이었다. 그 도시의 상점이나 식당들은 물론 수많은 공사장의 인부들은 거의 필리핀이나 말레지아 등 동남 아시아에서 온 사람들이었고, 하얀 제르바를 걸친 현지인들은 럭셔리한 쇼핑몰이나 고급 식당에서나 간간이 보였을 뿐이었다. 바로 윗세대만 해도 사막에서 낙타를 끌던 베두인들은 석유로 돈벼락을 맞아 낙타 대신 값비싼 외제차를 끌고, 텐트 대신 냉방된 고층 빌딩에서 살며 주로 아시아에서 온 값싼 노동력을 활용하는 선민으로서의 위세를 떨치고 있었다. 기름값은 물론 세금조차 면제받는 하얀 옷의 토착민들과 주로 서비스업이나 건설현장에서 일하는 외국인들은 흑과 백, 두 세계로 극명하게 나누어져 있었다. 중심가의 초현대식 건물들에 거주하는 현지인들과 도시 외곽의 지저분하고 냄새나는 좁은 골목길에 몰려살고 있는 노동자들은 기름과 물처럼 분리되어 있었다.

한국이나 중국엔 안 가느냐는 질문에 그는 고개를 흔들었다. 그것도 유행이 있는지 한국은 한물갔으며 요즘 젊은층들은 중동 쪽을 선호한다고 했다. 그러고 보면 내가 카트만두에서 묵었던 호텔의 한 여직원도 내년에 두바이에 간다며 꿈에 부풀어 있었었다. 짐을 내리고 휴식을 취하고 있는 그에게 사진을 한장 부탁했다. 틸리초, 내 히말라야 여행길의 계기가 되었던 그 호수 가는 길에서 기념사진을 남기고 싶었는데 그이 말고는 지나가는 사람이 없었기 때문이다. 그런데 그가 찍어 준, 높고 경사진 비탈길을 걸어가는 내 모습이 정말이지 마음에 들었다. 개나리 봇짐을 지고 휘적휘적 걷고 있는 뒷모습이, 그야말로 김삿갓 저리가라는 방랑객 느낌을 물씬 풍겼던 것이다. 몇 장 안 되는 내 히말라야 사진 중 손꼽힐 만한 걸작이었다. 사실 혼자 다니면서 풍경 사진은 많아도 정작 내 사진은 거의 없었다. 힘든 산행에서 지나가는 사람에게 뭘 부탁하기도 그랬지만, 어쩌다 맘 먹고 청해도 아니 뭘 찍었지? 할 때가 많았기 때문이다. 그런데 이 사진은 벼랑길의 풍경은 물론 말 그대로 '틸리초 가는 길'의 운치를 한껏 살려 주고 있었다.

그 답례로 선뜻 하루치 일당을 지불했다. 뭐 선심을 쓴 게 아니라 피곤한데 아무렇게나 한 장 눌러도 될 걸 구도까지 잡아 가며 신경을 써 준 게 고마웠기 때문이다. 왼종일 그 무거운 짐을 져나르며 번 돈이나 사진 한 번 찰칵 누르고 번 거나 마찬가지라는 내 나름의 유머도 있었다. 그런데 대박! 그가 틸리초에 도착할 때까지 쉴 때만 되면 나를 찍어 주겠다는 거였다. 물론 공짜로! 그의 무거운 등짐을 보며 고개를 젓는 나를 그는 일부러 쉼터에서 기다리기도 했다. 아, 괜찮은뎅, 하면서도 그때마다 못 이기는 척 포즈를 잡았던 건, 정말이지 실수까지 예술이 될 정도로 탁월한 그의 미적 감각 때문이었다. 어쩌다 비탈길을 수직으로 세운 듯한 구도에선 내가 길을 걷는 게 아니라 벼랑길을 기어 오르는 듯하기도 했고, 잘못 들어간 그의 엄지 손가락마저도 은은한 살빛을 드리운 배경막이 되어 그 풍경의 몽환적 분위기를 살려주었다. 아무튼 그 포터 덕분에 나는 안나푸르나 '틸리초 가는 길'이라는 멋들어진 사진첩을 갖게 되었다.

고락셉은 마을이라기보다 병영촌 같았다. 숙소 앞에 있는 칼라 파타Kala Pattar산 밑엔 물을 받는 호스가 즐비했고, 일꾼들이 산에서 흘러나오는 샘물을 받아 숙소로 나르고 있었다. 이곳에 도착한 등반객들은 보통 숙소에다 짐을 부려 놓고 얼마 멀지 않은 5340m 베이스캠프를 다녀온 후 다음 날 칼라 파타산으로 올라갔다. 하지만 베이스캠프에서 초라 패스길을 넘어 고꾜리로 가서 거기서 칼라 파타산과 비슷한 고도의 5500m 고꾜리산을 오를 예정이었던 나는 오후에 고락셉에 도착하자 마자 바로 칼라파타 산으로 올라갔다. 그냥 산허리쯤에서 저멀리 티벳으로 비끼는 노을이나 감상하다가 내려올 참이었다. 하지만 막상 오르다 보니 푸모리Pumo Ri와 마나슬루 Manaslu, 로체Lhotse 등 내로라하는 에베레스트 설봉들이 줄줄이 모습을 드러내는 바람에 점점 더 산을 올라가게 되었다. 하지만 곧 구름장이 산봉우리들을 뒤덮고 바람이 거세게 부는 통에 얼마 안 가 그냥 내려오고 말았다. 고락셉 마을은 에베레스트에 오르는 등반객들이 고산증에 적응하기 위해 머무는 곳이라 사람들이 많았다. 햇빛이 좀 드는 곳이라면 어디나 사람들로 붐비는 식당과 카페 테라스에서 시간을 보내다 일찌감치 숙소로 돌아왔다. 불기없는 방은 엄청나게 추웠다. 영하 10도였던 안나푸르나의 하이 캠프는 저리 가라할 추위로 곧장 온몸이 얼어붙을 것 같았다. 다행히 모포는 많았다, 언제 빨았는지 모를 냄새가 역했지만 이것저것 가릴 처지도 아니었다. 냄새고 뭐고 누우면 바로 잠으로 빠져들었으니까. 새벽에 추워서 일어나 보니 수돗물은 물론 화장실 물도 꽝꽝 얼어 붙어 있었다.

아침 식사를 하며 식당 벽에 붙은 지도에서 주변의 산들의 살펴보았다. 왼쪽으로 매끈한 대머리통을 드러낸 7161m 푸모리산과 오른편으로 건장한 체격을 뽐내는 7861m의 눕체, 그 사이로 6749m 링트렌Lintren과 8516m 로체Lhotse, 8848m 쿰부 에베레스트가 빙 둘러쳐진 고원의 한가운데로 베이스캠프 가는 길이 펼쳐 있었다. 오른쪽으로 빙하 골짜기가 펼쳐져 있는 산길을 따라, 메마른 황토 먼지가 푸석거리는 오르막길을 걷자니 사람들이 줄을 이었다. 얼마 안 가 비스듬한 협곡에 위치한 베이스캠프에 생각보다 쉽게, 빨리 도착했다. 그 이름만으로 오래 꿈꾸어서인가, 막상 말로만 들었던 전설적인 장소가 눈앞에 드러나자, 색색의 천들로 장식된 돌무더기들이 어지럽게 널린 그 고원이, 내가 지나쳐 온 허구 많은 고갯길들과 별 다를 바 없는, 아니 훨씬 못한, 그저 그런 돌밭임을 보고 저으기 실망스러웠다. 다른 사람들도 같은 인상을 받았는지 사진 찍기가 바쁘게 다들 서둘러 돌아가고 있었고, 몇몇 사람들만 미련 때문인지 휴지와 쓰레기가 흩어진 돌탑 주변을 어슬렁거리고 있었다.

　나 역시 어쩐지 그대로 되돌아가기가 좀 서운해 근처를 얼쩡거리고 있는데 거기서 500m쯤 떨어진 눕체 아래쪽에 하얀 얼음산들이 햇빛에 반짝이는 것이 보였다. 첩첩이 겹쳐진 쿰부 빙하Khumbu glacier 계곡 사이로 얼음 봉우리들이 해그림자 때문인지 미묘한 색채를 발하고 있었다. 눕체는 산의 형상이 그다지 특출해 보이진 않았지만 로체와 푸모리 등 베이스캠프를 둘러싼 여러 봉우리들 사이에서 우직한 존재감이 있었다. 그런데 그 단어의 발음 때문이었나 이상하게도 내겐 '눕체'Nuptse란 이름이 '눕시알'Nuptial이란 불어를 연상시켰다. 신혼을 의미하는 그 말의 첫 음이 '눕다'라는 한국말 첫음과도 겹쳐선가 어쩐지 관능적인 이미지가 떠올랐다. 어쨌든 여기까지 와서 쿰부 에베레스트 산꼭대기를 조망한 것도 아니고, 그냥 무덤덤하게 이 장소를 떠나기가 아쉬웠던 나는 눕체산 아래 빙하 계곡에서 시간을 좀 보내기로 했다. 얼음산이라면 콩마라 고갯길을 내려올 때 빙하강을 가로지르긴 했어도, 그저 정신없이 호수를 건너느라 그 청록빛과 보랏빛이 뒤섞인 기이한 형상의 얼음 조각들이 발하는 광채를 제대로 감상하지 못했던 터였다. 산비탈을 내려가 계곡 쪽으로 다가가자 깨어진 얼음장 밑으로 졸졸졸 개울물이 흐르고 있었다. 살얼음 낀 빙판길을 지나 안으로 들어섰다.

아, 그곳은 별천지였다!

에베레스트 만년설로 조각된 성채가 햇살에 은빛으로 빛나고 있었다. 거대한 구름 모양도 있었고, 깊은 바닷 속처럼 새파란 빛을 발하는 얼음 동굴도 있었으며, 노란빛이 감도는 대리석 기둥 같은 것도 있었다. 그동안 내가 보아왔던 바위산과, 숲, 호수와는 닮지 않은, 전혀 다른 세계가 펼쳐져 있었다. 새로운 하늘, 낯선 땅이었다. 나는 마법의 궁전이 벌이는 빛잔치에 초대된 것처럼 얼음 봉우리들 사이로 걸어 들어갔다. 마치 작고 오묘한 행성들이 떠다니고 있는 놀이터 안으로 들어가는 기분이었다. 투명한 물빛이 배어나는, 희다 못해 푸르스럼한 기둥들 사이로 숨쉬듯 옅은 안개가 피어오르고 있었고 빙벽의 어딘가 뚫린 구멍에서 물소리가 들려왔다. 빛동굴의 내부에서 반사되는 은은한 광채가 미끄러운 빙벽에서 반사되는 햇빛과 어우러져 거의 동화 속에 나오는 요술 정원같은 분위기를 조성하고 있었다. 조심스럽게 그 얼음 기둥을 만져 보았다. 손바닥에 뜨겁도록 차가운 날이 곤두섰다. 태양빛이 밝게 비치는 깊은 바닷 속에 얼어붙은 불기둥을 만지는 듯했다. 지팡이로 두드려 보았다. 마치 얼음 오르간이 소리를 내듯 오묘한 음향이 울려퍼졌다. 에베레스트산의 이런 높이에, 이런 깊이로, 이런 신비한 세계가 숨어 있다니!

이 투명한 공간을 비추고 있는 빛줄기가 눈부신 드레스 자락 같았다. 눕체 계곡이 나를 위해 비밀스런 잔치를 준비한 것일까.
— 나는 이 산의 신부다!
나름 재미있는 상상을 하며 땅바닥 위에 드러누웠다. 차갑고 딱딱한 얼음 바닥이 마치 폭신하고 안락한 솜털 같았다. 내 얼굴 위로 하얀 테를 두른 푸른 하늘이 뚫려 있었다. 은빛 물이 뚝뚝 떨어지고 있는 새파란 천공 아래 누워 있자니 물방울이 몸 위로 떨어져 내렸다. 나는 이 계곡의 거친 숨소리를 듣고 있었다. 이 땅의 차거운 물과 뜨거운 불을 한껏 들여 마셨다. 이 산이 토하는 야생의 숨결을 호흡하며 나는 에베레스트의 좁고 깊은 동굴 속으로 한없이 빨려 들어갔다.

지극한 한순간이 지나갔다. 나는 이 천혜의 공간에 뭔가를 남기고 싶었다. 이런 감정을 표현하기 위해 시인은 시를 쓰고, 음악가는 선율을 떠올리며, 무용가라면 춤을 출 것이다. 그도 저도 아니면 이 얼음 위에 뭔가를 긁어 놓든가, 땅바닥에 새겨놓기라도 해야 할 것 같았다. 여기저기 흩어진 돌들을 주워모아 쌓기 시작했다. 강바닥엔 돌들이 얼어 붙어 있어 물가의 자갈돌들을 건져 올렸다. 얼기설기 돌기둥을 쌓아가자 어린아이같은 기쁨이 차올랐다.

그날, 그 눕체 계곡에서 나는 정말로 눕시알의 성을 쌓고 있었던 것일까? 늦은 오후, 고락셉의 숙소로 돌아오자 메신저가 날 기다리고 있었다. 왓삽에 떠오른 관능적인 목소리,

— 그런데 지금 혼자예요?

초라 Cho La

베이스캠프에서 고꾜리로 가기 위해선 세 고갯길의 두 번째인 초라 패스길을 넘어가야 한다. 먼저 4850m 고도에 위치한 종글라Dzonglha 마을에서 하루를 머물며 초라 정상을 넘은 후, 드라냑 Dragnag 에서 또 하루를 머물다 고꾜리에 도착하는 사흘간의 여정이었다. 드디어 내가 꿈꾸던 그 호수로 향하게 되었다. 고락셉에서 얼마 안 가 에베레스트 중심길과의 갈림길에서 '고꾜리'란 화살표 팻말이 나타났다. 얕은 시냇물이 흐르는 평원을 지나 산비탈을 올라가 노라니 산허리에 가느다란 길이 수평으로 길게 뻗어 있었다. 도중에 산물을 물통에 받고 있는데 가족으로 보이는 일행이 스쳐 지나갔다. 하지만 그뿐 다른 등반객들은 보이지 않았다. 고락셉과 베이스캠프에 사람들이 많았던 걸로 치면 좀 의외였다. 언덕길에 올라 아랫쪽 계곡을 굽어보니 울긋불긋한 색상의 등산복들이 꽃뱀처럼 길게 이어지고 있었다. 내가 들어선 이 초라길엔 사람이 없는 반면 베이스캠프에서 남체 쪽으로 향하는 길엔 오가는 사람들이 저리도 많은 것이다. 여행 성수기는 지났어도 늦가을의 쾌청한 날들이 계속되고 있어 에베레스트산의 중심 길목은 여전히 번잡한 모양이다.

종글라 마을로 향하는 산길을 걸으며 시선은 자꾸만 멀리 보이는 남체 가는 길 쪽으로 쏠렸다. 그 길들을 끼고 도는 강줄기와 마을들을 바라보면서 어쩐지 좀 애잔한 마음이 들었다. 내가 가지 않은 길, 그래서 결코 내가 알지 못할 것들에 대한 향수 같기도 하고, 남들과 다른 길을 걷는 소외감 같기도 하다. 하지만 나는 이 길을 택했고, 그래서 다른 공간을 걷고 있다.

산길을 걷는 일은 과거와 현재 그리고 미래에 대한 일종의 은유라는 생각이 든다. 가던 길을 뒤돌아보면 과거의 발자취가 보이고, 앞을 바라보면 내가 걷게 될 미래가 보인다. 가까이서 혹은 멀리서, 모퉁이를 돌 때마다 내가 가고자 하는 길들이 산봉우리들 사이로 언뜻언뜻 모습을 드러내듯이 나의 미래는 현재 속에서 가늠할 수 있다. 앞으로 내게 펼쳐질 풍경은 내가 선택한 이 방향에 달려 있는 것이다. 지금의 여러 가능성 중에서 하나를 정한 대로 다음 풍경이 나타날 것이니, 결국 나의 미래는 이미 과거의 결정 속에 담겨 있다. 내가 이 길에서 어떤 종류의 경험을 했고, 어떤 극복을 했으며, 무엇을 성취하는가에 따라 다가올 풍경의 특성이 나타날 것이니, 나는 지금 이 길을 걸으며 나의 미래 현실을 완성시키고 있는 것이다.

내가 저 산등성이를 포기하고 돌아가는 이변이 일어나지 않는 한, 저 호수를 헤엄쳐 건너는 변덕을 부리지 않는 한, 나는 이 산길에 연결된 바로 그 지점에 도달할 것이다. 내 꿈과 의지와 노력 때문이 아니라, 그동안의 내 발걸음이 준 추동력이 만드는 자발성이 그 목적지로 나를 이끌 것이다. 나는 내가 살아온 과거와 현재를 통하여 이미 나의 미래를 실현하고 있다. 지금까지 걸어온 나의 행보로 미래의 삶을 확정짓고 있다는 점에서 과거, 현재, 미래는 동시성이다.

콩마라길을 지나 초라길을 오르며 내가 이미 세 고갯길을 정복한 느낌이 드는 것은 그래서일까?

무심코 산 모퉁이를 돌아드는데 어머어마한 산이 불쑥 코앞에 나타났다. 그 장대한 바위산의 출현이 하도 느닷없어 악! 소리가 나올 지경이었다. 겨우 호수 하나를 사이에 두고 이렇게 크고 높은 산을 맞딱뜨리다니! 마치 거대한 우주선 하나가 푸른 호수 위에 터억 내려앉은 듯했다. 허리에 뭉게구름을 흰 치마자락처럼 두르고 푸른 호숫물에 발을 딛고 선 산봉우리에 눈부신 햇살이 내리쬐고 있었다. 콩마라 산정 아래서, 혹은 로부체 가는 빙하강에서 그림 같은 호수들을 보긴 했어도 이런 높은 고도에서 이렇게 강물처럼 크고 깊은 호수를 보는 것도 처음이었다. 나도 모르게 환호성을 지르며 물가로 내달렸다. 조금 전 산길을 돌아가던 그 가족도 꺄악꺄악 소리를 지르며 호숫가를 뛰어다니고 있었다. 이런 보기 드문 절경 앞에 인간이란 동류항으로 묶인 우리들은 낯선 이방인에서 잘 아는 이웃이 되어 함께 웃고 떠들었다. 이 스웨덴 부부는 남매를 데리고 있었는데 둘 다 열 살이나 될까 말까 한, 에베레스트산의 등반객치고는 나이가 무척 어린 편이었다. 암청색 바위산 사이로 청회색 흙더미가 무너져 내린 경치를 배경으로 땅을 구르며 뛰어오르는 그들의 사진을 찍어 주고 나도 폼을 잡았다. 지도에도 이름이 나와 있지 않은 그 호수를 나는 초라초라고 이름을 지어 주었다. 남초, 아미록초 등 티벳 호수들이나 안나푸르나의 틸리초 호수에는 모두 '초'라는 돌림자가 붙었으니까.

초라초를 떠나 구비구비 계곡을 가로질러 작은 고원에 도착했다. 멀리 보이는 산언덕 위에 피어오르는 연기가 산정에 걸친 하얀 안개에 스며들며 옅은 구름장으로 퍼지고 있었다. 인적 드문 산속에선 연기가 피어오르는 이런 평범한 기미조차 참으로 반가운 스펙타클이 된다. 사람사는 오두막 한 채가 넉넉히 이 광활한 풍경을 대신하게 되는 것이다. 냄새가 느껴질 거리가 아닌데도 절로 나무 타는 냄새를 맡고 음식 냄새를 맡는다. 그 미미한 냄새가 모든 고통을 잊게 해 줄 안식처를 예고하며 곧 따뜻한 차를 마시며 불 앞에서 쉴 수 있다는 희망을 품게 한다. 저 고지를 향해 마지막 힘을 낸다. 산고개에 자리잡은 마을은 고꾜리에 가기 전 유일한 숙소가 있는 종글라다. 행여 조금 전 보았던 초라초 호수가 보이는 방을 구할 수 있을까 동네 맨 끝에 있는 숙소까지 발을 질질 끌며 찾아갔다. 창밖으로 호수가 잘 보인다는 숙소장의 말이 무색하게 그날 저녁부터 다음 날 아침 숙소를 떠날 때까지 창밖엔 줄곧 두꺼운 안개가 드리워져 있었다. 이런 고지대에서 아름다운 경치란 시공간의 타이밍이 제대로 맞아야 볼 수 있는 희귀한 스펙타클이다. 오늘처럼 안개 긴 날이면 내로라하는 전망도 그냥 흰 장막에 불과하고, 깎아지른 기암절벽도 그 희끄무레한 괴물의 아가리에 속절없이 멕히고 만다.

난로불이 지펴진 살롱 겸 식당에는 한 커플이 식사를 하고 있었다. 그들의 가이드에게 내일 크램폰의 필요성에 대해 물어 보았다. 초라 고갯길은 눈이 많이 쌓인 빙하 산등성이를 통과해야 하는데 나는 신발에 매달 그 빙판 보호장구가 없었다. 그의 말로는 보통 이맘 때는 아직 눈이 쌓이지 않을 때지만 엊그제 눈이 많이 와 일단 가봐야 알 거라고 했다. 이 고갯길은 십 년 전만 해도 일반인들은 넘을 수 없을 정도로 눈이 많이 쌓인 곳이었는데, 최근에 눈이 많이 녹아 등반객들에게 개방이 되었다고 했다. 어쨌든 그들은 다들 크램폰을 구비하고 있었다. 원래는 나도 남체에서 그 물건을 준비할 작정이었지만 콩마라 고갯길을 위해 무거울 것 같아 망설이다 엊그제 고락셉의 한 가게에 물어보니 다섯 배나 비싼 가격을 부르고 있었다. 인터넷으로 확인한 바에 의하면 며칠 안에 눈이 올 확률은 거의 없었고, 알 만한 사람들은 고갯길에 눈이 있을 확률은 반반이라 해 에라 모르겠다 그냥 온 거였다. 엊그제만 해도 여느 때처럼 11월의 쨍쨍한 햇살이 내 긍정적 마인드를 부추길 때였다. 그런데 오늘 밤, 세수를 하러 바깥에 나갔더니 물항아리에 담긴 이빨 닦을 물도 꽁꽁 얼어 붙어 있었다. 곧 함박눈이라도 쏟아질 듯 눈발이 흩날리고 있었다.

아침 일찍 숙소를 나서는데 여전히 가는 눈발이 스쳤다. 한두 시간 평탄한 고원을 지나가자 다행히 눈발은 그치고, 산등성이를 몇 개 넘도록 쌓인 눈은 보이지 않았다. 저 멀리 산봉우리들 사이로 아마다블람이 눈에 들어왔다. 콩마라길에서 두 개로 보였던 산봉우리가 어느덧 외봉우리로 되돌아가 있었다. 언제쯤 그 문제의 빙하길이 나타날려나 궁금한 참인데 마침 반대편 방향에서 초라 패스길을 넘어오는 한 젊은이가 있었다. 눈길의 상태를 물어보니 방금 그가 찍은 사진들을 보여 주었다. 뿌옇게 흐려진 회색빛 산등성이 위로 가느다란 선이 산정까지 길게 뻗어 있었다. 크램폰이 없이 갈 수 있느냐는 내 질문에 그는 자기도 없었다며 조심하면 괜찮을 거라고 일러 주었다. 누군가 크램폰 없이 넘었다는 사실이 안도감을 주었다.

얼마 안 가 과연 천지가 온통 하얗게 뒤덮인 산등성이가 나타났다. 오로지 흰 빛, 흰 빛이었다. 하늘과 땅이 맞닿은 설국 나라에 온 듯했다. 낮게 내려앉은 회색빛 하늘 아래 희끗희끗 날리는 눈발 사이로, 저 높이 은빛 지평선이 칼금을 긋고 있었다. 곧 함박눈이라도 쏟아질 듯한 무거운 구름장을 뚫고 사람들의 발자국이 찍힌 흐릿한 선 하나가 먼 하늘길로 통하고 있었다. 한 가지 위안이라면 사람의 자취라곤 찾아볼 수 없었던 콩마라 길과 달리, 그 선 위로 사람들이 개미 떼처럼 꼬물거리고 있었다는 것이다. 만일의 경우에도 혼자가 아니라는 사실에 안도하며 빙하길로 들어섰다. 겨우 한 발자국만 내디딜 정도의 좁은 폭이었지만 생각보다 그리 어렵진 않았다. 신발에 크램폰이 없어 좀 미끄럽긴 했어도, 행여 넘어진다 해도 눈 쌓인 푹신한 비탈길이니 그리 위험할 것 같지는 않았다.

또 한 번 몰입의 시간이 왔다. 배낭 무게가 한 쪽으로 쏠리지 않도록 몸의 균형을 유지하며 걸음걸이에 온 정신을 집중했다. 머릿속은 눈밭처럼 하얗게 텅 비고, 내리는 눈발이 세상의 소리를 다 흡수한 듯 귀에는 아무 소리도 들리지 않았다. 세상의 시간은 한 걸음 한 걸음 내딛는 그 동작에 집약되었다. 오직 여기, 지금만이 존재한다. 내가 내쉬는 호흡만을 감지하는 눈 먼 몰입, 단순한 생존 본능으로 땅을 기어가는 파충류의 감각이 되살아난다. 내리는 눈이 얼어붙다가 신발 아래서 부서지는 소리, 발자국 밑에서 녹아드는 그 찰나까지 감지한다.

그런데 콩마라 내리막길에서 비슷하게라도 한번 해 본 경험이 도움이 되었나, 그때보다는 훨씬 쉽게 느껴졌다. 그리 떨리지도, 조바심이 나지도 않았으며, 오히려 얼마 안 가 벼랑에서 외줄 타는 듯한 그런 상황을 즐기기까지 되었다. 발이 미끌어지는 자칫 위험한 순간에서조차 웃음이 먼저 터져 나왔다. 한참 동안 그렇게 자신을 완전히 잊고 전진하다가 문득 이보다 더한 영적인 순간이 또 있겠나 싶은 그런 여유로움으로 고개를 들어 주변을 둘러보니 흩날리는 진눈깨비 사이로 어제 호숫가에서 만났던 가족이 올라오고 있었다. 어른, 아이 할 것 없이 다들 고개를 푹 숙인 채 걸음걸이에 여념이 없었다. 어제 종글라 숙소에서 만났던 어떤 이의 말로는 초라 패스길의 내리막길은 콩마라길에 비하면 훨씬 짧고 평탄하다고 했었다. 그러니까 저 눈앞에 반짝이는 은빛 빗금만 통과하고 나면 별 문제 없다는 뜻이렸다!

눈길에 잔뜩 긴장을 한 탓이었는지, 오르막길을 오르느라 열이 났는지 막상 타르초들이 나부끼는 고갯길의 정상에 도달해서야 온몸이 얼어 붙을 정도로 춥다는 걸 깨달았다. 5420m 높이의 초라 산정엔 거센 눈바람이 몰아치고 있었는데 엊저녁 기온이었던 영하 십도보다 훨씬 춥게 느껴졌다. 그나마 잠시 머무르며 주변 풍광을 음미할 수 있었던 콩마라 정상과 달리, 온 세상이 오로지 흰 빛으로 뒤덮힌 신천지를 제대로 음미하지도 못하고 서둘러 내려와야 했던 건 무척 유감이었다.

내리막길은 햇살이 비치는 남쪽 방향이라 그런지 얼어붙은 눈길도 없었고, 어쩌다 눈이 쌓인 음지도 많이 녹아 있었다. 가파른 절벽 길이었지만 사람들이 통행하는 길은 계단길인데다 군데군데 쇠줄이 매어 있어 별 어려움 없이 산을 내려올 수 있었다. 초라길은 유명한 고꾜리로 가는 이용객들이 많아선가 콩마라길에 비해 비교적 정비가 잘되어 있다는 인상을 주었다. 하지만 며칠만 늦었더라도 엊저녁부터 흩날리기 시작한 눈발이 바윗돌 위에 얼어붙었다면 이 내리막길도 아주 위험할 수 있었으리라. 어쨌든 초라길은 크램폰 문제만 빼곤 세 고갯길들 중엔 그나마 가장 수월했던 길이었다. 비록 나와 거의 동시에 산정에 도착했던 스웨덴 가족이 찍어 준 사진 속엔 희뿌연 눈발 속에 길 잃은 눈표범처럼 온몸을 떨며 웅크리고 있지만 말이다.

초라 고갯길을 내려와 숙소가 있는 드라냑 가는 길이었다.

평원을 지나다가 세 사람의 젊은이를 만났다. 내가 쓰고 있는 설산 봉우리 모양의 모자를 가리키며 알은 체를 했다. 그 모자의 원산지인 아이슬란드에서 온 두 여자와 한 남자였는데 그 역시 그 섬나라의 독특한 문양이 짜인 쉐터를 입고 있었다. 그런데 나를 앞서간 그들이 혼자인 내가 염려가 되었던지 산모퉁이를 돌 때마다 손짓을 하며 챙겨 주는 거였다. 우리는 결국 함께 걷게 되었다. 한데 해질 무렵이 가까워 오는데도 하마 나타나야 할 마을은 나타나지 않고 깊은 계곡길만 끝없이 이어졌다. 일행 중 이 산에선 보기 드물게 체중 한참 나가는 여자가 그만 주저앉았다. 곧이어 틸쉐터도 따라 널부러졌다. 둘 다 땅바닥에 드러눕더니 도저히 더 이상 갈 수 없다는 절망적인 제스처를 취했다. 이상한 것은 조금 전 맵미로 확인한 바

로는 드라냑 마을까지 2km라 적혀 있었는데 벌써 거의 4km를 오르
내리락거렸는데도 마을은커녕 비슷한 낌새도 보이지 않는 것이었
다. 일반적으로 맵미에 나타난 거리 표시는 비교적 정확했다. 하지
만 계곡이 아주 깊은 산골짜기에선 간혹 이렇게 잘못된 측정이 나
타날 때도 있었다.

　보통 인가가 가까워지면 멀리서부터 나무 타는 냄새나 짐승의 똥
과 잿더미가 섞인 듯한 썩은 퇴비 냄새가 나곤 했었다. 그런데 오늘
은 가도가도 계곡은 점점 더 좁아지기만 하고 사람 사는 기미는커
녕 물소리만 더 요란해졌다. 길을 잘못 들었나. 문제는 대부분의 내
리막길은 높은 곳에서 내려다보면 다음 길들이 대충 가늠이 되는
데, 여긴 구불구불한 길들이 이어진 좁은 계곡의 연속이라 다음 전
망이 전혀 예측이 안 되는 거였다. 다행히 일행이 여럿이라 불안하
지는 않았다. 혼자서 끝이 안 보이는 내리막길을 내려오느라 전전
긍긍했던 콩마라길에 비하면, 초라길은 적어도 혼자 내버려질 염려
는 없는 것이다. 해가 저물어가자 다들 정신을 차려 내달린 끝에 드
디어 그 골짜기가 끝나는 지점에, 전혀 동네가 있을 법하지도 않은
곳에서 연기가 피어오르고 있는 걸 발견했다. 다들 길을 잃었나 하
던 참이라 뛸 듯이 기뻐했다. 그러고 보니 반대편 고꾜리 쪽에서 보
자면 우리가 내려왔던 높은 산등성이가 시작되는 초입에 있는 마을
이었다.

　드라냑 숙소엔 빈 방이 몇 개 없었다. 저녁 늦게 도착한 참이라 전
망이고 뭐고 내 방이 있는 것만도 다행이었다. 두 고갯길을 넘고 나
니 히말라야 산행을 시작할 때만 해도 중요했던 창밖 풍경이고 뭐
고 간에 그저 편하게 잠만 잘 수 있다면 아무래도 좋았다. 절경이라
면 대낮에 본 것만으로도 차고 넘치는 판이었고, 주로 어둑해질 무
렵 도착해서 새벽에 출발해야 하는 행군의 특성상 저녁 식사 후엔
전망이고 뭐고 그냥 쓰러져 잠들기 일쑤였기 때문이다. 내일 이 마

을에서 고꾜리로 가는 길은 비교적 짧은 편이니 바야흐로 나의 세 고갯길 넘기는 콩마라와 초라 길이란 두 과정을 패스하고 있었다. 포터 없이 세 고갯길을 넘는다는 초기의 불안과 긴장에서 슬슬 풀려나 나는 이 여행의 백미라 할 고꾜리를 앞두고 있는 것이다. 내일이면 마침내 내가 꿈꾸던 호수, 에베레스트 계곡에서 가장 아름답다는 그 마을에 도착할 것이다.

드디어 고꾜리 가는 날 아침이 밝아 왔다.

드라냑에서 불과 서너 시간 거리라 여유 있게 아침 식사를 하고 천천히 길을 나섰다. 며칠간 시간에 쫓기는 일정이었기에 늘 아침 일찍 출발해 해질 때까지 온종일 산길을 걸어야 했었다. 이제 두 패스길도 통과했겠다, 몇 시간만 걸으면 고꾜리겠다, 정말 모처럼 느긋한 시간을 갖게 된 것이다. 마을을 벗어나자 이내 키작은 관목들이 흩어진 널찍한 평원이 시원하게 전개되었다. 사람들이 쌓은 돌무더기들이 여기저기 군집을 이루고 있었는데 그중에는 놀라운 미학적 균형을 보여 주는 것들도 있었다. 주변에 있는 자연 재료를 활용하여 바라보는 것만으로도 명상과 사색을 이끌어내는 작품들이었다. 가히 일품이라 할 만한 그 돌탑들을 찍으며 천천히 평원의 끝으로 다가가니 갑자기 길이 끊어지고 벼랑길이 나타났다. 그 아래쪽으로 메마른 강줄기 같은 넓은 빙하가 펼쳐져 있었는데 기후 변화 때문인지 눈도 얼음도 없는 먼지가 푸석푸석한 자갈길처럼 보였다. 몇몇 여행객들이 색띠처럼 올망졸망 하늘거리고 있는 빙하강을 가로질러갔다. 노르웨이 스발바르 섬의 빙하가 예년보다 몇 배나 더 빨리 녹고 있는 것처럼 에베레스트의 빙하 역시 심각한 기후 변화를 겪고 있는 듯하다. 십 년 전만 하더라도 불가능했던 초라 빙하 길을 이제는 등반객들이 쉽게 넘나들고 있으니 말이다. 베이스 캠프 근처의 쿰부 빙하 역시 내가 접근할 수 있었을 정도로 얼음 계곡은 뚫려 있었다. 채석장같던 베이스 캠프의 분위기는 그래서였나.

야트막한 둔덕들이 처녀들 젖무덤처럼 솟아 있는 고원으로 들어섰다. 오늘 고꾜리 가는 길엔 콩마라나 초라 산정의 춥고 거친 눈바람이 아니라 부드럽고 따스한 바람이 불어오고 있었다. 내 몸은 가볍고 홀홀해졌다. 도중에 고꾜리를 가리키는 깃발들이 군데군데 쇠막대기에 꽂혀 있었다. 에베레스트 산등성이에서 그런 쇠로 만들어진 도구들을 보는 것도 처음이었다. 때마침 불어오는 바람결에 깃발이 휘날리자 푸르둥 푸르둥, 나무 한 그루 없는 평원에 룽다가 바람을 따라 밋밋한 풍경에 리듬을 주고 있었다. 나도 저 바람을 따라가고 싶다. 거침없이 흐르는 저 우주의 숨결을 따라가고 싶다.

룽다 천자락에 적힌 수트라 구절들이 바람에 흩날리고 있었다. 대지 위에 법을 설하고 있는 그 표연한 깃발들이 사자후를 토해내는 선사의 기상처럼 걸지다. 나도 모르게 지팡이로 룽다가 펄럭이고 있는 쇠막대를 쳤다. 바람 소리밖에 없던 평원에 홀연 침묵을 깨뜨리는 쇳소리가 났다. 깨진 종이 울리는 듯한 소리였다. 한 번 두 번 세 번, 어차피 들을 사람이 있는 것도 아닌 터, 심심하던 차에 연신 철봉들을 두드리며 걸어갔다. 콩마라의 안개 바람, 초라의 눈바람, 중앙아시아 초원의 바람, 노르망디 평야에서 불어오는 바람, 어느 한겨울, 나를 불렀던 울릉도의 바람… 멀리서, 가까이서 나를 스쳐 지나갔던 바람들이 깃발을 흔들었다. 태양빛과 바람, 쇳소리가 어우러진 룽다 오케스트라가 온누리에 울려퍼졌다.

언덕길의 끝에 이르자 발아래 드넓은 호수가 펼쳐졌다. 청회색 흙들이 무너져 내린 거대한 산줄기가 둘러싼 연초록빛 물가엔 이끼들이 검붉은 바윗돌을 타오르고 있었다. 고꾜리다. 오른쪽으로 울긋불긋한 지붕을 한 집들이 장난감 마을처럼 아기자기하게 보였다. 비탈길을 내려가 호수 전망이 가장 좋을 듯한 숙소를 찾아가니 빈 방이 없단다. 나오는 길에 엊그제 동행했던 아이슬란드 친구들을 만나 수다를 좀 떨었다. 어젯밤 드라낙에서 숙소마다 방이 찬 바람에 뿔뿔이 흩어져야 했었는데, 고꾜리에 먼저 도착했던 그들은 내가 구하려던 숙소에 여장을 풀었다고 했다. 다행히 나도 물가로 밀려오는 잔물결이 보일 정도로 호수가 가까운 곳에 방을 구할 수 있었다.

이번 여행에서 나는 숙소 운이 꽤나 좋은 편이었다. 관광객이 많은 시즌에 원하는 전망을 가진 방들을 비교적 쉽게 구한 데다 세 고갯길 여정에 큰 도움을 주었던 숙소장들을 만나기도 했으니 말이다. 짐을 정리한 후 저녁 식사를 하기엔 좀 이르긴 하지만 식당으로 갔다. 해가 기울어지면 곧 추워져 따뜻한 차라도 한 잔 해야 하기 때문이다. 야크 똥으로 불을 피운 식당에는 철판에 구운 감자전을 먹는 현지인 가족 여행객들로 웃음꽃이 피고 있었다. 호수가 바라보이는 창가에서 생강차를 마시며 오랜만에 저녁 시간의 여유로움을 즐기고 있는데 한 젊은 커플이 들어왔다. 서글서글해 보이는 인상의 그들은 캐나다에 살고 있는 이스라엘인이며 남체에서 고꾜리로 바로 올라왔다고 했다. 갈릴레 도보 여행을 다녀온 터라 금방 이야기가 통했다.

— 함께 산 지는 몇 년 되었지만 이 친구가 결혼할 생각이 없어 그냥 동거만 하고 있어요.

내 곁에 앉은 실비아의 말에 알렉시는 빙긋이 웃고만 있었다. 처음 보는 사람에게 스스럼없이 자신의 사생활을 소개하는 쾌활한 성격의 그녀는 현대 무용을 한단다. 어릴 적부터 클래식 무용을 하다 몇 년 전 부상으로 장르를 바꾸었다고. 이 에베레스트 골짜기에서 춤추는 사람을 만난 게 반갑다. 그렇잖아도 최근에 개선문 근처에 있는 테아트르 샹젤리제에서 이스라엘 무용단의 공연을 본 적이 있었다.

— 작년 여름에 파리에서 샤론 아일 작품을 봤어요. 즉흥적이면서도 관능적인 춤이 아주 인상적이었어요. 연극적 유머도 좋았고요.

— 아, 그 무용단요? 거기서 춤추는 친구도 있어요. 요즘 잘 나가는 육체적 심리를 잘 표현하죠.

— 호흡을 주제로 심장의 맥박이 뛰는 듯한 긴박한 움직임에 어우러진 음악도 특이했어요.

— 리듬감 강한 록메탈이랄까, 그런 특성 때문인지 정작 이스라엘보다 베를린 쪽에서 호응이 커요.

— 그런데 클래식을 하다가 현대 무용을 하게 되면 뭐가 가장 달라지나요?

춤 이야기를 하다가 평소 궁금했던 걸 물어보았다. 요즘은 거의 크로스 장르가 대세니까 말이다.

— 글쎄요, 클래식이 하늘의 빛을 향해 손을 뻗는 것이라면, 현대 무용은 좀 더 땅에 가까운 동물적 충동을 표현한다고나 할까요. 광기나 분노, 방황 등 다양한 감정을 보다 자유롭게 나타낼 수 있죠.

— 이상적인 세계를 향한 완벽의 추구에서 해방된 자기방임 같은 거요?

— 그래요, 보다 본능적이라 할까, 쾌락적이라 할까, 하여간 개인적으론 춤을 추면서 훈련이라기 보다 기쁨을 많이 느끼려는 편이에요.

— 그런데 몸 말고 머리를 좀 쓰는 이스라엘 작가도 있어요.

우리가 한창 무용 이야기를 떠들고 있는데 문득 알렉시가 끼어들었다. 요즘 한창 잘 팔리고 있는 유발 하라리의 책을 언급하며,

— 네안데르탈인에서 인공지능까지 진화하고 있는 현대인들 역시 고전에서 현대로 장르 변환을 하고 있는 중이죠.

마침 그 사회학자가 쓴 《21세기 전망》을 읽었던 기억이 났다. 외국인이 쓴 책이 베스트셀러에 오르는 적이 별로 없는 파리 서점가에서 한창 뜨던 책이었다. 보통 한 번 읽고 난 책들은 줄울 긋고 읽

었어도 그때뿐, 곧 잊히고 말지만 그 책은 최근의 것이라 맥락이 남아 있었다.

— 국가와 종교, 문화의 정체성이 가진 허구에 대해 갈파하고 있던가요? 미래에 살아남기 위해선 무엇보다 자기 자신이라는 정체성에서 빠져나오는 게 가장 효율적인 전략이라는 말에 공감했어요.

— 우리 이스라엘이 새겨야 할 말이죠. 유대인으로서 핍박을 받은 역사를 간직한 채 지금은 오히려 팔레스타인 문제로 비판받고 있으니까요. 이스라엘이 유대인들이 받았던 박해와 고통들을 팔레스타인들에게 반복하고 있어요.

미국 전기 회사의 엔지니어라는 알렉시의 진보적 성향에 힘입어 작년 예루살렘에서 느꼈던 걸 물어보았다.

— 예루살렘에서 자기가 태어나고 자란 고향에 사십 년째 못 가고 있다는 팔레스타인 출신의 택시 운전사를 만났어요.

— 우린 미국 영향을 너무 많이 받고 있어요. 그런데 지금의 정부 정책을 비판하는 이스라엘인들도 많아요. 그렇게 당하고도 아직 정신을 못 차렸다는 반성적 조류가 형성되고 있어요.

부모들이 러시아 출신 유대인들이며, 알렉시는 독일계, 실비아는 이탈리아계 조상을 가진 복합다난한 핏줄 때문인지 그들은 이스라엘의 정책에 대해 솔직히 비판적이다. 실비아의 독한 한마디,

— 역사의 아니러니죠. 아마 아우슈비츠 세대들의 이야기를 듣고 자란 현세대들이 꺼져야 좀 나아질 거에요.

어디서 와 어디로 가는지, 기껏 여행지에 대한 정보를 교환하는 게 고작이던 산길에서 이런 이야기들을 나누기도 드문 일이다. 태어난 나라를 떠나 이방인으로 살고 있다는 공통점 때문인가, 서로의 정치적 견해가 물꼬를 틔운 듯 우리는 함께 저녁 식사를 하며 대화를 이어갔다. 주인이 자신이 있다는 좀 매운 양념이 들어간 닭고

기 요리를 앞에 두고 그들이 사는 뱅쿠버 풍경이며, 실비아가 최근에 참가 했었다는 몽펠리에 무용 페스티발 이야기를 들었다. 나 역시 최근에 호평을 받은 영화 〈기생충〉부터 김치, 비빔밥, 어디서 주워들은 템플 스테이까지 들먹이며 한국 문화의 파수꾼이라도 된 양 떠들어댔다. 한국에 거리를 두니마니 하는 내 잘난 염불은 외국인을 만나면 다 공갈이다. 오랜만에 비슷한 성향을 띤 사람들끼리 만나고 보니 포도주 생각이 간절했지만 산행 중에 술은 금지다. 어차피 방은 너무 추워 장작불이 활활 타는 이 식당이 우리들의 아지트가 된다. 이 시간에 불기없는 방은 얼음장이고, 내일도 이곳에 머물 예정인 우리들은 아침 일찍 일어나야 하는 부담도 없다. 우리들의 이스라엘 때리기는 슬슬 유럽으로 판을 벌린다.

— 그런데 개인의 경우처럼 나라나 민족 간의 상처도 그 트라우마로부터 치유될 시간이 필요한 것 같애요. 이차대전 때 받은 유대인들의 상처가 아물려면 좀 더 기다려야 하는 게 아닐까요?

세월이 흘러도 줄기차게 대물림되는 일본에 대한 한국인들의 반감을 잘 아는 내가 이스라엘에 대한 동병상련적 이해를 하려는 기색을 보이자 알렉시가 날카롭게 반박한다.

— 하지만 요즘 유럽으로 건너가려는 아프리카 이민자들이 몇만 명이나 지중해에 수장되는 걸 보면 유럽은 식민지 시절의 의식으로부터 아직 벗어나지 못했어요. 실제로 나치즘을 겪은 유럽에서 곳곳에 극우파가 득세하고 있으니까요!

— 하긴 프랑스에선 지금, 5백만 이슬람 사람들을 추방하자는 논지가 버젓이 언론에 회자될 정도예요. 민주주의의 본향인 유럽 한가운데서 문화와 종교에 대한 관용이 무너지고 있는 걸 보면, 유럽 문명이 종말을 맞고 있긴 한가 봐요.

우리가 디저트로 주문한 감자 지짐을 맛있게 부쳐온 주인장은 엊그제만 해도 백여 명이 이 숙소에서 잤다고 믿기지 않는 말을 한다. 이 살롱 겸 식당에서 다들 겹치듯 잤다고. 말로만 듣던 그런 성수기 풍경이 상상이 잘 안된다. 그런데 오늘 밤은 이렇게 한적하다니! 난로불의 열기 때문인지 활기 띤 대화 때문인지 다들 한잔한 듯 볼이 붉게 상기되었다. 우리들의 지중해 이야기는 최근에 일어났던 파리의 한 공연장 테러 사건으로 옮겨 간다.

— 수많은 테러 사건들은 결국 자신과 이질적인 것들에 금을 긋기 때문이 아닐까요. 교육이란 이름으로 주입받은 민족이니 국가니 하는 자기 정체성이란 것이 결국 자신과 다른 것에 차별성이나 증오심을 갖게 할 테니까요.

— 하긴 그 조국이라는 표현에서 개인을 하나의 영토와 나라라는 틀에 가두려는 국수주의가 나오죠. 우리 조상 유대인들이 겪은 유랑이니 타향살이니 망명이니 하는 표현들이 내겐 어떤 특정한 이상향에 갇혀 사는 편협한 사람들의 고정관념으로 들려요. 인류의 평화를 위해선 결국 국경이란 개념이 사라져야 해요.

알렉시가 급진적인 논리를 전개한다. 그의 다양한 핏줄의 행로처럼 사고방식도 범세계적 아방가르드라 해야 하나.

— 그런데 그런 정체성 의식을 언론과 정치가 부추기고 있어요. 각종 자본주의 매체가 소비주의로 사람들을 세뇌하듯이, 정부가 교육과 건강, 노후를 책임진다는 미명 하에 권력을 확장하고 있어요. 아마도 이런 식이라면 곧 소수의 자본과 권력을 가진 집단이 다수의 자유와 평등을 통제하게 될 거예요.

— 북구 쪽이나 캐나다가 그런 면에서 훨씬 스트레스가 덜하죠. 정부가 정치인들로 조직된 집단이 아니라, 각 분야의 전문인들이 모인 단순한 행정 기구로 축소되고 있으니까요. 난 자유롭게 춤출 수 있는 곳, 거기가 내 조국이에요!

실비아의 여유로운 코멘트다.

― 나 역시 같은 의견이에요. 내게 창조성을 불러일으키는 곳이 바로 내 고향이니까요.

내가 티벳인이라고 반 농담을 하고 다니는 것도 그래서일까. 나의 타고난 기질과 성향, 직관이 가장 자연스럽게 어우러지는 땅, 내 존재가 가장 순수하고 자유롭게 발현되는 장소, 그런 곳이 나의 고향이다. 한 인간의 정체성이란 태어난 땅이나 성별, 언어 등에 따른 태생적 조건이라기보다, 교육과 관습으로 영향받은 후천적 조건이라기보다, 차라리 우리들 영혼의 진실에 관한 것이 아닐까?

언젠가 지도에 새겨진 국경이란 것이 거북이의 등껍질에 새겨진 무늬결 같은 것이 될 날이 오게 될까. 수도원 담장을 넘는 독경소리가 누구에게도 거슬리지 않듯이, 누구나 자유롭게 다른 나라를 넘나들게 되고, 민족적 정체성이란 그저 그의 모국어로, 성적 정체성이란 그의 옷차림으로, 문화적 정체성이란 그저 여행자의 체류지 주소쯤으로 여겨질 날이 오긴 할까?

기껏해야 그의 몸에 새겨진 문신처럼 언제나 새겼다 지울 수 있는 삶의 흔적쯤으로.

고꼬리 Gokyo Ri

엊저녁 밤이 깊어서야 다들 자리를 떴고, 덕분에 아침 느즈막히 일어났다. 세숫간에서 밀린 빨래를 좀 한 다음 고꾜리산으로 올라갔다. 맑은 호숫물에 세수를 좀 했으면 하는데 신성한 장소라 손을 씻는 건 물론 들어가는 것도 금지란다. 마을에서 산으로 연결된 얕은 개울을 건너고 있는데 저쪽에서 실비아가 혼자 산을 내려오고 있었다. 화난 듯 뾰루뚱해 보였다. 그런데 개울 돌다리를 건너다 갑자기 미끄러지더니 그 자리에 펄썩 주저앉았다. 그러자 지팡이를 내던지며 막 울음을 터뜨리는 거였다. 조금 전 식당에서 멀쩡하게 웃으며 인사를 하고 나갔던 참이었다. 모르긴 몰라도 둘이 싸운 모양이다.

— 정말이지 난 더 이상 못 가겠어요. 위에서 알렉시를 만나게 되면 나 먼저 남체로 내려간다고 좀 전해 주세요!

— 등반이 힘들어서 그래, 좀 쉬면 나아질 거야.

그녀를 일으키며 달래는데 좀처럼 울음을 그치지 않았다. 화가 나도 아주 단단히 난 모양이었다. 하긴 고산등반을 하다 보면 연인끼리 불화가 생기기도 쉬울 것 같다. 같은 여자로서 그녀의 어려움이 이해가 되기도 한다. 육체적으로 너무 힘들면 심리적으로도 그렇다. 몸이 기진맥진한 상태에서는 사소한 일에도 곧장 무너져 내릴 것만 같다. 한잠 자고 나면 나아질 거라고 위로하는데 자기 말을 알렉시에게 꼭 좀 전해 달란다. 그런다고 대답은 했지만 내가 산에서 그를 만날 수 있을 지는 모를 일이었다.

맑고 화창한 날이 계속되어선가 고꾜리산 정상으로 올라가는 산길은 황토 먼지가 풀풀 날렸다. 산을 오르내리는 사람들이 간간이 보이는 길을 피해 이끼가 깔린 산기슭을 타고 올라갔다. 배낭 없이 하루 몇백 미터 정도의 고도를 오르는 일은 이젠 거의 문제도 아니다. 그동안 나도 모르게 탄탄해진 허벅지와 종아리 근육을 느끼며 산허리를 거슬러 올라가는데 머리 위로 헬리콥터가 날고 있었다. 마을 옆 평지 위로 사뿐히 내려앉더니 몇 사람이 내리고 기다리던 사람들을 태우고 다시 날아올랐다. 에베레스트에서 유일한 교통편이어선가 큰 마을에서는 심심찮게 헬리콥터를 본다. 어제밤 숙소장은 이웃 숙소에 묵은 사람이 고산병 증세로 급히 헬리콥터에 실려 내려갔다고 말했다. 그런데 그런 위급한 경우도 있겠지만, 보통은 루크라에서 고꾜리 마을까지 걸어 올라올 시간이 없거나, 육체적인 여건이 허락되지 않는 사람들이 이용하는 듯했다.

산 중턱에서 마을 쪽을 내려다보니 푸른 호수를 낀 고꾜리 풍경이 시원하게 펼쳐졌다. 호숫가 검은 바위를 기어오르는 붉은 이끼가 초록 물빛에 비쳐 핏빛으로 선연하고, 마을의 알록달록한 지붕들이 회갈색 산구릉과 어울려 동화 속에 나오는 한 폭의 그림 같다. 깃털 구름이 흘러가는 하늘 아래 검푸른 산봉우리들이 구름장을 두르고 있는 모습이 마치 푸른 수평선을 배경으로 물거품을 헤치며 떠가는 묵직한 범선들 같다. 어제 건너온 Ngozumpa 빙하 계곡엔 눈자락들이 은빛 톱니 바퀴처럼 맞물려 있고, 그 틈으로 가느다란 안개 기둥이 솟아오르더니 아래쪽 호수로 연기처럼 사라지고 있었다. 산과 호수, 계곡과 안개, 빙하와 구름, 세상의 온갖 만물이 시시각각 물과 얼음과 공기로 변모하고 있는 파노라마를 바라보고 있노라니 왜 고꾜리 풍광이 유명한지 고개가 끄떡여졌다. 얼음처럼 견고한 것과 물처럼 흐르는 것, 그리고 구름으로 떠돌다 안개로 흐릿하게 사라져가는 물성의 변모가 순환하고 있는 물질 현상을 한눈에 보여 주고 있었다. 과연 땅, 물, 불, 공기라는 세상의 4원소가 최고 경지에서 조화된 풍수지리라 할 만했다.

500m쯤 더 높이 올라가자 고꾜리산 정상이 가까워졌다. 비 온 지가 오래된 듯 메마른 황톳길 옆으로 껍질이 벗겨질 듯한 얇은 바위층 암석들이 널려 있었다. 바람은 좀 불었지만 햇살이 강렬한 산정에 도달했다. 오색천이 둘러싼 돌탑들이 늘어선 산꼭대기에선 구름 낀 칼라파타산에서 보지 못했던 에베레스트 준봉들을 한꺼번에 조망할 수 있었다. 고줌파 빙하 강줄기 너머 왼편으로 초오유Cho Oyu가 보이고, 촐라체Cholatse, 로체Lhotse, 마칼루Makalu, 그리고 이름 모를 산봉우리들 사이로 저 멀리 하얀 구름장을 두른 쿰부 에베레스트가 보였다. 정상 언저리를 한 바퀴 돌아 호수 풍경이 가장 잘 보일 만한 곳으로 내려갔다. 날카로운 검은 돌들이 튀어나온 비탈길을 내려가 바람이 없는 움푹한 장소를 골라 앉았다. 점심으로 싸온 샌드위치로 요기를 했다. 5000m가 넘는 고지에서 춥지도, 시간에 쫓기지도 않고 이렇게 여유 있는 시간을 보내기도 처음이었다. 그동안 콩마라와 초라 고갯길은 어렵사리 정상에 도달하고서도 너무 춥거나, 해지기 전에 숙소에 도착해야 한다는 시간 제약에 쫓겨 고지에 올라서기가 무섭게 서둘러 하산해야 했었다. 오늘은 이렇게 따사로운 햇살을 쬐며 눈앞에 펼쳐진 고꾜리 풍경을 감상하고 있으니 신선 놀음이 따로 없었다. 이곳에서 한 사흘 푹 쉬었다 가고픈 생각이 절로 들었다.

오후의 산자락은 조용하기만 했다. 산길에 보이던 사람들도 모두들 하산했는지 발자국 소리도 들리지 않았다. 산들바람이 간간히 부는 산비탈에 앉아 천하 절경을 발 아래 두고 있자니 천상에라도 온 듯 자리를 뜰 생각이 나지 않았다. 이런 아름다운 전망을 오롯이, 마음껏 누릴 수 있다는 사실이 그저 꿈 같기만 했다. 벌써 이 주일 넘게 보낸 에베레스트 등반길이지만 정작 이렇게 한가한 시간을 보낼 수 있었던 기회는 그리 많지 않았다. 쿰정의 탐세쿠에서 보냈던 하룻나절과 척컹에서의 반나절, 쿰부 빙하 계곡에서 머물었던 두세 시간이 고작이었다. 휴식이라고 해 봤자 대부분 왼종일 걸어야 했던 강행군에 지친 몸을 돌보는 시간이었지, 이렇게 고즈넉히 주변 경치를 즐길 형편은 아니었던 것이다. 몽상에 잠긴 그윽한 눈으로 호수를 관망하고 있자니 눈이 저절로 감겼다. 이런 명당 자리에서 명상을 해보면 어떨까.

카일라쉬 순례길에서도, 라싸의 드라펑 산자락에서도 하지 못했던 일이었다. 이 땅의 신성한 기운을 온몸으로 느끼며 내 무의식의 바닥에 깔린 침묵과 고요의 공간에 닿아 보려 했다.

《 예를 들어 한 공간을 붙들어라,
　중심도 없고 한계도 없는 것을 명상하라.
　태양과 달의 예를 붙들어라,
　밝음과 어둠을 명상하라.
　예를 들어 산을 붙들어라,
　움직이지 않는 것과 변하지 않는 것을 명상하라.
　예를 들어 거대한 호수를 붙들어라,
　헤아릴 수 없는 그 깊이를 명상하라.
　정신에 있어서의 목적과 함께
　욕심 없이, 경멸 없이 명상하라.》

254

태양처럼 명상한다.

태양빛이 온 누리를 비춘다. 산에도 호수에도 길에도, 내 안에도 비춘다.

산처럼 명상한다.

산이 내 안에 평화롭게 들어와 앉는다. 진리는 견고하고 불변하지만, 또한 이 세상에 변화하지 않는 것은 없다.

호수처럼 명상한다.

물은 하늘을 비추며 그 아득한 깊이를 내면에 감춘다. 물 위에 스쳐간 그 어떤 흔적도 남기지 않는다.

눈을 뜨자 저 멀리 탐세쿠가 검푸른 어깨에 안개너울을 두른 촐라체Cholatse와 타보체taboche 사이로 알은 체 손짓을 했다. 한낮의 태양빛이 만드는 협곡의 그림자가 산봉우리를 감도는 안개와 뒤섞이며 산뿌리에 푸르스름한 그늘을 내리고 있었다. 고개를 돌리니 쿰부 에베레스트가 첩첩이 포개진 다른 봉우리들 사이로 고개를 내밀었다. 해가 쨍쨍한 대낮에도 하얀 입김을 뿜어내는 북극 짐승처럼 흰 구름을 머리에 두르고 있다. 콩마라와 초라 패스길을 오르며 수많은 설산준봉들을 볼 기회가 있었지만 정작 저 에베레스트만은 늘 산꼭대기를 에워싼 구름장에 가려 얼굴을 제대로 본 적이 없다. 하얀 너울로 얼굴을 가리고 있는 이슬람 처녀 같기도 하고, 장막을 드리운 채 세상을 거부하는 비밀의 요새 같기도 하다. 티벳의 북쪽 베이스캠프에서도 먼 발치로 산줄기를 올려다본 게 고작이었고, 엊그제 베이스캠프 가는 길에서도 우후 죽순처럼 막아선 다른 산들 사이로 힐끗 그 모서리를 본 게 전부였다. 그나마 몸통이 드러난 여기서도 정작 그 얼굴은 마주 대하기는 어렵다. 맑은 날씨인데도 산꼭대기에 하얀 고리를 링처럼 두르고 있는 걸 보면, 8800m 정상 부근엔 거센 눈보라가 늘 휘몰아치고 있나 보다.

행여 저 산꼭대기에, 휘몰아치는 눈보라를 맞으며 지금 고지를 오르고 있는 사람이 있을까?

에베레스트가 구름 속으로 모습을 감추었다 드러냈다를 반복하는 사이, 어디선가 한 뭉텅이 깃털 구름이 다가오더니 맞은 편 고꾜리 산봉우리가 은은한 무지갯빛으로 감싸였다. 수면 위로 날던 새들이 까악거리며 선회하더니 작은 호수 쪽으로 날아갔다. 잔물결들이 그 날갯짓에 실려, 빙하 너머 아득한 지평선으로 밀려갔다. 문득 산등성이 사이로 태양이 나타났다. 동시에 호수 밑에도 또 다른 태양이 빛났다. 지상의 세계가 호수에 그대로 거울처럼 투영되며 위아래가 정확하게 대칭되는 두 세계가 나타났다. 마치 모래 시계를 엎어 놓은 것 같았다. 호수를 둘러싼 산과 수면 아래 거꾸로 선 산이 이루는 거대한 브이 자가 우주적 그래픽을 연출하고 있었다. 하늘과 땅, 실상과 허상의 경계가 허물어진 그 풍경에서 상상과 현실의 경계가 모호하게 뒤섞이고 있었다. 어둡고 불가해한 물밑 세계가 호숫가 검은 바윗돌을 기어오르는 붉은 이끼의 핏빛으로 선명하게 되살아나면서 내 무의식도 호수 밑바닥에서 꿈틀거리며 깨어나고 있었다.

순간, 꿈인 듯 환영인 듯 파리 아파트 거실이 수면에 일렁였다. 누군가 책상 앞에 앉아 있었다. 그 거실은 천장부터 바닥까지 벽면이 거울로 설치되어 있었다. 거울이 유일한 실내 장식이었다. 세상의 모든 것을 비출 뿐 정작 아무것도 담고 있지 않은 그 거울은, 이 세상이 내 마음의 환영일 수 있다는 사유의 대상이기도 했다. 가끔 거리의 플라타너스들이 비친 그 앞에 서노라면 나는 나 자신이기도 하고 나 자신이 아니기도 했다. 그곳에 있기도 하고 그곳에 없기도 했다. 그런데 지금 나는 고꾜리 산허리에서 호수에 비친 파리의 내 모습을 바라보고 있었다.

그녀는 책상 앞에 앉아 글을 쓰고 있었다.

그런데 그 광경이 너무나 생생해서 엄연한 실제처럼 여겨졌다. 마치 눈앞의 풍경이 아파트 거울에 비치고 있는 듯 사실적이었다. 이 순간, 모든 것들이 거울처럼 투명했고, 호수처럼 흐르고 있었으며, 무한히 열린 채 지평선의 보이지 않는 지극한 점을 향해 달려가고 있었다. 상상과 실제가 찰나 속에 녹아들며 어떤 풀 수 없는 불가해한 도식의 암호를 해결하고 있었다.

나는 여기, 고꾜리 산정에 있으면서, 동시에 파리의 거실에도 있었다. 이 호수 밑에 비치고 있는 태양처럼 또 하나의 내가 그곳에 존재하고 있었다. 나는 두 공간에서 일어나는 움직임을 같은 순간에 보고, 느끼는 나 자신을 응시하고 있었다. 만약 이 환영이 상상이라면 이 풍경 역시 허상이었다. 나는 마치 내 존재의 관찰자가 된 기분이었다.

문득, 이 장소가, 내 존재의 비밀스런 지리를 밝히고 있다는 생각이 들었다. 태양빛에 감싸인 산봉우리들 사이로 시간과 공간이 녹아든 듯한 환상적인 풍경 속에서 내 무의식의 불길이 솟구치고 있었다. 나 자신이 아닌 다른 사물이 바깥 세상의 경계를 허물고 내 안으로 들어와 의식을 잠식하며 내 몸과 하나 되는 즉각적이고 절대적인 일체감이랄까, 오감이 무한의 하얀 빛으로 뻥 뚫리는 성적 엑스타즈와 같은 우주적 개방성이라 할 만했다. 나는 호수면에 비치는 내 모습이 나의 미래 현실이라는 것을 깨달았다. 이 호수는 거울 같은 투명성으로 위와 아래, 안과 밖, 과거와 미래를 비추며 나의 또다른 현실을 밝히고 있었다.

자연의 계획을 넘어서는 상상력으로 나를 자극시키는 이 공간이야말로 내 존재의 최상성을 알게 하는 장소가 아닐까?

어느덧 에베레스트산 봉우리가 황금빛으로 물들고 있었다. 산꼭대기를 감싸고 있던 하얀 구름장이 옅은 오렌지빛을 띠더니 대기 속으로 흩어졌다. 내 의식의 가장자리에도 어슴프레 노을빛이 물들었다. 언제나 침묵하고 있던 견고한 의식의 지평선이 가볍게 떨리는가 하더니 에베레스트의 흰 너울을 열어제칠 듯 펄렁거렸다. 결코 깨지지 않을 단단한 바위산에 얼핏 가느다란 틈이 벌어지는 듯하더니 돌연, 에베레스트가 그 환한 얼굴을 드러냈다. 온 산줄기가 황금빛으로 물든 건 순식간이었다. 쿰부 에베레스트가 마침내 비밀의 베일을 벗고 있었다!

그 찬란한 빛이 내 의식의 한가운데를 비춘 듯 내 시선은 시공의 한 정점을 향해 한없이 열리고 있었다. 우리들의 시선이 하나로 합쳐진 순간, 산꼭대기의 얼음같은 차가움이 온몸을 감쌌다. 어떤 투명한 광채가 그 눈보라를 뚫고 한없이 퍼져 나갔다. 모든 것이 일체가 되어 시작도 끝도 없는 허공 속으로 스며들고 있었다. 지극한 기쁨이 내 몸을 타고 흘렀다. 이 생에 오기 전에도 존재했고, 이 생 후에도 존재할 생명의 빛, 그 순수 의식의 빛을 잠깐 쬐었던 것 같았다.

먼 지평선 위로 한 얼굴이 떠올랐다. 한동안 잊고 있었던 카일라쉬 불상이었다. 그가 나를 보고 미소 지었다.

— 니르바나!

지금 이 고꾜리 풍경 앞에서 어떤 절대적 존재 앞에서 숭고한 동화 감정을 느끼는 것처럼 걷잡을 수 없이 창조적 영감이 분출되고 있었다. 에베레스트의 산과 호수들, 빛과 바람들이 내 내면 풍경과 정확히 조합이 맞춰져 마침내 적절한 배열이 이루어진 것 같았다. 피아노 건반에서 헤메던 손가락이 정확한 음표를 누른 것처럼 니르바나 불상의 미소에 공명하는 화음이 내 영혼의 밑바닥을 두드리고 있었다.

카일라쉬 동굴, 그 얼굴은 또 다른 나이면서 동시에 초월적 나를 밝혀 주었다. 마치 내 존재가 그 불상의 미소란 한 소실점으로 수렴되며 동시에 무한한 크기로 확장되는 것 같았다. 명백하면서도 형태가 없는, 흐릿하면서도 선명했던 니르바나의 빛, 그 현시를 따라 왔던 에베레스트에서, 나는 그때의 지극한 순간을 떠올리고 있었다.

　— 그렇다! 이곳이 바로 에베레스트가 나를 불렀던 곳이었다!

　돌연, 이 에베레스트에 대해 쓰고 싶다는 욕망이 솟아났다.
　지난 오 년간 상상도 하지 않던 일이었다. 《창조 소설》을 마친 후 쓰기라면 진저리를 치며 떠났던 여행길이었다. 내 창조성의 밑바닥까지 다 파헤친 터라 이제 뭔가를 쓰고 싶은 욕망도, 쓸거리도 없다고 믿었었다. 오랫동안 몸과 마음을 핍진케 했던 창조란 굴레에서 해방되었다고 여겼다. 끝없는 몰입이라는 그 비인간적인 작업으로부터 벗어났다고 느꼈다. 그저 바람처럼 가볍게 물처럼 한가롭게 흐르며 세상을 떠돌고만 싶었다. 그런데 또다시 글쓰기라니?!

　— 도대체 지금 내게 무슨 일이 벌어지고 있는 걸까?

노란 천

오래전 그리스 티노스섬의 한적한 바닷가, 부드러운 물결에 온몸을 맡기고 누워 있었다. 한순간, 내 몸과 세상의 경계가 무너지며 내 존재가 끝없이 바깥으로 녹아들고 있었다. 시간은 흐르기를 멈추고 공간은 경계를 잃었다. 내가 태양빛과 바닷물과 하나가 되던 그때, 우주는 내 안으로 바닷물처럼 흘러들고 있었다. 사랑을 할 때 느끼는 엑스타즈의 순간과도 같았다. 조각을 할 때 나무와 나의 상상력, 그리고 우주의 에너지가 조화될 때의 결정적 찰나와도 같았다. 내 존재의 개별성이 사라진, 나와 우주와의 전체성에서 느꼈던 무한이었다.

나는 지금 자연과 나의 창조성이 만나는 장소에 도달해 있었다. 이 지구상에 실재하는 풍경으로서의 자연과 근원적 본성으로서의 나의 자연이 서로 교감하며 창조성의 불길을 댕기는 곳에 당도해 있었다. 내가 카일라쉬 순례길에서 '현시'를 느꼈다면, 그 공간에서 내 영혼의 진실이 드러났기 때문이리라. 그 '니르바나의 빛'을 찾아왔던 에베레스트, 이 고꾜리 호수에서 나는 우주의 창조적 에너지를 느끼고 있었다.

— 이 에베레스트에 대해 말하리라!

이 등반길에서 느꼈던 야생의 기쁨! 저 에베레스트 꼭대기를 열어젖히는 황금빛 노을, 저 호수면에 일렁이는 푸른 물결, 저 새들의 날갯짓처럼, 나의 무의식의 심연에서 솟아나는 자발성으로, 자연의 배열이 내 영혼을 닮아 가는 지리를 쓰리라!

"에베레스트 상상!"

나는 배낭에서 한 조각천을 꺼냈다. 이 노란 천은 파리의 아파트 거실에서 잘라 온 것이었다. 히말라야 여행을 계획하면서 이 산자락 어디에나 휘날리는 타르초들 사이에 묶으리라 생각했었다. 하지만 안나푸르나에서도 티벳에서도 적당한 장소를 찾지 못한 터였다. 이 천을 고꼬리 호수가 보이는 한 바윗돌에 묶었다. 바람에 흔들리는 그 노란 천자락을 바라보며 나는 이 장소가 품고 있는 어떤 저항할 수 없는 마력을 느꼈다. 이 매듭을 묶으며 나는 나의 미래 현실을 결정하고 있었다.

나의 창조는 이제 에베레스트란 드넓은 자연 속으로 나아간다. 소설이란 인위적인 공간, 글자로 된 흑백 페이지를 빠져나와 야생의 땅으로 향한다. 저 에베레스트 눈보라 너머, 저 태양빛을 따라, 이 세상의 무엇도 범접할 수 없는 순수 의식의 지평선, 그 멀고도 가까운 고지로 가려 한다. 기억과 언어, 상상의 산자락을 넘어 자연과 창조와 영성이 하나된 가능성의 고지로 향하려 한다.

주변의 돌들을 끌어다 받침대로 놓았다. 아뜰리에에서 돌과 나무를 조각할 때의 기쁨을 느꼈다. 나무를 파낼 때, 손바닥으로 나무결을 만지며 그 안에 새겨진 표상을 쫓아가던 때의 순연한 희열이었다. 눈에 보이지 않는, 그 미세한 움직임을 따라가며 나무 둥치에 굵고 깊은 칼질을 했었다. 우주적 에너지라 밖에 이름할 수 없는 제3의 힘이 나의 본능과 직감과 창조성과 어우러지며 내 의식은 자연의 일부로 편입되었다. 내 손끝 아래서 한 형태가 생겨나고 변모해 갈 때마다 어떤 창조적 불꽃이 내 안에서 분출되고 있었다. 목적도 방향도 없는, 나도 없고 나무도 없는 오로지 넋잃은 망치질 속에서 작품이 완성되어 갔었다. 어쩌면 나는 지금 이 산길에서 에베레스트란 돌을 파내고 있는지도 모른다. 세 고갯길이라는 나무 둥치를 깎고 있는지도 모른다. 에베레스트산에 니르바나의 미소를 새기는 고도의 예술 작업을 수행하고 있는 중인지도 모른다.

《에베레스트 상상》을 담고 있는 노란 천이 바람에 나부끼고 있었다. 불가에서 노란색은 회귀를 뜻한다. 이 산의 어디에나 흩어져 있던 초르텐의 노란 눈들, 그 눈이 지평선을 응시하고 있었다. 세상을 응시하는 눈, 온갖 소리를 듣는 그 관음의 시선이 지그시 호수 위로 꽂히고 있었다. 검고 뾰족한 돌 위에 묶은 천자락이 바람에 휘날리자 내가 거쳐 온 모든 길들, 산등성이의 타르초들도 함께 펄럭였다. 어린 시절, 뒷산 사당 나무에 묶여 있던 천들, 인도 라자스탄 보리수 나뭇가지의 헝겊들, 바이칼 호수 언덕의 무당천들, 몽골 사원 마당의 천뭉치들, 유라시아 고원 종들의 매듭들, 안나푸르나 야크들의 방울천들, 티벳 사원들의 문고리들, 손때 묻어 너덜너덜 닳아 빠진 책갈피들, 피묻은 장삼들, 쇠다리에 묶인 천들…, 세상의 온갖 빛바랜 영혼들이 따라 나부꼈다.

그런데 이 매듭의 노란빛은 어디서 많이 본 것이다. 아, 내가 프랑스로 떠나올 때 어머니가 싸준 모시 적삼도 노란색 보자기에 싸여 있었지! 절로 미소가 인다. 어젯밤 에베레스트 엘프에게서 온 메신저도 저 노을빛 같은 노란 웃음이었다.

― 어디 있어요? 또 안 넘어졌어요? 하하.

하루해의 마지막 빛이 지평선에서 가물거렸다. 석양의 오렌지빛
이 새벽 여명의 분홍빛과 어떻게 다른지, 해질 무렵 양털 구름이 어
디쯤에서 청회색에서 감청색으로 묻히는지, 미묘한 빛의 움직임 속
에서 하루해가 저물고 있었다. 신성한 물이라 아직까지 아무도 건
너가지 못했을 호수 저편으로 시선을 돌렸다. 이런 몽환적인 순간,
달빛 아래 헤엄쳤던 바이칼의 호수, 맨 살갗에 와닿던 차거운 물의
감촉을 느끼며 풍덩 물 안으로 뛰어들었다. 온 힘을 다해 물살을 저
었다. 하지만 얼마 못 가 그만두고 만다. 무엇보다 이런 상상을 하고
있기엔 너무 춥다.

산을 내려가려고 막 돌아서는데 저쪽에서 아는 얼굴이 내려오고
있었다. 알렉시다. 나를 알아보고는 빙긋이 미소를 지르며 다가왔
다. 내가 묶은 매듭을 바라보더니

― 바람에 곧 날아가 버릴 거예요.

주위를 잠시 둘러본 그가 큰 바윗돌을 들어 올리더니 주춧돌처럼
놓으며 쌓기 시작했다. 얼마 후 노란 천 주위로 그럴싸한 돌무더기
가 생겨났다.

― 당신의 꿈은 이제 이루어졌어요!

내 속을 꿰뚫어 보고 있는 듯이 말했다.

뉘엿뉘엿 해가 기울고 있는 산을 내려오는 길, 아까 실비아를 만
났던 이야기를 했다.

― 에베레스트산을 오르는 일이 무대에서 춤추는 것보다 더 힘들
수도 있어요. 나 역시 이런 매듭을 지어야 할 정도로 심리적 부양이
필요했거든요.

그녀가 남체로 혼자 내려간다더라는 말은 전하지 않았다. 사실이
아닐 테니까.

— 뭐 오랜만에 산에서 혼자 시간을 보내는 것도 나쁘지 않았어
요. 그녀도 아마 그럴 거예요.

숙소로 내려와 휴식을 취한 뒤 식당으로 가니 두 사람은 언제 그
랬냐는 듯이 산비둘기처럼 정답게 껴안고 있었다. 나를 보더니 반색
을 한 실비아가 내일 둘은 곧장 남체 바자로 내려가기로 했단다. 베
트남으로 가기로 했다고. 사랑스런 춤꾼이 내지르는 즐거운 비명,
— 며칠 후면, 우린 30도 태평양 바닷가에서 수영을 하고 있을 거
예요!

고꼬리 호수

눈을 뜨니 새벽이었다. 어스름 달빛이 방을 비추고 있었다. 화장
실에 가기 위해 겉옷을 걸치고 밖으로 나왔다. 달빛이 은은하게 적
셔진 호수 위로 금빛 가루가 흩뿌려진 듯 은하수 무리들이 얽혀 있
었다. 이토록 신비로운 밤이 고즈넉히 홀로 떨고 있다니! 갑자기 고
꼬리산으로 올라가고 싶은 충동이 일었다. 일출을 보고 싶었다. 안
나푸르나에서도, 티벳에서도, 칼라 파타르에서도 춥고 피곤해서 꿈
도 못 꾸던 일이었다. 그러고 보면 산 위에서 태양이 떠오르는 걸 본
게 언제였더라? 산사에서? 울릉도에서? 지리, 설악, 한라산에서? 하
도 오래되어 기억도 안 났다. 방으로 돌아와 털모자와 장갑으로 중
무장을 한 후 헤드랜턴을 쓰고 숙소를 나섰다. 강기슭을 건너다 어
제 실비아가 미끄러졌던 개울에서 잠시 휘청거리긴 했어도 한번 가
본 길이라 얼마 안 가 랜턴이 필요하지 않게 되었다. 산봉우리에 가
려 달은 보이지 않았지만 나무도 없는 민둥산인데다 길이 여러 갈
래도 아니었고 산을 오를수록 선명해지는 별빛이 어둑한 산길을 비
춰 주었다. 밤하늘의 별들이라면 노르망디 시골집에서도 많이 보았
었다. 하지만 이런 고도에서. 이런 시각에 바라보는 별빛이라니! 발
아래 호수가 마치 금싸라기가 녹은 발광체처럼 꿈틀거리고 있었다.
　오래 전 한국에서 절에 머물 때 늦은 오후에 산을 올라간 적이 있

었다. 아직 해가 있을 때 출발했지만 곧 날이 저물었고 깊은 산골짜기엔 어둠이 재빨리 찾아들었다. 산중턱에 있는 절은 아직 한참인데 바람에 흩날리던 찢어진 비닐하우스 자락이 귀신 옷자락처럼 무서웠던 그때와 달리, 지금은 한밤중 에베레스트산을 걷는데도 이상하게 마음이 평온했다. 한 시간쯤 산을 올라가자 어두웠던 사위가 좀 옅어지는가 하더니 희미한 빛이 호수의 한 귀퉁이를 비추기 시작했다. 빙하 계곡에도 어슴푸레한 녹색빛이 스며들었다. 저 멀리 이름 모를 산봉우리들 위로 안개인지 구름장인지 분간이 안 되는 굴곡들이 땅과 하늘의 경계를 부풀리고 있었다. 그 불확실한 선을 따라 호수를 둘러싼 산그림자가 마을의 오밀조밀한 지붕들에 흐릿한 음영을 드리우고 있었다. 어제 그 장소를 찾아 올라갔다. 그 자리에는 바윗돌에 묶은 노란 매듭이 바람에 휘날리고 있었다. 나 없이, 언제나 이렇게 그 자리를 지키고 있을 나의 타르초를 보자 얼핏 애잔한 마음이 들었다.

잠들지 않는 땅, 그 위로 호수가 큰 눈을 뜬 채 밤하늘을 응시하고 있었다. 이 삶에 상관하지 않는 깊이와 초연함이 고인 물구덩이에서 바람이 불어왔다. 언제나 깨어 있는 한 영혼의 숨소리가 들려왔다. 별들이 흐르는 어둠 속에서 바위와 돌들의 목소리도 바람 소리에 묻혀 왔다. 매일 밤 우주적 고독을 견딜 어둠 속의 사물들에게 진한 형제애를 느끼며 해뜨기를 기다렸다.

산을 오를 때는 열기 때문에 몰랐지만 한자리에 웅크리고 있자니 오그라지게 몸이 떨려 왔다. 노래를 부르기도 하고 뜀박질을 하기도 하는데 어디선가 한 줄기 빛이 비쳐 왔다. 하룻밤의 가장 긴 빛 그림자가 호수 위로 낮게 몸을 포개는 듯하더니 에베레스트 산군들에서 연기가 피어오르듯 여기저기 새하얀 빛꼬리가 달리기 시작했다. 안나푸르나 무스탕 계곡의 입구에서 한낮의 빛과 저녁의 어둠이 섞이는 순간의 푸르스름한 영기를 보긴 했어도, 한밤의 어둠이 스러지며 막 하루가 밝아 오는 이런 새벽 빛을 관찰하기도 처음이었다. 빛과 어둠이 교차하는 '흰 그늘'이란 이런 순간을 말함인가. 먼 하늘가로 녹색과 분홍을 띈 하얀 빛줄기들이 번지고 있었다. 거무스름하게 펼쳐진 암청색 산봉우리들이 대양의 섬처럼 떠오르고 있었다. 이 스펙타클 뒤로 어떤 음악이, 어떤 노래가 숨어 있을까, 저 위 어딘가에 이 진귀한 광경을 연출하는 지휘자가 있음이 분명하다. 그의 손이 지금 하늘과 땅을 휘젓고 있다.

누군가 하늘가에 계곡의 나뭇가지로 불을 지폈나 보다! 어느새 지평선이 불그스름해지는가 하는데 문득, 제일 먼저 어둠 속에서 고개를 쳐드는 얼굴, 초오유다! 산의 한 귀퉁이가 붉은 기운을 띠더니 이내 노란빛으로 물들며 산 아래로 퍼져나갔다. 주변의 산들도 키높이에 따라 서서히 밝아졌다. 사하라 사막에서 보았던 일출 광경이 떠올랐다. 양치질을 하다 말고 물컵을 든 채 황금빛 물결로 출렁이는 빛무더기를 밟으며 끝없이 밀려오는 모래 바다를 달려갔었다. 그때 처음으로 맡았던 땅의 살냄새! 맑고 밝은, 아침의 향기였다.

드디어 해가 떠올랐다. 아침 여명이 호수 앞 산등성이에 붉그스름한 끈을 내리뜨리고 있었다. 어느 새 한밤의 별빛들을 강바닥에 숨긴 수면은 낮에 보는 질감과 상당히 다른 짙푸른 녹색을 띠고 있었다. 햇살이 비쳐든 수면에 잔잔한 물결이 일기 시작했고, 이 마을에 처음 들어섰을 때 눈길을 사로잡았던 핏빛 이끼가 산기슭을 타올랐다. 연초록 물빛과 잘 어우러진 저 붉은 빛은 카그베니의 스님이 내게 주었던 장삼 빛깔이기도 하다. 안개를 피워 올리며 잠에서 막 깨어나고 있는 아랫쪽 작은 호수가 오늘따라 더욱 앙증맞아 보인다.

오늘 저 호숫가를 한 바퀴 돌아보고 싶다. 정말이지 오늘 하루는 이 선경 속에서 마음껏 풍류에 젖어 보고 싶다. 이 호숫가를 돌며 춤추고 싶다. 사실 안나푸르나의 틸리초에서 그럴 생각이었다. 그 산자락에 머물며 호수를 빙돌아 보리라. 하지만 궂은 날씨로 거기서 하룻밤을 보내기는커녕 오래 머물지도 못했다. 티벳의 마나사로바 호수도 마찬가지였다. 강처럼 폭이 넓기도 했지만, 그룹 여행의 일정상 먼발치서 멀뚱멀뚱 구경만 했을 뿐이었다.

산을 내려가는 길, 뒤늦게 일출을 보러 올라오던 이들이 헤드랜턴을 쓴 나를 놀란 듯 바라보았다. 빙그레 미소를 짓는 이도 있었다. 나마스떼!

한잠을 늘어지게 자다 늦으막히 아점을 하고 호숫길로 향했다. 어제 고쬬리산을 오르내리락거렸던 사람들은 이미 다들 출발을 했는지 렌조라 쪽으로 가는 길엔 아무도 보이지 않았다. 마을의 돌담길을 지나 개울을 건너 호수길로 들어섰다. 오늘 오후는 이 등반길의 쉼표처럼 보내고 싶다. 세 고갯길을 구슬땀을 흘리며 오르는 것도 좋지만, 이렇게 파리 벵센느 호숫길을 산책하듯이 느릿느릿 일없이 걷는 것도 또 다른 운치가 있다.

시냇가의 풀꽃들이 물빛과 조화를 이루며 돋아나듯, 호숫가에는 산이끼들이 바윗돌과 색과 균형을 맞추어 뻗어가고 있었다. 가까이서 보는 물빛은 고산 지역에만 있는 특별한 광물질이 녹아선가 파랑과 초록빛이 섞인 색조에 때때로 연한 노랑과 분홍빛이 떠다니기도 했다. 땅의 열기가 아지랑이를 피우며 호수에 잔잔한 물무늬를 일으켰다. 약동하는 그 빛의 파동을 내 안으로 끌어당겼다. 축축한 이슬이 배인 흙냄새, 자갈돌이 태양빛에 마르는 냄새, 바람결이 일으키는 차가운 공기를 가슴 깊이 들이마셨다. 수면에 이는 물살, 빛살들의 두런거리는 소리가 내 몸을 타고 흘렀다. 나도 모르게 팔다리가 흐느적거렸다. 이 호수의 빛과 소리와 움직임이 내 몸짓을 이

끌어간다. 발끝에 와 부딪치는 잔물결 위로 흩어지는 햇빛의 파편들이 시선을 높이 들어올린다. 하늘의 구름들, 계곡의 길들, 멧새들의 날갯짓까지, 가능한 멀리 나아간다. 내 눈길이 가닿는 곳, 보이지 않는 곳의 끝으로 나아간다.

산모퉁이를 돌아들어 앞서간 이도 따라오는 이도 없다는 것을 알게 되자 발걸음이 한층 가벼워졌다. 뭐 춤사위가 별건가, 자유로운 걸음 걸이가 춤인 거다. 팔다리의 매듭을 지었다 풀기를 반복하며 이 풍경의 굴곡과 선율을 따라간다. 길을 따라 비틀거리고 물결 따라 출렁인다. 발걸음이 움직일 때마다 호숫가 풀잎이 돋아나고 꽃망울이 벌어지고 새들이 날아오른다.

내 숨결이 바람 따라 흩어지다
안개로 피어나 저 산봉우리를 감돌다
어느날, 빗물이 되어 저 숲과 초목을 생육시킬까
내 발자국이 길 따라 흐르다
빙하로 얼어붙어 저 산골짜기를 지나다
어느 봄날, 핏빛 이끼가 되어 저 돌쩌귀 밑에서 돋아날까

생기 있는 발걸음이 오솔길의 진흙을 올올이 들어 올리며 붉은 먼지를 일으킨다. 언덕길을 오르며 호흡은 점점 빨라지다가, 내리막길에서 느려지고, 산모퉁이에서 가쁜 숨을 몰아쉰다. 발을 헛딛는다. 넘어졌을 때 그보다 더 낮은 곳에 와 나를 들어올리던, 그 보이지 않는 힘을 향해 한껏 팔을 들어 올린다. 돌부리에 부딪히고 미끄러지고 넘어지던 순간들, 웃음들, 푸념들, 한숨들이 되살아난다. 오르막길을 오를 때의 고통이, 고갯길을 넘을 때의 기쁨이 되살아난다. 산길의 다이나믹한 에너지가 몸을 움츠리고 펼치는 동작으로 표출된다. 이 풍경이 품고 있는 거대하고 속깊은 의도에 내 몸짓을

합치시킨다. 바위산의 지층과 호수의 물무늬, 짐승들의 달음박질을 담은 내 춤이 에베레스트의 높이와 깊이, 그 움직임에 긴밀히 얽혀 들고 있다.

코망라 내리막길, 한 발자국을 옮길 때마다, 내 존재는 풀잎같이 애처로운 생명이었다. 수백만 보에서 단 한 번, 발걸음이 허공에 걸려 있던 찰나, 내 영혼은 어느 때보다도 생생하게 야생이었다! 내 의식은 하얗게 비워졌고 내 목숨은 날카로운 벼랑 끝에 매달려 있었다. 내 존재의 가장 극명한 밑바닥은 살아 있음의 극치였다. 적나라한 생명의 춤이었다. 그 결정적인 순간, 죽음의 욕망에 자신을 합치시키며 나는 벼랑 위를 걷는 곡예사의 환희를 느꼈다.

내 춤은 넘어진 그 자리에서 언제나 새롭게 출발한다. 발길의 어긋남이 예기치 않은 동선을 낳고 새로운 리듬을 획득한다. 상상력으로 분출되는 욕망의 분화구, 위험과 우연의 학교, 죽음의 공포와 놀라움에 떨던 등반길의 흐름이 내 춤의 꼬레그라피가 된다.

호숫가를 춤추듯 걷고 있노라니 카일리쉬산을 원을 그리며 돌고 있던 티벳인들이 떠올랐다.

이 땅의 뜨겁고 생생한 호흡을 숨쉬고 내뱉으며, 자연의 맨 몸과 부딪히는 살과 살끼리의 몸부림, 그 혹독한 욕망의 불길!

생명의 춤!

살아있는 몸을 이 땅에 일치시키려는 합일에의 의지, 그 철저한 부복은 존재의 무한 긍정이었다. 지극한 자기 부정이었다.

니르바나의 춤!

일체무상과 법열이 하나된 춤은, 절대적 포기가 주는 평화에 대한 신적 거부였다.

우리들은 모두 우주의 화음에 맞춰 춤추고 있는 별들이 아닐까.

태양의 주변을 도는 행성들처럼 우주의 중심을 향하여 온몸으로 맴돌고 있는 중이 아닐까.

  작은 호수로 가는 사잇길로 접어들었다. 살얼음 낀 가느다란 물줄기가 아랫쪽 계곡으로 흘러들고 있었다. 붉은 이끼가 기어오르고 있는 절벽을 지나 야트막한 구릉 쪽으로 올라갔다. 저 멀리 푸르스름하게 중첩된 산들 너머 지평선이 풍경을 자르고 있었다. 그 언저리에는 하늘의 파란빛과 호수의 푸른빛이 어떻게 다른지, 산꼭대기의 구름장이 언제쯤 계곡을 감도는 안개와 뒤섞이는지, 빙하 계곡에서 어렴풋이 번져나오는 분홍빛이 어떻게 강밑으로 스며드는지를 보여주는 스펙타클이 펼쳐지고 있었다.
  어제 내가 올랐던 고꼬리 산허리를 올려다보았다.
  꿈속의 환영 같던 모래시계의 이미지가 떠올랐다. 나의 무의식과 상상이 이 호수 풍경과 하나로 연결되었던 순간, 내 시선은 새로운 현실의 지평선으로 열리고 있었다. 《에베레스트 상상》을 쓰리라는 영감은 이 장소로부터 왔다. 두 개의 태양이 거울처럼 반사되던 이 호수는 자연과 창조와의 친화성을 일깨운 유기체적 장소로 작용했다.

  하늘과 땅과 물이 맞닿은 이 초월적 공간이 내 영적 지평을 확장시켜 주었을까? 시간의 흐름을 잊은 느긋한 관조가, 순간순간이 응시이며 명상인 마음의 빈자리가 내 의식과 자연현상의 상호작용을 쉽게 했을까? 구름과 안개와 빙하가 산봉우리들을 감싸며 머나먼 지평선으로 달려가는 이 풍경이 나 자신이라는 제한된 틀에서 벗어나, 세상을 향해 활짝 열어제친 그 개방성으로, 우주적 에너지를 더 깊이 체감하게 했을까?

  이 호수가 내가 쓰게 될 《에베레스트 상상》의 단어들이 고여 있는 웅덩이라는 생각이 들었다. 돌멩이 하나를 주워 들고 고꼬리산이 비치고 있는 수면을 향해 힘껏 던졌다. 물이랑이 원을 그리며 퍼져 나갔다. 어제 내가 묶었던 노란 천이 펄럭이며 잔물결 하나가 발밑에 와 부딪혔다. 노란 물이 들 듯한 그 물에 손을 살짝 담구었다. 어제 고꾜리 산허리에서 느꼈던 니르바나의 기쁨이 전해져 왔다. 이 장소가 바로 나의 만다라다!

내친 김에 신발을 벗고 발을 담구었다. 쨍한 햇살 탓인지 물이 생각보다 차진 않았다. 두 발을 물 속에 담그고 앉아 있노라니 이 산의 심장에 발을 담근 듯 절로 신성해지는 기분이 들었다. 마음 같아서는 딱 이 물에 온몸을 적셔, 아니 이 호수에 풍덩 뛰어들어, 수영이라도 했으면 좋으련만! 곧 차가운 물의 감각이 발끝에서 올라왔다. 정수리가 서늘해졌다. 숨을 크게 내쉬었다.

그런데 얼마 만인가, 이렇게 호수에 발을 담구어 본 게.

아홉살 때쯤이었나, 집 앞에 기찻길 방천둑이 있었고 그 너머 용수강이 있었다. 한두 시간이 걸리는 통학길에서 돌아오면 나는 가방을 마루에 던져 놓고 횡하니 그 강으로 달려갔었다. 굵은 소나무가 우거진 정기나무길을 지나 철길 너머 큰 버드나무가 서 있던 물가가 내 자리였다. 그 시절만 해도 맑았던 강물엔 은어 떼가 비늘을 반짝이며 수면으로 뛰어오르곤 했다. 강바닥이 비치는 물속에 발을 담그고 앉아 학교에서 배운 시를 외우거나, 물살이 세차게 흐르는 강보를 걸으며 노래도 부르고 웅변 연습을 하기도 했었다. 맞은편 야트막한 앞산엔 소나무와 대나무 숲이 우거져 있었다. 푸른 숲이 비친 강물의 가운데는 짙은 암청색을 띠고 있었는데, 용수강이란 이름에 걸맞게 곧 무시무시한 용이라도 한 마리 솟아오를 듯 어둡고 괴기스러운 빛깔이었다.

어느 초봄이었던가, 나무 잎사귀들이 한창 돋아나올 때였다. 나는 강 건너 숲, 갓 움튼 새순들의 색깔에 시선을 빼앗기고 있었다.

— 저 '푸른빛'을 뭐라고 표현할 수 있을까? 무슨 말로 묘사할 수 있을까?

그 시절, 나는 내가 자라서 공부를 하고 어른이 되면 알 수 있으리라 생각했었다. 하지만 그 후 성인이 되어 오랫동안 문학이란 언저리를 얼쩡거렸어도 나는 여전히 그 빛을 표현할 적당한 어휘를 찾지 못했다. 그때도 이미 알고 있었던 '푸른', 혹은 '연초록'이라는 그저 평범한 단어 외엔 달리 설명할 도리가 없었다. 대신 세월이 지나 그 질문에 관련된 책을 쓰게 되었다. 한 십 년 공을 들인 후, 내가 묘사하고자 했던 그 잎새의 푸른빛이란 것이 결국 노을빛이나 꽃향기처럼 내가 결코 만지거나 잡을 수 없는 불가사의한 '창조'의 신비에 관한 것이라는 것을 알게 되었다. 어쩌면 내《창조 소설》은 그 봄빛에 대한 길고 난삽한 오마주가 아니었을까?

사실 나는《창조 소설》을 통하여 그 '푸른빛'이란 명제를 좀 더 깊이 파고들려 했었다. 내가 '청소년과 창조'를 주제로 한 그 소설에서 한 미성년에 대한 불가능한 사랑을 봄날의 여린 잎새니, 풋풋한 향기니, 비린 냄새니 하는 따위로 묘사하고 있는 걸 보면 여전히 나는 그 초록빛 주변을 얼쩡거리고 있었음이 분명하다. 하지만 내 관심사의 폭을 문학에서 조각으로 음악으로 넓혀 갔어도 그 모호한 빛깔에 대한 내 어린 시절의 질문은 별 진전이 없는 듯하다.

사랑이나 아름다움, 신에 대한 것처럼 은유나 상징을 통해 나타낼 수밖에 없는 추상적 현실, 사물의 실체와 표상에 관련된 그 문제는 그때나 지금이나 언어라는 도구로 표현하는 것은 불가능하다는 것을 알게 되었을 뿐이다. 결국 나는 내 삶의 첫 질문부터 해답을 찾을 수 없는 것을 묻고 있었던 것일까, 그 연록색 잎새의 비밀은 지금도 여전히 베일에 싸여 있다. 어쩌면 어린 시절의 봄날, 세상에 대한 첫 호기심을 품었던 그 순간부터, 나는 이미 불가능이란 심연에 발을 내딛고 있었는지도 모르겠다.

처음부터 너무 미묘한 색깔을 만났나, 그게 내 존재의 특성인가, 그 의문은 대답 대신 그 나름의 서사적인 색채로 변모되어 갔다. 소설 속에서 '언제나 진행 중'인 청소년의 특질은 그 본질상 비결정성을 포함하는 창조 과정의 특이성과 연계되었다. '청소년과 창조'가 상징하는 불확실하고 미완성인 세계의 속성을 대변하게 된 것이다.

'불확실성은 곧 자유로 가는 길이며, 미완성은 존재의 해방으로 가는 통로다'

실제로 《울릉도》에서 전개했던 불가능한 사랑은 이 세상에 존재하지 않는 것을 창조하려는 불가능한 욕망에 맞닿아 있다. 그 섬 아이에 대한 주인공의 사랑은, 잡을 수 없는 현실에 대한 시적 은유, 그래서 책의 빈 페이지로 나타날 수 밖에 없는 창조의 불가해한 신비를 담고 있다. 나는 아름다움의 첫 발견에서부터 결코 알 수 없는 세계에 발을 들여놓고 있었던 것일까. 그러고 보면 나의 문학의 기원은 내 유년의 강가, 그 어린 연초록 잎새에서 비롯된 셈이다.

그때 강물에 발을 담그고 앉아 봄빛이 내비치는 안산을 바라보던 그 소녀, 검푸른 수심 속에 정말로 용이 살고 있을까 궁금해하던 그 아이는 지금 어디에 있을까? 어느 여름날, 폭우가 쏟아져 강물이 철길을 넘고, 마을이 흙탕물에 잠길 때면 그 소용돌이 가운데서 괴물이 솟아오르는 것을 상상하며 몸을 떨었던, 그 어린 영혼은 지금 무엇을 하고 있을까? 그때 강물에 떠내려가던 돼지 새끼들의 비명 소리에 행여 삶의 아름다움과 괴기스러움, 그 모순의 힘을 얼핏 감지하기라도 했을까. 자연이 감추고 있는 고독과 광기와 죽음의 세계를 예감하기라도 했을까.

지금 내 앞에 펼쳐진 고꾜리 호수가 그 강가로 이어져 있다. 나를 손짓하며 불렀던, 그 푸른빛의 그림자가 저 지평선 언저리에 출몰하는 듯하다. 어린 시절 그 봄날의 강가에서 내 삶의 첫 질문이 시작되었다면,《창조 소설》은 그 '초록빛'이란 진정한 '창조'를 통해서만 도달할 수 있는 머나먼 지평선임을 시사해 주고 있다. 하지만 그 지평선은 존재하지 않는다. 내가 나 자신 밖으로 몸을 던질 수 있는 미지의 경계선일 뿐이다. 떠날 때마다 더욱 멀리 가지만 결코 도달할 수 없는 불가능의 미궁, 초월 없는 초월의 경지, 그 선은 상상의 선이다. 나의 창조는 언제나 눈에 보이지 않는 그 세계의 부름과 맞닿아 있다. 그곳을 향하는 내 발길은 그래서 '상상 여행'이다. 언제나 새롭게 출발하는 지평선, 그 길은 내 불가능한 존재의 끝으로 뻗어 있다. 사랑이건 창조건 여행길이건 결코 돌아오지 않을 것이란 점에서.

　그곳에 도달하기 위하여 나는 언제나 떠나야 한다. 익숙한 세계로부터 떠나기, 목적 없이 떠나기, 가능한 나로부터 멀어지기.

　풀 한 포기 없는 자갈길을 지나 고원의 끝으로 다가서니 앞이 확 트인 전망이 나타났다. 저 멀리 안개 구름이 떠 있는 산골짜기들 사이로 구불구불 강줄기가 펼쳐져 있고 작은 마을들이 보였다. 사람들이 꼬물거리며 오르내리락거리고 있는 길은 남체 바자 가는 길이다. 한동안 세상을 떠난 적요 속에 잠겨 있다 문득 등반객들로 번잡한 산길을 바라보고 있자니 고꾜리의 풍경이 단지 오늘 하루 내가 누릴 수 있는 호사란 현실감이 든다.

　서늘한 연민이 등골을 훑고 지나간다. 이 초록 물빛, 이 금빛 햇살은 내가 여기 오기 전에도 그랬듯이 내가 떠난 후에도 여전히 이 자리에 있으리라. 하지만 내 발걸음은 저 물가로 밀려오는 잔물결처럼 일시적인 것이고, 나의 춤처럼 무형의 것이다. 저 산길을 오르내리는 숱한 발걸음들처럼 흔적도 없이 사라질 것이다. 나 없이도 여전할 이 햇살의 열기, 물살을 일으키는 바람, 바윗돌을 타오르는 이끼…, 갑자기 이 산과 호수와의 별리가 거의 인간적 이별이라 할 정도로 서운하다.

나 없이도 열리는 길들, 날들, 문들
나 없이도 자라는 풀들, 아이들, 꿈들
나 없이도 흐르는 강물들, 시간들, 행성들
나 없이도 쓰이는 시들, 글들, 여백들

노을빛에 반짝이는 언어들이 내 의식의 빈 페이지를 메워 갔다. 글자들이 서로를 비추며 미끄러지며 부딪히며 먼 지평선을 들어올리고 있다. 글자들을 쓰다듬고 단어들을 조열하던 바람결이 잉크빛 호수 밑으로 가라앉는다. 내 눈앞에 펼쳐진 풍경과 언어의 거리는 한없이 좁혀진다. 내 손은 보이는 것과 보이지 않는 것들을 현실로 고정시킬 만반의 준비가 되어 있다. 아직 쓰여지지 않은 마지막 싯구가 호수에 물너울을 만들며 글의 호흡과 문맥을 연결한다.

"나는 내가 없는 거기에 있다."

마을의 돌담길로 들어서자 사방이 온통 어스름한 빛으로 둘러싸였다. 한 집의 창문에 반짝 불이 켜졌다. 하나둘 밝아지는 불빛들을 따라 물속에도 작은 불꽃들이 가물거렸다. 별무리들이 서로 얽히고 설키며 춤추는 것 같다. 잔물결에 잘게 쪼개지던 빛들이 내 안에 숨어 있던 어둠들에도 하나하나 불을 켰다. 자갈돌에 와 부딪치는 빛거품을 밟으며 물가를 따라갔다. 물결 소리가 한낮보다 더욱 크게 들린다. 어스름 속에 귀를 거치지 않고도 깊숙히 내 안을 울린다. 호수는 점점 더 낯설고 신비스러운 모습이 된다.

이 호수가 영롱한 단어들로 반짝이고 있는 내 책의 빈 페이지같다. 수면 위에 잠깐 빛나다 사라지고 마는 불꽃들이 내 의식 위에 잠시 머물다 사라져 버리는 무심한 부호들 같다. 호수의 밑바닥에 잠긴 밤하늘의 별들처럼 아직 세상에 나오지 않은 글들이 어둡고도 초연한 빛을 발한다. 호수의 잔물결이 물거품으로 부서진다. 내 마음을 타고 흐르는 선율이 그려진 음표들, 상징들, 노래들이 의미와 감정의 무게에서 해방되어 무심히 호수 저편으로 흩어진다. 검은 산등성이가 풀어진 수면 위로 낯선 시어들이 천천히 몸을 일으킨다. 밤바람에 밀려갔다 되돌아 오는 물이랑 따라 글줄이 출렁인다.

《에베레스트 상상》의 페이지가 펼쳐진다.

렌조라 Renjo La

이른 새벽, 침낭을 정리하고 어제 빨아 넌 동태처럼 뻣뻣해진 양말을 걷어 짐을 쌌다. 짐이래야 간소한 배낭이 전부지만 대신 하나라도 잊어버리면 안 되는 것들이다. 오늘은 쓰리 패스길의 마지막 코스를 오르는 날이다. 엊저녁 숙소장은 렌조라 길은 고갯길 정상에서 다음 숙소가 있는 룽덴까지 거리가 좀 멀 뿐 힘든 내리막길도 눈길도 빙하도 없다고 안심시켜 주었다. 뭐 그래 봤자 콩마라 내리막길보다야 더 하겠어? 느긋하게 마음을 먹고 고꾜리산 밑으로 난 비탈길을 올라갔다. 호수는 마악 잠에서 깨어나 희뿌연 입김을 피워 올리고 있었다. 마을이 한눈에 들어오는 언덕길에 이르자 아침 햇살이 쨍하게 퍼지며 더없이 맑고 투명한 호수를 비추고 있었다. 가던 길을 멈추고 자꾸만 흰 구름이 떠가고 있는 호수를 뒤돌아보았다.

— 나는 이 생에 또다시 이곳에 올 수 있을까? 이곳에서 느꼈던 그런 감흥을 다시 한번 느낄 수 있을까?

파미르 고원을 떠날 때, 그 언덕길의 발길에 채이는 자갈돌 소리를 들으며 했던 생각이었다. 먼 옛날 울릉도, 그 섬을 떠나는 뱃고동 소리를 들으며 느꼈던 감정이었다. 나의 천국을 알게 했던 장소들, 떠나고 나서가 아니라, 그곳에 있을 때 내 생애 단 한 번임을 알게 했던 곳들이었다. 어디서나, 무엇을 하든 그 그림자가 함께 하는 공간들, 그중 하나를 나는 지금 떠나고 있다. 이런 감정은 언젠가 다시 오고 싶다는 연연함이 아니다. 비록 미래에 다시 온다 해도, 또다시 겪을 수 없으리라는, 이 생에서 유일한, 그래서 죽음과 같은 소회다. 장미꽃 향기를 오래 맡으려 하지만, 코끝을 스치는 순간 이미 사라지고 마는 것처럼, 지극한 아름다움은 결코 가질 수 없는가. 영원의 틈바구니에서 얼핏 스며나온 찰나의 빛, 지금 나는 그 여운을 바라보고 있었다.

마지막엔 거기 가리라고 아는 곳은, 다시 갈 수 있는 곳이 아니다.

그동안의 여행길에서 반드시 또 한 번 들르겠다고 작정했던 장소들이 얼마나 많았던가. 아라비아의 사막, 이슬란드의 폭포들, 아프리카 해안선들, 노르웨이 피요르드 끝마을, 그리스의 섬들…. 그러나 이렇게 이 생의 마지막을 떠올리며 다시 오게 될까를 물었던 곳은 손에 꼽을 정도였다. 이 지상의 경계를 넘어가게 하던 장소들, 영원을 떠올리게 하던 순간들, 그들에겐 공통점이 있었다.

— 내 영혼의 진실을 깨달았던 곳!

그런 감정은 반드시 내가 그 장소에서 느꼈던 기쁨과 아름다움 때문만은 아니었다. 내가 어떤 사물에서 지극한 감동을 느낄 때란 창조하고 싶은 욕망을 불러일으킬 때였다. 그 장소가 주는 시적이고 격렬한 에너지가 나 자신을 변모시킬 때였다. 어떤 우주적 영감이랄까, 영적 자유가 나를 해방시킬 때였다. 하지만 이상하게도 오늘, 고꼬리를 떠나는 데 미련은 없었다. 천지 창조도 일주일이면 족했던 바에야 사흘이면 충분했었다.

한 며칠 편하게 보내선가, 얼마 안 가 펼쳐진 높은 언덕길이 무척 힘들었다. 하지만 이제 어지간한 오르막길은 이력이 붙었는지 습관처럼 내딛는 발걸음으로 그럭저럭 몇 개의 산등성이를 넘었다. 저 멀리 보이는 정상에 도달하기 위해서는 두 개의 거대한 암벽을 통과해야 했다. 지그재그로 난 절벽 아래 걸쳐진 바위에는 다행히 쇠줄이 매어 있었다. 그래도 이 정도 경사면 아예 암벽 타기다. 배낭을 맨 채로 오를 수가 없어 콩마라에서 그랬듯이 배낭을 힘껏 윗쪽으로 던져 올리고 마치 써커스 곡예라도 하듯 쇠줄을 잡고 올랐다. 이곳 역시 경사가 조금만 더 가파랐더라도 혼자 오르기 힘들었을 것이다. 그런데 세 고갯길의 마지막 고지가 눈앞에 보인다는 기대 때문인가 쇠줄에 매달려 기우뚱거릴 때조차 마음의 여유가 있었다. 게다가 이 고갯길은 유명한 고꼬리로 통하는 길이어선지 반대편 쪽에서 넘어오는 사람들도 꽤 있었다.

쓰리 패스길을 넘으면서 알게 된 사실은, 내가 가는 방향과 반대쪽인 시계방향으로 에베레스트산을 넘어오는 등반객들이 많았다는 것이다. 티벳 카일라쉬 순례길처럼 우주적 순환의 법칙에 따라 오른쪽으로 도는 것일까, 어쨌든 그렇게 되면 내가 그렇게 힘들었던 콩마라 내리막길은 오르막이 되어 덜 위험할지도 모른다. 하지만 초라 고갯길의 눈길을 내리막길로 내려가야 한다는 부담에다, 렌조라 길의 이 절벽에 감긴 쇠줄 바윗길이 내리막길이 되면 무척 위험할 거라는 생각이 들었다. 잘못 미끄러지면 그냥 수백 미터 벼랑 아래로 추락이니까. 산의 오르막이 문제가 아니라 하산길을 조심해야 한다는 것은 콩마라에서 몸소 경험한 바다. 그러나 전망만을 고려한다면, 실제로 시계 방향으로 세 고갯길을 넘는 것이 나을 수도 있겠다 싶다. 콩마라 고갯길에선 아마다블람이나 눕체 등 내로라하는 준봉들을 등뒤가 아닌 앞으로 마주 보며 걷게 될 테고, 초라길에서도 드라냑 언덕에서 내 눈길을 끌었던 초라체 호수를 감상하며 산을 내려올 것이며, 이 렌조라 고갯길에서도 고꼬리 풍경의 빼어난 산세를 눈앞에 두고 내리막길을 내려올 테니까 말이다. 내 경우엔 일단 베이스캠프를 오른 후에 고꾜리 호수로 간다는 계획이었으므로, 자연스럽게 세 고갯길을 시계 방향과 반대쪽으로 택하게 되었다. 가장 힘들다는 콩마라길을 먼저 넘은 후 베이스캠프에 이르고, 그다음 초라길을 넘어 고꾜리로 향했으니, 에베레스트에서 가장 아름답다는 고꾜리 풍경을 좀 아껴 두었다 보고 싶었다 할까.

드디어 렌조라 산정에 올라섰다. 마침내 에베레스트 세 고갯길의 마지막 정상에 오른 것이다. 몸이 날아갈 듯 거센 바람이 불어왔다. 발 아래 휘몰아쳐가는 구름 덩어리 사이로 언뜻언뜻 내가 걸어온 광활한 산등성이들이 조신하게 엎드려 있었다. 에베레스트 준봉들이 한눈에 펼쳐진 전망도 좋았지만, 성급하게 꼭대기에서 내려다본 반대쪽 산아래 고여 있는 초록빛 호수가 이 세상의 것이 아닌 양 신비로운 정취를 자아냈다. 보통 나는 산정에서 오래 머물지 못했다. 바람이 거세고 춥기도 했지만, 다음 숙소까지 늘 시간이 빠듯했기 때문이다. 하지만 오늘은 좀 다르다. 마침내 세 고갯길 정상이라는 대망의 고지를 달성한 마당이었다. 한 달 전만 해도 꿈인줄만 알았던 에베레스트 쓰리 패스 트랙은 물론 5500m에 이르는 5개의 산정들을 정복한 것이다!

콩마라, 초라, 베이스 캠프, 고꾜리산, 렌조라, 여기까지 무사하게 걸어온 내 무수한 발걸음에 대한 감상과 기어이 목표를 달성했다는 자부심에 취해 추위도 잊고 느긋하게 점심을 먹었다. 엊저녁 숙소에서 들은 정보에 의하면 렌조라 내리막길은 다른 고갯길에 비해 비교적 평탄하다고 했으렸다! 무엇보다 이 고지가 산정에서 부는 거센 바람에 날아오를 듯한 기분을 즐길 마지막 기회이기도 했다. 하여 최대한 그 순간을 만끽하려 몸이 날아갈 듯 세차게 불고 있는 바람의 풍력을 이용해 두 팔을 뻗고 새처럼 포즈를 취해 보았다. 여기까지 오는 동안 친해졌던 바람에게 내 몸을 좀 들어올려 보라고 말했다. 그러나 그는 이번엔 들은 척도 하지 않았다. 급기야 변덕스런 바람에 떠밀려 벼랑 아래로 떨어질 수도 있는 위험을 무릅쓰고, 360도 비디오를 찍으며 산꼭대기를 한바퀴 돌았다. 타르초 무더기가 감긴 돌탑들을 만지며 이 마지막 고갯길에 안녕을 고했다. 그래도 그곳을 떠날 땐 무척이나 아쉬워 빛바랜 천자락들이 흩날리고 있는 그 정든 풍경을 자꾸만 뒤돌아 보았다.

렌조라 내리막길은 비록 경사가 가파르긴 했어도 쇠줄이 설치된 계단길이라 콩마라나 초라길에 비하면 훨씬 안전해 보였다. 별 어려움 없이 산을 내려와 조금 전 눈길을 끌었던 앙증맞은 초록빛 호수로 다가갔다. 에베레스트산에 와서 많은 호수를 보았지만 이렇게 소담스럽고 고아한 분위기를 가진 물가도 드물었다. 콩마라 고갯길의 호수들이나 빙하길의 호수들도 아름답긴 했어도 거의 눈이나 얼음으로 덮여 있었고, 초라초나 고꾜리 호수들은 꽤 큰 담수호들이었다. 그런데 이 호수는 산바위에 고인 물웅덩이 같은 아담한 크기에다 양지 바른 쪽에 있어선가 얼어 붙지도 않았다. 산그림자가 늘어진 물가로 하얀 바윗돌이 내비치는 수심이 호젓하고 그윽한 정취를 풍기고 있었다. 마치 살벌한 전투장을 건너와 아늑한 들녁에 이른 듯 고달팠던 등반길의 긴장이 다 풀어지는 기분이었다. 거대한 바윗돌 하나가 버티고 서 있는 호수 언저리는 예술 사진이나 패션 잡지의 배경이 될 만한 고혹적인 장소였는데, 화려한 문양과 채색의 옷을 걸친 누군가 바위 뒤에서 포즈를 잡으며 나타날 듯했다. 이 산중에서 뜬금없이 세상의 도회지 풍경이 떠오른 것은 세 고갯길들을 다 넘었다는 안도감 때문이었을까.

오랜만에 보는 키작은 관목들이 듬성듬성 흩어진 산자락을 내려가다가 무심코 내가 넘어온 산정을 뒤돌아보았다. 산봉우리의 뾰족뾰족한 형상이 마치 옛 고성의 폐허가 빙 둘러서 있는 것 같았다.

그 지형은 내가 산을 내려오며 바라보는 눈높이에 따라, 빛의 움직임에 따라 다양하게 모양을 바꾸었는데, 자연적인 산세라 믿어지지 않을 정도로, 흡사 신화에 나오는 유적지를 연상시켰다. 중천에 뜬 태양빛이 암청색 바위산의 경계선에 어른거리자 푸른 물무늬가 드러난 대리석 성전의 벽틈에서 한 마리 도마뱀이라도 기어나올 듯했다. 그 짐승의 투명한 살빛 같은 불그스럼한 햇살이 드리운 허물어진 성채 위로 투르크메니스탄 가는 길의 한 폐허가 떠올랐다.

우즈베키스탄의 고대도시 키바Kiva를 떠나 지프로 투르크메니키스탄 국경을 향할 땐 12월의 눈바람이 날리고 있었다. 카스피해로 통하는 망망대해 같은 평원에 솟은 한 거대한 돌산 위에 화산 분화구 같은 원형탑이 서 있었다. 허허벌판 사막 위에 홀로 우뚝 서 있던 그 건축물은 조로아스트르Zoroastre교의 표상인 영원한 불을 피워 올리고 있는 '죽음의 탑'이었다. 그날따라 흩날리고 있는 진눈깨비 사이로 온통 시야가 희끄무레해진 산등성이를 기어올라가 무너진 성벽 안으로 들어갔다. 높다란 깃대에 매달린 찢겨진 하얀 천들이 서릿발 같은 눈발에 미친 듯이 휘날리고 있는 원통의 탑 위로 까마귀들이 날아다니고 있었다. 죽은 사람을 안치하던 바윗돌에는 오늘날에도 풍장의 습속이 남아 있는지, 을씨년스런 기분 때문이었는지, 검은 재가 끼인 화구 위로 비릿한 살냄새가 났다. 허물어진 성곽의 틈 바구니 사이로 오래된 영령들의 호곡 소리가 들려왔던가.

투르크메니스탄의 마리Mary라는 고대 도시의 허허벌판에 솟아 있던 유적지 역시 사라진 왕국이 주는 처연한 정취를 담고 쓸쓸하게 버려져 있었다. 마치 거대한 폭풍이 화려하고 웅장한 도시를 일순간 휩쓸고 간 듯한 성곽의 자취는 기이하게도 테헤란의 박물관에서 보았던 한 황금 왕관의 형태를 닮아 있었다. 둥근 원형의 지리에 뾰족한 축대가 드러났던 그 폐허의 축소판같았던 왕관에 이 지상의 영고성쇠가 담겨 있었다. 황량한 들판에 서 있던 그 유적지가 마치 세월에 따라 변모하는 조각 작품이나 진행 중인 어떤 시공간 건축의 마케트 같기도 했다.

이 유적지들은 지금 한 여행자의 상상력 속에서 또 다른 현실로 변모되고 있었다. 옛 질서의 사라짐을 보여주는 폐허는 그 건축물이 존재하기 전의 원래 풍경으로의 회귀를 의미한다. 티벳의 구게 왕국처럼 생성과 파괴와 종말의 수순을 통해 인간성이 구축한 세계의 무상성을 보여 준다는 점에서 과거의 자취를 더듬으며 쓰여지는 서사시처럼 현재에서 끊임없이 재구성되고 있다.

나를 이 에베레스트산으로 이끌었던 카일라쉬산도 흰 눈이 뒤덮인 거대한 피라미드 산의 내부에 부처의 현신이나 시바가 살고 있다는 신화를 품고 있었다. 그런 특이한 형상을 한 산이었기에 그런 순례길의 역사를 갖게 된 것인지, 아니면 사람들의 신앙이 담긴 시선과 발자국에 깎이고 풍화되어 그런 모양이 되었는지는 모르지만, 그 장소는 내게 자연 형상과 인간 정신의 긴밀한 연관 관계를 보여 주는 지리였다.

실제로, 카일라쉬 순례길에서 우연히 마주친 한 동굴의 그렇고 그런 불상 하나가 불현듯 내 앞에 '니르바나'의 화신이 되어 나타났었던 사건은 이 자연 속에 감춰진 나 자신의 욕망의 정체를 드러내 주었다고 할 수 있다. 그 불상의 미소가 《울릉도》에 투영되며 그 섬의 동굴을 떠올리게 했다면 그것은 그 장소와 나의 내면과의 시적인 교감이 있었다는 것이다. 나의 직관과 상상을 이끌어갔던 그 '현시'의 경험은 '상상의 현실'이라는 나의 내적 질서를 드러내며 내 발걸음을 이 에베레스트로 이끌었다. 그러니까 눈에 보이는 외부 풍경이란 누구에게나 동일한 객관적 현상이 아니라, 각자의 내부에서 살아진 만큼 구성되는 주관적 환경인 것이다.

에베레스트산의 세 고갯길을 가로지르며 지금 나는 내 존재의 고갯길을 가로지르고 있다. 내가 넘었던 산들의 지형과 굴곡은 내 의식의 구조와 흐름을 드러내는 내면적 지도가 아니었을까. 야생 정원이 펼쳐져 있던 탐세쿠에서의 관능, 베이스캠프 빙하의 꿈, 고꾜리 호숫길의 춤, 어쩌면 그 모든 일들은 자연과 존재의 교집합으로 이루어진 내 생명의 표상이 아니었을까. 콩마라의 산사태길에서 죽음을 비껴갔던 위험한 상황은 내 죽음에 대한 두려움의 표출이 아니었을까. 고꾜리 산등성이에서의 지극한 충만감은 내 삶의 절정에 대한 열망이 아니었을까.

나는 지금 내 존재의 어디쯤을 지나고 있을까.

과거의 기억들과 미래의 꿈들에 의해 지배되는 이 삶이라는 것도 결국 나 자신의 경험과 상상에 기반한, 그래서 나의 시각의 변화에 따라 해체와 전복이 가능한 추상적 풍경이 아닐까. 내가 걷고 있는 이 에베레스트 등반길처럼 자연과 나의 의식이 이루는 주관적 지리, 즉 나 자신의 내적 형상과 색채와 리듬을 지니고 재구성되는 유기체가 아닐까.

누군가의 눈에는 평이한 돌바위들로 이루어진 렌조라 산꼭대기가 한 신전의 폐허를 연상시키며 긴 사색으로 이어지고 있었다. 보통 온몸의 근육을 써야 하는 등반길에서 머리는 거의 비워진 상태다. 하지만 이곳은 평탄한 산등성이가 이어지는 데다 세 고갯길을 다 내려왔다는 뿌듯한 마음에선가 모처럼 생각의 지평을 펼치며 내리막길을 내려오고 있었다. 그동안 고산등반이라는 육체적 고통에 혼자라는 심리적 불안감이 있었지만 그런 염려로부터 적잖이 해방된 지금, 이제야말로 산길을 걸으며 오롯이 사색하는 즐거움을 누리고 있다.

얼마전부터 나를 스치며 오가던 사람도 뜸해졌다. 하지만 이번엔 내가 마지막 주자가 된다는 사실이, 이 광대한 산줄기를 나 혼자 차지한 듯해 오히려 발걸음이 더 가벼워졌다. 게다가 가파른 내리막길이 없는 들길 같은 산자락이 한참 이어지자 신바람이 절로 났다. 날듯이 산등성이를 돌아드는데 널따란 계곡에 강물이 흐르고 있는 게 아닌가! 모래 강변길이 시원하게 펼쳐져 있는 늪지로 갈대가 우거진 자갈밭이 길게 뻗어 있었다. 마치 내 고향의 험준한 지리산 산세가 갑자기 부드럽고 유연한 섬진강 물줄기를 만난 것 같았다. 그동안 넘어왔던 세 고갯길의 풍경과는 사뭇 다른, 강변길을 따라 사잇길들이 이리저리 나 있는 지형이 히말라야 등반길을 막 시작하던 안나푸르나 초입의 탈Tal 마을 가는 길을 연상시켰다.

— 강물이라니! 이제 다 왔나 보다. 텐트가 있었다면 딱 하룻밤 머물고 싶네!

배낭을 내리고 사진을 좀 찍었다. 천천히 가, 서두르지 마 하는 여유작작한 행보는 여정의 막바지에서 빛을 발한다. 아침엔 언제나 남들보다 일찍 출발했어도 도중에 사진을 찍는다 어쩐다 하다 보면 언제나 맨 마지막 주자가 되기 일쑤다. 콩마라 사건을 겪었음에도 별 달라진 게 없다. 오늘도 오후로 접어들자 아까 산정에서만 해도 꽤 보이던 등반객들도, 맞은편 렌조라 쪽에서 오는 사람들도 더 이상 보이지 않았다. 하지만 이제 렌조라 정상도 다 내려왔겠다, 남아 있는 길은 저 환상적인 강변길인데 뭐 걱정할 거 있나, 모처럼 틸리초 길에서 그랬던 것처럼 김삿갓 폼을 잡으며 시라도 한 수 읊을 참이었다.

— 그렇다. 지금이야말로 이 여정에 시적 리듬을 줄 때다! 삶의 비극이 한 시인의 시에 독창적 진수를 부여하는 것처럼 이 순간의 서정으로 내 작품에 생동감을 부여할 때다.

느닷없는 독창적 영감이 떠오른 시인, 우주의 총합을 그럴듯한 공식으로 표현해 낸 수학자, 아주 희귀한 화음을 우연히 발견해 낸 작곡가처럼, 에베레스트 야생 정원에서 영원한 놀이 마당을 발견한 순진무구한 아이는 지팡이를 휘두르며 강변길을 달려 내려갔다.

기분이 이렇게 가볍고 유쾌할 때면 언제나 내 시선을 끄는 사람이 나타났다. 아니나 다를까, 저 멀리 고갯 마루에 한 남자가 앉아 있는 게 보였다. 나와 같은 방향으로 산을 내려가는 것도 아니고 그렇다고 이 시간에 렌조라 산정을 넘으려는 것도 아닐 터, 그를 한참 주시하니 그는 큰 바윗돌에 앉아 조용히 눈을 감고 있었다. 바위 위에 앉은 그의 몸이 지평선을 정확하게 반으로 가르고 있었다. 이 산길에서 누구 할 것 없이 땀흘리며 바쁘게 걷는 사람들만 보아왔던 나로선, 저렇게 산중턱에 걸터앉아, 태평스럽게 이른 오후의 따사로운 햇살을 쬐고 있는 사람도 처음이었다. 그동안 두 달 넘게 히말라야 산등성이를 누비고 다녔지만 나를 스쳐갔던 등반객들은 대부분 다음 목적지에 도달하는 데 여념이 없는 이들이었다. 배낭과 지팡이를 놓고 쉬고 있을 때조차 그저 지치고 피곤한 기색이 역력했었다. 그런데 이 남자는 마치 자기 집 근처 공원에 개를 끌고 산책이라도 나온 듯하다. 에베레스트산 중턱에서 명상하듯 선경에 잠겨 있는 그의 모습을 보노라니 탐세쿠 야생 정원에서 햇살을 받으며 보냈던 오후가 떠올랐다. 자못 있을 법하지 않은 이 남자의 여유에 호기심이 동했다.

가까이 다가가니 조신하게 생긴 젊은이었다. 방금 세탁소에서 갓 나온 듯한 말끔한 옷을 걸치고 있었는데, 배낭도, 지팡이도, 물론 딸린 개도 없었다. 내가 그 옆을 스쳐 지나가는데 별 아는가 싶지도 않게 눈도 뜨지 않았다. 이 산중 꼴짝에 나 같은 여자가 지나가는데, 이 별종을 그냥 지나칠 수 없다.

— 나마스떼, 혹시 랑덴까지 얼마나 걸리는지 아시나요?

그제사 웬 철없는 산짐승이 고승의 삼매경을 방해하나 하는 표정으로 돌아보았다.

— 거기서 여기까지 두 시간쯤 걸렸어요.

매끈한 시곗줄이 감긴 정갈한 팔목이 말했다. 내 걸음으로는 거의 세 시간이 남았다는 말이다. 여섯 시경 해가 저물기 시작하는 걸로 치면 벌써 세 시가 다 되어 가고 있으니 빠듯한 거리다.

— 길은 좀 어때요, 가파르지 않나요?

— 뭐 별로, 무난한 편이에요.

하긴 그가 이곳까지 길을 거슬러 올 만한 정도라면 그리 험한 길은 아니겠지, 혼자 지레짐작을 하며 뭐 더 물어볼 말이 있는 것도 아니고 눈치껏 돌아서는데, 그 또한 자리를 털고 일어났다. 앞서거니 뒷서거니 하다가 짐도 없고 걸음이 빠른 그 남자는 저만치 앞서는가 하더니 홀연 산모퉁이로 사라져 버렸다.

그때부터였다.

이제까지 쾌청하던 날씨가 어째 좀 서늘해지는가 하더니 곧 흐릿해진 것은. 그리곤 얼마 안 가서였다. 내가 한가하게 페르시아 성터를 연상하던 그 렌조라 산정에서 구름장 같은 시커먼 안개가 번져 오더니 이내 계곡을 흐물흐물 감싸는 거였다. 드넓은 강줄기를 덮은 것은 거의 순식간이었다. 이게 뭔 영문인가 할 겨를도 없었다. 그 잿빛 괴물이 주변의 산등성이를 삼키며 내 앞에 하얀 장막을 치기 시작했다. 온종일 내 머리 위에서 쨍쨍 내리쬐던 태양빛이 사라져 버린 것도 잠깐이었다.

정말이지 이런 일도 처음이었다. 그동안 5000m가 넘는 고지들을 넘노라면 종종 안개 섞인 구름장이 몰려와 산꼭대기를 감싸기도 했지만 대부분 휘몰아치는 바람에 곧 대기로 흩어져 버리고 마는 일시적인 현상이었다. 일 년 중 가장 날씨가 쾌청하다는 11월이어선가, 내가 보통 산정에 도착했을 무렵인 정오경은 거의 언제나

288

태양이 빛나는 푸르른 하늘이었고, 거센 눈발이 흩날렸던 초라길에서조차 고갯길을 넘자마자 언제 그랬냐는 듯이 맑은 가을 날씨를 되찾았었다. 간혹 내리막길을 다 내려와 지나온 길을 뒤돌아보노라면 가끔 회색 구름장이 산꼭대기 부근을 덮고 있는 때가 있긴 했다. 하지만 그땐 이미 내가 산을 다 내려와 있던 때라 별 문제 될 게 없었다.

그런데 이 시각에 이렇게 짙은 안개가 밀려와 계곡을 에워싸다니! 아마도 이 렌조라 길은 내가 넘어왔던 고갯길들과 지형이 다른 게 분명했다. 내리막길을 내려왔어도 여전히 높은 고도가 계속되고 있는 것이다! 그러고 보니 하염없이 길고 길었던 콩마라나 초라 내리막길과 달리 이 렌조라 길은 비교적 짧았던 것 같았다. 앞의 두 고갯길이 5500m 정도의 산정을 넘자마자 가파른 내리막길이 몇 시간 동안 이어져 거의 3000m 이하의 낮은 고도에서 평원이 전개되었던 것과 달리, 이 렌조라 내리막길은 그보다 훨씬 높은 4000m 이상의 고도에서 산길이 계속되고 있었던 것이다. 내가 계곡에서 강변길을 만나 멋모르고 산을 거의 다 내려온 줄 착각한 채 사진 찍기에 여념이 없었던 지점은, 그러니까 내리막길의 중간쯤이었던 것이다. 고도가 높은 산중턱이어선가, 넓은 강을 낀 계곡이어선가, 변덕스런 날씨 탓인가, 하여튼 이 심산 유곡에서 나는 느닷없이 안개라는 복병을 만나고 있었다.

오늘도 여느 때처럼 숙소를 출발하기 전 맵미를 보며 랑덴 숙소까지의 거리와 시간을 측정했지만 내리막길의 고도까지 일일이 체크하지는 않았었다. 그러고 보면 그동안 나는 무척 날씨 운이 좋았던 셈이다. 약 3주 전, 등반길 초반에 남체 바자를 넘어 쿰정 가는 언덕길에서 안개로 길이 막혔던 걸 빼면, 콩마라길이든 초라길이든 늘 쾌청한 날씨였으니까. 그때만 해도 에베레스트 초입이라 앞뒤로 마을들이 많았고, 상황에 따라 남체 바자로 되돌아갈 수도 있었다. 하지만 이곳은 에베레스트 한복판, 이미 몇 시간 동안 렌조라 정상을 넘어온 데다, 다음 마을까지는 적어도 세 시간 거리가 남아 있었다.

　다행히 평탄한 강변길이라 얼마 안 가 강기슭을 빠져나왔다. 그런데 이놈의 안개는 눈이 달리기라도 했는지 점점 나를 따라오며 앞을 가로막았다. 하마 언덕길을 몇 개나 넘었는데도 하얀 장막은 걷힐 생각을 하지 않고 점점 짙어지기만 했다. 내가 어디쯤 있는지 몇 시나 되었는지 확인하려고 전화기를 켰다. 아뿔사 화면이 뜨지 않았다. 전날 충전을 해놓아도 추운 날씨 때문에 전기 소모가 빨라 오후가 되면 바닥이 나는 것이다. 그래서 혼자 다니는 여행자들은 배낭에 태양열 충전기를 달고 다니곤 했다. 나 역시 전화기 충전에 늘 신경을 썼고 보조 배터리도 준비했었다. 그제서야, 좀 우스운 이야기지만, 그 배터리를 쿰정의 숙소에 빠뜨리고 온 기억이 났다. 그러니까 느닷없는 안개에다, 전기는 닳았고, 보조 배터리조차 없는, 그 모든 일이 한꺼번에 닥친 것이다.
　세 고갯길을 무사히 다 내려온 마당에, 이 렌조라 내리막길은 제일 쉬운 길이라고 안심했는데, 웬걸 뜬금없는 안개라니! 그제서야 이 세 고갯길에 쉬운 길이 없구나, 정신이 번쩍 들었다. 산에 오르는 사람들이 왜 포터와 가이드를 쓰는지, 왜 온갖 장비들을 준비하는지, 왜 서둘러 걸음을 재촉하는지 새삼 깨달았지만 이미 때는 늦었다. 사람들의 왕래가 잦은 베이스캠프 가는 길에는 이런 일이 별 문제가 안 될지 몰라도, 세 고갯길처럼 사람들의 통행이 드물거나, 해가 저물기 전에 반드시 숙소에 도착해야 하는 코스에서는 만약의 경우란 절대로 없어야 하는 것이다. 비교적 등반객들이 많았던 초라 고갯길을 제외하곤, 사람 보기가 힘들었던 콩마라와 렌조라길은 결국 내게 무모한 도전의 값을 치르게 하고 있었다. 위험은 언제나 어려운 일을 다 극복하고 한숨을 돌리는 순간, 기다렸다는 듯이 찾아왔다.

처음 멋모르고 감행했던 콩마라 길, 산정을 무사히 다 오르고, 그 무시무시했던 산사태 길을 거의 초인적인 힘으로 빠져나와, 눈 감고도 걸을 수 있을 멀쩡한 평지에서였다. 몇 시간 동안, 온 정신을 집중하다 이제 고비를 막 넘겼나 하는 순간, 아차 하며 미끄러졌었다. 무거운 배낭에 온 체중에 실고 날카로운 바윗돌 모서리에 머리를 쳐박았으니, 아마 조금만 더 나아갔더라도 치명적이었으리라. 그때도 오늘처럼 내 전화기는 불통이었다. 설사 부상을 당했더라도 헬리콥터고 뭐고 연락을 취할 방도조차 없었다. 그런데, 그런데 말이다, 그 아찔했던 일을 겪은 지 며칠도 안 돼, 이번에는 세 고갯길을 다 내려온 판인데, 안개로 길을 잃었다는, 이 말도 안 되는 시나리오를 쓰고 있다. 그것도 그 중 가장 쉽다는 렌조라 내리막길에서 말이다.

사방은 온통 먹물이었다. 사람은커녕 가끔씩 날아다니던 새 한 마리, 풀섶으로 달아나던 다람쥐, 그 흔한 쥐새끼 한 마리도 보이지 않았다. 짐승들이 풀을 뜯으러 가는 길인가, 가느다란 샛길들이 여러 갈래 뻗어 있어 도대체 어느 길로 가야 할지 감이 잡히지 않았다. 에라 모르겠다. 그 흐물흐물한 물체를 향해 양팔을 휘두르며 직감에 따라 한쪽 길로 발을 내딛었다. 얼마간 그렇게 전진하다 보니 길이 점점 좁아지고 있었다. 어쩌다 안개더미 사이로 힐끗 드러난 발밑이 천길 낭떠러지였다. 찔끔해 주변을 둘러보니 나를 감싼 희끄무레한 유령들이 형체 없이 절벽 아래로 뭉개져 내리고 있었다. 무섭고 참담했다.

간신히 그 벼랑길을 돌아나오는데 마치 안개 낀 바다 기슭을 헤치고 나오는 기분이었다. 잘못하다가는 파도 거품이 넘실거리는 절벽 아래로 굴러 떨어질 것만 같았다. 불과 한 시간 전만 해도 청명한 가을 햇살이 내리쬐는 산수화 담채 속을 유유자적 걷지 않았던가. 그런데 지금 이토록 해괴망칙한 검은 먹물 속을 헤매고 있다니! 얼핏 불어온 바람에 밀려간 안개더미에 동굴같은 구멍이 뚫리더니 뾰족한 산봉우리가 힐끗 드러났다. 그 전망에 따르면 나는 내가 가야 할 길의 반대편으로 가고 있는 것 같았다.

앞이 좀 트인 틈을 타 어찌어찌 그 길을 빠져나왔다. 낯선 산길에서 잘못 든 길을 되돌아 나와야 하는 것보다 더 난감한 일도 없다. 직감에 따라 움직이는 자신의 선택에 신뢰를 잃게 되면 믿을 데가 없기 때문이다. 물론 안나푸르나에서도 한두 번 길을 잘못 든 적이 있긴 했다. 마냥 가는 길, 사람들이 안 다닌 길로 가 본답시고 엉뚱한 길로 접어들었다가, 한참 잡목숲을 헤매다 가시덤불을 헤집고 산등성이를 거슬러 가야 했던 적도 있었고, 묵티나트에서 마르파 마을로 향하는 도중, 산길에서 짐승들 움막으로 난 사잇길을 잘못 알고 들어섰다 다시 되돌아 나온 적도 있었다. 하지만 모두 마을이 드물지 않은 곳이었고, 여차하면 멀지 않은 곳에 도로가 있었다. 하지만 이곳은 인적 없는 산중이었다. 그제서야 아까 렌조라 산정에서, 산 아래 호숫가에서, 강변길에서 늑장을 부린 걸 후회했지만, 아무 소용없는 일이었다.

아직 해가 저물기는 이른 시간인데 높은 산으로 에워싸인 계곡이어선가 주위가 벌써 어둑해지기 시작했다. 점점 두꺼워지는 안개 장막 속에 길은 더 해괴하게 꼬여만 가는데, 안개 방울이 빗방울처럼 얼굴에 와 닿았다. 섬찟한 차거움이었다. 하지만 막상 이렇게 절박한 상황이 계속되자 이상하게 마음이 냉정하게 가라앉았다. 처음의 당황스러움을 벗어나자 뜻 밖의 장애물에 맞선 짐승의 본능 같은 힘이 불끈 솟아올랐다. 우선 여차하면 이 산에서 하룻밤을 보내겠다는 작정부터 했다. 솔직히, 상상만 해도 끔찍한 일이었다. 세 고갯길을 포터 없이 오르기 위해 가능한 최소한의 짐만 챙겼던 나로선 텐트는 물론 그 흔한 깔개조차 없었다. 그러니까 이 등반길을 시작하기전, 루크라에서 내 개나리 봇짐을 챙기며 '절대로 일어나지 않아야 한다'고 했던 바로 그 '만약'의 상황이었던 것이다. 하지만 이런 극단적인 상황이 되고 보니 현실에 아예 거리감이 생겨났다. 어차피 어디 기댈 데도 없는 판인데, 어떻게 되나 두고 보라지! 하는 시조프레닉한 심정까지 들었다.

— 그래 봤자 하룻밤이다! 여차하면 길 잃은 김삿갓처럼 하면 되지 뭐.

다행히 머리와 목을 감쌀 털모자와 머플러, 쿰정에서 샀던 두툼한 장갑이 있었다. 그럴려고 그랬는지 남체에서 고르고 골랐던 무릎싸개도 있었다. 밤에 기온이 많이 내려가겠지만 안나푸르나의 토롱라 하이 캠프에서도, 엊그제 고락셉에서도 영하 10도 이하에서 잠들었었다. 너무 피곤해서였나, 추운 줄도 모르고 골아 떨어졌었다. 이런 판국에 배 고픈 것 따위는 문제거리도 아니었다. 실제로 시골집에서 금식이란 걸 한답시고 한 닷새 굶어 본 적도 있었다. 그것도 처음 한 사흘이 힘들었지 그다음엔 오히려 견딜 만했다. 온갖 음식에 대한 환상이 절정에 다달았던 닷새쯤이 지나자 별로 배가 고프지도 않았다. 오히려 몸이 가벼워지며 정신이 맑아졌던 기억이 난다. 건강이 염려되어 그만두긴 했지만 솔직히 경험 삼아 한 며칠 더 버틸 수도 있었다. 그러니 자연 속에서 고독을 즐기겠답시고 포터도 마다하고 혼자 떠나온 주제에, 그것도 일주일도 아니고 겨우 하룻밤 산에서 보내게 됐다고 패닉에 빠지는 건 웃기는 일이다. 티벳 카일라쉬 순례길에서 몇달씩 길에서 보내는 사람들도 있지 않던가! 그들의 잠자리래야 겨우 메마른 평원에 종이조각처럼 펄럭이던 홑겹 천막이 전부였다.

— 뭐 하룻밤 에베레스트 순례객이라 치자.

마음을 다잡았다. 그런데 일단 산에서 잘 수도 있다는 최악의 상황을 상정하고 나자 이상하게도 없던 기운이 생겨났다. 오늘 숙소에 도착하기는 글렀다라는 포기 대신, 무슨 일이 있어도 오늘 이 산을 빠져나가고 말리란 각오가 불끈 솟아났다. 그런 무작정의 오기가 어디서 나왔는지, 그 와중에 머리가 좀 돌아버리기라도 한 건지, 하여간 처음 길을 잃었을 때의 무서움이 사라졌다. 세 고갯길까지 다 넘은 마당에 이 정도의 난관이 장애가 될 수는 없다는 분발심이었나, 나름 무모한 도전을 이제까지 해왔다는 베짱이었나, 이 상황을 빠져나가고야 말겠다는 의지가 굳게 섰다. 그런 면모는 사실 나 자신도 잘 모르던 바였다. 하긴 총알이 쏟아지는 전장에서 막무가내로 달려나가는 병사가 꼭 용기가 있어서만은 아닐 것이다.

갑자기 오줌이 무지 마려워 왔다. 거의 불가사의한 평정심으로 줄기차게 오줌을 눈 후, 배낭을 단단히 고쳐 맸다. 이제부터 나는 앞만 보고 달릴 것이다. 마을이 나타나건 말건, 그건 내가 알 바가 아니다. 이산이 알아서 할 것이다. 때마침 산 아래로 밀려간 안개 사이로 잠깐 밝아진 시야가 내가 갈 방향을 잡아 주었다. 그때부터 얼마나 열심히 뛰었던지 그 산길의 미로를 빠져나오는데 8kg쯤 되는 배낭 무게가 거의 느껴지지 않았다. 문자 그대로 산길을 내달리는 산짐승이 된 기분이었다. 설마, 영 딴 길로 들어선 건 아니겠지 하는 의구심이 몇 번 들기도 했지만, 뭐 그래도 할 수 없는 일이었다. 나뭇가지에 긁히고 미끄러지기도 하며 그렇게 얼마간 달음박질을 하다 보니 길이 좀 넓어지는가 했다. 사람들이 많이 다니는 통행로라는 거다.

조금 전 만났던 그 남자의 말에 의하면 숙소까지 한 2시간이 걸린다고 했었다. 길을 잘못들지 않았다면, 하마 이 길 끝에는 마을이 나타날 것이었다. 그때부터 짐승 똥냄새건, 불쏘시개, 거름냄새건 하여간 사람 사는 기미를 찾아 코를 씰룩거려 보았다. 하지만 인가는 커녕 가끔씩 눈에 뜨이던, 그 흔한 타르초 천쪼가리 하나 보이지 않았다. 콩마라에서 날 구원해 주었던 똥개 한 마리도 얼씬거리지 않는, 그저 불타 버린 앙상한 검은 숲같은, 바젤리츠 그림 속 잿빛 나무들이 희뿌연 먹물 속에 풀리고 있을 뿐이었다.

그때였다, 느닷없이 한 손이 회색 장막을 찢으며 튀어나왔다. 마치 누군가 오래된 영화 화면의 빛살을 뚫고 나오는 듯했다. 바로 그 남자였다! 조금 전 나를 앞질러 갔었던 그 냉정한 산책자 말이다. 나를 보더니 별 놀라지도 않고 내 배낭을 채 가며 말했다.

— 길을 잃지 않아 다행이에요! 여기서 별로 멀지 않아요.

— 아, 오늘 밤, 이 산에서 자는 줄 알았어요!!

별 정신없는 여자의 멍청한 읍소에 대답도 없이 그 남자는 재빠른 걸음으로 앞질러 갔다. 점점 더 짙어지는 안개에 어두워지는 산길을 서둘러 빠져나가야 했던 우리는 대화를 나눌 짬도 없었다. 부리나케 그 뒤를 쫓으며 나는 그저 이 낯선 이에게 감사할 따름이었다. 그런데 지금도 궁금하긴 하다. 그날 오후 그 남자가 왜 마을에서 두 시간이 넘는 렌조라 산 중턱까지 왔었는지, 되돌아갔던 그가 어떻게 그 안개 바다를 뚫고 날 찾아올 생각을 하게 되었는지 말이다.

— 그런데 숙소에 방이 있는지 모르겠어요. 정원이 다 찬 것 같던데…

얼마쯤 지나 드디어 마을이 보이는 야트막한 동산에 이르렀을 때 그가 던진 말이었다. 그 역시 고꼬리에 머물렀었다며 이 여행이 끝나면 포카라로 가서 행글라이더를 탈 예정이라고 말했다. 내가 안나푸르나 투어의 마지막 여정으로 들렀던 그 호반 도시는 호텔과 식당, 상점들로 부산했던 유흥지였다. 이른 아침부터 시끄러웠던 시내는 물론이고, 열대성의 덥고 축축한 기후에 물푸레가 잔뜩 덮인, 잔물결조차 일지 않는 더럽고 냄새나는 호수 주변엔 온갖 주점들이 덕지덕지 늘어서 있었다. 행여 하는 마음으로 그 썩은 물웅덩이 같은 호숫길의 끝까지 걸어가 보았지만, 결국 호수를 바라보고 앉을 만한 나무 한 그루, 벤취 하나 발견하지 못한 채 한 카페에서 애꿎은 맥주 한 잔을 걸치고 돌아왔었다. 나 역시 가이드북의 소개에 따라 근처 산에서 헹글라이더다 뭐다 해 볼까 했지만, 청명하고 고즈넉했던 히말라야 풍경에 익숙해진 나로서는 이미 그런 번잡한 도시에 더 오래 머물 수가 없었다.

— 그런데 어떻게 제가 길을 잃었는지 아셨어요?

— 산을 내려올 무렵 짙은 안개가 끼었어요. 인터넷을 확인해 보니 이 지역에 안개 주의보가 내렸어요. 가끔 있는 일이에요.

에베레스트산에 벌써 몇 번째 왔었다는 제대로 등반가의 말이었다. 우리가 동네 입구에 들어섰을 때는 거의 날이 어두워져 있었다. 그가 묵고 있는 숙소에는 빈 방이 없어 동네 끝에 있는 다른 숙소로 가서 방을 구했다. 내가 뭐라고 고마움을 표할 사이도 없이 그는 배가 고프다며 서둘러 돌아갔다. 처음이자 마지막으로 보는 사람에게 입은 은혜는 단 한 번의 사랑처럼 애닲기만 하다. 몇 마디 말로는 표현할 수가 없다. 시큰해지는 눈시울로 사라지는 그의 뒷모습을 멍하니 바라볼 뿐이었다.

식당으로 가니 난롯가에서 식사를 하고 있는 한 프랑스인 커플과 카드 놀이를 하고 있는 미국인 커플이 있었다. 프랑스 말을 들은 지도 꽤 오랜만이라 프랑스인들의 옆좌석에 앉았다. 그들의 식탁 위에 소설책이 한 권 놓여 있었다. 저런 두꺼운 책을 배낭에 넣어올 수 있는 여유가 부러웠다. 나는 루크라에서 책이고 뭐고 가이드북까지 버리고 왔으니 말이다. 그런데 그들이 갑자기 말소리를 줄이는 걸 보아, 내가 그들의 말을 이해한다는 걸 눈치챘나 보다. 과연 삼십 대 후반으로 보이는 여자가 렌조라 고갯길에서 오느냐고 물어왔다. 프랑스 남부에서 온 그들은 쓰리 패스길을 시계 방향으로 돌 예정이라고 했다. 몇 년 전 베이스캠프에 오른 적이 있고, 이번엔 세 고갯길을 시도하기 위해 왔다고. 집 근처의 알프스 계곡을 오르내리며 준비해 왔다는 그들은 내가 혼자 세 고갯길을 넘어왔다는 말에 놀라움을 나타냈다. 거의 주말마다 산에 오르는 자신들도 몇 년간 준비한 이 패스길을 개나리 봇짐 같은 단촐한 배낭 하나로 가능했다는 내 행보가 자못 믿기지 않는 듯했다. 위험하지 않았냐는 질문에 내가 콩마라에서 겪었던 이야기를 하자,

― 우리 친구들 중에도 그 빙하길에서 길을 잃고 밤을 보내야 했던 사람이 있어요, 무척 운이 좋았네요!

― 이곳으로 오는 도중에도 안개에 붙잡혀 산에서 잘 뻔했어요. 하하!

― 그런 모험적인 시도도 흥미로울 것 같아요. 뭐 요즘 트렌드인 야생에서 '살아남기' 훈련처럼 말이죠.

소설책을 읽고 있던 남자가 말했다.

― 그런데 막상 산을 다 내려오고 보니, 마치 산들이 나를 위해 저마다 개성있는 이야기를 하나씩 준비했던 것 같아요. 각 고갯길마다 색다른 사건들이 기다리고 있었으니까요.

디저트로 나온 팝콘을 씹으며 문학적 은유를 늘어놓고 있는 내가 좀 낯설었다. 사실 조금 전만 해도 산에서 잘 뻔해 오금이 저렸던 내가 아니었던가. 하지만 막상 산에서 밤을 보내야 할지도 모를 상황이 닥치자 마치 나 자신에게서 빠져나오기라도 한 것처럼 나는 그일 자체보다도 내 반응에 더 흥미를 느꼈었다. 마치 남의 일처럼 말이다.

― 그런데 말이 쉽지, 누구나 비슷한 일을 당해 보면 알죠. 우리도 알프스 산에서 갑자기 쏟아진 폭우 때문에 텐트에서 보내야 했던 적이 있었어요. 밤 내내 벼락이 치는데 정말이지 죽는 줄 알았죠.

― 그러게요, 나도 큰일 날 뻔했어요. 지금도 마중 나와 준 사람의

출현이 믿기지 않아요. 렌조라가 날 위해 준비한 행운의 시나리오 같아요!

알미늄 냄비에서 막 튀겨 낸 팝콘을 먹으며 나는 남의 일처럼 떠들고 있었다. 그런데 팝콘의 고소한 냄새 때문인가, 내가 넘어온 세 고갯길이 실제로 영화관에서 본 한 편의 에베레스트 도큐멘타리처럼 느껴졌다.

어쨌든 아, 오늘 나는 얼마나 행운이었나! 그러고 보면 지난 여행길에서 얼마나 많은 고마운 사람들을 만났던가! 꽁포스텔 순례길에서, 유라시아 횡단길에서, 안나푸르나 길에서, 아무런 보상 없이 내게 무량의 은혜를 베풀었던 사람들!

안나푸르나 등반을 마치고 포카라에서 카트만두로 돌아가는 길이었다. 좁은 절벽길을 따라 난 이차선 비포장도로엔 꼬리에 꼬리를 문 왕복 차량들이 얽혀 주차장처럼 꿈쩍도 않고 있었다. 30km가 넘게 길게 이어진 트럭들과 버스들 사이를 비집고 오토바이들이 아찔한 곡예를 하고 있었다. 이대로라면 카트만두까지 7시간 걸린다는 길이 17시간이 될 것 같았다. 나는 다음 날 카트만두 공항에서 티벳행 비행기를 타야 했다. 개인이 자유롭게 차로 이동할 수도, 혼자 여행을 할 수도 없다는 티벳에서 라싸 공항에서 예정된 가이드와의 약속 시간은 엄수되어야 했다.

하지만 차들이 수십 킬로가 넘게 늘어선 도로의 버스 안에서 기다리다간 도저히 가망이 없을 것 같았다. 빠져나갈 방법은 하나뿐이었다. 차에서 내려 희뿌연 매연과 요란한 소음을 뚫고 지나가는 오토바이들을 향해 손을 흔들어 보았다. 소용이 없었다. 대부분 인근 마을에 사는 사람들이었고, 그런 교통체증을 뚫고 두 시간 넘게 걸리는 카트만두까지 나를 실어다 줄 사람은 없었다. 그런데 그 아수라장 속에서 홀연히 누군가 나타났다. 카트만두라는 내 외침에 한 오토바이가 멈춰섰을 때 나는 마치 지옥을 빠져나갈 황금 마차를 구한 기분이었다. 썬글라스와 마스크로 온통 얼굴을 가려 그 사람이 어떻게 생겼는지, 뭘 하는 사람인지도 몰랐지만 나는 그저 십 년 지기나 된 듯 그의 등짝에 찰싹 올라 붙었다.

아마도 이런 상황을 경험해 보지 못한 사람들은 나더러 철없고 무모한 짓이라고 생각할지도 모르겠다. 어떻게 낯선 남자의 오토바이에 덜컥 올라탈 수가 있는지, 그런 위험천만한 곡예에 몸을 내맡길 수 있는지 말이다. 하지만 내 오랜 여행 경험으로 그런 건 본능적으로 알아챈다. 그런 아비규환의 와중에 이런 종류의 호의를 베풀 사람이라면 그가 믿을 만한 사람이라는 걸 말이다. 아마도 그런 천사족들을 한눈에 알아보는 직감과 그런 가당찮은 기회를 꿰차는 능력이 없었더라면 아마도 나는 진작에 이런 여행을 그만두어야 했으리라! 만약 그런 판단이 틀린 것이라면 그건 상대방 잘못이 아니라 순전히 내 탓이니까.

아, 그런데 그는 얼마나 운전을 잘하던가!

때 맞추어 날 구하러 달려온 신화 속의 불굴의 용사 같았다. 차선도 갓길도 없이 도로를 꽉 메운 트럭과 버스들 사이의 틈을 뚫고 질주하는 이런 오토바이 주행이란 난폭하다 못해 미친 짓이었다. 오고 가는 차바퀴와 차바퀴 사이를 비집고 길을 내어야 할 뿐만 아니라, 마주 달려오는 수많은 오토바이 행렬들까지 쏜살같이 비켜가야 했으니까. 한마디로 나는 고난도의 오토바이 묘기를 부리는 스턴트맨의 등짝에 운명을 맡기고 있었던 거다. 하지만 그때 내게 무슨 다른 수가 있기나 하던가? 티벳 여행을 포기하든가 아니면 이 미친 질주를 하든가 둘 중에 하나였다. 그런데 막상 처음의 두려움을 내려놓고 나자 곧 위험을 질주하는 속도감을 즐기는 아드레날린이 솟아났다. 흙탕물에 형태도 잘 보이지 않을 정도로 닳고 닳은 거대한 트럭의 차바퀴들을 용케 피해 너 나 할 것 없이 충혈된 눈으로 질주하는 찻길에서 나는 정신착란 같은 스릴을 맛보고 있었다. 내 존재의 중력은 그 오토바이의 바퀴 따라 기울어졌다. 오토바이의 각도에 따라 길도 기울고, 세상도 기울었다.

두 시간 후 우리는 카트만두의 내 숙소 앞에 도착했다. 손톱 끝 하나 다치지 않고 말이다. 그가 선글라스를 벗자 썬글라스 자국이 하얗게 드러났다. 막장에서 막 나온 광부처럼 시커먼 숯먼지를 뒤집어쓴 서로의 모습을 보고 우린 웃음을 터뜨렸다. 아이를 데리러 학교에 가기 위해 바로 되돌아가야 한다는 그는 내 답례를 한사코 사양했다. 억지로라도 그의 주머니에 찔러넣은 건 그를 위해서가 아니라 나를 위한 것이었다. 물론 이런 은혜는 금전적 대가로 환산을 할 수도, 언젠가 되갚을 수도 없다. 언제 또다시 보지 못할 처음이자 마지막 만남이기 때문이다. 한순간 내 운명을 내맡겼던 이 낯선 이에게 내가 할 일이라곤 어정쩡한 미소밖에 없었다.

그런 일을 겪을 때마다 나는 이 땅에 함께 사는 사람들의 한량없는 마음을 느꼈다. 낯설고 황량한 풍경이 그 순수한 아름다움으로 내 영혼을 정화시켜 주었듯이, 이름도 모르는 낯선 타인들이 내게 무한한 선을 베풀어 줄 때마다 나는 조건 없는 사랑을 배웠다. 나의 인간에 대한 이해는 이러한 우연한 만남에서 더 깊고 진정해졌다. 상대방에 대한 어떤 앎이 없이, 어떤 이해 관계도 없이, 그저 이 땅을 함께 살아가는 생명으로서 서로 돕고 베푸는 것을 그들은 내게 보여 주었다.

'자연이 네게 하듯 그렇게 자연에게 하라.'

에베레스트 초입의 한 팻말에 적힌 말처럼 나의 여행길은 자연과 사람들과의 무한한 교감 속에서 낯설음과 다름이 곧 선이라는 깨달음의 도량이 되었다. 결핍이 곧 풍요이며, 무지가 지혜와 다르지 않으며, 어려움과 불운이 곧 공감이고 나눔의 기회인 것을 나는 길에서 배웠다.

　산티아고 순례길, 스페인의 북부 해안을 따라가다가 오비에도 Oviedo란 옛 도시에서 '원시 순례길'이라 불리는 길로 접어들었을 때였다. 아스튜리Asturies 지방의 무성한 숲으로 된 산골짜기를 통과하는 중이었다. 도시와 마을이 많았던 바닷가 길과 달리 인가가 없는 깊은 산속을 가로지르고 있었다. 그랑 살림Grand Salim 지역의 산등성이를 하루종일 걸어 해질녘 한 마을에 들어섰다. 그런데 겨울철에도 문을 연다는 가이드북의 안내와 달리 숙소 건물에는 12월엔 문을 닫는다는 안내문이 한 장 달랑 붙어 있을 뿐이었다. 몰아치는 겨울 바람에 거리는 휑하니 비어 있었고, 상점들도 철시해 지나가는 사람 하나 보이지 않았다. 문득 차 한 대가 숙소 앞에 서성거리는 내 앞에 멈춰 섰다. 80대쯤 되어 보이는 노부부였다. 스페인 말이 통하지 않는 내게 그들은 설명할 시간조차 없다는 듯 다짜고짜 나를 차 안에 밀어넣었다. 그리곤 어디론가 쏜살같이 달리는 거였다. 20km 정도를 달려 도착한 그곳에는 다음 숙소가 있는 마을로 떠나는 마지막 버스가 마악 출발하려 하고 있었다. 그제야 나는 그 노인장 부부가 왜 그렇게 서둘러야 했는지를 깨달았다.

　유라시아 횡단길, 이름조차 발음하기 어려운 러시아의 한 도시 변두리였다. 열악한 도로 사정으로 버스는 몇 시간을 연착한 끝에 한밤중에야 겨우 어둡고 황량한 종점에 도착했다. 막 자정이 지나고 있었다. 예약한 호텔을 찾아가려 했지만 불빛 없는 거리엔 택시는 물론, 행인도 없었다. 길거리 팻말도 도로 표지판도 보이지 않았다. 맵미에도 나타나 있지 않은 그 호텔 주소를 들고 무작정 길을 걷다가 어쩌다 지나가는 사람이 있어 주소를 보이며 길을 물었다. 그러자 두말없이 내 배낭을 어깨에 매더니 묵묵히 앞서 가던 건장한 여인. 미국에서 러시아어가 통하지 않듯 러시아에는 영어가 전혀 통하지 않는다. 서로 한마디 말도 없이 육교를 건너 한 십 분쯤 걸어 도착한 호텔 앞에서 그녀는 내가 이름을 묻기도 전에 횅하니 사라졌다. 마치 주문한 음식을 배달하고 돌아가는 듯한 태도였다. 스빠시바! 내가 할 수 있는 유일한 말이었다.

이란을 거쳐 들어갔던 아르메니아 국경 근처의 한 마을이었다. 연일 쏟아진 눈에 길이 막혀 일주일 만에 떠난다는 수도 예레반행 버스에는 빈자리가 몇 개 없었다. 나 역시 이 버스를 타기 위해 그 마을에 며칠을 머물렀던 참이었다. 이른 아침부터 버스를 타려고 줄지어 서 있던 십여 명의 사람들이 뒤쪽에 서 있는 나를 손짓하며 마지막 자리를 양보해 주었을 때, 그 이방인은 무엇을 느꼈을까. 한때 백만 명이 죽고 추방당했던 비극적 역사를 살았던 민족이어선가, 한 낯선 여행객에게 베푸는 그들의 배려가 더욱 가슴에 와닿았다.

아르메니아 하면 특히 그 나라 사람들의 동족애가 기억난다. 예레반에서 우연히 만났던 사람의 초대를 받아 갔었던 한 저녁 행사에서였다. 야외의 한 레스토랑에서 가진 십여 명쯤 되는 친구들의 모임이었는데, 그들은 푸짐하게 차려진 음식을 들다가 자주 건배를 했다. 그런데 그때마다 한 사람씩 일어나 마치 연설이나 하듯 몇 분간 장황한 웅변을 늘어놓은 뒤 다들 동시에 잔을 주욱 들이키는 거였다. 그렇게 식사 도중 한 열번쯤의 건배가 있다 보니, 사뭇 식사 분위기는 거나하게 먹고 마시는 축하연이라기보다 일종의 경건한 세레모니 같았다. 나중에 설명을 듣고 보니 그 건배 연설이 모두 자신들의 나라와 민족에 대한 충성심을 나타내는 일종의 엘레지라고 했다.

내 추억은 이란의 한 카스피해 바닷가 마을에 이른다. 검은 옷으

302

로 머리끝에서 발끝까지 감싼 여인들과, 시도 때도 없이 모스크 사원에서 흘러나오는 갈라진 목소리의 경소리를 들어야 했던 마사드Mashhad에서부터 페르시아의 고도 이스파한Esfahan과 쉬라즈Chiraz의 사원들, 그리고 야즈드Yazd의 사막까지 한 달간 내륙을 답사한 후 바닷가에서 휴식을 좀 취하려는 참이었다. 테헤란tehran에서 탔던 장거리 버스에서 내 옆자리에 앉았던 한 부부와 이란의 정치와 경제 상황에 대해 많은 이야기를 나누었다. 종점에 도착해 내가 바닷가 근처에 숙소를 찾는다고 하자 그들은 자신들이 여름이면 머무르곤 한다는 값싸고 좋은 아파트를 소개시켜 주겠다며 그들의 자동차로 데려다주었다. 열시간이 넘는 버스 여행 후 지치고 피곤할 텐데 잠시 동석했던 여행자의 일을 자신의 일처럼 챙겨 주는 호의에는 아랍 문화 특유의 깊은 형제애가 느껴졌다.

그들이 소개한 아파트의 아랫층에 살고 있는 주인장 부부와 대학생 딸은 프랑스 문화에 관심이 많았는데 내가 그곳에 머무는 동안 나 혼자는 갈 수 없을 카스피해의 절경들을 구경시켜 주었다. 아파트 뒷문을 열고 나서면 바로 카스피해의 황량한 모래개펄이 펼쳐졌던 바닷가에서 어부들의 고기잡이 광경을 구경하며 오랜 여행길에 지친 심신을 회복할 수 있었다. 마지막 날, 바닷가에서 돌아오니 내 방 창가에는 그 나라에서 금지된 하이네켄 맥주와 정원에서 꺾은 연분홍 장미 한 송이가 푸른 바다를 배경으로 놓여 있었다. 아랍 나라들을 가로지르느라 한동안 맛보지 못했던 맥주였다! 한겨울, 바닷가 양지바른 담벼락에 피어났던 겨울 장미! 아, 그 소금끼 배인 알싸한 향이라니!

그래선가 이란을 떠올리면 지금도, 깊고 풍부한 페르시아의 역사를 보여 주던 페르세폴리스Persepolis의 깨어진 돌조각들, 이스파한의 고풍스런 다리들, 쉬라즈 하페즈Hafez 시인의 정원, 천 년의 시간이 멈춘 듯한 야즈드의 골목길, 그 사막의 붉은 황토빛 성터 너머 카스피해의 푸른 물결이 거침없이 밀려온다. 톡 쏘는 맥주 거품도! 그 윽한 바닷 장미향과 함께 하페즈 시인의 낭만적 신비주의에 젖어 그 바닷가 마을 한 구석에서 한 일 년쯤은 거뜬히 개길 수 있을 것 같다.

《… 내 사랑, 네가 내 무덤 위를 바람처럼 지나갈 때,
땅 속 구렁텅이에서도,
너에 대한 욕망으로, 나는 내 수의를 찢는다….》

이런저런 여행 이야기를 나누며 식사를 하던 그 프랑스 커플은 알프스뿐만 아니라 피레네 산맥에 대해서도 많이 알고 있었다. 오데사Ordesa 계곡과 폭포들, 캐년과 호수들을 지나 3355m 페르디도 Perdido 정상을 넘어 스페인령으로 내려오는 페르뒤산Mont Perdu 트렉을 좋아한다고 했다. 그들이 자주 들른다는 바스크Basque 지방의 성 세바스티안San Sebastian 영화 페스티벌 이야기를 들으며 오랫만에 세상 이야기를 접했다. 자리에서 일어서며 그들은 다음 마을인 타메 Thame의 한 숙소를 소개해 주었다.

— 세르파 출신인 주인장 음식 솜씨가 남달라요. 뜨거운 물에 샤워도 할 수 있고 원두 커피도 실컷 마실 수 있어요!

그러고 보니 마지막 샤워가 언제였더라? 아마도 쿰정이었던가. 그동안 대부분의 숙소마다 뭐 태양열 방식이래나, 감기 걸리기 딱 좋을 만한 미적지근한 물만 나오는 데다, 그나마 고도가 높아질수록 그런 샤워 시설이 있는 숙소조차 드물었던 참이었다. 고지에선 아침 저녁 세숫물이 얼어 있는 건 예사라 가끔 뜨거운 물을 방으로 부탁하기도 했지만, 등산 수칙에 4000m가 넘는 고도에선 머리를 감는 것도 고산병을 유발할 수 있다는 바람에 언제부턴가 이래저래 안 씻고 살게 되었다. 그것도 처음 며칠이 힘들지 습관이 되니 익숙

해졌다. 춥고 건조한 기후 탓에 사하라 사막에선 이삼 주일 아니 몇 달이라도 안 씻고 살 수 있는 것처럼 말이다. 카일라쉬 순례길에서 만났던 티벳 사람들의 땟국물 절은 옷자락이 처음 보았을 땐 좀 낯설었지만 시간이 흐르면서 나도 비슷한 몰골이 되어 갔다. 결국 관습이라는 것도 기후나 풍토에서 비롯되는 것이니 산에 살면 누구나 산사람이 되는 것이다. 오늘 저녁도 불빛 없는 마당 한 귀퉁이, 고드름이 매달린 수도꼭지에서 가까스로 흘러나오는 반쯤 언 계곡물에 고양이 세수를 한 게 전부였다. 그런데 뜨거운 샤워라니! 원두커피라니! 할렐루야.

타메 Thame

타메 가는 길은 에베레스트 산문을 나서는 길이었다. 시냇물 같은 강줄기를 따라 브이 자 형상의 계곡이 거대한 승리의 문처럼 뚜렷하게 난 산길을 따라갔다.

— 아, 이제 에베레스트산을 다 내려왔구나!

오르막 없는 내리막길을 한참 걸어 따뜻한 햇살이 내리쬐는 넓은 자갈돌 평원을 지나는데 한없이 평화로운 기운이 온몸을 감쌌다. 마치 이 산문이,

— 이제 아무 걱정 없이 세상의 문을 넘어가라, 왜라고 묻지 말고 오로지 너의 길을 걸어가라!

고 말하는 것 같았다. 내가 걸어온 에베레스트 산길이 내 안에 난 길인 듯, 내 존재의 뿌리 또한 이 산줄기로 뻗어 있는 듯 이 산의 고유한 생명력을 몸 속 깊이 느끼고 있었다.

강가에 드문드문 들어선 작은 마을의 스투파 탑들을 지나쳐 한 산 모퉁이를 돌아들자 붉은 단풍 나무들이 소나무 숲과 어우러진 정경이 나타났다. 오른편에 높은 산이 하늘을 찌를 듯 힘차게 솟아 있고, 긴 돌담길을 따라 소담스런 시냇물이 계곡으로 흘러내리는 운치 있는 분위기의 마을이었다. 어제 프랑스인들로부터 소개받은 숙소는 동네 언덕 위에 있었는데, 입구 나무판에 새겨진 숙소 이름을 보니

이곳 역시 원정대 출신의 세르파가 운영하는 것 같았다. 이번 여행에서 우연히 그런 숙소장들을 많이 만나게 된다.

빨래줄이 쳐진 넓은 마당엔 이불들이 이리저리 널려 있었고 울타리 근처엔 공사 재료들이 쌓여 있었다. 숙소장은 출타 중이었지만 한 직원으로부터 거대한 브이 자 계곡이 환하게 내려다보이는 방을 구할 수 있었다. 저 산꼴짜기에 노을이 지면 얼마나 아름다울까? 고꼬리에서 사흘을 보낸 터라 딱히 하산길에 오래 머물 계획이 없었는데도 불구하고 이 마을에서 며칠 지내고 싶다는 마음이 절로 드는 전망이었다. 이곳을 떠나 다음 마을인 남체 바자로 내려가면 이제 카트만두로 가는 경비행기를 탈 루크라까지 여행객들로 붐빌 길만이 남아 있었다. 그러니까 이 타메 마을이 내가 여전히 에베레스트 산중에 있다고 느낄 수 있는 마지막 장소인 것이다. 큰 창이 달린 방은 난방 장치가 없어 무지 추운 데다 기대했던 인터넷도 터지지 않았지만, 그런 건 이제 문제가 아니었다. 며칠만 지나면 나는 문명의 이기로 차고 넘치는 도시로 되돌아갈 테니까.

샤워기에 뜨거운 물을 틀어 놓고 한참 동안 그 물줄기 아래 앉아 있었다. 얼마나 물이 그리웠으면, 얼마나 온몸에 뜨거운 열기가 필요했으면 도무지 그 자리에서 일어서고 싶지가 않았다. 그동안 쌓였던 모든 피곤이 그 쏟아지는 물과 함께 다 씻겨 내려가는 듯했다. 축복 같은 물세례를 받으며 야생의 찌든 때를 대충 벗겨낸 후 식당으로 갔다. 내친 김에 거나한 저녁 식사를 주문했다. 그동안 쓰고 비린 것만을 삼키던 산짐승이 오랜만에 제대로 된 만찬을 즐기려는 참이었다. 그날의 밥상은 에베레스트 원정대의 끝내주는 요리장이었다는 숙소장의 자화자찬대로 정말이지 이제껏 산에서 맛보지 못했던 최고의 요리가 나왔다. 갖가지 야채를 곁들인 닭고기 요리에 향기로운 야생버섯, 말린 산채로 버무린 돼지고기 요리, 이국적 향료를 곁들인 후식까지 산사나이의 거친 손으로 만든 토착 음식으로 오랜만에 포식을 했다. 정말이지 탐세쿠 이후 거의 맛보지 못했던 성찬이었다.

사십 대쯤 보이는 숙소장은 청소년 시절 인도 남부에 있는 불교 대학교에서 수학했고, 절에서 십 년 넘게 수행 생활을 하다가 환속한 후 외국 등반대를 위한 세르파가 되었다고 했다. 그가 보여 주는 앨범에는 스님복을 입은 청소년 시절의 모습이 산소 마스크를 쓴 원정대 시절의 모습과 나란히 배열되어 있었는데 두 삶의 대비가 무척 인상적이었다. 그의 자못 파격적인 행로는 그의 범상치 않은 눈빛과 말투에도 내비치고 있었는데, 왜 중 생활을 그만두었냐는 내 질문에

─《돌처럼 되어 불멸이 된들 무슨 소용이 있는가?》

라는 선문답으로 대답을 대신했다. 그는 지금도 일 년에 한두 번은 인도에 있는 스님 친구들을 만나러 간다고 했다. 중생활을 할 때 근방의 토굴에서 살기도 했다는 그의 불교적 수행과 고산 등반을 오간 양면적 삶이 호기심을 자아냈다. 국제 원정대의 세르파를 했다는 사람들, 그러니까 내가 만났던 몬조와 쿰정, 그리고 타메 숙소장들의 눈빛에는 어떤 공통점이 있는 것 같다. 뭐랄까 폭풍우를 헤쳐온 뱃사람들에게서 느껴지는 어떤 독특한 질감이랄까, 무술의 고수들이나 죽음을 앞둔 사형수들에게서 본 적이 있는, 어딘지 피냄새가 나는 듯한 서늘한 기운을 풍긴다. 에베레스트 정상을 몇번이나 올랐다는 그들의 눈빛에는 목숨을 걸고 벼랑길을 넘어야 했던 자들의 핏발이 서려 있는 듯하다. 한 발자국 이 생의 바깥으로 발을 내딛어 보았던 자들의 어떤 초연함이랄까.

좀 경우가 다르긴 하지만 이런 종류의 경계선 눈빛을 한 러시아 피아니스트에게서 느낀 적이 있다. 청소년 시절의 다니엘 트리포노프가 쇼팽의 12연습곡의 마지막 곡을 막 끝냈을 때의 눈빛, 마치 절

체 절명의 생명을 불태운 듯, 핏물이라도 곧 흘러내릴 듯한 충혈된 눈자위로 무대를 걸어 나가는 그의 뒷모습은 찌르면 곧 허물어질 빈 자루 같았다. 피아노 건반 위에 온 존재를 쏟아붓고 나서 간신히 허물만 남은 육신을 끌고가는 그런 허탈한 상태를 나는 짐작할 수 있다. 글을 쓸 때 머릿속의 피가 다 말라 버린 듯한, 아니 내 안에 뭔가 타 버렸다 할, 그래서 내가 소모한 것이 정신이나 육체가 아니라 생명, 그 자체임을 알게 하는 그런 핍진 말이다. 이제 막 소년기를 벗어난 듯한 앳된 모습에서 절정을 향해 달려가던 그의 연주는 머리와 손, 몸과 정신이 하나 되려는 기괴한 모험의 끝에 도달하기 위해 마지막 한 방울의 피까지 쏟아붓고 있는 자의 것이었다. 리히터나 몇 달 전 파리에서도 연주했던 소코로브처럼 연륜이 많은 피아니스트들이 보이는 능란한 기교나 혹은 스타성이 많은 유명 연주자들의 과장된 제스츄어가 아니라, 오로지 연주하는 곡 그 자체가 되려는 불가능한 욕망이 날것 그대로 나타나고 있었다.

내가 만났던 숙소장 세르파들의 삶도 그런 것이 아니었을까. 한두 번도 아니고 몇 번씩이나 8800m 고지에 올랐던 그들은 그때마다 이 지상의 삶이란 걸 내려놓아야 하지 않았을까. 그래선가 초췌하지만 자부심에 빛나는 그들의 시선에는 언제라도 이 생을 미련 없이 떠날 수 있는 자들의 해방감이 느껴진다. 치열한 욕망과 극단적인 절제가 부딪치는 모순의 경계를 오간 자들의 무게와 크기가 드러난다. 존재의 끝에 도달해 거기서 힐끗 무한을 바라본 자들의 깊이가 보인다. 내가 그들의 충고를 무조건 신뢰하고 따를 수 있었던 것은, 아마도 그래서였으리라.

죽음과 한때 뛰뜨와Tutoi 했던 자들에게 느끼는 모종의 낭만적 친화감 말이다.

마당 한 켠에서 창고 짓기를 직접 하고 있었던 숙소장은 다채로운 이력만큼이나 다방면으로 소질이 많아 보였다. 젊은 여자가 별로 없는 네팔 산동네의 노총각이어선가 혹시 아는 여동생 좀 없냐며 생뚱맞은 소릴 하긴 했어도 곧잘 웃음을 터뜨리게 하는 유머가 많은 사람이었다. 산사나이다운 시커멓고 우락부락한 외모와 달리 사람을 편하게 하는 그의 소탈함에 이끌려 식당 난롯가에서 대화를 나누었다. 그가 몇 년 전 올랐다는 케이 투K2에서 갑자기 몰아친 강풍에 동료들을 잃었고, 자신도 크레바스에 빠져 죽을 뻔했다는 이야기를 마치 옆동네 마실 갔다 온 것처럼 담담하게 해 주었다. 비록 그런 극단적인 경험은 아닐지라도 나 역시 세 고갯길을 넘어 보니, 그 고산 정복이란 것이 한순간의 불운으로 모든 것을 잃을 수 있는 모험이라는 것 정도는 쉽게 이해가 되었다. 엊그제 안개로 길을 잃었던 렌조라 절벽길에서, 나 역시 쥐도새도 모르게 사라질 수 있었으므로. 2014년 지진 피해가 컸던 랑탕Lantang 계곡의 구조 작업에 참여했었다는 일화를 이야기하며 그를 도우러 왔던 외국 친구들 말을 하다가,

— 여기로 해마다 오는 사람들도 있어요! 요샌 고산 정복이 아니라 여러 가지 방식으로 산을 타거든요.

— 구르자히말Gurja Himal 등반 같은 거요? 처컹에서 만났던 포터들한테 들었어요.

— 그래요. 얼마 전에도 예전에 세르파들과 한번 올랐던 곳에 다시 나 홀로 등반을 하겠다며 찾아온 사람이 있었어요. 나도 최근 몇 군데 새로운 루트를 개척하고 있는데 올겨울엔 인도 쪽 히말라야에 가 볼까 해요. 라드카 절에 있는 친구도 만날 겸.

— 아, 상상만 해도 겨울철 등반은 짜릿할 거 같애요!

— 아뇨, 한겨울엔 어림도 없어요. 눈사태로 딱 골로 가기 알맞죠. 아마 나는 언젠가 산에서 죽을 것 같아요. 지금도 눈만 오면 몸이 근질거리는 걸 보면.

— 근데 혼자서 길을 잃을 땐 어떻게 해요?

— 그런 땐 직감을 따라야 해요. 하긴 사실 그렇게 길을 잃고 헤매는 게 산타는 묘미기도 해요. 시간을 잃고 에너지를 잃을 때, 막다른 벽에 부딪쳐 의심과 갈등이 생길 때, 그 직감이란 게 단련되니까요.

렌조라의 경험을 떠올리며 묻는 내게 그의 대답은 말로만 듣던, 산을 오를 때 비로소 살아 있다는 걸 깨닫게 된다는 알파인의 모습을 엿보는 듯하다. 길을 잃을 때 직감이 단련된다는 그의 말을 나는 '기꺼이 나를 잃는다'로 이해한다. 나 역시 콩마라와 렌조라 길에서 위험을 겪으며 낯선 나를 발견할 수 있었다. 정작 나를 방임했을 때, 야생적 본능을 되찾았다. 길을 잃었을 때 직감은 더욱 뾰족해졌고, 상상은 무의식의 가장 깊고 미묘한 부분까지 다가갈 수 있었다. 파리라는 도시에 살면서 책을 쓴다 어쩐다 아등바등거렸던 내가 정작 에베레스트산을 오르면서 가장 큰 충만감을 느꼈던 것은 그래서였을까. 일없이 산을 오른다는, 어쩌면 가장 비생산적인 일이 고도로 창의적이 되었던 것은 그래서였을까.

글을 쓴다는 일은 나라는 존재에 집중하는 일이었고, 나의 생각과 감정에 몰입하며 나 자신의 중심을 세우는 일이었다. 하지만 에베레스트 산행은 가능한 나 자신으로부터 가장 멀리 나아가는 일이었다. 내 발걸음에 몰입하며 나라는 존재로부터 벗어나는 일이었다. 경이로운 풍경 속에서 나를 잃는 일이었다. 고꼬리 지평선 너머 내 존재가 사라졌을 때, 마치 나자신의 경계를 넘어간듯 나의 미래 현실이 나타났었던 것은 그래서였을까?

시간 가는 줄 모르고 이 산사나이와 등반 이야기를 나누다가 밤이 되자 무척 추워졌다. 대형 난로불이 피워져 있었지만 식당이 큰 데다 바깥 온도가 점점 내려가는 탓이다. 루크라에서 떠나는 비행기를 예약하려 했지만 인터넷이 잘 작동되지 않아 그가 숙소 전화로 카트만두행 비행기표를 예약해 주었다. 루크라에서 게스트하우스를 운영한다는 친구를 통해서였다. 카트만두까지 루크라로 올 때는 지프로 파플루까지 왔다가 루크라까지 걸어오는데 꼬박 나흘이 걸렸었다. 하지만, 돌아가는 비행기로는 고작 사십 분이란다. 어찌어찌 가끔씩 터지는 인터넷으로 루크라의 숙소를 알아보고 있는데 메시지가 떴다.

— 산을 무사히 잘 내려왔나요? 지금 어디 있어요?

오랜만에 연결된 에베레스트 엘프였다. 이 산의 초입에서 우연히 만나 한나절 내 배낭을 들어 주었던 그 아이는 잊을 만하면 안부를 물어온다. 춥고 삭막한 산길에서 그 작은 출현이 주는 따뜻함이라니! 산모퉁이를 돌다가 돌연 마주친 노루 한 마리같다. 그런데 이 아이와는 이상하게도 인터넷 연결이 잘되는 편이다. 내가 넘어온 고갯길들은 신호가 잘 터지지도 않았지만 여행 중엔 되도록 외부와 소식을 두절한 탓에 뭐 연락이랄 것도 없었기 때문이다. 실제로 오지에선 누가 메시지를 띄운다 한들 받기도 어렵지만, 어차피 자연 속에서 혼자 보내자고 떠나온 마당이라 일치감치 연락이 안 될 거라는 통고를 지인들에게 보냈었다.

그런데 그 아이의 소식을 접할 때마다 반가움을 느끼는 걸 보면 새삼 이 에베레스트 산행이 무척 힘들구나 싶기도 하다. 고락셉이 었던가 정말이지 너무나 춥고 막막하게 외로워 그냥 남체로 바로 내려갈까 한 적도 있었다. 그런데 그날 밤 이 아이와 떨었던 수다가 기운을 북돋아 주었었다. 어쩌면 그는 이 적막한 고원에서 내 발걸음을 지켜보는 에베레스트의 꼬마 정령이 아니었을까?

— 며칠 후 루크라에 도착해 카트만두로 돌아갈 거야. 그동안 정말 고마웠어!

인터넷이 잠깐 터진 틈을 타 간단한 회신을 보냈다. 우리는 다시 보지 못할 것이다. 하지만 그 아이의 친절을 잊지 않으리라. 진심이 었다.

다음 날 근방에서 제일 오래되었다는 절 구경을 갔다. 동네 옆으로 난 언덕길을 올라가니 동네 삼신당인가, 유리판으로 만들어진 커다란 박스 안에 울긋불긋한 화상들이 모셔져 있었다. 스투파 탑들이 늘어서 있는 야트막한 구릉을 가로질러 산중턱에 있는 사원으로 들어서는 오솔길엔 얇은 마니 석판들이 길게 늘어서 있었다. 높은 깃대에 룽다가 휘날리고 있는 길모퉁이를 돌아드니 붉은 장삼을 걸친 어린 승려들이 절 담장 안에서 문짝을 칠하고 있었다.

이곳의 절에서 만나는 동자승들은 어쩐지 가정 형편이 어려워 절에서 기거한다는 인상을 받는다. 안나푸르나의 카그베니 절에서처럼 이 지역에서도 가난한 청소년들의 숙식과 교육을 절에서 담당하고 있는 듯했다. 나를 보고 뭐가 그리 우스운지 까르르거리는 아이들의 웃음 소리를 뒤로하고 계단을 올라가니 앞이 훤하게 트인 마당이 나왔다. 빨래 줄엔 붉고 노란 승복들이 영어가 쓰인 티셔츠와 구멍 뚫린 양말들과 함께 널려 있었다. 중국이나 일본, 한국 등의 절 간에서 격식을 갖춘 법복을 차려입은 승려들이 대중에게 절도있는 품새만을 내보이는 것과 달리, 이곳은 사람 사는 세속과 다를 바 없는 승려들의 일상을 그대로 보여 주는 친근한 절집같다. 불교적 수행이 직업적인 승려들에게 국한된 것이 아닌 일반 사람들의 생활 속에 뿌리내린 관습인 것이다. 승과 속의 구분이 거의 없어 보인다. 카일라쉬 순례길에서 오체투복이란 극단적 고행을 하던 이들도 거의 일반 대중들이었다.

계단을 더 올라가니 한 군데 문이 열려 있었는데 삼면이 환하게 트인 찻집이었다. 타메 마을이 한눈에 내려다보이는 창가에 말리고 있는 버섯과 산나물을 보니 저 산채 나물로 비빔밥 한 그릇을 뚝 딱 해치웠으면 하는 마음이 굴뚝같았다. 그런데 정작 이 절도 법당 은 물론 불상이 있을 만한 곳은 모두 자물쇠가 채워져 있었다. 네팔 불교 전통에 따라 수행승이 있는 방에 문을 걸어잠근 것인지, 아니 면 스님들은 거의 절에 거주하지 않고 관광객들을 위해 찻집만 열 어 두고 있는 것인지, 하여간 인근에서 가장 역사가 깊다는 사원치 고는 꽤나 썰렁한 곳이었다.

점심 때가 되어 숙소로 돌아오니 마당 한 켠에서 한 나이 든 인부 가 망치로 돌을 잘게 부수고 있었고, 숙소장은 사립문을 만들 나무 를 톱으로 자르고 있었다. 집공사의 모든 과정을 거의 수작업으로 하는 히말라야산에서 연장이라곤 망치와 톱 등 아주 기본적인 도구 가 전부였다. 장마철이 끝나가던 9월 초 안나푸르나 계곡은 어디서 나 공사 중이었다. 산이 무너지는 바람에 파괴된 도로나 홍수로 끊 어진 다리들을 보수하는 현장이 많았는데 건축 재료들은 대부분 현 지에서 충당되어야 했기에 나무를 깎아 목재를 만들거나, 돌을 다 듬는 작업이 주로 현장에서 이루어지고 있었다. 산길을 걷노라면 산비탈에서 바윗돌을 깨거나 강에서 모래를 퍼 올리는 청년들, 길 가에서 돌을 잘게 부수는 노인이나 아녀자들을 자주 만나곤 했었 다. 이곳 에베레스트는 그나마 도로가 없어 아스팔트길이나 다리를 보수하는 등의 공사는 없지만, 동네마다 집을 고치거나 증축하는 일은 흔했다. 오늘 오전에도 마을의 강가에다 짐을 부리는 기계음 이 요란했다. 사람이나 짐승이 운반할 수 없는 것들을 나르는 헬 리콥터 소리였다.

오후엔 동네 끄트머리에 있는 언덕길로 올라갔다. 단풍이 곱게 물 든 잡목들이 우거진 산마루에 올라서자 온 마을이 한눈에 들어왔 다. 나무가 없던 고지와 달리 무성한 숲과 돌담길이 사람사는 체취를 느끼게 한다. 오솔길 끝으로 나아가니 100m는 족히 됨 직한 아찔한 벼랑길 밑으로 계곡물이 흐르고 있었다. 끊어질 듯 말 듯 이어진 그 물길을 거슬러 마을로 올라오고 있는 등반객들이 눈에 띄었다. 가을빛에 물든 마을 풍경을 한참 찍고 있는데 웬 우직해 보이는 검정 야크가 길을 가로막고 섰다. 길에서 흔히 만나는 야크와 달리 목에 달린 방울도, 빨간 술장식도 없었다. 주인을 잃었나, 원래 혼자인가, 야생 야크는 위험하다는 말을 들은 적이 있어 그를 피해 작은 오솔길로 접어 들었는데 자꾸만 내 뒤를 졸졸 따라왔다.

그도 오늘 나처럼 누군가가 그리운가!

히말라야 고산 지방에선 야크를 많이 만났다. 북구 지방의 산록 떼처럼 영하 삼사십 도의 추위에서도 견딜 수 있다는 이들이야말로 내 등반길의 친구들이었다. 이곳 에베레스트에선 주로 짐을 나르는 야크들이지만 안나푸르나에선 혼자 혹은 떼를 지어 다니는 야생 야크들을 만나기도 했었다. 사진을 찍으려 가까이 다가가는 나를 말리는 네팔인들의 충고를 들은 적도 있었다. 우리들 곁으로 나무 망태기를 이마에 맨 아주머니가 지나갔다. 길에 떨어진 말라 비틀어진 야크똥이나 말똥을 집게로 주워 등쪽으로 던져 넣었다. 북쪽 나라의 렌느처럼 무거운 물건을 날라주고, 그 털로는 따뜻한 옷을 만들며, 젖으로 치즈와 버터를 만들고, 고기를 주는, 하다못해 그 똥까지 땔감이 되어 주는 야크는 그야말로 하나도 버릴 게 없는 짐승이다. 모든 것을 다 주는, 대자자비로 가득찬 히말라야의 주신이라 할 만하다.

나를 말똥말똥하게 바라보는 그의 눈을 지켜보노라니 이 여행길에서 내게 특별한 감정을 느끼게 했던 한 짐승의 눈이 떠올랐다. 안나푸르나의 토롱라를 내려와 포카라 가는 길에 들렀던 마르파 마을에서였다. 지붕마다 옛 전통 문양이 그려진 오색 깃발이 휘날리고 있는 복고풍 동네였다. 골목길 산책을 하다가 언덕에 위치한 사원에 올라가 몇백 년간 시간이 멈춘 듯한 마을을 내려다보았다. 낮은 토담집들이 처마를 마주한 흙지붕 위에는 나뭇단들이 쌓여 있었고 울타리마다 울긋불긋한 빨래들이 널려 있었다. 높은 돌담으로 둘러싼 성채 같은 골목길을 지나 마니차 돌림판이 있는 전각을 나서자 사과밭 과수원이 나왔다. 해질녘이 되어 되돌아 내려오는데 어디선가 말 울음 소리가 들려왔다. 과수원 근처의 한 외양간에서 나는 소리였다. 가까이 다가가 보니 얼기설기 덧대어진 나무 문짝 사이로 말 한마리가 나를 내다보고 있었다. 우는 소리가 하도 애처로워 좀 달래 보려 가까이 갔는데 솔직히 썩 내키는 기분은 아니었다. 짐승들, 특히 덩치 큰 가축들에 대한 내 거리낌은 오래된 것이다. 어쩌다 그 말 못 하는 짐승들의 검은 눈동자를 바라보노라면 어쩐지 그 감감한 어두움에 빠져들어 나도 모르게 우울해지곤 했으니까.

길들여진 짐승에 대한 이런 연민의 감정 때문인지 어릴 적 시골집 마당에서 키우던 개들에게도 가까이 가지 못했다. 뭐 딱히 동물을 싫어해서가 아니라, 목줄이 걸려 자유롭지 못한 그 짐승들을 볼 때마다 그저 마음이 불편하기만 했다. 내가 제어하지 못할 어떤 고통, 내가 그 어떤 보살핌을 준다 한들 절대로 상쇄하지 못할 한 가혹한 운명을 마주한 무력감이라 할까.

하긴 그 시절 시골에선 한여름 복날엔 개고기를 먹기도 하던 시절이었다. 얼마 후 개장수 트럭에 실려 팔려나가는 그 개들을 보며 내가 마음을 주지 않았던 것에 얼마나 안도했던가! 이러한 가축에 대한 내 비극적 감상은 어른이 되어서도 그대로 이어졌다. 고양이나 개보다 말이나 낙타 같은 덩치 큰 짐승들에서 더 진하게 다가왔는데 자유롭지 못한 그들의 말 못 하는 고통과 슬픔도 덩치만큼이나 더 클 것 같았다. 지금도 나는 입에 재갈이 물린 말의 빛나는 갈기를 쓰다듬으며 애지중지하는 사람들을 볼 때마다 뜨악해진다. 말발굽에 징을 박고 입에 쇠붙이를 걸어 맨 그런 몸을 한 번이라도 절실히 느껴 본 적이 있을까? 그래선가 나는 한 번도 동물원에 가 본 적이 없다. 그냥 짐승들이 우리에 갇혀 있는 그 꼴을 절대로 안 보고 싶다. 프랑스에서 산책길에 자주 보게 되는 애완 동물들에 대한 나의 거리두기는 여전하다. 인간의 관점에서 길러지는 그 목줄 달린 짐승들에 대한 내 연민의 감정은 언제나 무관심으로 가장되었고, 내 경험의 한계는 거기까지였다.

그런데 여행을 하면서 만나게 된 야생 짐승에 대한 내 반응은 전혀 달랐다. 내가 가축에게 가졌던 것과 전혀 다른 감정을 느꼈다. 아프리카 앙골라에서 숲에 출몰한다는 호랑이를 보러 갔을 때였다. 가까이 가면 위험한데도 그저 가까이 못 가 안달이었고, 몽골 초원에서 야생마 떼를 보았을 때도 마찬가지였다. 운전사의 안내로 산등성이에서 한참을 기다리다 마침내 산중턱에 몇 마리의 말들이 모습을 드러냈다. 그 설레임과 기쁨이라니! 나도 모르게 환호성을 지르며 산을 타고 올라갔다. 세상에 태어나 처음으로 말이란 동물을 본 것처럼 그 뒤를 쫓는다, 산등성이를 달린다, 난리법석도 아니었다. 숙소였던 유르트에서 흔히 보던 여행객들을 나르는 말과 생김새도 품새도 별반 다를 바 없었지만, 어쩐지 그 매끈한 팔다리는 바람이라도 품은듯 한결 더 우아하고 격조있어 보였다. 그 잔등에서 푸른 날개라도 돋아나 곧장 하늘로 날아오를 것만 같았다.

내 노르망디 시골집은 숲을 끼고 있어 부엉이나 멧새 등 날짐승은 물론 다람쥐나 노루, 멧돼지도 자주 드나들었다. 정원 가운데 거대한 측백나무는 그 안이 방처럼 비어 있었는데 언젠가 노루 가족이 그곳으로 드나드는 걸 보았다. 제 집처럼 쓰는 모양이었다. 궁금해서 안으로 들어가 볼까 하다가 행여 방해가 될까 봐 근처엔 얼씬도 하지 못했다. 대문간의 우체통엔 봄만 되면 멧새가 이끼나 풀을 물어다 집을 짓고 알을 낳았다. 한번은 편지를 꺼내다 무심코 그 알을 스쳤는데 그해 어미새는 내 손이 닿은 알들을 버리고 떠나고 말았다. 그 섬찟한 야생성이라니! 한 마리 새가 되어 날아간 알껍질 대신 그 자리에 물러터진 썩은 새알들을 발견했을 때의 얄궂은 죄책감이라니… 하지만 꼴보기 싫은 밉상도 있다. 푸른 양탄자 같은 잔디밭 위에 아침마다 축구공만 한 흙더미를 올려놓는 두더지 놈들! 하지만 약을 쓰거나 기구를 사용해 잡지는 못한다. 결국 그걸 먹고 죽은 놈들을 먹고 새들도 노루들도 죽을지 모르니까. 내가 이 집에 우연히 터를 잡았듯이 그들도 나름 이 정원에 터를 잡은 거다.

그런데 이 외양간의 말은 느낌이 좀 달랐다. 내 마음을 눈치챘는지 울음을 멈추곤 내 쪽으로 다가오더니 문짝에 얼굴을 비비기 시작했다. 순간 그 커다란 머리통 어딘가를 슬쩍 만져 보고 싶었다. 하지만 선뜻 손이 가지 않았다. 주저하고 있는데 그가 이번엔 얼굴이 아닌 귓불을 문짝에 대고 비벼대는 것이었다. 처음엔 그 행동을 잘 이해하지 못했다. 그러다 그가 얼굴을 이리저리 돌려가며 같은 동작을 되풀이하자 그제사 감이 왔다, 이 짐승이 나의 무서움을 간파하고 내가 위험을 느끼지 않을 부분을 들이대고 있다는 것을.
그때부터 뭐가 통했나, 그가 내민 커다란 머리통을 쓰다듬으며 나는 난생처음 한 짐승에게서 어떤 친밀함을 느끼고 있었다. 아라비아 사막을 여행할 때 낙타등에 앉아 가거나 우랄 산맥에서 말잔등을 타고 여행을 하긴 했어도 뭐 이렇다 할 교감이랄 것까진 없었다. 고작 내가 너무 무겁지 않을까, 목이 마르지 않을까, 뭐 그런 염려가 다였다. 그런데 그날 그 짐승의 적막한 눈망울이 처음으로 한 생명을 가진 존재로 다가왔다. 나라는 인간의 기준이 아닌 자연의 일부로 그저 있는 그대로 말이다. 태초의 어둠이 담긴 듯한 그 처연한 눈빛이 마치 삶과 죽음을 넘어선 아득한 심연으로 느껴졌다. 나를 바라보는 이 무심하고 공허한 짐승의 눈에서 나는 잊혀진 영혼의 그림자, 모든 사라진 존재들의 흔적을 읽고 있었다.

— 내가 모르는 세계란 얼마나 깊고 광막한가!

이 땅에서 사는 짐승의 삶은 과연 어떤 것일까? 우리가 이 땅에 태어나서 살다가 죽는다는 것은 무엇일까? 우리는 모두 어디에서 와서 어디로 가고 있는 것일까? 만약 이 우주에 다른 생명체가 살고 있다면, 그가 나보다 더 진보된 존재라면, 그는 나를 어떻게 바라볼까? 우리는 어떤 관계를 가질 수 있을까?

어느덧 해가 기울고 마을의 돌담길이 어둑해지고 있었다. 외양간을 떠나면서 언젠가 내가 짐승을 키울지도 모른다는 생각이 들었다. 자유롭지 못하다는 이유로, 침묵을 강요당하는 존재란 이유로 언제나 멀게만 느껴졌던 존재가, 그가 나와 같은 이성과 언어와 조건을 가지지 않았는지는 모르지만, 서로 마음을 나눌 수 있으리란 생각이 들었다. 아마도 덩치가 클수록 좋을 것이다. 여지껏 강아지 한 마리 키울 생각을 못 했던 나로선 놀라운 발견이었다.

이 야크를 동무 삼아 주절대며 오후 한나절을 일없이 보내고 있었다. 그와 함께 오붓한 시간을 보내다 보니 나도 모르게 작년 이맘 때가 떠올랐다. 타지키스탄 고원의 호숫가에도 야크 떼들이 많았다.

미국 서부영화에서나 나올 듯한, 색바랜 기름통과 버려진 정유차들이 황량한 벌판을 배경으로 나뒹굴고 있던 무르갑Murghab에서였다. 고산증으로 사흘간 드러누웠던 카라쿨Karakul에서 무르갑까지 날 데려다주었던 1960년대 러시아산 고물 지프가 고장나는 바람에, 나 말고는 현지인밖에 없는 마을의 시장통에서 나는 꼬로그Khorog로 갈 차를 구하고 있었다. 운좋게도 괜찮은 값으로 운전사 딸린 멀쩡한 자동차를 섭외할 수 있었다. 사람 좋아 보이는 인상을 한 그 덩치 큰 삼십 대 운전사는 영어가 거의 통하지 않았지만 간단한 의사

소통은 할 수 있었다.

반쯤 쓰러진 전봇대들이 기울어진 십자가 행렬처럼 끝없이 이어진 황야를 가로질러 왼종일 차가 달려갔다. 고도가 높은 지역이어서가, 험준한 바위산 사이로 풀 한 포기 보이지 않는 갈색 평원에는 군데군데 풍화된 짐승들의 뿔과 뼈가 이리저리 널려 있었다. 길가에 나뒹굴고 있는 짐승 뼈다귀들이 하얀 소금 가루 날리는 호수를 배경으로 보기드문 시적 정취를 자아냈다. 워낙 미묘한 색상과 세련된 구도인지라 시야에 갑자기 끼어든 오두막 헛간들도 놓칠 수 없는 현장 예술의 소도구가 되었다. 차창 밖으로 스쳐가는 나무 한 그루 없는 산등성이엔 때론 거친 불길이 피어 오르듯 독특한 형상의 바윗돌들이 솟아나 있기도 했다. 광물질이 많은 토질이어선가 무지갯빛이 내비치는 산기슭엔 연보랏빛 흙더미들이 곳곳에 무너져내리고 있었는데, 어쩌다 그 옆에 가을빛에 물든 노오란 버드나무라도 몇 그루 서 있을라치면 풍경은 순식간에 한 폭의 명화로 변하는 거였다. 파미르 여행은 시시각각 변모하는 랜드 아트를 가로지르는 미학적 경험이었다.

아프카니스탄과 국경을 맞댄 아무다리아Amou Daria 강줄기의 세찬 흐름이 펼치는 역동적인 아름다움에 취해 낯선 행성 어딘가를 달리던 우리는 어느 날 한 고원의 끝에 이르렀다. 차가 더 들어갈 수 없는 언덕 아래로 움푹 파인 접시 모양의 거대한 분지가 펼쳐져 있었다. 새파란 하늘과 맞닿은 새하얀 호수를 감싸는 푸르스름한 산기슭에 수백 마리의 양과 야크 떼들이 풀을 뜯고 있었다. 메마른 이끼 덤불과 누런 풀들이 이리저리 깔린 드넓은 평원 가운데 성냥곽 같은 작은 흙집이 한 채 있었다. 맑은 시냇물 두 줄기가 집 앞뒤를 가로질러 양철 지붕처럼 반짝이는 호수로 흘러들고 있었다. 군데군데 아기 손가락들이 솟아난 듯 울퉁불퉁한 바위산에 감도는 보랏빛 때문인가, 거칠고 메마른 산세는 이상할 정도로 아늑하고 온화한 분위기가 감돌았다.

때는 바야흐로 11월의 첫날이었다.

늦가을 오후의 청명한 햇살이 비쳐들고 있는 그 평원을 넋놓고 바라보다가 문득 그곳에서 시간을 좀 보내고 싶었다. 이 부드럽고 따뜻한 햇살을 쐬며 저 시냇물에 손을 담그고 싶었다. 저 너른 풀밭 한가운데 드러누워 그저 이 맑고 투명한 바람을 잠시 쐬기만 해도 좋을 것 같았다. 운전사에게 데리러 올 시간을 알려 주며 언덕길을 내려갔다.

— 아, 지금도 귓가에 쟁쟁한 그 자갈돌 소리!

이끼 덤불과 거무틱틱한 바윗돌들을 가로질러 시냇가로 다가가자 멀리서 바라보던 무지갯빛 바위산들이 가까이 다가섰다. 미네랄이 풍부한 바위산에 태양이 드리운 산그림자 때문인가 분홍, 노랑, 파랑, 초록이 감도는 산빛깔이 마치 크레용으로 그림을 그렸나 싶을 정도였다. 그 장소가 느끼게 하는 비현실적인 아름다움 때문이었나,

— 영혼이 동화감정을 느끼는 공간이란 바로 이런 곳일까?

하는 생각이 절로 들었다. 그저 평화롭고 충만했다. 한동안 그 천국 같은 도취감에 멍하니 빠져 있다 은빛으로 반짝이는 호수와 산비탈에 흩어진 옛 성터들을 좀 찍었다. 살가운 바람이 불어왔다. 어느새 바이올렛빛으로 변하고 있는 산등성이를 배경으로 바람결에 흩날리고 있는 내 긴 머리카락을 찍고 있는데 누군가 갑자기 화면 안으로 걸어 들어왔다.

— 아!

첫눈에, 나는 그를 알아보았다!

한순간 하늘에서 구둣발이라도 내려온 것 같았다. 그를 한 번도 본 적이 없는데, 마치 잘 아는 이가 그 장소에 약속이라도 하고 나타난 것 같았다. 그가 나를 보고 미소지었다. 순간, 나를 감싸고 있던

햇살과 바람결이, 산등성이가 하나로 뭉뚱그려지며 어디론가 사라져 버렸다. 그의 출현이 너무나 완벽해서, 마치 내가 유라시아 횡단을 하며 여기까지 오게 된 것이 바로 이 순간을 위해서인 것 같았다. 그 모든 국경들이, 그 숱한 우회로들이, 고산증이, 차 고장이 모두 그를 만나기 위해서였다고 믿어질 정도였다.

차를 마시지 않겠냐는 그의 제의에 따라 들어간 오두막집에는 그의 어머니가 부뚜막에서 빵을 굽고 있었다. 두 갈래로 길게 땋은 머리, 해맑은 미소가 햇빛에 그을은 얼굴의 굵은 주름살만 빼면 어느 순박한 산골 소녀를 연상시켰다. 야크 똥으로 피운 화덕 부뚜막엔 김이 피어오르고 있었고, 그녀는 차와 함께 막 구워낸 빵과 집에서 만든 요구르트를 내왔다. 우린 서로 대화라고 할 것도 없었다. 그저 미소만 짓고 있었다. 둘 다 상대가 전혀 모르는 타직어와 영어를 구사하고 있었지만 뭐 딱히 말이 필요했던 것도 아니었다. 그날 밤을 거기서 자고 가라고 청한 사람은 그의 어머니였다. 하지만 날이 어두워지기 전에 지프 운전사가 나를 데리러 오기로 했으므로 내일 다시 오겠다며 그 오두막을 떠났다.

다음 날 오후 그 평원을 다시 찾았을 땐 저 멀리 말 한 마리가 풀을 뜯고 있었을 뿐 아무도 보이지 않았다. 내가 언덕길을 내려가 분지 가운데 도달했을 무렵 홀연히 그가 나타났다. 허름한 청바지와 낡은 쉐터, 털조끼에 장화를 신은, 어제와 같은 옷차림이었지만 이번엔 갈색 말을 타고 있었다.

파미르 남자 이야기가 나오자 내 글은 장황해진다. 여행길의 풍경을 주로 언급했던 앞의 글들과 전혀 일관되지 않은 감상적 흐름을 느낀다. 게다가 에베레스트 마을의 한 언덕 위에서, 이런 개인사를 늘어놓을 자리도 아닌데 말이다. 하지만 이 이야기가 제 스스로 살아 펄펄 움직이는 걸 난들 어쩔 수가 없다. 이 글은 중앙 아시아의

그 고원으로 돌아가고 싶어 안달이다. 그동안 추운 날씨에 얼어붙었던 내 마음이 이 야생 짐승 앞에서 고삐 풀린 것처럼 나부댄다. 이 야크도 눈을 끔뻑이며 내 이야기를 듣느라 꿈적도 않고 있다.

그런데 삼류 영화를 많이 봤나, 그와 함께 말을 타나 보다 하는 내 섣부른 환상은 곧 깨어졌다. 그가 한 몸짓에 의하면 우리 둘은 말에게 좀 무거우리란 것이었다. 그게 사실이었든 아니었든, 하여간 나는 그가 끄는 말을 타고 호숫가를 산책했다. 하얀 소금끼 날리는 태고적 물가엔 투명한 햇살이 금싸라기처럼 쏟아져 내리고 있었다. 나는 꿈의 공간을 가로지르고 있었다. 내 존재가 누릴 수 있는 가장 자연스럽고 순수한 기쁨이란 이런 것일까?

얼마 있다 멋진 하얀색 전통모자를 쓴 그의 아버지가 언덕길을 내려왔다. 정말이지 멀리서도 돋보이는 우아한 외양을 가진 분이었다. 눈빛과 행동거지에서 위엄과 절도가 느껴졌던 그는 아들과 달리 영어를 조금 했는데, 잠시 후 우리가 나눈 대화에 의하면 노인장은 젊었을 때 모스크바에서 수학했으며, 이 장소에 터를 정하고 산 지가 거의 30여 년이 된다고 했다. 구소련 시절 러시아에서 대학을 다녔던 분이 왜 파미르 고원 한구석에, 그것도 인가가 수십 킬로미터나 떨어진 이런 외딴 곳에 거처를 정했는지 그 내력은 알 수 없지만, 그가 타고온 트럭과 몇 마리 말, 그리고 수많은 야크와 양 떼들을 생각하면 이 근방의 유지쯤 되는 것 같았다.

내가 가져온 캔맥주와 과일, 그리고 그의 아내가 차린 음식을 나누며 내가 이해한 바에 따르면, 그는 타지키스탄의 수도 두산베 Dushanbe에 집이 있고 겨울철은 그곳에 가서 머문다고 했다. 아마도 그의 연배로 보아 밤기온이 영하 삼십 도는 족히 내려갈 이 고원에서 겨울을 나기는 힘들 것이다. 그는 내가 살고 있는 프랑스나 유럽에 관심이 많았는데, 전기도 인터넷도 없는 오지에서 어떻게 그런 정보를 얻었을까 할 정도로 그 당시 프랑스에서 발생했던 니스 테러 사건 등 이슬람에 연루된 일들도 적잖이 알고 있었다.

재미 있었던 건, 내가 맥주를 각자 앞에 놓인 잔에 따르자 그는 아들의 잔에 놓인 것은 고개를 흔들며 자신의 잔에 따라 부었다는 것이다. 마치 어린아이에게 술을 금하는 듯한 행동이었는데, 이슬람 문화에 술이 금기라는 걸 알고 있었던 나로서는 그의 행동이 마치 손님 접대상 자신은 어쩔 수 없이 마시지만 다른 사람은 안 된다는 것쯤으로 해석되었다. 그의 아들은 그럴 줄 알았다는 듯이 미소만 짓고 있었다.

그날 밤 나는 그 오두막에서 잤다. 처음 본 낯선 가족이었지만 그저 편안하고 아늑하기만 한 밤이었다. 새벽녘 화장실에 가려 밖으로 나왔을 때 평원은 신비로운 푸른 영기로 가득 차 있었다. 정신이 아찔해질 정도로 차갑고 투명한 달빛이었다. 한낮에 부드러운 태양 빛으로 가득했던 그 평원을 비추고 있는 섬뜩하리만치 초월적인 빛 앞에서 나는 영하의 추위도 잊고 홀린 듯 서 있었다. 별들이 손닿을 듯 박힌 검푸른 천공 아래 호수가 하얗게 눈뜬 짐승의 외눈처럼 빛나고 있었고, 허공에 걸린 초승달이 밤하늘을 한 조각 베어놓은 칼질 같았다. 그 틈으로 새어나온 천상의 빛이 고요히 나를 비추고 있었다. 내가 이 지상에 오기 전에도 있었으며, 이 지상을 떠난 후에도 변함없이 존재할 내 영혼이 나를 찾아왔던 밤이었다.

나는 그곳에서 사흘을 더 머물렀다. 그의 낡은 트럭을 타고 그리 멀지 않은 와칸Wakhan 계곡으로 갔다. 그가 좋아한다는 비장의 계곡을 오르내리며 낡은 러시아 군용 총으로 사냥을 하기도 하고, 산이 무너져 내린 바람에 커다란 암석들이 계곡을 막아 호수를 만든 곳에서 낚시질을 하기도 했다. 우리처럼 낚시를 하러 온 타지키스탄 사람들을 만나기도 했는데 그들과 함께 얼기설기 엮은 나룻배를 타고 함께 어울려 잡은 생선을 구워 먹기도 했다. 낮에는 계곡의 산등성이를 오르내리고 밤이면 불을 피우고 별을 헤아리며 보냈다. 헐벗은 바위산의 가식 없는 풍경이 내 존재에 영향을 주기라도 하듯 직감과 본능만을 따르는 시간이었다. 우리들이 마주보는 시선마다, 시도 때도 없이 터뜨리던 웃음마다, 그와 나를 잇는 자연스런 이음새가 생겨났다. 어린아이같은 기쁨, 그런 순수하고 지극한 희열을 그런 오지에서, 처음 만난 사람과 가능했던 것이 생각할수록 기이하기만 하다. 하늘과 땅이 맞닿은 호숫가에서 시작도 끝도 없이 열려 있던 내 몸, 얼음이 타고 불이 숨쉬던 그 순간은, 그 땅과 그 햇살이었기에 가능했던 것일까? 정녕 그 사람이었기에 가능했던 것일까? 아니면 그 산야에 내 의식을 지배하는 틀을 벗어나게 하는 어떤 특별한 기운이라도 작동했었나? 쇳가루가 반짝이는 무지개빛 암석들로 둘러싸인 그 원형질의 세계에서 나는 내 사랑의 절정을 누리고 있었다

"영원한 사랑은 시간으로부터의 초월이며, 절대적 사랑은 상대로부터의 해방이고, 진정한 사랑이란 사랑으로부터의 자유다."

《창조 소설》에 나오는 구절이었다. 나는 내가 쓴 책 속의 인물이 느꼈던 관능을, 글쓰기를 통해 표현했던 사랑의 엑스타즈를 가감 없이 체험하고 있었다. 내 존재의 높이와 깊이가 송두리째 드러났던 그 산과 계곡에서 나는 헤아릴 수 없이 새로 태어나고 있었다. 벌거벗은 야생의 자연 속에서 나는 또다른 나가 되었다. 그가 말을 타고 나타나자 내 소설 속의 한 주인공을 떠올릴 정도로 내 감정은 비약하고 있었다. 그러나 그 실제화가 하도 절실해서 마치 이 파미르 고원을 위하여 그 이야기가 쓰여진 것 같았다.

그 오두막은 여전할까?
고원의 산가시내가 되어
말을 타고 호숫가를 달리며,
사냥한 매를 잡아 껍질을 벗기고
모르는 사내와 정사를 즐기던 그녀는
여전히 거기에 있을까?

나는 지금도 묻곤 한다. 수많은 사람들로 붐비는 도시에서도, 그 하고많은 여행길에서도, 아름다운 바닷가에서도, 그윽한 산길에서도 결코 만나지 못했던 사람을, 왜 하필 그 인적 없는 바위산에서 만나게 되었는지, 그 삭막하고 황량한 오지에서 만났는지. 그날 오후, 태양빛은 왜 그리도 따사로웠는지, 왜 그 평원의 시냇물에 손을 적시고 싶었는지, 왜 그가 다가오는 걸 보지 못했는지, 왜 그때 하필 내 머리카락을 찍고 있었는지…

태초의 빛이 내리쬐던 호숫가, 그 곳에서 느낀 깊고 원초적인 본연의 상태가 세상과 나 사이에 놓인 장애물을 치웠을까, 생각과 욕망이 비워진 그 마음의 빈자리에 비로소 내 사랑이 들어왔던 것일까? 그 야생의 풍경 한가운데서 진정한 나 자신이 되었을 때, 내 영혼이 욕망하던 바로 그 사람이 실체를 드러냈던 것일까? 정녕 가장 완전한 것은 나도 모르게 이루어지는 것일까? 그래서 결코 잡을 수 없는 환영처럼 그리도 빨리 사라져 버렸던 것일까?

우린 서로 말도 통하지 않았다! 하지만 언어적 불통이 전혀 문제되지 않았다. 심지어 몸짓 발짓도 필요하지 않았다, 눈빛 하나만으로 한 백 년은 함께 살았던 것처럼, 그는 러시아 말로, 나는 영어로 웃고 떠들며 농담을 하기도 했다. 그의 어머니가 뜨거운 솥뚜껑에서 구워낸 빵과 치즈를 먹으며 우리는 그저 오래된 식구처럼 편안하고 유쾌했다. 야크 똥이 활활 타오르는 부뚜막에서 시작된 나의 파미르 역사였다.

《 나뭇가지 아래 시집 한 권,
포도주 한 잔, 빵 한덩이
그리고 그대, 내 곁에서 노래를 부르면
그곳이 황야라 한들
오, 황야도 충분히 천국이라네!》

내 뒤를 졸졸 따라다니고 있는 이 검은 야크에게 내 사랑 이야기를 들려주노라니 옛 페르시아 시인의 노래가 생각났다. 문득 내 배낭 이름이 블랙 야크라는데 생각이 미쳤다. 그러고 보니 안나푸르나 길에서나 에베레스트 마을에서 이렇게 혼자서 지긋이 날 바라보곤 하던 야크들을 많이 만났었다. 한번은 그 고기맛을 보고 싶어 마낭의 한 식당에서 메뉴판에 있는 야크 고기를 주문한 적이 있었다. 나로선 그 짐승에게 가깝게 다가가는 한 방편이기도 했다. 그 살코기로 내 내장을 훑어 내리게 하는 방식으로 말이다. 언젠가 어떤 원시 부족들은 가족이 죽으면 그 고기를 나누어 먹는다는 말을 들은 적이 있다. 그 식인종 풍습처럼 대상에의 친화감이 성욕처럼 식욕을 자극하기도 하나 보다. 그런데 그 식당에서 만든 요리는 야크의 생고기가 아니라 말린 소시지를 야채와 대충 버무린 정말이지 형편없는 것이었다. 그래도 히말라야 아니면 언제 야크맛을 보랴 싶어, 틸리초 가는 길의 한 식당이었나, 또 한 번 시도해 보았다. 이번엔 진짜 야크 생고기라는 거였다. 근데 불판 위에서 지글지글 끓는 고기에서 전혀 특이한 냄새도 나지 않았을뿐더러 맛도 질감도 어쩐지 소고기와 다를 바가 없었다.

오늘 점심 때 그 얘기를 들은 숙소장 말로는 히말라야에는 야크를 잡는 축제 기간이 따로 있고, 생고기를 보관하기가 어려워 모르긴 몰라도 야크로 둔갑시킨 다른 고기일 거라고 했다. 그럼 난 진짜 야크 맛을 보지 못한 건가. 대신 그 짐승의 맛을 간접적으로 보게 되었는데, 안나푸르나 산기슭의 한 외진 농가에서였다. 직접 키우는 야크로 만든 치즈였는데 치즈라면 파리에서 꽤 다양한 냄새를 맡아 보았는데도 이 치즈는 열 배는 더 진한 것 같았다. 특유의 맛과 향이 하도 강렬해 몇겹으로 밀봉해 배낭 밑에 깔아 두었는데도 옷에 배어날 정도였다. 파리에 도착해 봉지를 열어 보니, 그 지독한 냄새로 머리가 띵 할 지경이었다.

내가 제 살코기맛을 생각하고 있는 걸 아는지 모르는지, 큰 눈망울을 굴리며 진지하게 날 바라보고 있는 이 짐승의 눈이 오늘따라 무척 친근하게 느껴진다. 오늘 나를 따라다니고 있는 이 야크는 덩치가 크긴 해도 무척 순한 것 같다. 그가 가로막은 좁은 오솔길에서 내가 발걸음을 돌리지 못하고 밍기적거리고 있자 길을 내어 주려는 듯 옆으로 비켜섰다. 나의 여행길은 태양빛이 넘실대는 산과 고원과 호수, 나무와 풀들뿐만 아니라 수많은 짐승들도 섞여 든다. 몽골 초원의 야생마들, 파미르 고원의 야크들 양떼들, 티벳 고원의 키앙들, 세 고갯길을 날아다니던 매떼들, 이름모를 멧새들, 그들은 모두 내 앞에 나타났었던 히말라야산의 정령들이 아니었을까.

마을의 숙소로 내려오니 나무 울타리를 세우고 있던 주인장 왈,
— 혹시 내일 하루 더 묵을 수 있어요? 유명한 라마승이 강연하러 오거든요. 이 근방 사람들이 많이 모일 거예요.
오늘 절과 언덕길을 돌며 동네를 다 돌아본 터라 딱히 하루 더 머물 이유가 없어, 알아듣지도 못할 강연에 가서 뭐 하느냐며 고개를

흔드는데,

— 영어로 번역도 될 거예요. 그 라마승은 영어도 잘해요. 내가 좀 해석을 해 줄 수도 있고요.

내 시큰둥한 반응에 숙소장은 그 라마승하고 인도에서 같은 학교에도 다녔던 친분이 있다며 강연 후 따로 만나서 이야기도 좀 할 수 있도록 주선을 하겠다고 나섰다.

— 그런 젊고 똑똑한 라마승을 만나기도 어려워요! 일년에 한 번 있는 기회고요, 방은 물론 공짜예요!

그가 이렇게 적극적으로 나서자 왜 그런 제의를 하나 호기심이 일었다. 에베레스트 여행 막바지에 웬 라마승? 하는데 문득 안나푸르나 산행 후 카그베니 티벳절에서 만났던 스님이 생각났다. 그가 준 붉은 장삼을 걸치고 티벳 마나사로바 호숫길을 돌아다니지 않았던가. 오늘도 나는 라싸에서 산 자줏빛 천자락을 머리에 두르고 있다. 하긴 이 에베레스트에 나를 오게 한 것도 카일라쉬 동굴에서 본 불상이었다. 여기까지 생각이 미치자 내 등반길의 마지막 마을에 라마승이 온다는 사실이, 나를 잘 알지도 못하는 숙소장이 방까지 그저 주겠다며 함께 가자는 청이 그저 우연 같지만은 않았다. 혹시 그가 날 찾아 여기까지 오는 건 아닐까? 피식, 웃음이 나왔다. 이쯤 되면 내 상상력은 가히 파라노이아 경지에 도달하고 있다.

어쨌거나 에베레스트의 끝마을에서 보내는 오후도 저물고 있었다. 이럭저럭 며칠 안 있어 나는 루크라에서 비행기를 타고 이 산과 계곡을 떠날 것이다. 그냥 그의 제의를 받아들이기로 했다. 뭐 하루, 이 산행의 피날레를 장식하는 축하 이벤트쯤으로. 진수 성찬 후, 기쁨의 꼬리를 늘이는 꼬냑 한잔!

아침 식당에는 한 독일 커플과 영국인 세 사람이 식사를 하고 있었다. 다들 나처럼 렌조라를 넘어 하산하는 길이었는데, 영국인들은 가이드와 몇 명의 포터들을 동반하고 있었다. 아마다블램의 6800m 꼭대기에 오르느라 감기가 심하게 들었다며 연신 코를 훌쩍이고 있었고, 인도 태생이라는 한 사람은 피곤에 쩔어 거의 밥맛조차 잃은 듯 보였다. 아마다블람이라면 척킹가는 길에서, 그리고 콩마라 고갯길에서도 줄곧 내 뒤를 따라왔던 산봉우리였다. 식사를 하며 옐로우 터워니 그레이 타워니 하는 거의 100m에 이르는 수직 암벽을 로프로 타고 오른 이야기와 영하 20도의 텐트 안에서 잠들다 얼어 죽을 뻔했던 무용담을 듣다가 그들이 친구들이 아니라 원래 모르던 사람들이었다는 것을 알게 되었다.

— 인터넷으로 서로의 동일한 관심사를 알게 되었고, 함께 일정을 짜고 가이드와 포터도 인터넷으로 구했어요.

그러니까 비용이 많이 드는 등반 전문여행사 대신 온라인으로 만난 사람들끼리 고산 정복을 계획했다는 말이다. 마음만 먹으면 저런 식으로 고산 등반을 시도해 볼 수 있겠구나. 그들은 거의 해마다 한 번씩 그런 등반을 계획하고 있다고 했다. 식사를 마친 후 원두커피를 들고 햇빛을 찾아 마당으로 나갔다. 한 나이 든 인부가 팔뚝만 한 긴 나무 망치를 들고 울타리를 고정하고 있었다. 그가 직접 만든 연장은 단단하고 효율적으로 보였다. 내가 다녔던 조각 아뜰리에에서도 프로들은 조각 칼이나 망치 손잡이를 직접 만들어 쓰고 있었다. 평소 나무를 다루는 일에 관심이 많은 나는 그의 작업을 유심히 바라보고 있었다. 온갖 연장들, 연필들, 펜들, 악기들, 배들, 책들, 세상이란 감옥의 벽을 깨뜨리는 데 쓰이는 도구들이다. 엊그제 시작한 사립문은 벌써 완성이 된 듯 창고 안에는 하늘색 페인트 통이 입을 벌리고 있었다.

독일 커플이 커피를 들고 바깥으로 나왔다. 엊저녁 진수성찬이 인상적이었다며 프랑스의 포도주와 치즈에 관심이 많다고 했다. 작년에 호주 여행을 했다는 그들은 토착민인 아우리족의 노래와 춤에 반해 그 마을에 한 달간 머물기도 했었는데 그때 새겼다는 독특한 문양의 팔 문신을 보여 주기도 했다. 그러고 보면 여행을 다니면서 내가 가장 많이 접했던 사람들은 독일인이었다. 유라시아 여행 때도 우즈베키스탄의 사마리칸트에서 모스크 사원들을 함께 돌아다녔던 이도 스스로 개조한 모토를 타고 유라시아를 횡단하고 있던 드레스덴 출신이었고, 산티아고 순례길에서 탕디넷에 걸려 길에서 오도 가도 못 했을 때 나를 약국으로 실어다 준 청년들도 뮌헨에서 온 친구들이었다. 낮에는 바닷가 모래밭에서 발 찜질을 하며 그들의 서퍼를 구경하고 밤에는 걸걸하게 부러지는 메탈록을 들으며 그들이 박스째 갖고 다니던 독일 맥주와 소시지를 많이도 먹었다. 파도 거품을 문 푸른 말잔등을 타고 미끄러지는 로데오, 마치 바다를 길들이려는 듯한 불가능한 퍼포먼스처럼 보이던 그 스포츠를 즐기던 청년들의 검게 그을린 등짝, 그 위에서 흘러내리던 하얀 소금끼!

여행길에서 어쩌다 누가 저런 곳으로 갈까 싶은 곳에 가 보면 역시나 독일인들이었다. 투르크메니스탄의 유적지를 훑고 다닐 때, 택시 운전사들도 가기를 기피했던 마리 근교의 한 토성에 들어섰을 때였다. 볼 것이라곤 풀 몇 포기밖에 없는 흙구덩이에서 몇 사람이 고고학자나 된 양 돌무더기를 헤치며 사진을 찍고 있었는데 은퇴한 독일인들이었다. 그들의 모험심과 탐구심이 행여 그 언어에서 비롯되었나 싶어 한때 부크너 원작의 손바닥 만한 불독판 '렌쯔'를 지하철용으로 들고다녔던 적도 있었다. 내가 그 나라 사람들에게 갖는 관심은 상대적인가 여행에서 인연이 되었던 사람들도 거의 독일인이었다. 중국 돈황의 사원에서 만나 친구가 된 중년 부부가 그랬고, 요르단 아만에서 나자렛으로 넘어가는 버스에서 내 눈길을 사정없이 끌었던 청년도 함부르크 출신이었다. 내 앞자리에 앉아 있던 그 아름다운 신부 지망생 말이다. 옆자리에 동석했던 수녀님이 알려 주었던 '청소년 교회'에서 우연히 다시 만나, 순례길의 종착지였던 갈릴레 호숫가에서 틸리초 호수 이야기를 해 준 이도 그 사람이었으니, 나와 독일인들과의 인연은 이 에베레스트까지 이어지고 있는 셈이다.

아침 햇살이 따사롭게 비치는 마당에서 망치질 소리를 들으며 호주의 타스마니아 섬 이야기를 듣고 있다 보니 라마승과의 모임 시간인 10시가 가까워 왔다. 카그베니 스님이 준 까프로 어깨를 감싼 후 모처럼 털복숭이 얼굴을 깨끗이 면도한 주인장과 함께 언덕길을 넘어 윗동네로 갔다. 마을 회관 마당엔 노란 눈이 선명하게 그려진 두 개의 스투파 탑신 주변으로 사람들이 원을 그리며 돌고 있었다. 약 100여 명 남짓한 남녀노소 사람들이 모여들고 있었는데 히말라야산에서 이렇게 많은 주민들을 본 것도 처음이었지만, 네팔 전통 의장을 갖춘 행사를 보는 것도 처음이었다. 얼마 후 나타난 라마승은 설흔을 갓 넘긴 해맑은 얼굴이었다. 숙소장의 말로는, 젊은 나이에 라마가 될 정도로 학식이 높은 분으로 인근 출신이라고 했다. 어제 방문했던 사원의 팻말엔 타메 지역은 예로부터 훌륭한 라마승과 유명 세르파가 많이 나온 곳이라는 설명이 적혀 있었다. 이 나라에선 라마승과 세르파가 소위 말하는 성공의 척도인 듯하다. 그러니까 교통편이 없어 외부와의 교류가 쉽지 않은 이 산간 마을에서 한 유명 인사와의 접견인 셈이다.

마을회관에는 강연을 시작하기 전 참석자들이 한 사람씩 강단으로 올라가 그 라마승과 동반 스님들에게 예를 표했다. 그는 불자들의 목에 흰 천을 둘러주며 화답을 했는데, 천진난만한 아이들과 어른들의 화들짝한 웃음이 가득한 공연장의 한 서막 같았다. 방석이 깔린 시멘트 바닥에 앉아 두어 번 쉬는 시간에 나누어 주는 차도 마시고 밥도 먹으며 강연은 오후 두 시경까지 이어졌다. 그의 네팔어를 전혀 이해할 수는 없었지만, 그 스님의 명민한 눈빛 때문이었는지, 열띤 강연장의 분위기 때문이었는지 네 시간이 그리 지루하지 않았다. 나는 한 편의 무언극을 보는 것처럼 몰입해 있었다. 카리스마 넘치는 그 라마승의 표정과 독특한 억양이 곁들인 제스처도 눈길을 끌었지만, 그에게서 잠시도 눈을 떼지 않고 숨죽여 경청하는 현지인들의 태도는 놀라울 정도로 진지했다. 어른이고 아이고 할 것 없이 네 시간이 넘는 긴 강의를 모두들 저토록 조용히 듣고 있다니! 파리의 소르본 강의만 하더라도 두어 시간이 지나가면 학생들은 슬슬 옆구리를 틀다가 강의실 뒷문을 들락날락거리기 일쑤이지 않은가.

강연의 내용은 몰랐지만, 회관의 앞면 좌우에 걸린 두 만다라 그림을 종종 가리키는 스님의 손짓이나 그때마다 간간히 터져 나오는 사람들의 웃음소리로 보아 아마도 경전 내용을 일상 생활에 비유하며 설명하고 있는 것 같았다. 청장년층뿐만 아니라 노인과 아이들로 회관을 빼꼭히 채운 청중들은 한 편의 연극을 관람하듯 라마승의 강연에 열중해 있었다. 옛 전통이 거의 사라지고 있는 21세기 인터넷 시대에, 불법이 라마승들에 의해 이런 식으로 네팔의 산골 구석구석까지 전승되고 있는 사실이 놀라웠다. 만약 이 회합이 한국에서 보았던 대로 선암사나 쌍계사 등 유명 절에서 큰스님이 승려들이나 불자들을 대상으로 행해졌다면 내게 준 감회는 좀 달랐으리라. 하지만 이 강연은 어떤 특정 계층이 아니라 인근의 모든 주민들을 대상으로 한 동네 모임이었다. 그들에게 불교란 종교가 아니라 삶의 근본 원리로서 주변의 자연 풍경처럼 일상의 평상심으로 녹아들어 있는 것 같았다. 그 회합은 그들의 예배였고 학교였으며, 문화 생활이었고 동네 친목회였다. 그 라마승은 선승이자 선생이며 예술가였고, 그들의 친구였다.

이 산골 마을에서의 시대적 변화란 흔히 개발 도상국에서 일어나는 대로 과거의 전통들이 파괴되며 그 자리에 새로운 것들이 들어서는 인위적 쇄신이 아니라, 계곡의 상류에서 하류 쪽으로 흘러가는 강줄기처럼 천천히 유연하게 흘러가고 있었다. 어쩌면 문명의 이기 없이, 교통 수단도 없이, 서로 돕고 자급자족하며 자연 친화적으로 살아가고 있는 이들의 삶의 양식이야말로 요즘 대세가 되고 있는 지역적 에콜로지의 소리 없는 실천이 아닐까. 자본주의가 지배하는 도시 문명을 벗어나, 소비 문화가 주도하는 발전의 허구로부터 놓여나, 테크놀로지라는 기술 혁명으로부터 자유로운, 인간 본연의 삶에 충실히 살고 있는 것이 아닐까.

강연이 끝나고 회관의 마당으로 나왔다. 라마승이 우리들에게 다가왔다. 붉은 장삼을 걸치고 까까머리를 한 스님의 자태는 언제나 내게 묘한 향수를 불러일으킨다. 빳빳하게 풀먹인 회색 장삼의 한국 스님들의 승복이나, 베네딕틴 수도사들의 긴 검정 치마에 가죽이나 실끈을 허리에 두른 차림은 어떤 패션보다 단정하고 수려해 보인다. 어쩌다 예비군복이나 일반 옷을 입은 스님이나 수사들을 볼 때 거의 딴 사람처럼 여겨졌던 걸 보면 성직자에게 옷차림이 차지하는 비중이 무척 큰 것 같다. 그 제복에 대한 관심으로 노르망디의 한 문닫는 시골 교회에서 금박으로 화려하게 수놓인 성의를 산 적도 있고, 티벳 라싸의 뒷골목에서 손으로 짠 스님용 벨트를 사기도 했었다. 오늘도 붉은 까프를 두르고 알아듣지도 못하는 라마승의 강의를 네 시간째 지겨운 줄도 모르고 듣고 있던 걸 보면 아마도 나는 전생에 중팔자였을까나.

숙소장이 나를 소개하자 라마승은 서글서글한 말투로 반갑다고 말했다. 그의 말을 번역해 줄 한 젊은이를 대동하고 있었지만 그는 내 영어를 이해하는 듯했다. 이런저런 의례적인 대화가 오간 후 내가 조금 전 그의 강연을 들으면서 맴돌았던 질문이 하나 떠올랐다. 카일라쉬 순례길에서부터 고꼬리 호수에 이르기까지 내 여행길의 화두가 되었던 그 '니르바나' 말이다. 사실 내 솔직한 맘으론 그런 질문은 그 고풍스럽고 소담스러웠던 카그베니 티벳절의 스님에게 물었으면 좋았으리라. 오랫동안 토굴에서 수도하기도 했다는 그 스님과 그런 대화를 나눌 수 있었다면 얼마나 좋았을까. 하지만 그는 여느 티벳인처럼 영어를 전혀 몰랐었다. 그리고 그 후 내가 방문했었던 티벳의 사원에서는 아예 스님들과의 접근조차 불가능했었다. 그런데 오늘 만난 이 라마승은 영어를 이해하는 데다 숙소장은 내가 대화도 나눌 수 있다지 않았는가. 비록 많은 사람들이 그를 둘러싸고 있는 회관 마당의 분위기가 그와 개인적 대담을 나눌 수 있는 자리는 아니었지만, 기회가 기회인지라 그냥 불쑥 물었다.

— 스님, 혹시 '니르바나'에 대해서 좀 말씀해 주시겠어요?

잘 알지도 못하는 스님에게, 그것도 뜬금없이 웬 니르바나? 질문을 던지고 나서도 멋적은 웃음이 흘러나왔다. 하지만 좀 엉뚱하긴 했어도 내가 에베레스트산에서 만난 이 라마승에게 달리 뭔 질문이 있는 것도 아니었고, 그렇다고 내가 사실은 '니르바나'란 주제로 소설책 한 권을 썼다고 시시콜콜 신상 상담을 늘어놓을 자리도 아닌지라, 거두절미하고 무작정 한마디 던져본 거였다. 엊그제 렌조라 암벽길에서 무작정 배낭을 윗쪽으로 집어던지고 바윗돌에 가랭이를 걸치듯 말이다. 그렇다고 일부러 대답하기 곤란할 거창한 질문을 골랐던 것은 아니었고, 길고 난해한 철학적 설명을 기대한 것도 아니었다. 오히려 워낙 불가에서 흔하게 회자되고 있는 소재라 아까 강당의 동네 사람들처럼 함께 한바탕 웃음을 터뜨릴 수 있는 유쾌한 비유를 바랐는지 모른다. 어쨌거나 카일라쉬 동굴에서 보았던 니르바나의 빛을 따라 에베레스트로 왔던 내가 한 승려에게 던질 수 있는 가장 자연스러운 질문이었다.

— 잘 모르겠는데요.

아주 간단한 대답이 돌아왔다. 그런데 그의 표정이 좀 의외였다. 흔히 단순하지 않은 질문에 섣부른 대답을 망설이거나, 말을 돌리려는 기미가 아니라 아예 그런 단어조차 들어본 적이 없다는 표정이었다. 그의 완벽무결한 부정에 옆에 있던 숙소장도 끼어들고 그의 번역자가 다시 되풀이해 그 희한한 단어를 읊었지만 라마승의 반응은 마찬가지였다. 하지만 내가 산비탈에서 나룻배를 찾은 것도 아니었고, 우물가에서 숭늉을 찾은 것도 아니었다. 수행자에게 니르바나란 절간의 만다라 같은 것이 아닌가? 네팔이라면 인도와 티벳과 부탄을 접경지로 끼고 있고 부처가 탄생한 룸비니와 열반한 쿠시나가르가 속한 나라다. '부처가 누구인가'를 묻는 질문에 대한 어떤 선승의 대꾸처럼, 내 안에 있는 걸 두고 바깥에서 찾았으니 '모른다'라고 그는 선문답을 한 것인가?

그런데 잠시 생각해 보니 이 나라의 불교 전통에서 그 말의 표현이 다를 수도 있고, 혹은 그 말을 지칭하는 네팔어의 발음이 전혀 다를 수도 있다는 생각이 들었다. 영어를 이해하는 학식이 높다는 라마승치고는 조금 의외였지만, 어차피 몇 마디 말로 전달되거나 이해될 수 있는 질문거리도 아니었다. 나 역시 꼭 어떤 대답을 얻겠다기보다 그의 눈빛과 제스처로 나타난 '니르바나'에 대한 반응을 느끼고 싶었을 뿐이었다. 그러고 보면 구도자의 살아 있는 체험이란 것도 그 토착 언어와 문화를 모르고는 전수되기 어려운 것이다. 내가 티벳어를 모르는 한, 아무리 티벳 오지의 절간을 헤매고 다니며 고매한 스승을 만난다 한들 그들과의 생생한 교감은 어려운 것이다. 기껏해야 티벳어를 번역한 책을 통해 간접 경험을 할 수 있을 뿐.

달라이 라마가 '올바른 수행의 결과로 '니르바나'가 가능하다'고 말했을 때, 그 뜻은 세상에의 집착과 갈망을 끊은 존재의 해방과 자유로 나아가는 해탈의 경지를 지칭할 것이다. 그런데 이 '니르바나' 란 뜻의 다양한 층하를 표현하는 데 익숙한 서양 문화권에서는 흔히 어떤 감각의 절정 상태를 나타내는 말로 통용되기도 한다. 마리화나나 엘시디 애용자들에겐 감각적 극치감을 표현하는 '엑스타즈', 즉 인간적 지평을 확장하고 초월케 하는 요지경의 세계를 나타내기도 하는 것이다.

한편 내게 이 '니르바나'는 예전에 내가 좋아하던 남자를 꼭 빼박았던 한 가수의 그룹 이름이었다는 시시껄렁한 이야기 말고도, 내 《창조 소설》에서 창조성과 영성을 잇는 우주적 에너지의 정점으로 표현되기도 했다. 즉,《울릉도》동굴에서 시작된 사랑의 '엑스타즈' 는 조각 과정을 통해 창조적 '엑스타즈'라는 실천적 영역을 거치게 되었고, 소설의 대단원인 영적 현실에서 '니르바나에 이르는 오단계'에 이르렀던 것이다. 그러니까 나름 자연과 창조에 관한 깊은 영감을 받았던 이 에베레스트 등반길을 끝내는 마당에 내가 한 라마 승에게 그런 질문을 던진다 한들 별 이상할 것도 없었다. 그런데 그는 한마디로 모른다는 것이었다. 산길을 걷다 강물이 하도 맑아서 무심코 조약돌 하나 던져 본 것이었는데, 돌아온 대답은 마치 묻지 말고, '그냥 강물처럼 조용히 흘러가라'는 듯했다. 니르바나!

우리들 주위로 모여들었던 동네 사람들과 이야기를 나누던 라마 승이 잠시 회관에 들렀다 나오더니 함께 식사를 하자고 청했다. 강연 들었으면 됐지 뭐 밥까지 얻어 먹나 하고 정중히 사양을 하는데 숙소장이 그와 오랜 친구라며 같이 가자는 거였다. 회관 옆에 있는 식당으로 가니 라마승의 왼쪽 편으로 동반 스님들이 앉아 있었고, 통로 맞은편엔 그의 어머니라는 분과 친지 한 분이 자리하고 있었다. 나는 자리에 가서 앉기 전 아까 강단에서 다른 사람들이 했던 것처럼 라마승에게 예를 갖추었는데, 그 역시 내 목에 흰 천을 걸어 주고 하얀 실매듭을 매어 주었다.

우리는 별 말없이 식사를 마치고 라마승에게 작별 인사를 하려 했다. 그런데 그가 사람을 부르더니 뭘 가져 오라고 지시를 하는 거였다. 잠시 후 그가 내게 조그만 상자를 주었는데 열어 보니 한 좌불상이었다. 솔직히 그때 좀 멍한 기분이었다. 그는 내가 표한 작은 성의에 의례적인 답례를 한 것이었겠지만, 조금 전 그에게 '니르바나'에 대한 질문을 했을 정도로 카일라쉬 불상에 의미를 두고 있었던 내겐 결코 예삿일만은 아니었다.

— 카프가 잘 어울려요!

마지막 인사를 하며 그 라마승이 내게 던진 밝은 미소는 그가 언어로 표현하지 않았던 간결한 대답을 품고 있는 것 같았다.

— 해마다 이런 행사에 참여했는데 라마승이 불상을 주는 건 첨 봐요. 난 해마다 가도 안 주던데….

회관을 나와 언덕길을 내려 오며 숙소장이 슬쩍 찔렀다.

— 안나푸르나 카그베니 절에서도 한 스님이 내게 이 카프를 선물했었는데 아마도 나는 스님들과 인연이 있나 봐요.

— 그래서 우리 숙소로 찾아왔겠죠. 나도 한때 중이었으니!

실제로 안나푸르나부터 티벳의 카일라쉬, 그리고 에베레스트로 이어지는 이 여행길에 뭔가 불교적 인연의 고리가 이어지고 있었다. 물론 불교 문화가 지배적인 나라들을 여행하고 있으니 수행승들과의 만남은 자연스러운 일이라 할지라도 그 연결성엔 어떤 교묘한 인과 관계가 있어 보인다. 카그베니에서 그 라마승이 내게 승복을 주지 않았더라도 내가 카일라쉬 동굴에서 본 그 불상에 그런 깊은 감응력을 느꼈을까. 그 니르바나 미소에 대한 영감이 없었다면 아마도 이 에베레스트에 오지 않았을 것이고, 고꾜리산에서의 깨달음도, 오늘 타메 마을에서 강연회에 참여할 생각을 하지 않았을런

지도 모른다. 그런데 지금은 서로 밀접한 연관 고리를 갖게 되어 버린 이런 만남들이 원래는 아주 평범하고 사소한 일에서부터 비롯되었다.

토롱라 고갯길을 넘어 무스탕 계곡의 입구에서 보았던 한 티벳 사원에서였다. 금간 흙벽의 틈바구니에서 흘러내린 빗물 자국이 뚜렷했던 남루한 절간, 800년 동안 단아한 아름다움을 잃지 않고 있던 그 건축물에 대한 몇 푼 안 되는 내 성의가 결국 한 라마승의 승복 선사로 이어졌고, 보통은 그냥 배낭 밑에 들어갔을 그 옷이 마침 다음 행선지가 티벳이었던 터라 요긴하게 활용이 되었다. 붉은색 카프를 두르고 라싸의 골목길을 누비기도 하고, 포탈라궁에서 티벳인들과 어울려 춤을 추기도 하다가, 카일라쉬 순례길에서 그 불상을 만나게 되었으니 말이다.

라싸의 승복 가게에는 얼마나 많은 장삼들이 쌓여 있던가. 카트만두의 기념품 가게엔 또 얼마나 많은 불상들이 팔리고 있던가. 하지만 카그베니 스님이 준 그 흔하디흔한 장삼 한 벌이, 이렇게 타메 마을의 한 라마승이 준 좌불상으로 이어지게 되기까지 얼마나 많은 길들이 중첩되어 있는 것일까.

어쩌면 애초에 내 의식 속에 이 '니르바나'가 새겨져 있었던 것이 아닐까. 나의 내부에 있는 그 무엇인가가 외부의 사물들을 활성화시키고 있었던 것이 아닐까. 내가 소설 속에서 다루었던 '니르바나'란 주제 의식이 카일라쉬 순례길이란 직접 경험을 거치며 떨칠 수 없는 자각이 되었고, 에베레스트 세 고갯길이란 더 이상 우연이 아닌 필연적 상황들이 잇따라 발생하게 되었던 것이 아닐까. 장소와 인간과 언어 사이에 은밀한 내통이 이루어지고 있는 것처럼, 이 여행길을 위해 내 의식이 준비되었던 것이 아닐까. 그 카일라쉬 동굴 또한 나를 위해 미리 준비되었던 것이 아닐까.

한 시인의 말처럼, "자연이 우리를 위해 준비했거나 우리에게 선사했던 것들은 우리의 내면의 경험을 통해 준비된 만큼 나타나는 것"이니까. 티벳 순례길에서 내 무의식의 지평이 무한히 열리며 직감은 날이 뾰족해져 니르바나적 영감을 주는 불상 앞으로 내 발걸음이 찾아갔을 수도 있고, 혹은 자연에 대한 내 의식의 열림에 따라 그곳의 풍경이 저절로 달라졌을 수도 있다. 내 영혼은 오래전부터 이 '니르바나'를 알고 있었음이 분명하다.

내가 《울릉도》를 썼기에 카일라쉬 동굴이 내 앞에 나타났던 것일까?

하긴 사실 별 이상할 것도 없다. 나의 글쓰기가 나 자신과 '창조' 사이의 여행이라면 어쩌면 소설적 배경이 내 여행길에 나타났던 것은 아주 자연스러운 일이다. 산길을 따라가다 보면 자연히 고갯길의 정상에 도달하듯이, 나의 무의식과 경험과 상상의 산물인 《창조 소설》이 그 정점에서 '니르바나의 빛'을 감지했던 것이다.

《 '공간'에 이른다는 것은
언제나 거기에 있는 것을 잡기 위하여,
어떤 노력을 하는 것을 멈추는 것이다.
영혼의 풍경이 드러나도록.》

동네 어귀에 다다르자 숙소장은 다음 날 내가 떠나서 아쉽다며 맥주를 한잔하자고 했다. 맥주라면 그동안 고산증 염려로 한동안 못 보던 물건이었다. 그와 함께 찾아간 한 주막에서 돼지고기 볶음을 시켰다. 안주인은 문이 안 닫힐 정도로 비닐뭉치들이 꽉 찬 냉동고 안쪽에서 몇 달은 됐음직한 붉은 돌덩어리를 꺼내더니 무시무시하게 녹슨 도끼로 장작 쪼개듯 살을 발라냈다. 활활 타는 놋쇠솥에 아

340

주 매운 양념으로 볶아 준 그 요리는 칫가루 탓인지 어쨌거나 맛이 일품이었다.

포터들의 숙소로 쓰이는 시끌벅적한 이 층으로 연신 음식을 나르고 있는 주막의 부엌 한 켠에서 얼큰하게 맥주를 걸치고 있는데 웬 여행객이 들어왔다. 창백한 얼굴에 핏발 선 눈하며 화급한 인상이 어째 산에서 만나는 사람이라기보다 파리 피갈 뒷골목에서 스쳐갈 듯한 인상이었다. 어째 우물쭈물하는 눈치가 대마초를 찾는 것 같았다. 그의 의도를 눈치챈 주인장이 잠깐 기다리라며 밖으로 나간 사이 여주인에게 맥주를 청하며 자리에 앉았다. 그런데 나는 그가 프랑스 인이란 걸 곧 알아챘다. 히피족을 연상시키는 머리 스타일과 옷매무시가 전혀 프랑스풍은 아니었고, 발음 좋은 미국식 영어를 구사하고 있었지만 어쩐지 행동 거지가 내 눈에 익숙했던 것이다. 내가 불어로 말을 걸자 순간 그는 좀 당황하는 듯하더니 이내 말을 받았다. 베이스캠프에 갔다가 내려가는 중이며 여자 친구랑 옆 숙소에 묵고 있다고. 그런데 뭐 아무리 대마초 천국인 네팔이라지만 에베레스트산에까지 온 사람이 금단 현상에 걸린 것처럼 안절부절못하는 꼴이 좀 우스꽝스러웠다. 대마초가 자유로운 이 나라에서 어린 포터들이 피우는 걸 보기도 했고, 그걸 쉽게 구하려고 카트만두에 오는 관광객이 많다는 얘길 들은 적도 있었다. 잠시 후 돌아온 숙소장이 그 약초가 오늘은 다 떨어졌다고 말하자 그는 마치 언도나 받은 것처럼 움찔하더니 황망히 밖으로 나갔다.

내가 그 사람의 표정만 보고도 프랑스인이라는 걸 알아보다니 새삼 그 나라에 너무 오래 살았구나 싶다. 사실 그 익숙함 때문에 몇 년 전부터 프랑스를 떠날 궁리를 했지만 여전히 실행에 옮기지 못하고 있다. 한때는 불어로 쓴 《창조 소설》을 끝내기만 하면 신화 속의 설익은 아이들이 시도 때도 없이 출몰하는 시클라드섬 어딘가나, 내가 좋아하는 음악가와 시인들이 여전히 눈바람을 맞으며 유랑할 듯한 시베리아 한 구석, 이도저도 아니면 한물간 철학자 흉내를 내며 노르웨이 한 귀퉁이쯤에 엎어지리라 작정했었다. 가능한 프랑스와는 다른 곳, 전혀 모르는 언어를 쓰는 나라에 가서 피아노나 뚱땅거리며 살고 싶다고 한동안 노랠 부르고 다녔다.

하지만 한 삼 년 예정했던 책은 십여 년이 걸렸고, 막상 그 일을 끝내자 오랜 무기형에서 풀려난 죄수처럼 그저 온 세상을 싸돌아 다니고만 싶어졌다. 이젠 낯선 나라고 뭐고 또다시 새로운 세계에 적응하고 말고 따위는 전혀 땡기지 않았다. 더 이상 그 어떤 것에도 그 무엇에도 얽매이고 싶지 않았다. 그렇게 한번 기회를 놓치고 나니 요즘은 그런 발상도 시들해져 버렸는지 그냥 저냥 떠돌아 다니다가 몇 년 후 피레네 언저리쯤에 눌러앉을 생각을 하고 있다. 파미르 고원이나 히말라야처럼 바위산이 있고, 계곡 물 소리를 들을 수 있다면 어디라도 좋겠다. 새로운 언어, 색다른 문화, 미지의 세계를 개척하려는 모험심보다 어딜가든 결국 마찬가지라는 그럴듯한 핑계로, 프랑스라야 최소한 내가 읽고 싶은 책들도 쉽게 구하고 출판 작업도 수월하지 않겠냐는 실용 주의에 젖어들고 있다. 한편으론 그 잘난 책 몇 권 쓰느라 기가 다 빠져 버려 새로운 도전을 시도할 에너지를 잃어버린 게 아닌가 싶기도 하지만, 한편으론 해방감이 느껴지기도 한다.

세월의 무게가 슬슬 나를 지배하고 있다. 하지만 피레네에 정착하기 전 러시아에 가서 살고 싶다는 꿈만은 여전히 진행 중이다. 내가 좋아하는 음악가들이 태어난 그 땅의 문화에 대한 관심도 크지만, 사그러진 모닥불처럼 꺼져가는 프랑스의 기독교와 달리 여전히 뜨겁게 타오르고 있는 러시아 정교회의 영성을 가까이서 지켜보고 싶다. 그리고 무엇보다 러시아어 때문이다. 시베리아 설원에 몰아치는 폭풍우의 광기, 북구 오로라의 판타지가 잘 어우러질 듯한 그 슬라브 언어로 쓰여진, 러시아 시들을 읽고 싶다.

언어 역시 하나의 풍경이다. 말이 통하지 않는 나라에 가서 살고
자 하는 내 욕망은, 색다른 환경 속에서 새로 태어나는 듯한 그 생경
한 기분을 즐기고 싶은 것이다. 내가 나고 자란 한국을 떠난 이유는
무엇보다 내 의식을 형성했던 그 언어를 떠나기 위해서였다. 실제
로 낯선 언어는 어린아이가 모국어를 배우듯 나의 오감을 촉발시킨
다. 가령 색깔에 대한 러시아어를 들으면 프랑스어나 영어, 혹은 내
가 아는 그 어떤 언어와도 다른 발음에서부터 기발한 상상력의 물
꼬가 트이기 시작한다. 언어가 정신을 이끌어가는 실질적 통로라는
것은《창조 소설》을 쓰면서 깨달은 바 있다. 글을 쓸 때 내 생각이
내 머릿속에서가 아니라 내가 쓰고 있는 그 언어에서 나오고 있었
던 것이다. 말하자면 한국어로 쓸 때와 불어로 쓸 때의 작품은 비록
첫 구상은 같을지라도 전개는 완전히 달라진다. 이야기의 구조와
흐름이 변하고 결과적으로 책의 주제와 방향까지 변하며 전혀 다른
책이 된다. 마치 건축의 재료가 달라짐에 따라 집의 공간을 구성하
는 구조와 형태가 달라지는 것에 비유할 수 있다.

여행을 통해 수많은 풍경을 접하며 새롭고 다양한 경험을 거치듯
이 다른 언어를 접하며 의식의 확장을 꾀할 수 있다. 한 언어가 인
간 의식에 끼치는 영향력을 생각할 때 재미있는 것은 내가 이끌리
는 그리스어와 러시아어가 둘 다 시릴어로 역사적으로 뿌리가 같다
는 사실이다. 모르긴 몰라도 내 소르본 시절의 기억에 의하면, 형상
부터 우아한 그리스어를 들으면 왠지 오래된 고목에 채 피지 않은
꽃봉오리가 벌어지는 듯했다. 의미상 미래와 과거가 현재형에 녹
아 있으며, 생각의 주체와 대상을 구분하지 않는 그 언어는 시공간
의 개방성으로 어쩐지 나의 상상력을 가장 잘 표현할 수 있을 것 같
았다. 그리스어가 품고 있는 수많은 신화 이야기가 항구적인 재해
석을 통해 끊임없이 거듭나고 있다는 점에서도 어느 언어보다 깊고

풍부한 시적 특질을 가지고 있는 듯하다.

러시아어 역시 그렇다. 유라시아 여행 때 그 언어를 직접 들었을 때 그 어감은 뭐랄까, 마치 춥고 외진 산길에서 길을 잃고 헤매다 문득 불피운 한 오두막 안으로 들어간 듯한 느낌이었다. 강력하면서도 따뜻한, 소박하면서도 화려한 그 언어는 어떤 경이로운 불꽃을 품고 있는 것 같다. 마치 풍랑에 난파된 배가 한 섬에 도착해 전설적인 풍광을 발견했을 때의 기이함이랄까, 어쩐지 야성과 기적이란 내 존재의 아직 울리지 않은 깊은 현을 건드리는 것 같다. 인간 영혼의 불가사의한 신비를 비추는 듯한 검고 투명한 거울 같은 시릴어, 유라시아 고원의 춥고 광활한 대지에 부는 바람의 우수와 달빛의 서정이 깃든 듯한 그 언어는 언젠가 내가 파미르에 갈 때를 위해서라도 익히고 있는 중이다. 무엇보다, 그를 다시 만났을 때 사랑한다는 말 정도는 그의 언어로 하고 싶으니까.

위층의 포터들이 내려와 주막이 왁자지껄해졌다. 숙소장이 동생들처럼 알고 지낸다는 그들 역시 내가 카트만두에서 지프에 동승했던 포터들처럼 그들만의 등반을 계획하고 있다고 했다. 내가 알아들을 수 없는 네팔어로 숙소장과 이야기하는 그들의 열띤 표정에서 요즘 세르파들의 기개와 도전욕을 느낄 수 있었다. 그중엔 여자들도 있었는데 체격이 큰 데다 서글화통한 인상이 꽁지머리를 튼 동료 남자들보다 더 남성적인 인상을 풍겼다. 그들이 떠난 후 한때 수행승이었다가 세르파로 변신했던 숙소장의 인생 철학이 이어졌다.

— 이젠 돈도 결혼도 별로고요, 내가 좋아하는 등반에 비중을 두려고 해요. 아직 아무도 안 가 본 새로운 길을 개척하노라면 왜 내가 절에서 나왔는지를 깨닫게 되거든요.

— 산을 오르는 일이 수행의 연장이 될 수도 있겠네요. 한번 중이면 영원한 중이라더니.

— 뭐 어차피 겨울엔 손님도 없고 할 일도 없어요. 지루하죠.

— 그런데 왜 절에서 나왔어요?

아까 회관에서 내려올 때 묻고 싶었던 질문이었다. 모처럼 부담 없이 마시게 된 맥주에다, 맛깔스런 안주에다 느긋해진 기분으로 스스럼이 없어진다.

— 사실은 지금도 절에 자주 가요. 마음은 반쯤 거기 걸쳐 있는 것 같아요. 절을 나오게 된 가장 큰 원인은 결혼이었죠. 내가 형제가 없어 부모님도 원했고요. 하지만 그 인연도 내가 산으로만 쏘다니다 보니 흐지부지되고 말았어요. 부모님도 이젠 다 돌아가셨고요.

별로 긴 말 하고 싶지 않은지 침묵이 이어졌다.

— 그런데 원정대와 다니다 보니 어차피 나는 절간에만 갇혀 있는 중질을 잘할 수 없었다, 싶었어요. 결혼해서 한 여자와 사는 것도 마찬가지였어요. 요즘도 난 답답할 땐 인도건 어디건 훌쩍 떠나야 직성이 풀려요. 어디 얽매이는 건 체질적으로 못 해요.

— 저 역시 그런 것 같아요. 어떤 틀에 갇히고 싶지 않아요. 종교든 철학이든 내 인간성이 가진 특성을 부정함으로써가 아니라, 그 인간성의 온갖 조건들을 한껏 살아내길 원해요.

— 바로 그거예요. 난 그걸 산에 오르면서 체험했어요. 십여 년 넘게 수많은 산들을 오르면서 죽음을 지켜보다 보니 생사해탈이 저절로 되어 버렸어요. 진짜 죽는 게 겁이 안 나거든요. 지난번 랑탕 지진 땐 정말 어마어마했어요. 지금도 가끔 꿈에 흙더미에 깔린 아이들 비명소리가 들릴 때가 있어요. 정말 이 삶이 별거 아니거든요. 그런데 왜 그 뻔한 걸 깨닫겠다고 절에 갇혀 시간을 보내겠어요?

— 문제는 그 수행 방식의 비인간적 과정은 고사하고라도 그 깨달음이란 자체에 있다고 생각해요. 공과 무와 허를 깨달은 후 이르게 될 그 평정은 과연 이 살아 있는 생명체에게 무엇인가?

— 그 말이 바로 내가 전에 말했던 대로 '돌이 되어 불멸이 된들

무슨 소용이랴.'라는 말뜻이에요.

— 그래요. 도를 깨친 후 다음 생으로의 윤회를 조용히 기다리는
건 생명에 가득 찬 바다가 아니라 한자리에 고여 썩어 가는 웅덩이예
요. 실체와 현상이 다르고 그리하여 이 생이 하나의 허상이라는 것을
깨닫는 것이 무아라면, 거기가 끝이 아니라 오히려 그때부터 진정한
수행이 시작된다고 생각해요.

— 나 역시 원정대 시절 수많은 고통과 기쁨을 겪었어요. 그런데
비바람과 추위와 폭풍우로 위험에 직면했을 때 두렵기도 하지만 진
짜 자극적이거든요. 아마 그걸 살아 있는 생명의 기운이라고 할 수
있겠죠. 한번 그 맛을 보면 웬만한 건 성에 안 차죠. 죽음까지도 별
거 아니라고 느껴질 정도니까요.

— 바로 그거예요! 무를 넘어가는 그 무엇이 이 생에 있다는 거요.
부처가 말한 대로 우리가 절대 존재라면 그 실체는 생명 에너지를
담은 우주 섭리를 품고 있어요. 즉 공과 허, 무의 본질은 욕망과 현
상의 소멸 상태가 아니라, 바로 그 근원적 존재가 발현하는 창조적
힘에 있다는 거죠.

— 그러니까 요는 수행이나 명상이 부동의 상태가 아니라, 움직임
과 변화라는 말이네.

— 네. 궁극의 존재란 어떤 완전한 상태가 아니라, 차라리 완전함
을 품은 미완성의 상태가 아닐까요. 그런 관점에서 선과 악, 아름다
움과 추함, 행과 불행, 그 모든 것들이 아우르는 세상적 경험이 오히
려 수행에 의미가 있다고 생각해요.

— 바위산과 호수, 오르막과 내리막길, 나무들과 짐승들, 그 모든
것들이 대자연의 조화에 필요한 것처럼요. 근데 내가 오늘 라마승
강연에 가자고 한 이유가 뭔지 알아요?

— 글쎄요? 뭐 혼자 가긴 심심했나 보죠.

— 뭐 그런 것도 있었지만 세 고갯길을 혼자 넘어온 게 기특했달

까, 하하. 사실 여기 있다 보면 별별 사람들을 다 만나요, 아까 대마
초쟁이 봤죠? 그건 약과예요. 근데 붉은 까프를 두르고 산에 댕기는
사람은 처음이었어요. 어쩐지 이야기가 좀 통할 거라 생각했죠. 사
실 산에 사는 게 참 외로워요. 대화할 사람도 별로 없고… 그래서 친
구들을 찾아 인도까지 가는 거죠. 참, 아까 회관에서 라마승에게 질
문한 니르바나에 대해 좀 말해 봐요. 이래 봬도 그 라마승하고 같은
학교에 다닌 적도 있으니까 하하.

　여주인이 시키지도 않은 안주와 술을 더 내왔다. 우리가 술이 땡
기는 걸 눈치챘나 보다. 돼지고기 타는 냄새, 화덕에 바람 넣는 풍로
소리, 터질 듯한 냉동고 여닫는 소리, 이 층의 소란스런 웃음 소리에
시끌벅적한 부엌 한구석에서 우리들은 오랜 도반이라도 만난 듯 이
야기에 열중하고 있었다. 에베레스트에 와서 누군가와 니르바나 이
야기를 나눌 수 있게 되다니!, 카일라쉬 불상이 웃을 일이었다.
　— 아, 참 이런 얘기 하기도 정말 오랜만이네…
　도중에 방을 구하는 손님들이 왔다고 찾아온 직원에게 그냥 대충
알아서 하라고 일갈하고 자리를 뜨지 않는 걸 보니 숙소장도 술기
운이 자작하다.
　— 저는 니르바나를 깨달음의 한 과정으로 이해해요. 수행을 통해
백팔번뇌로부터 해방되는 것은, 고통과 슬픔을 극복하는 방도가 되
긴 하겠지만, 생명의 약동과 변화가 없는, 곧 평화로운 죽음의 상태
와 다를 바가 없죠. 인간사에 온갖 번뇌가 존재한다면 그것은 그 카
오스가 낳는 힘의 창조적 변모를 위한 것이 아닐까요. 어쨌거나 우
리는 모두 내면에 생명의 불꽃을 갖고 있으니까요. 인간 존재의 모
순과 불협화음의 정점에서 발산되는 그 불꽃으로 어떻게 고유의 세
계를 연마하느냐가 관건이라고 생각해요.
　— 부처는 인간의 조건을 갖고 태어난 한, 생과 사, 번뇌와 탐진치

의 구렁텅이에서 벗어날 수 없다고 했어요. 그런데 이 모든 것으로부터 해방되기 위해 생각과 감정과 감각을 끊으라는 주문은 마치 흐르는 강물을 차단하고 막아 고요하고 평정한 수면을 찾으라는 것과 같아요. 등산에서 온갖 사투를 벌이며 고지에 도달하는 대신 그냥 산밑에서 노닐라는 거죠, 산꼭대기는 허상이니까. 하지만 난 그 강물을 헤엄쳐가고 싶어요.

— 그래요. "불자는 이 세상에 다시 태어나지 않기 위해서 산다."라는 말이 있을 정도로 궁극적으로 인생의 의미가 사라져야 하는 불교의 본질에서 '창조성'의 에너지를 볼 수 없는 게 문제예요. 경전과 명상과 수행을 통해 도달한 깨달음은 과연 이 생에서 무엇인가? 희망과 행동하기를 멈추고 무조건 수용한다는 그 고귀한 덕성은, 이 삶에 과연 어떤 의미가 있는가? 타와 나가 하나라는 우주적 전체성과, 과거와 현재와 미래가 공존하는 동시성과 실체와 허상의 일체성을 깨달은 해탈로 무엇을 할 것인가? 그것을 물어야 한다고 생각해요. 왜냐면 우리가 사는 이 생은 신이라는 궁극적이고 영원한 실체가 시간과 공간, 현실이라는 표상으로 나타난 현상 세계이기 때문이에요.

— 내가 고산 등반을 하면서 배운 건 우주의 법계가 언제나 나를 돕고 있다는 거예요. 발 밑에 자갈돌 하나, 풀 한 포기, 벌레 한 마리도 자비로운 부처님 손길이라는 걸 실감해요. 눈에 보이지 않는 더 크고 깊은 법계의 질서가 존재하는 건 분명해요. 8000m 고지 높이 올라가 나 자신의 한계에 부딪힐 수록 그게 더 명료해져요. 정상을 불과 몇십 미터 앞두고 눈보라가 몰아치고 호흡이 곤란해지고 한 발자국도 내딛을 기운이 없을 때 나를 지탱하는 것은 욕망도 의지도 아니었어요. 그 어떤 알 수 없는 힘이에요. 남들은 내가 어떻게 여덟 번이나 에베레스트 정상에 올랐냐고 해요. 하지만 그 투명한 법계의 질서에 나를 내맡기고 그냥 휘적휘적 산을 올라가는 거예

요. 더 이상 고통이니 뭐니 그런 건 문제가 아니죠. 결국 우주가 날 돕는다는 걸 아니까.

— 니르바나! 마치 순간순간 주의 깊게 우주의 에너지와 교감하는 예술가의 태도 같군요. 저도 여행길에서 그런 걸 경험했어요. 나 자신에 대한 통제랄까, 검열이랄까를 버린 상태에서 또 다른 질서를 발견하는 거요. 내 안에 자연이 들어온 듯한 지극한 교감 속에 그 우주적 법계라는 것이 작용한다고 생각해요.

— 글을 쓰거나 예술하는 사람은 어떻게 생각하나 했는데 뭐 내가 생각하는 거랑 비슷하네.

— 글을 쓰는 것도 일종의 창조란 고지를 기어오르는 행위죠. 저는 알파인들이 허공과 죽음을 기어오르는 시인들이란 생각이 들어요. 눈 덮인 하얀 산등성이 위에 온몸으로 시를 쓰는… 결국 알피니즘도 상상의 영역이 아닐까요? 모든 모험이 그렇듯이 고독과 침묵의 끝에 도달한 정상은 언제나 또 다른 모험을 부추기니까요.

— 하하하. 듣고 보니 그럴듯하네요. 하긴 산을 오르다 보면 참 고독하죠. 하지만 죽음을 가까이서 보다보면 이 지상에 사는 나 자신이 누구란 걸 절실히 깨닫기도 하죠.

— 결국 등반이나 예술, 종교가 궁극적으로 같은 길을 추구하기 때문이 아닐까요? 고통이란 존재의 어둠을 어떻게 빛으로 화하게 할 것인가? 죽음으로 귀결되는 유한한 생으로 어떻게 영원을 살것인가? 부처나 예수가 어떻게 그 우주적 법계를 실현할 것인가를 보여 준 선각자들인 셈이죠.

— 그런데 이 산을 내려가면 다음은 어디로 갈 거예요?

— 남미 쪽으로 가 보려고 해요. 가능한 이 여행길을 계속하고 싶어요. 가는 데까지 가 보려고요.

— 산에서 죽고 싶다는 나랑 비슷하네. 그런데 도대체 그 니르바나란 물건은 왜 찾는 거예요?

— "이 세상에 존재하지 않는 걸 창조한다."는 불가능한 고지에 다가가길 원해요. 절대 선이나 주어진 진리를 통해서가 아니라, 오로지 나의 본능과 직감과 상상력을 통해 접근하고 싶어요. 이 삶을 신성에 이르는 하나의 실험의 장으로 여기면서 말이죠. 결국 이 삶이란 제각기 고유한 영혼의 진실을 찾아 떠나는 상상의 여정이 아닐까요? 니르바나란 존재하면서 존재하지 않는 지평선, 그 길의 출구처럼 여겨져요.

— 난 죽기 전에 직접 절을 지을 생각이에요. 그동안 답사한 등반길로 벽을 채울 거예요. 명상하기 좋도록 계곡 쪽으로 번듯한 통창을 내놓을 테니 꼭 한번 놀러 오세요, 물론 방은 공짜예요!

어젯밤 모처럼 만난 친구들과 술을 마시느라 잠을 못 잤다는 숙소장이 말을 하다 말고 반쯤 졸고 있는 사이, 나는 남은 맥주캔을 들고 방으로 돌아왔다. 좀 춥긴 했지만 이 산의 출구를 바라보며 축배를 들고 싶었다. 아직 산을 다 내려간 건 아니지만, 이 타메가 나의 마지막 에베레스트 마을일 테니까.

창문 밖으로 해 저물녘 하늘빛이 점점 옅어지며 노을이 번지고 있었다. 떨치기 힘든 한낮의 기억을 떨구듯 푸른빛이 서서히 빛을 잃어 가자 분홍빛 비단 뭉치를 포갠 듯 감청색 비늘구름이 하늘가로 미끄러지고 있었다. 추위도 잊은 채 하루해가 저무는 광경을 바라보고 있자니 어느새 계곡의 거대한 브이 자 형상이 눈앞에 뺑 뚫렸다. 저 기호는 내 도전의 승리를 표현하는 상징이다! 나름 행복한 상상 속에서 순전한 기쁨의 손이 뻗어나와 그 빛글자를 쓰다듬었다. 산골짝의 어스름한 빛이 짙어지자 브이 자 계곡 안으로 하나둘 별들이 떠오르더니 얼마 안 가 은하수가 총총히 들어와 박혔다.

촛불을 켜고 라마승이 준 좌불상 앞에 가부좌를 틀었다.

창밖에 가물거리는 별빛을 바라보며 비로소 내 여행이 끝났다는 생각이 들었다. 이상하게도 이 산을 떠나며 드는 감상은 아쉬움보다 그냥 한결 가벼워진 기분이었다.

내가 걸어왔던 이 땅은 수천 년이 흘러도 굳건하게 제자리를 지키는 반면, 나는 십 년, 이십 년 혹은 오십 년 후 이 지상에서 사라질 것이다. 하지만 그 사실이 전혀 애석하지 않았다. 내가 산을 내려가면 무엇이 달라질까? 이 풍경들은 내게 무엇이었을까, 나는 이 풍경들에게 무엇이었을까.

저 산들은 내가 와서 어떤 변화가 있었을까
저 별들은 내가 떠나면 저 찬란함을,
저 장려함을 다소 잃기라도 할까
저 나무들은 자라기를 멈추고, 강들은 흐름을 바꿀까
저 바위들은 빛을 잃고, 새들은 숨을 죽일까
오늘 밤, 나는 세상에 존재하지 않는다고 가정한다
한결 자유롭다

밤하늘 아래 희미해지고 있는 계곡을 바라보며 앉아 있자니 한 장면이 떠올랐다. 언제쯤인지 기억도 나지 않는 오래된 꿈이었다. 나는 한 거대한 산의 계곡을 바라보고 있었다. 구름에 가린 듯 끝이 뾰족하지 않는 둥그스럼한 모양의 산이 가운데 위치해 있고 양쪽으로 그보다 낮은 두 산이 걸쳐 있는 풍경이었다. 그런데 문득 이 산이 사람의 모습으로 변하는 거였다. 한 여자가 다리를 벌리고 앉은 형상이었다. 다리를 벌리고 앉은 자세도 좀 이상했지만, 어떻게 저렇게 거대한 산이 사람의 모습일까, 기이해하며 잠에서 깨어났었다. 수많은 꿈들이 그냥 일없이 잊혀져 간 데 비해 이 꿈은 이미지가 독특했던가, 오랫동안 기억에 남아 있었다. 그래선가 작년에 산이 많았던 중앙 아시아 고원들을 지날 때 혹시 꿈에서 본 곳이 아닌가 두리번

거리기도 했었다. 이스라엘 여행 땐가 한번은 먼 산의 풍경이 그럴 듯하게 다가온 적도 있었다. 하지만 비슷하긴 했어도 꿈과 실제가 일치할 수는 없었다. 그러다 카일라쉬 순례길에서였다. 돌마라 고갯길을 내려와 다르첸으로 향하는 길을 걷고 있을 때였다. 그룹 중의 한 사람인 아르헨티나 사진사가 열심히 뭘 찍고 있길래 무심코 그쪽을 바라보았다. 놀랍게도 내가 꿈에서 보았던 바로 그 산의 모습이 아닌가! 카일라쉬산을 중심으로 양쪽으로 높이가 같은 두 개의 산이 옹위해 있는 그 형상은 정확하게 꿈의 그 장면과 일치했다.

그런데 오늘 밤 내 명상 속에서 그 풍경을 다시 떠올리노라니 아마도 내가 어딘가에서 그 이미지를 사진으로 보았던 게 아닌가 하는 생각이 들기도 한다. 실제라고 여기기엔 그 현장감이 하도 기이해서.

깊고 고요한 명상 속에서 눈을 감았다. 내 몸의 한가운데 카일라쉬산이 들어왔다. 그러자 그 피라미드 봉우리 양쪽에 파미르와 고꾜리가 들어와 앉았다. 흰눈 덮인 둥근 돔이 내 머리쪽에 위치하자 양쪽에 놓인 산들과 두 다리가 대칭을 이루었다. 내 무의식의 침잠 속에서 고꾜리산과 파미르 고원이 평행을 이루고 있었다. 한 여자가 무릎을 세운 채 다리를 벌리고 앉은 그 꿈의 환영 위로 카일라쉬 불상의 얼굴이 겹쳐졌다. 내 영혼에 각별한 기쁨을 주었던 장소들이 꿈이기도 하며 실제이기도 한 상상의 현실이 되고 있었다. 어느덧 내 발은 고꾜리 호수를 딛고 있었다. 카일라쉬 봉우리에 가 닿은 내 이마 위로 흩어진 머리카락들이 파미르 밤하늘의 은하수로 펼쳐졌다.

세 장소의 에스프리가 하나의 점에서 만날 때 문득 한 동굴이 내 몸의 중심에 뚫렸다. 파미르에서의 관능적 엑스타즈가 온몸을 타고 흘렀다. 고꾜리 호수에서의 창조적 엑스타즈가 춤추듯 솟아올랐다.

청명한 가을 햇살 아래 산등성이를 날아다니던 새들처럼 활짝 날개를 펴고 단숨에 날아올랐다. 비상! 에베레스트 정상으로 날아가 흰 구름 너울을 벗기며 한 바퀴 원을 돌았다. 누구도 오를 수 없다는 카일라쉬 봉우리를 치달아 아, 나의 고원, 그 오두막 위를 빙빙 맴돌고 있었다.

돌연 내 마음은 형언할 수 없는 기쁨으로 차올랐다. 꼭 내 사랑의 절정을 떠올리게 되어서만은 아니었다. 나는 이제부터 내가 살아왔던 질서와 다르게 살게 되리란 걸 깨달았다. 저 브이 자 계곡이 그리는 꿈의 환영을 따라 나의 무의식의 밑바닥에서 솟아오른 그 예감은 자연과 창조와 영성에 대한 깨달음을 비추고 있었다.

카일라쉬 동굴에서 보았던 그 '니르바나의 빛'은 언제나 변함없는 내 영혼이 발하는 빛이었다. 동해 바다의 섬에서, 시베리아 벌판에서, 바이칼 호수에서, 파미르 고원에서, 고꼬리 산기슭에서, 언제나 내 마음이 머무는 곳에서 타오르는 창조성의 불꽃이었다. 히말라야 고원의 바위 절벽을 타고 오르던 이끼, 들꽃의 향기, 풀벌레 소리, 새들의 지저귐에서 느끼던 생명이 움트는 기운이었다. 나의 영원한 '푸른빛'이었다.

산을 오를 때 꼭대기에 도착하고 나서야 비로소 내가 걸어왔던 길과 앞으로 걸어갈 길의 전망을 발견하게 되듯이, 나는 이 여행을 끝내며 비로소 카일라쉬 동굴에서 느꼈던 '현시'의 뜻을 깨닫고 있었다. 내 얼굴에 그 불상의 부드러운 미소가 번졌다.

우주에서 바라보는 나
미래에서 바라보는 나
상상에서 바라보는 나
신성에서 바라보는 나

그 모두가 하나였다. 나는 이 찰나에서 영원을 살고 있었다. 내 안에서 무한을 느끼고 있었다. 이 육신으로 영혼을 살고 있었다. 내가 꿈꾸었던 '상상의 나', 그는 곧 여기, 지금, 이대로의 나였다. 나를 떠나 있으며, 또한 내 안에 있는 나, 언제나 어디에나 있는, 또 다른 나, 불멸의 존재였다.

루크라Lukla

타메를 떠나 남체 바자로 내려가는 길은 소나무 숲이 울창한 오솔길이었다. 구비구비 흐르는 계곡물을 따라 싱그러운 솔잎 향내가 코를 찔렀다. 환한 햇빛 속에서 길인 듯, 이야기인 듯 끝없이 이어지는 하산길을 내려오자니 정말이지 이 길의 끝에서 길이 되어 사라지고 말 것 같은 기분이었다.

남체 마을이 가까워지자 가끔씩 교복 차림으로 오가는 학생들이 지나갔다. 산중턱에서 '에베레스트 전망'이라는 숙소의 화살표 팻말을 보니 감회가 깊었다. 처음 등반을 시작할 때 저런 풍경 속에서 하룻밤 묵어 봤으면 했었다. 그런데 지금 나는 그 산의 전망 정도가 아니라, 그 심장부를 가로지른 후 하산하고 있는 중이다.

마을에 도착해 등반 전에 들렀던 레스토랑으로 갔다. 그때 먹었던 파스타를 먹고 싶었다. 골목길이 한눈에 내려다보이는 테라스에 앉아, 감칠맛 나는 파스타 한 그릇을 뚝딱 해치우고 나니 아, 내가 산을 내려왔구나! 실감이 났다. 내친 김에 푸른 사과 하나를 입에 물고 저 멀리 눈 덮인 탐세쿠를 바라보노라니 더할 나위 없이 행복해졌다. 기후 탓인가, 극도로 피곤해서였나, 이상하게도 이 히말라야 산자락에서는 사과가 그렇게 땡겼다. 하지만 그 알량한 무게도 돌덩이로 느껴져 여분으로 사서 쟁일 수도 없었는데, 그나마 고도가 높은 곳에서는 구경하기도 어려웠다. 한번은 고락셉에서 한 짐꾼이 배낭에서 꺼내는 금사과를 보고 저녁 한 끼 값을 주고 사 먹은 적도 있었다. 맨몸으로도 오를똥 말똥한 산을 오르는 나로선 배낭 무게란 등반을 계속하느냐 마느냐로 직결되는 조건이었기에 생수도 한 통이 최대한이었다. 대신 안전한 계곡물이나, 포터들이 마시는 산물을 따라 마셨다. 물 소독약이 있긴 했지만 내 몸의 반응을 알 수 없는 성분이라 꺼려졌다. 그런데 그놈의 산물 때문에 딱 한 번 쓴맛을 본 적이 있다.

바로 엊그제였다. 타메의 산중턱에 있는 절을 구경하고 내려오는 참이었다. 절간 뒤쪽에 식수라는 표지와 함께 수도꼭지가 달려 있었다. 보통 절이나 사원의 샘물에 바가지가 설치되어 있는 경우 안심하고 마실 수 있다는 거다. 그래서 별 생각 없이 물을 마셨는데 왠걸 산을 내려오는데 갑자기 배가 뒤틀리기 시작했다. 마침 그 절이 인근에서 유명 관광지라 오르내리락하는 여행객들도 꽤 있는 데다, 산등성이라고 해 봐야 몸을 가리기도 만만찮은 키작은 관목들만 듬성듬성한, 말하자면 앞뒤 훤한 산자락에서였다. 화장실이 있는 숙소가 언덕 아래 굽어보였지만 상황은 다급했다. 염치 불구하고 한 애꿎은 관목에 기대 볼일을 보고 말았다. 정말이지 이런 일도 처음이었다. 인도나 아프리카 여행을 비롯해 허구 많은 여행지에서도 물이나 음식 때문에 탈이 난 적은 거의 없었던 터였다. 왜 갑자기 그런 돌발 현상이 일어났을까. 원인은 그 물에서 찾을 수밖에 없다. 하지만 절 윗쪽에 높은 바위산 밖에 없었던 지형으로 보아 그 물이 오염되었을 확률은 미미할 것이고 보면, 내게 배탈을 일으킬 만한 특이 광물질이라도 포함되어 있었던 것일까. 아니면 백주 대낮에 길에서 엉덩이를 까야 했던 그런 일도 에베레스트 변덕이라 해야 하나.

하여간 지금 베어물고 있는 이 푸른 사과는 내겐 뉴턴의 사과 못지 않은 의미가 있다. 이 사과야말로 안나푸르나 토롱라를 넘게 해준 공신이 아니던가. 그 상큼한 맛을 즐기며 골목길을 오가는 사람들을 느긋하게 구경하고 있는데 옆자리에서 누군가 말을 걸어왔다. 안면은 있는데 누구지? 무심결에 인사를 한 후 알고 보니 타메에서 대마초를 사려했던 그 프랑스 남자였다. 그런데 내가 못 알아볼 정도로 분위기가 완전 변해 있었다. 엊그젠 긴 머리에 머플러를 두르고 인도풍 바지를 걸친 히피 차림이었는데 오늘은 머리를 올백으로 말끔히 묶고 짧은 반바지에 조깅 복을 입고 있었다. 그때의 쫓기는 듯한 어둡고 창백한 표정은 간데없고, 약빨인가, 스포츠맨다운 밝고 섹시한 얼굴이었다. 한 금발 머리를 대동하고 있었는데 산에서 우연히 만나 동행하게 된 이태리 여자라고 했다. 이 남자를 나중에 루크라 가는 길에 또다시 만나게 된다. 이번엔 군모를 쓴 군복 차림이었는데 그가 나를 알은체하지 않았더라면 모르고 지나쳤을 것이다. 180도 확 달라진, 며칠 간격으로 산속에서 이 같은 반짝 변신을 구사할 수 있는 그는, 정말이지 에베레스트 카멜레온이라 할 만했다. 이 남자를 만약 파리에서 보게 된다면 어떨까, 상상력이 제법 풍부한 나로서도 도무지 감이 잡히지 않는다. 하루는 넥타이 차림의 라데팡스 비즈니스맨이다가 다음 날은 메트로에서 기타를 치는 거리의 노숙자일까.

남체 바자를 지나 몬조 마을의 숙소에 잠깐 들렀다. 내게 처음 세고갯길을 넘을 수 있을 거라고 격려해 주었던 그분에게 잘 다녀왔다 인사를 하고 싶었지만 그는 출타 중이었다. 내 짐을 맡겨두었던 카리콜라 숙소에서 하룻밤을 머문 뒤 다음 날 책과 카메라 등으로 다시 무거워진 배낭을 메고 루크라로 향했다. 비행장으로 향하는 숲길엔 여학생들이 방과 후 햇볕이 가득 널린 밭둑에서 놀고 있었다. 그들의 교복 입은 모습과 해맑은 웃음 소리가 내 중학교 시절을 연상시켰다. 잠시 나무 그늘 아래서 쉬고 있는데, 지나가던 한 여학생이 말을 걸어왔다. 큰 덩치에 머리를 길게 땋아내린 그녀는 유도 선수가 꿈이라고 말하며 언젠가 나처럼 홀로 세계 여행을 하고 싶다고 유창한 영어로 말했다. 그녀의 꿈 얘기를 듣고 있자니 철길을 걸으며 시를 외우거나 노래를 부르곤 했던 한 시골 소녀가 떠올랐다. 그때 내 꿈이 뭐였더라? 그 시절만 해도 외국 여행이란 거의 달나라 가는 차원이었고, 서울만 가도 대단한 거였다. 그런데 지금 나는 외국에 거주하며 에베레스트산에서 나처럼 여행하고 싶다는 한 네팔 소녀를 만나고 있다. 이 유수한 세월이라니! 이 아이가 내 나이쯤 되면 우주 여행을 하지 않을까.

잠시 후 밭둑에서 놀던 아이들이 우르르 우리들 주위로 몰려왔다. 내가 한국인이라는 사실이, 프랑스에 산다는 사실이 그들의 호기심을 불러일으켰는지 호호하하 질문이 쏟아졌다. 지난 세월 동안 한국에 대한 관심도가 많이 변했음을 느낀다. 처음 프랑스에 왔었던 때만 해도 한국이 어디에 붙었는지도 잘 모르는 사람들이 많았다. 한 십 년이 지나자 간혹 뉴스에 등장하기 시작했지만 지금의 중국에 대한 시선이랄까, 잘나가다가 전쟁이니 뭐니 꼭 부정적인 톤으로 끝맺기 일쑤였다. 그러다 한국 영화가 뜨는가 하더니 십여 년 전부터 삼성 신화 때문인가 긍정적인 시선이 부어지기 시작했고, 케이팝에 이어 북한이 핵개발에 성공한 요즘은 '조용한 아침'의 나라에 한낮의 햇살이 내리쬐고 있다.

루크라까지 두어 시간밖에 안 걸린다는데 뭐 시간도 널널하겠다 오후의 햇살이 따뜻하게 내리쬐는 밭두덩에서 여학생들이랑 이야기 보따리를 풀었다. 이 산등성이만 넘으면 곧 마을인 데다, 최근 이곳 아이들에 대해 갓 생긴 관심도 있다. 이 아름다운 산골짝에서 그저 핸드폰을 들여다보며 깔깔거리고 있는 이 중학생들은 에베레스트 엘프의 또래들이다. 그는 어젯밤에도 연락을 해왔다. 지금쯤 아마 학교에 다녀왔을 것이다. 아 참 그는 학교를 그만두었다고 했지!

— 그런데 왜 혼자 여행하세요?

한 학생이 질문을 던지자 모두들 까르르 웃음을 터뜨렸다.

— 자연 속을 홀로 걸으면 자유롭거든. 상상력도 다양해지고.

— 상상요? 그런데 우린 학교에서 공부나 해야 해요!

기다렸다는 듯 또다시 요란한 웃음이 터져나왔다. 이렇게 웃음이 헤프다니 참 좋을 때다.

— 그럼 책을 읽어. 책을 읽는 것도 여행이니까.

— 이 산중에선 책 구하기도 어려워요! 그거 말고는요?

— 외국어를 익히거나, 악기를 배우거나… 뭐 요샌 인터넷으로 모두 가능하잖아.

— 근데 그것도 공부잖아요, 공부라면 질색이에요!

누군가의 응수에 다들 또 자지러지게 웃는다. 덕분에 나도 마음껏 웃는다.

— 그도 저도 싫으면 다들 산들은 잘 탈 테니까, 에베레스트 14좌를 도전해 보덩가.

무심코 내뱉고 보니 엊그제 타메 주막에서 만났던 여성 세르파들이 떠올랐다. 하긴 세계 최고봉들이 우후죽순처럼 몰려 있는 이 비경에서 등반이야말로 그들의 타고난 천품과 환경을 가장 잘 활용할 수 있는 분야가 아닐까. 헌데 내 말이 식상한가, 학교 선생들이 하는 훈계조를 느꼈나, 내 말을 듣는 둥 마는 둥 각자의 핸드폰으로 시선을 돌렸다. 그리곤 뭐가 그리 우스운지 손바닥만 한 화면에 눈을 고정한 채 연신 까르르 거렸다. 이 소박하고 낙천적인 아이들을 뒤로 하고 비행장으로 발걸음을 옮겼다.

학생들을 떠나 산길을 걸으면서 안나푸르나의 한 마을에서 만났던 한 교장 선생님이 생각났다. 중세풍의 마을 마르파에서 포카라로 향하는 길이었다. 숙소에서 인근에 경치 좋은 마을이 있다는 말을 듣고 한 야산으로 올라가니 과연 넓은 평야를 낀 강줄기가 마치 전라도 무등산에서 바라본 섬진강 같은 전경이 펼쳐졌다. 큼지막한 마니석으로 둘러쌓인 탑들을 지나 동네 골목길로 들어서자 조그만 학교가 있었다. 낮은 돌담 너머 보이는 교실엔 열댓 명의 학생들이 공부를 하고 있었다. 영어 시간인지 책읽는 소리가 길가까지 들려왔다. 과일나무들이 올망졸망하게 늘어선 전통 가옥들을 구경한 후 언덕길을 내려오다가 한 노인장을 만났다. 방향이 같아 이런저런 이야기를 나누며 걷고 있는데 길가의 공사장에서 일하고 있던 인부는 물론 아이 어른 할 것 없이 영감님에게 인사를 하는 거였다. 은퇴를 앞둔 이 마을의 교장 선생님이라고 했다.

— 프랑스는 살기가 좀 어때요? 인종 차별은 없나요?

— 그곳도 예전과는 분위기가 많이 달라지고 있어요. 경제적 위기도 그렇고 이슬람 테러 때문인지 극우파들이 부상하고 있어요.

— 그래도 유럽은 미국보다는 낫다고 하던데… 이곳 젊은이들은 무조건 외국으로 나갈려고 해요.

내가 프랑스에 산다는 걸 알게된 사람들이 흔히 던지는 인종차별에 대한 질문은 솔직히 나로선 싸데빵이란 말밖에 할 말이 없다. 나의 경우 오히려 역으로 인종차별 혜택을 받았으니까. 소르본 불문학 학사 시절 필기 시험이 너무도 어려웠을 때, 외국인 학생의 고군분투를 고려해선지 교수들은 바칼로레아를 치른 프랑스 학생들보다 후한 학점을 주었었다. 언어 능력이 뒤떨어지는 것이 확실한데도 아이디어가 참신하다는 거였다. 박사 과정 담당교수는 내 논문의 불어를 직접 교정해 주기도 했다. 내가 프랑스인이 아니라는 사실은 동양인이란 문화적 차이를 다름으로 평가했던 예술계 사람들은 물론,《Ullung-do》출판에 이르기까지 오히려 유리한 이점으로 작용했다.

― 인종차별에 관해선 정말이지 상대적일 것 같아요. 분야마다 다르고, 개인의 문화적 양식에 따라 다를 것 같아요.

― 뭐 언어 장벽도 있고 생활 방식의 차이도 있겠죠.

― 유럽은 여러 종류의 문화가 얽힌 만큼 갈등이 더 많겠죠. 특이한 건 오히려 외국인들끼리 어떤 열등의식의 보상심리 때문인지 차별 의식이 있다는 거예요. 물론 최근의 동향은 다양성에 대한 관용과 자유를 존중했던 유럽이 극우 정당들이 자리를 넓힐 정도로 그 포용성을 잃고 있지만요.

― 서양은 개인주의가 지나치게 발달되었다던데 프랑스는 좀 어때요?

― 개인의 존엄성에 대한 믿음과 사회적 평등이란 면에서는 한층 더 열려 있다고 느껴요. 무엇보다 개인의 삶뿐만 아니라 사회와 역사를 함께 형성해 가려는 자발적 의식이 폭넓게 형성되어 있어요.

― 근데 그곳에 계속 살 생각이에요?

평생을 아이들을 가르치며 네팔의 산꼴짝에 살고 있는 이분에게 내가 뭐라고 대답할 수 있을까.

현재 프랑스에서는 이십 세기 중반까지 사회 현실에 대해 제 목소리를 내던 수많은 철학자도 지식인들도 사라진 지 오래다. 요즘 이슈가 되고 있는 이민자들의 문제에 언론들도 소극적으로 일관하는 걸 보면 더욱 그렇다. 일 년에 수만 명이, 아이들까지 지중해나 깔레 바닷가에 수장되고 있는 꼴을 보면 유럽의 정체성 역시 그 바닷속에 함께 가라앉고 있는 듯하다. 아프리카 식민지국의 재화와 노동력의 착취로 몇 세기 동안 번성하고 영화를 누렸음에도 불구하고, 그들의 정치적 영향 아래 놓였던 나라들이 지금 식민지 시절의 잔재로 전쟁의 소용돌이에 휩싸이며 갈등을 겪고 있어도 책임 의식은 커녕 나 몰라라 하고 있다.

문제는 그런 제국주의적 행태가 형태만 달라질 뿐 자본주의 체제 안에서 계속되고 있다는 것이다. 이라크나 아프카니스탄 등에 군대를 투입한 미국이 자국의 경제적 정치적 이익을 위해서였던 것처럼 프랑스 역시 아프리카의 니제르나 말리 등에 군대를 주둔시켰던 가장 큰 이유는 상대국의 정치적 평화를 구실로 자국에 필요한 자원을 확보하기 위한 것이었다. 이를테면 러시아가 옛 소련 연방국들에 영향력을 견지하려는 것이나, 미국이 이슬람 테러 세력을 견제하며 중동 지역에 전쟁을 일으키거나, 중국의 티벳 정책이나 거의 모두가 자국의 이해타산에 얽힌 전략이며, 강대국이 약소국에게 가하는 일방적 폭력행사인 것이다.

그래선가 최근에야 프랑스의 미디어에서 불거지고 있는 중국의 위구르 민족에 대한 이슈마저 소수 민족의 인권에 대한 관심이라기보다 중국을 견제하려는 정치적 전략의 일환으로 보인다. 내가 유라시아를 여행하며 접했던 격조 있고 우아했던 페르시아 문화를 간직한 이란도 서방측의 시선에선 테러리즘과 결합된 위험하고 배타적인 아랍 국가일 뿐이다. 지난 십여 년간 리비아나 이라크, 시리아, 아프카니스탄 등의 분쟁에서 세계의 패권 장악에 나선 미국과 러시아 사이에서 줄다리기를 하고 있는 복잡미묘한 유럽의 처신을 보면 오늘날 길을 잃고 있는 서구 문명의 딜레마를 읽게 된다.

— 물론이죠, 그래도 제가 원하는 삶을 자유롭게 펼칠 수 있으니까요. 사회가 한 개인에게 가할 수 있는 통제나 억압을 거의 느끼지 않으면서 자신의 자질과 개성을 펼칠 수 있는 환경이라는 거죠.

유럽의 현 상황에 대한 비판적인 시각에도 불구하고 내가 그 사회에 낙관적인 이유는 바로 개인성을 존중하는 문화의 깊이 때문이라 할 수 있다. 실제로 현재 진행되고 있는 유럽 문명의 쇠퇴 때문에 내가 프랑스에 사는 의미가 있다. 내가 태어나고 자란 동양 문화를 떠나 3밀레니움이 시작되는 2000년에는 서양 문화의 중심부에 있겠노라며 프랑스로 왔던 나는 이 문명의 추이를 따라가는 데 큰 흥미를 느끼고 있다. 그리스 로마 문명을 기반으로 르네상스의 발상지인 이 대륙에서 아이러니하게도 1, 2차 세계 대전이라는 인류 역사 이래 최악의 살륙이 감행되었다. 그리고 68세대의 혁명과 독일 통일을 거쳐 균형을 잡는가 하더니, 또다시 주변 이슬람 국가들의 테러와 이민 문제로 지구촌 갈등의 구심점이 되고 있다. 인류의 역사 또한 개인의 삶처럼 온갖 다양한 경험을 겪고 극복해낸 과정이 중요하다면, 만약 지금 인류가 봉착한 많은 문제점들의 해결책이, 그런 것이 있기나 하다면, 어쨌든 기독교 문명의 발화와 쇠락을 거치며 세계대전의 파괴와 잿더미를 겪고, 또다시 러시아와 미국, 중국, 중동, 아프리카 등과 첨예한 대립과 갈등을 겪고 있는 이 유럽에서 그 실마리가 나오리라고 여겨지기 때문이다.

— 여기 젊은 아이들은 인터넷 탓인지 거의 서구화되어 가고 있어요. 그저 돈벌러 외국으로 떠날 궁리만 해요. 우리 학교만 해도 학생 수가 점점 줄어 들어 조만간 문을 닫을 예정이에요. 말을 듣고 보니 그래도 유럽이 살기는 그중 나은 모양이네.

— 모든 문화는 제각기 그 특유의 역사적 배경을 바탕으로 한 정신적 토양에서 비롯된다는 점에서 근본적으로 동양 문화는 서양 문화와 다르겠지요. 하지만 최근의 동양 문화는 불교나 유교, 도교 등에서 비롯되는 개인의 인격 함양을 강조하는 토양을 부흥시키기보다는 서양 문명의 부정적 측면인 향락적 물질주의에 편승함으로써 그 문화적 특성을 고갈시키고 있어요. 황금 만능주의의 무한 경쟁 씨스템에서 전개되는 미국의 영향을 받은 중국이나 한국의 사회 경제적 성향이 계층 간의 갈등을 심화시키며 상업적 소비주의로 흐르고 있는 것도 그 결과라 할 수 있겠지요.

— 우리 학교 출신들 중에도 한국에 일하러 간 사람들이 많아요.

뭐 요즘은 두바이 쪽이 대세긴 하지만. 그런데 빈부 격차니 사회적 불평등이니 하는 것은 사실 이곳에선 아직은 요원한 문제예요. 저 돌깨는 사람들을 보세요. 나이 어린 포터들도 마찬가지고요. 아직은 사실 인간의 존엄성보다 경제적 생활고가 우선이니까요.

우리들의 대화는 강가 마을로 가는 갈림길까지 계속되었다. 평생을 네팔 산골 마을의 교육자로 보낸 이의 마지막 말이 여운을 남긴다.

— 그래도 서구 문명은 여전히 우리 아이들에게 꿈의 세계죠.

과학 기술문명과 자본주의의 발달로 경제, 사회, 문화, 종교의 갈등이 더욱 심화되고 있는 21세기 지구촌은 인간성의 존엄과 자유가 갈수록 제한받고 있다. 그러나 물질보다는 정신적 가치, 다양성에 대한 관용과 평등의 기치를 내세우던 유럽에 극우파가 득세하는 분위기가 계속된다면, 오랫동안 인류사를 이끌어 왔던 유럽도 점점 비어 가는 파리의 성당들처럼 빈 껍데기만 남게 되지 않을까.

신의 구원을 도그마로 내세우던 기독교의 쇠락과 함께 기독교 문명의 재창조에 실패한 현 서구 문명은 문화적 개방성과 정치적 도덕성을 잃어 가고 있다. 지난 이천 년간 기독교 사상을 근간으로 휴머니즘과 민주주의에 대한 이상을 이끌어 왔던 유럽이 미국과 러시아의 패권 구도에서 벗어나, 중국이나 인도 등 새로운 경제력의 부상과 협력하고, 아프리카의 잠재력을 끌어안으며, 이슬람과의 화해를 통해 인류의 미래를 위한 3천 년 대의 비전을 제시할 수 있을까?

루크라에 들어서니 마을 입구부터 옷가게와 커피숍, 여행사 등 온갖 상점들이 줄지어 있었다. 골목길 끝에 이르러 비행장으로 향하는 계단길을 오르는데 마악 경비행기 한 대가 이륙하고 있었다. 500m가 채 될까 말까 한 주행거리에서 가볍게 날아오른 물체는 맞은 편 바위산에 닿을락 말락 아슬아슬하게 좌회전을 하더니 산자락 옆으로 살짝 비껴나가는 묘기를 부리고 있었다. 전 세계에서 활주로 거리가 제일 짧아 가장 위험한 비행장이라는 명성을 얻고 있는 이곳에서 실제로 몇 년 전만 해도 추락 사고가 빈번히 일어났다고 한다.

가을빛이 내리쬐는 활주로 위로 고추잠자리 같은 비행기들이 연신 뜨고 내리는 광경을 바라보다 타메의 숙소장이 소개했던 집을 찾아갔다. 동네 한가운데 위치한 그 숙소는 입구부터 왁자지껄 시끄러운 데다 냄새 나는 방이 영 마음에 안 들었다. 게다가 카운터에서 확인해 보니 다음 날로 예약했던 내 비행기표가 없다는 거였다. 엊그제부터 갑자기 그룹이 몰려 빈자리가 없는 데다, 카트만두 직행은 비행장 공사로 연기되었다고 횡설수설하고 있었다. 타메의 숙소장이 친구를 통해 예약했다는 바람에 다시 확인조차 하지 않았던 내 방심 탓이었다. 행여 하고 찾아간 비행장의 매표소에는 그날 오후 출발하는 비행기를 타려는 사람들, 표를 사려는 사람들로 아수라장이었다. 콩나물 시루같은 대합실을 뚫고 아래층 사무실로 찾아가니 카트만두 직행은 지금 막 출발하려는 두 시 비행기가 마지막이며 내일부턴 그나마 없다는 거였다. 카트만두 비행장의 미끄럼 방지 공사가 언제 끝날지 몰라 예약도 어렵다고 했다. 유일한 방법은 라메샵 비행장으로 가는 표인데 그것도 한 사흘 후에나 가능하다고 했다. 슬슬 짜증이 나기 시작했다. 예약도 캔슬된데다 하필 내가 떠나려 하는 날, 비행장 공사다 뭐다 일이 꼬여 들게 뭐람.

일단 숙소부터 옮기기로 했다. 무작정 마을에서 제일 높은 곳에 위치한 호텔로 찾아갔다. 어차피 틀어진 일정이라면 이 유치원 마당만 한 활주로에서 뜨고 내리는 비행기나 실컷 구경할 심산이었다. 마침 삼면에 큰 유리창이 난 방을 구할 수 있었다. 좀 비싸긴 했어도 그동안 숙식비가 저렴했던 데다 산에서 돈 쓸 일이 별로 없어 여유가 좀 있었다. 간만에 동네 까페에 들르기도 하고 기념품점에도 기웃거렸다. 에베레스트를 기억할 소소한 물건이라도 있을까 하다가 에베레스트산 녹차와 히말라야 소금을 샀다. 이래저래 산행 중 잘 돌보지 못한 이빨 공양을 할 참이었다.

날이 어두워지자 저 멀리 타메에서 바라보았던 거대한 브이 자 계곡 사이로 장난감 같은 비행기들이 앙증맞게 반짝이고 있었다. 빨간 불빛들이 평행선을 긋고 있는 활주로 위로 노란 조명등이 켜지자 흡사 삼류 키치 영화에나 나올 법한 환상적인 전경이 펼쳐졌다. 그간 쌓인 피로도 풀겸 이 호텔방에서 그저 먹고 자며 며칠 딩굴어도 좋을 것 같았다. 경비행기 일정 상 만일의 경우를 대비해 여유를 두었기 때문에 카트만두까지 며칠 시간이 남아 있었다. 정 심심하면 어디 가까운 계곡에 소풍을 다녀올 수도 있었다.

위층 식당에서 남은 일정을 보낼 계획을 짜고 있는데 메신저가 떴다. 에베레스트 엘프였다. 내가 루크라에 도착했다고 하자,

— 집에서 하루 거리예요!

하긴 그 아이의 빠른 걸음이면 그럴 수도 있을 것이다. 언제라도 달려올 수 있다는 뉘앙스를 풍기는 그 말투가 재미있긴 했지만 그렇다고 딱히 그를 다시 만날 기분은 아니었다. 막상 여행을 끝내고 나니 긴장이 풀렸는지 그저 피곤하기도 했거니와 이제 돌아가는 마당에 만나면 뭐 하나. 하지만 한편으론 뭐 안 될 것도 없지! 하는 가벼운 마음이 살짝 들었다. 비행기도 없는 마당에, 시간은 남아도는데, 뭐 밥 한 끼 사줄 수도 있지. 아니다 포터 역할을 기차게 했었잖아. 이 아이를 데리고 어디 좋은 데 놀러나 갈까? 반쯤 장난기 어린 마음으로 이런저런 이야기를 나누고 있는데 내 비행기 날짜가 아직 정해지지 않았다는 걸 알게 된 그 아이가 당장에 상황을 거머쥐었다. 순진한 멧새를 채가는 성난 매 발톱!

― 우리 아마다블람에 가요!

그런데 솔직히 말하자. 사실 그 상상은 전혀 낯선 게 아니었다! 아마다블람에 그 아이랑 오르는 거 말이다. 언제? 그건 잘 모르겠다. 그 아이가 내게 메신저를 보내왔던 어느 날 밤, 혹은 어쩌다 터진 인터넷에서 수다를 떨던 추운 밤중일 수도 있겠다. 타메에서 영국인들에게 그 산의 암벽 타오르던 이야기를 들었을 때일 수도 있고. 근데 그게 뭐 중요한가, 하여튼 에베레스트 엘프라는 이름까지 지어 붙일 때는 뭔가 꿍심이 아주 없었던 건 아니겠지.

실제로 아마다블람은 탐세쿠를 지나 다보체와 팡보체, 그리고 척컹에 이르기까지 줄곧 내 시선을 끌었던 산이었다. 어머니가 아이를 향해 팔 벌리고 있는 듯한 모습으로, 하얀 설산 빙벽에 새겨진 신화적 무늬들로 내 상상력을 자극했었던 산봉우리였다. 콩마라 고갯길을 향할 때도 줄곧 각도를 달리한 모습으로 내 뒤를 따라왔으며, 고꼬리에선 먼 발치로 내게 손짓을 하기도 했다. 하여튼 그 아이가 말하는 그 산이름을 듣자 줄곧 그 음성을 듣고 있었던 것 같았다.

그러고 보니 고락셉에서 얼음물에 이빨을 닦으며 잠깐 그런 은밀한 공상을 했던 것도 같다. 초라 고갯길을 앞두고 흰 눈발이 날리고 있었던가, 그날 밤 따라 휘영청 떠오른 달빛 아래 아마다블람의 두 봉우리가 다정한 연인들 같았다. 무엇보다 춥고 외로웠으니까.

― 엘프와 함께 저 산을 오를 수 있다면!

정말이지 내가 상상할 수 있는 가장 그럴듯한 시나리오였다. 하지만 그때만 해도 그 꿈이 부질없는 환상이란 것을 알 만큼 나는 충분히 제정신이었다.

그런데 지금 이 글을 읽고 있는 독자들은 알아야 한다. 난 원래 덜 익은 '푸른 사과'에 대한 공상을 즐기는 경향이 있고, 그 방면으로 꽤 소질도 있는 편이어서, 미성년에 대한 소재로 소설까지 쓴 터였다. 하지만, 실제로는 그 덜여문 아이들의 머리통에서 풍기는 비릿한 냄새를 별로 좋아하지 않을뿐더러 더욱이 덜떨어진 꼴통들이라면 역겹기까지 했다. 어쩌다 남들이 잘 안 다루는 주제를, 그것도 현실에서 금기시된 소재를 찾다 보니 그렇게 된 것이고, 막상 몰입해 쓰다 보니 '청소년과 창조'라는 꽤 그럴듯한 문학적 비전으로 발전되었을 뿐이다. 그런데 그 청소년들을 주인공으로 한 책을 다섯 권이나 쓰고 보니 이제는 애들이라면 지긋지긋할 정도였고, 그 소재에 대한 영감조차 완전히 바닥이 난 상태였다. 더구나 유혹에 관해서라면 지금은 그다지 이상적인 상황도 아니었다. 석달 넘게 고산 등반을 했던 터라 몸도 마음도 거의 핍진해 있었다.

꼴이 말이 아닌 건 둘째치고, 육체적 한계의 극한까지 갈 정도로 용을 쓰다 보니, 풋풋한 이성을 꼬실 에너지는커녕 당장 내 앞에 파미르 남자가 나타난다 해도 바윗덩어리로 느껴질 판이었다. 벵센느 호수 산책이 고작이었던 사람이 험준하기로 이름난 히말라야 산맥을, 그것도 5500m에 이르는 산들을 몇 개나 넘은 마당이니 알 사람은 알 것이다, 내 심정을. 마음과 손의 거리가 아주 멀다는, 뭘 어째 보고 싶어도 몸이 따라 주지 않는 상황 말이다.

내 경험에 의하면 어떤 감각의 극점을 넘고 나면 그다음 어떤 기막힌 자극이 와도 더 이상 뭘 제대로 음미할 수가 없었다. 9개월간의 유라시아 횡단길에서도 여행다운 여행은 여섯 달이 한도였다. 이란을 지나 아르메니아와 조지아를 거치면서 하도 지쳐 빠진 나머지 재충전을 위해 카스피해나 흑해 근처에서 오랫동안 머물며 휴식을 취하기도 했다. 그러나 일단 닳아 빠진 감수성을 되살리기엔 역부족이었다. 크로아티아를 기점으로 아드리아 해를 지날 땐 찬란한 에메랄드빛 바다가 그저 퇴색된 병풍처럼 희뿌옇게 보였다. 새로운 풍물에 대한 호기심은 물론이고, 풍경과의 다이나믹한 교감은 전혀 기대할 수가 없었다. 창조적 에너지? 그런 건 더더욱 말할 것도 없다. 마지막 한 달을 보냈던 불가리아, 사라예보, 세르비아, 슬로바키아 등 동유럽은 각 나라의 수도에서 며칠씩 머무르며 유적지들을 방문했는데도, 그 나라들이 마치 어느 박물관에서 본 오래된 풍경화의 배경처럼 원근감을 잃은 불투명한 의식의 망막 위로 이리저리 떠다닐 뿐이다. 장소와 시간이 분간되지 않는 이차원의 그림들이, 색채도 깊이도 밀도도 없이.

— 절대 후회 안 할 거예요! 늦어도 내일 오후면 도착해요.

내 망설임을 간파한 듯 그가 징을 박았다. 내가 자신의 제의를 거절하지 못할 거라는 듯 목소리가 자못 당당했다. 아마다블람이라… 타메 숙소에서 영국인들이 영하 20도가 넘는 텐트에서 자다 감기에 걸렸다며 코를 훌쩍거리던 기억이 났다.

— 그런데 왜 아마다블람인데?

가타부타도 아닌, 묻고 나서도 헛웃음이 나올 정도로 속이 빤해 보이는 내 질문에,

— 그건 만나서 말할게요.

내 응답을 기다리지도 않고 산행을 위해 준비할 게 많다며 말을 끊었다. 그런데 막상 일이 이렇게 되고 보니, 번갯불에 콩 구워 먹듯이 갑작스레 결정된 일이긴 해도 그리 나쁘지 않은 계획이었다. 어차피 앞으로 며칠간 카트만두로 가는 직항 비행기가 없다면, 처음 루크라로 왔던 길을 걸어서 파플루까지 되돌아가야 했다. 앞으로 나흘간, 그 별 볼일 없었던 에베레스트 초입의 밋밋한 산등성이들을, 그건 그렇다 치고, 뛰야 가는 길의 그 가파랐던 고갯길들을 또다시 오르내리락거려야 할 걸 생각하니 앞이 막막했다. 게다가 파플루에서 카트만두까지의 찻길을 생각하면, 포카라에서 카트만두로 들어갈 때의 그 지옥길 같았던 교통 체증이 떠오르며 정말이지 그

것만은 피하고 싶었다.

일단 지도를 꺼내들고 아마다블람 가는 길을 찾아보았다. 내가 이미 들렀던 쿰정을 거쳐 팡보체에 이르는 길은 그리 어려운 길이 아니었던 데다 거기서 아마다블람 베이스캠프로 가는 길도 얼마 멀지 않았다. 그곳의 숙소를 확인한 후 공항의 사무장에게 연락해 일주일 후에 떠나는 카트만두행 비행기를 예약했다.

다음 날 저녁 무렵 에베레스트 엘프가 도착했다. 티셔츠 차림으로 산을 올랐던 첫날과 달리 이번엔 꽤 두툼해 보이는 잠바 차림에 등산화, 그리고 침낭이 딸린 큰 배낭을 매고 있었다. 그런데 그 아이가 들고 있는 손으로 깎은 나무 지팡이가 내 눈길을 끌었다.《울릉도》의 아이도 성인봉을 오르는 날, 그 비슷한 나무 막대기를 깎아 왔었다. 물론 나는 지금 별걸 다 갖다 붙이며 지나친 유추를 하고 있다. 에베레스트 산길에는 포터뿐만 아니라 산을 오르는 누구라도 나무 지팡이를 들고 다니잖냐, 안나푸르나에선 나 역시 대나무 지팡이를 갖고 다녔었다.

— 이거 아빠가 쓰던 거예요. 집엔 등산 용구가 가득해요.

내 호기심을 눈치챘는지 주석을 달았다. 일단 짐을 내리고 저녁 식사를 하러 식당으로 올라갔다. 그동안의 일들을 이야기하다가 궁금하던 걸 물었다.

— 근데 왜 아마다블람에 가자고 했니?

— 사실은 며칠 후가 아빠 제삿날이에요. 그래서 엄마도 허락을 했고요.

— 아빠가 거기서 돌아가셨다고?

— 오래전 일이에요. 그 산에 가셨다 실종되셨대요.

닭고기 튀김을 케첩에 찍어 바르며 건성으로 하는 대답이었다. 이건 또 무슨 소린가? 이 아이를 처음 만났을 때 그의 엄마가 운영하

370

는 식당에서 아빠를 보지 못했지만 이 근방 대부분의 남자들이 그러듯이 가이드나 세르파로 출타 중이겠지 했었다. 그러다 뭐야 가는 길에, 그의 아빠가 돌아가셨다는 이야기를 언뜻 듣기는 했어도 아마다블람 이야기는 금시초문이었다. 문득 쿰정의 숙소장에게서 들었던 사건이 생각났다.

— 원정대와 함께 갔다가?

— 아뇨, 시즌엔 세르파를 하다가, 일이 없을 때 혼자 등반을 가셨대요. 자세한 건 잘 몰라요, 워낙 내가 어릴 때 일이라.

말을 하면서도 연신 핸드폰에 코를 박은 채였다. 어제 오솔길에서 만났던 또래들처럼 페이스북이다, 왓삽이다, 한창 바쁜가 보다.

— 그해 겨울 워낙 눈이 많이 왔대요. 요즘처럼 암벽에 로프가 설치되어 있을 때도 아니라… 절벽 아래에서 찾아낸 이 배낭이 전부예요.

그가 매고 온 배낭을 가리키며 하는 말이었다. 놀랍다.《울릉도》의 아이도 그 섬의 절벽길에서 사라진 인물로 설정되어 있었다. 폭풍우가 불던 어느 겨울날이었다. 이쯤되면 그의 아빠의 실종 이야기가 우연이라기보다 차라리 그럴듯한 소설적 투영처럼 들린다.

— 그동안 시간이 없었어요. 뭐 이젠 학교도 안 가니까 시간도 있고, 이번에 기회도 좋으니까요.

— 그러게 나도 비행기표가 없는 바람에….

— 엊그제 보내준 아마다블람 사진을 보고 문득 그 생각이 들었어요. 산꼭대기는 다음에 가더라도 근처에서 재나 좀 올리고 오려고요.

이 아이가 메신저를 보내올 때마다 엘프와의 해후라는 그럴듯한 상상을 안 해 본 건 아니지만, 솔직히 지금 내게 일어나고 있는 이런 일은, 소설 속에서나 가능할 법한 일이었다. 불과 엊그제까지만 해도 그 동해의 섬을 시시콜콜 떠올렸던 것은 야생의 자연에서 느낀

시적 감상에 가까웠다. 티벳 카일라쉬 동굴에서 그 섬의 동굴을 떠올리거나 탐세쿠에서 그 아이와 함께 올랐던 성인봉을 상상했던 것도 그 장소에의 낭만적 친화감이었다. 마치 《울릉도》에서의 관능적 표현들이 그 화산섬의 4월의 봄빛이나 불타는 노을빛, 바닷가의 물거품 등 그 섬의 빼어난 자연 풍광에 대한 서사적 은유였던 것처럼 말이다.

그런데 막상 오늘 이 아이가 산에서 실종되었다는 아빠의 배낭을 걸머지고 루크라까지 오게 되자 나는 은근히 딴 생각을 하고 있었다. 재능과 영감이 부족한 작가의 남다른 관찰력이랄까, 임자 없는 땅을 감지한 동물적 본능이랄까, 나는 이 동시성의 징후를 아직 쓰여지지 않은 《에베레스트 상상》에 연결시키며 예의 주시하고 있었다. 내가 에베레스트에 오게 된 것이 카일라쉬에서 받은 영감 때문이었다면, 이 엘프의 새삼스런 출현 역시 예사스럽지만은 않았다. 마치 《울릉도》 이야기가 실제에서 재현되는 내 '상상의 현실'에 시동이라도 걸린 듯했다.

에베레스트에 대한 책을 쓰리라 했던 고꼬리에서의 결정이 그 짜릿한 절정을 향해 달려가고 있는 것일까? 이 아이의 메시지가 뜰 때마다 괜히 마음이 달떴던 것은 그저 외로워서만은 아니었나 보다.

어쩌면 뛰야 가는 길, 그 아이를 처음 만났을 때부터 나의 《에베레스트 상상》은 이미 시작되고 있었는지도 모르겠다.

오늘, 이 루크라에서 예상치 않은 일이 일어나고 있었다. 공교롭게도 타메에서 예약했던 비행기표가 연기되었고, 다시 보게 되리라 기대하지 않았던 에베레스트 엘프가 멀쩡하게 내 앞에 앉아 있었다. 게다가 이 아이는 마치 내 소설 속 주인공 역할을 수행하기라도 하듯 난데없이 실종된 아빠 이야기를 들먹이며 나를 아마다블람으로 끌어들이고 있다. 그런데 내가 가장 외로웠을 때 보냈던 달빛 사진 한장이 이 모든 것을 야기시켰다고? 그 사소한 해프닝이 우릴 다시 만나게 했다고?

— 혹시, 나는 이 15살짜리의 설익은 관능에 이끌리고 있는 것일까?

닭날개를 뜯으며 내가 콩마라에서 죽을 뻔했다는 이야기를 눈도 깜짝하지 않고 생글거리며 듣고 있는 이 아이를 보며 드는 생각이었다. 그가 고개를 수그리고 있는 닭고기 접시에 새 한 마리가 그려져 있었다. 콩마라 절벽길에서 내 머리 위로 날아다니던 새였다. 그때의 아찔함이 온몸을 훑고 지나갔다.

— 나 여기서 자면 안 돼요? 너무 편해 보여요.

한창 클 때라 닭고기에, 밥에, 감자 튀김에, 내가 남긴 것까지 모조리 그 풋풋한 내장에 쓸어담은 아이가 내 방으로 따라 들어와 침대에 펄썩 대자로 드러누우며 하는 말이었다. 그러더니 사정없이 코고는 시늉을 해 보였다. 그런데 정말로 그대로 깊이 골아떨어졌다. 하긴 그의 집에서부터 루크라까지 이틀간 쉬지 않고 걸어왔으니 피곤하기도 할 것이다. 그 아이의 선선한 태도가 쉽사리 우리들의 잠자리 문제를 해결해 주었다. 이 방은 창만 큰 게 아니라 침대가 셋이나 달린 삼인용짜리 방이었던 것이다.

창 밖으로 보이는 활주로 위로 오색 조명등이 반짝이고 있었다. 삼면의 유리창엔 천장 불빛이 비치는 방안 풍경과 바깥 불빛이 겹쳐들었다. 어렴풋한 음영 속에 내가 지나온 수많은 길들이 중첩되며 싸이키델릭한 영상들이 명멸하고 있었다. 그 속에 잠들어 있는 아이의 얼굴을 바라보며 나는 내 천길 무의식 속에 가라앉은 한 아이를 바라보고 있었다. 나의 소설과 에베레스트를 연결하는 내밀한 공간이 《울릉도》 아이와 에베레스트 엘프 사이에 거리를 한없이 좁히고 있었다.

두 개의 거울이 서로를 비추는 듯 창밖에 명멸하는 활주로의 불빛을 바라보며 내 의식은 상상과 실제 사이의 간극을 오가고 있었다. 안과 밖, 빛과 어둠, 위 아래가 서로 대응하며 서로를 삼키고 겹쳐들다 한 점으로 소실되어 갔다. 마치 《울릉도》가 아직 끝나지 않은 이야기처럼 발전하고 있는 것 같았다. 그 책이 제 스스로의 욕망과 의지를 갖고 내 삶을 통해 진화하고 있었다.

그 초월적 공간 위로 5년 전 떠났던 콩포스텔 여행길, 스페인 바닷가에서 처음으로 《울릉도》 절벽을 만났던 순간이 떠올랐다. 마들렌느 반도에서 그 섬의 파도 소리를 들었을 때의 놀라움이라니! 그리고 유라시아 횡단길, 갈릴레 순례길에서 나타났던 일들이, 《창조 소설》의 예언과 계시와 이적이라 여겨졌던 기억의 파편들이 한 폭의 추상화처럼 자유롭게 유영하며 활주로의 불빛 속에 녹아들고 있었다.

바이칼을 함께 모토로 달렸던 리투아니아 청년, 블라디보스토크의 물리학자 댄서, 테헤란의 미드나이트를 질주했던 학생, 세반 호수의 어부들, 나자렛의 청소년 교회에서 만났던 신부… 그들은 모두 내 여행길이 불러냈던 《창조 소설》의 화신들이 아니었을까? 내 창조 세계가 지닌 고유한 질서에 따라 제각기 상징성을 띠고 세상에 환원되었던 인물들이 아니었을까. 소설 속에 나타난 문학적 상징들이 여행길에 의해 활성화되어 나타났던 인연들이 아니었을까. 장소와 인간, 언어 사이의 내적 상호관계가 드러났던 '상상의 현실'이 아니었을까.

지금 눈앞에 펼쳐진 활주로 풍경은 나의 '상상의 현실'에 어떤 신비하고 불가해한 영감을 준다. 나의 이해를 넘어선 뭐라고 이름할 수 없는 우주적 계획이라고밖에 할 수 없을 초월적 의식을 열어 준다. 자연과 창조와 영성 사이에 열린 무한한 가능성을 보여 주던 고꼬리 호수에 비친 모래시계의 이미지, 브이 자 모양의 계곡이 땅과 하늘을 경계로 이분되는 지점에서 나의 지각과 상상력이 하나로 연결되었던 순간, 나의 의식은 시간과 공간의 한계를 열어젖히며 나의 미래 현실로 열리고 있었다. 우주의 창조적 에너지를 내 삶 한가운데서 느꼈던 그 순간, 내 존재의 가장 순수하고 온전한 기쁨이 솟아났다. 야생의 풍경 속에서 내 존재가 지극한 아름다움과 하나가 될 때 나는 내 영혼의 진실과 직면했었다.

"에베레스트 상상"!

고꼬리 산허리에 노란 매듭을 매던 그때처럼 지금, 나는 이 산의 생생한 기운을 느끼고 있다. 에베레스트산이 나를 통해 펼치려는 그 창조적 에너지를 말이다. 모험과 기적의 땅, 에베레스트의 은밀한 욕망이 내 발걸음을 아마다블람으로 이끌고 있다. 기억의 산봉우리와 상상의 계곡을 넘어, 무의식의 호수와 직감의 빙하길을 가로질러 '상상의 나'란 고지로 향하고 있다.

아직 쓰여지지 않은 《에베레스트 상상》이 실현되고 있는 나의 미래 현실로, 그 창조의 신비 속으로.

V. 아마다블람Ama Dablam

아마도 너와 나는 이 세상에 존재하지 않을지도 모른다

그래서 언제나 어디서나 존재하는지도 모른다

내가 너를 만날 때 시간이 멈추고 공간이 흔들린다

과거와 미래는 현재로 스며들고, 꿈과 실제의 경계가 허물어진다

'상상의 나'는 '불가능한 나'란 고지를 향한 등반이다

'나'라는 가능성으로부터의 자유다

쿰정 2

다음 날, 우리는 남체 바자로 향했다. 에베레스트 중심길은 여느 때와 다름없이 혼잡했다. 하지만 수많은 여행객들과 짐을 잔뜩 실은 짐승들이 짜증스럽기까지 했던 첫 산행 때와 달리 이번엔 한번 가 본 길이어선가 한결 쾌적했다. 퓨야 가는 길에서 내 리듬을 완전히 간파한 듯 엘프는 이번에도 쉬는 장소와 시간을 알아서 적절히 안배했다. 그런데 모처럼의 동행이라 대화를 좀 나누어 보려 했지만 그는 늘 이어폰을 끼고 있거나 쉴 때 뭘 좀 물어도 간단한 대답만 던지곤 이내 이파드로 눈을 박았다. 한번은 외국인 여자를 동반하고 지나가는 가는 포터가 있길래 말을 걸었다.

— 여기 외국인 여자와 결혼하는 네팔 남자가 많니?

— 친척 중에도 그런 사람이 있어요, 포터를 하다가 만났는데 여자가 사는 네덜란드로 가 살아요.

— 넌 외국에 나가 살고 싶지 않니?

— 아뇨, 난 외국 별로예요.

노래도 이국적인 랩을 좋아하고, 엄마가 운영하는 식당에서 여행객들을 자주 접한다기에 외국에 대한 동경이 많을 거라는 내 선입견을 간단히 깬다.

— 근데 학교에 안 가면 뭘 하고 보내냐?

— 엄마 혼자라 일거리가 많아요. 주로 집안일하고 채소밭을 가꿔요. 집짓는 공사를 거들기도 하고요.

꽤 정갈하게 가꾸어져 있던 그 마당의 채마밭, 내게 점심 먹을 생각을 불러일으켰던 그 채소밭은 그의 작품이었군!

— 대마초도 가꾸면서?

말난 김에 물어보았다. 엊저녁 식당에서 보여 주었던 그의 페이스 북엔 대마초를 피워 문 사진들이 있었다. 네팔에선 금지가 아니긴 하지만 그는 아직 미성년이다. 하긴 길에서 어린 애들이 피우는 걸 보기도 했었다.

— 난 안 피워요. 그냥 사진을 위한 거예요!

딱 잡아뗀다.

오후에 몬조 마을 조금 못 미쳐 한 숙소에 도착했다. 그의 엄마가 잘 아는 가족이라고 했다. 산모퉁이를 돌아드는 길가에 위치한 그 집은 마당 한 켠에 새로운 건물을 짓고 있었는데 이 층은 거의 마감질이 끝나 있었다. 어차피 난방 시설이 없는 에베레스트 숙소라 칸막이 벽에 매트리스만 있으면 그냥 방이다. 자기 집도 현재 공사 중이어선가 그는 이곳저곳을 부산히 돌아다니며 문짝이나 창문등을 체크하고 다녔다. 최근에 발생한 랑탕의 지진 때문인지, 운반의 어려움 때문인지 윗층은 대부분 얇은 나무판이나 알루미늄을 소재로 하고 있었다.

저녁 식사로 네팔 정식인 달밥을 주문했는데 머리가 희끗한 한 프랑스인이 음식을 날라다 주었다. 산바람을 많이 거친 듯한 신산한 표정의 그는 이 산에 거주한 지 이십 년째라고 했다. 식당에서 요리를 하고 있던 주인장 딸들과 친분이 많다며 지금은 프랑스 남부에서 출발한 그룹을 기다리고 있다고. 히말라야 계곡에 눌러 사는 외국인들이 꽤 많은 듯하다. 쿰정의 카페에서도 오래전부터 근처에 살고 있다는 외지인들이 드나들었었다. 긴 머리에 히피풍 차림을 한 호주인은 윗동네에 집을 짓고 일 년의 반을 그곳에 머문다고 했다. 한국이나 중동에 일하러 갔다가 정착하는 네팔인들과 반대되는 서양인들의 역이민인 셈이다. 등산을 좋아하는 사람들에게는 이상적인 자연 환경에다, 전 세계에서 관광객들이 몰려드는 통에 잘만하면 한철 가이드로 자국에서 한 일 년쯤 보낼 수도 있다고 설명한 그 리요네는 에베레스트 구석구석을 잘 알고 있다며 내게 명함을 건넸다. 그리곤 엘프에게도 엄마를 잘 안다며 어깨를 쓰다듬었는데 정작 그 아이는 좀 시큰둥한 표정이었다. 식사 후 우리는 새 건물의 이 층으로 가서 각자 방을 잡았다. 맨바닥에 매트리스와 이불만 깔았는데도, 불기는 없었지만, 옹이가 드러난 벽과 바닥에서 풍기는 풋풋한 나무냄새가 무척 안온했다.

쿰정으로 가는 날이었다. 남체 바자 골목길에서 그가 좋아한다는 게임 기구를 좀 구경하다 이른 오후 쿰정에 도착했다. 몇 주 전 이 마을에 처음 묵었을 때, 맛있는 요리와 함께 산사태로 유명을 달리했다는 원정대 이야기를 해 주었던 숙소장 집에 들렀지만 그 역시 출타 중이었고, 염소를 몰고 막 집을 나서고 있던 중학생 아들이 내가 빠뜨리고 갔었던 충전기를 챙겨 주었다. 이래저래 애매한 오후 시간이 되었다. 어차피 오늘 팡보체에 도달하기 어렵다면 샤워 시설이 잘된 그 집에서 머물까 했지만 어쩌다 이 마을에 다시 오고 보니 한 군데 가 보고 싶었던 곳이 있었다. 처음 이 마을에 왔을 때 보았던 탐세쿠 정원의 오솔길 끝에 있던 통나무집 말이다. 내가 생생한 교감을 나누었던 그 야생 정원에서 하룻밤을 보낸 후 내일 출발하고 싶었다.

그때와 같이 청명한 햇살이 내리쬐는 관목 숲을 가로질러 그 집으로 가니 대문엔 여전히 쇠사슬이 걸려 있었다. 행여나 팻말에 붙은 번호로 전화를 해 보니 마침 주인이 쿰정 마을에 살고 있었다. 요즈음 손님이 없어 문을 닫고 있지만, 자신의 식당에서 저녁 식사를 하는 조건으로 원하면 하룻밤 정도는 머물 수 있다고 했다. 저녁에 불을 피울 수 있는 조그만 화로가 있긴 하다고. 어차피 어느 숙소건 낮에 불기가 없기는 마찬가지라 크게 달라질 것도 없었다.

열쇠를 가지러 가는 길, 처음 이 정원을 쏘다니며 은밀한 꿈을 꾸었던 그날처럼 온누리에 가을 햇살이 퍼지고 있었다. 한층 짙게 물든 단풍 사이로 저 멀리 산등성이에 서 있는 스투파 탑을 구경하러 온 관광객들이 눈에 뜨였다. 결국 나는 이 탐세쿠에 다시 오게 되었다!

— 아, 하얀 탑이 정말 멋있어요!

내가 한눈을 팔고 있는 그가 내 등을 툭 치고 달아났다. 지팡이를 흔들며 고갯마루를 향해 올라가는 아이를 뒤쫓아 산등성이에 이르자 거대한 스투파가 나타났다. 하얀 탑신 주변으로 색색의 타르초 천들로 묶인 끈들이 바람에 휘날리고 있었다. 푸른 눈자위를 한 노란 눈이 나를 응시하고 있었다. 세상의 소리를 바라본다는 '관음'의 시선인가, 오늘따라 그 또렷한 눈매가 얼핏 나를 관찰하고 있는 또 하나의 내 눈 같기도 했다.

어디서나 언제나 나를 바라보고 있는 '상상의 나'!

아이가 스투파 앞에서 연신 포즈를 취하며 셀카를 찍고 있었다. 그러다 탑 뒤에서 불쑥 나타난 그가 제 얼굴을 내 옆에 들이대더니 뭐라 할 새도 없이 셀카를 찍 눌렀다. 그리곤 날쎄게 몸을 돌리더니 언덕 아래로 냅다 내뺐다. 정작 등반엔 별 관심이 없다면서도 달음박질은 잘도 했다. 그를 뒤쫓아 산길을 내려가는데 갑자기 내가 걷고 있는 땅이 폭신한 구름이나 된 양 땅밑으로 꺼지는 듯했다. 옆구리에 날개라도 돋아나듯 몸이 가벼워졌다. 마치 내가 이 풍경의 바깥에서 달리고 있는 듯한 기분이었다. 나는 한 섬의 산길을 달리고 있었다.

— 샌님예!

한 목소리가 들려왔다. 청명한 햇살 아래 한 소년이 달려가고 있
었다.《울릉도》의 아이가 지팡이를 흔들며 성인봉 절벽길을 내달리
고 있었다. 책 밖으로 뛰쳐나온 아이가 이 정원에서 소리치며 뛰놀
고 있었다.

통나무집의 주인장이 운영하는 식당은 손님이 많았다. 여행객과
체류객인 듯싶은 외국인들이 웅숭거리는 좁은 공간에서 달밥으로
저녁 식사를 때운 후 우리는 물 한 병을 들고 일찌감치 숙소로 돌아
왔다. 불빛이 없는 산길에서 길을 잃을 수도 있는 데다 난로에 불도
피워야 했다. 대문을 열고 마당 가운데 있는 통나무집으로 들어가
니 나무 판자를 댄 칸막이를 따라 간이 침대가 몇 개 놓여 있고 중앙
에 작은 쇠난로가 있었다. 주인장의 말에 따르면 방갈로 중 유일하
게 화로가 놓인 곳이라 했다. 마당 구석에 쌓인 땔감을 가져다 불을
피웠다. 그가 노련한 솜씨로 나무 껍질에 붙은 마른 이끼만으로 불
길을 피워올렸다. 불꽃이 타오르자 좁은 실내는 금방 훈훈해졌다.
장작 타는 매캐한 연기가 퍼져 창문을 좀 열었다. 처음 이 집을 발견
했을 때 보았던 계곡이 붉은 색으로 물들어 있었다. 그동안 머물었
던 숙소의 창 밖으로 먼 경치를 바라본 적은 많았지만, 마치 산중에
텐트라도 친 듯 이렇게 손닿을 듯 가까이 펼쳐진 풍경을 마주한 적
은 별로 없었다.

산속의 밤은 일찍 찾아든다. 이제 갓 해가 졌을 뿐인데 바깥은 벌
써 어둠이 깔리고 있었다. 아래쪽 산골짜기에서 안개가 피어오르자
불그스름한 단풍 숲은 보랏빛을 띠어 갔는데, 다른 세상으로 통하
는 틈입 같은 신비스럽고 환상적인 색조였다. 안나푸르나의 까그베
니 마을, 낮과 밤의 어둠이 교차하던 무렵, 무스탕으로 통하는 계곡

을 은은하게 물들이던 영롱한 푸른빛이 떠올랐다.

잠시 후 마당가의 키 큰 나무를 감싸고 있던 어스름한 빛이 뿌리 쪽으로 내려앉는가 하더니 이내 나뭇가지를 타고 허공으로 뻗어나 갔다. 검보랏빛 꽃봉오리가 어둠에 뭉텅 뭉텅 잘리며 감청색 늪으로 풀리고 있었다. 시시각각 미묘한 청회색빛으로 변하고 있는 저녁 하늘이 계곡에서 올라오는 밤안개에 섞여들고 있는 풍경이 마치 꿈에서 보는 것처럼 환각적이었다.

창문을 닫고 돌아서자 곧 쇠난로에 불을 피우느라 엎드려 있는 아이의 땀냄새가 연기냄새와 섞여 들었다. 그의 구부린 몸이 벽그림자 위에서 활동사진처럼 천천히 움직였다. 나도 불피우기라면 시골집에서 이력이 난 바지만 그는 나와 비할 바도 아니다. 나무들을 비스듬히 캐켜 올리며 불길을 지피는 솜씨가 물속에서도 불씨를 되살릴 듯하다. 오늘 저녁, 나는 장작불티가 날리는 오묘한 빛 속에서, 산골짝을 흔드는 바람 소리를 들으며, 나무 타는 냄새를 맡는, 혼자서는 엄두도 못낼 호사를 누리고 있다. 주로 마을 숙소에서 밤을 보냈던 나로선 이렇게 깊은 산중 오두막에서 밤을 맞기도 처음이지만 그리 낯설지 않다. 요령껏 이 밤을 늘려 보리라, 그럴듯한 상상을 하며 장작을 가지러 밖으로 나갔다.

우우, 바람이 산봉우리를 흔드는 소린가, 계곡물이 산뿌리를 적시는 소린가, 마음을 흔드는 숲바람을 타고 정체모를 소리가 묻어왔다. 관목 덤불을 헤치다 문득 저쪽 산등성이에서 짝을 찾는 울음 소리를 들은 멧돼지인가, 에미를 찾아 헤매는 새끼 노루인가, 산길을 곤두박질치며 내달리고 있는 산짐승들의 발자국 소리에 산골짜기도 덩달아 들썩인다. 먼 계곡 위로 희미한 반달이 떠오르자 어둠 속의 사물들이 살아 있는 것처럼 몸을 일으킨다. 하지만 달빛을 보고 있기엔 너무 춥다. 나뭇가지 사이를 뚫고 달빛 한 줄기가 비치고 있는 장작더미에서 나무토막 몇 개를 주워 들고 얼른 실내로 들어왔다. 난로 쪽으로 침대를 밀어 놓고 침낭을 깐 후 방구석에 있던 담요와 이불을 끌어다 놓았다. 냄새고 더러움이고 뭐고 간에 무조건 두껍게 깔고 덮었다.

내가 가져온 장작으로 불길을 돋운 아이가 제 침대에 몸을 기댄 채 여느 때처럼 아이폰에 코를 박고 있었다. 그 문명의 이기는 그의 손끝에 딸린 부속품처럼 그의 몸짓을 따라 움직인다. 방안은 간간이 장작불 튀는 소리만 들릴 뿐 우리들의 숨소리까지 들릴 정도로 조용하다. 지금 저 아이는 무슨 생각을 하고 있을까? 이 침묵과 고요는 내게 익숙한 것이지만 오늘밤은 좀 다르다. 이 계곡에 우리 둘뿐이라는 사실이 좀 색다르기도 한 데다 밤이 깊어 갈수록 거세어지는 바람 소리 때문이다. 어린 시절, 거제도 바닷가의 태풍이나 지리산 고향 마을을 휩쓸던 홍수가 뇌리에 사무친 탓일까, 거센 바람이나 폭풍우는 내게 두려움보다 경이에 가까운 감정을 불러일으킨다.

오두막 창문을 흔들 정도로 점점 커지는 바람 소리를 들으며 난로에서 활활 타오르고 있는 불길을 보고 있노라니 노르망디 시골집이 떠올랐다. 가을로 접어드는 때부터 봄날의 오월까지, 한여름에도 흐린 날이면 불기가 그리 싫지 않은 그곳에서 벽난로에 참나무 장작불을 활짝 피워 놓고 책을 읽노라면 근처 베케로엥 수도원이 떠오르곤 했었다. 물론 내가 느끼는 적요함이란 수사들의 그것과는 많이 다르겠지만, 나름 세상과 거리를 충분히 두게 하는 고적함이었다. 한겨울 바람이 거세게 부는 날은 이러다 지붕이 날아가는 거 아닌가 덧문을 열어제칠 때도 있었다. 그때마다 나무 꼭대기에서부터 온몸이 부러질 듯 흔들리며 윙윙거리는 정원의 나무들을 볼 때면, 마치 거대한 사람이 팔다리를 요동치는 듯했다. 원시적 공포감이 밀려오는 광경이었다.

언젠가 한번은 지척에 폭탄이라도 때린 듯 천둥벼락이 치더니 마당 한가운데 있던 삼백 년 된 삼나무가 부러진 적이 있었다. 나무 꼭대기에 벼락을 맞고 타들어간 자리엔 붉으스름한 핏자국 같은 흔적이 어려 있었는데 검은 잿가루가 흩어진 살틈 사이로 비릿한 진냄새가 코를 찔렀다. 아직 살아 있는 온기를 느끼게 하던 그 살떨리던 혹독함이라니!

노르망디 들판에 비바람이 휘몰아치는 그런 날이면 폭풍우에 밀려 나 혼자 표류한 외딴 섬이나 히말라야 계곡 어딘가에 불고 있을 바람을 상상하곤 했었다. 세상의 가장 높고 적막한 산골짜기를 뒤흔드는 천둥 소리… 그런데 오늘밤, 나는 이 에베레스트산 골짜기에서, 노르망디의 거친 바람 소리를 듣고 있다. 그래서 이 숲속 오두막이, 바람에 흔들리는 창문이, 장작 타는 소리가 그리 낯설지 않은가. 시골집에서 그런 상상을 했기에 이곳으로 오게 된 건지, 이 오두막에 올 예정이었기에 그런 상상을 했던 건지 하여간 장작불 곁에서 흩날리는 불티를 보고 있는 나 자신이 예전에 이곳에서 한번 살아 본 듯한 데자뷔 느낌이 든다.

잠자기는 이른 시간이라 불가 쪽으로 몸을 기울이며 노트를 꺼내 들었다. 어차피 추워서 바로 잠들기 어려운 데다 이 오두막의 정취가 나름 그럴듯했기 때문이다. 노트의 페이지엔 시간이 날 때마다 메꾼 글들로 빼꼭하다. 탐세쿠에서 보내던 날, 그 정원을 쏘다니며 홀린 듯 빠져들었던, 마치 사랑하는 사람의 몸을 탐하는 듯했던 관능이 데생과 함께 그려져 있었다. 그리고 콩마라 길을 넘은 후 로부체에서, 고꼬리에서 쓴 감상들이, 노트 끄트머리엔 타메에서 낙서처럼 휘갈겨 쓴 시상이 눈길을 끌었다. 지나간 길들에 진한 향수를 느끼며 그 위에 내 손은 이렇게 쓴다.

"울릉도, 동해 바다 한 작은 섬이, 태고적 뼈다귀처럼 풍화
되어 가는 소설적 단편이, 내 의식의 지평을 확장시키는 새
로운 현실이 되어 떠오르고 있다. 내 존재의 심연에 고여 있
는 검은 우물, 결코 붙잡을 수 없는 불가능한 꿈이 지금, 이
산허리에서 몸을 일으키고 있다."

— 무슨 음악을 그렇게 열심히 듣니?
모처럼 둘이 있는 이 고즈넉한 분위기에 글이나 끄적거리고 있는
내가 싫어 침묵을 깨뜨리며 그 아이에게 말을 건넸다. 사그라드는
불길에 장작을 보태고 있던 그가 대답 대신 귀에 꽂고 있던 헤드폰
을 건네 주었다.

… everything that kills me makes me feel alive… I feel something
so right doing the wrong thing, I feel something so wrong doing
the right thing… everything that drawns me makes me wanna fly…
케이팝을 좋아한다더니 비슷한 리듬의 팝음악이다.

'나를 죽이는 모든 것들이 살아 있음을 느끼게 한다. 나쁜 걸 하면
서 옳다고 느끼고, 옳은 걸 하면서 나쁜 기분을 느낀다'는 날선 저항
의식은 '나를 쳐박는 모든 것들이 날아오르고 싶게 한다'는 도발적
가사로 이어진다. 수억을 넘어 수조를 넘나드는 이 히트곡은, 한 목
사가 침을 튀기며 열나게 교리를 설파하고 있는 건물의 위층과, 젊
은이들이 뛰고 구르며 춤을 추고 있는 아래층을 대조적으로 보여주
고 있다. 선이란 이름으로 행해지는 위압적 권위를 부정하며, 언더
그라운드에서 지상의 씨스템을 깨부수는 듯한 태도가 신선하다. 그
런데 이런 전복적 의식은 야릇하게도 산중에서 수행하는 영적 선사
들의 것과 비슷하다. 도시 문명의 한복판에서 미친 듯 음악에 맞춰
춤추는 청소년들의 언어가 은자들의 초월적 지혜를 닮아 있다.

이 화들짝한 랩과 오페라가 잘 어울릴 것 같다는 생각을 하고 있

는데 어수선한 몇 곡을 건너뛴 그의 손가락이 Jacob Collier의 정원으로 날 데려다 놓는다. 그의 다양한 티셔츠 종류만큼이나 여러 악기를 다루고 있는 이 영국 뮤지션은 마치 음악으로 액션 페인팅을 하듯 리듬감이 무척 발랄하다. 그런데 이내 싫증난 듯 AI기계가 작곡한 듯한 엘렉트로 뮤직의 볼륨을 높였다. 소리의 파동을 시각적으로 나타내고 있는 Cymatic의 반복적인 리듬에 따라 고개를 로봇처럼 까딱거리더니 그것도 별론가 얼른 내 손에 들린 아이패드를 뺏어갔다.

— 혹시 프랑스 랩가수 누구 알아요?

생각나는 대로 우선 Orelsan을 찾아냈다. 흑인의 감성을 대변하는 백인 랩가수 에미넴처럼 직설적 화법으로 프랑스 젊은이들에게 어필하는 가수다. 유머에서 파생되는 웃음을 사회 비판 의식과 얼버무리는 그의 재치가 프랑스적 에스프리를 느끼게 한다. 다음은 음유시인처럼 가사를 읊조리는 Grand corps malade였다. 오두막 분위기 때문인가 그 노래의 입체적 조형성이 생생하게 느껴진다. 가사의 시적 운율에 다이나믹한 리듬감을 교접한 랩이란 장르는 사변적 문학에 대한 일종의 음악적 반란같이 들린다.

내 등반길도 나름의 멜로디와 구조와 리듬을 담고 있는 한 편의 노래가 아닐까. 세 고갯길의 우연한 만남들, 예기치 않은 사건들, 위험한 상황들은 그 공간이 발하는 다이나믹한 리듬이었으며, 시시각각 변모하는 풍경이 들려준 우주적 화음이 아니었을까. 탐세쿠의 관능과 콩마라에서의 추락, 고꾜리에서의 춤과 렌조라에서의 길 잃기, 타메에서의 명상은 그 곡의 템포와 카당스가 아니었을까.

— 그런데 책을 썼다고 했는데 무엇에 관한 거죠?

이런저런 프랑스 노래들을 오가다 별 재미가 없는지 엘프가 물어왔다. 아이패드에서 여전히 눈을 떼지 않은 채다. 전에 뛰야 가는 길에 비슷한 질문을 했던 것 같은데 다 잊어버린 눈치다.

— 응. 한 섬에 대한 이야기야. 한국의 동해 바다에 있는 작은 섬 이야기.

— 한국어로 읽을 수 있어요?

노래 가사 정도는 한국말을 이해한다며 요새 유행하는 케이팝 한 소절을 흥얼거린다.

— '오늘 빠암 나알 떠나도 조오아, 한버언만 더 싸랑할 수 있다면 은…' 그런데 왜 그런 책을 썼어요?

부르던 노래 가사의 후렴인가 연달아 묻는다.

— 왜? 그건 나도 몰라.

나 스스로도 모르는 그 대답! 그 소설은 그 섬에서 경험했던 기억을 쓴 것도 아니고, 내가 꿈꾸는 사랑 이야기를 쓴 것도 아니다. 그런데 왜 나는 내 삶의 가장 빛나는 시간을 그 책을 쓰는 데 보내야 했을까?

사실 《울릉도》를 쓸 때만 해도 《창조 소설》로의 발전은 생각지도 못한 일이었다. 그런데 한국어로 썼던 그 원고를 프랑스 말로 옮기며 전혀 다른 글이 되었다. 마치 언어가 변하자 내용도 따라 변하듯, 한 미성년에 대한 금지된 사랑 이야기를 담은 짧은 단편은 창조에 대한 긴 장편이 되었다. 한 이삼 년이면 충분하리라 했던 《울릉도》 쓰기는 '청소년에 대한 5가지 현실'을 담은 5권의 소설로 확장되었다.

기이했던 것은 일단 불어로 쓰기 시작하자, 마치 《울릉도》는 《창조 소설》의 서두에 불과했다는 듯 땅속에 고구마 줄기가 드러나듯 책의 감춰진 실체가 서서히 드러났다는 것이다. 주제는 물론 구조와 방향까지 완전히 달라졌다. 각 권마다 하나의 사랑 이야기가 조각, 음악, 춤, 건축이란 예술 장르와 결합되며 자꾸만 뿌리가 뻗어

나갔다. 그 당위성 앞에서는 작가인 나조차 끼어들 수 없는 어떤 배타적 필연성이 있었는데, 나는 단지 그 창조의 실행자일 뿐이라는 자괴감이 들 정도였다.

한 가지 확실한 것은 만약 내가 불어가 아닌 다른 언어로 썼다면 절대로 쓰지 못할 작품이 되었다는 사실이다. 추상적 애매함을 허락하지 않는 언어적 특성 때문이었나, 불어가 가진 철학적, 예술적 뉘앙스가 글의 흐름에 영향을 끼쳤나, 하여튼 그 언어의 내재적 특성이 내 자신의 목소리를 발견케 해 주었다. 역설적이게도 낯설고 부자연스러운 그 언어로 글을 쓸 때 내 의식은 한층 깊고 미묘해졌으며 독창적이 되었다. 마치 몸에 익숙하지 않은 환경 속에서 더욱 생생하게 몸의 감각을 느끼게 되듯 내 것이 아니었던 그 언어가 내 창조성을 부추겼다 할까. 결국 《울릉도》라는 한 불가능한 '사랑' 이야기는 《창조 소설》이라는 불가능한 '창조' 이야기로 변모되었다.

불어가 가진 어떤 사유 체계가 내 글에 서사적 확장을 가능케 했을까?

마치 조각가가 나무나 돌, 혹은 쇠를 조각할 때 재료에 따라 작품의 형태와 구조가 달라지듯, 음악에서 어떤 악기를 이용하느냐에 따라 작곡의 방향이 달라지듯, 건축에서 어떤 재료를 선택하느냐에 따라 건축물의 크기와 용도가 달라지듯 언어는 단지 생각을 전개해 나가는 도구일 뿐만 아니라, 내 사고와 창작 영역을 변환시키는 주된 시스템으로 작용했다. 그러니까 내 의식이 언어를 통해 표현되었다기보다 언어적 기능이 내 의식의 지평을 열어갔다는 편이 더 정확할 것이다.

작가로서 더욱 흥미로웠던 것은 한국어로 쓸 때 내가 미처 알지 못했던 진실, 즉 추상적 문맥에 감춰진 문장의 상징성을 불어가 낱낱이 드러내어 줄 때였는데, 아마도 모국어라는 친화감 속에서 대충 얼버무리려 한 어정쩡한 부분조차 엄격한 논리적 적확성으로 그 의미의 끝까지 파헤치도록 밀어부친 감도 있었다. 그런 점에서《창조 소설》은 불어란 민감하고 복잡한 도구를 이용해 조련된 작품이었다고 할 수 있다. 서술적 표현의 상징적 함축성과 시적 초월성을 지닌 한국어의 특성이 불어의 합리성을 만나 다이나믹하게 재구성되었다 할까.

이것 빼곤, 왜 내가《창조 소설》을 쓰게 되었는지는 아직도 잘 모르겠다. 한 가지 재미있는 사실은 그 글을 쓸 때보다 차라리 그 책을 완성한 후 떠난 여행길에서 내 책에 대해서 더 잘 알게 되었다는 것이다.

내 소설은 여전히 길 위에서 진행 중이라 해야 하나?

카일라쉬 동굴에서 니르바나의 불상을 보았을 때《창조 소설》의 '현시'를 느꼈던 것은 그래서였나. 조각을 할 때 나무둥치 안에 들어 있던 형상이 마침내 표면에 드러나듯 내 소설은 여행길을 통해 그 진면목을 드러내고 있었다. 책 속의 사람들과 상황과 사건들이 우연처럼 실제현실에서 나타나는 일이 계속되자 나는 점점 나의 창조 세계와 세상 사이의 연결성을 깨닫게 되었다. 내면 세계의 표출이라 할 글쓰기가 외부 현실을 아우르는 어떤 영적 차원을 함장하고 있었다. 내 소설은 마치 하나의 생명체처럼 제 스스로의 뜻을 표명하고 있었다.

— 그럼 그 책의 주제가 뭐예요?

내 침묵이 답답한 듯 이어폰을 귀에서 빼며 그가 물었다. 사그라드는 불길에 장작을 보태며 평소의 그답지 않게 말꼬리를 달고 있다. 하지만 이 고즈넉한 밤에 복잡다난한 책 이야기를 늘어놓고 싶지 않다. 대신 오랫동안 상상을 주무른 소설가답게 그럴듯한 스토리가 떠올랐다.

— 아마 그 섬에서 사라진 주인공을 되살려 보려는 걸꺼야.

나도 모르게 튀어나온 말에 좀 머쓱해 있는데 의외로 그의 진지한 반응이 돌아왔다.

— 주인공이 죽었어요? 근데 여기 네팔에선 환생이 흔해요. 라마들도 보통 다 그런 사람들이에요. 아마 우리 아빠도 벌써 환생하셨을 거예요!

— 넌 정말로 환생을 믿니? 요새 같은 테크놀로지 시대에?

— 당연하죠! 그래서 우린 동네마다 초르텐에다 죽은 자들을 묻어요, 생전처럼 다 함께 살도록. 아까 우리가 본 탑들은 죽은 사람들의 집이에요. 우린 윤회를 믿어요!

— 부활을?

— 그래요, 이 땅에 다시 태어나는 거요!

자기 아빠의 환생에 대한 그의 믿음이 내 지지부진한 사념을 단번에 박살낸다. 이 아이의 표현대로, 정말로, 나는 그 섬아이의 '환생'을 바라고 있는 것일까.

그의 따뜻한 공감이 오늘밤, 내게 또 다른 영감을 준다. 《울릉도》 아이가 《창조 소설》에서 다섯 청소년으로 구현되고 있는 것은 말하자면 일종의 윤회적 회귀라 할 수 있을까. 그런 생각을 하니 문득 내일에 대한 기대가 커진다. 내 여행길이 그랬던 것처럼 언제나 첫걸음만 선택이었다. 그다음은 우주의 창조적 에너지가 끼어들어 우연과 필연으로 직조된 또 다른 천을 짜고 있었으니까.

밤이 깊어가고 있었다. 하지만 잠은 안오고 여행 노트의 마지막 페이지가 찰 때까지 끄적거리고 있다. 엘프와 함께 하는 이 오두막의 분위기 탓인가, 몇 줄의 단상으로 의식의 밑바닥에 고여 있던 나의 '영적 진실'에 접근한다.

"그렇다. 한 미성년과의 불가능한 사랑이라는 애초의 감상적 서사는 창조적 엑스타즈라는 변모를 거치며 '니르바나에 이르는 5단계'라는 대단원에 가닿고 있었다.

나는 '청소년과 창조'를 주제로 한 그 책을 통하여 '청소년'이라는 세계로부터 '창조'에 이르는 다리를 놓고 싶었다. 잃어버린 사랑의 부활을 통해 과거, 현재, 미래가 공존하는 시간성을, 조각을 통해 우주적 에너지와 교감하는 공간성을, 글쓰기를 통해 상상과 현실이 하나되는 '진정한 현실'을 설립하고 싶었다. '영원한 청소년'을 통해 '진정한 존재'를 실현하고 싶었다."

《울릉도》섬에서 사라진 한 청소년의 부활, 아마도 그래서《창조소설》이 쓰여져야 했으리라!

어느덧 장작불의 열기에도 불구하고 방에 한기가 들었다. 장작을 가지러 바깥으로 나갈 용기는 없어 이불을 목까지 끌어다 덮었다. 잠을 청하려 눈은 감았지만 너무 추워선가 잠은 안 오고, 생각의 미로를 헤메고 있자니 좀 지루하기도 한데, 차라리 이 아이랑 뭔 산뜻한 재미 볼 일은 없을까?

— 대마초 피워 본 적 있어요?

맘이 통했나 그가 작은 봉지를 하나 배낭에서 꺼내들었다.

— 안 피운다고 딱 잡아떼더니, 사진에 찍힌 건 광고라더니!

— 혹시 몰라서 하하.

피식 웃더니 익숙한 손놀림으로 한 개피를 말아 건넸다. 한 모금 피워 보니 그 맛이 생각보다 그리 역하지 않다. 지금, 대마초를 입에 물고보니 며칠 전 타메에서 이걸 찾던 프랑스 남자가 생각났다. 그의 멍한 시선과 창백했던 얼굴, 그런데 나는 지금 그보다 한 술 더 뜨고 있다. 한 미성년 아이와 대마초를 나눠 피며 호호깔깔거리고 있으니 말이다. 몇 모금 연기를 들이마시자 이내 머릿속이 텅 비며 허공에 붕 뜬 것 같아진다. 잡다한 생각들이 사라지고 가슴이 마냥 부풀어 오른다. 마약은 시간과 공간을 잊고 현실을 떠나게 하는 망각 여행이다. 그런데 일종의 몰아 지경에 빠져드는 도취제이긴 글쓰기도 마찬가지다. 글을 쓰는 나는 어찌 보면 상상여행을 즐기는 중독자인지도 모른다. 기꺼이 이 현실을 떠나고, 익숙할 만하면 또다시 습관처럼 떠나야 하니까. 하나의 현실에서 또 다른 현실로의 끊임없는 이주, 마치 한 장소에 고정되지 않으려는, 미지의 세계에서만 안정감을 느끼는 떠돌이 같다. 이 여행에는 끝이 없다. 그런데 왜 나는 자꾸만 떠나고 싶은 걸까? 마치 존재하지 않는 나 자신에 도달하려는 것 같은 이 불가능한 모험의 끝, 그 궁극의 섬은 과연 어디일까?

그가 입을 오므리며 하얀 동그라미를 내뱉고 있었다. 반원을 그리며 흩어지는 연기가 허공에 떠도는 윤회의 고리 같다. 나와 세상의 분별이 꿈처럼 흐릿해진다. 세상 첫날인 듯 달뜬다. 풀잎 몇 모금에 정신을 앗긴 채 헤픈 웃음을 흘리고 있는 내 꼴이 재미있다.

소설 속의 주인공이 되는 건 시간 문제다.

— 이걸 자주 피우니?

— 가끔요, 친구들과 만나면… 하지만 술은 안 마셔요.

누가 뭐랬나, 되게 정색한 표정이다. 대마초 약발인가 평소 말을 아끼던 아이가 말이 많아진다.

— 참 이상한 일이에요. 이곳이 마치 예전에 와 본 듯요. 이 산도 그렇고 이 집도… 하긴 처음 만났을 때도 그랬어요. 배낭을 매고 뭐

야까지 가 줄 생각을 했던 것도 그래서였고요.

나 역시 이 오두막이, 장작불 타는 난롯가에서 대마초를 피워물고 있는 이 상황이 전혀 낯설지 않다.

— 나도 그래. 여기 다시 올 줄 몰랐어. 근데 날 처음 봤을 때 왜 나무 위로 올라갔어?

— 그냥요. 좀… 근데 그 나무엔 자주 올라가요, 누굴 기다리거나 심심할 때.

계곡에 부는 바람 소리가 또다시 창문을 요란하게 흔들었다. 한낮엔 그토록 청명했던 날씨가 밤이 깊어지자 눈보라라도 몰아칠 듯 사나워진다. 그 섬의 동굴을 때리던 파도 소리, 그 섬을 떠나기 전날, 그 아이도 마당가 나무 위에서 달빛을 화관처럼 두르고 나를 기다리고 있었더랬지.

— 어쨌든 때마침 연락을 잘했어. 덕분에 아마다블람 구경도 하게 생겼으니.

— 뭐 피차 잘됐죠. 그렇잖아도 그곳에 가려고 벼르던 중이었으니까.

대마초 연기 때문에 캑캑거리며 기침을 하노라니 처음 대마초를 피우던 때가 기억났다. 소르본 시절 영화를 전공한다는 애와 몽수리 공원에서였다. 뽕피두 미술관에서 날 보고 집까지 따라왔었던 영화배우 뺨치게 생겼던 아이였다. 그때만 해도 불어 초짜라 그 잘난 어린 녀석을 따라다니느라 어지간히 애가 탔다. 하지만 말은 거의 안 통했어도 꽤 알찬 시간을 함께 보낼 수 있었는데, 그건 음악 때문이었다.

프로방스에 사는 부모를 떠나 혼자 사는 파리의 다락방은 몽수리 공원 근처에 있던 그의 할아버지 아파트에 딸린 지붕밑 방이었다. 클래식 음악의 열렬한 팬이었던 그 팔순 노인의 복층 거실엔 젊은 시절부터 수집했다는 비닐 음반이 천장까지 꽉 채워져 있었는데 그때만 해도 듣도 보도 못 했던 별별 희귀 음반들이 많았다. 영화다 뭐다 어지간히 속을 썩이던 손자 녀석의 방문을 처음엔 별로 탐탁지 않게 여기던 그 홀아비 영감님은 멋모르는 아마츄어 음악 애호가에게서 이상적인 청중을 만난 듯 내 앞에서 그 명반들의 진검승부를 휘둘렀다. 그 열혈 소장가가 소개하는 곡에 빠져들어 시간 가는 줄 몰랐던 건 나도 마찬가지였다. 나중엔 영화 공부하랴 얼굴도 제대로 안 나오는 단역 출연하랴 바쁜 꼬맹이는 놔두고 나 혼자 그 영감님 댁을 방문하기도 했었는데, 한 곡이 연주자에 따라 얼마나 변할 수 있는지, 지휘자에 따라 전혀 다른 곡처럼 들리기도 한다는 걸 알게 된 것도 그때였다.

나중에 내가 피아노 곡에 대한 관심을 오르간으로 연결시키며 '대나무 오르간'이란 조각을 하게 된 데도 그때의 영향이 컸었다. 영화보다 다큐멘터리를 찍는 데 관심이 컸던 그 아이와 헤어진 이유가 딱히 기억나진 않지만, 아마도 그가 상용하던 대마초 때문일 듯하다. 술은 입에도 안 대는 애가 그 꽁초를 늘 물고 다닐 정도였으니까. 어쨌든 그 이별 소식에 나보다도 더 섭섭해하던 그 영감님은 하마 이 땅을 하직하셨을 것이다. 그런데 그 많은 앨범들은 다 어디로 갔을까?

그런데 여기서 독자들에게 분명히 해두어야 할 것이 있다. 지금 이 아이와 보냈던 밤을 말하기 위해 뜸을 들이고 있는 건 아니다. 솔직히 15살이란 풋풋한 매력이 내 마음을 흔들었던 걸 부인하진 않겠다. 그런데 이상하게도 막상 이렇게 멍석을 깔아 놓으니 전혀 땡기지가 않는다. 반복을 무지 싫어하는 탓인가, 미성년이라면 실컷 소설 속에서 다루어서인가, 하여간 그렇다. 그러니 설사 오늘밤 별일 없더라도 그리 실망하지 말기 바란다. 사실 그 이야기가 이 동행길

396

의 주제였다면 힘들게 여기까지 올 필요도 없었다. 따뜻하고 안락했던 루크라의 호텔방이 그런 얘기를 맛깔나게 풀어내긴 훨씬 나았을 테니까. 그런데 내 글은 왜 자꾸만 헷갈리고 있는 거지? 대마초 연기 때문인가? 행여 저 창문으로 우릴 엿보는 눈치 빠른 혼령이라도 있나.

　—그런데 진짜 사랑해 본 적 있어요?

　그 방면으로 그리 문외한이 아닌 듯 작은 악마가 힐끗 나를 곁눈질하며 물었다. 몽롱한 눈빛이다. 이제까지 제 몸의 한 기관처럼 끼고 있던 아이폰을 드디어 침대 밑으로 내려놓더니 몸을 곧추 세운다. 엘프가 진지하게 내뱉은 사랑이란 말에 나는 소녀처럼 깔깔거리며 웃는다.

　—웅, 그 섬 아이!

　—아니 소설 말고 진짜요!

　—글쎄, 그게 사실이거덩!

　그런 대답을 하면서 좀 섬뜩해진다. 마치 오랫동안 감춰 왔던 비밀을 들춰낸 듯하다. 그《창조 소설》의 '무의식의 현실'이 나의 진실이었다? 나의 소설적 상상이 바로 실제 현실이었다고? 그러니까《울릉도》는 픽션이 아니라 넌픽션이었다고 말하는 거야 너 지금?

　폭풍우로 사라졌던 섬 아이가 이 세상에 살과 피를 가진 인물로 부활하는 일은 소설에서나 가능했었다. 그런데 오늘 밤, 내 의식은 창조와 현실의 경계선을 넘어가고 있다. 마법처럼 나의 무의식과 기억과 상상은 뒤섞이고 있다.《울릉도》는 나의 창작이 아니라, '실제 현실'에 끊임없이 계속되는 미리하기였다고?

　《울릉도》는 이 에베레스트 산등성이에서 계속되고 있다. 여기가 바로 진정한 '창조'가 실행되는 공간이다.

— 그 이야기를 좀 해 줘요.

마치 제 역할을 잘 알고 있다는 듯 나를 채근하는 목소리. 이 밤에 딱 어울리는 까나비스를 물고 있는 그의 존재감이 어둠 속에 희석된다. 사그라드는 불길 위에 부지깽이로 나무토막을 뒤적이고 있는 이 아이와 울릉도 바닷가의 한 아이가 동시에 내 이야기를 기다리고 있다. 장작 타는 소리만 들리는 고요 속에 그의 간절함이 느껴진다. 검은 오르가즘이라 해야 하나, 기쁨 없는 짜릿함이 온몸을 타오른다.

《 동해 바다,
　사월의 햇살 아래 한 아이가 달려간다
　팽, 물새 떼를 향해 자갈돌을 던진다
　하얀 구름장으로 날아오르는 새들,
　성인봉 고갯길을 치달아 동백숲으로 향한다
　지천으로 팔랑거리던 노랑나비를 쫓아 나리 분지를 오른다
　저동 부둣가, 촛대 바위에 타오르는 노을,
　통구미 수평선으로 번진다, 태하 바다가 들끓는다…》

간간이 마른 기침을 하며 귀기울이고 있는 이 아이는 누구인가? 이야기를 잇고 있는 나는 누구인가?

오늘 밤, 나는 기꺼이 동해 바다와 에베레스트산이라는 공간을 뛰어넘는다. 먼 수평선을 들어올리며 엘프와 섬 아이의 빗금을 지우고 있다. 그러나 나는 아직 이 이야기의 결말을 알지 못한다. 단지 내 무의식의 심연에 뚫린 그 섬의 동굴이, 아마다블람 골짜기로 뻗어 있음을 알 뿐이다. 내 발걸음은 나의 '창조'의 출발지로 되돌아간다. 그 어둡고 추웠던 절벽길로 말이다.

《 그 바닷가의 물결이 먼 지평선을 돌아오고 있다.

내 가슴에 파인 동굴, 그 화산섬이 영원히 꺼지지 않는 불길로 타오르고 있다.

해 저문 바닷길, 금빛 물결이 발을 적시던 사월의 봄날, 두 손을 마주잡고 바라보던 저녁 노을,

그 소년은 지금 어디에 있나? 》

어느덧 이야기는 그날 밤에 이른다. 내 목소리는 점점 내밀한 어조를 띄어간다. 아이는 미동도 않고 사그라드는 불꽃만 바라보고 있다. 우리는 지금, 그 섬에 있다. 좁고 추운 이 오두막은 우리들의 동굴이다. 파도 소리가 우리들을 에워싼다. 희미한 어둠 속에 그 아이의 떨리는 몸을 느낀다. 그때처럼 한 팔이 내게로 뻗어온다. 멀리서 가까이서 뻗어온다. 이제 막 먼 바다를 건너온 소년의 몸에서 짠 소금 냄새가 난다. 그 아이가 미소 짓는다. 엘프가 미소 짓는다. 그 손을 맞잡으며 우리는 소설로부터 빠져나온다.

이 작은 방에 공허를 채우고

쇠 침대에 어린 욕망을 묶는다.

허무를 태우고 시계를 부수고 언어를 잊는다.

나를 죽이고 너를 십자가에 매단다.

빛의 기둥에 올라 타고 절반의 외침을 듣는다.

신이 살려달라고 애원할 때,

나는 비로소 사랑의 진실을 발견한다.

정신이 번쩍 들어 그 아이를 바라보니 벌써 잠들어 있다. 역시 루크라의 호텔방이 더 나았나?

아마다블람 베이스캠프

새벽녘 일치감치 눈을 뜬 우리는 서둘러 불기가 있는 쿰정 마을의 카페로 갔다. 아마다블람의 정보도 얻어 들을 겸 아침 식사를 하기 위해서였다. 나를 알아본 주인장은 내가 소개했던 만트라 노래가 가게 노래가 되었다고 좋아라 했다. 예전의 스님들이 부르는 것보다 이 여자 가수의 목소리를 손님들이 더 좋아한다고. 얼마 후 한 외국인이 들어와 창가에 앉았다. 캐나다인이라는 그는 몇 넌째 이 마을에 머무르고 있는 알피니스트라고 했다. 햇볕에 그을린, 깊은 골이 패인 그의 얼굴에서 어쩐지 홀로 산을 타는 사람의 단단한 우수가 느껴진다. 곧이어 처음 이 카페에 왔을 때 만났던 히피 스타일의 호주인도 나타났다. 잘 아는 사이인 듯 서로 인사를 나누곤 각자 들고 온 신문으로 시선을 돌렸다. 아이폰을 보는 사람이 없다는 걸 빼곤 여느 카페와 마찬가지인 이 장소가 그들의 아지트인 모양이다.

엘프가 캐나다인에게 아마다블람에 대해 물어보았다. 그의 설명으로는 다른 에베레스트산들에 비해 6800m 고도는 그리 높지 않지만, '옐로우 타워'란 수직 빙벽에서 고전하는 바람에 에베레스트 정상을 한 번만에 올랐던 그도 세 번 만에 가까스로 꼭대기에 오를 수 있었다고 말했다. 우리가 그 베이스캠프까지만 가는 걸 알고는 제1캠프로 나 있는 등산길을 따라 조금만 더 올라가면 고원이 나오는

데 주변 산세를 환하게 볼 수 있다고 일러주었다. 그리곤 가볍게 덧붙였다.

— 아마다블람은 낮보다 밤이 더 아름다운 곳이에요.

우리 커플이 좀 특이했나.

팡보체로 향하는 도중 여자 스님들이 거주하는 작은 수도처가 있었다. 근처 샘터에서 목을 축이며 잠시 쉬고 있는데 한 일행이 물가에 짐을 내렸다. 네 명의 남자로 된 이스라엘 젊은이들이었는데 군 복무를 마치고 일 년간 세계를 돌고 있다고 했다. 그중 한 사람이 산물이 졸졸 흐르고 있는 수도꼭지에 머리를 감고 싶어 했다. 햇살은 따뜻했지만 아직 이른 오전이라 찬 물에 머리를 감을 정도는 아니었다. 친구들이 말리는데, 나도 털장갑을 끼고 있을 정도로 낮은 기온이었지만, 시원하게 산물이 쏟아지는 머리통을 상상하며 그를 부추겼다. 내 격려에 고무되기라도 한 듯 그가 웃통을 활짝 벗어 제꼈다. 다들 털모자와 목도리로 중무장한 산길 한가운데서 때아닌 털 복숭이 가슴팍이 드러나자 모두들 까무라치게 웃었다.

흐르는 물줄기에 시원 씩씩하게 머릴 감더니 내친 김에 수건으로 냉수욕까지 하는 그를 치하하는데 마침 그들도 아마다블람으로 간다는 거였다. 우린 의기투합하여 함께 걷게 되었다. 엘프도 모처럼 다른 사람들과의 동행이 즐거운지 여자 일행과 앞서거니 뒷서거니 하며 담소를 나누고 있었다. 머릴 감았던 샤비는 건장한 체격의 아랍계 이스라엘인이었다. 쾌활하고 농담을 잘하는 그와 대화를 나누게 되었는데 이스라엘 사람들과는 곧잘 팔레스타인 이야기로 빠지게 된다. 혈기왕성한 군인 신분을 막 벗어나선가 그는 고꾜리에서 만났던 실비아와 알렉시와는 꽤 다른 생각을 갖고 있었다.

— 이스라엘이란 한 나라에 살지만 우린 언제나 이웃과 전쟁을 할 준비가 되어 있는 사람들 같아요.

— 평화가 정착되긴 어렵다는 말로 들리네요. 하지만 한쪽이 부당하다고 느끼는 한 해결이 어렵지 않겠어요?

— 실제로 우린 일상을 전시처럼 살고 있어요. 하지만 현 상황에서 무력은 평화를 위한 유일한 방책이죠.

— 티벳인들에 대한 중국의 정책처럼 말이죠.

언제 왔는지 엘프가 불쑥 끼어들었다.

— 테러에 대한 진압은 우리 나라를 지키기 위한 의무예요.

— 강자의 무력은 약자에 대한 죄악이에요!

엘프가 지지 않고 따지고 들었다. 그러고 보니 사실 두 나라의 정황이 문화와 역사, 언어가 서로 다른 민족이 같은 영토를 두고 갈등을 겪고 있다는 점에서 비슷한 공통점이 있다. 한쪽이 힘의 우위로 상대방을 일방적으로 제압하고 있다는 점에서도 그렇다. 팔레스타인들이 박해 감정을 느끼고 있듯이 티벳 또한 중국에게 명실상부한 핍박을 당하고 있지 않은가.

조부모가 여전히 가자 지구에 살고 있다는 그는 이스라엘의 정책에 대해서 사뭇 긍정적인 의견을 개진했다.

— 그래도 이스라엘은 66전쟁 후 다시 전쟁을 일으키진 않았어요. 시리아 내전 때 다마스와 가자 지구를 회복할 수도 있었지만 말예요. 내가 아랍인이면서 이스라엘 군인이 된 것도 그래서예요.

— 하지만 한 민족이 다른 민족을 힘으로 지배하려는 한 분쟁은 끝나지 않을 거예요. 이스라엘이 힘의 우월성을 포기하지 않는 한 비극은 계속될 거니까요.

— 그렇긴 해요. 정말이지 나도 어릴적부터 아랍이니 유대인이니 하는 갈등을 지지리도 많이 겪어선지 이젠 다문화를 수용하는 지구촌을 꿈꿔요. 정체성이니 뭐니 하는 것도 결국 다수가 소수를 지배하는 구실 같아요.

어찌 보면 내가 '떠나기'라는 삶의 양식을 취하게 된 계기도 어린 시절 학교 교육에서 느꼈던 강제성으로부터의 반발이었다. 똑같은 방향으로 몰아가는 집단적 획일성, 개인의 독립성을 통제하는 보이지 않는 손… 아마도 유교적 윤리에 일본의 식민지와 동족 간의 전쟁, 독재 정치를 거치며 더욱 뿌리가 깊어졌을 그런 사회적 분위기에 대한 맹렬한 거부가 있었다. 다양성이 없는 곳에 깊이도, 모순도, 내면성도 없는 조악함만이 기승을 부렸다. 나는 보다 자유로운 환경 속에서 나 자신을 성장시키길 원했다. 무엇보다 나의 독자적인 발전을 방해받지 않을 토양이 필요했다. 한 언어, 한 문화를 떠난다는 것은 나를 구조화시킨 지표를 떠나는 일이기도 했다. 내 생각을 표현할 적합한 단어, 익숙한 이미지, 적절한 개념이 없어진 자리에 사방으로 뻥 뚫린 공간이 들어섰다. 하지만 마치 사막을 걷는 것 같은 그 막막한 고독과 침묵의 빈자리는 결국 외부 현실을 넘어 나 자신이라는 정체성의 공간을 넓혀 주었다.

하지만 내가 깊이와 다양성을 찾아왔던 유럽 또한 최근엔 혼돈의 와중에 빠져들고 있다. 그 특유의 포용성을 잃고 이기적 편향성으로 흐르고 있다. 정치 권력과 상업주의에 부합하는 미디어의 영향으로 문화 예술적 영역조차 점점 소비 향락적 성향으로 퇴락하고 있다. 내가 한국에서 가졌던 문제는 이제 한 나라만의 문제가 아니라, 범세계적 문제로 확장되고 있다. 결국 인간성의 자유와 해방이란 문제는 한 사회, 한 국가라는 틀을 넘어 세상이라는 어떤 시스템으로부터의 독립을 요구하고 있는 것이다. 이제 나의 떠나기는 한 공간을 벗어나는 것이 아니라, 나 자신의 고유한 세계를 창조할 것을 요구하고 있다.

이런저런 이야기를 나누며 우리가 팡보체의 롯지에 도착했을 때는 해가 기울고 있었다. 롯지에는 방이 두 개밖에 없었다. 그것도 난로가 있는 살롱 사이에 칸막이가 쳐진 곳이었다. 이스라엘 그룹이 큰방을 쓰고 우리가 작은방을 쓰기로 했다. 살롱의 대형난로에 불이 활활 타오르고 있어 아마도 너무 추우면 다들 살롱에서 자게 될 것이다. 저녁 식사 후 불가에 모여 앉아 담소를 나누다가 샤비가 한 구석에 있던 줄 끊어진 기타를 치며 노래를 부르기 시작했다. 군대 생활을 해선가 이스라엘 친구들은 노래와 춤에 이력이 난 눈치다. 샤비가 손으로 색소폰 연주 시늉을 하며 한몫 거들고 또 한 사람은 하모니카를 꺼내 불고 여자친구는 춤을 추고 우리는 박수를 치며 오랜만에 떠들썩한 밤을 보낸다. 보통 지치고 힘든 하루를 보낸 후 숙소 분위기는 그저 무겁고 착 가라앉아 있는 게 보통이다. 그런데 흔히 이스라엘 젊은이들이 있는 숙소는 이렇게 보이 스카웃 분위기가 되곤 한다.

안나푸르나의 마낭 숙소에서도 마찬가지였다. 식당에서 조용히 식사를 하고 있는데 갑자기 수십 명의 일행이 들이닥치더니 실내가 시끌벅적해졌다. 그리곤 누군가 창가에 앉아 있는 내게로 오더니 다짜고짜 자리를 좀 바꾸어 달라고 했다. 나로선 간만에 작정하고 시킨 야크 고기맛을 한창 음미하는 와중이었는데, 하필 내 자리가 그들이 만들고 있던 그룹 자리의 중심이라는 거다. 식탁 옮기는 왁자지껄한 소음에 고기맛이고 뭐고 이미 날아간 터, 거절을 해 봤자 뭐 달라질 것도 없을 것 같아 식사를 하는 둥 마는 둥, 자리를 털며 일어나는 다른 사람들과 함께 자리를 떠날 수밖에 없었다. 그날따라 무척 피곤했던 데다 그런 소란을 견디고 싶지도, 그렇다고 그들뜬 분위기에 편승할 기분은 전혀 아니었기 때문이다. 그날 밤늦도록 그들의 고성방가가 이어졌음은 물론이다.

주위 사람들을 아랑곳 않는 이스라엘 젊은이들의 자유분방한 행동 양식은 이 롯지에서도 힘을 발휘했는데, 처음엔 은근히 서먹해하던 엘프도, 나도 덩달아 한 통속이 되어 다들 보이스카웃 여행이라도 온 듯 웃고 떠들어댔다. 엘프가 선곡한 네팔 랩가수의 음악에 맞추어 뛰고 구르는 우리들은 마낭의 이스라엘 대원들 저리 가라였다. 숙소에 우리 말고는 다른 그룹이 없긴 했지만, 누군가 가져온 야구공만 한 스피커를 켜놓았으니 옆 숙소에서 꽤나 시끄러웠을 것이다. 아마도 영하의 추위에 귀찮아서라도 이불을 뒤집어 쓰며 잠을 설쳤을는지 모른다.

잠시 후 방으로 들어오자 창문에 성에가 어려 있었다. 허공에 얼음꽃을 피우고 있는 나무 이파리 무늬가 내가 지나왔던 산길의 조감도 같았다. 처음 엘프를 만났던 날, 퓌야 가는 길에서 에베레스트 산의 지도를 보았었다. 그때만 해도 남체 바자에서 베이스캠프까지 갔다가, 기껏 욕심을 낸다면 고꾜리로 가는 거였다. 그런데 지금 나는 그땐 생각지도 않았던 아마다블람으로 향하고 있다. 기억을 더듬으며 손가락으로 에베레스트 나뭇가지들을 그려 보았다.

남체바자에서 처컹 가는 길로, 콩마라 고갯길을 가로질러 베이스캠프를 만나고, 거기서 다시 초라 패스길을 지나 고꾜리 마을에 이른다. 길은 다시 렌조라 길을 횡단하여 타메에 이르고 남체로 내려온다. 산뿌리가 바위를 움켜진 듯한 이 산의 생물적 지리가 손끝 아래서 꿈틀거린다. 탐세쿠 정원의 부드러운 햇살, 콩마라 산정을 스치는 바람이 고꾜리 호수의 잔물결을 일으킨다. 세 고갯길 언저리를 가로지른 차거운 눈보라가 쿰부 에베레스트 산꼭대기로 몰아친다. 타메의 밤하늘을 수놓던 별빛들이 아마다블람의 산골짜기에서 반짝인다.

성에 무늬를 빙빙 돌고 있는 손가락 끝이 시려왔다. 입김을 후후 불어 유리창을 닦았다. 산귀퉁이가 반쯤 녹은 아마다블람 봉우리가 창문 밖으로 잡힐듯 다가왔다. '아마'가 나를 향해 두 팔을 활짝 벌렸다. 밤하늘에 총총히 박힌 샛별을 왕관처럼 쓰고 있는 설산 봉우리가 오늘따라 더 한층 신비스러운 빛을 발하고 있었다. 이름 그대로 어머니, 그 자애로운 모성의 품이 푸르스름한 영기를 뿜는다. 이 산의 이름이 어머니의 목걸이를 뜻하는 아마-다블람인 것은 아마도 태초의 인간 의식 속에 싹튼 성적 관능과 창조성의 표상이 아닐까. 어머니의 사랑과 우주적 탄생이 함께 숨쉬는 영적 지리가 아니었을까?

몽골 울란바토르 사원에서 보았던 두 남녀의 지극한 합일을 보여주던 탄트라 불상은 지고지순한 선적 해탈의 경지에서 육체와의 극적인 조화를 꾀하고 있었다. 에베레스트 최고의 미봉으로 세계인들의 사랑을 받고 있는 저 거대하고 뾰족한 산봉우리는 우주적 팔뤼스를 상징하지 않을까? 내가 카일라쉬 순례길에서 보았던 동굴은 우주적 자궁의 상징이 아닐까? 그 불상의 미소를 따라 에베레스트산으로 왔던 것도, 어쩌면 이 자연의 관능적 에너지를 따라왔던 것이 아닐까.

눈녹인 물에 씻는 둥 마는 둥 고양이 세수를 하고 자리에 누웠지만 옆방에서 떠드는 소리에 잠들기는 무리였다. 오늘은 비교적 평탄한 길을 걸었던 탓인가 별로 피곤하지 않았다. 처음 이 길을 오를 때처럼 세 고갯길로 갈까말까 했던 긴장이 없는데다, 이스라엘 친구들과 일행이 되어 웃고 떠들다 보니 등반이라기보다 나들이하는 기분이었다. 이 산에 첫발을 내디뎠을 때 파플루의 호텔에서 보았던 행락객들의 모습이 이런 내 모습의 전조였었나. 엘프는 오늘 따라 왠일로 이어폰에다 뭔가를 끄적거리고 있었다. 나도 노트를 꺼내 들었다. 언제나 빠뜨리지 않고 챙겨다니는 이 필기도구가 심심할 때 유일한 소일거리다. 하지만 칸막이 옆방의 두런거리는 소리가 귓속말처럼 가까이 들려 뭘 쓰기도 그렇고 대신 창밖에 비치는 산봉우리를 그리기 시작했다. 파충류의 발들이 삐죽삐죽 나온 듯한 산줄기가 종이 위에 그어졌다. 나는 왜 늘상 이런 고생물들을 떠올리는지 모르겠다. 공룡, 아로까리아, 목련, 고사리, 이끼, 하여간 식물이건 동물이건 오래된 것들, 사라진 것들에 대한 향수가 내 감수성의 밑바닥에 들러붙어 있는 듯하다. 여행지마다 폐허를 찾아 다녔던 것도 그래서였나. 이 선들이 실제로 살아 움직이기 위해선 어떤 조건들이 필요할까, 실없는 생각을 하고 있는데 힐끗 내 노트를 본 엘프가 고개를 갸웃거렸다.

— 도마뱀 새끼들 같아요!

그러더니 아까부터 끄적거리고 있던 아이폰을 내밀었다.

— 내가 지은 노래예요.

화면엔 영어와 한국어, 네팔어가 꼬부랑 글씨로 뒤섞여 있었다.

"허공에 흩어지는 눈발처럼, 바위를 뚫는 빗물처럼, 벼랑에
    서 떨어지는 돌처럼, 내 혓바닥 위에 구르는 노래…"

산을 오르며 노래를 흥얼거릴 땐 몰랐는데 그 가사를 보니 제법 그럴듯하다. 처음 만난 날, 그는 랩 가수가 되는 게 꿈이라고 했었다.

— 와 근사하네. 근데 제목이 뭐야?

— '아마다블람'요. 아빠가 눈 덮인 산에서 떨어지는 순간을 노래해요.

아, 나 역시 그 벼랑에서 얼마나 오래 머뭇거렸던가!

오늘 밤 이 아이는 자기 아빠의 최후를 기리는 레퀴엠을 짓고 있다. 죽음을 어루만지는 노래를 만들고 있다. 허공에 발을 내딛는 그 섬찟한 찰나…, 우리들의 의식은 서로의 진실을 거울처럼 되비치고 있다. 에베레스트 엘프의 열망이 《울릉도》의 열망을 만나고 있다. 세르파로 실종되었던의 엘프의 아빠와 폭풍우와 함께 사라졌던 섬 아이의 일화는 거짓말처럼 겹치고 있다.

— 근데 네가 어릴 적 일이라면서?

— 그냥 알아요. 어제 본 것처럼요!

— 그럼 그 산꼭대기에 올라가야겠네?

— 물론이죠! 언젠가 그 정상에 오를 거예요. 거기서 내가 지은 랩을 부르고 싶어요!

— 카트만두 무대가 아니고?

— 먼저 아마다블람에서 부를 거예요. 아빠가 환생했을 그곳에서!

아마다블람으로 가는 날, 우리는 새벽까지 떠들다 늦잠을 자고 있는 이스라엘 친구들보다 먼저 출발했다. 짐은 숙소에 두고 물과 약간의 요깃거리만 챙긴 개나리 봇짐으로 떠났다. 밍하 계곡을 따라 베이스캠프까지 갔다가 해 지기 전에 내려올 작정이었다. 가는 길에 그 아이가 보고 싶다는 티벳 절에 들렀다. 너무 이른 시간인가 법당 문이 잠겨 있어 휑한 절마당을 둘러보다 사원 뒤쪽에 난 화살표를 따라 곰파 쪽으로 향했다.

산길을 한참 올라가자니 저 멀리 절벽 아래 룽다가 날리는 한 암자가 보였다. 저런 외딴 곳에 한 수행자가 명상을 하고 있을까? 깨침의 태양을 기다리고 있을 그를 만나기라도 할 것처럼 기를 쓰고 언덕길을 올라갔다. 하지만 가까이 다가가 보니 절간은 자물쇠로 굳게 잠겨 있었고, 허물어 가는 담벼락은 인적이 끊긴 지도 하마 오래인 것 같았다. 한때 결사의 죽음을 불사하며 3개월, 6개월, 혹은 사계절 문을 걸어 잠그고 들어앉았을 무문관의 도량은 바람에 푸르릉거리는 룽다 소리로만 남아 있었다. '이곳이 곧 경전이요, 법신이다.'라는 박회와 청정의 상징이 폐허가 되고 있는 걸 보노라니 이와 비슷한 운명을 맞고 있는 프랑스의 시골 교회들이 생각났다.

요즈음 파리 갤러리는 이런 폐허의 돌담을 그대로 옮겨와 전시하고 있기도 하다. 하지만 이러한 장소의 미학을 표현하기에 갤러리라는 공간은 얼마나 초라한가. 현대 예술가들은 그저 모방의 천재

인가, 이 유명 작가는 엊그제 뮈야 가는 길, 산자락에 줄지어 선 타르초 깃발 행렬을 보르도의 한 포도밭에 색깔만 바꾸어 설치하기도 했다. 유라시아 횡단길, 펠로포네즈의 금가고 깨진 돌조각들을 본따 주로 성당에 전시하는 조각가처럼 그들은 창조라기보다 기존의 것들을 재해석하는 데 치중하고 있다. 하긴 일상이 곧 예술이며, 누구나 창조자가 되는 세기를 맞은 요즘 세상에 진정한 창조라는 것이 무엇인지 의문이긴 하다. 그래선가 최근의 박물관과 미술관들은 현대인들의 영혼을 위로하는 영적 공간을 지향하고 있는 듯하다. 마치 아름다움이 영성에 가까이 갈 수 있는 가장 효과적인 지름길이기라도 하듯이 기존의 종교가 했던 역할을 대체하고 있다. 대신 텅비어 가는 성당과 수도원들은 예술 작품의 전시회장이나 음악 콘서트장으로 탈바꿈하고 있다. 높은 천장과 거대한 돌기둥이 공간적 효과와 음향의 질을 보강해 주는 건축적 요소로 작용한다. 창조성과 영성의 이상적 결합이라고 해야 하나, 바야흐로 영성의 보편화, 혹은 신성의 평준화가 이루어지고 있는 것일까.

군데군데 잔설이 녹은 나뭇가지를 헤치며 밍하 계곡으로 들어섰다. 볼에 와닿는 맑고 차거운 이슬을 마시며 산길을 걷노라니 다니는 사람이 별로 없어선가 여기저기 풀섶이 발뿌리에 채였다. 우리들 발자국 소리만 들리는 조용한 계곡에서 시선은 더욱 맑아지고 감각은 뾰족하게 날이 선다. 푸드덕 날아오르는 새들의 깃털 소리에도 귀가 곤두서고, 단풍 이파리를 갉아먹고 있는 곤충의 촉수까지 눈에 뜨이는 듯하다. 길가에 선 바윗돌을 만져 본다. 나무를 만질 때처럼 제각기 고유한 성질이 느껴진다. 나무가 드문 에베레스트에서 수많은 종류의 돌들을 만났다. 탐세쿠에서 드러누웠던 평평한 바위, 콩마라에서 타넘어야 했던 암벽 바위, 내 머리를 찧었던 모서리돌, 고꾜리의 붉은 이끼가 타올랐던 산바위, 노란 매듭을 매었던 돌쩌귀…, 내 등반길에 리듬을 부여했던 견고한 인연들이었다.

산등성이를 몇 개 넘자 짐승들을 위한 헛간이 보이고 넓고 평평한 고원이 나타났다. 문득 요란한 방울 소리가 들리더니 무거운 배낭을 진 등반객들의 행렬이 우리를 앞질러 갔다. 가스통이다 로프다 어마어마한 짐들을 싣고 가는 말과 야크떼들로 보아 아마도 아마다블람의 정상에 오르려는 등반 팀인가 보다. 먼 산등성이를 향해 나아가는 그들의 발걸음이 마치 이 세상 이전의 땅으로 향하는 것처럼 아득해 보인다. 새들이 날기 전, 나무들이 생겨나기 전, 태초의 시간으로 걸어가는, 그 모험의 끝은 어디일까. 며칠 후 그들은 구름에 씻기고 폭풍우로 깎이고 천둥벼락으로 떨리는 아마다블람 벼랑길을 오르게 될까.

— 저기 좀 보세요!

노래인지 괴성인지 알 수 없는 소리를 내지르며 엘프가 고원을 내달리고 있었다. 그가 외치는 함성이 산의 고요를 찢으며 메아리쳤다. 저 멀리 우뚝 선 하얀 산봉우리를 가리키며 지팡이로 아마다블람을 우지끈 들어올리고 있었다. 어디선가 한 무리 새 떼가 우리들의 머리 위로 날아갔다. 새들의 움직임도 산세를 닮는가, 뾰족한 탑 모양을 그리며 산등성이 너머로 사라져갔다.

우리가 도착한 베이스캠프에는 노란색 텐트들이 흩어져 있었다. 에베레스트 최고의 미봉을 정복하려는 알피니스트들의 열망이 설원에 핀 노란 꽃무더기처럼 늘어서 있었다. 키 작은 관목들이 흩어진 산등성이엔 야크들이 한가롭게 풀을 뜯고 있었고, 여기저기 타르초들이 널린 돌무더기에선 연기가 피어오르고 있었다. 우리보다 늦게 출발했던 이스라엘 친구들이 어느새 먼저 당도해 저만치서 텐트를 치고 있었다. 손에 망치를 든 샤비가 우릴 보고 손을 흔들었다. 텐트들 중 한 군데 짐을 내린 우리는 아직 햇살이 쨍쨍한 한낮이라 쿰정의 캐나다인이 일러 주었던 대로 캠프 1 방향으로 올라가 보기로 했다.

얼마쯤 바윗길을 거슬러 올라가자 군데군데 쇠줄이 매어져 있었다. 무거운 짐을 진 사람들이 많이 이용한 듯 헐렁하게 늘어진 쇠줄을 타고 올라가자 아마다블람 산허리가 눈부시게 다가섰다. 저 멀리 공룡의 등뼈 같은 산줄기로 정상으로 향하는 등반객들이 색띠처럼 움직이고 있었다. 가쁜 숨을 몰아쉬며 고지를 오르고 있는 이들의 뜨거운 열기, 축축한 땀이 내 손바닥에도 배어나는 듯했다. 들숨과 날숨으로만 규정되는 생명체의 촉수가 소스라치도록 민감하게 느껴졌다. 어디선가 바람이 불어오자 눈 덮인 대지의 미미한 향기와 함께 흘러내리던 이마의 땀방울이 한순간 차갑게 살갗에 달라붙었다.

— 아, 저기예요. 옐로우 타워!

아이가 가리키는 산기슭을 바라보자 가파른 수직 바위산의 아찔한 굴곡들이 선명하게 드러났다. 전 세계인들의 욕망을 불러일으키는 뾰족한 탑모양은 사라지고 천길 벼랑길이 버티고 서 있었다. 하얀 빙벽이 좀 더 가까이 보이는 곳으로 기어올라 갔다. 태양이 잠시 거대한 산봉우리에 가려지자 전혀 다른 모습으로 변했다. 한낮의 태양빛을 받은 얼음산의 굴곡은 빛의 반사에 이지러져 그저 평범해 보이지만, 중천에 뜬 해그림자가 비치자 바위틈은 벌어지고 그 골은 깊어져 마치 빛망치로 새로 빚은 것 같다. 끝이 뾰족한 원추형이었다가 차츰 불투명한 빛으로 윤곽이 흐려지며 허물어진 성곽 같아진다. 바위산 뒤로 태양이 완전히 가리자 빛 그림자는 암석의 흐릿한 둘레를 지우며 이 돌산에 덧없는 모습을 준다. 절벽 언저리에서 나의 상상력을 불러일으켰던 암벽에 새겨진 세 사람의 신화적 모습을 찾아보았지만, 그 자리엔 눈바람에 휩쓸려 형체를 분간할 수 없는 그렇고 그런 돌무더기가 쌓여 있을 뿐이었다.

내 소설 속의 인물들도 저 형상들처럼 다가갈수록 사라지고 마는 모습들이 아닐까. 나의 상상 속에서는 찬란한 빛을 발하던 존재들이지만 사실은 어디에나 존재하는 평범한 청소년들이 아닐까. 제각기 다른 모습을 하고 있지만 결국 하나의 얼굴, 시간의 흐름에 따라, 내 의식의 다양한 층위에 따라 출현하는 욕망의 화신들이 아닐까. 그들은 나의 여행길에서 신화적 존재가 되어 '상상의 현실'이란 두꺼운 벽을 뚫고 자유롭게 이동하고 있다. 이 산의 바윗돌들이 비바람에 부서지고 모서리가 닳으며 세월의 조형 과정을 거치듯 그들은 나의 창조의 빛 속에서 진정한 실체를 드러내고 있다.

— 저것 좀 보세요! 산이 불타고 있어요!

태양빛이 아낌없이 내리쬐는 고원에 한무리의 야크들이 풀을 뜯고 있는 광경을 찍고 있는데 그가 나를 불러 세웠다. 산줄기의 한쪽 모서리가 금빛으로 반짝이고 있었다. 불길은 순식간에 맞은편 산봉우리로 옮겨붙더니 산줄기를 거슬러 올라가 이내 황금빛 너울을 쓴 모습이 되었다. 설산 꼭대기에서 빛나는 황금빛이 마치 파리 콩코드 광장에서 보던 이집트 오벨리스크의 뾰족탑 같다. 시시각각 변모하는 그 불기둥을 바라보며 내 영혼의 귀퉁이 어딘가도 불붙는 듯하다. 사그라든 숯불 같은 산밑둥우리로 번지고 있는 불꽃들이 벌이는 천상의 빛잔치!

내가 그 빛의 스펙타클에 잠시 넋을 놓고 있는 사이, 어느새 산기슭으로 다가간 엘프가 배낭에서 뭔가를 꺼내 놓고 있었다. 큰 바위 앞에 깔개를 펼치는 걸 보니 거기서 재를 지내려는 모양이었다. 그가 메고 온 아빠의 배낭과 지팡이가 유품으로 놓이고 뒤이어 콜라 한 병이 따라 나왔다. 그가 향불을 피우기 위해 향초를 뜨러 간 사이 나도 오는 길에 따온 마른 풀꽃에 새깃털을 보태 작은 꽃다발을 만들었다. 그걸 배낭 옆에 놓다가 유품 앞에 놓인 영정 사진을 보고 깜짝 놀랐다. 붉은색의 티벳 전통 복장을 한 사진 속의 얼굴이 카일라쉬의 불상의 모습과 흡사했던 것이다. 하도 신기해서 아이패드로 찍었던 그 화면을 켜 보았다. 콧대며 눈매, 선명한 윗입술의 선까지 같은 사람이라 할 정도였다. 이 산의 정령들이 내게 장난이라도 치고 있는 걸까?

— 이거 우리 아빠 아니에요?!

내가 내민 화면에 영문을 모르는 엘프가 말했다. 그러고 보니 그제서야 이 아이 역시 어딘가 그 아빠와 닮았다는 생각이 들었다.

향불을 피운 아이가 언제 준비를 했는지 작은 술병을 꺼내 놓고 절을 하고 있었다. 사그라든 불길을 돋우러 향초를 뜨러 갔다 오니 무언가 소리내어 읊고 있었다. 티벳의 전통 예식인가, 불교의 다라니 경인가, 그런데 카트만두에서 쉐첸 학교를 다녔다는 전력 때문인지 그의 경 읽기는 아주 자연스럽게 들린다. 경을 읊는 사이사이 가끔씩 익숙한 몸짓으로 영정 앞에 몇 번 절을 하더니 술을 흩뿌리기도 했다. 그러더니 주머니에서 쪽지를 하나 꺼내 들었다. 엊저녁에 흥얼거리던 종이쪽지였다. 그의 아빠가 생전에 좋아하던 티벳 라마승의 글인데 이곳에 오기 전에 그의 엄마가 건네주었다고 했다.

《 이 삶이 여름날 하늘의 번갯불처럼, 헤어지는 순간의 손짓
처럼 빨리 지나간다는 걸 잊지 마라. 네가 수행할 가능성이
있는 지금, 한순간도 낭비하지 말고, 너의 모든 에너지를 깨
달음의 길에 쏟아라. 》

대나무가 많다고 죽도라고 불리던 울릉도의 한 섬으로 소풍을 갔던 날이었다. 장기 자랑 때 그 섬 아이는 큰 바위에 기대어 시를 읽

었었다. 나는 또다시 현실 바깥에 있다. 탐세쿠에서 시작된 마법의 놀이는 계속되고 있다. 내 무의식의 그림자에 갇혀 있던 그 아이가 오늘 오후, 이 고원의 찬란한 태양빛 속에서, 시를 읽으며 되살아나고 있었다. 울릉도의 성인봉이 아마다블람의 설산 봉우리에 되비치며 시간의 눈금을 되돌려 놓고 있었다.

나는 지금 어디에 있는가? 아마다블람인가, 《울릉도》인가, 이도저도 아니면 내 상상 속인가?

글읽기를 마친 엘프가 나를 돌아보며 씨익 웃었다. 마치 상상과 현실을 잇는 어떤 꼭지점에라도 서 있는 기분이었다. 그 섬 아이가 이 바위산 절벽에 지팡이로 시를 쓰며, 세상 이편으로 건너오고 있었다.

그 순간, 나는 깨달았다. 《울릉도》는 언제나 내 안에 있었다. 내가 그 섬에 가기 전부터, 아니 울릉도라는 섬이 있기 전에도 존재하고 있었다. 영원이란 바다 위에 떠 있는 섬이었다. 그 섬의 동굴은 내 존재의 밑바닥에 뚫린 구멍이었다. '창조'의 심연이었다. 실제로, 그 소설 속의 동굴이, 지도에도 표시되지 않은 그 상상의 공간이 내 여행길에 나타나고 있는 것이 그 증거였다. 그 무의식의 현실은 마치 자신의 명약관화한 존재를 입증하기라도 하듯 끊임없이 현실 세계에 되살아나고 있었다.

아! 아마다블람은 오랜 옛날, 어느 눈 오는 한겨울, 이유 없이 홀로 그 섬을 찾아갔었던 내 발걸음에 이미 새겨져 있었다. 하얀 눈이 면사포처럼 내린 그 성인봉에 카일라쉬 불상이 이미 새겨져 있었다. 그 섬의 푸른 봄빛은 지금 아마다블람의 노을빛이 되어 성대한 불꽃잔치를 벌이고 있고, 그 아이의 미소는 엘프의 얼굴 위에서 빛나고 있다. 《울릉도》아이의 미소, 그 불상의 미소, 이 아이의 미소는 모두 같은 원천에서 나오는 것이다.

　내가 티벳의 동굴에서 그 불상을 본 순간, 모든 것이 멈춰 섰던, 실로 섬뜩할 정도로 괴이쩍은 그 표정은 내 무의식의 밑바닥에 잠겨 있던 두텁고도 질긴 인연의 끈이었다. 살아 있는 사람의 것처럼 생생하던 그 미소는, 사랑의 엑스타즈, 창조적 엑스타즈를 느낄 때의 기쁨과 충만감이었다. 내 영혼은 그 '창조성의 빛'을 찾아 헤매고 있었다. 언제나 나를 쫓고 있던 무의식의 그림자, 그것은 바로 불가능한 '창조'에의 열망이었다. 내 어린 봄날의 푸른 빛이었다. 꽃피우기 전의, 모든 것들이 정해지기 전의, 재능과 꿈과 가능성의 이전, 그 처음의 연록빛이었다!

　내가 카일라쉬 순례길의 동굴에서 보았던 한 불상을 니르바나의 '현시'라 여기며 에베레스트산으로 왔고, 우연히 엘프를 만나게 되었던 것도 그래서였으리라. 결국 내 발걸음은 내 영혼의 진실을 따라왔던 것이다. 이 아이가 아마다블람에 가자고 청했을 때 나는 이 산이 부르는 목소리를 들었다. 이 산은 나를 부르며, 나는 이 산을 부르며 우리는 서로를 준비하고 있었다. 우리들의 '창조'에의 욕망은 서로를 끌어당기고 있었다.

　《창조 소설》의 마지막 부분은 이렇게 끝나고 있다.

　"아마도 이 책을 쓰면서, 너의 못다 한 꿈을 실현하고 싶었는지 몰라. 그래서 네가 영원히 살아있도록!"

　엘프의 아빠 또한 자신의 영혼의 욕망을 좇아 이 산으로 왔던 것이 아닐까. 고향 티벳을 떠나 세르파를 하며 겨울 등반을 떠났던 그는 잊혀진 꿈을 좇아갔던 것이 아니었을까. 겨울철 등반이라는 모험이야말로 그의 영혼을 자유롭게 하지 않았을까. 어쩌면 산을 오르는 것이 그가 지상에서 가장 사랑했던 일이 아니었을까. 살아 있음을 느끼는 최상의 순간, 결국 벼랑길을 선택했던 것이 아니었을까.

오름으로부터의 자유, 고통으로부터의 자유, 희망으로부터의 자유, 그 길은 언제나 생생하고 강렬하게 죽음으로 열려 있지 않았을까.

목적지에 도달하자마자 다시 떠날 수밖에 없는 알피니스트의 길은 자신의 고유한 세계를 창조하려는 자의 것과 같다. 등반 자체가 존재 이유인 그 길은 예술가의 행위처럼 과정 자체가 목적이며 수단이다. 에베레스트 정상을 수없이 올랐던 세르파들, 내가 만났던 숙소장들, 그리고 산에서 조난을 당했던 그들에게 등반이란 곧 생명을 건 인시튜 작품인 것이다. 불가능한 고지를 향하는 자가 내딛는 발자국엔 온 존재의 무게가 달려 있다. 진정으로 살아 있기 위해 삶을 떠나야 한다. 우주가 자신 안에 존재하는 것을 느끼기 위해 자신을 버려야 한다. 고난도의 파일럿이 자신을 단련하기 위해 강물을 따라 유영하기보다 기꺼이 바닷물로 추락하기를 원하듯이, 세상 바깥으로 나가기 위해 한 번의 추락은 불가피하다.

우리가 도달하려는 고지는 눈에 보이는 목표물이 아니다. 우리가 향하는 땅은 자기 자신의 정점이라는 미지의 처녀봉이다. 내 안에 숨겨진 불모의 사막이다. 우리의 최상성이 빛나는 그곳은 땅과 하늘이 맞닿은 경계선, 죽음처럼 실체가 없는 공간이다. 무한과 영원으로 열린 벼랑길이다. 높은 곳에 이를수록 숨쉬기가 어렵지만, 죽지 않고는 신을 볼 수가 없다.

숨이 차오른다 목이 탄다
가슴이 눌리고 혓바닥이 말린다
점점 무거워지는 세상의 짐을 내려놓고
뜨거운 시선, 메마른 몸짓으로
오름 자체가 된다

아, 오르면 오를수록
가까우면 가까울수록
풋풋한 미소, 열띤 호흡으로
속삭이는 너의 목소리
"사랑해"

가파른 절벽에 매달려
오로지 너만을 의지할 수 있는 곳에 다다른다
발아래 모든 것이 부서져 내린다
더 이상 한 발자국도 땅에 찍히지 않는다
산을 오르는 자는 이미 내가 아니다

세상의 끝, 모든 것들이 나를 떠난다
장님으로, 귀머거리로 허공에 몸을 내맡길 때
발걸음은 길이 되고 길 끝에서 벼랑이 된다
산꼭대기에 날리는 한 줌 눈가루
너는 나를 가슴에 끌어안는다

엘프가 술잔을 들고 바위 주변을 돌고 있었다. 아빠의 지팡이를
바위틈 사이에 꽂더니 하얀 천을 매달았다. 나도 타메의 라마승이
목에 걸어 주었던 하얀 천을 매달았다. 우리들의 열망이 담긴 타르
초가 바람에 날리고 있었다. 다시 한번 그 영정 사진을 바라보았다.
누군가에게는 여느 평범한 티벳인의 얼굴일 그 모습은 살아 있는
자의, 죽음을 아는 자의 눈빛이었다. 나와 너를 아우르는 생생한 시
선이었다.
    아이가 제례를 올리고 있던 바위 밑의 눈을 파기 시작했다. 자신
이 읽었던 종이에 주변에 흩어진 향나무 덤불과 관목 뿌리를 긁어

모아 얹더니 불을 피웠다. 연기가 자욱하게 불길이 일었다.

순간 나는 그 섬 아이를 보았다. 그는 어두운 동굴 안에 하얀 그림 자처럼 엎드려 있었다. 나뭇가지를 보태는 엘프의 몸에서 푸른빛이 흘러나왔다. 그 섬의 동굴에 비치는 먼 새벽 여명이었다.

아마다블람의 캠프에는 사람들이 꽤 많았다. 전 세계에서 온 다양한 얼굴들로 지구촌의 축소판 같았다. 텐트촌에는 엘프를 알아보는 포터가 있어 여분의 침낭과 이불을 구하는 건 어렵지 않았다. 어젯밤 같은 롯지에서 보냈던 이스라엘 친구들이 저녁을 함께 하자고 청했다. 우리에게도 간단한 요깃거리는 있었지만 추운 날씨에 따뜻한 국물이 간절했던 터라 친절한 호의를 받아들였다. 야채 수프에 빵이 전부인 저녁 식사였지만 몸을 덮이기엔 족했다. 날이 저물자 다른 팀의 포터와 가이드들이 합류하여 중심 텐트 근처에 불을 피웠다. 하얀 눈밖에 보이지 않는 고지대지만 지천으로 흩어진 야크똥과 관목 뿌리들로 곧 불길이 치솟았다. 다들 피가 끓는 청춘들이라 나뭇가지를 몇 개씩 주워들고 불가로 모여들었다. 산봉우리 위로 달이 떠오르자 다들 탄성을 지르며 음악을 틀었다. 포터들이 트는 구성진 멜로디에 흥겨운 춤곡이 메들리로 이어지더니 곧이어 요란무쌍한 댄스곡이 이어졌다. 누군가 축구공만 한 앰프를 갖다 놓자 베이스캠프는 별안간 국제 댄스 음악 페스티벌 장으로 돌변했다.

— oh, take the money, watch it burn, sink in the river the lessons I've learned, everything that kills me feel alive.

counting stars의 볼륨이 한껏 높아지며 젊음의 도발적 열기로 다들 자지러졌다. 'I only wish to fly, to find the way to shine… if we are free we will never die…' 엘프가 선곡한 전자음악의 반복적인 리듬이 계속되자 한 남미 친구가 뛰어들더니 에쿠아토르 가수의 〈indien

418

fire)를 틀었다. 캠프 파이어의 흥을 한층 돋우는 그 음악소리에 맞춰 다들 원을 그리며 춤을 추었다. 에베레스트 길들이, 산봉우리들이, 천막들이 다 함께 몸을 흔들었다. 등반길의 고통도 기쁨도 모두 작열하는 리듬 속으로 빠져 들어갔다.

산등성이 위로 하현달이 떠올랐다. 산귀퉁이를 한 스푼 베어낸 눈덩어리가 어슴프레 공중에 떠 있었다. 그룹을 빠져나와 달빛이 능선을 비추고 있는 산기슭으로 다가갔다. 처컹 가는 길, 콩마라 고갯길을 넘으며 줄곧 나를 따라 왔었던 아마다블람이 푸르스럼한 영기를 내뿜으며 가슴팍을 내밀었다. 새하얀 산봉우리의 암벽들이 제각기 숨은 빛을 드러내며 반짝거렸다. 달빛이 전설을 연상시키는 것은 불을 품은 영혼을 담고 있어서일까? 오늘 밤 저 달빛은 살아있는 생명을 품고 있는 듯하다.

어둠이 짙어질수록 가파르게 깎이는 달빛 능선 위로 은하수 무리가 춤추고 있었다. 그때였다. 느닷없이 한 줌 빛줄기가 빗금을 그으며 산꼭대기로 떨어졌다. 금싸라기 별빛들이 산산이 부서지며 산봉우리 위로 흩어졌다. 동시에 산기슭을 감고 있던 팽팽한 쇠줄들이 팅겨나갔다. 산줄기를 휘감은 푸른 공룡이 허공으로 솟구칠듯 파르르 몸을 떨었다. 아마다블람이 용트림하듯 거대한 날개를 폈다. 한 마리 전설의 불새가 날아올랐다. 날카로운 발톱으로 산허리를 가볍게 들어올리고 있었다.

문득 한 목소리가 들려왔다. 탐세쿠 정원의 부드러운 바람결 같기도 하고 고꼬리 호수의 잔물결 소리, 이 불새의 세찬 날갯짓 같기도 하다. 혹은 내가 넘어온 고갯길에서 떨어지는 돌멩이 하나가 이 책의 페이지에 떨어지는 중인지도 모른다. 카일라쉬에서 나를 에베레스트로 불렀던 목소리, 오랜 옛날, 울릉도 동굴을 울리던 그 메아리였다.

세상의 그 어떤 것도 '창조'로부터 자유로울 수 없어. 네가 쓴 것은 반드시 환영처럼, 네 삶에 나타나기 마련이야. 이 골짜기에 울리고 있는 음악의 메아리 같은 거지. 그것이 '상상의 현실'이야. 너의 영혼이 투영된 글이 실제 현실에 나타날 때 비로소 '창조'가 실현되는 거지. 너의 상상력이 낳은 세계가 살아 움직이는 현실이 되는 것, 그것이 곧 《창조 소설》의 완성이야. 네가 쓴 작품이 살아 숨 쉬는 생명체가 되어 너의 삶을 변화시키고 외부 현실을 변화시키게 될 때 너의 고유한 '창조성'이 발휘되는 거지. 너의 영혼의 진실이 나타난 글쓰기는 무의식과 상상, 언어를 넘어선 우주적 의식의 발로야. 우연과 필연, 자연과 인위의 경계를 아우르는 신적 창조 과정에 참여하는 거지. 네 존재가 감지한 우주의 노래가 자연스럽게 흘러 나오게 되는 신과의 합작품이 되는 거야. 그 창조물은 그래서 창조자이기도 해. 과거와 미래, 육체와 영혼, 상상과 현실이 하나로 조화된 그 작품은 네가 창조되기 전, 신이 창조되기 전에도 존재했던 근원의 빛에 닿아 있어. 그것이 곧 창조의 섭리야.

그래서 이 산이 나를 불렀을까?

나는 아마다블람이 허락한 축복에 몸을 떤다. 자연은 거기 존재하는 인간을 통해 자신의 모습을 투영하며 제 목소리를 발하는 법이다. 카일라쉬 순례길, 그 니르바나의 빛을 따라왔던 내 발걸음은 오늘 밤, 이 산의 내밀한 음성을 듣고 있다. 내가 오르고자 했던 불가능한 고지는 바로 이곳이 아니었을까? 이 '상상의 현실'이야말로 진정한 현실이 아닐까?

이 아마다블람의 목소리를 《에베레스트 상상》에 담고 싶다. 단지 에베레스트산의 아름다운 풍경뿐만이 아니라, 이 산의 봉우리들, 호수들, 정령들과 나누었던 창조적 교감을 들려주고 싶다. 우리들 살아 있는 존재의 생생한 이끌림을, 그 은밀한 화답을 이야기하고 싶다.
그것을 실행하는 나야말로 '상상의 나'가 아닐까?

밤이 으슥해지자 모두들 숙소로 돌아가고, 불빛이 밝혀진 텐트촌은 속이 내비치는 새알들 같다. 산 모서리에 부딪쳐 멍이라도 든 듯한 검푸른 하늘을 배경으로 떠 있는 아마다블람이 마치 은빛 대양 위로 떠오르는 거대한 섬처럼 보인다. 흰 꼬깔 모양의 산꼭대기가 달빛 아래 보랏빛 테를 두르고 잔잔한 물결 위에서 흔들리고 있다. 시작도 끝도 없는 투명한 달빛이 우리의 동굴을 밝힌다. 아무도 가닿지 않은 깊은 바닷 속, 우리들의 세계가 열린다. 나는 우리가 어디에 있는지 점점 알지 못한다. 우리는 아무 데도 아닌 곳에 있다. 아무 때도 아닌 시간에 있다.

아마, 아마다, 어머니, 아, 아이, 아마 다…

나는 내 어린 영혼을 불러낸다. 그 섬아이를 불러낸다. 지극히 깊고 오래된 관능으로 이 에베레스트 아이를 원한다.

이제 우리는 그 섬에 가닿기 위하여 끊임없이 표류하던 닻을 내린다.

해 저무는 바닷길, 금빛 물결이 발을 적시던 사월의 봄날, 그 짧은 하룻날에 느꼈던 설레임과 기쁨이 애틋하게 되살아난다.

우리는 두 손가락을 단단히 바윗돌에 박고 가파른 절벽길을 기어오른다. 파도소리가 암벽을 타고 쩌렁쩌렁 울린다. 산길을 내달리는 산짐승의 거친 욕망이 들끓어 오른다. 검은 동굴이 아가리를 벌린다. 어둠 속에서 아마다블람 봉우리를 끌어당긴다. 에베레스트의 길들 계곡들 호수들 새들을 끌어들인다. 내 몸 가득 벅차게 끌어들인다. 나는 이 산과 성교를 하고 싶다.

단단한 길들이 내 몸 안에 틈을 벌린다. 파아란 독사발 같은 호수가 내 심장에 피처럼 고인다. 아마다블람 산봉우리가 고개를 숙이며 내 아랫도리로 파고든다. 눈보라 치는 산꼭대기, 세찬 바람 사이로 한 알피니스트가 정상을 기어오르고 있다. 그의 땀방울, 암벽에 매달린 숨가쁜 호흡을 느낀다. 시큼하고 풋풋한 비린내, 지린내가 목구멍을 찌른다. 산허리가 빳빳하게 일어선다. 내 욕망도 따라 일어선다. 아이의 열띤 눈빛이 별빛처럼 타오른다. 그의 떨리는 몸을 더한층 가혹하게 다스린다. 신화보다 오랜 욕망이, 죽음보다 세찬 본능이, 새벽보다 투명한 한밤을 가로지른다. 내 안에 동해의 푸른 물이 한껏 차오르고 있다!

그 아이는 놀랍도록 가볍고 대담했다.
너의 자유로운 영혼을 단련시킨 것은
이 산의 바람이었으리라.
너의 기이한 천진난만함을 가르친 것은
그 섬의 불길이었으리라.
네 손길의 혹독함이라니!

그날 밤이 어땠냐고? 그런 걸 꼭 여기서 말해야 하나. 내 시골 정원의 노루 한 마리가 우리 텐트 안으로 뛰어들어 왔다 치자. 어쨌든 이런 밤을 위해 누구나 찬란한 상상 하나쯤은 품고 있을 터.

422

에베레스트 상상

　우리가 아마다블람을 내려와 루크라로 되돌아오는 시간은 이틀 밖에 걸리지 않았다. 비행기를 타는 날 공항으로 마중 나온 아이가 말했다.

　— 이 여행 후 다음에는 어디로 갈 거예요?

　— 아직 잘 모르겠는데… 남극?

　나도 모르게 튀어나온 말이었다. 청소년 시절, 별 이유 없이 그곳으로 가는 꿈을 품은 적이 있었다. 세상의 모든 것들이 내 손 안에 있는 것만 같던 그때, 장래 무엇이 되고 싶은지 따위 공상을 하다가 남극을 횡단하는 모험가를 떠올렸었다. 통학을 해선가 마라톤이라면 곧잘 하긴 했어도 그런 종류의 모험을 하기엔 적합한 체질도, 소질도, 관심도 없었다. 단지 내가 이 세상에서 하기에 가장 어려운 일이라는 이유로 그런 꿈을 가졌던 걸 보면, 그놈의 불가능에 대한 취향은 일치감치 내 안에 터를 잡았었나 보다.

　완전히 잊고 있었던 그 장소가, 하필 왜 에베레스트를 떠나는 마당에 떠올랐는지 모르겠다. 그런데 막상 그 말을 내뱉고 보니 정말로 그곳에 가고 싶어졌다. 엊그제 아마다블람에서 들었던 에쿠아도르 노래처럼 그 대륙의 바닷가에서 춤추고 싶다! 이 배낭을 들쳐메고 라틴 아메리카의 산기슭을, 볼리비아의 소금 바다를 건너 파타고니아 평원을 걷고 싶다. 그 바다를 가로지르며 항해하고 싶다. 내 눈 앞에서 그녀는 배를 타려 한다. 모르긴 몰라도 그 대륙의 끝, 우수아이아 근처인가 보다.

— 나도 언젠가는 프랑스에 한번 가 보고 싶어요!

언덕길의 철제 난간에서 활주로에 날고드는 경비행기를 바라보던 그가 불쑥 던지는 말이었다. 외국엔 별로 안 가고 싶다더니!

— 물론이지! 언제든지 와. 프랑스 래퍼들 공연을 보러 가자.

— 근데 내년에 또 여기 올 거잖아요. 그땐 우리 랑탕에 가요!

— 그건 잘 모르겠어. 하여튼 조만간 에베레스트에 대해서 쓰게 될 거 같애.

— 좋은 생각인데요? 출판되면 한 권 보내 주세요!

— 그래. 너도 곧 아마다블람 정상에서 노래를 부르게 되길 바랄게.

걸어서 나흘이 걸렸던 루크라 – 카트만두 길은 비행기로 딱 사십 분이 걸렸다. 하늘에서 바라보는 에베레스트 산봉우리들이 구름 띠를 두르고 대양 위에 섬들처럼 떠 있었다. 콩마라와 초라, 렌조라 고갯길들이 실핏줄처럼 이어져 있는 계곡들 사이로 기억의 강물이 흐르고 우연이라는 언덕길이 솟아 있었으며 위험한 빙하길들이 펼쳐 있었다. 탐세쿠의 꿈, 고꼬리의 춤, 아마다블람의 달빛이 내 뒤로 쏜살같이 멀어지고 있었다. 내 발아래 한 생이 초 단위로 지나가고 있었다. 내가 보냈던 시간들이 이리도 순식간에 지나가다니! 내가 밟았던 공간들이 저리도 쉽사리 사라지다니! 문득 먼 지평선에서 한 아이가 몸을 일으켰다. 이 산과 저 산 사이를 팔짝팔짝 징검다리를 건너며 뛰어다니고 있었다.

짧고 어지러웠던 비행 후, 긴 추락 같은 착륙이 있었다.

나는 정말로 이 에베레스트에 갔다 오기나 한 걸까?

에필로그

에베레스트 여행을 다녀와 오랫동안 비워 두었던 시골집으로 갔다. 몇 달간 돌보지 못한 정원은 오솔길에 풀이 자랄 정도였고 부러진 나뭇가지들이 여기저기 널려 있었다. 내가 긴 여행을 다니게 되자 정원은 점점 거친 풀밭으로 변하고 있다. 이제 슬슬 이곳을 떠날 때가 되었다. 사실 《창조 소설》을 마친 후 그럴 생각이었다. 하지만 곧 여행을 떠나게 되었고 이럭저럭 아직도 떠나지 못하고 있다. 이 장소는 내가 글을 쓰는데 필요한 고요를 제공하기도 했지만, 지난 여행길을 떠나는 영감을 주기도 했다. 산티아고 순례길의 계기가 된 것도, 유라시아 횡단길도, 티벳에 가겠다는 작정을 한 것도 여기서였다. 나는 《창조 소설》을 쓰기 위해 고독이 필요했고, 이 정원의 사계절이 도움이 되었다. 하지만 이제 굳이 이 숲이 아니어도, 겨울 바람 소리가 아니어도, 부드러운 달빛이 아니어도, 언제나 어디서든 내 영혼을 살갑게 일으키는 곳을 나는 알고 있다.

이 집도 내 마음을 아는지 덩달아 신호를 보내기 시작했다. 집도 정원도 가꾸기 나름인가, 몇 년 전부터 제때에 돌보지 못한 정원은 슬슬 제모습을 잃어갔고 한두 해 손이 덜 가자 옛 고성의 드넓은 잔디밭 같은 옛 모습은 사라지고 이름 모를 풀꽃들이 무성하게 돋아났다. 게다가 때맞춰 숲에서 넘어온 두더지가 곳곳에 흙더미를 만들기 시작하더니 아침이면 푸른 운동장 위에 축구공 같은 동산들이 하나둘 생겨나기 시작했다. 이 불청객을 퇴치하려 처음엔 가시나무를 박는다, 덫을 놓는다, 전문가를 부른다 별 수선을 다 피웠지만 얼마 안 가 시골집 천장에 거미줄 쳐지는 걸 예사로 여기듯 포기하게 되었다.

이른 아침 덧문을 열 때마다 팽팽해지는 내 여린 신경줄을 보호하기 위해서이기도 했지만, 여행길을 걷다 보니 그래 너도 한 목숨이다, 이 정원에서 살 권리가 있다는 쯤으로 의식의 진전이 있었다. 이래저래 반듯했던 오솔길도 희미해져 갔고, 집을 둘러싼 숲에서 가시덤불도 넘어왔지만 안달을 하는 대신 이제는 여행길 풍경 보듯 관망하게도 되었다. 어쨌거나 제초제를 뿌려 정원에 찾아오는 동물들이나 새들에게 해를 끼칠 생각은 없었으니 애초에 페르시아 카펫 같은 잔디밭은 나랑은 인연이 없었던 모양이다. 오히려 요즘은 예전의 깔끔하게 손질된 잔디밭보다 민들레 꽃들 위로 노랑 나비들이 팔랑거리는 야생 정원을 즐기고 있다.

노르망디 지역의 숲그늘 아래 피어나는 보랏빛 야생 난초꽃이 정원가에 물결치는 사월이면 잔디 깎기를 미루기도 하고, 유월엔 집 마당에 무리지어 피는 분홍빛 손톱꽃 씨를 받아 다음 해 흩뿌리기도 한다. 올 겨울엔 노란 히야신스를 사다 심었다. 아마 새봄이 오면 나무들 밑둥은 노란 색으로 덮힐 것이다. 해마다 회귀하는 이 꽃을 바라보며 에베레스트가 되살아날지도 모르겠다. 아, 참 잊고 있었다. 히말라야 산길에서 따온 꽃씨들!

이래저래 이 정원은 사계절 푸른 잔디밭에서 제철 빛깔을 되찾았다. 덕분에 먹거리도 다양해졌다. 봄철이면 민들레 연한 순을 꺾어 샐러드에 올리거나, 여름철엔 숲울타리의 야생 딸기, 가을이면 참나무 밑에 지천으로 돋아나는 버섯들의 아린 맛을 즐기기도 한다.

뒷마당에 주렁주렁 열린 밤을 주워 난로불에 구워 먹는 건 덤이다. 집을 비워 두는 시간이 많다 보니 짐승들도 아예 제집처럼 드나들기 시작했다. 한번은 오솔길에서 멧돼지 똥을 발견한 적도 있고, 엊그제 아침엔 덧문을 열자 오랜만에 보는 노루 가족이 예전처럼 부리나케 도망치는 대신, 나뭇가지가 늘어진 삼나무 아래서 멀뚱멀뚱 나를 쳐다보고 서 있었다. 넌 웬 놈이냐? 하는 눈치였다. 나는 그들이 이 정원의 주인이 되어 마당 가운데 있는 오래된 측백나무 안에 집이라도 짓고 살았으면 싶지만 그들은 내 관심 어린 시선을 전혀 원하지 않는다.

에베레스트 여행을 다녀와 달라진 것이 있다면, 그 산의 어딘가를 떠올리기만 해도 곧 그곳에 도달한다는 것이다. 눈을 감고 상상하기만 해도 너무나 쉽게, 강렬하게 그 장소로 빨려 들어간다. 조용히 앉아 명상이라도 할라치면 자연스럽게 카일라쉬산이 내 안에 들어와 앉는다. 그리고 파미르 고원이, 고꾜리산이 차례로 위치한다. 좌불상을 하고 앉아 그 등반길을 떠올리노라면 내가 걸었던 길들과 호수들, 계곡들, 먼 지평선들이 발아래 펼쳐진다. 언젠가 그런 자세로 황금빛 햇살이 쏟아지는 파미르 고원을 걷다가 그 오두막으로 내려가는 언덕길, 발길에 채이는 자갈돌 소리에 소스라치게 놀란 적도 있다.

나는 지금 파리의 아파트 거울 앞에 앉아 있다. 키 큰 플라타너스가 십일월의 나뭇잎을 떨어뜨리는 것을 바라보며 이 글을 쓰고 있다. 작년 이맘 때 고꾜리 호수 위로 비치던 그 모습으로 《에베레스트 상상》을 쓰고 있다. 오직 글쓰기에 의해서만 밝혀지는 에베레스트 쿰부의 내밀한 역사가 펼쳐진다.

지난 여행길이 일상으로부터 벗어나 새로운 풍경을 발견하는 경험이었다면, 여행기를 쓰는 일은 내가 미처 알지 못했던 또 다른 나를 발견하는 기회였다. 나 자신을 떠나 '상상의 현실'이라는 미지의 지평선으로 나아간다는 점에서 또 하나의 모험이었다. 내가 내딛었던 발자국들처럼, 내가 쓰는 한 문장 한 문장이 나의 미래 현실을 실현하는 결단의 행위이며, 그렇게 에베레스트와 '상상의 나'라는 두 봉우리 사이에서《에베레스트 상상》이 건축되었다.

오래전《창조 소설》을 쓰던 그때와 다른 것이 있다면, 내가 주체였던 예전의 글쓰기와 달리, 뭐랄까, 에베레스트가 이 글을 이끌어 가도록 내버려 둔다고나 할까. 철학자와 시인, 수학자와 음악가가 다른 것처럼 이성이나 논리보다 직관이나 손발에 더 충실하다고 할까, 이런 자발적 수용성이 '나 없는 나'라는 영적 가능성을 열어 주었다. 어쨌든 모국어로 쓰는 기쁨이 컸다. 한글이 주는 타고난 자연스러움이 나의 무의식과 영성을 잇는 데 큰 도움이 되었다.

'청소년과 창조'를 주제로 다루었던《창조 소설》이 불어라는 언어에 의해서 탄생될 수 있었다면,《에베레스트 상상》은 한글로 가능했다고 생각한다. 에베레스트 풍경과의 교감이 감각적이고 즉흥적인 것이었던 만큼 모국어를 통해 보다 쉽게 그 본래적 시학에 도달할 수 있었다. 나는 어디에나 있고, 이 삶 이전이나 이후에도 있으며, 현실처럼 상상으로도 존재한다는 '상상의 나'를 전개할 수 있었던 데는 모국어만이 허락하는 깊고 오묘한 영혼의 울림이 있었으리라.

이제 슬슬 지난 여행을 정리할 때가 되었다.

그동안의 여행길이《창조 소설》의 예언과 계시와 이적을 따라갔다면, 에베레스트 여행길은 그 '현시'를 보여 주었다. 그런데 이전의 여행길은 제쳐두고 현시에 대한 이야기를 하게 된 것은, 카일라쉬 동굴에서 시작된 에베레스트 등반길이《창조 소설》의 근원인《울릉도》와 그 맥락이 맞닿아 있었기 때문이다.

카일라쉬 불상의 얼굴에서 빛나던 니르바나의 미소는 그 섬의 봄빛의 반향 같은 것이었다. '청소년과 창조'라는 잡을 수 없는 현실을 주제로 전개되었던《창조 소설》은 그 '푸른빛'이 결국 진정한 '창조'를 통해서만 도달할 수 있는 머나먼 지평선임을 시사해 주었다. 에베레스트 등반길은 그 미완성의 꿈을 향한 도전이며 불가능한 고지를 향한 발걸음이었다.

십 년의 글쓰기를 뒤로하고 떠났던 내 여행길은 얄궂게도 또다시 원점으로 돌아온다. 나의 여정이 전망을 바꾸어 가며 또 다른 창조를 계속해 오고 있었다는 생각이 든다.《창조 소설》은 책이라는 공간 속에 고정되지 않고, 현실을 통해 쉬지 않고 움직이며 거듭나고 있었다. 마치 그의 궁극적 실체가 종이로 된, 언어로 된 책이 아니라, 끊임없이 성장하고 발전하는 생명체라도 된 것 같았다.

사실, 조각 과정에서 경험한 우주의 창조적 에너지를 소재로 소설을 쓴 작가로서 이렇게 삶 속에서 출몰하며 스스로를 각인시키고 있는 창작품의 살아 있는 유기체성에 무척 관심이 간다. 문학이 하나의 생명을 싹트게 하는 공간이 된다는 발견은 정말로 흥분되는 일이다. 말하자면, 나의 글쓰기가 단순히 어떤 이야기를 기록하는 행위가 아니라, 그 작품의 감춰진 내적 욕망을 드러내는 영적 차원을 함장하고 있다는 사실을 알게 되었기 때문이다. 그리하여 내 여행길에 나타났었던 현시의 경험은 내 개인의 어떤 주관적 해석이라기보다 문학에 대한 어떤 형이상학적인 가능성을 확장시켜 준 실증적인 사례가 되었다.

아마도 내가 에베레스트산의 초입에서 그 아이를 만나게 된 것은 그래서였으리라. 한 권의 책에도 영혼이란 게 있다면 말이다.

이제 이쯤에서 물어야 한다.

— 내가 《울릉도》를 쓰지 않았더라도 카일라쉬 동굴이 나타났을까? 그 섬소년이 아니었더라도 에베레스트 엘프가 나타났을까?

대답은 분명하다. 만약 내가 《울릉도》를 쓰지 않았다면 그 모든 것들은 일어나지 않았으리란 것이다. 혹은 같은 일이 일어났다 해도 결코 자각하지 못했으리라. 내가 책을 쓸때 내 영혼은 이미 모든 것을 알고 있었다. 나는 내 안에 그려져 있고, 감지하고 있던 내적 유사성을 따라 에베레스트로 갔고, 세 고갯길을 답사하고 왔으리란 것이다. 티벳의 카일라쉬 순례길부터 고꼬리 산정에서 노란 매듭을 묶게 되기까지 나의 창조성은 나의 미래현실을 일찌감치 결정하고 있었다.

《울릉도》가 아니었으면 결코 나타나지 않았을 카일라쉬 동굴, 세 고갯길을 오르지 않았다면 결코 도달하지 못했을 고꼬리 호수, 아마다블람에 가지 않았더라면 결코 쓰여지지 않았을 《에베레스트 상상》, 그러니까 이런 것들이 이 책의 붉은 선이라 할 수 있다.

그렇다. 오래전 어느 한겨울, 내가 그 섬에 갔을 때, 이미 내 '상상여행'이 시작되었다. 이유 없이 동해 바다를 찾아갔었던 내 발걸음에, 이미 《에베레스트 상상》이 새겨져 있었다. 결국 수많은 우회로를 거쳐 나는 내가 가야 할 장소에 도착하고야 말았다. 그 섬의 새벽 여명이 티벳의 한 동굴에서 니르바나의 빛으로 비쳐 오기까지 시간은 흐르지 않았다. 《울릉도》는 과거와 미래가 공존하는 현재에, 거기와 여기가 다르지 않은 이곳에, 상상과 실제가 하나인 내 존재의 근원 속에 실재했다. 나의 글쓰기는 자유로운 상상력의 산물이 아니라, '창조'가 내포한 어떤 초월적 진실을 담고 있었다.

진정한 작가, 예술가란 어쩌면 이 영혼의 진실을 포착할 능력을

가진 자, 곧 자신 속에 우주의 창조적 에너지가 들어올 공간을 마련하고, 그 고도의 영감을 적절하게 해석하고 옮길 수 있는 자가 아닐까? 표현하려는 대상과 자신의 창조성, 그리고 우주적 의식이 삼위일체가 되는 그러한 신적 조화에 민감하게 자신을 열어두는 사람이 아닐까? 우주와 나, 사물의 전체성을 느끼게 하는 그런 '창조' 과정은 자연의 섭리처럼, 저절로 되고, 그 자체로 완전하다. 완전을 포함한 불완전이며 완성인 채로 미완성이다.

마지막으로 이 책을 읽고 싶다고 말했던 에베레스트 엘프에 대해 말하고 싶다.

엊그제 온 메시지에서 그는 언제쯤 다시 에베레스트로 올 거냐고 물었다. 내가 떠나고 난 후 자전거를 샀다고. 하지만 산악지대라 자전거를 타고 갈 데가 별로 없다고 좀 쓸쓸한 목소리로 말했다. 요즘 코로나 시국으로 관광객이 없어 산은 더없이 조용하고, 지난 지진 때문에 가지 못했던 랑탕의 봄꽃들이 더할 나위 없이 아름답다고, 얼마전 친구들과 갔었던 계곡에서 수영하는 사진을 보여 주며 은근히 유혹하고 있었다. 몇 달 사이에 벌써 키가 많이 자랐나, 입술 언저리엔 수염 자국이 거뭇했다. 하지만 나는 지금 파타고니아로 갈 배낭을 꾸리고 있는 중이다. 내 시선은 지금 칠레 바닷가 어디쯤에서 누군가의 등짝에 날렵하게 들러붙어 광활한 대륙길을 가로지르고 있는 한 여자를 보고 있다. 틈틈이 익힌 스페인어로, 시골집 정원에 처음으로 심었던, 지금은 무지 커버린 아로까리아의 원산지, 마야 문명이 싹텄던 밀림과 볼리비아 소금 바다, 안데스 산맥의 등줄기를 줄줄이 꿰고 있다. 아, 아마다블람의 마지막 날, 화톳불 옆에서 인디언 판피리에 맞춰 신나게 춤추었었지!

남극! 내가 청소년 시절 꿈꾸었던 불의 땅! 그 땅이 아메리카 대륙의 끄트머리에서 그리 멀지 않다. 바닷가에 밀려온 뼈 같은 나무

둥치, 먼 수평선이 벌써부터 내 상상의 불길을 지피고 있다. 바다, 아직 문명의 그림자가 어른거리지 않은 처녀지, 길이 없는, 여전히 탐험되지 않은 그 바다를 항해하고 싶다. 끝없는 모래 사막과 광활한 평원, 험준한 바위산을 넘어 이제 나는 대양의 무한을 꿈꾼다. 유라시아 대륙을 가로질렀던 횡단길은 히말라야 산맥의 종단길을 넘어 남미 대륙으로 향하고 있다. 내 영적 지리에 사선이 많이 그어질수록 그 빛은 더욱 강렬해지리라.

이 글을 쓰다 말고 달빛이 환히 비치는 아파트 베란다로 나간다. 찬 바람을 쐬며 지금 에베레스트 산정에 불고 있을 바람을 느낀다. 고꾜리 산허리에서 휘날리고 있는 노란 천을 매만진다. 투명한 달빛이 스며드는 거실의 거울 앞에 선다. 나의 순수 의식이 투영된 공간 안으로 작은 배낭을 메고, 낡은 신발을 신고, 구멍 난 티셔츠를 걸치고, 파타고니아를 걷고 있는 누군가가 들어온다. 나 자신이기도 하고, 나 자신이 아니기도 한, 그 모습을 고요히 응시한다. 내가 앞으로 걷게 될 길들이 차례로 나타난다. 또 다른 시간과 공간을 연결하는 마법의 통로를 걷는다. 내 마음이 가는 곳이면 어디든 존재하는 그곳으로 향한다. 에베레스트 여행 전과 지금이 다른 것이 있다면, 이제는 굳이 그것이 상상인지 실제인지 분별하지 않는다는 것이다. 내 시선을 약간 들어 올리기만 해도 그 풍경들이 곧장 눈앞에 다가서니까.

울릉도,
빛과 암흑이 겹치는
바닷가 작은 동굴
세상의 모든 빛이 모이는 심연,

세상의 모든 바람이 일어나는 고요
그 섬의 언저리를 입에 물고
불새 한마리가
날아오른다.

동해 바다,
푸른 날갯짓에서 튕겨져 나오는 물방울들
아직 쓰여지지 않은 글들이
에베레스트 봉우리로 쏟아진다.

아마다블람,
마른 하늘에 번개가 친다
바위산이 갈라지고 돌들이 일어선다
아, 한 동굴이 뚫린다.

내 깊고 오랜 자궁에,
태양이 뜨고 바다가 출렁인다
별들이 떠오르고 달이 빛난다
한 우주가 열린다.

천천히 다리를 벌린다
양어깨와 무릎에 힘을 버팅긴다
몸 한가운데 높고 푸른 파도가 솟구친다
산꼭대기를 흔드는 소리없는 함성,

《에베레스트 상상》이 태어난다.

***

티벳 편에서 인용한 Milarepa의 시들은 주로 MILAREPA ou JETSUN-KAHBUM vie de Jetsun Milalepa traduite du tibétain par le LAMA KAZI DAWA-SAMDUP/ Librairie d'Amérique et d'Orient, paris 1977

MILAREPA traduit du Tibétain par jacques Bacot / FAYARD 1971

PATRUL의 시들은 LE VAGABIND DE L'EVEIL, PATRUL RINPOCHE par Matthieu Ricard / PADMAKARA 2018

SHABKAR의 시들은 Shabkar autobiography d'un yogi tibétain, Padmakara, 1971

Govinda의 시는 Carnets d'un moine errant par Matthieu ricard, Allary Edition 2021

Danzanravja의 시들은 Littérature de Mongole의 다양한 문헌들에서 인용했다.

위의 시들은 원서에서 저자가 직접 한글로 번역해 인용했으며, 그 외 본문의 시들은 저자의 창작품들이다.

‖ 차 례 ‖

445

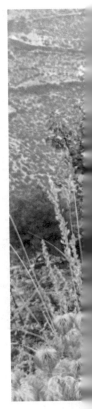

456

462